朱生豪小言集

朱生豪 著　　朱尚刚 编注

2016年·北京

图书在版编目(CIP)数据

朱生豪小言集 / 朱生豪著；朱尚刚编注. — 北京：商务印书馆，2016
ISBN 978-7-100-11626-8

Ⅰ.①朱… Ⅱ.①朱…②朱… Ⅲ.①随笔—作品集—中国—现代 Ⅳ.①I266.1

中国版本图书馆CIP数据核字(2015)第237605号

所有权利保留。

未经许可，不得以任何方式使用。

朱生豪小言集

朱生豪　著
朱尚刚　编注

商 务 印 书 馆 出 版
（北京王府井大街36号　邮政编码100710）
商 务 印 书 馆 发 行
三河市尚艺印装有限公司印刷
ISBN 978-7-100-11626-8

2016年3月第1版　　开本 710×1000　1/16
2016年3月北京第1次印刷　印张 39

定价：96.00元

前　言

本书收集了朱生豪在我国抗日战争相持阶段为上海"孤岛"中的《中美日报》所写的千余篇"小言"（时政随笔）。这是朱生豪留存至今最集中，也是最重要的一批原创文学作品。它们充分体现了朱生豪在日伪势力环伺下的上海"孤岛"中，秉笔诛伐，与法西斯侵略者作殊死搏斗的精神面貌。

迄今为止，人们对于朱生豪的文学造诣，大多是从他莎士比亚戏剧的译作中了解的。但是他所以能够在20世纪三四十年代极其贫乏的物质条件下，克服重重困难，甚至最后以自己的生命去殉这一事业——完成在我国文坛留下深远影响的译莎工程，除了他对这位世界文化巨人的挚爱和精神的共鸣之外，主要的动力是他要为祖国争气、为民族争光的爱国精神。而朱生豪在中美日报社工作期间所写的这些"小言"，便是这种爱国精神的集中表现。

少年时代家庭的不幸和求学的艰难，使早年的朱生豪比同龄人多了几分成熟和责任感，也养成了他沉默寡言和外柔内刚的性格。文学方面的天赋和之江大学娴静优美的校园环境，使他的学校生活充满了诗意和梦想。在离开学校走上社会的时候，他和当时许多热血青年一样，满怀着报效祖国的热情，希望以自己的努力来改变社会上的许多不尽人意之处。当然，这种热情和希望其实是相当天真的。在积重难返的社会矛盾和日益深重的民族危机面前，他越来越发现自己的希望和热情是多么苍白无力。他深感回天乏术，报国无门，一度陷入了寂寞和彷徨的痛苦之中。是翻译莎士比亚的事业，使他终于从这种彷徨中解脱出来，找到了自己的用武之地。他以极大的热情全身心地投入这一工作，并将这一工作和为民族争光、反抗帝国主义文化侵略的斗争联系在一起，并以此来实现自己生活和工作的价值。

卢沟桥的枪声和"八一三"的炮火再一次改变了他的生活方式。他不得不结束了埋头译写的日子，过上了颠沛流离的生活。在沦陷区，目睹了在侵略者的铁蹄下人民群众流离失所、妻离子散的凄惨情景，品尝了国破家亡以后忍气吞声、受尽凌辱的切肤之痛，朱生豪的爱国情怀又有了新的升华。他在此期间写的词中有"屈原是，陶潜非"的句子，表明他在原先十分喜爱的两位浪漫主义诗人屈原和陶渊明之间，有了新的取舍，在感情上完全站到了以屈原为代表的积极浪漫主义一边，而屏弃了以陶渊明为代表的回避现实、明哲保身的思想和生活方式。在经过将近一年的逃亡生活后，他回到上海"孤岛"，1939年10月进入持抗日反汪立场的中美日报社，因能直接秉笔诛伐凶恶的日本和德意法西斯及其附庸而感到兴奋。在日伪特务横行、随时都有遭暗杀危险的环境下，他以自己擅长的方式，实践着他"矛铤血染黄河碧"的豪举。

"小言"是当年《中美日报》上一个特殊的专栏。从1939年10月11日到1941年12月8日，除了少数日子外，《中美日报》上几乎每天都有"小言"发表，有时一天有两三篇甚至更多。现存706天的1081篇"小言"，近40万字，均由朱生豪撰写。"小言"大多篇幅很短，但"都是他阅读当天新闻后写下的即兴抒怀，思维敏锐，形式多样，笔锋犀利，讽刺与揶揄兼备，可以说是独树一帜的时政散文创作"（范泉先生的评论）。"小言"的基本内容是揭露和抨击日本法西斯及其走狗帮凶的滔天罪行和虚弱本质，热情鼓励全国人民和全世界反法西斯力量丢掉幻想，识破敌人的各种阴谋骗局，团结战斗来夺取反法西斯斗争的胜利。这些"小言"具有很强的战斗力，又具有很高的艺术性，是朱生豪深厚的爱国热情和高超的文学素养的有机结合，成为在当时特定历史条件下具有独创性和特殊价值的一种文学样式。

朱生豪写这些"小言"，投入了极大的精力与热情。他不仅要阅读本地的报纸，还收集、研究了大量外文的报纸和通讯稿件，以全面了解和掌握时局各方面的动向。据朱生豪的表弟顾衍健回忆，朱生豪开始一段时间在他家借宿时，每天从报馆回去，都要带一大包资料，有中文的，但外文的更多，其中最多是日文的，一回来就忙于翻阅和写作。因此他所写的"小言"虽短，但都有很强的针对性和时效性。这些大半个世纪以前的文字，从特定的角度，展现了当时那场决定人类命运的大搏斗的历史场景。

"小言"不但对我国的抗日主战场作了大量报道，热情赞扬和鼓励全国人民奋勇抗战，夺取最后胜利，对世界各地抗击法西斯的主要战场也高度关注，对法国溃败后蒙受羞辱的痛惜，对希腊和南斯拉夫人民顽强抗击法西斯侵略的讴歌，对英国坚持对德战斗的声援，对苏联军民英勇卫国的赞颂，都鲜明地反映了朱生豪出自内心的爱和恨。

除战场上的直接军事对抗外，许多"小言"还把注意力集中于两大阵线的政治、外交等错综复杂的矛盾斗争。特别是盟国在"二战"初期对德的绥靖政策直接导致了德国法西斯势力的膨胀，给欧洲和世界带来了深重灾害。英法对德进入战争状态后，英美政界对远东问题在很大程度上仍持绥靖主义态度。因此虽然中国军民的艰苦抗战为世界反法西斯斗争作出了巨大的牺牲和卓越的贡献，而英美对华的支持却往往举步维艰，美国对交战盟国的物资援助也因为"孤立派"（主张在国际争执中严守中立，不"卷入"矛盾）的阻挠而多有阻力。这些也常常是"小言"中评述的对象，特别是对新的绥靖主义倾向提出严厉的批评，对反法西斯阵线丢掉幻想，相互支持，团结战斗，争取最后胜利表达了热烈的期望。

从"小言"中，还可以看到在当时特定的历史条件下上海"孤岛"中的特殊生态：汪伪特务肆意制造恐怖事件，无所不用其极的罪恶行径；爱国人士不惧强暴，前仆后继，坚持抗日斗争的不朽业迹；在极其恶劣的生存条件下仍然尽力为抗战献上一份绵薄之力的下层市民，以及虽然是公共租界的统治者，却又不能不随时看日本人脸色行事的工部局。"小言"或谴责，或赞颂，或劝慰，或抗争，展现了一幅全方位的历史画卷。

另据范泉先生介绍，当年《中美日报》上有不少社论其实也都是朱生豪所写，它们篇幅更长，论述更深入，对时局的针砭也更有力，许多社论今天读来也仍能感受到其激扬的反法西斯战斗号角声。虽然有不少社论在语言风格上和"小言"十分相似，但当年的社论都不署作者名，所以现在已经无法确认，只能留下遗憾了。

关于朱生豪在中美日报社的工作情况以及这批"小言"的写作背景和具体评价，在范泉先生的《朱生豪的"小言"创作》一文中已有较为详尽的介绍（见本书附录）。需要指出的是，这批珍贵的文学遗产，虽然自抗战胜利以来，陆高谊、胡山源等文化界老前辈都曾多次提及，但由于历史的原因，直到1998年在范泉先生的帮助下，并得到上海图书馆和祝均宙先生的大力支持，才从近60年前的老报纸上被全部查找出来。范泉先生不顾高龄体弱并且刚做过舌癌切除手术，在他生命的最后一段时间里，极其仔细地对全部"小言"进行查校甄别，最后在人民文学出版社的掖助下选定了370篇较有代表性的"小言"作品，于2000年出版了人文版的《朱生豪小言集》。

进入新世纪以来，朱生豪在文化事业上的贡献得到了更多的关注和更全面的评价。作为中华民族的文化遗产，对他的各种作品作进一步的发掘和整理，也更显现了其历史价值和紧迫性。人文版《朱生豪小言集》所收录的这些"小言"虽然是最有代表性的一部分，但毕竟少了一些，要反映朱生豪"小言"作品的全貌多少还有些不足。此外，朱生豪在当时特定的社会历史环境中，在为反法西斯斗争挥戈呐喊的大前提下，他（以及和他处在相似环境下的反法西斯斗士们）对一些具体问题的认识有这样那样的局限和片面性，还有一些"小言"作品依据的报道系由交战中的各方发布，难免因主客观方面的原因而和实际情况存有或多或少的出入，这是完全可以理解的。我们不能以经过半个多世纪全面回顾和总结后的历史观点去苛求当时处于血雨腥风中的战斗者。好在现在的学术氛围更为宽松了，一些多少和当代流行的观点或说法不完全一致的作品也没有必要加以回避，全面阅读这些作品，反而更能使我们认识到在当时特定环境（日伪恐怖势力包围中的"孤岛"）中的特定阶层（渴望为抗日救国奉献自己绵薄之力的爱国知识分子）的精神面貌和想法，也包括他们认识中的局限性和片面性，这正是这些作品的价值所在。所以这次商务印书馆出版的"小言"数量比2000年版的《朱生豪小言集》有了较大的扩充。我相信，这将更有助于帮助我们认识那一段在中华民族历史上刻骨铭心的经历，了解中国人民，特别是中国的知识分子在民族生死存亡的关头，是怎样同仇敌忾，奋起斗争，前赴后继，为争取民族的解放和独立而英勇奋斗的，从而更可以使我们看到民族振兴的希望，看到我们民族更加辉煌的未来。

为便于读者阅读，编者在力所能及的范围内，作了一些注释，主要涉及一些"小言"中提及的重要人物和事件的背景情况，以及文中所用的一些当代读者已经不是很熟悉的文言词语和典故。受编者的才学水平和能获得的参考资料的限制，尚未能做到"应注尽注"，只能请读者谅解了。

由于20世纪前期对外文专有名词的翻译还没有形成较为成熟的通例，一些专有名词的译法和当今已经约定俗成的通行译法多有不同。但为了体现作品的原貌，我们仍使用了原来的译法，没有作改动。其中包括一些国家或地区的名称，如义大利（意大利）、菲列滨（菲律宾）、阿比西尼亚（埃塞俄比亚）、巴力斯坦（巴勒斯坦）等；人名，如史丹林（斯大林）、特戈尔（戴高乐）等；城市名，如奥特萨（敖德萨）、盘谷（曼谷）等；山川河流的名称，如苏彝士（苏伊士）、特尼泊河（第聂伯河）等。还有包括这些专有名词成分的复合词语或词组，如义国（意国）、义军（意军）、义方（意方）、德义日（德意日），等等。由于数量较多，书中只对其中部分较为重要的名词加了注，在此一并说明。

此外，受当时的物质和技术条件所限，原报纸在编辑和排印上难免存有疏误之处，为便于阅读，对于一些明显的错、漏字我们做了更改，未改的则加了注释说明。对于有些难以辨识的字，为慎重起见，我们对这些字用虚缺号"□"表示。对于原报纸中原有的□，为避免与后加□混淆，我们也加了注释说明。

朱尚刚

2014年3月　于嘉兴

朱生豪小言集

目　录

一九三九年十月十一日至一九三九年十二月三十一日

物价回跌 / 3

弄巧成拙 / 3

日外务省风潮 / 4

正义自在人心 / 4

香港政府严惩投机商人 / 5

苏芬交涉 / 6

华机二度空袭武汉 / 6

美国中立法再修正 / 7

日军的敬意 / 7

英法土协定成立 / 8

中国的沙逊何在？ / 8

所望于上海言论界者 / 9

保证与行动 / 9

美国态度强硬以后 / 10

上海对外贸易好转 / 11

希特勒改变作风 / 11

无聊的恫吓 / 12

越界筑路交涉 / 12

可谓"圣之时者"矣！ / 13

所望于华董诸公和樊克令先生者 / 14

英日重开谈判 / 14

德苏同盟？ / 15

美日关系的基本认识 / 15

日本与"中国新政权" / 16

美国会通过中立法修正案 / 17

日苏商务协定有无可能？ / 17

芬总理沉痛陈辞 / 18

马相伯先生的精神 / 18

毕德门的严正表示 / 19

荷比呼吁和平 / 20

希特勒遇险 / 20

历史将重演吗？/ 21

青天白日照耀在今日的"孤岛"上 / 21

舍本求末的日本外交 / 22

荷兰比利时的命运 / 23

日本西园寺将晤阿部 / 23

英法撤军华北 / 24

为前方将士加衣 / 25

日军北海登陆 / 25

日本的外交路线 / 26

美国要人在菲会谈 / 27

义大利的动向 / 27

苏日谈判与中苏友谊 / 28

德国的神秘武器 / 29

响亮的报丧钟 / 29

毒质极重的烟幕 / 30

亦"天意"使然欤？/ 30

外汇市场变动的真相 / 31

如此"新秩序"/ 31

救救平民吧！/ 32

恢复远东秩序的先决条件 / 32

苏芬关系决裂 / 33

苏芬事件的教训 / 33

希特勒作何感想？/ 34

美国"道义上的禁运"/ 34

无法沟通的苏日关系 / 35

义大利的反苏表示 / 36

华军反攻南宁 / 36

英国畏惧日本吗？/ 37

日军发言人谈话 / 37

反共的收场 / 38

严惩囤米奸商 / 38

中国不出席国联行政院会议 / 39

揭破日人对法币的谣言攻势 / 40

怠工事件平议 / 40

日本对滇越路的威胁 / 41

所望于上海市商会者 / 41

忠告工友们 / 42

美国国务院的又一表示 / 43

傀儡戏的幕后 / 43

乌拉圭海外的悲壮剧 / 44

一句废话 / 45

日本的盛情 / 45

华军又传捷报 / 46

开放长江的背面观 / 47

算盘打得太精了 / 48

耶稣精神 / 48

各线的战绩 / 49

无保障的诚意 / 49

造谣的无益 / 50

说谎的徒劳 / 51

阿部内阁的命运 / 51

虹口与越界筑路区 / 52

一九四〇年一月三日至一九四〇年十二月三十一日

天秤的两端 / 55

道义的远征 / 55

无可奈何的解嘲 / 56

不可容忍的挑衅行为 / 56

欧洲二大事 / 57

倍立夏去职之谜 / 58

费利溥遇刺案的幕后 / 58

汪精卫不堪回首 / 59

日本的出气洞 / 60

畑俊六知难而退 / 61

美国设置关岛总督 / 61

且慢乐观 / 62

一碗饭与献金运动 / 62

有田不忘旧好 / 63

浅间丸事件 / 64

日本的反英鼓噪 / 64

这玩笑开得太过分了 / 65

巴尔干形势与日本 / 65

无后者的心理 / 66

食人肉者 / 67

切肤之痛的问题 / 67

可遗憾的"沪西协定" / 68

取缔煤球屯积 / 68

响朗的警钟 / 69

日本的南进野心 / 69

青木献马酬神 / 70

斋藤隆夫的牢骚 / 70

妥协的成效！ / 71

英防军破获暴徒机关 / 72

日本的眼睛睁开了？ / 72

阴晴不定的欧洲 / 73

如此开放！ / 74

威尔斯不虚此行 / 74

苏联占领维堡以后 / 75

悼蔡子民先生 / 75

德国的心事 / 76

英国在远东 / 77

对于暴力的抗议 / 78

苏芬进行和议 / 78

贺两租界当局 / 79

苏芬冲突告一段落 / 79

两种妄想 / 80

光荣的失败 / 81

《德义苏联合宣言》/ 81

IX

纪念今日 / 82

法国内阁改组 / 83

格鲁辞职之谣 / 83

为手溜弹事忠告某方暴徒 / 84

英义重开商务谈判 / 85

我们的告白 / 85

莫洛托夫演说 / 86

日本对公共租界的攻势 / 86

中国没有力量反攻吗？/ 87

英与美法保持一致步骤 / 88

限制银行放款 / 88

日本海军发言人的失态 / 89

日本又一个"不许" / 89

一则"惊人消息" / 90

赣桂大捷 / 90

日本在美洲的军事布置 / 91

苏联拒绝德国借道 / 91

义大利会参战吗？/ 92

工部局管理物价办法 / 93

日本的桃色梦 / 93

工商局颁布物品限价商榷 / 94

完全置诸不理 / 95

米内的言论 / 95

日本的两副面目 / 96

放野火的惯技 / 96

不战而胜的机会 / 97

华军攻入开封 / 98

两个不祥的日子？/ 98

日军部统制战时工业 / 99

人类的光明面 / 99

美国对日禁运问题 / 100

一戳即破的谣言 / 100

英国不肯示弱 / 101

注意囤积者 / 102

肃清内奸 / 102

局部的得失 / 103

英国致牒义国的传说 / 103

英苏商约前途 / 104

邱吉尔出任战时首相 / 104

英国重申远东立场 / 105

晦气星害了日本 / 106

日本对荷印的关切 / 106

马戏场上所见 / 107

工部局致函商业团体 / 107

中国政府辟谣 / 108

墨索里尼是义国的"唯一领袖"？/ 108

租界内持械犯罪行为 / 109

德军抵达英吉利海峡 / 110

日本已入墓库运 / 110

美参院通过海军补充法案 / 111

联军初步反攻得手 / 112

日本对义的"声援" / 112

比王出卖联军 / 113

日机滥施轰炸 / 114

苏联方面的两件消息 / 114

联军克复阿培维尔 / 115

日外相作南进演说 / 115

义大利的作用如此 / 116

镇静第一 / 116

《真理报》评义国参战 / 117

美新禁运案发生效力 / 117

如此推测欧局 / 118

美对远东政策不变 / 119

辟欧洲和谣 / 119

美总统电复法总理 / 120

希墨会晤的今昔 / 120

斥"自由市"的建议 / 121

戈尔将军的答复 / 122

日本觊觎越南 / 123

贡比埃臬森林中的悲喜剧 / 124

日军威胁香港 / 125

如此伪报社评 / 125

美将提抗议 / 126

日本的老把戏 / 127

英国在远东戒备 / 127

寇尔对英侨广播 / 128

义大利劝告匈保 / 129

豫东伪军反正 / 129

移交宗卷的失策 / 130

英首相接见苏大使 / 131

英国攫取法军舰 / 131

自强者不借人助 / 132

美总统重申门罗主义 / 133

赫尔声明美国策不变 / 133

苏联向土提通牒 / 134

日本的外交法宝 / 134

怪哉和谣 / 135

英国应严惩星岛总督琼斯 / 136

无法辩护的错误 / 136

日海军发言人声明 / 137

制止恐怖行动 / 138

英国继续抗战 / 139

日增无已的日方反美事件 / 140

我们非常感激 / 140

华军克复镇海 / 141

巴尔干的苏德外交战 / 141

美国禁运油铁至日 / 142

开辟西南新公路 / 143

替李士群开一清单 / 143

日反英运动扩大 / 145

德拟以波兰让苏 / 146

缅甸考虑放行医药品 / 146

近卫新阁的当头棒 / 147

邱吉尔的警告 / 147

观而不察的罗马"观察" / 148

日本希望与英"和好" / 149

日本军舰南驶 / 149

我们反对新闻检查 / 150

驻沪英军撤退 / 151

美防军任务加重 / 151

越南形势紧张 / 152

这一片空白 / 152

我们不说漂亮话 / 153

赫德上将来沪 / 154

德国伞兵之谜 / 154

义向希提三要求 / 155

越南所遭的试探 / 156

一波三折的接防问题 / 156

送别安诺德先生 / 157

日机滥炸平民区域 / 158

悼程振章先生 / 158

日外务省"惊人之举" / 159

一吨炸弹的"神威" / 160

美国准备参战 / 161

迟迟其来的德国"闪电战" / 161

应已饱受教训了！ / 162

巴尔干形势又趋紧张 / 163

一个好榜样 / 163

对应征读者的总答复 / 164

英美远东联防的初步 / 165

罗马尼亚人民反对割土 / 165

又是特别戒严 / 166

越南严拒日军侵境 / 167

德国在匈罗事件中的损失 / 167

日本不顾美国警告 / 168

混沌中的越南"现状" / 169

戈林亲自出马 / 169

日在越南的徬徨 / 170

重庆的再建设 / 171

示弱招致攻击 / 171

多瑙河的烦恼 / 172

桂花蒸 / 172

美国会通过入伍法案 / 173

河西论美日关系 / 173

几句沉痛话 / 174

日机"改变战略" / 175

日军集中越桂边境 / 175

日在越南的装腔作势 / 176

越南准许日军登陆？ / 177

日向越提领土要求 / 177

美国民意的反映 / 178

越南被出卖 / 178

英国应速开放滇缅路 / 179

我们的话 / 180

美金二千五百万元 / 180

一个建议 / 181

美加紧对日制裁 / 181

日本人的健忘 / 182

欢迎英国的表白 / 183

泰国乘人之危 / 183

英国准备对苏让步 / 184

传中国决军事援越 / 184

英内阁更动 / 185

苏联的明朗表示 / 185

近卫向美挑战 / 186

苏联国防委员长的重要表示 / 187

泰国的登龙梦 / 187

美国劝令远东侨民撤退 / 188

太平洋上的插曲 / 189

满脸赔笑 / 190

左右为难 / 190

中国派戴季陶聘印 / 191

硬软穷的三部曲 / 192

报上如此载着 / 192

传德苏军队在罗境冲突 / 193

献金声中的几件小故事 / 193

美国远东政策三原则 / 194

为日本叫屈 / 195

不平衡的三角 / 195

中国决心保卫滇缅路 / 196

阻止荷印油类输日 / 197

识时务者的下场 / 197

何必多此一举 / 198

日本在美国的"巨棒"下 / 198

希特勒礼贤下士 / 199

美国的眼睛 / 200

日本报纸的忘形 / 200

无独有偶的奇谈 / 200

并非恶意的希望 / 201

太上老君在此 / 201

梦与冷水 / 201

一个"光荣协定" / 202

助人即自助 / 202

日军"自动撤退"南宁 / 203

又一个牺牲者？ / 203

自由的子孙！ / 203

够不够朋友？ / 204

希腊不愿受"保护" / 204

自动乎被动乎 / 205

捞不到鱼的混水 / 205

情急的谰语 / 205

不鸣则已 / 206

中外一辙 / 206

兴奋的一日 / 207

日本的"撤退攻势" / 208

破坏苏日关系的罪人 / 208

阴谋！阴谋！阴谋！ / 208

土耳其表明态度 / 209

英国的消防工作 / 209

朋友道衰 / 210

三气希特勒 / 210

失去作用的宣传 / 211

又是"撤退" / 211

一个严重问题 / 212

欢迎劳勃村先生 / 212

关于桂南大捷 / 213

希腊大捷 / 214

胜利的合奏 / 214

功德无量 / 215

苏联的惊人启示 / 215

忘记了照镜子 / 215

蔷薇有刺 / 216

西班牙之谜 / 216

戈斯默先生的身份问题 / 217

希望威尔基一展抱负 / 217

南斯拉夫的不安 / 218

新的冒险 / 218

斗蟋蟀 / 218

需要指导 / 218

苏外长定期访德 / 219

悼毕德门先生 / 219

安诺德的快人快语 / 220

自由市——罪犯的乐园 / 220

整整三年了 / 221

东勾西搭 / 221

良好的合作 / 221

无补于事的幻想 / 222

腾云式的日本外交 / 222

不愉快的喜剧 / 223

南进的"坦途" / 223

莫测高深 / 223

来迟了一步 / 224

不符事实的幻想 / 224

并非幻想的事实 / 224

日本军人是老实的 / 225

尖锐的讽刺 / 225

为日本加油 / 226

请委托义卖诸君原谅 / 226

为泰国捏一把汗 / 227

请汪精卫之流放心 / 227

轴心国的"欧亚集团" / 228

日本对美英的神经战 / 228

第一要钱，第二要钱，第三要钱！ / 229

第一造谣，第二造谣，第三造谣！ / 229

不光荣的蚀本生意 / 230

废纸的时效问题 / 230

不同的表情 / 231

虎翼欤猫爪欤？ / 231

揭发丑行 / 231

英国向苏联伸手 / 231

识时务者为俊杰 / 232

三国公约的忠实信守者 / 232

侮辱式的尊崇 / 232

土耳其在警戒中 / 233

义大利的解嘲 / 233

"光荣胜利"的黑影 / 233

罗总统答客问 / 234

阿门！ / 234

好事多磨 / 235

啼笑皆非 / 235

望洋兴叹 / 235

水到渠成 / 236

南北极 / 236

挣扎不起来 / 237

我们钦佩华捕顾全大体的精神 / 237

希特勒的肖徒 / 238

不仅是一句空话 / 238

防不胜防 / 239

美国不承认新秩序 / 239

赤子之心 / 239

希特勒又转向了 / 240

光明扑灭黑暗 / 240

聊以自慰 / 241

最后交通线 / 241

如虎添翼 / 242

封锁中的"乐土" / 242

中国多友 / 243

口头上的勇士 / 243

同为轴心国 / 244

又是一鼻子灰 / 244

纵火自焚 / 245

阴阳怪气 / 245

失败三部曲 / 245

希腊的难题 / 246

无分彼此的合作 / 246

何必多此一举 / 247

骗小孩子的话 / 247

面面俱到 / 247

不耻为犹太人 / 248

跃跃欲试 / 248

兜圈子的外交 / 249

义大利的不安 / 249

戈培尔的预言 / 249

乞怜与恫吓之外 / 250

向上海人的良心呼吁 / 250

改不出新花样来 / 251

英军又一重大胜利 / 252

美国人民的公敌 / 252

历史是残酷的 / 252

英美间的桥梁 / 253

美国不畏惧战争 / 253

日本需要冷水 / 254

不胜惶恐之至 / 254

物伤其类 / 254

今罗马帝国的没落 / 254

阿尔巴尼亚——无人之境 / 255

世界不致陆沉 / 255

爱莫能助 / 256

泰国改变态度 / 256

经济援助的另一方式 / 256

美海军当局的主张 / 257

欧菲战局的新形势 / 257

不坠入彀中 / 258

不同的作风 / 258

XV

德军集中义边 / 258
忍耐的限度 / 259
墨索里尼的最后机会 / 260
期望于贝当政府 / 260
美国再激怒日本 / 261
又一不友好行动 / 261
精神力量高于一切 / 261
注意"特戈尔派"！/ 262
日本对苏联的"再认识" / 262
维希政府的试金石 / 263
"不友好行为"与"战争行为" / 263
德国的自卑意识 / 264
未爆裂的炸弹 / 264
片面的热心 / 264
纪念今日 / 265
独裁政权崩溃的序幕 / 265

巴尔干北部的阴云 / 266
此老倔强 / 266
两巨人的握手 / 267
圣诞节在各国 / 267
泰国的"中立"与"独立生存" / 268
"尊敬基督"的德国 / 268
"不与交战国冲突"的南爱 / 269
不无考虑余地的"老实话" / 269
美国发表秘密外交文件 / 270
德国又一"惊人之举" / 270
艾登接见苏联大使 / 271
南爱尔兰的中立地位 / 272
日德在太平洋上的勾结 / 272
苏日重开渔业谈判 / 272
维希拒以海军交德 / 273
一九四〇年的最后一页 / 273

一九四一年一月一日至一九四一年十二月八日

美国赠华的新年礼物 / 277
罗斯福总统的新年工作 / 277
贝当向希特勒致新年敬礼 / 277
名人名言 / 278
史丹林的警告 / 278
如此"德政" / 278
罗总统派私人代表驻英 / 279

艾登接见日使 / 279
义国坚持对法要求 / 280
美国加强太平洋国防线 / 280
捕非法之鱼 / 280
为主为奴一念间 / 281
给鸵鸟主义者以教训 / 281
北非英军奏捷 / 281

问题之国保加利亚 / 282

慰问《申报》/ 282

美国准备应战 / 283

扑朔迷离的巴尔干 / 283

李希上将雪中送炭 / 284

美海军总司令易人 / 285

日本访问越南的特种使节 / 285

阿比西尼亚起来了 / 286

太平洋上的铁网 / 286

"德军安然开入保国" / 287

非常时期的非常法案 / 287

德国又一"大胜利" / 288

人皆掩鼻而过之 / 288

罗总统提案的反响 / 288

巴尔干近事 / 289

不必要与无理由的限制 / 291

英土军事合作 / 292

国破山河在 / 292

日本的对德援助 / 292

希特勒的"新行动" / 293

史汀生之警语 / 293

争取时间的要着 / 294

一个战略问题 / 294

苟安非计 / 295

避战与备战 / 295

德国南部某处 / 296

维希近郊 / 296

华盛顿白宫 / 297

松冈的催眠歌 / 297

希特勒的意外收获 / 298

催命符五十道 / 298

我们向日本政府建议 / 298

罗马尼亚内乱 / 299

昨日的不幸事件 / 299

维希接受日方调处 / 300

希腊的国丧 / 300

摩根索一语破的 / 300

鹰犬的结局 / 301

时间第一 / 301

荷印非越南第二 / 302

好客的美国 / 302

蒋委员长的合时提示 / 302

松冈的梦呓 / 303

希特勒如此说 / 303

工部局的重大失策 / 304

美更动驻华使节 / 305

荷印不接受"新秩序" / 305

在夹缝中的贝当 / 306

神经战的反效果 / 306

强卖"新秩序" / 306

在众院的最后一关 / 307

已失时宜的武器 / 307

掉不成样的枪花 / 307

美国孤立派之失态 / 308

日军大鹏湾登陆 / 309
历史的教训 / 309
维希政府的悲剧 / 310
德国在巴尔干垂钓 / 310
送往迎来 / 311
两巨人的握手 / 311
日本考虑"对华宣战" / 312
美国争取苏联 / 312
走还是不走? / 313
可望而不可即 / 313
苦战后的胜利 / 314
英国在马来亚戒备 / 314
"苟与吾人以利器" / 315
假如英国战胜以后 / 315
从贝当到达尔朗 / 316
美国已准备就绪 / 316
前车可鉴 / 317
最后一个口号 / 317
希腊所需要的担保 / 318
日本报纸的戏法 / 318
血的祭礼 / 318
欢迎本届华董 / 319
急惊风与慢郎中 / 319
时间是纳粹的敌人 / 320
友好精神之表现 / 320
安全第一 / 321
欢迎威尔基来华 / 321

泰国"不愿卷入国际纠纷" / 322
德国对土耳其的外交攻势 / 322
松冈呵责反对分子 / 322
重光葵向英提保证 / 323
德国调停义希战事 / 323
远东近事 / 324
纪念华盛顿诞辰 / 325
自卫与挑衅 / 326
甘言与危词 / 326
治疯术 / 327
十日内之严重事变 / 327
苏联警告德国 / 328
墨索里尼"打破沉寂" / 328
越南准备再战 / 329
英美喝阻日本南进 / 329
投机者听见了没有? / 330
日本对泰越的"公允建议" / 330
无法解决之英日间问题 / 330
古利专使离华 / 331
中英军事合作 / 331
越南不愿接受日本"调停" / 332
投桃报李 / 332
越南被迫让步 / 333
保加利亚加入轴心 / 333
保加利亚的两重威胁 / 334
殷鉴不远 / 334
英土加强联防 / 335

松冈赴苏的传说 / 335

英国的外交活动 / 336

德军入保以后 / 336

有钱出钱的又一机会 / 337

一九四一年式恋爱 / 338

中国并不依赖友邦 / 339

希特勒诱土合作 / 340

美参院否决限制军租案 / 340

松冈将作柏林罗马之行 / 341

美国《租借法案》通过 / 342

粤南日军"悠悠撤退" / 342

希腊准备再造奇迹 / 343

土耳其坚壁清野 / 343

英法封锁争执 / 344

松冈赴欧的真正使命 / 345

一则以喜 / 346

一则以悲 / 346

古利博士驳斥日方谰言 / 346

日本对德的惊人讨价 / 347

美扩大援助反侵略国计划 / 348

罗斯福再作狮子吼 / 348

墨索里尼的无言凯旋 / 349

日方报纸主张轰炸缅甸 / 349

"超人"麦唐纳的呐喊 / 350

"日本将退出轴心" / 351

美国"欢迎"德潜艇访问 / 351

荷兰总理的乐观谈话 / 352

又一"和平"消息 / 352

检举囤粮奸商的一个建议 / 353

教皇再作和平尝试 / 353

我们对于交通水电工潮的意见 / 354

罪恶之夜 / 354

山姆叔叔的邮件 / 355

南斯拉夫的最后一分钟 / 356

感悼韩紫石 / 357

中美合作兴筑滇缅铁路 / 357

南斯拉夫自投罗网 / 358

奇境中的爱丽丝 / 358

令人感慨的对照 / 359

日大政翼赞会改组 / 359

一泻千里的最高潮 / 360

华军又一光荣胜利 / 360

维希传苏土协定内容 / 361

义大利东菲帝国的末日 / 361

伟大的友情 / 362

追求·动摇·幻灭 / 362

英国派陆空军抵远东 / 364

义军的"牵制"作用 / 364

美国罢工风潮平息 / 364

费利溥氏谈工董问题 / 365

义国调停德南争执的传说 / 367

齐亚诺的银弹 / 367

重心在重庆伦敦华盛顿 / 367

松冈"私人游历"的收获 / 368

XIX

英军撤退班加齐 / 369

哀罗马青年 / 369

神经战下的牺牲者 / 370

巴尔干大战序幕 / 370

积极援英与安定远东 / 371

伊拉克政变 / 371

松冈善颂善祷 / 372

自由法人运动在上海 / 372

展开了壮烈的一页 / 373

松冈在苏听宣判 / 373

土耳其在战争边缘上 / 374

巴尔干战局试测 / 374

巴尔干战争第四日 / 375

"美国人民准备应战" / 375

莫斯科的客人 / 376

巴尔干战争第五日 / 376

希南二国的光荣 / 377

美国代管格林兰 / 378

渐趋稳定的希南战局 / 378

英德两军在希境交绥 / 379

美国宣布开放红海 / 379

轴心国的"绥靖政策" / 379

一个已成陈迹的名词 / 380

复活节的喜讯 / 380

苏联谴责匈牙利 / 381

美国踊跃认购滇缅路公债 / 381

北菲与巴尔干战局 / 381

对本市英侨的希望 / 382

赫尔批评《苏日中立条约》/ 382

土耳其的危机 / 383

格林兰协定的波折 / 383

珍视纳税华人会合作精神 / 384

美国将广大援华 / 384

"互助共荣"的意义 / 385

英国的作战重心 / 385

美国提早撤退菲岛陆军家属 / 386

德国侵土的初步试探 / 386

光荣的失败 / 387

日军犯浙东 / 387

如出一辙的无赖手段 / 388

希腊再接再厉 / 388

英军开伊拉克 / 389

《真理报》与《日日新闻》/ 389

希腊战争的前途 / 389

促请四行克日复业 / 390

美国——多臂的巨人 / 391

发挥战士的精神 / 392

外交胜利的限度 / 392

悼孤军营谢晋元团长 / 393

美舰扩展巡逻线 / 394

土耳其与西班牙 / 395

谢团长的身后问题 / 395

美英贷华平准基金 / 396

雅典颂 / 396

松冈酒醒以后 / 397

越南又受训斥 / 398

华侨准备保卫菲岛 / 398

请日本一读邱吉尔演说 / 398

五百七十对六 / 399

德国的宣传技巧 / 399

苏联禁止战具通过 / 400

美舰准备驶入战区 / 400

德军开抵芬兰 / 401

编者告白 / 401

伊拉克抗议英军登陆 / 402

英内阁加强阵线 / 402

日报建议罗斯福游日 / 403

美国将冻结轴心国资金 / 403

英伊战争爆发 / 404

浙东华军反攻得手 / 404

北非战局稳定 / 404

独持异议的林白 / 405

希特勒大放厥辞 / 406

关于港米的新闻毒素 / 407

无法接受的邀请 / 408

欢迎飞将军 / 408

苏联的政治更动 / 409

孤立派的英雄主义 / 409

为英国算命 / 410

诺克斯演说以后 / 410

新秩序在建设中 / 411

日本重弹对华和平旧调 / 411

苏联否认远东军西调 / 411

彼一时此一时 / 412

荷印的失策 / 412

中澳即将互换使节 / 413

苏德之间 / 413

让贫民先买港米 / 414

苏联对伊拉克树立邦交 / 414

美国只有一条路 / 415

英国的不速之客 / 416

所谓"德法合作" / 417

松冈与本多 / 417

铁路沿线设电网 / 418

透过日本言论的表面 / 418

法国重入战涡 / 419

美国举行中国周 / 419

中苏增进贸易关系 / 420

英军完成东菲胜利 / 420

并非《大公报》的议论 / 421

德国的"重大让步" / 421

英国加紧攻伊拉克 / 422

德国试验伞兵战术 / 422

诺克斯主废止中立法 / 423

希特勒的赌博 / 423

日本召回驻英大使 / 424

克里特战争的幕后 / 424

日军的"昙花战略" / 424

伊拉克战事将告结束 / 425

迫不及待的德方表示 / 426

英海军击沉德舰俾士麦号 / 426

民治国的海上优势 / 427

罗斯福总统的最后等待 / 427

《都新闻》的解嘲 / 428

克里特岛危殆 / 428

伊拉克要求停战 / 429

德机轰炸爱尔兰 / 429

美国保证放弃在华领事裁判权 / 430

德军占领克里特后 / 430

美国对日的"不友好行为" / 431

欧洲的和谣 / 431

日本的痴心 / 432

放弃绅士式的顾虑 / 432

不可与谈礼貌 / 433

热狂中的幻象 / 433

荷日谈判的"转机" / 434

法国殖民地与维希政府 / 434

不欢迎的友谊 / 435

自由法军开入叙利亚 / 435

日本对美的"和平"努力 / 436

日本对荷印的下场威 / 437

日本的又一幻想？ / 437

所谓"要求有利条件之地位" / 438

绝路与生路 / 438

为租界内市民请命 / 439

柏林不耐烦了 / 440

德苏间的又一不稳消息 / 440

罗宾慕尔号事件的责任问题 / 441

叙利亚战事急转直下 / 441

"东亚共荣圈"领袖不易为 / 442

美国怎样答复挑衅？ / 442

苏联作何打算？ / 442

英美对日联合抗议 / 443

荷印的严正声明 / 444

日本可以放过吗？ / 444

叙利亚之役的启示 / 445

芳泽尚未收拾行囊 / 445

中缅划界问题解决 / 446

神经尖端的德苏关系 / 446

轴心国家的各国姿态 / 447

荷印以油区让日 / 447

"不纯正的思想" / 448

德日间的矛盾 / 448

白虎星出现 / 449

苏德战争序幕 / 449

英美苏合作问题 / 450

安定远东的机会 / 450

苏德战争的决胜点 / 450

希望荷印三思而行 / 451

英美不需要日本友谊 / 452

日本提早决定态度 / 452

五天来的欧洲东线战争 / 453

日本政府的难言之苦 / 453

日本已无转舵可能 / 454

美国遣派政治顾问来华 / 454

工钱三万万圆 / 455

英大使馆又遭日弹炸毁 / 456

阻止日本北进的先着 / 456

且看近卫如何声明 / 457

近卫又卖关子 / 458

苏联有恃无恐 / 458

英国并未弛懈 / 459

人之所以为人 / 460

正义永垂宇宙 / 461

美国接防冰岛 / 462

李维诺夫别来无恙 / 463

意料中的结局 / 463

纪念在无言中 / 463

英国的反攻良机 / 464

英国给纳粹的打击 / 465

进入第二期的苏德战争 / 465

化整个欧洲为游击区 / 466

日本给美英的提示 / 466

苏联远东领海的红灯 / 467

松冈的幸运 / 467

日本眼中的美国政策 / 468

所谓维希精神 / 468

近卫内阁如此改组 / 469

日本权威舆论家的奇论 / 469

拉铁摩尔论日本阁潮 / 470

由奋斗换来的认识 / 470

美国在紧急状态中 / 471

英国又一好意声明 / 471

望莫斯科而兴叹 / 472

寻找耳朵的眼睛 / 472

最后的肥肉 / 473

太平洋上的惊雷 / 473

苏联使节团访美 / 474

日本与纳粹唱对台戏 / 474

随便想起 / 475

荷印冻结日资金 / 475

西贡"欢迎"日军 / 476

英芬绝交 / 476

泰国之路 / 477

荷兰的决心 / 477

苏波释嫌修好 / 478

第二越南事件？ / 478

罗斯福总统的假期 / 479

从警告到"膺惩" / 480

东京的妥协谣言 / 480

维希声明不再出让领土 / 482

丰田首次接见苏联大使 / 482

德向维希要求根据地 / 482

希特勒还有机会建议和平吗？ / 483

梦与呓话 / 484

侵略国人民的厄运 / 484

希望法越认清友敌 / 485

一个数字问题 / 485

观而不战的义军 / 486

"泰国不以被侵略为虑" / 486

维希的"内政问题" / 487

太平洋上的风向标 / 487

谈虎色变 / 488

民治防线的最后缺口 / 488

纳粹取消闪电战 / 489

无法公开的苦衷 / 489

一政治暗杀事件 / 490

答读者询问英美宣言第四条 / 490

日机的"演习轰炸" / 491

美英苏三强会议 / 491

日本的"绝叫" / 492

日本挽留美侨 / 493

奎士林发狂 / 493

日本的软性武器 / 493

谣言与否认 / 495

观望与行动 / 495

马渊的歪曲论调 / 496

日本觉悟的可能性 / 496

本多警告德义 / 497

野村之言 / 497

两年前 / 498

罪恶的竞赛 / 498

恫吓技穷后的又一姿态 / 499

日本非模仿者 / 499

美派军事使节团来华 / 500

苏联警告日本 / 500

何必客气 / 500

各得其所 / 501

华盛顿的外交活动 / 501

日人积欠巨额捐税 / 502

冷淡与悲观 / 503

失去戏剧性的一幕 / 503

编者敬告读者 / 504

英德土的三角关系 / 505

纳粹在泥淖中 / 505

日军"退出"福州 / 506

妒火与馋涎 / 506

美油船安抵海参崴 / 507

悼张季鸾先生 / 507

近卫手札内容 / 508

美国民意主对日强硬 / 508

巴黎的"恐怖空气" / 509

日本的矛盾心理 / 509

协约国的新行动 / 510

缅甸免征过境税 / 510

苏德前线的风雨 / 511

独捐一万元 / 511

戏剧性的一幕 / 512

送别阿尔考脱君 / 512

英国舆论界的卓见 / 513

友乎敌乎？/ 513

并无新发展 / 514

一个感情上的问题 / 514

捐献良心献金者注意 / 515

特夫古柏论太平洋局势 / 515

日本对美"友好"的背后 / 516

何时结束与如何结束 / 516

英美海军移驻太平洋论 / 517

"向侵略者追求" / 517

恐怖的巴黎 / 518

秋天——战士效命的季节 / 518

反共同盟的再抬头 / 519

基辅失陷 / 519

"合作政策"的成效 / 520

苏联的作战决心 / 520

保加利亚"准备作战" / 521

莫斯科会议与日本 / 521

河内日军滥捕华人 / 522

三国盟约周年纪念 / 522

请永远合作吧 / 523

未完成的杰作 / 523

东西媲美的宣传魔术 / 524

马脚毕露的日方宣传 / 524

拉铁摩尔的声明 / 525

事实胜过宣传 / 525

三国会议圆满结束 / 526

日军践约"退出"长沙 / 527

日军惨败后的美日谈判 / 527

法政府对河内事件的表示 / 528

希特勒的"怒吼" / 528

日军进攻郑州 / 529

纳粹后方的第三战线 / 529

苏联与宗教自由 / 530

日军又将陷入包围网 / 530

事实为最好的宣传 / 531

戴乐在梵谛冈的"特殊任务" / 531

苏德美日之间 / 532

时间即金钱 / 532

日方宣传的真价 / 533

日本对美让步的条件 / 533

苏联的乐观 / 535

狗咬人的新闻 / 535

来函照登 / 535

莫斯科保卫战与华军反攻 / 536

不可能的保证 / 537

宜昌之役 / 537

日本海军"渴望行动" / 538

孙哲生警告国人 / 539

扫除"乐观"的幻影 / 539

《中立法》及其他 / 540

东条内阁的全貌 / 540

"继续观望" / 541

关于戢止恐怖案件 / 541

"苏联应撤兵远东" / 542

德军不欲占领莫斯科 / 542

美国放弃海参崴航线 / 543

贺鲍威尔先生脱险 / 543

英国民意要求行动 / 544

与日本《广知时报》编者一席谈 / 544

日本要求不断的让步 / 546

给苏联的一份礼物 / 546

"美国并不中立" / 547

"日军并未离满" / 547

日方所传的中美英苏军事合作 / 547

并非上海捏造 / 548

南北同时戒备 / 548

穷极无聊之思 / 549

越听越糊涂 / 549

孤立派与《中立法》/ 550

华军克复郑州 / 550

日报对泰国的恫吓论调 / 551

谁首先射击 / 551

土耳其与泰国的中立 / 552

以行动评断日本 / 552

华盛顿的对日态度 / 553

所谓柏林压力 / 553

美日"妥协程序" / 554

来栖赴美 / 555

希特勒主义无分东西 / 555

加强联系争取主动 / 556

美国的"反日行动" / 557

美国的备战决心 / 558

罗斯福总统的"六项程序" / 558

彻底解决太平洋问题 / 559

给美国政府更大的权力 / 559

为"和平使者"惋叹 / 560

关于慰苏礼金征求读者意见 / 561

驻沪美军撤退在即 / 561

风雨泥泞中的德军 / 562

技术以外的观点 / 563

不负责任之谈 / 563

来栖野村面有喜色 / 564

日议会中的风波 / 564

关于慰苏礼物代金 / 565

英军发动北非攻势 / 566

日本"让步"了 / 566

"你有没有打过你的老婆？" / 567

退出轴心与撤军 / 568

神经战下的泰国 / 568

继续代收慰苏礼金 / 569

柏林的反共大会 / 569

英军在欧洲试探登陆 / 570

展开经济上的全面反攻 / 570

日本在越南的"新秩序" / 571

新闻记者的身价 / 571

轴心同盟的"胜利行进" / 572

不受欢迎的客人 / 572

远东反侵略的友军 / 573

冬夜的春梦 / 573

贺屋的落日之谶 / 573

苏军克复罗斯托夫 / 574

日本愿意继续谈判 / 574

神经过敏的推测 / 575

继续闲谈两星期 / 576

"报道失实"的演辞 / 576

日本对越南的"保证" / 577

能战始能和 / 577

里比亚攻势停顿 / 578

日本的"预防措置" / 578

武士们的悲剧 / 579

附　录
朱生豪的"小言"创作　　范泉 / 580

朱生豪小言集

一九三九年十月十一日
至一九三九年十二月三十一日

物价回跌　　一九三九年十月十一日

"孤岛"上的居民在物价飞涨的重压之下，生活成为一个异常严重的问题，一方面虽因环境使然，一方面却也未始不是拜受投机商人的从中取利所赐。

照最近趋势，一部份日用必需品（如米及煤球等）确乎逐步回跌，总算略叫人舒一口气。看到前几天沙利文面包减价的广告，不能不使人叹服外国商人目光的远大，这样一来，一则可以收安定人心之效，二则无形中提高了顾客对于自己的信仰。不知道只图近利、以为提高了货价便可以多捞一批外快的投机商人们，有没有也注意到这一点？

弄巧成拙　　一九三九年十月十二日

在恶势力笼罩下的"此时此地"，要说几句良心话确乎不是一件容易的事。本报因秉持正义的立场，致为某方所嫉视，多方破坏之不足，在我们新复刊这几天，又发生了有计划的囤购和抢劫，人之无赖，一至于此，可怜亦复可笑。

于此我们可以向读者告慰的，卑鄙的阴谋和暴力决不能挫折我们向恶势力作战的勇气，反而促使我们与读者间的精神上发生更密切的联系，观于这两天来读者不惜以较大的代价争先购买本报，便可以证明某方的弄巧成拙，徒然为我们做了一次义务宣传而已。

昨天是本报复刊后第三天，某方仍有拦截布置，但因租界警务当局，保护周密，损失极微，我们为恐防读者向隅起见，继续添印至十时左右，务使暴徒奸计，无由得逞。这两天本报虽遭意外，销数始终在十万左右，读者的爱护，使我们感奋莫名，愈加相信正义的力量可以胜过一切。魑魅的伎俩，何足道哉！

日外务省风潮　　一九三九年十月十三日

日内阁决定设立贸易省,新任外相野村,亦予赞成,但外务省的僚属,认为此事一经实现,将使一元化的外交体制,为之破坏。前后提出辞职,驻沪港日领事馆职员,亦影响此事,提出总辞职,一般观察,或将引起日本严重阁潮。究竟日本是否应当另设贸易省,或如外务省人所云,应当坚决保持外交的一体制,我们不必论述;就算此事扩大,终于引起阁潮,我们也不必特别重视,因为日本自从"中日事件"发端后,内阁改组,已成为家常便饭,不足为奇。不过日本此次设立贸易省事,由内阁正式决定,而外务省的僚属却偏不卖账,以去就争,亦可见得日本近来政治纲纪的废弛了,纲纪是秩序的先决条件,纲纪不振何言乎秩序。似乎日本于唱说"东亚新秩序"之前,当致意于东京霞关[一]的秩序。

【一】霞关:位于日本东京都千代田区,是日本的行政中心,当时日本外务省及许多政府机构都设在此地。

正义自在人心　　一九三九年十月十三日

一个缺乏理性的人,在明知自己理屈词穷的时候,往往不惜借助于卑鄙阴劣的手段以遂其中伤他人的目的,这种手段也许是十分恶毒厉害,然而明眼人一望而可知其无一哂的价值。据今日英文《大美晚报》载称,在本报复刊之前,汪派曾致函工部局西董,诬称本报为发动恐怖事件的机关,要求令本报永远停刊,可谓极荒谬之能事,同时也反映出他们的技止此矣。

我们曾一再声明,本报以正义公道为立场,对于任何一方无所偏爱,凡反乎正义公道的行为,一律加以抨击。在目前的中日战事中,无可讳言地我们是寄同情于反抗侵略的一方。我们知道在此时的环境下,发言有许多不便,为顾到租界当局的困难起见，我们始终愿意竭诚合作。过去虽连遭两次停刊处分，但我们光明坦白的态度，仍为租界当局所谅解，汪派的恶意诽谤及胁迫，也不能朦蔽工部局董事诸公的灼眼，可知本报之仍得在如此困难的环境下和读者见面，决不是一件偶然的事。至于说到指使恐怖行为，那么试问孤岛上层出不穷的拥护正义人士的被暗杀事件，是出于何人之手？以漫无佐证之言作含血喷人之举，自欺欤？欺谁欤？

我们敢正告对我们怀有恶意的汪派：本报是有全上海数百万有良心爱正义的中外人士为后盾的，即使他们的诡计得逞，本报真的永远停刊，我们相信必有无数如本报的报纸，会继续发刊；更退一步讲，即使言论自由在今日的"孤岛"上已绝对无存在的余地，我们仍坚信每个人心里的正义之感也是无法将其扑灭的。中国人民受了这两年多来的教训，是非之辩，忠奸之分，正看得明明白白，纵令用尽种威迫利诱的手段，也不过显出来自己嘴脸的狰狞可怖而已。

香港政府严惩投机商人　　一九三九年十月十四日

在贫民欲生无路，中等阶级捉襟见肘的目前特殊环境下，无心肝的投机商人的高抬物价，实在是一件最不可恕的行为，可是上海因为"环境特殊"，中国政府鞭长莫及，租界方面也没有一个统一号令的机关，可以实施取缔，因之投机者愈加肆无忌惮，而平民生计，愈加不堪闻问了。

报载香港政府对此事十分注意，在欧战爆发以后，即限制物价的增涨，不得超过八月三十一日以前原价的百分之十，有一家商号已因略过这限度而被判处港币一千元的罚金。杀一惩百，令人称快。上海方面，有一部分外国人士主张组织领事法庭审理此等案件，这虽然也是一个无办法的办法，但我们以为这种骈枝机关的存在，未免与中国主权抵触，何如请中国商人，大家放出良心来，少发几个国难财，免贻外人齿冷，间接使社会秩序得以安定，也就是增厚了抗战的力量。

一九三九年十月三十一日至一九三九年十二月三十一日

苏芬交涉　　一九三九年十月十五日

在德国采取所谓"和平攻势"的时候，苏联又以敏速的姿态向芬兰提出了含有威胁性的要求，详细内容虽然尚未公布，两国在莫斯科的谈话正在进行中，而美国与斯坎的那维亚各国也已经表示他们的关切，但英法既不能有所作为，德国也只有暗中叫苦，苏联之占据波罗的海霸权，大概是一件势所必然的事。回顾欧战未发生以前，英法苏三国进行谈话的当初，波罗的海势力范围的划分，正是苏联所坚持而英法所靳而不与的，今日苏联予取予求，也大可以踌躇满志了。大凡一个国家在外交上的胜利，一方面固然在能把握现实，操纵局势，而尤重要的却是自己的国力充实，有恃无恐，苏联之能在今日成为世界安危的主要重心，正是多少年来埋头苦干的结果，这是值得我们反省的。

华机二度空袭武汉　　一九三九年十月十六日

这次华军湘北的空前大胜，已经以铁般的事实把投降论者打了一个响响的嘴巴，一般意志不坚的人，由此可以认识中国军队的实力，的确在突飞猛进之中，而最后胜利一句话，也决不是一张空头的支票。近两天来，战局着着进展，岳阳日军虽还在负嵎顽抗，图作最后的挣扎，但军心涣散，四面受敌，歼灭之期，已不在远，而华机的两次飞往武汉作大规模的轰炸，尤足令人兴奋。这一切虽不一定指示总反攻业已正式开始，但无疑的可以看得出来坚持二年余的中日战事，而今已到了一个转捩的枢机，中国的如日方升，反映出侵略者的崦嵫日暮，最后结果的判明，已不待智者而后喻。在此局势日益好转的时候，居然还有腼颜无耻之徒散播含有毒素的和平空气，试问他们的居心何在？除了为他们的主子打算，以图保全劳师动众所得到的眼前这一点"胜利的战果"之外，还有什么别的动机可以解释？如何增强我们精神上的壁垒，确守"抗战必胜、建国必成"的信念，排斥一切投降的谬论而不为所惑，这是每一个中国民众的责任。

美国中立法[一]再修正　　一九三九年十月十七日

在毕德门中立法修正案里，有禁止美国商轮在交战国区域航行一项。该案如果正式通过而见诸实施的话，那么美国商轮的航行，不仅在欧洲方面受到限制，就是太平洋方面的香港新嘉坡甚至于上海各地，也都将包括在内，这无疑地是有利于日本而不利于中国的，因为日本自己有船只，仍可以现钱换得美国的货品，而中国则无此便利，美国方面的接济势将从此断绝。据美联社消息，参院外交委员会民主党议员，正在积极努力，企图把中立法修正案再度修正，取消美商轮在太平洋方面航行的限制。该项修正案，大致可望在参院通过。可见美国眼光远大的正义人士，始终不曾放弃他们的着眼点，这对于在艰苦抗战中的中国，倒也未始不是一服有力的定心剂。

【一】中立法：指美国政府于一九三五年及以后通过的一系列法案的总称。美国积极参与第一次世界大战，损失颇重。由是孤立主义势力在美国兴起，他们希望美国不牵涉国际斗争，从而促成了中立法的制定。中立法禁止美国公民向交战国售卖军火和战争原材料，甚至禁止美国公民乘搭参战国的船只。中立法不分侵略国和受害国，限制了美国政府协助英国对抗纳粹德国的力度。一九三九年十一月二日国会通过的中立法修正案取消了禁运条款，允许交战国在"现购自运"的条件下从美国购买武器。由于英法控制海运，此项修正对英法有利。一九四一年中立法再次修改，删去了禁止美军舰只进入战区，美国公民禁止乘搭参战国船只的条款。一九四一年年底美国正式向轴心国宣战，中立法被废除。

日军的敬意　　一九三九年十月十九日

据说大日本的皇军在完成"歼灭"华军的计划以后，居然那么慷慨地仍旧把湘北各县"还给"华军；据说他们的退出中山，是因为表示对于孙中山先生的敬意。想不到日本的军人经过这一次炮火的教育，居然变得那么宽宏大量。牺牲了多少士卒，损失了多少金钱，能够换到这一点"精神上的收获"，那么也许这次战争在他们方面还不是白打。

可是事实胜于诡辩，华军在湘北大胜之后，赣北山西，复有连续奏凯的捷报，华南方面，琼岛华军又有克复临高之讯，不知他们对此又将作何解释，或者又是在对什么人表示敬意吧！

英法土协定成立 　　一九三九年十月二十日

苏联土耳其两国间所进行的谈判，已因土耳其拒绝苏联所提要求而宣告决裂。同时英法土三国互助协定已于昨日在土京签字。本来土耳其居于巴尔干诸国的领袖地位，苏土协定倘使成立以后，英法在该方面即无从插足，所以这次交涉的失败，对于苏联完成自波罗的海至巴尔干半岛这一道阵线的计划，无疑是一个重大的挫折。

土耳其所以采取这种毅然的姿势，固然由于她尊重对于英法的约束，但就其本身的立场而言，也有她不得不如此的原故。因为此时而与苏联成立联合防线，虽然足以阻止他日德国势力的侵入，但在目前的情势下，却不免有为德国张目之嫌。权衡自身的利害，而避免卷入任何一方的漩涡内，总不失为计之得者。至于英法土三国协定，内容虽尚未公布，但大抵目的不过是在维持巴尔干半岛的和平，不但不能认为是反苏的表示，而且也不致于立即参加英法阵线对德作战，这是可以断言的。

中国的沙逊何在？ 　　一九三九年十月二十一日

昨日报载沙逊爵士以一百万元捐助英国战时基金，以供祖国作战之用，这种急公爱国的精神，实足令人钦佩。反看到我们自己，别的不用说，就以这几天本报代收的寒衣捐而观，捐助一角二角的固然非常踊跃，但捐助十元二十元以上的却简直没有，这可见愈是穷人，愈是爱国，而"孤岛"上尽有不少有钱人，他们始终把不关自己的事认为无关痛痒，不肯为自己的国家和同胞拔一根毛，相形之下，岂不愧煞！

所望于上海言论界者　一九三九年十月二十一日

这两天《申报》上以显著的地位刊登了一则荒谬绝伦的广告，登载者是所谓"阐扬孔子大同真义，祈祷世界和平大会"，其中措辞的滑稽荒唐，简直是一片梦呓，说有所谓"段师尊"者，"亲受大学真传"，"洞明天地之化育"，以救"今世浩劫"而"降生"，说得好像是一个神人一样。可惜这位"师尊"因鉴于"天地毒戾之气"尚未泄尽而登报"退隐"，因此非请他出来"说法"，不能挽回世界的劫运。读了这一则广告，真令人不知今是何世。姑不论其有无某种作用，单就其妖言邪说而论，已不能不使人怀疑到何以像《申报》这种有地位的大报会把这种东西堂而皇之的登载出来。我们希望"孤岛"上的言论界对于此类含有毒素的广告，能够多予注意，不要让它淆惑一般人民的听闻，而中奸人分散抗战中心的恶计。

保证与行动　一九三九年十月二十二日

日军当局最近又向《纽约时报》上海代表作了一次保证，说是他们的军队以后决将尊重美国在华权利。这种话不是第一次说，也许我们可以不必对之加以注意，可是我们看到日本对美国另眼相看，屡次把"日美亲善"一类话挂在嘴边的那种谦恭的态度，可见她始终对美怀抱戒心，不敢轻易开罪。然而保证自保证，事实自事实，嘴上尽管说得怎样好听，而侵犯美国权益的事，仍是不断发生。六百余件未解决的日美悬案，可以证明日方的保证始终缺少诚意。时至今日，她的话正根本无信用可言，格鲁大使前日所发辞严义正的谈话，可以表明美国对日的舆情，已经到了无可容忍的地步，决非一两句搪塞的甘辞所能了事。就近而言，沪西界外马路日伪的猖獗，不但对于该地各国侨民（包括美国在内）的权益是一种威胁，并且直接影响到租界本身的安全，美政府已表示准备以武力防卫的坚决态度，可见日人所作的种种保证，没有人再会去重视它，以后也尽可不必再自己打自己的嘴巴了。

美国态度强硬以后 　一九三九年十月二十三日

美国格鲁大使很严正地警告日本，"余以为此间未有一人不知美国舆情大不满于今日在华日军所为之若干事件"；又谓"东亚新秩序"的目的，显去排斥美人在华北成已久的权利，这是美国人民所竭力反对的；又谓他所说的见解，代表美国朝野一般的感想，此种朝野一致的舆情，终必去美国的政策与行动上求得实现。

现在美国政府已经开始实现朝野一致主张的政策了，沪西租界巡捕遭受袭击后的第二天，美国国务卿赫尔宣布，美国政府拟与上海工部局通力合作，解决各种事变，同时，工部局总董樊克令又公开发表声明，拟请美国海军陆战队，保护越界筑路[一]区美国人民的生命和财产，这种种都表示了一点，即美国不愿远东的情形，由任何方面，运用压力随时加以变更，倘有加以变更者，美国政府即不惜与之周旋，而使其就范。在此英法卷入欧战，不能分力兼顾远东之时，美国的采取这种态度，对于努力抗战的中国民族，不用说是一个大好的消息，它的影响已经使租界当局的态度，突然强硬。事实表示出来，日伪今后在"歹土"[二]的暴行，不能再像从前那样地狂妄猖獗了。租界当局，已准备有所行动，不仅在消极方面派几部装甲车，沿路巡逻，就算了事，在必需时，并将像今天早晨那样地严阵自卫。暴徒知所敛迹之后，沪西的情势，也许可以从此改善起来。可见对付暴力，不在空言，而在乎实际的行动。即小以见大，上海一隅是如此，整个远东的局势，也何莫不然。

【一】越界筑路：指上海公共租界在界外修筑道路，并进而事实上取得一定行政管辖权的附属于租界的"准租界"区域，中国政府仍保留税收等一定的行政权力。其时上海租界以外的区域为汪伪政府所掌控，日方也在各方面对租界进行渗透和施压，越界筑路区域则成为一个特殊的敏感区域，其管辖问题也成了租界当局和日伪交涉的焦点。

【二】歹土：指上海沪西一带歹徒出没之地，多处于越界筑路区域。一九三七年至一九四一年，日本侵略军、汪伪傀儡政权、外国租界当局、国民党政府等各种势力在上海纠缠在一起，形成复杂而又紧张的关系。沪西歹土经常发生暗杀等恐怖活动，又充斥着赌博等城市犯罪现象。

上海对外贸易好转　　一九三九年十月二十四日

据江海关发表，九月份上海对外贸易进口为四千八百万元，出口为六千六百万元，计出超一千八百万元。上海向来是入超口岸，这种现象，当然是难能可贵的。

何以能造成出超现象呢？可以说是中国外汇政策的成功。过去，因为中国政府无法统制上海的对外贸易，造成大量的入超，使法币[一]受到重大的威胁，于是，中国政府为谋战时金融的巩固，乃于六月间停止供售外汇，压低法币汇值，以阻止非必需品的进口，促进土货的外销。而上月份的上海对外贸易出超，就是这样造成的。

最近上海外汇暗市的放长，虽尚有其他原因，但在贸易上变成出超，也是重大原因之一。上海对外贸易的出超，固使中国战时金融基础益加巩固，而对于中国抗战经济，尤有裨益。

【一】法币：一九三五年起由中国政府发行的法定货币。法币的发行，结束了中国使用近五百年的银本位币制。初发行时以一法币换银元一元，后来因大量发行引发恶性通胀，在一九四八年由金圆券取代。

希特勒改变作风　　一九三九年十月二十五日

希特勒满想一口气吞灭波兰之后，可以挟战胜者的威风向英法谈判和平，不意所愿与事实相左，却弄成了一个骑虎难下之势，如意算盘式的和平既不可致，认真与英法作战，又没有必胜的把握。这一位叱咤风云，以大刀阔斧为其一贯作风的褐衫元首，近来的踟蹰苦闷，却完全不似其为人。他早曾宣称过一俟波兰解决之后，即刻可以倾一百六十师团的军力击溃马奇诺防线。可是现在波兰已解决多时，西线上仍然尚呈密云不雨之势，然则这种大言壮语，除了恫吓以外还有什么别的价值可言，也就不难想见了。

尤其可以看出希特勒近来"作风"的锐变的，是这位"朕即国家"的独裁者，居然在召集各支部领袖而征询起他们的意见来。可见他对于这次战争多少已失去了自信，而觉得有必需考虑国内反响的必要。在和战的歧途上，他究将选择何者，大概不久就可见分晓，而整个世界的命运，也将系于他的决定上。

无聊的恫吓　　一九三九年十月二十六日

有所谓"中国国民党青年文化反共行动委员会"的团体者，昨向本报广告户发出无聊的恫吓，并指称本报为共党分子所操纵。某方屡次用种种卑劣手段希图破坏本报，可惜公道自在人心，正气非可威屈，其阴谋诡计，终未得逞，失望之余，乃以流氓的姿势威胁本报的广告户，这一副穷形极相，使我们不觉其可恨，只觉其可怜！

本报在"孤岛"上与读者维持接触，迄今将近一年。我们的立场如何，宗旨如何，有过去一年来的事实，可为复按，读者早已了然在胸，也用不着我们再事反复声明。至于他们所说本报被租界当局认为非法出版物，则前次本报遭暴徒拦劫的时候，曾蒙租界警务当局出力保护，即此一节，已可以证明其为欺人的鬼话。好在本报广告户都是深明大义的人，对于这种恫吓，一定会一笑置之。上海租界虽处于特殊环境之下，仍然有完整的法治，决不会容暴徒任意横行的。

越界筑路交涉　　一九三九年十月二十七日

僵持多时的沪西越界筑路交涉，至今尚未获得具体的结果。据说工部局已准备向伪市府当局提出具体建议，其内容如何，则尚不见公布。我们不敢妄揣工部局是否果真有向日伪妥协的决意，但这问题的关系实在太大了，影响所及，决不仅仅是沪西越界筑路一区的问题，整个租界的秩序与安宁，势将受其后果。"歹土"之成为"歹土"，尽人皆知是受何人之赐，要是再容彼方势力逐步侵入，则无异直接威胁到租界的心脏，租界内数百万居民的安全与自由，均将失去保障。某方过去对于许多手无寸铁的文人，如朱惺公[一]吴志骞[二]等所施的毒手，已经使正义之士同声愤慨，今后工部局如再向他们让步，则此辈势必愈无忌惮，恐怖案件更将层出不穷。我们希望租界当局为维持自己的权益与威信，能始终坚持不妥协的立场，拒绝作任何卑屈的让步。我们更希望全体市民，为保障自己的合法生存，一致促请当局予以严重的注意。

【一】朱惺公：时为中文《大美晚报》副刊《夜光》编辑。因宣传抗日，首创"沪西歹土"四字称号，发表大量宣扬民族正气、谴责和讽刺汪伪汉奸的文章，曾于一九三九年六月十五日收到日伪特务组织的恐吓信，声称如不改变抗日态度，即缺席判处死刑。他不为所动，反而在六月二十日的副刊上发表《将被"国法"宣判"死刑"者之自供——复所谓"中国国民党铲共救国特工总指挥部"书》，表示死而无憾。八月三十日下午，朱惺公从寓所步行去报馆时，被特务暗杀。
【二】吴志骞：时为上海女子大学校长。一九三九年八月三十在《中美日报》等报刊上刊登启事对汪精卫叛国求和的行为痛加指责。九月四日上午在女大体育室遭汉奸特务组织暴徒狙击身亡。

可谓"圣之时者"【一】矣！　　　一九三九年十月二十八日

国际政治舞台上第一位偷天换日的魔术好手希特勒，他的出尔反尔的行径，早已把全世界人搅得眼花撩乱。从与苏联订立互不侵犯条约起，一直到现在的积极反英，这一幕惊人的把戏，更把国社党圣经《我的奋斗》【二】上的金科玉律根本撕毁了。我们回忆国社党的勃兴，可以说是经英国一手提拔起来的；在他们的东进政策上，始终认定鲍尔希维克【三】为最大最凶恶的敌人，而屡屡以反共急先锋自命，英国亦唯其对之深信不疑，故有近数年来因绥靖政策【四】而肇成的几许错误。在局面已经完全改观的今天，敌人不再是敌人，友人不再是友人，《我的奋斗》势非完全改写不可了。记得早两星期曾有德国停止该书发行的消息，在修正版的《我的奋斗》里，此君究将如何自圆其说，倒是一个饶有兴味的问题，而今天说过的话明天不算，希特勒也真可谓"圣之时者"矣。

【一】圣之时者：原意是指圣人中能适应形势发展的人。《孟子·万章下》载："孔子圣之时者也。"这里则是用来对希特勒"今天说过的话明天不算"所作的讽刺。
【二】《我的奋斗》：这是希特勒为标榜自己所写的书。
【三】鲍尔希维克：即布尔什维克。
【四】绥靖政策：指对侵略不加抵制，姑息纵容，以牺牲别国为代价，同侵略者勾结和妥协的政策。

第二次世界大战前，以英国首相张伯伦为代表的英、法、美等国当局为求一时苟安，谋求同侵略者妥协，希将"祸水"东引至苏联以坐收渔利，纵容了法西斯侵略气焰的扩张，并以将捷克的苏台德区割让给德国的《慕尼黑协定》为其顶峰。但靖绥政策并不能满足法西斯国家的侵略野心，却鼓励了侵略者冒险，加速了第二次世界大战的爆发。

所望于华董诸公和樊克令先生者　一九三九年十月二十九日

关于沪西越界筑路区交涉问题，我们曾于本月十九日和本月廿四日社论中，一再表示意见，本来可以不必再多所申说，不过鉴于此项交涉的关系重大，当现在结果如何尚未确定之先，似乎尚有不能已于言者。

第一我们希望工部局华董诸公能严守华人的立场，一致反对向第三国卵翼下的非法组织作任何屈辱的让步。越界筑路区的主权属于中国，只有中国的合法政府可以出面交涉，绝对不能由他人越俎代谋。

第二我们希望工部局美总董樊克令先生在进行此项交涉时，能以严正不阿的态度主持正义，在此美政府对日取坚决立场的当儿，尤其希望他能仰体其政府的意志，不要作使中国人民失望的事。

引狼入室，自贻伊戚，深愿租界当局勿图眼前的苟安而忘其远者大者。

英日重开谈判　一九三九年十月三十一日

停顿已久的英日谈判，将于不久重开。根据英国历次所作"远东政策不变"的保证，我们本不必怀疑她行将对日让步，不过她现在因被欧洲的事束手束脚，正在无暇顾及远东之时，一方面为图免去后顾之忧，一方面也许还希望有所借助于日本，那么她的谋与日本妥协，也未始没有很大的可能。

然而所谓"绥靖政策"者，现已失败于欧洲，在亚洲又何尝行得通？一次次的委屈求全，只是使侵略者的胃口愈来愈大。这两年来，英国所受的教训，已经太大了，如果再要来这一套，那么大不列颠的威信真将扫地无余了。独霸亚洲是日本野心所在，排斥一切外人势力是她终极的目标，希望行暴者适可而止，空非梦想？

国际正义与公道一类话，我们暂且搁起来不谈。为了英国自身利益与前途，我们希望她能力持坚决的立场，拒绝作一寸一分的让步，否则日本踌躇满志之日，也就是英帝国在远东的丧钟鸣响之时。

德苏同盟？　一九三九年十一月一日

苏联最高议会临时会议今日开会，莫洛托夫将发表重要演说，演说的内容如何，现在还不能遽加推测，但据德方报纸的宣传，说德苏两国友好条约将改为军事同盟条约，则就常识判断起来，眼前似乎还不致于成为事实，也许将来也未必会成事实。

苏联因缘机会，已经不流血而获得偌大的利益，她现在处于绝对优越的地位中，很可以借所谓"中立"以自重，无须受军事同盟条约的束缚。再者苏联对英国固然不嫌于心，而她与德国的暂时结合，乃不会永久是好相识，与其为一个主义上不相容的国家出死力，不如坐视别人的火并而自己从中取利之为愈。再者就德国方面而言，她现在所有求于苏联的，也无非是经济上和原料上的接济，还没有到需要苏联军事援助的地步。

国际情形变幻莫测，自昔以然，于今尤烈，最好还是让事实来证明吧。

美日关系的基本认识　一九三九年十一月二日

日本真是太苦闷了，对于中国政府所取的"和平攻势"，既然一无成效，而在对美的外交上，尤其显出他手忙脚乱的一副情急的可怜相。一会儿在报纸上大吹大擂地宣传野村格鲁的谈话即将举行，一会儿外务省又来了一个彻底的否认。倘不是日本报纸在白日见鬼，那么一定他们的外交当局有些神经错乱得语无伦次了。

当然他们的苦处我们是不难加以谅解的。宣告废止的美日商约，三个月后便要正式失效了。我们知道日本由外输入的军需原料，最大多数是取给于美国，这样一来，他们的侵华迷梦势将无法做下去，也难怪他们要寝食难安地企图使该约复活了。

然而美国之所以采取这种毅然的举措，其原因为日本侵犯了她的在华权益，破坏了她的"门户开放"及"维持中国领土主权完整"的基本政策。废约的动机既然在此，那么现在日本的态度和行动有没有改善得可以使美国重行考虑再订新约呢？倘若没有，那就根本谈不到美日关系的好转，所有日本的种种哀告恳求或甚至无聊的恫吓，亦终归于徒然而已。

日本与"中国新政权" 一九三九年十一月三日

《朝日新闻》载日本对于汪精卫行将组织的"中国新政权"，其政策有十要点（见今日本报路透社电），我们不难从这十要点里看出这所谓"新政权"者，究竟是什么东西。固然表面上的好听话不会缺少，什么"尊重中国主权"啦，"避免干涉中国内政"啦，然而这种话的价值，不会高过于写着它们的纸，也许说话的人自己听了会因自己的宽宏慷慨而感动得流泪，可是要拿来欺骗别人，那世上似乎还没有这样易于受骗的人。第一我们看这所谓"新政权"是在日本"无限制的援助"及"期望"下产生的，那么它除了仰承鼻息之外，要说是能独立自主，岂非强其所难？一面希望"新政府"进行其独立政策，一面又说是在"需要"时"不吝予以任何之援助"；一面因避免发生干涉中国内政的"印象"而不遣派政治顾问，但"新政府"如"愿意"时，仍准备派遣财政顾问。我们不知道这里所说的"需要"，是谁的需要？所谓"愿意"，又是谁的愿意？

汪精卫之为华人所共弃，已是一件铁铸的事实，在日人卵翼下的任何傀儡政权，都绝对不能代表中国，也已经为举世所共喻。如果以为捐出一个汪精卫来便可以收拾这场无法收拾的"中国事件"，那未免太一厢情愿了。

美国会通过中立法修正案　　一九三九年十一月四日

美国中立法修正案已经在众院通过，禁止军火出口令也已决定撤销，自此英法可以在"现款自运"的条件下由美国获得接济，这无疑是美国政府对于孤立派[一]的一大胜利，也可以表明美国对于欧洲的事情，未便再抱隔岸观火的态度了。

新中立法之有利英法，这是不用说的。在远东方面，有人深以它将助长日本的凶焰为忧，这其实是一种过虑。因为美国现行中立法，在远东方面始终未付实施，可见美国政府在这上面很有权衡的余地。我们所希望的，是她能本嫉恶如仇的精神，以对付欧洲的态度来对付远东，予扰乱东亚秩序者以切实有效的制裁。美日商约的宣告废止，以及最近格鲁的演说，都是对日本的有力的警告，然而顽迷不化的日阀，单是警告尚不能使之觉悟，只有实际的行动才可迫令就范，所谓实际行动者很简单，拒绝续订商约，禁止军需原料运日，就可以使侵略者束手无策。

【一】孤立派：美国独立初期，在对外关系中持孤立主义政策，避免卷入欧洲的政治和军事冲突，不承担国际社会的政治、军事义务，不与外国，特别是不与欧洲大国结盟，这对保护刚建国的美国的国家利益有一定历史作用，曾对美国对外政策产生深刻的影响。"二战"期间，随着德意日法西斯侵略行动步步加紧，罗斯福总统坚持与英法结盟，支持国际反法西斯阵线的立场，但是受到孤立派势力的严重阻挠。

日苏商务协定有无可能？　　一九三九年十一月五日

莫洛托夫在苏联议会里发表了一篇演说，害得日本当局大做其好梦，虽然一面还在假惺惺作态，说什么反共政策不变的话，可是毕竟掩饰不了心中的欢喜。东京的外交界财政界一致希望日本与苏联开始商务谈判，据说一个于双方互有利益的物物交换协定，颇有成立的可能。

一九三九年十二月三十一日　至一九三九年十月十一日

可是希望不一定能产生事实。所谓物物交换者，必须以彼之所有济我之所无，日本固然十分需要苏联的原料，如生铁、石油、木材等，然而她所能供给于苏联的，却不过是茶、革、织物之类，并非为后者所亟需的事物。苏联出产丰富，她所需要的是制造工具的机械等物，而这日本也有赖于德国的供给。倘使一个商务协定的缔结果真于双方互有利益，那也许为苏联所乐于签订，可是有利的倘仅是日本，那么精明如史太林者，当未必会让别人占了便宜去吧。

芬总理沉痛陈辞　　一九三九年十一月六日

苏芬谈判进行多时，双方各持强硬态度，至今未有结果，这是一件可为扼腕的事。在苏联方面，主要的要求为租借芬兰湾南部海岸以建筑海军根据地，借以巩固其在波罗的海的地位。然而这样足以使芬兰自身感受威胁，因此殊非为后者所能接受。芬兰总理前晚发表沉痛的演说，表示苏联欲保障列宁格勒的安全，固然不错，然而不能因为列宁格勒的安全而使芬兰的安全受到危害，的确是慨乎其言之。

我们站在第三者的立场，深望两国能根据合理而互相尊重的原则，早日获得满意的解决。同时觉得像芬兰这样一个人口仅三百三十六万七千的小国（还不及上海那么多）能够这样坚持自己的立场而不为威武所屈，真值得我们深深钦佩。

马相伯[一]先生的精神　　一九三九年十一月七日

马相伯先生之死，全国无论识与不识，莫不一致震悼，国家少了一位元良，后生失了一位楷模，在此时此日，尤其使我们感到斯人的溘逝，真是一个重大的损失。然而我们所要纪念他的，并不因为他是一位百龄人瑞，一个人倘使偷生苟活，无所贡献于社会国家，那么他的长寿无宁是一种浪费，根本不值得我们的重视。然而我们纵观马先生的一生中，如一手创设复旦震旦两大学，兴办各种慈善事业等，孜孜兀兀，无时不以造福社会为前提，作育人才为职志。抗战军兴，他老人家以垂暮余年，翊赞政府，松柏之志，老而弥坚，以视利令智昏，变节事仇之流，其贤不肖真不可同日而语。马先生现在死了，然而他已经给我们留下了一个良好的榜样，教我们怎样做一个堂堂的人。他在未死之前，时时以国事为念，我们所可以告慰马先生在天之灵的，也惟有益自惕励，努力当前的责任，以求最后胜利的早日实现而已。

【一】马相伯：一八四〇年四月十七日出生于江苏丹徒，中国著名教育家、复旦大学创始人、震旦大学首任校长，蔡元培、于右任、邵力子等均为其弟子。光绪年间曾从事洋务及外交活动，辞官后潜心于天文度数的研究和译著，致力兴学育人。辛亥革命后曾任首任南京市长。"九一八"以后，以九旬高龄不断为救亡呼号奔走，发表《为日祸告国人书》，进行抗日广播演说，参与组织民主集会，主张"立息内争，共御外侮"。一九三九年十月二十日，得知湘北大捷的消息，兴奋异常，夜不能寝，病势加剧，十一月四日溘然长逝。噩耗传出，举国哀悼。

毕德门的严正表示　　一九三九年十一月八日

　　美国参议院外交委员会主席毕德门前日表示他对于美日续订商约有无可能，深为怀疑，并宣称将于明年一月廿六日现有商约期满后建议国会，授权总统，下令禁运军火及原料至日。这两天日本正在那里拼命宣传，说美国愿与日本改善关系云云，现在听见了这种坚决的表示，多分会哑口无言了吧。

　　本来日本与第三国间关系的改善，以至于整个远东问题的解决，都要视日方有无"放下屠刀，立地成佛"的痛切觉悟以为关键，否则左一个谈判，右一个谈判，永远谈不出一个所以然来的。就中国方面说，虽以自力抗战，为谋取最后胜利的总关键，然而友邦维护国际正义的精神，至少也可以使艰苦奋斗中的中国人民增加无限的勇气与信心，何况美国现在藏在鞘中准备拔出的武器，是足以制侵略者死命的。

一九三九年十月三十一日至一九三九年十二月三十一日

荷比呼吁和平　　一九三九年十一月九日

　　欧洲战事尚在极度沉闷的空气中，荷兰女王与比利时国王昨又联名向英法德三国声请出面调停。和平固为人人所乐闻，然而在此时而能为任何一方面所接受，却绝少可能。按荷比两国，在战事未爆发前即已表示愿任调处，此番作再度的呼吁，大概因鉴于自身处境的困难，德国威胁的加重，不能不聊尽人事，以为将来中立地位被破坏时留地步。至于此举是否系出于德国威胁下的授意，明知英法不能接受，以便推卸战事的责任，则虽然未便妄加揣测，但也未始不在情理之中。

　　对于此次呼吁，德国方面，已经说过表示同情的漂亮话了。法方的评论，认为战事系德国破坏条约所促成，英法制止德国此种行动的目的一日不达到，则一日无接受和平的可能。而英外相前日演说，也反复说明德国侵略政策不变，和平终属无望；英法作战的目的，不独在"保护将来不再受近数年来德国侵略行为所加于欧洲的伤害"，且当"修复德国屡次施诸弱小邻国的损伤"。英法的态度既表示得如此坚决，要德国交出它的侵略地，更绝无希望，则一切和平运动之终归失败，也是势所必然的了。

希特勒遇险　　一九三九年十一月十日

　　这次希特勒在慕尼黑酒窖中发表演说，酒窖忽然爆炸起来，几乎闹了一个不大不小的乱子，总算希特勒命不该绝，刚巧已经离开，未曾遇难。据德国官方声称此事系外人所为，但我们很有理由疑心这是国内不满现政府派的行动。

　　接着荷比两国元首的呼吁和平，希特勒又再度声明了德国有准备作五年战争的决心。然而无论他怎样宣称今日的德国非一九一四年时的德国可比，原料的贫乏总是一个无法弥补的弱点，而比之原料问题更严重的危机，尚有国内人心的不安。现时在国社党的高压之下，反对党虽然还没有到公开活动的时期，但确乎是存在着而且在暗中十分活跃,这是无庸置疑的,战事如果延展下去,他们的活动必然会逐渐表面化起来。这次的爆炸事件,已经透露出几分朕兆来了。

历史将重演吗？　　一九三九年十一月十一日

这两天荷比边境,愁云密布,大有风雨欲来之势,两国已在准备迎接最恶的命运,所谓"德国即将发动占据荷比"之说,虽还未曾证实,但因西线进攻的不易,或将再师上次大战的故智,假道中立国以向英法侧袭,事实上殆为必然的步骤,因为德国占领荷比沿海地方之后,她和英伦三岛即处于正面相对的地位,空军更可以一箭之遥直接威胁英法,可以说是军略上的一大胜利,然而不幸的荷比人民,势将尝受敌骑蹂躏的滋味了。

英法于此当然不能熟视无睹,荷国是所谓"绝对中立国",和交战任何一方没有条约上的束缚,她的中立遭德国破坏后,自可向英法请求援助。比国的处境较为困难,因为英法和德国对她都曾有过约束,因此德国很可寻借口,以对方先破坏该国的中立为言而将军队开入。但无论如何,德国向荷比进攻即为向英法进攻,英法为自身计,决不能袖手旁观而不加以援助的。

青天白日照耀在今日的"孤岛"上　　一九三九年十一月十二日

今天是中华民国国父孙总理的诞辰,也是上海租界当局特准中国市民悬旗志庆的一日,"孤岛"上的中国人民,困处于令人窒息的恶劣空气中,见到了久别重逢的自己的国旗,缅怀手创此旗者缔造民国的辛勤,于兴奋鼓舞之余,应该有怎样的感想和反省呢？

上海的中国人民！你们应当想到,青天白日的正大的光辉,今日虽还能照耀在这地方,使每一个孤臣孽子仿佛亲承孙总理的色笑,而鼓起了新的希望与热力,然而还有无数呻吟无告的同胞,尚在度着不见天日的生活。你们更应该想到,你们在这里坐享晏安,而前方将士,正在浴血抗战,为保卫神圣的国旗而牺牲其生命；同时还有一批无耻之徒，却在假借孙总理信徒的名义，行使其卖国之实，企图把这面清白的国旗染上难堪的污辱[一]。

现在抗战正在半途，胜利克日可望，每一个不甘心为奴隶的中国人，应该怎样各就本位，在消极方面束身自好，保持一己的清白，在积极方面尽力之所能，有力出力，有钱出钱，以供献于国家，使抗战目的早日达到，好让青天白日重行飘扬在中国的全土上！

【一】汪精卫伪政权悬挂的"官方"旗帜，系在青天白日的中华民国国旗上加带有"和平反共建国"六字的黄地黑字小三角旗组成。故此处称"把这面清白的国旗染上难堪的污辱"。

舍本求末的日本外交　　一九三九年十一月十三日

日本向美国调情失败以后，悻悻之形，见于辞色，除了各报上一致对美作泼妇街骂式的攻击外，无法可想，只好拉住了苏联大使的一句外交辞令，大事宣传其调整对苏关系，以为要挟美国的地步。夫苏日两国的利害根本矛盾，决无成立真正妥协的可能，即使苏联因有事欧洲而暂和日本作局部的妥协，也不足以影响美国在远东方面维持其基本政策的决心。这个简单的真理，好像惟有日本当局尚未见到。

据驻美日大使馆宣布，日本已经解决了几件无关重要的美日间局部纠纷案件，例如沪江大学的容许教职员迁回，以及赔偿教产损失等。这显然又是一种姿势，以为这些戋戋"小惠"，便可以转移美国人民的视听，殊不知美日间悬案堆积如山，枝枝节节地解决了一二件，怎么会在美国人的心上，发出重大影响？美国的远东政策只有一条，即以九国公约[一]为准则的维持门户开放与保障中国领土主权完整，这是无可变更的天经地义，日本如回避了这根本要点而欲在枝叶上设法以获得旁人的谅解，诚戛戛乎其难矣。

【一】九国公约：全称《九国关于中国事件应适用各原则及政策之条约》。系一九二二年二月六日美、英、法、意、日、荷、比、葡、中等九国在华盛顿会议上签订。公约的核心是肯定美国提出的在华实行"门户开放，机会均等"的原则，并赋予它以国际协定的性质。此条约扼制了日本对中国的垄断权，而代之以美国为首和英、日等帝国主义共同控制中国的侵略局势，使日本独占中国的野心遭到挫折。

荷兰比利时的命运　　一九三九年十一月十四日

德国进攻荷比，是否确将成为事实，抑或不过是一种虚声恫吓？这已经成为举世瞩目的问题了。照情形看起来，德国因先天的贫乏，利在速战速决，西线正面因马其诺防线的坚不易拔，长此与英法拖下去，决非所愿，如向侧进攻，则或由瑞士袭法国，或占领荷比以控制北海。但进攻瑞士则有与义大利发生摩擦的可能，而荷比这方面，则各方面都少牵掣，义国既以保全巴尔干半岛为已足，苏联志在波罗的海，也没有切身痛痒的关系，因此德国尽可放手而为，事实上也只有走这一条路。

荷比两国，国力尚远非波兰之比，以云抵抗德国，固如螳臂当车，然而在国族生死存亡关头，执于御侮，义无反顾，已经不再是从容考虑成败利钝的时候了，即使如上次战争中的比利时一样暂遭覆没，将来也仍必有重新崛起的一天。

日本西园寺[一]将晤阿部[二]　　一九三九年十一月十五日

日本发动侵华战事，中国固然蒙受无可计数的损失，但他自己也食到了恶果。既没有大澈大悟立放屠刀的勇气，倘再继续前进，非但力有所不能，而且泥足愈陷愈深，势必致于全部崩溃而后已。眼看着欧战这一个绝好的混水摸鱼机会，苦于受到中国的牵制，简直动弹不得，其心中的焦灼，不言可喻。

我们看看他所谓"结束中国事件"的方策是怎样的？一面提出一个无聊政客汪某来组织所谓"独立自生"的不三不四的"中央政府"，一面哀求与恫吓双管齐下地希望与第三国成立妥协；然而前者既不足以代表中国，后者在日本未放弃其独霸东亚的野心以前，也决无成功希望。要知中国是抗战的主动者，要结束战事而撇开了合法的中国政府，却去假手于傀儡，求转圜于第三国，其根

[一九三九年十二月三十一日　至一九三九年十二月三十一日]

本观点也陷于重大的谬误，即使傀儡政府成立了，第三国也和日本妥协了，而中国抗战如故，则日本终难自脱于泥淖，"结束"云何哉？

据说日本元老西园寺公，因忧虑日本现时的形势，将与阿部会谈国事。西园寺老成谋国，其识见自当高出于浅薄浮躁的柄政诸臣及叫嚣跋扈的少壮军人之上，我们希望他能看到根本症结所在而谋真正的解决之道。所谓真正解决之道者，无他，尽撤在华军队，归还所有属于中国的领土。能如是，则中国亦必将释嫌修好，共谋东亚真正的永久和平。

【一】西园寺：即西园寺公望，日本政界元老，二十世纪初曾两度任日本首相，曾力图延缓日本法西斯化的进程，但无力抵抗日本军国主义势力的发展；在军部和民间右翼势力发动政变后被列为首要杀害的对象。

【二】阿部：即阿部信行，日本陆军大将，一九三九年八月三十日出任首相。在中国问题上阿部采取"以华制华"方针，于一九三九年年底，和汪精卫集团签订"日支新关系调整要纲"，拟利用汪精卫建立亲日政权，以达到长期统治中国的目的。但因阿部主张不介入欧洲战争，专心解决中国问题，与主张与德意缔结三国同盟的军部势力产生矛盾，加上无法采取有效手段解决国内经济危机，故未等汪伪政府建立，阿部内阁便于一九四〇年一月先行垮台。

英法撤军华北　　一九三九年十一月十六日

对于英法撤退一部分华北驻军事，一般浅见的人，又不免大抱杞忧，以为对于中国抗战前途将不免发生不良的影响。这种要不得的谬见，我们认为有痛加扫除的必要。因为第一，中国自力抗战，本来不想依赖国外的援助，而自从英法有事欧洲以来，早已无力再予中国以大量的援助，由此可知这次的华北撤军，至多可认为英法对日稍有让步，而于中国毫不发生关系。第二，英法因无力兼顾远东，其对日本作局部的让步，殆为□实上所难免，然而要说他们甘心放弃整个的远东权益，却还太早一些，这在英国当局方面，早已一再声明了。第三，我们倘要讲到远东问题，决不能无视决定远东大局的一个重要力量即美国，英法因对德作战，亟需美国的援助，故在远东方面也势必非与美国采同一步调不可，而美国的远东政策，始终为维持九国公约的原则，自从中日战事发生以来直至现在，非但没有软弱的倾向，而且日益表示其坚决明朗的态度，可见这次英法的举动，充其量不过是一个局部的小问题，完全没有改变远东大局的力量。

我们所认为遗憾的是，英法声称因"军事理由"而撤兵，然而调回驻华这一批戋戋军队，杯水车薪，何济于事，徒然让德国抓住了这一个机会而大作其英法弱点暴露的宣传，一方面给日人以大事铺张的资料，令仇者快而亲者痛，诚为英法所不取耳。

为前方将士加衣　　一九三九年十一月十七日

天气一天一天冷起来，诸君在努力加衣的时候，也曾想到在前线艰苦作战风餐露宿的忠勇将士吗？

上海自从响应全国发动寒衣捐运动以来，承各界踊跃输将，成绩不能说是不满意，足见"孤岛"上人民，虽已远离祖国政府的怀抱，其一片输诚向往之心，仍是息息相通。然而诸君要是想到自己因环境关系而未能对祖国出最大的力量，凛于自身责任的未尽，当着这样略可表白微忱的机会，一定会更慷慨地罄囊以赴吧！

记得《圣经》上仿佛有这样一个故事，一个穷苦的寡妇拿着身边仅有的几文钱，因为数目微小，颇为踌躇地不敢在教会圣殿里献捐，耶稣看见了，说不论多少，只要是尽自己所能的以献，在上帝眼中价值并无二致。我们的捐献寒衣金，其意义也并非在于区区金钱的数目上，而是因为那足以表示我们对于前方将士的一点慰谢的诚意。

本报经收的寒衣捐款，不久将汇解前方，希望诸君勿失去这最后的机会，未捐的务请赶快捐纳，已捐的也是多多益善。

日军北海登陆　　一九三九年十一月十八日

为图挽救在湘鄂赣各线军事上失利的颓势起见，日军又向北海进攻以作为给自己打的一枚强心针。此事的不足引起华人惊异，是极为当然的，因为这个

一九三九年十二月三十一日
至一九三九年十二月三十一日

"最后余留的华方海口"，华军早已准备把它放弃了，如果说占领了北海，便可以切断国民政府的运输路线，那也是一句似是而非的话，因为事实上中国的运输孔道，并不全赖南宁至越南的一条路线；而且由北海通到内地的公路，华方早已加以彻底破坏，日军如图深入，势必遭遇更大的困难。所谓打通南宁这一句话，恐怕至终不过是一个狂妄的迷梦而已。

与其说这回北海登陆是对于中国的打击，无宁说是对于英法的更进一步的威胁，日本势力向这方面的断续发展，当然法属越南首先要梦寐难安，而英属缅甸的地位也将愈感困难。此事的发生不先不后恰在英法华北撤军[一]之后，可见与侵略者讲价钱，结果未有不上当的。

【一】英法华北撤军：抗日战争进入相持阶段后，英、法、美由于欧洲局势的牵制，无力东顾，希望以妥协的办法来保护其在远东的利益，遂策划欲使国民党政府同日本"议和"。一九三九年七月二十四日英国与日本签订《有田—克莱琪协定》，承认日本侵华为"合法"。一九三九年九月欧战爆发后，英国更急于对日妥协，于是这年十月英、法从华北撤军。

日本的外交路线 　　一九三九年十一月十九日

在日本，本来可以说除了蛮干之外，是无所谓外交的，可是蛮干了这两年多，事情愈弄愈糟，不得不再在外交上求出路，最近日苏日美日英等谈判的甚嚣尘上，证明她在这方面正在大肆活动。她现在的外交活动，不外沿着两种方向进行，第一，拆散英美，以遂其各个击破的阴谋；第二，竭力结欢苏联，借以抵制美国废止商约的行动，而为要挟美国的地步。

然而这种路线能不能走通呢？我们先看英国，虽因受制于欧洲的战事，似乎很有对日本软下来的样子，可是为要得到美国在大西洋方面的援助，她的远东政策决不能和美国背道而驰，英国当局始终声述她的远东政策不变，便是事实上的明证。至于美国的态度，始终是鲜明而坚决的，她决不会容让日本把她在太平洋方面的权益排斥净尽。再说到苏联，她和日本处于尖锐的对立地位，即使暂时在边境问题上成立妥协，也只是局部问题的解决，而非即两国间根本矛盾就此消除之谓。

然则于无办法中打出来的出路，结果恐怕依旧碰壁而已。

美国要人在菲会谈 一九三九年十一月二十日

"美国亚洲舰队司令赫德，及驻沪总领事高斯，将往菲列滨与驻菲高级专员赛兰会谈，并将视察菲岛防务。"我们把这条消息拿来和前几天美国会力主增强太平洋防务，以及再前一时格鲁大使在日的谈话和文生对于扩张海军的意见等事相互而观，便可以看出美国今后在远东方面的动向。这次的会谈，当然将特别着重于菲列滨本身的问题，因为在现状之下，菲列滨是否可以至一九四六年脱离美国的保护而独立，即使在菲人自己也不无疑问。此外如荷属东印度的请求保护问题，阿拉斯加的设防问题，都有亟须商讨的必要。我们更知道赫德高斯熟知远东真情，而赛兰又是亲手把废止美日商约的照会提交日本驻美大使馆的人，因此关于美国在现时中日战事中的态度，多分也将成为重要议题之一。我们有充分的理由相信美国为了维护正义公道与自身在远东的地位，一定会更进一步加强她始终一贯的政策，俾远东的秩序能早日恢复。

义大利的动向 一九三九年十一月二十一日

德苏沆瀣一气，柏林罗马轴心无形松弛之后，态度模棱的义大利，显然已处于左右欧局的地位。在英法方面，似乎不求其成为自己的与国，但能长此保持中立，于愿已足，而在德苏方面，倘能获得义国的相助，便可以把现有的局面完全改变过来，而给英法以一个重大的打击。论理，德义两国有"金兰之谊"，合作理应毫无问题，无奈这位老把弟弃旧恋新，实在不够交情。至于苏义关系，则尤少接近的可能，义大利是揭橥[一]反共最起劲的一位，虽然德苏的携手，已经证明了思想的对立不过是一种烟幕，但英义之间，尚有其根本的利害冲突在，希特勒虽然已经"明知不是件事急且相随"起来，较有理智的墨索里尼，却不能不予以审慎的顾虑。因为苏联于网括波罗的海之后，势必展其势力于巴尔干,而成为义大利的心腹之患,最近义国竭力赞助巴尔干诸国的组成中立集团,便是对付苏联势力伸入的未雨绸缪之计。由此我们可以断定义国如其为自身的利益着想,在目前当不致有改变其中立政策的可能,而义国的保守中立,也就可以说是英法之利。

【一】揭橥:本意是作标记的小木桩,引申为标志。

苏日谈判与中苏友谊　　一九三九年十一月二十二日

苏日边境交涉,目前似有急转直下之势,且有进一步解决各种悬案,甚至于签订商约的可能,这在蓄意破坏中国抗战的人看来,当然又是一个极好的题目,就是一般居心无他而眼光近视的人,鉴于德苏瓜分波兰的前事,也不免有些惴惴不安。其实只要我们看看中苏两国利害一致的立场,再看到苏联在这两年来对华的种种友谊的援助,以及直至最近还信誓旦旦地保证不变援华初衷,每一个明白事理的中国人,虽不能一味盲目地依赖友人的帮忙,但对于始终同情援助自己的友人,总应该加以善意的信任。

然则事实上何以明明表现苏日在"接近"呢?我们知道苏联现正着眼于西方,当然希望在远东方面能和日本减少一些摩擦,此外例如解决各种关于油田渔区铁路等方面的悬案,凡是于苏联有利无损的,当然何乐而不为,就是苏日商约的签订,也未始没有很大的可能。可是我们要注意到的一点,就是这些问题都和中国不发生利害关系,因此即使此次苏日会议能一帆风顺地进行下去,也无非表示苏联又向日本方面捞到一些油水,而决不致于影响到中苏间的友谊。

总之,中国人只要确守自己坚定的立场,则对于国际间的种种纵横变化,不但不会目迷五色,反而更足以加强独立自信的精神,而使造谣中伤者无所展其技俩。

德国的神秘武器　　一九三九年十一月二十三日

不久之前，希特勒曾在演说中声称如英法不接受他的和平条件，他将用一种"神秘武器"以为报复。这几天来，各国船舶不断为德国水雷所炸沉，据前天路透电讯，在三天之内已有商船十艘被毁，其中除英船四艘外，多为荷兰瑞典意大利南斯拉夫立陶宛等中立国的船只，而最近日轮照国丸也以触雷沉没闻了。大概这就是所谓神秘武器的威风吧。

对于无辜人民的惨遭牺牲，中立国权利的任意破坏，不用说已经激起了全世界拥护人道者的愤慨，然而要是把死于德国水雷的人数，和中国平民为日人所屠杀的数目比起来，其野蛮的程度，又有小巫与大巫之别了。我们须得明白，侵略者的倒行逆施，无非是他们焦躁苦闷的表示，我们要恢复世界和平与秩序，只有暂忍目前的痛苦，坚定奋斗的意志，则正义人道，总有焕然伸张的一天。

响亮的报丧钟　　一九三九年十一月二十四日

美国副国务卿威尔斯，曾于星期二公布日本军事当局在天津租界侵害美人权利的种种事实，明白表示美国对于日方行动，已达于忍耐的极度。在美日商约将告失效之前，这一种表示的用意，不外是唤起全国民众的注意，以便届时经舆论的鼓吹，得以作进一步的处置。

紧接着星期二的谈话，昨天威氏又向日本发出最后的警告，更坚决地表示美日商约，决无重订的可能。日方的痴心妄想，到此大概已经烟消云散了吧。自从欧战爆发以后，日本的原料供给几全部取资于美国，日美商务关系一旦中止之后，其为打击之重大，不言可喻，日方虽在竭力对苏联进行商约谈判，无奈苏日在经济上绝少可以互通有无之处，显然不能挽救美日废约后的恐慌。至于美国所需求于日本的，本来惟以丝为大宗，但现在国内已经有了可资代替的人造丝，因此废约以后，美国商人即使受到了些影响，也是极其细微的，所以美国尽可无所顾忌,毅然予侵略者以教训。日人在华的种种行动,早已有其自取灭亡之道,而这次威尔斯的谈话,不啻又替他敲了一记响亮的报丧钟。

毒质极重的烟幕 　　一九三九年十一月二十五日

汪精卫机关报《中华日报》二十三日社论,从表面看去,好像汪精卫对于自己的迷梦,渐知醒悟,渐次从日本顺民的地位,转变过来,而敢和主子说几句良心话了。实则,汪精卫的一切,包括汪精卫的生命和灵魂在内,都在日本军部掌握之中,日本军部不授意,汪精卫决不敢大胆。昨日日本陆军发言人声称,认为该论的"其他各点,日本方面之意见,与汪精卫相近",更显明汪报的言论,实为奉命而行,其目的无非欲使汪精卫,因此一段漂亮话,略得一点民心,乃是毒素极重的一个大烟幕。汪精卫倘真正替中国人民和中国主权着想的话,就该立即悔悟,放弃其主和谬论,回到中国全民族一致的抗战到底的立场上去。大丈夫知过能改,未始不"回头是岸",不此之悟,反用其阴险手段,作进一步的朦蔽,汪精卫能朦蔽自己的天良,其如不能朦蔽全中国人民的耳目何!

亦"天意"使然欤? 　　一九三九年十一月二十五日

我们不相信世上有所谓"天意"的东西,然而有时事情的演变,的确出乎意外地有趣。举个例说,美国中立法的修正,原为应付欧洲的局势,然而在远东方面,因为有现付自运的便利,显然更有利于日本。照理,美日商约即将满期,日本正好趁现在这个时机,向美大批订购军火原料,则即使商约废止后不再重订,也可以仍旧进行他的"建设新秩序"的工作。谁知英法他们向美购货,都是漂漂亮亮地送上现款,而日本则非赊账不可,这样一来,当然生意都给英法作了去。何况英法与美站在民治主义的同一立场,彼此利害相关,而对于日本,即使惟利是图的商人,也不能不有些顾虑到舆论的制裁,既有了更好的主顾，当然不会再去重视这个二等的顾客。于是乎日本落空了，眼看人家一大船一大船载了货去，自己垂涎三尺干着急，这才是自作孽不可活！

外汇市场变动的真相 　一九三九年十一月二十六日

上海外汇市场昨又起暴缩，英汇曾缩入五辨士关内，美汇一度缩至七元七五左右，一般以为这是受了南宁吃紧的影响，其实我们回顾在广州武汉失守的时候，法币不但未呈软化，反而日圆的价值倒跌在法币之下，可见法币信用巩固，决不因一二城市的失陷而发生动摇。再看这两月来上海对外贸易继续出超，且闻香港外汇基金委员会曾由上海买回英镑数百万镑，这都是对于法币前途愈趋乐观的好现象。由此我们可以知道，上海黑市场中法币价格的浮沉，不过是少数投机份子操纵的结果，而法币本身的价值，却始终是屹然不动的。

本来自从华军西撤之后，上海在整个的抗战金融上，早已退居极不重要的地位。尤其自从外汇基金会停止供给外汇后，上海的汇市更形狭小，因此一遇投机家有相当数目的买卖，即使市场发生巨大的波动，这是全不足异的。推而言之，上海汇市的紧缩，倒可以使日方更少借法币夺取外汇的机会，所以非但于抗战金融毫无影响，反而是一件有益的事。我们认明了这一点，自然就可以不用大惊小怪了。

如此"新秩序" 　一九三九年十一月二十七日

据南京金陵大学副校长贝芝博士报告，南京及其附近一带在日人的毒化政策下，吸食鸦片海洛英等毒物的人数，占市民总数三分之一以上，毒发身死的人，在南京一地每日就有二三十人之多，可谓惊心怵目。根据调查统计所得，南京有公开售毒所三十处，每日售出鸦片六万六千元（实际销耗量还不止此数），纳税烟馆共一百七十五所，伪当局挂着"禁烟"的牌子，每月由鸦片方面获得的进益，达三百万元。海洛英虽为伪当局所禁售，但仍在日本浪人的包庇下大批销售，受毒者不下数十万人。

于此我们可以知道，日人所宣传的"东亚新秩序"，实在就是灭亡中国民族的代名词，其手段的恶辣凶狠，殆较杀人放火为尤甚，而现在在那里附和日人，高唱和平论者的居心如何，也就不问可知了。

救救平民吧！　　一九三九年十一月二十八日

天气冷得利害，米价一度跌落之后，又突然飞涨起来，一切日用品都愈来愈贵，而市场上又发生了角币缺少的怪现象。上海的享福阶级是满不在乎的，然而一般中下层的市民苦矣。我们深深感觉到，在国家奋斗图存，人民艰苦备尝的今日，还有一辈全无心肝的奸商，惟知操纵市场，驱同胞于死地以自肥，其为罪不可恕，无异于出卖国家民族的叛徒。最近煤斤因虞洽老[一]的出头作主而跌价，这种为大众利益着想的措施，真值得我们佩服。可是与平民生计有密切关系的不只煤斤一项，上海有不少有地位有魄力热心社会的人士，我们希望他们都能毅然而起，在各方面设法压制奸商的垄断，减轻平民的痛苦，莫让虞洽老一人专美于前，则善矣。

【一】虞洽老：即虞洽卿，一八六七年生于浙江省慈溪市龙山镇，早年到上海当学徒，一八九四年后任德商鲁麟洋行买办、华俄道胜银行买办。一九〇三年独资开设通惠银号，发起组织四明银行。一九〇五年上海发生大闹会审公廨案，他与组织当局交涉获胜，遂名闻沪上。一九〇八年创办宁绍商轮公司。一九一一年上海光复后任都督府顾问官、外交次长等职。一九一四年独创三北轮埠有限公司。五四运动期间上街劝说开市。一九二〇年合伙创办上海证券物品交易所，任理事长。一九二三年当选为上海总商会会长。抗战时期坚持抗日爱国，日军占领租界后赴渝经营滇缅公路运输，支持抗战。一九四五年四月二十六日在重庆病逝，终年七十九岁。

恢复远东秩序的先决条件　　一九三九年十一月二十九日

美国纽约每日电闻，曾对废止美日商约事著论批评，以为日本如欲图继续两国间商务关系，必须先撤退在华军队。这句话可谓要言不烦，充分证明美国舆论界对于远东问题已具有洞入肯綮的观察。本来在军人挟持的局面下，日本政府除了仰承实力派鼻息以外，其政令根本不能出于国门。尽管外交家口里的话说得多么动听，不嫌辞费地一再保证尊重第三国权益，但他们的军队一日不撤退，则第三国的权利即一日受到侵犯，任何保证都等于白说。必须日本撤退在华驻军，则远东始有和平与秩序可言，而第三国的权利方可得到保障。我们相信美国为贯澈她的政策起见，必会利用她的优越地位，予日本野心者以压力，而使远东的局势复归于澄清。

苏芬关系决裂　　一九三九年十一月三十日

苏联借口芬兰军队在边境挑衅而宣布两国间不侵犯条约业已失效，声势汹汹，大有准备以武力周旋的样子。已经十分多事的世界，如果北欧风云再起，真是一件大不幸事。在苏联方面，认为波罗的海和她自身的地位安全攸关，非得迫令芬兰就范不可，据闻她所提出的要求，除割让芬兰湾中若干岛屿，不准在亚兰岛设防，及两国缔军事同盟之外，尚有割让芬境某区，以便与挪威接壤的一项要求。经过数星期的谈判，芬兰虽已作了若干让步，但因尊重自己的主权起见，坚持不允对苏联作无条件的屈服。现在两国关系显已到了最恶劣的阶段，事情会怎样演变，尚在未可知之列，倘使真的发生冲突起来，国势悬殊，芬兰自非苏联之敌，可是芬兰人是爱好自由尚侠好武的民族，遇到强邻压境，未必就会甘心屈膝。我们所认为遗憾的，是苏联夙以"扶助弱小民族"为职志，倘使依仗自己力量的优越，而强人所不愿为，未免有失举世之望，而示人以以往所标榜的种种，尽为虚语，则虽一时畅其所欲，恐终将所得不偿所失耳。

苏芬事件的教训　　一九三九年十二月一日

国际之间，只有利害而无信义，所谓条约云云者，可以利用的时候固然不妨借此自重，一到用不着了，只要实力在己，尽管一手撕毁，苏联不经过六个月前预先通知的规定手续而径自片面废弃《苏芬不侵犯条约》，使全世界迷信国际信义的人又多了一次惨痛的教训。据昨日电讯，苏联空军已在芬京附郊投弹，陆军也已越过边境，侵入芬兰领土。虽然有些突如其来，但也未始不是意料中事。这位可称为近代"彼得大帝"的史太林，为了建设他的"赤色帝国"起见，不恤采取任何手段以达到其称霸波罗的海的目的，爱沙尼亚、拉脱维亚、立陶宛三国既已入其掌握，当然不能允许芬兰除外。看到这种弱肉强食的现象，每一个中国人都该欣幸他的祖国有优美的地势，无穷尽的人力物力和争气的领袖与争气的军士民众，才能在这二年多的坚苦抗战中，幸免了灭亡的危机，而益坚其继续奋斗，以竟全功的意志。

希特勒作何感想？　　一九三九年十二月二日

　　苏联以大兵压境，迫芬兰作城下之盟，当事者及其他有关国家的心境，我们不难想像得之，惟有德国的态度，最值得耐人寻味。德芬两国的关系原有历史上的渊源，芬兰在一九一八年所以能独立，曾得德国的助力不少。就地势上言，芬兰是德国防御苏联势力深入的一道屏障，所谓阿兰岛设防问题，也就是苏德两国互争消长的注目点。苏联控制了波罗的海，对于德国是极大的威胁。然而德国为了要替自己壮声势起见，不惜与别有怀抱的苏联握手，结果希特勒口口声声指斥英法对他所施的包围政策，却写写意意[一]地给斯太林一手逐步完成了。强中更有强中人，其希特勒之谓欤。

【一】写写意意：上海方言中有"写意"一词，意为舒服。此处为其重叠用法。

美国"道义上的禁运"　　一九三九年十二月四日

　　苏联军队开入芬境，不崇朝[一]而产生了一个亲苏的"人民政府"，且已缔结两国友好条约，虽然旧政府的军队尚在继续抗战之中，但其不能持久是意中事。苏联对芬的目的既已可算完全达到，今后是否尚拟向何方发展，当有待于事实的显示。我们对于这种闪电式的"革命作风"，虽未敢深论其是非，但两国间的关系不以正常合法的手段谋取解决，而必须动用武力，使无辜人民惨受牺牲，总觉得是一件可为感叹的事。

在这样的时候，罗斯福总统发表正式文告，希望美国飞机商牢记轰炸平民的政策为政府所斥责。这固然表示出美国一贯的尊重人道的立场，但同时尚有鼓动舆论，以期实际禁运军火的办法能早日付诸实施的用意。罗斯福总统在文告中并未举出国名，但我们深信他的意中当另有一个远东的国家在内。以法律上的权力而言，他现在还不能阻止军火向商约关系尚未终止的国家输出，但这种"道义上的禁运"，至少也可以唤起国内的注意，渐进而至于实际停止以凶器供给杀人者的一天。

【一】不崇朝："崇"通"终"，意思是不到一个早晨，形容时间短暂。元代耶律楚材《河中春游有感》："崇朝驿骑驰千里，一夜捷书奏九重。"

无法沟通的苏日关系　　一九三九年十二月五日

日本因国际地位完全孤立，不得不虚心下气地向苏联进行勾搭，照他们自己方面的宣传看来，好像一切均可迎刃而解的样子。可是看吧，他们自己的报纸已经吐露出谈判前途棘手的暗示来了。据东京《都新闻》评论，苏联要先在基本原则上获得谅解而后可解决具体问题，而日本的希望，是先解决具体问题而后再谈基本原则。所谓基本原则上的谅解者，无非要日本放弃反共的标榜。苏联在谈判上处于较日本有利的地位，如果说一面缔结协定而一面仍容忍对方反共，当然世上不会有这种屠头。可是倚仗"反共"二字的符咒以催眠国内民众，欺骗国际视听的日本，如果一旦出尔反尔，非但无以自解于国内及举世之人，而两年多来毫无结果的对华战事，也变成师出无名了。日本的军人为了维持其濒于没落的命运起见，决不会容许此事的发生。然则苏日谈判之能否顺利进行，也就不问可知了。

一九三九年十月三十一日至一九三九年十二月三十一日

义大利的反苏表示　　一九三九年十二月六日

　　自从此次欧战发生以来，义大利始终抱着沉默的旁观态度，显然她是处于一个左右逢源的有利地位，只有苏联的行动足以使她梦寐不安。观乎苏芬事起，义国反苏空气的浓厚，可见其对苏之不慊。截至记者属笔时为止，义国官方对于苏联侵入芬兰一事，尚未有何正式表示，但前天已有千余学生包围苏联使馆，墨索里尼代言人盖达也发表言论，主张国际应对苏实施制裁。所谓国联的制裁云者，究有何种效力，义大利自己当然知道得最清楚；但唯其因为义大利是尝过"制裁"滋味的人，故其所言更饶意味。

　　原来苏联如将整个芬兰置于其控制之下以后，她一面可以威胁挪威瑞典，一面更可以把势力向南推近，使巴尔干半岛的地位发生摇动，那时苏义双方就有正面冲突的危险。义大利为了确保其自身的势力范围起见，自不能不对苏联的行动谋所以遏止之道。可是我们不知道芬兰的"人民政府"服从了苏联的要求以后，后者是否认为列宁格勒已不再受到"威胁"而就此适可而止？

华军反攻南宁　　一九三九年十二月七日

　　照例，日军在战事上遭遇挫折以后，总是另换目标，拣华方军力软弱的地方进攻，以图掩饰其失败，而为向国内民众作欺骗宣传的张本。此次由北海登陆而至于攻陷南宁，亦未尝不可作如是观。然而南宁攻陷之后又怎样呢？前进地形险阻，于他们有极大的不利，后方退路已断，孤军深入，失去了军舰的掩护，随时有被华军邀击包围之虞，显然已经陷于四面楚歌之中了。可是在华军方面，以逸待劳，初则空室清野，暂避其锋，继则乘其疲敝，大举反攻，在白崇禧将军指挥之下，势如破竹，所向披靡，业已进抵南宁城郊，将困守的日军予以包围，克复仅为指顾间[一]事。日人竭其残力以图一逞，势将又遭遇最悲惨的结局，切断中国西南交通路线的梦想，却给华方一个迎头歼灭的机会。桂省军人素以善战著称，行见湘北的光荣战绩再演于华南，而为抗战史上添写了灿烂的一页。

【一】指顾间：指，用手指；顾，回头看。比喻时间十分短促。明代归有光《上总制书》："指顾之间，勇怯立异，呼吸之际，胜负顿殊。"

英国畏惧日本吗？　　一九三九年十二月八日

　　日本报纸揭载须磨所发关于英国截留中立国船只所载德国输出品的谈话，中有英国对日本深抱畏惧，如与日本发生冲突，直如磁器之不经一击之语，并称英外次勃特勒于答复日本抗议时，曾声明英方将尽力对运日的德货作适当的处置。该段谈话的记载，虽经须磨本人认为煊染过甚，但日方藐视英国的狂妄态度，可见一斑。按前两天曾有一个消息，称英政府已决定不截留运往日本之德国军火，当初我们以为这消息如果属实，则也许是英国外交上的一种手段，因为不说"德国输出品"而单提"军火"，事实上德国正在作战，如何有多余的军火可以供给日本？但现在伦敦负责方面已对此消息根本否认，可见英国立场的坚决，断非日方几句恫吓所可变更，而所谓"英国畏惧日本"者，无非是一种夜郎自大心里的表现耳。

日军发言人谈话　　一九三九年十二月九日

　　日本军人之看不起英国，由来已久，当然我们不能不认为这是英国政府一贯的退让容忍政策的结果。欧战发生，尤其使日方跃跃欲试，认为将英国逐出远东的机会已经到了。可是事实却并非如此容易，英国虽然受到欧洲方面的牵掣，而在远东方面的政策却依然一本既定原则，并无将自己的利益供手而奉之日本的意思，这当然使那一方面大不乐意。甚至于日本因运日德货遭英国截留而提出抗议，声称将以同样手段加诸在远东的英国商轮，以为报复，所得到的结果也只是一个不理会，难怪他们老羞成怒，而有昨天日军发言人在北平的另一次反英谈话。

那位发言人在接见傀儡报纸的记者时，除申斥英国的"自私"与"可怕的阴谋"而外，还自夸曾在美国大学毕业，旅外多年，熟悉世界情势。我们所为他感到可惜的，是他不曾用同样长的时间在日军枪刺势力所不及的中国内地旅行，那么他也许会对中国情势也可以熟悉一些；他要是看到了中国民族意识的高涨，一定会明白战事的结束不结束，决非任何外国政府所得"左右"。中国看破了日本灭华的野心，为求自己的生存，不得不奋起抗战，以求主权领土的完整。英国人之以相当程度支助中国国民政府，无论其为出于人类同情或仅系为自身着想，但因利害一致，中国当然将视之为友。这是每一个中国人都认得清清楚楚的真理，只有日本军人现今还在执迷不悟之中。

反共的收场　　一九三九年十二月十日

日本与美苏二国都有无法消除的矛盾，但为打破外交上的孤立起见，又不得不于两者之中择其一为自己的与国。虽然她现在的存心，还是在希望借与苏握手以威胁美国向她妥协，但美国立场的严整，断非一些小小的手段所能摇动，而苏联本无迁就日本的必要，除非日本根本放弃其反共立场，苏日关系的调整也势必此路不通。我们知道所谓"反共"也者，原不过是一个幌子，果然北平日军司令已经声称"日本并不忧虑中国西北赤化"了。这无异自认混战了这许多日子，气力用尽，结果却一无所得，索性连那块骗骗人的"招牌"也给掼了。我们相信苏联对于这头日暮途穷的饿虎，一定不会再把它养肥起来留为自己的心腹之患。只不知道日本不再反共以后，那批以主子的意旨为意旨，口口声声嚷着"反共"的奴才们，更将何以自处？

严惩囤米奸商　　一九三九年十二月十一日

米价涨至空前未有的高度，两分一只的大饼油条，现在也要卖三分一只了。

本来已经吃不起米的贫民，此后只好喝西北风了。转瞬岁暮将届，"孤岛"上的治安，已呈岌岌可危之势。两租界当局昨出示取缔奸商操纵垄断，虽然此举似乎已经迟了点儿，总不失为一件令人满意的事。对于那群只顾自己腰包装满而不管他人死活的奸商，本非情理所可劝喻，只有执法以绳，也许还可以使他们知所畏惮。两租界当局过去对于恐怖分子的弹压，曾经用过不少力量，然而所谓恐怖分子的活动，其对象究为少数人，而这种牟利忘义之徒的行为，却足以威胁全体平民的生存，其为恐怖殆十百倍过之。我们希望各界人士，知道有此类人在干此类事之后，就当尽自己一分子的责任，立刻报告当局，而当局一得了任何大小线索，也必须立刻着手侦查，务求破案，而予犯法者以应得的严惩，则庶几民困可苏，而众愤可平矣。

中国不出席国联行政院会议　　一九三九年十二月十二日

日内瓦方面传来消息，中国已决定不参加本届国联行政院会议，我们认为此种表示，虽出于不得已，实有其充分的理由。这次会议以苏芬事件为中心，并将讨论开除苏联会籍的提案，以中国而论，所处的地位颇为困难。当然对于芬兰的命运，中国自将寄与极大的同情，然而中苏之间，存在着深切的友谊关系，苏联且仍在继续援助中国抵抗日本，当然中国不便跟在别人背后作无谓的呐喊。这不是中国只顾自身的利害而不以所谓"国际正义"为重，事实上中国是受到现实的教训最深刻的过来人，倘使她一味信赖着"国际正义"而不拼自己的力量从事抗战，中国的前途早已断送在几句漂亮而不着实际的同情话之下了。国联之成为告朔饩羊[一]，已为举世所周知，即使通过了甚么对苏联不利的议决案，苏联固将一笑视之，而于芬兰也决计毫无补益，然则中国又何必为了一些了了门面的举动，而结怨于友邦呢？

【一】告朔饩羊：原指鲁国自文公起不再亲自到祖庙告祭，只杀一只羊应付一下。后比喻照例应付，
　　　敷衍了事。《论语》："子贡欲去告朔之饩羊。子曰：'赐也！尔爱其羊，我爱其礼。'"

39

揭破日人对法币的谣言攻势　　一九三九年十二月十三日

最近，日人方面又放出一种无稽流言，说是财部在港召开金融会议，讨论币制问题，拟发行一种所谓"金本位券"，今后进口商人需要外汇，均须以此项金券购买，除此之外，在国内将发行一种流通券，或军用票云云。

显然的，这又是日人的一种谣言攻势，这种谣言，正与日前施放某某人通电反共，某省负责人拒绝中央军进驻等等的谣言如出一辙。财部在港召开金融会议，诚有之，但讨论的是如何调整现阶段的金融机构，以与日人作经济战争，加速最后胜利的到来。现在日人制造与此相反的空气，无疑的，想动摇我人心，利于他们的军事及政治的活动。但是中国人民已听惯这类的鬼话，对于此次新的谣言攻势，当然认为又是老调重谈。

他们说中国将发行一种所谓金本位券，意思当然是说中国法币已有问题了。但是法币真的有问题吗？要是我们不是健忘的话，我们还可记得：在今年八月中旬，中国财政顾问罗杰士由沪返港后，日人方面也曾盛传法币制度将有变更，发行一种所谓"贸易通货"，用以代替法币，当时本报曾指斥其为恶意宣传（见八月十七日《经济新闻》小言）结果法币制度固无变动，而法币对外汇值，反见步挺，证明本报所言的正确，日人此种谣言的失败。

法币自最近几月来，信用日渐增加，是人人共睹的事实。上月底虽因投机者的掀风作浪，与一般庸人的自扰，致法币在暗市中的汇值，又见疲落，但法币的实际价值，毕竟丝毫无变，而近日来法币汇值之逐渐回挺，就是充分的反证。日人竟在法币汇值回挺过程中，放出如此谣言，以动摇人民对法币的信心，徒见其穷极无聊而已。吾人决不为其所愚，而由于日来法币之续趋坚途，与金融市场之平稳逾恒，则正是表示日人的谣言惑众的老套手段，早已失其作用。

怠工事件平议　　一九三九年十二月十三日

沪上百货公司的领袖大新和先施二家，相继发生怠工的风潮，在这样米价高涨到四十多元的时候，一般小薪水阶级每月所得，确乎难以养家活口，对此我们不能不寄以深切的同情。我们深信"孤岛"上的社会经济情形一日不改善，此类怠工罢工事件势将续有发生。不过我们认为职工诸君，尚有一些应该予以认清：在此种非常时期里，感到为难的不只是劳方，就是资方勉力支撑，也不是一件容易的事。最好双方能相互谅解，老板们应该无论如何让职工们能够吃饱肚皮，方才可以使他们安心作事，而劳方除要求合理的最低限度的生存外，似乎也不该提出种种节外生枝的条件，因为现在还不是讲安逸享福的时候。

日本对滇越路的威胁　　一九三九年十二月十四日

据未证实消息，日方曾向法国提出要求，请中止以滇越铁路供给中国应用，否则日本飞机即将对该路施行轰炸；据称关于此问题法国方面已经与日本外部有所交涉，结果如何，尚未公开。日本对华军事，既已愈进愈难自拔，不自反省，而迁怨于中国对外的几条交通线，足以反证其计穷力竭。彼以滇越路为眼中钉，而思有以阻碍之，自然是一件不足为异的事。值得注意的还是法方的态度。我们知道法国在远东的政策，向来与英国亦步亦趋，自从欧战爆发以后，英法虽因受到牵制而不能在远东十分强硬，但他们对德作战，既以"反侵略"为口号，则在远东方面，即使在一二无关重要的地方上不得不委曲求全，但为虎作伥的行为，可以断定决不致于。正如胡适之博士日前所说，英法如在远东对侵略者屈服，即无异根本推翻其此次在欧作战的立场了。

所望于上海市商会者　　一九三九年十二月十五日

上海的食米恐慌，经两租界当局出示取缔囤积后，总算开始有了解决的端倪；可是我们不能认为有了当局的一纸告示，从此便可以高枕无忧。因为兹事体大，两租界当局不过处于领导地位，而如何筹谋通盘的解决办法，尚有待乎全体市民的协力合作，尤其不能不望有力的团体如市商会以及他属下的各同业公会，能积极负起责任来。民食问题为一切问题中之最根本者，这次恐慌的严重，显而易见地已在社会人心上发生极大的影响。各大公司及工厂的罢工风潮，不过是危机的表面化罢了，倘不亟谋解决，则此项危机方兴未艾，终有不可收拾的一天。诸如防止奸商居奇操纵，告发严惩等等，不过是治标的办法，倘从根本着手，就得使奸商无可投之机。我们认为最好莫如分头合作，由各业公会各自订购洋米及计划如何分配等办法，如此则众擎易举，比由少数人负责办理，更为事半而功倍。我们希望热心公益的人士以及各业巨头，都能当仁不让，率先倡导，则功德无量矣。

忠告工友们　　一九三九年十二月十六日

　　物价的畸形高涨，尤其像现在这种吓人的米价，对于有钱人固然没有多大关系，一般平民要想维持过得去的生活，也真不是易事；特别是出卖劳力的工人们，平日辛苦所得，也不过勉强糊口，在现今的情形下，简直难谋一饱。因此我们不能不希望资方能体谅工人的苦痛，在可能范围内酌予津贴，务使其能获得"合理的最低限度的生存条件"，这无论就人情方面或工作效率方面说，都是理所当然的。可是对于工友方面，我们也不能不以一言忠告，上海环境特殊，恶势力环绕四周，只待乘隙而入，希望他们勿过于感情用事，以免为奸人所利用。据可靠方面情报，最近尚有若干工潮事件在酝酿中，背后都有人在那里操纵，借图破坏租界治安，而为自己造成混水摸鱼的机会。我们固不忍以恶意的谰言加诸清白的工友之身，然而本来可以用彼此互谅的态度从事解决的事件，如果逞一时的气愤，而贸然扩大起来，就难免授第三者以可乘之机。这一点是我们不能不请上海全市工友们严密注意的。我们始终认为，资本家如果只知剥削工人，以供自己度安富尊荣的生活，固然值得唾弃，但工人们也不能不自省现在是什么时代，前线将士冒死伤忍饥寒，浴血苦战，为的是什么？我们在后方劳动的人要吃些苦当然也是名分，除了肚子必须吃饱这一个大前提之外，其余各种改善待遇的要求，等抗战成功之后再提出来也不迟，因为战时与平时不同，每个国民不能不有相当限度的牺牲，非独工友们为然也。

美国国务院的又一表示　　一九三九年十二月十七日

美国自从宣布废止美日商约以后，在远东政策的立场上，态度的坚决鲜明，已为世人所共见。我们相信上有贤明当局的推动，下有全国民意的鼓吹，对日禁运军火原料的办法，一定可以早日付诸实施。前天国务院又向钼铝两种金属品的生产与出口商人劝告，因该两项金属品为制造飞机的主要原料，请他们不要以之售与以飞机轰炸平民的国家，于以见美政府对于此事的决心，确非仅仅是一种外交上的姿势，或敷衍门面的漂亮辞令可比。我们深信美国的军火商人即使因蔽于利欲而良心无由发现，然而鉴于监视的森严，一定会知所戒惧；而明春国会中正式通过禁运案后，一定将有更美满的成效表见。

日本明知美国这种态度不利于己，故其对美的时而甘言哄诱，时而恶声恫吓，已经极露其心虚情急的可怜相。日前《国民新闻》推测日政府将实行开放长江，借以挽回美国好感；但日当局已对此点加以否认了。在我们看来，无论长江开不开放，其无济于事一也，正如把别人的财产吞占以后，再把其中的十分之一还了出来，以为那样便可以使对方不再与己为难，这种如意算盘怎么打得通？《国民新闻》的推测固然无聊，当局的否认也近乎多事。希望日方幡然改图既不可能，则这种狐埋狸搰[一]的把戏，决不会引起世人重视的。

【一】狐埋狸搰：《国语·吴语》载："狐埋之而狐搰之，是以无成功。"狐性多疑，刚埋藏一物，又打开看看。比喻人疑虑太多，不能成事。这里换用"狐埋狸搰"，意指日方喉舌《国民新闻》和日政府是"狐"和"狸"的关系，看起来是两个不同主体，但本质是一样的。

傀儡戏的幕后　　一九三九年十二月十八日

南北傀儡政府[一]又在北平举行了一次阴阳怪气的联席会议。在这次会议中，汪精卫被摈门外，而所谓"新中央政府"者，也显然不是他们所热心讨论的题目。一般人以为汪某上台的如此不易，是南北两个既成傀儡政权作梗的结果，其实"事实并不如是简单"（梁鸿志答《北平新闻》记者语）。日人而果真有心扶植汪某，王梁之流，即使心里不乐意，也只好委委屈屈地退让"贤路"，如果说他们能阻挠"中央政权"的实现，未免把他们看得太重，忘了他们是无意志无实力的傀儡了。大家都知道在所谓"临时"与"维新"的背后，都各自有不同的牵线人，他们都想利用现存的局面，巩固自己的地盘，而以太上皇自居，正像关东军在"满洲国"的地位一样。因此即使成立一个在名义上统一的傀儡政府，也决非他们所愿。明乎此，然后可知汪某这次甘受全世界舆论的痛骂，而干这种叛国的行径，结果除了自己封了个"主席"，聊以慰情之外，连王梁之群里都挤不进去，可怜也算是可怜到着底了。

日本军人的跋扈，已非政府所能控制，日本政府虽然一心希望"和平"，但在现时的局势下，非但和平杳不可即，自身崩溃的危机也只有日益加重。轻举妄动的结果，必然会走上毁灭的路。

【一】南北傀儡政府：指当时梁鸿志在南京成立的伪中华民国维新政府和王克敏在北京成立的伪中华民国临时政府两个傀儡政权。

乌拉圭海外的悲壮剧　　一九三九年十二月十九日

德国袖珍舰斯比上将号，于十三日为英舰围攻，发生激烈海战后，避入乌拉圭港内，消息传来，该舰突于前日驶离港外，自行放火凿沉。毫无生气的欧洲战事，有了这一回壮烈惨剧后，自然使世人的耳目为之震动，而德国政府也无疑地获得了一个大好的宣传机会。按照国际公法，该舰不能在中立国港内久留（英国方面对于乌拉圭政府似乎也施过相当的压力），而港外英法军舰环伺，众寡之势悬殊，与其以舰资敌，还不如自行沉没之为愈，这种舍身取义的悲壮的心理，即使处于对敌地位的英法，也不能不为之感叹钦佩吧。

在中国的抗战历程中，表现出这种同样精神的可歌可泣的故事，已经不少，然而可为遗憾的是，尚有一批失败论者在发动抗战的时候，未尝不也是跟在别人后面高呼动听的口号，甚至比别人喊得更起劲激烈，可是因为认识不清，意志动摇，以个人利益置于国家民族利益之前，所以虽然光明的前途明明展开在眼前，却会丧心病狂地卖身投靠。在他们的心目中，看来也许斯比号上的人员都是其愚不可及的吧？

一句废话　　一九三九年十二月二十日

"中日战事的延续，不但有害于中国，且亦有害于日本"，这是日本政友会领袖久原房之助[一]说的话。像这一类话，我们已经从所谓"和平论者"的笔下领教过不少了。兵凶战危，当然谁愿意战争，然而战争有侵略与自卫之分，决不可相提并论。日本劳师动众，以图遂其独霸东亚的迷梦，在泥淖中辗转了二年多，闹得民穷财尽，丝毫不能获到一点"战胜者"的利益，咎由自取，夫复何言？至于中国，虽然沦陷了一部分土地，牺牲了不少生命财产，然而这种牺牲是有光荣的代价的，一团散沙的中国民族，已经坚密地团结起来，一致为祖国的自由独立而奋斗。明显的事实摆在眼前，日本愈战愈衰，中国愈战愈强，虽然明知战下去将有更大的牺牲，然而这许多月来艰苦抗战的结果，最后胜利的实现已一日近似一天，当然中国人决不会到这时候，再重新不战而听任日本支配的。

久原之流，虽然在日本政党中有相当地位，然而政党势力之在日本，已成强弩之末，我们不能因为他们有了这种表示，就认为日本真有诚意求和的意思，充其量不过又是一句废话而已。

【一】久原房之助：日本近代实业家，日立公司的创始人。一九二七年以后进入政界，加入立宪政友会，曾入阁，一九三九年任政友会最后一任总裁。一九四〇年解散政友会加入大政翼赞会。"二战"后曾作为甲级战犯被捕，晚年积极从事恢复日中邦交活动，曾于一九五五年率领代表团访华，受到毛泽东主席和周恩来总理的接见。

日本的盛情　　一九三九年十二月二十一日

日本有一位众议员名叫笠井重治的，向美国作广播演说，称述美日合作的必要，请美国人"不要把日本驱进希特勒和史丹林的怀抱里"。我们很怀疑这句话能否打动美国人的心。回想当初德日初缔防共协定的时候，日本那种捧着希特勒照片狂吻的情状，尚宛然若在目前，曾几何时，德国得新忘旧，弃之若遗，难道她还好意思钻进他的怀抱里去不成？至于苏日之间，本来只有利害上和主义上的冲突，虽因情势所迫，日本不能不向苏联大送秋波，可是苏联对于她却始终只有不即不离的冷漠态度，不但商约的签订至今尚只是一句空言，即小小的渔业问题谈判，也未有顺利进行的征兆，至于所谓缔结互不侵犯条约云者，则日本自己也知道决无可能。然则日本果具何自信而以为美国将以日苏接近为虑呢？反之从笠井这句话上，我们就可以看出，日人向苏的卖弄风情，原非有爱于苏联，不过是借以为对美要挟的地步，以苏联当道的巨眼，岂肯供其作为利用的工具？此次日方重行转移目标，竭力结欢美国，足证苏联路线又走不通了。

再就日人所大事宣传的所谓"开放长江"一事而言，尤其充分暴露了他们小气的岛国根性，所称"准备"开放的既只有短短的一段，而外轮航行仍须受种种限制，且即此微薄得可怜的"好意"，也尚是口惠而实不至。豁达成性的美国人，如果说会因受了这种"盛情"而感动，那只是日本人梦里才会做到的事。我们相信美国当局高视远瞩，决不会为了此类滑稽的表示而改变其一贯的方针，我们更相信在华美商熟悉自身利害所在，一定会明告他们的政府勿受日人之愚，而铸下一个无法挽回的错误。

华军又传捷报　　一九三九年十二月二十二日

最近几天来，华军在粤桂湘鄂赣各前线胜利的消息，不断传来，诚有令闻之者眉飞色舞之概。日人于惊恐之余，便以为华军已经开始冬季攻势。其实华军战略的一贯目的，在乎消耗日方的军力，故所争者决不在乎一城一地的得失，而在未有充分得胜的把握前，总是竭力避免作主力的决战。此次各线反攻，也无非乘日军势衰力竭之余，给他们看一点颜色，未必便可认为总反攻的开始。中国的民众听见了这种消息，除了感念前方将士的忠勇而外，当可格外明白华军实力的充沛，而益坚其最后胜利的信念了。

合众社电称胡适大使以华军进展的顺利告知罗斯福总统，罗总统闻后甚为兴奋云云。远隔重洋的海外友人，在伫候着此岸的捷音，中国人只有加紧努力，不负所期，才是报答同情者盛意的最好礼物。

开放长江的背面观　　一九三九年十二月二十三日

日本所称开放长江下游一事，在我们看来固然不足以打破日本与在华各第三国间的矛盾，然而在他们自己确正是极大的牺牲与让步了。军人方面固然对此一定会感到不怿，就是对商人财阀而言，也无异从他们嘴里夺去了一块肥肉。不观乎野村已经在请求金融界领袖们谅解了，他说"长江对第三国航业之开放，将扰及诸君在当地之利益，惟就国策之更远大立场言之，长江势须开放，故余希望诸君忍守暂时之不便，而迈力前进，以实现中日经济合作"。从路透电传的这几句简单的话里，我们可以看出日本原来封锁的本意，是在独占长江的利益。所谓"军事上必要"者，只是一句欺人之谈，否则何以老早不就可开放，一定要在外交上到处碰壁之后，军事上才无此必要呢？玩味"忍守暂时之不便"一语，我们也可以猜想到这次的表面上对英美诸国让步，实际不过是无可奈何的权宜之计，决非真有何诚意可言。所谓"实现中日经济合作"者，原是他们一贯的以日本为主体的"东亚门罗主义"[一]的梦想，换句话说，就是把第三国利益摈出中国之外。其对内的表示如此，可见开放长江一事，语其究竟，仍不过是日本人在外交上玩弄的一种小技巧。为英美计，正该乘他们弱点毕露之机，以进一步压力使他们觉悟以往政策的错误，则远东的真正和平，庶几有望。如果因为日本有这种近似"悔过"的表示而欣然色喜，则我们相信英美诸国的当局决不会眼光如此短浅的。

【一】门罗主义：一八二三年十二月二日，美国总统门罗在致国会咨文中宣称：美国将不干涉欧洲列强的内部事务或它们之间的战争；美国承认并且不干涉欧洲列强在拉丁美洲的殖民地和保护国；欧洲列强不得再在南北美洲开拓殖民地；欧洲任何国家控制或压迫南北美洲国家的任何企图都将被视为对美国的敌对行为；提出"美洲是美洲人的美洲"的口号。这个原则就是通常所说的"门罗主义"。

算盘打得太精了　　一九三九年十二月二十四日

英文《大美晚报》远东时事编辑伍德海氏，昨发表《日本与长江》一文，指明南京在长江航运方面的地位，远不如芜湖的重要，故日方所宣称的开放长江至南京为止，实际上于美国以及其他第三国可说毫无利益。从战前贸易数字上来看，南京的进出口贸易数额不过抵芜湖的一半甚或不足一半；而自南京至上海，火车交通五小时可达，轮船则须三十六小时，准是而观，又何贵乎开放？日本如果企图以这点点无足重轻的代价，而希图博得美国的好感，算盘果然打得太精，无奈世上没有那样容易上当的人何？

美国对远东的基本政策，早经当局再三声明过，决无轻易更动的可能。日本如真欲改善两国间关系，就须根本放弃其在华的错误政策，像这类近似哄骗小儿的"好意"表示，未免太令人齿冷了。

耶稣精神　　一九三九年十二月二十五日

年年耶诞节，上海照例有一番铺张热闹，今年虽然环境不同，不复有从前那样兴致，然而除了那些根本不知道圣诞节为何物的苦人，仍在那里度着无衣无食的生活而外，市面上照旧是一片点缀升平气象，照旧有一部分享福阶级在那里吃十几块钱一客的圣诞大菜，喝香槟酒，跳通宵舞。本来像这样一年一度的佳节，正是人们难得忘怀一切，任意狂欢的机会，尤其当我们想到耶稣基督舍身济世的精神，无论是否教徒，对于这位人类历史上的伟大人物，都有深致敬念的必要。然而我们不知道那些侥幸"未为圣诞节所遗忘"的人们，于既醉且饱之余，有没有一度思索到耶稣的教训？基督教的教旨，千言万语，不外是牺牲两个字，换句话说，就是以小我为轻，大我为重。耶稣降世的目的，即是不惜把自己的生命作为牺牲，以替全人类赎罪。基督教行了这许多年代，而人们除了在每年圣诞节凑凑热闹之外，始终未以耶稣的教义为重，全世界依然在纷争残杀之中，不能享受到安宁与和平，这是多么可叹的事。我们希望大家于形式上"庆祝"圣诞之余，更应该在精神上竭力效法耶稣基督。每一个身为中国人的人，当他的祖国正在从艰苦奋斗中获得新生命的时候，尤其应该本耶稣牺牲小我的精神，捐弃自己的享受，尽其所有以供献于国家民族，因为个人的生命是有限的，国家民族的生命才是无穷的。

各线的战绩　　一九三九年十二月二十六日

华军自开始反攻南宁以来，节节进展，已经处于绝对有利的地位，东北距城仅十三哩，顽据昆仑关附近的日军，已遭华军严密包围，目下那方面的战事尚在相持中，这是因为华军作战，向取稳扎稳打方略，在各方面牵制对方，使之不能首尾兼顾，而一城一市的得失，倒并不视为十分重要。我们看到近来华军在赣鄂豫晋各线的战绩，就可明白他们确已达到巧妙地运用机动战略的地步，同时更可想像到日军四面受击，无法应付的苦处。日军因兵力有限，无法以重兵遍驻所有占领区域，华方正好觑定这个弱点，而在各方面消耗他们的实力。因此日人虽以占领中国各大重要都市引为自豪，实际上多占领一处，其兵力就愈加分散。面的占领固谈不到，所打通的几条交通路线，也时时有被华方切断的危险，深入腹地的结果，只是自取灭亡。中国方面所称不让一个侵华日兵安返本国，这句话决不是夸口，而是事实上的必然。

无保障的诚意　　一九三九年十二月二十七日

据日本驻美大使崛内声称，东京方面已派员赴华，与在华日军领袖疏通对美让步的问题，并表示日本亟欲与美订结新商约，乃真实之希望。我们对于东京政府之亟图向美拉拢，其苦心是深为谅解的，而且我们也可以相信他们确有对美让步的"诚意"。所可认为遗憾的，乃是把握日本政治动向之舵的，并不是他们政府当局的衮衮诸公，而是"将在外君令有所不受"的军人。从近卫柄政时代起直至现在，日本政府和外交官员不断以温情慰藉权益横被侵害的第三国，而在华军人则始终以一副狰狞面目对待外人，政府的保证方才出口，而侵犯权益的举动，反愈益变本加厉。这事实不但使第三国深感惶惑，就是日本自己的政府也当有啼笑皆非之感吧。我们相信东京政府比之在华军人是更为了解自国之危机的，他们知道美日商约转瞬期满，新商约万一无法成立，禁止军火输日案万一通过实施，他们就要临到自发动侵华以来最大的危机，因此不得不亟亟向美国伸出手来表示好意。然而他们的好意无论"诚"到如何地步，倘使军人方面未抱同感，则仍不过像以前一样，是一句无补实际的空话而已，美国如果贸然接受此种"好意"，势必大上其当，不但自身在华的权益仍然得不到切实的保障，更足以助长侵略的凶焰，后患殆不堪设想。方今一部分近视的美国政客和商人，正因日本政府的曲意承欢而有动于中，我们不能不提出这一点以促令他们注意。

造谣的无益　　一九三九年十二月二十九日

一国大使与驻在国政府保持接触，原是一件极为普通的事，然而第三国驻华使节的行动，却往往为别有用心者所利用为造谣的机会。

这次英国寇尔大使行将赴渝的消息一经传出，自然又不免引起纷纷谣诼，因为日本给中国拖住了泥腿，无法脱身，只想有第三国出来胁迫中国停战，所以每逢什么大使到了重庆，便竭力散布其充满毒素的和平空气，以图淆惑抗战中的民心。然而我们知道现今的远东战事以中日为主体，而尤以中国为握有主动的枢纽。第三国的利益无论若何深切，都不足以左右中国的国策。和战的主权操之于中国，而中国是否愿和，更须视日本能否放弃侵略为关键。英国虽然亟图摆脱东方的担负，以便全力对付欧洲的战事，然而为维持老大帝国的威信起见，决不能轻易放弃其远东的利益，倘不放弃其远东利益，则除了援助中国抗战以底于胜利之外，更无第二条路可走。退一步言，即使英国昧于利害而有胁诱中国停战之意，中国为了自身的独立自由起见，也决将拒绝其建议。

说谎的徒劳　　一九三九年十二月二十九日

日本宣布开放长江一部分后，一面向美国大卖恩意，一面对国内散布乐观的空气，这果然是现政府图在此次议会开会时竭力维持其岌岌可危的政治生命的惶急表示，无奈好梦不长，彩云易散。须磨[一]那一派一厢情愿的说法，经驻日美使馆参赞一番否认，已经证明无非是白日做梦，蒙在鼓里的日本国内民众，对于他们政府当局的才干，从此也可以有更进一层的认识。我们反看美国当局的态度，冷静得恰恰和日本成功一个反面的对照，国务卿赫尔始终拒绝发表任何批评，一般多虑的人因此也许以为美国有对日让步的可能，然而事实摆在面前，美国一面以冷静态度注视事态发展，一面仍始终坚持其不变的政策，看来日本此次以小惠示笼络的手段，势必又将遭遇凄惨的失败了。

【一】须磨：即须磨弥吉郎，日本外交官，时任日本外务省情报处处长。

阿部内阁的命运　　一九三九年十二月三十日

日本阿部内阁从上台的时候起，似乎就已注定它的命运极为黯淡，但事实上它的寿命已较一般所预料者为长。平心而论，阿部内阁虽才力不足，但在一味蛮干的军部挟持之下，即令再换一个有十倍才力的内阁，也将无能为力。此次议会开幕，各方对现政府的无能大施抨击，且已有五政党二百五十议员提出不信任案，竭力发动倒阁运动。阿部果将不安于位而引咎去职吗？照他自己的表示看来，似乎非但没有这个意思，而且还准备向"处理中国事变"的一个目标上发挥一番身手，一面对美竭力诱惑，希图美国肯与日订新商约，一面竭力促成中国伪政权的实现，以便向国人有所交代。这两件事的能否达到目的，以及即使达到目的后是否就可解决"中国事变"，姑且不论，但阿部的痴心未死，却是极为显明的事实。我们认为日本军部的前途，虽已日薄崦嵫；但如果说民

一九三九年十二月三十一日至一九三九年十二月三十一日

51

治派已经在开始抬头，政党政治行将复兴，也未免估计得太早。阿部如能得到军部的继续支持，则仍能苟延残喘，未始不有其很大的可能。反过来说在现政府倾其全力对美的今日，政党方面表示此种不满内阁的态度，或者也可以说是淆惑美国视听的一种烟幕，使美国人以为日本民意已有自由表示的余地，军部独裁的局面将告段落，因之而缓和其对日的空气，也未可知。

总之，我们认为日本已经根本走错了路，除非彻底改变其政策，则无论阿部内阁也好，什么内阁也好，其为无办法一也。

虹口与越界筑路区　　一九三九年十二月三十一日

日本最近对于英美法诸国的卖弄风情，可谓无所不用其极，既以"开放长江"图博美国的好感。复扬言将撤销天津租界封锁以诱英国交出中国存银，而昨天上海日使馆发言人又有日方愿将苏州河北地带早日交还工部局的表示，但"此项问题之发展"，却须视所谓"上海市政府"与工部局双方现正举行之关于越界筑路管辖权谈判之发展而定。我们可以从各方面看出，日方对于第三国的种种"好意"表示，无一不以其自身利益为前提，换言之，仍不过为求达到自己目的的一种手段而已。

单以上海而言，我们认为越界筑路与虹口租界是两个性质各异的问题。关于租界当局与伪市府谈判越界筑路区问题一事，我们早已在社论中指出其非是，因为该区的主权属于中国合法政府，一切交涉该以中国合法政府为对手，而僭窃盗据之流，根本无发言的资格。至于苏州河北的租界警权，早该由租界当局收回，日方的靳不交还，绝对无理可言。现在他们竟图以租界当局在越界筑路谈判上让步为交还虹口警权的交换条件，更其是一个天大的笑话了。

我们主张租界当局应该以法理及自身的立场为重，一面终止与伪方的无益的谈判，一面要求日方无条件交还虹口警权。过于着眼于"现实"，未必是一个最聪明的办法，张伯伦先生的绥靖政策可为前车之鉴。

一九四〇年一月三日
至一九四〇年十二月三十一日

天秤的两端　　一九四〇年一月三日

中国外长王宠惠博士，昨对合众社记者驳斥日方的无聊宣传，表示美日商约，事实上决无法续订。我们可就其所言，略加申论。日军在华的种种行为，早为举世所不齿，而对于第三国权益的任意侵害，尤为美国人民所不曾须臾忘怀。可是美国对于日本，未尝不予以自新之路，只要日本能幡然改策，美日关系，仍有改善的可能，然而日本始终不曾做到这一点，只有在万不得已的时候，才勉强略示无足重轻的让步，以图缓和对方的空气。其实如日方所大事宣传的开放长江之类，美国至多认之为许多问题中之一个，而决不会加以过分的重视，何况即使日本能那么慷慨地把长江全部开放了，仍旧可以随时假借"军事上需要"的名义而重行封锁，美国如果贸然受其诱惑，许与订约，到了那时，岂不自悔上当？日本企图以"表示"开放长江的这一张空头支票，达到续订商约的目的，所与者吝而所欲则奢；反过来美国所要求于日本的，却是全部政策的彻底改变，这中间的距离相去实在太远了。同时我们知道美国在长江一带，本来说不上有甚么重大的利益，可是美日商务关系的断绝，对于日本却是致命的打击，不但侵华军事，行将无法继续，而且内部危机，亦将一发而不可收拾。由此可知在天秤两端，究竟孰轻孰重了。

道义的远征　　一九四〇年一月四日

欧洲西线的沉寂，益发显出了苏芬战争的剧烈。苏联对付芬兰，不可谓不出了全力，但其所以屡战屡退，不能迅速战胜芬兰者，不能不使我们相信此后欧战的重心，将自英法东线，移至芬兰边境。英法对付德国，从战争初发时起，即主用经济封锁政策，致德国于死命，但因德国后面有苏联接济，所以上项政策，不能一时奏效。自从苏芬战争发动后，英法就找到了分散苏德联合势力的有效办法。只要英法积极援芬，由芬兰的军队，连同瑞典挪威的志愿军，利用英法军火，继续对苏作战，使苏芬战争，不能早日结束，英法就可达到目的。因为苏芬的战争一日不结束，苏联就不能不用全力进攻芬兰，既须全力进攻芬兰，就不能不把接济德国的意念，暂时搁置起来。我们用这样的眼光，来观察欧洲战局，自然很容易懂得，为何英法对于苏联，向存观望态度的，现在忽然积极起来，倡说"道义的远征"，甚至在必需时，不惜和苏联断绝邦交了。

无可奈何的解嘲　　一九四〇年一月五日

汪精卫自从前年年底公然叛离中国国民政府之后，高喊和平，已历一年，成绩如何，有目共睹，无劳我们再为他表扬。日本方面虽然明知此人不足与为，无奈所谓"中国事件"牵延至今，解决希望，杳无端倪，于毫无办法之中，不能不想出一个不成其为办法的办法，一方面欺骗自己，一方面敷衍国人，尤其当阿部内阁不理众口，政党群起指摘的时候，不能不拼命设法把汪氏"拥戴"起来，以为挽救自身没落命运的一服续命汤。因此这两天来"汪政权"行将实现的传说，又颇为热闹起来。在我们看来，汪氏上台也好，不上台也好，左右是一个受日人播弄的木偶，不但不能代表中国人民的意志，而且连自身的意志也已经丧失；这样的人，除了替中国人丢脸之外，根本不起任何作用。日人所谓以建立"新中央政权"来中止中日战事，并不是他们在做梦，实在是无可奈何的解嘲。对于他们处境的困难，我们实不胜其同情，然而所以竟至于此者，却不能不归咎于他们政策的错误。

不可容忍的挑衅行为　　一九四〇年一月七日

某方暴徒在上海的种种横行，早已为一般人士所痛心疾首，凡是有一些气节的华方人士，都为他们所欲得而甘心，因为幕后有人在为他们包庇，胆子愈来愈大，最近竟以公共租界工部局总裁费利浦为其行凶的对象了。我们对于此种骇人听闻的案件，实不胜其愤恨与憎怒。照今日本报所载的情形看来，此事显然曾有过一番严密的布置。既非由于私人间的仇怨，多少含有"政治上的"示威性质在内。费利浦先生平日治事，一以租界利益为前提，对于破坏租界安宁秩序的暴徒，自不免有所"开罪"之处，然而我们认为在法治严密的上海租界内，会有这种破法乱纪的事情发生，不仅是对于费氏个人的侵害，且为对于上海租界当局及有关各国的公开的有意挑衅。过去租界当局对于市民的安全虽曾尽力保护，但正本清源的办法，还是在于根绝此类暴徒的存在。鉴于此案性质的严重，我们深信当局一定会更深切地觉悟罪恶行为的不可放任，而以更进一步的坚决手段维护界内的治安与秩序。

欧洲二大事   一九四〇年一月八日

欧洲最近发生的两件大事，一件是匈牙利外长查基至义大利与齐亚诺[一]进行谈话，一件是英国陆相倍立夏突然辞职。对于这两事，德国都是一个极感兴趣的旁观者。先就前者而论，我们知道这是义国的一种未雨绸缪之计，在苏联声势咄咄逼人之际，竭力调整巴尔干半岛诸国间的关系，而组成一个遏止苏联势力南侵的集团。自从苏联进兵波兰以后，苏匈二国已经有了共同的边境，难怪匈国要感到直接受威胁的恐慌，至于匈牙利与罗马尼亚及南斯拉夫之间，过去虽都因疆土问题有所争执，但经义国的调停，在共同利害之下，当可有团结一致的希望，匈牙利素以义国的马首是瞻，在这方面可不致有何问题。至于德国因与苏联有互助的关系，对于此事在表面上当然也要表示不满，但苏联势力的南进未始不也是对于德国本身的威胁，故在骨子里也许是乐观厥成的。

关于英陆相辞职的真相，迄今尚未大明，照报上所载看来，也许是因为倍立夏过于激进，不合英国保守政治家的口味之故。倍氏在任期间，对于英国陆军确曾有过极大的贡献，尤其如遣派远征军出发前线一事尤见其能力的过人。此次去职，在局外者看来，当然不胜其惋惜，在德国则正好抓住这个机会，大事夸张其英国政府内部发生分裂的宣传。可是我们知道英国的政治，重制而不重人，一二要员因政见参商而去职，决不致于影响整个的国策。过去如艾登邱吉尔的去职，性质较此次尤为严重，但除了暂时的震动世人耳目外，绝大的政潮仍然归于平静，可见此次内阁的局部变动，实无予以过分重视之必要。

【一】齐亚诺：即加莱阿佐·齐亚诺，意大利贵族，是意大利法西斯领袖墨索里尼的女婿，时任意大利法西斯最高委员会委员和外交大臣等要职。曾于一九四三年七月二十四日联合其他法西斯高层发动宫廷政变，但在纳粹德国的干预下失败，后被墨索里尼处决。

倍立夏去职之谜　　一九四〇年一月九日

英国陆相倍立夏的去职，据说并非因为政见上的不合，张伯伦在讽示其去职的时候，据说其理由为某方面对他有所不慊，而且送请他改就商相之职。在当事者对于事实真相讳莫如深的现在，我们局外人实无从妄加猜测，但因此而引起种种谣言，殆为实际上所难免。非常时期中政府重要人员的更动，每每供给敌国以反宣传的资料，德国当然决不愿轻易放过这机会，因此而有此次英国牺牲倍立夏，意在向德国作议和试探的传说。国际政治，本来多幕后的活动，嘴面上的表示，有时也许和真相恰恰相反，但我们照常识判断起来，英国是老成持重的国家，尽管他的行动往往失之于迟疑，但政策一经确定之后，也不致于轻易改弦更张。就实力上讲，德国利于速战速决，而英法利于持久，方今西线战事陷于胶着状态，封锁政策业已开始见效，此时而作求和的表示，无异承认德国的胜利，决非善于谋国者所行之道。我们以第三者的眼光观察，认为英国负责当局如欲祛除自己国内人民及同盟国的惶惑，使敌方宣传失其依据，最好能将此事的真相公开表白于世人。

费利溥遇刺案的幕后　　一九四〇年一月十一日

图谋加害工部局总裁费利溥氏的凶手，经伪市长傅某[一]明白承认已由所谓"特别市政府"警察捕获后，日方却不允把他们交出，且否认有捕获凶犯之事，这除了表明日方有心庇护暴徒之外，实无其他理由可以解释。据昨天沪西方面消息，此次事件真相，实系汪派与伪市政府方面的一幕争权丑剧。在行凶者方面，以为这样一来，一则可以给租界当局来一次"下马威"；二则可以阻止租界与伪市府间谈判的进行，使傅某不安于位；三则还可以把犯罪的责任，嫁祸于他们所称的"重庆方面"。一举而三得，用心之狡，可谓无以复加。可惜不争气的"反共救国军"偏偏把自己人扣住，日方知道此事真相一经宣布，于他们的面子颇不好看，因此不惜自处于助恶的地位，而不愿将他们交出，殊不知欲盖弥彰，反而加深了他人的疑窦。现在此事既已逐渐明了，我们一方面除庆贺费利溥先生脱险，使暴徒不能售其奸计之外，更希望租界当局经此教训后，明白在日人卵翼下的此种败类匪徒，根本都是一丘之貉，不识法律秩序为何物。与此等人而言秩序治安，不啻与虎谋皮。我们始终以为除了将沪西罪恶渊薮作根本的清除之外，实未见有何改善现状的办法，一切谈判妥协之类，适足以自隳租界当局的身份而已。

【一】伪市长傅某：指时任上海伪市长的傅筱庵。傅筱庵，浙江省镇海县人，曾出任北洋政府高级顾问，一九二七年当选上海总商会会长，一九三八年投靠日本，沦为汉奸。在任期间破坏抗日活动，捕杀抗日军民。一九四○年十月十日被军统策反的仆人朱升源刺死。

汪精卫不堪回首　　一九四○年一月十二日

　　人可以为圣贤，亦可以为禽兽，相去之间，往往不过一念之差，而流芳遗臭，遂成定评。看到这两天日本阿部内阁无法维持的窘状，再想到汪精卫今后何以自处的问题，实在觉得有点代他难过。汪氏在少年时灵明未昧，高歌"引刀成一快，不负少年头"时，未尝不是一个热血磅礴的有为志士；自孙中山先生死后，历身显要，利禄之私，渐蔽良知，然国人震其位高望重，始终尊之为革命先进，行动虽有错误，也不忍过事诋诃，爱护不可谓不至。抗战初起，汪氏激昂奋发，曾不后人，而贰心之萌，已在曩时，自近卫声明一出，而狐狸尾巴，毕露无余，以堂堂中国国民党副总裁之尊，不惜降身以供日人利用，失足之后，江河日下，凡其所言所行，无不令人齿冷，这且不要去说他。如其果然日本人看他得起，想借重他的"大力"来结束目前战事，那倒也罢了，无奈他的主子根本不曾对他另眼相看，尽管他怎样自吹自捧，而有日本军人在那里撑腰的南北两伪政权，始终对他抱敌视的态度，不但做不成头号傀儡，简直无法在傀儡群中插下一足去。此次阿部因鉴于各方对他的不满，无计可施，想竭力把汪氏捧起来，借图朦蔽国人的耳目。汪氏受捧之下，得意忘形，居然签订卖身投靠契约，准备登场，谁知霹雳一声，日本军部却不以阿部这种敷衍办法为然，于是阿部不能不挂冠求去【一】，而汪氏的上台，又成问题了。我们综观汪氏自抗战以来，由政府大员而成为国家叛徒，所依赖的不过是一个毫无实力的日本内阁，尚不能与梁王辈之有军人作靠山者可比，其自贬身价，一至于此，清夜自思，当亦有不堪回首之感乎？

【一】此处指一九四〇年一月阿部内阁倒台。

日本的出气洞　　一九四〇年一月十四日

时运不济的阿部内阁，终于因为日本现在一团糟的局势，实在无法再敷衍下去，而不得不决定一走了事。这在我们，却无宁对他寄予极大的同情。目前日本的处境，较近卫平沼柄政时，尤为恶劣，但这并不是阿部的过失，而是军部一意孤行的必然的结果。在如此情形之下，非但阿部无能为力，即使令众望所归的近卫甚至于西园寺上台，也断然无济于事。这些在军人及政党方面，当然也未尝不知道，无奈因为侵华军事的结果，弄得国内民穷财尽，国外各方树敌，不肯怨怪自己政策的错误，乃归咎于阿部的无能，于是乎阿部便成为一头赎罪的羔羊。其实他何尝不竭力设法改善国家的局势，但终然到处碰壁，一事无成者，问题并不在于他有没有能力，根本方向既已弄错，再加之一切权衡在于军部，即令有天大的本领，又何从施展出来？近卫已经明白此事的吃力不讨好而谦辞了，此后继任者无论是谁，大概也不会有较好的命运，我们看着吧！

畑俊六知难而退　　一九四〇年一月十六日

近卫文麿拒绝再度出组日本新阁后，一时畑俊六的呼声甚高，然而结果却由米内出马，似乎有些出人意料，但实际上却也不足深异。因为这次阿部的去职，得力于畑氏的捣蛋不少，如果畑氏上了任，安知他日别人不会以同样手段加诸自己？据畑氏自己说："余愿推动政府，但未便被人推动。"可见他自知责备他人虽很容易，身当其冲却是另一回事。

又据日本政界人士传称，温和派份子所以竭力拥畑俊六上台者，用意乃因知道畑氏必将因不能胜任而下台，这样一来，军部势力就可以有消落的希望，而文治派也可以借此抬头了。无论此说是否属实，但眼前难关的不易打破，新内阁之不能有何成就，殆已为日本国内军政各方所一致默认。此次米内组阁后，对于处理美日间商务关系的如何继续及"中国事变"的如何"解决"两个问题，究竟能比阿部高明多少，我们且拭目以俟吧。

美国设置关岛总督　　一九四〇年一月十七日

美日续订商约的谈判，在日本人眼中也已经颇表悲观，认为势难有所成就。但此次内阁更动，美国方面因为未曾知道新阁今后的政策有无改变，当然不便在此时作何鲜明的表示。转而对于东京所称日本已向美政府提出过渡协定草案之说，不加批评，仅谓续订商约之事，并未有何新发展。美国此种冷静的缄默态度，与其说是意存观望，毋宁说是给日本一个最后自新的机会。我们看到美国海军的积极计划扩充，以求对日维持五与三之比，就可以明白美国当局已经知道徒仗空言，决不能使侵略者有所忌惮，只有用实力对付，始可挫折其凶焰。前天海军司令部宣布以麦克密伦氏为关岛总督兼海军站司令，于美日商约满期后就职，此举尤为对于日本的一个当头棒喝。关岛距日本设防严密的沙本岛仅数哩，无疑地是美国监视日本的一个防务要地，讨论已久的关岛设防问题，名

一九四〇年一月三十一日至一九四〇年二月十三日

义上虽还未曾实施，但海军方面对于该岛自必早已有所准备。就此观之，可见美国一方面对于日本的哀求暂时不予可否，一方面则充分加强实力，以为事实上的有力答复，这是谁都可以看得出来的。特不知日本军人既已藐视谆谆忠言于前，对于此种教训，能否大澈大悟而加以接受耳。

且慢乐观　　一九四〇年一月十九日

日本米内内阁上台以后，美法诸国舆论对它颇致期望，一部分乐观论者，且以为日本今后的外交政策，当可改趋温和；据他们看来，似乎只要日本与在华第三国讲求妥协，则东亚和平，就可以不生问题。这种看法的荒谬，我们且不予以驳斥，单就所谓对第三国改取温和手段这一点而论，事实上也显然要使他们失望。不错，米内是海军人物，色彩温和，又为德义日同盟的有力反对者，像这样一个人，的确会使英法诸国的短视论者感觉满意。但他们忘记了米内自身的去留，尚须视陆军方面的喜怒而定，名义上固然尊为首相，实际仍不过是一个受人播弄的傀儡。据说此次米内的出马，事先曾由御前人物秘密布置，而消息发布后，陆军方面甚不高兴。我们看到组阁令下后，日皇曾亲自谕令陆军协助新内阁，而陆军所允予支持的条件，是承认前阁所通过的军费预算案。可见组阁之命降于米内，一方面固然是重臣希望缓和国内外空气的一种烟幕，而在其背后，陆军仍为生杀大权的掌握者。请看日本军部机关报《国民新闻》已开始咒诅新阁，斥之为"御前人物的一种阴谋"了。而新阁本身，也已声明它的政策一仍旧贯，抱乐观的好梦的论者，大可以醒醒了。

一碗饭与献金运动　　一九四〇年一月二十日

由热心援华的美国人士所发起的"一碗饭运动"，据宣布截至最近为止，已募得捐款美金五万余元，这笔钱如果折合中国货币计算，是一注相当可观的数目，许多转辗沟壑的伤兵难民，都将拜受嘉惠，然而使我们感动的，不在乎这几个数字，而是国外友人对华的神圣的同情，在暴力横行的今日的世界上，人道正义之感依然像黑暗中的明灯一样射放着灿烂的光辉。

上海的中国人民，大部分也没有忘记他们对于国家的责任，每次献金运动，都有良好的成绩表现，尤其使人觉得难能可贵的，据本报经收的经验，此类献金，大部分都是一角两角的零星小数，足见一般贫寒民众的爱国心，远胜于有钱阶级，他们在生活程度极端高涨的压迫下，尚不忘节衣缩食，省下这戋戋小数来呈献国家，这可以证明中国民众，决非仍为一团散沙，民族精神普遍深入，已不是任何力量所能加以摧毁。

我们唯一希望的，是有钱的人们见到国外友人的如此热心，贫苦同胞的这种精神，能够触发他们的良心，即使不为国家民族的利益着想，也该替他们的子孙造些福，此日而人人不有一分力出一分力，则他自己的子孙沦为奴隶，即使留下巨大资产，又有什么用处？

有田不忘旧好　一九四〇年一月二十一日

日本新任外相有田就职后发表谈话，对于德义两国极尽恭维的能事，并且居然还说"反共公约在本质上并未宣告废止"。这些话给英美一部分希望新阁将与他们"亲善"的人士听了，自然是万分刺耳，但我们如用冷静的眼光观察，实在仍不过表明日本外交无所适从的苦闷而已。米内虽然是一个所谓"亲英美派"，但"亲德派"在国内仍占极大的势力，为顾全各方面起见，不能不采取"面面俱到"的策略，而在"民治国与全能国之间保持均势"，换句话说，也就是以夷制夷政策的复活。在德苏尚未释嫌修好之前，日本联德义以制英法的策略，的确收到相当的效果，然而今昔异势，"反共公约"这一项已经成为陈迹的法宝，今后用出来不见得会再灵了吧。因为当初张伯伦辈正在进行其所谓绥靖政策，不敢开罪德义，故日本大可挟德义以自重，而在远东把英法逼迫得走头无路，但现在英法与德国既已破了脸，不再有所顾忌，德义也已不复站在同一阵线上，则日本纵欲重温旧梦，岂复可得？加之美国已成为决定远东命运的重要力量，而该国民情的愤恨侵略，已非任何手段所能骗诱。然而无论日本今后揭櫫何种外交方针,其于目前处境之无所裨益一也。

浅间丸事件[一] 　　一九四〇年一月二十四日

日本对于英国一向认为是可欺的,不观乎美国对日态度,无论怎样强硬,日本始终只有逆来顺受,不敢开罪,但英国捉去了日轮上几个德国人,便惹起了日本的愤激,举国汹汹,大兴问罪之师,抗议之不足,且积极推动反英运动。我们不像日本外务省当局那样熟悉国际公法,不敢判定此事谁曲谁直,但如果以历来日方对英的侮辱事件比起来,这里又算得甚么!

尤其可笑的,他们的报纸上居然还说此事是英美对日本的一种试探行动,我们实不知这与美国有何关涉,更何所用其"试探"?说一句诛心的话,日方无非因为拉拢美国失败,一肚子恼恨没处发泄,乃借此机会,小题大做,拣他们心目中认为可欺的英国出一口气罢了。

【一】浅间丸事件:一九四〇年一月二十一日,日本客轮"浅间丸"号从旧金山驶往横滨途中,于千叶县野岛崎洋面附近的公海上遭英国轻巡洋舰"利物浦"号拦截。船上有二十一名符合兵役年龄的德籍旅客因有服兵役嫌疑被英国海军强行带走。翌日,日本外务省以"完全无视帝国之意"为借口向英国提出强烈抗议,英国当局则以该行动不违反国际法为由不予理睬。日本军部及右翼势力利用该事件在国内掀起了大规模的反英活动。

日本的反英鼓噪 　　一九四〇年一月二十五日

照日本方面对于这次浅间丸事件所发动的大规模的"鼓噪"看来,显然的这已经不复是"英国侮辱日本尊严"的那么一回简单的事,而是借题发挥,迫令英国屈服的示威行动。我们不知道英国将如何应付,也许仅仅道歉,尚不能消平"日本国民的义愤"吧?

犹记前一时在日人指挥下华北各地发生风起云涌的反英运动,结果英国遂有华北撤兵警权移让及引渡刺程嫌疑犯的种种屈服表示,使日人于洋洋得意之下，愈益轻视英国的懦弱可欺。现在英国是否将再度屈服，而令大英帝国的威望丧失无余呢？

英国已经把"摧毁希特勒主义"作为号召而在欧洲从事战争了。为实际表现她所标榜的并非欺人起见，对于东方的希特勒主义，似乎也该以同样坚决的态度对付，这是我们一点卑微的意见。

这玩笑开得太过分了　　一九四〇年一月二十七日

昨天日伪机关报《新申报》上造了一则异想天开的谣言，说是中国政府因为要"离间日美关系"，预备在汉口附近谋害驻华美大使詹森，事后嫁祸于日方。我们先不说詹森大使是中国一个不可多得的良友，中国政府决无作此骇人听闻的事之理，只要问中国有没有"离间日美关系"的必要。日本军人在华的种种行为，为许多旅华美侨所目击身受，美国对日舆情的恶劣，究竟还是由于中国的恶意离间呢，还是日本自己的行为不检所致，这是需要问日本自己的。现在美日商约已经期满了，美国本坚决的立场，拒绝重订新约，日方对美的愤恨可知。"中国事变"结束无期，日军进退两难，其对华的恼怒可知。在他们颇多疙瘩的心眼里，也许以为如以毒手加诸詹森大使，一面事前宣布中国政府有此阴谋，则一可泄愤于美，二可嫁祸于华。虽然我们不愿如《新申报》那样自堕报格，瞎造别人的谣言，但如此推测，倒还近情一些。

这玩笑开得有些过分，但我们仍希望不过是一个玩笑，敬祝詹森大使一路平安。

巴尔干形势与日本　　一九四〇年一月二十九日

英法封锁政策已奏实效，德国于苦闷的局势中，只有向巴尔干半岛打开一条出路来，她的企图把罗马尼亚一手控制，力诱土耳其背弃英法，都可见外交攻势，正在着着进行。德国在这方面的动向，对于她的旧相好义大利未必有何直接冲突，只要德国能间接阻止苏联势力的南进，则义大利也颇有与德成立默契的可能。

这种情势，无疑地又给了英美外交路断的日本以一个新的希望，日本驻欧各国使节的"神秘会议"，显然又是他们企图重走德义路线的表示。在欧战未发生前，欧亚两洲的一吹一唱，的确使日本沾到了相当便宜，然而现在这两位"盟兄"自顾不暇，还能分心来给他们这位精疲力尽的可怜的把弟壮声势吗？

无后者的心理　　一九四〇年二月十四日

陶希圣[一]在香港发表了一篇文字，揭发所谓"新政权"的真相（见昨日本埠各报），告诉我们那些"临时""维新"之类的要人，所以如此死心塌地为主子服役者，原来因为有儿子押在日本作质。中国人素重家族观念，日本人看准了这一点，叫你们不得不唯命是从，倔强不得，可谓辣手。然而舐犊情深，人心同有此感，就是中国这次殊死抗战，也无非不惜牺牲自身，以求后世子孙的免为奴隶。我们不懂聪明自负的汪兆铭[二]，尽管如何利欲熏心，良知泯没，如何竟会糊涂昏愦到这等地步。细细一想，也许因为陈璧君没有替汪兆铭生过儿子吧？果然的话，那么尽管汪兆铭大处糊涂，小处却一点不糊涂，不是他竭力要求日人开放南京上海间长江之一段，及京沪间的通行证颁发权和宪警检查权吗？只要自己生命安全无问题，何必为天下后世着想？汪兆铭是年过半百的人了，又是一个多愁多病的诗人，人生朝露，不知尚能活几个春秋，横竖身后更无后顾之忧，乐得窃号自娱，笑骂由人。也许他的叛国行为，就是此种自暴自弃心理的表现，然而在日人手里讨生活，其味果何如乎？

【一】陶希圣：曾任汪伪中央常务委员会委员兼中央宣传部部长。一九四〇年一月，毅然脱离汪精卫集团，与高宗武逃赴香港，将汪精卫集团与日本政府秘密签订的"日支新关系调整要纲"在媒体公布，揭露日本的诱降阴谋，给汪精卫集团以沉重打击，此次"高陶事件"在中国抗战史中有重大影响。

【二】汪兆铭：即汪精卫。精卫是其笔名。

食人肉者　一九四〇年二月十五日

每天早晚走过爱多亚路，看见马路两旁伫立着的数百在寒风中瑟缩着等待施发白饭的人们，辄兴不知今是何世之感。这两天米价煤球价，又涨到令人不能相信的高度，米价已超过五十大关，煤球竟高至六元多一担，当生活必需品成为奢侈品的时候，行见街头尽为菜色之人，而饿死者的数目也只有一天一天增加起来吧？据闻营米业煤球业的人去年无不利市三十倍，甚至有如某煤号获利一千七百余万的，举世皆瘦而我独肥，迹其行为，简直与食人肉无异。此辈绝无人心，我们殊不愿再对他们浪费口舌以作最后的劝告，惟望行政当局能以严峻的手段彻底清查此种危害市民合法生存的败类，处以应得的惩罚，同时各界人士，也当本嫉恶若仇之旨，随时检举，务使若辈知所敛迹，则数百万贫寒市民，也许还有一线的生路。

切肤之痛的问题　一九四〇年二月十六日

米煤价格，狂涨未已，已经在市面上造成异常混乱恐慌的现象，这种对于每个市民都有切肤之痛的问题，一方面固然要深望租界行政当局与工商界领袖人士共谋妥善处置，设法疏通来源及取缔奸商操纵，同时更望全体市民能力持镇静，勿为种种煽动人心的谣言所惑，而在无形中愈加助长奸商的气焰。因为如果现在大家因深恐来源断绝而忍痛出付高价，争先恐后地竞购，当然又给了唯利是图的奸商们一个绝好的机会，而价格的腾涨势将愈无止境。

当然这只是应付目前纷乱局势的一种消极办法，但也未始不足以使奸商之计无由得售。在国米来源时有被阻之虞的现在，我们仍盼各界巨子各大公司厂家为未雨绸缪计，尽速设法订购洋米，以供青黄不接时之需，而略抒无告的小市民在生杀予夺的奸商魔手下的痛苦。

一九四〇年二月一日至一九四〇年三月三十一日

可遗憾的"沪西协定" 一九四〇年二月十七日

在全体市民以不安与惶虑的目光注视中进行着的沪西越界筑路区谈判，经多时折冲之后，终于有昨天的《警务临时协定》出现。工部局方面既不惜自降身分，以伪方为交涉对手，其不能不有所让步，自然是意中事。我们对于局方力谋改善"歹土"现有局面的苦心孤诣，十分谅解，但就法理而论，总是一件深可遗憾的事，而此一协定的能否达到改善现状的目的，也大有可疑。在日人势力包庇下的种种罪恶渊薮，势将继续存在，而所谓"特别市政府"【一】者，此后将自以为业经工部局在事实上予以承认，更可振振有词地任意要索了。

当然我们相信此举绝非"工部局承认伪市府的行动"，因为工部局只是一个受辖于公共租界内各有关国家领事团的办事机关，在各国政府坚决拒绝与任何伪组织发生关系的今日，工部局自无"承认"的权力可言。我们所盼望者，局方能以明朗的态度，切实表示此次协定的成立，不过是应付眼前"现实"的一种权宜的措置，而不能认为具有法律效力的正式的文件，庶几局方守正不阿的态度，得以大白于全市民众。至于负有华人付托之重的工部局华董，尤宜以去就力争，敦促当局作适宜的表示，以安全市的民心。

【一】特别市政府：日本扶植的以傅筱庵为市长的上海傀儡政权，成立于一九三八年十月十六日，傅筱庵遇刺身亡后，先后由苏锡文、陈公博、周佛海等人继任，日本投降后解散。

取缔煤球屯积 一九四〇年二月十八日

目前煤球的惊人涨价，我们确信其原因决非是缺货，而完全是大户屯积居奇的结果。我们知道煤球为物，屯积不易，然而为了赚钱出卖良心的奸商们，取巧的方法，可谓无微不至，他们虽然不能把上千上万吨煤球放在家里，却可以向厂方购买栈单，出货后即属于他们所有。这样一来，全市的煤球用户就不能不听任他们摆布。鉴于上述的现象，我们敢建议上海租界当局及商会方面策令厂家催促大户赶速提清定货，则屯积者虽欲居奇，然而无处可屯，势不能不以合理的价格吐出，造福市民，定非浅鲜，我们认为这是一种较为有效的办法，希望各界人士注意及之。

响朗的警钟　　一九四○年二月二十日

日本现在全国上下所一心期望的，便是赶快结束这场劳民伤财的"中国事变"。日军在南北战场上的痛苦挣扎，首尾受击，使最冥顽不灵的武力野心家也开始觉悟军事制胜的不但渺无把握，抑且绝无希望。过去近卫平沼阿部三任内阁，既都因交不出"解决事变"这一本卷子而狼狈下台，现在米内内阁的唯一法宝，也还是这一块味同鸡肋的"汪精卫政权"，揣着它做自欺欺人的幌子。我们对于日方的渴望求和，只有同情，绝对不加非议，然而战有战的敌手，和有和的对象，中国的抗战力量经多时历练之后，不但绝未消失，而且反见增强，对于这样一个"顽强的敌人"，而犹欲以战胜国自命，岂非自负过甚？既不能以武力迫令他人屈膝，乃欲不战而亡人国，日阀虽一厢情愿，其如中国人不尽是汪精卫何？蒋委员长为新生活运动六周纪念昭告国人，重申长期抗战的决心，便是对于他们所作白昼梦的一记响朗的警钟。

日本的南进野心　　一九四○年二月二十一日

日本一只脚陷于中国的泥淖里，一只脚却还想伸展到别地方去，小矶拓相于视察太平洋日本代管各岛后，即拟就南洋扩展计划，预备将其经济势力遍植于暹罗缅甸越南以至于海峡殖民地荷属东印度等地，一旦欧洲发生重大变化，即可以一举囊括而有之。这种梦想之能否果真圆满实现，固然还成问题，然其处心积虑之深刻毒辣，实不能不令人咋舌。

因此我们愈其感念到蒋委员长在前次《告友邦人士书》中所说"中国抗战，

同时亦为保卫各国利益"，确为真知灼见之谈。要是中国不抗战，或略战而屈服，则日本乘战胜的余威，觑准欧洲混乱的机会，将西方各国势力根本逐出亚洲以外，并不是一件想像以外的事。中国二年余来的艰苦抗战，可谓无负于友邦，英法诸国如何应付贪得无厌的日本的威胁，这是需要他们自己善自为之的，现在已不是犹豫却顾的时候了。

青木献马酬神　　一九四〇年二月二十三日

日本前藏相青木氏于入阁后，献马一匹酬神（见合众社电载贞崎氏在《改造》杂志中所发表的论文），一个堂堂藏相而作此愚夫愚妇的行径，也许在神权思想笼罩的日本不算甚么一回怪事，但贞崎所据以攻击之点，是"马为战场上所必需"，青木不该如此浪费物力。这是值得我们深长注意的。我们从各方电讯所传，早已知道不少关于日本国内无微不至的紧缩状况。这里一方面可以看出日本人民已经受到了他们穷兵黩武的军阀怎样的恩赐，各种生活必需品，已经因全部奉献给战神而达到了如何缺乏的程度，如其不是日本人民大众素有节俭刻苦的天性，也许不待今日，内部的变动早已爆发了。而究竟这种情形，能支持到几时，也不能不令人发生疑问。同时我们看到日本国内罄其所有，以献国家，节约到了怎样的程度，即以贵为藏相的青木，一马之献，尚不能逃避国人的指斥。反观我们这里沦陷后"孤岛"上的繁华淫乐，实令人不胜惭愧之至，一面饿殍载道，一面笙歌沸天，在国家民族殊死苦斗，以求独立生存的时候，这是种什么现象！希望安于逸乐的华人，能对自身的处境与责任作一番深刻的反省。

斋藤隆夫[一]的牢骚　　一九四〇年二月二十四日

斋藤隆夫因为在议会中出言不慎，惹了一场没趣，这回他向《报知新闻》记者大发牢骚，说是宁愿剖腹，不愿辞职云云，态度铮铮，可谓"有种"，不过他说将在惩戒委员会中再度发表演说，殊不能不令人代他捏一把汗。这位斋藤先生似乎忘记了今日的日本议会已经是一座有名无实的空壳子，议员除了作军部的应声虫外，决无发表任何异议的余地。日本没有一个真正的政治家，也许确为事实，但即使有之，在目前军人跋扈的空气中，也将窒息而死，倘非明哲保身地效法噤口的寒蝉，就有招致生命危险的可能。从这次一百零三亿巨大预算案在众院中毫无异议一致通过一事观之，可见军部借手斋藤，杀一儆百之计，已见成效，今后诸位议员先生们大可多打打瞌睡，大概军部老爷们不会见怪，而对于日本尚存期望的国外观察家们，也暂时可以不必希望"贤明份子抬头"了。

【一】斋藤隆夫：日本政治家，时任立宪民政党议员。在一九四〇年二月二日的第七十五届帝国议会上发表了著名的"反军演说"，谴责了军方对"中国事变"的处理，指出日本对中国的战争是纯粹的侵略。随后斋藤隆夫被解除议员资格。

妥协的成效！　　一九四〇年二月二十七日

前几天英日密约的谣传，除了在报纸上露一露脸之外，显然不曾引起多大的注意和轰动，因为就常识判断起来，英国即使至愚，也绝不至于昏愦到为了讨好日本，宁愿结怨于中国，失欢于美国，甚至甘心出卖自身在远东的权益与地位的地步。果然英国当局已经辟谣否认了。

讲到英国的对日态度，自从欧战爆发以后，的确是极妥协让步之能事，我们也未始不深谅其委曲求全的苦衷。然而以往的事实证明，对付日人，愈是小心恭顺，受其轻视遭其侮辱亦愈甚。我们看到美国对日态度无论怎样强硬，日人始终不敢对美国有何过分放肆的举动，最近宣布的所谓已解决的悬案若干起，虽然较之日本对于美国利益所加的损害的全部，诚觉微乎其微，但总是一种讨好美国的表示。然而日本之对于英国又何如呢？在日军占领区域内英侨所受的待遇迄今未见改善，所谓"反英运动"者仍在日人授意之下变本加厉地进行着，妥协的成效抑可知矣。

我们希望英国于欧局经纬万端之余，同时不要忘了远东问题的严重性，即使不能对日本立即作切实有力的制裁，也该与美国觅取合作之道，而勿为侵略者助长气焰。

英防军破获暴徒机关　　一九四〇年二月二十八日

昨天沪西英防军破获某方暴徒巢窟，捕去暴徒十四名并搜获私藏军火一举，在目前法纪荡然的恶劣情形中，的确令人鼓掌称快。自从这次工部局与傀儡成立所谓"临时协定"以后，我们早已指出这决不是澄清现有局势的妥善办法，果然日方虽然宣传取缔沪西各赌窟，而"好莱坞"、"愚园"、"会乐宫"等声名狼藉的魔穴，依然特准"暂缓迁移"，照旧公开进行其杀人不见血的工作。即此一端，可概其余，工部局如果仍以君子之心度小人之腹，认为日伪确有信义可言，那未免忠厚得太过火了。

我们除了对于英防军的不畏强御，表示最大的敬意之外，尤盼工部局能看清事实，不再"与虎谋皮"，而以尽可能的强硬态度处置与日伪有关的事件，务使罪恶势力有不得不销声匿迹的一天，则上海全体良善市民，均将拜受其惠矣。

日本的眼睛睁开了？　　一九四〇年二月二十九日

我们有许多理由可以相信在军人专横独断政客依然蒙蔽的政治下被包在鼓里的日本民众，经过两年多的惨痛教训后，他们的眼睛已经渐渐睁开来了。在一个绝无言论自由的国家里，怨怼政府指斥当局的文字已逐渐取歌功颂词之词而代之。各报对于政府的"捣鬼"政策，已屡有烦词，就是前天大藏公望男爵在贵族院中，也曾对于政府"行隐藏不宣之政治"，发过严厉的质问。百三亿预算案虽然在议员的瞌睡中通了过去，然而这笔经费如何筹措，却是一个问题，税收已增至无可再增，公债已发至无可再发，这事实在一般人的眼中是看得很清楚的，著名经济学家木村已经大声疾呼，促国民反对此项预算案了，同时《国民新闻》也直斥樱内所谓"事变后全国收入增加八十万万元"之说为"毫无意义"。再就反面而言，日军部虽然竭力向国内宣传其夸大的战果，□华军损失如何如何重大，但这种欺人的话已被事实所完全推翻，他们的言论界已经知道"中国的中央军未受重大损失"，"国民政府仍旧获得大量军事及财政之支持"了。这是一件值得恭贺的事，因为讳疾忌医，结果终将不救，现在日本人民及言论界已有开始认清事实的征兆，则急起直追，也许还有挽回危局的可能。

阴晴不定的欧洲　　一九四〇年三月二日

最近的国际形势，巴尔干半岛特别是近东方面，又有风雨欲来的样子，同时据说德国与荷比边境也已经进行封锁和疏散的手续，固然我们对于所谓"德国春季大进攻"之说不无怀疑，然而夜长梦多，难乎其为中立国家矣。这时候忽然从西半球飞来了一只和平的鸽子，在厌乱望治的一般欧洲人的心理中自然要色然以喜了。美国国务副卿威尔斯的聘欧，所负的真实使命虽尚讳莫如深，但必有其重大的作用在，和平空气的再起，决非偶然。所谓英国已在考虑德国所提和平条件之说，虽经两国政府同时否认，然不论其为全然的谣诼或略有蛛丝马迹可求，要可反映希望和平心理的一斑，同时我们相信交战双方尽管如何嘴硬，也未尝不渴望转圜，所成为问题的，只是各国当局心目中对于"和平"的界说各有不同而已。

芬兰方面的战局，渐有急转直下之势，而美国在这方面的态度最值得注意。美国对芬的援助，远不如英法所期望于她的那样积极，舆论虽一致斥责苏联，但显然在考虑种种的情形后，绝无与苏联翻脸的意思，观于苏外长欢宴美大使一事，可见苏美邦交并未恶转，而美国在苏芬争执中，也大有出作调人的可能。我们深望苏联于获得若干程度的进展以后，能适可而止，则对于整个欧洲局面的调整，将是一个极有力的因素。

一九四〇年一月三十一日至一九四〇年十二月三日

如此开放！ 一九四〇年三月三日

日方与工部局所缔结的《苏州河北区警权协定》成立了，大家以为期望已久的虹口开放，终于成为事实，似乎是一件天外飞来的喜讯。然而一考其实，恐怕谁都要恍然自失吧。本市英文《大美晚报》所载虹口大批华人，因日人"调查通行证"或"执行搜查工作"而被捕失踪，甚至于看戏出来，不问情由，便拖上卡车，听到了这种消息，真令人寒心。

原来日人之应允交还苏州河北警权，不过是一种幌子，一方面以此作为沪西越界区警权的交换条件，让工部局得到虚名而自己坐享实惠。一方面因为鉴于略有身价稍知自爱的华人，不肯轻易涉足桥北，长此下去，虹口市面永会无法繁荣。开放的空气一传出后，因为租界生活程度的高涨，自会有大批华人被吸引而前往，不用说那是一个供其榨取的最好的机会。

而且其利益不仅止于此而已，将来协定实行以后，警权虽称交还，防军仍未撤退，生杀之权在其掌握中的华人，随时可以被其假借任何名义大批捉去，或为他们服役，或代他们送死，一踏入他们的势力范围内，无异自投陷阱。我们要警告上海的中国民众，"红灯在前，行人止步"！

威尔斯不虚此行 一九四〇年三月四日

罗斯福总统这次派副国务卿威尔斯赴欧，我们虽然不能因此而臆测欧洲的和平机运已告成熟，但至少从下列二点上，可以断言此行不虚。

第一，美国已经诉世人，她对于欧洲的事情并不置身局外，只要各国具有需要和平的诚意，美国随时准备出而斡旋。

第二，美国与欧洲因地理上的隔膜，所得到的各方情报也许不尽可靠，威氏此行遍访各国当道，对于各国的真实意向当可得到一个更为准确的概念。

关于第二点，美德两国间的大使，自从战前彼此召回以后，始终悬着空缺，实在是一件可憾的事,在国际局势如此紧张的今日,各方面都有保持密切的接触和联络之必要。据昨日电讯,威尔斯在谒见希特勒时,已经就两国大使回任的问题有所商榷,大概可成事实。这该是威氏此行的第一个收获吧。

苏联占领维堡以后　　一九四〇年三月五日

苏芬间的战事,因芬兰方面抵抗力的意外坚强,使苏联遭遇甚大的损失,而未能在短时间内迅速达到目的。现在总算已经占领维堡,挽回了师老无功的耻辱。此后芬兰的处境更形危殆,其命运自为世人所关心。

在英国方面,舆论上已经发生了对苏宣战的呼声,但我们在扫除了一切感情上的鼓噪以后,认为这事极少可能,除非苏联于占领芬兰全境后,再向斯堪的那维亚进攻,而予英法以正面的威胁。因为德苏两国,虽然在英法眼中是"狼狈为奸",德国因为有苏联经济上的助力,而使英法封锁政策的效力大为减弱,但德苏两国的合作究竟是有限度的,如果同时向该二国宣战,唯有促令二国合作的加强;同时英国与苏联决裂后,战事范围牵涉愈广,势必须以大量军力增备近东,这决非善于打算的英国所愿为。

主要的关键当然还在乎苏联。苏联定能认清此次攻芬,虽然获得胜利,也许还抵不过她的损失;再则芬兰既已击败,则以前所称的"威胁"即已不复存在,大可心满意足,不必再去参加帝国主义者的火并。她应该认清她是一个亚洲的国家,她的主要的利益在远东,她的最大的敌人也在远东。

悼蔡子民[一]先生　　一九四〇年三月六日

我们以最大的敬意与至深的沉痛,哀悼蔡子民先生的溘逝。蔡先生不但于党国有悠长的历史,而且是现代中国一位希有的人伦师表,的确可当"高山仰止,景行行止"八字而无愧。我们要纪念他,因为:

第一,蔡先生是中国新文化运动的导师。几千年来蒙蔽于封建思想下的中国人民，在五四运动时代开始觉醒了，当时蔡先生居北大校长的领导地位，对于此一运动的推进实有莫大的功绩。我们也可以说少年中国的萌芽，是在蔡先生的多方吹嘘爱护之下成长起来的。

第二，蔡先生是一位有中心思想而无门户之见的学者。他的为学兼收并蓄，不偏不倚，古今中外，极左极右，都有其深到的研究，自己虽有确定不移的主张，但并不排斥他人的见解，这种宽大能容物的精神，正是为学者所必须具备的条件，而值得我们效法的。

第三，蔡先生是一个教育家，而且是一个名副其实的教育家。他虽然历官显要，但始终尽瘁于树人大业。及身的门墙桃李不用说，就是未及亲受教益的，亦莫不受到他的人格、学问与思想的涵煦。要是新中国的建立是在现在我们这辈青年的手中，那么蔡先生便可以说是新中国的一个辛勤的保姆。

可憾的是蔡先生未及亲睹抗建的完成，遽而丢弃了他所爱护的青年以去，然而他如果想到后继有人，蔡先生可以含笑于九泉了。

【一】蔡子民：即蔡元培，字鹤卿，别号子民，中国近代革命家、教育家，一九一六年十二月至一九二七年七月任北京大学校长。他支持新文化运动，提倡白话文，赞成文学革命，反对封建复古主义，倡导以科学和民主为内容的新思潮，使北大成为"五四"时期新文化运动的中心。后任中央研究院院长。"九一八"事变后，积极开展爱国民主抗日活动，拥护国共合作。一九三八年被推为国际反侵略大会中国分会名誉会长。一九四〇年三月五日病逝于香港。

德国的心事　　一九四〇年三月七日

苏芬战事现已到达严重的关头，除了身当其冲者之外，最担心事的，当然是与芬兰唇齿相关的瑞典挪威丹麦诸国，各该国因为国势孱弱，复受外力的压迫，故对于芬兰可谓爱莫能助。据伦敦电称，德国在近数天内曾迭次向斯堪的那维亚各国提出强硬交涉，警告各该国不得予英法以援芬的便利，这与其说是德国为苏联张目，还不如说是表现了她自身对于此次战事后果的焦虑与不安。何以故？因为这次苏芬二国的冲突，对于德国并不是一件愉快的事。她一方面希望苏联保持实力以为自己的应援，一方面又希望苏联的势力不要过于扩张，而成为自己的心腹之患，如果芬兰因得到英法与北欧诸国的切实援助而把战事继续支持下去，或因北欧诸国的牵入战事而把范围扩大了，那对于她自己都是不利的。

在今日的世界上，为敌为友，要都以自己的利益为前提。英法的对芬同情，未必真的如何有爱于芬兰，而德国的"咄咄逼人"的口气，也不一定对芬兰有何怨恨。无论个人或民族，欲求生存，唯有依赖己力，我们看到了今日国际间的种种翻云覆雨，应该牢记住这一个教训。

英国在远东　　一九四〇年三月八日

从最近英国下议院中各议员对于远东问题向政府纷致质问一事观之，可见英国虽然被欧洲问题弄得焦头烂额，却也未尝把具有同样重要性的东亚时局的演化须臾忘怀。一般的说，英国的对日态度，颇嫌不够明朗不够坚强，然而我们对她始终没有完全绝望者，固然因为尚有其他有力的因素，如美国的态度即其一端；但国内舆论的监督，自然也是使英国政府不致于全然向日屈膝的一种原因。

昨天同盟社就有一个无稽的电讯，说是寇尔大使已得中国政府同意，将以天津英租界内中国存银一部分充作华北水灾救济经费，其余移存横滨正金银行。这种有意中伤中英感情的谣言，倘以英外次白特勒的表示反证之，即可不攻自破。英当局已一再重言声明对华政策不变，对于中国政府的意见决予尊重，然则此类宣传技俩，正如前时的"英日密约"谣言一样，根本不值吾人一笑。

再看到近日来日方的表示，矛盾已达极点。一面陆相畑俊六大言不惭地宣称第三国如图阻挠日本在华树立"新秩序"，日本决心予以排斥；一面他们的驻外使馆又发表其娓娓动听的外交辞令，说是日本对第三国权益的损害非出于故意，日本愿意尊重第三国权益云云。我们知道所谓"新秩序"者，根本不外乎两点。第一是置中国于日本统治之下，第二是排斥第三国在华权益，使东亚成为日本独家的东亚。既排斥之而又欲尊重之，这种不知是什么逻辑！由是我们可知英国除非甘愿拱手退出远东，则虽愿与日释嫌修好，也将为事实所不许。

对于暴力的抗议　　一九四〇年三月九日

美国对华新贷款二千万元，已经建设银公司董事长宣布正式成立，此事的足以令人鼓奋，并不因为二千万元是一笔相当可观的数目，有裨于中国的抗建工作者不浅；也不是因为美国这种对华友好表示，足使在艰苦奋斗中的中国人民感激涕零。因为中国抗战，本不依赖外援，此项贷款，有固可喜，无亦不足影响大局；至于中国对于美国的友谊，久已深信不疑，即如此次借款，中国方面也早已期待其必然成为事实，并不是一件天外飞来的喜讯。

我们认为此次借款的意义，还在"物质援助"及"友谊表示"两点以上，因为这是站在人道文明与国际正义立场上对于暴力政策的一个有力的抗议。当日方正在竭其全力以制造所谓"新政权"，并力图劝诱各国承认该项傀儡组织之时，这种明确的表示，正是对于他们的阴谋的一个斩钉截铁的答复。

日方对此的恼恨自在意中，本市日使馆发言人发出威胁的论调，以为此举将引起反美情绪，使在华美侨遭受不便。他们显然倒果为因，不曾自己反省。试看英文《大美晚报》青岛通讯（译载今日本报第二版）中所述鲁境美侨被侮的情形，可见在华美侨的遭受不便，不自今日始，在这种"新秩序"下，美国为保障自己的合法权利，只有支援中国抗战，以造成一个名副其实的真正"新秩序"。

苏芬进行和议　　一九四〇年三月十日

苏芬已开始进行和议，这是一件大可欢迎的消息，我们站在于两方无所偏袒的立场上，认为结束此次痛苦事件，现在是最适当的时候。芬兰以其英勇作战的精神，已经获得举世的赞叹，她的强大的敌人认识了她的未可轻侮，于获得若干程度的满足后，自必能尊重其主权的完整与独立。即以此次苏联仍与作战对手的芬政府直接交涉一事而论，也可以看出社会主义国家的作风，毕竟与吾人所熟知的其他"侵略者"有所不同。

和议能否获得预期的结果，固然尚未可知，但全世界爱好和平的人士，当无不乐观厥成。苏芬冲突告一段落之后，不但目前欧洲的混乱局势或许会有好转的可能，而且在远东方面也将有十分良好的影响。美国虽未直接参与此次调停，但我们可从美苏二国外交界的接触，看出美国对于期望早日消除冲突的关切。这两个隔水相望的大国，本来是东方的野心者日本所最怀戒惧的，在日本的心目中，唯望苏芬冲突无底延续下去，则苏联既因分心而不能专顾远东，又因美国舆论的同情芬兰，可以促令美苏二国关系的恶化，她自己就可以操纵于二者之间，取得有利的地位。无疑的，这回她又失望了。苏芬纠纷的解决，必然地加强了远东的警卫力量，对于中国的抗战将给予不少间接的助力。

贺两租界当局 一九四〇年三月十一日

对于本市奸商垄断食粮影响民生一事，两租界当局因职责所在，已经组织平价委员会，釐订限价，严制操纵，目今涨风的稍戢，人心的渐趋安定，不能不归功于当局的措施得当。但刑法中对于超过限价出售贪粮一项并无规定罚法，即按照违警法处罪，也只有拘留十五天或罚款十五元，大利所在，这种处罚决不能使奸商知所畏惧。两租界当局有鉴于此，乃与中国法院会商办法，决采用国民政府所颁的《非常时期评定物价及取缔投机操纵办法》及《非常时期农矿工商受理条例》两种法规办理，此后奸商们凛于处刑之重，（最重者处无期徒刑，并得判处所得利益一倍至三倍的罚金），自不敢再以身试法，租界内的危机可望从此消除，我们谨以此为两租界当局贺。

苏芬冲突告一段落 一九四〇年三月十四日

苏芬和约已经由二国正式签订，这次和议的得以如此迅速告成，固然一部分由于芬兰处境日艰，不得不被迫作城下之盟，但苏联的不为已甚，与其手段

一九四〇年一月十三日至一九四〇年十二月三十一日

之爽快明朗，亦有足称道者。

在这些条约中，芬兰固然是吃了亏了，但较之捷克与波兰则如何？苏联虽然已经达到了目的，但仍允许贝柴摩区撤兵，可见她所要求的只是她自身安全的保障，使芬兰不致于为他国所利用，但绝对没有侵害其独立生存的意愿，所以议和的机会一到，她便立即舍弃其亲手扶植的傀儡政府，而与合法的芬兰政府谈判，所谓"大国风度"者，正可于这种地方见之。

苏联今后的动向如何，目前固还未能断言，但我们深望她于西顾无忧之后，能多多注目于远东野心者的动作。尤其当美国因侵芬一举而对苏联所抱的反感，既因该事业已告一段落而可望消除，这负有保卫太平洋秩序与安宁重责的两大支柱，尤有共同一致制裁贪婪无厌的日阀之必要。

两种妄想　　一九四〇年三月十五日

苏芬和平实现后，苏联的地位固然大见增强，对于远东时局可能的影响，尤为各方所属目。日方明知自己的处境益为不利，不得不亟谋设法挽救，因此而有将业已冷淡多时的日苏间各项谈判重新提出来"热锅炒冷饭"的表示，同时《日日新闻》并希望政府设法运动德国出来调整日苏关系。这种想头固然很无聊，但站在日本的地位设身处地一想，也委实无怪其计穷智绝。我们知道苏联对芬作战，原为德国所不喜，因为苏联在芬兰方面得势之后，足以削弱德国的地位，但心里虽不高兴，仍只好眼睁睁地看着苏联为所欲为。以彼况此，苏联和日本立于尖锐的对立地位，而德国在远东并无怎样深切的关系，其可以为苏日二国间拉拢的希望，也就微薄得可以想见了。

同时据法国方面有一派论家的观察，以为日本为应付苏联态度的强硬化起见，一定会转而与西欧各国促进邦交。自从日本在华任意侵害第三国利益以来，英法两国中始终有一派人抱着痴心，以为日本在某种情势下，一定会转变态度，重新尊重他们的利益，他们的利益既得保全，就可以向中国施压力，使之忍受牺牲而与日言和。这种梦想在我们看来实不值一笑，事实已经证明日本是欺软怕硬的国家，即使说他因不得已而向别人卖弄恩意，表示联络，但一等他达到目的，则原来他所谄事的人，便会被他一脚踢而去之。东亚西欧，相去复远，无怪一部分人对于事实未能认识清楚，但他们应该知道，日暮途穷的日本，已经失去左右东亚命运的力量了。

光荣的失败　　一九四〇年三月十六日

芬兰经三个半月的艰苦抗战，终于不得不接受苏联所提出的和平条件，这件事实给那班标榜"和平"理论的谬种抓住了，自然又可振振有词，证明他们所谓"抗战无益"的无耻论调。然而每一个信念坚定的中国人民，一定能了然于芬兰与中国情势的迥不相侔。因为日本之侵略中国，是以小攻大，苏联之用兵芬兰，是以大攻小，中国无可亡之理，芬兰有必亡之势，然而芬兰之所以终于不亡者，一方面固然因为苏联非日本，一方面也未始不因芬兰人英勇作战的精神，已经使即令如苏联那样强大的敌人，也不得不默认这民族的不可轻侮，而毅然与之言和。她现在形势上虽似已沦为苏联附庸，但她在国际间的地位决不因此而减低。芬兰是失败了，但她的失败是光荣的。

中国人民不但不应因芬兰的抗战失败而馁气，反应因此而更坚定信念，努力完成他们自己的最后阶段的抗战。芬兰当初发动抗苏的时候，虽然明知以卵击石，决无幸胜之理，然犹奋其全力，以卫护其独立不挠的民族精神，予苏联以意料不到的阻力，中国具有较芬兰超过无数倍的有利条件，二年八个月的长期抗战，已经把日人迫至山穷水尽之境，此时而甘心尽弃前功，接受屈辱的和平条件，则非但对不起自己，也愧对英勇的芬兰人民。

《德义苏联合宣言》　　一九四〇年三月十七日

希墨两人在勃伦纳山隘的会晤，显然又是独裁国家的惊人之举，事后两国官方宣布，仅谓"极为欢洽"，我们虽然不知道葫芦里卖的什么药，但其对于未来欧局的发展有重大关系，要可断言。威尔斯和平奔走之有无结果，德国撮合

一九四〇年一月三十一日至一九四二年三月十三日

义苏的成功失败，都于此决定其命运。

据路透十九日电称，此次会谈的结果，德义苏三国将发表联合宣言，维持巴尔干和平，此讯有待事实证明，但果然确凿的话，那该是德义的一大胜利，墨索里尼可以从此高枕无忧，得其所哉，希特勒也获得更坚强的保障，可以抵御协约国在该方面的攻势。

最可以注目的，就是苏联如果真的参加此种宣言的话，那足以证明她在芬兰方面获得保障，西陲安宁已经确保之后，的确不拟插足于欧洲的纷纭，今后她的动向若何，明眼人自不难想见。我们看吧，库页岛的星星小火，将有一天会把远东的侵略者烧得焦头烂额。

纪念今日　一九四〇年三月二十一日

三月二十一日是上海中国人民的一个光荣的纪念日[一]。十三年前，正是北洋军阀势力日薄崦嵫的时候，日本帝国主义者因见国民革命军深得民众拥护，义师北指，所向披靡，深恐他们的爪牙旧军阀一旦失势之后，他们自己的地位也将不保。因此竭力设法阻挠，并嗾使盘踞淞沪的反动军人屠杀异己，箝压民众。昧于大势的他们，不知中国民众早已觉醒过来了，压力愈强，反抗力亦必然愈加高涨。手无寸铁的人民，终于和革命的武力响合，驱走了倒行逆施的军阀余孽，替上海历史上揭开了灿烂的新页。

事过境迁，盘踞在今日的上海的，却又是另一种恶势力，同样受日本帝国主义者的操纵，而其罪恶更远浮于当日的反动军阀。上海的中国人民处身于更艰危的境地中，想到十三年前向恶势力艰苦抗争的精神，应该得到一个怎样有力的启示！点缀在"孤岛"表面上的，虽然是一片酣歌恒舞，可是别再做梦吧，大家从今天起，要拿出加倍的决心与毅力，检点自己生活，努力有意义的工作，克守国民气节，积极从事经济的斗争。至少要能做到这几点，才算不愧为一个中国人民，而今天的纪念，也就不是没有意义的了。

【一】这里指的是一九二七年三月二十一日上海工人第三次武装起义的纪念日。上海工人为配合北伐军的进军，曾于一九二六年和一九二七年先后举行过两次武装起义，均因准备不足，在军阀孙传芳的镇压下遭到失败。一九二七年三月二十一日在周恩来、罗亦农、赵世炎等人领导下举行了第三次武装起义，经过三十个小时的血战，攻克了军阀部队的全部据点，二十二日，上海市民代表会议召开，宣布上海特别市临时政府成立。起义的胜利，使长期被帝国主义和北洋军阀统治的上海重又回到了人民手中。

法国内阁改组　　一九四〇年三月二十二日

法国达拉第内阁的辞职，恰恰发生于墨索里尼希特勒二人会谈之后，我们可以看出欧洲正有一种新变化在酝酿中。德义果将再度加强其轴心关系吗？苏义果真会因德国的仲介而发生联系吗？这该是使协约国寤寐难安的最大的噩梦。苏联驻德大使已启程返国，据说是布置德苏两国领袖的会晤，并有德苏义三国将发表联合宣言之说。在独裁国的外交活跃下，英法的感受威胁是不用说的，法内阁的改组，正说明了他们不得不寻求一条出路来，以便应付当前的局势。

继达拉第之后，受命组阁的是财长莱诺氏。莱诺是一位有毅力勇于负责的政治家，他在财长任内的政绩，如遏止法郎跌价，擘划战时财政等，均为人所乐道，也许改组之后，在一个更有力量的新阁中，能有较好的成绩表现。同时我们相信今后协约国方面一定将力起直追，加强外交活动，而最大的目标将为拆散德义的联合阵线。

格鲁辞职之谣　　一九四〇年三月二十三日

美国驻日大使格鲁将于五月间休假回国，日本人却说他感于不能调整两国关系而辞职。这种谣言造得当然很幼稚无聊，但却十足暴露了日人讳疾忌医的心理。上次格鲁由美返任后，曾发表一篇对日本人颇不客气的演说，素来受不起"侮辱"的日人，却只好暗中恼恨，莫敢奈何，而以红红脸孔了事。荏苒经月，日本口口声声所谓"收拾事变"，离题愈远，索性横了心肠，把一个沐猴而冠的汪兆铭拎上舞台，叫他僭窃国府名义，大卖其野人头[一]，肉麻当有趣的表演，害得看戏的人连隔夜饭都呕出来。格鲁大使与日方接触较多，对于远东的实在情形比别人格外明白，此番返国述职，当然要向本国一五一十地报告，虽以日人的一百个死不认错，也知道他的报告决不会于自己有利。他们因为领教过格鲁大使"不买账"的言论，以为如果换一个人来，也许比较容易对付些，不知道无论是格鲁也好，不是格鲁也好，一国的大使总是代表着一国政府的意见，日人如果无法改变美国人民和美国政府的意见，那么以后使他们难堪的事当然多着。也许格鲁大使这次假满返任后，将有一篇更结棍[二]的教训给予日本。也许日本今后所得到的教训，将是比言词更有力的一种。

【一】卖其野人头：上海方言，意思是虚张声势以吓人或骗人。
【二】结棍：上海方言，意思是厉害。

为手溜弹事忠告某方暴徒　　一九四〇年三月二十六日

　　本报向来站在一个新闻纸的立场上，在恶劣的环境中尽鼓吹正义的责任，因为深信我们所说的话，不是一二人任意歪曲事实的言论，而的确代表着全上海正义人士的意见。读者对于本报的热诚拥护，已经充分证实了我们的信念，同时并带给我们无限的勇气，使我们能在奸人多方恫吓破坏之下无所畏惧。
　　像昨天某方暴徒以手溜弹二枚惠赐之事，实在是无聊之至。如果此类恐吓手段可以使我们寒心，那么不待今天，我们早已如他们所期望地"软化"了。明知遭人之忌而仍然不改初衷，无非因为求良心之所安，一切可以置诸度外。过去本报所遇的种种袭击恫吓抢劫报纸阴谋中伤等行为，不一而足，但始终不能动摇我们的意志，他们这一套卑劣可耻的手段，除了证明他们动机的不纯而外，并无何等作用可言，今后似乎大可不必多此一举，因为他们的目的显然永无达到的可能。即使他们仍不惮烦地再图一逞，我们也必不介意；只要尚有一分说话的自由，我们仍将继续说良心叫我们说的话，任何暴力都不能使我们噤口不言。

英义重开商务谈判　　一九四〇年三月二十七日

这次欧洲战事，在英法方面固然是抱定了稳扎稳打的策略，德国也因为速战速决的目的难于达到，不得不作长期战的准备。这样一来，齐格斐玛奇诺两方对垒的军队，简直无所事事，而重心全然转移到经济斗争与外交纵衡上。在这现象中，苏联是以德国友好者的姿态出现的，非交战国的义大利却成为交战双方互相争逐的对象。要是借德国居间的苏德义三国联盟果真实现，则不但已经有了破缝的英法封锁政策将告失败，且更将形成德义苏对英法的反封锁，这固然为英法所深惧，但也许事情会不致于这样坏，因为义苏的矛盾毕竟是太尖锐了。英法方面当然将尽可能地巴结义国，希望他即使不帮助自己，也不要去帮助自己的敌人。一度因偿付煤价的方式问题意见参商而停顿的英义商务谈判，现在已由英国财部派代表赴罗马继续商洽，英国对义的重视，于此可见一斑了。

我们的告白　　一九四〇年三月二十九日

在善与恶两种势力作殊死搏斗的现阶段中，站在拥护正义一方的，固然必须以不屈不挠的精神，牺牲殉道的决心，为自己所信守的主义而奋斗，但他不能不慎防敌方种种阴谋破坏暗箭中伤的手段，以免在目的未曾达到之前，先已遭到了毒手。尤其像我们言论界中人，不得不时时戒备着各式各种外似纯洁而别有用心的反宣传，以免中人暗算。因此之故，即使立场与本报相同，但因易于引起误会，使敌方破坏本报更多一种借口的消息，也不得不忍痛割爱或率直指摘。

也许因为读者爱护本报过切，所以不免或对我们存过奢的期望。于此我们不得不声明的，我们站在同情中国抗战的立场上，以报道正确消息为任务，同时希望以舆论的力量，为正义人道张目，反对暴力侵略，排击妖言谬论，如果能做到这几点，便可以认为已经尽了我们的责任，可告无罪于读者了。除此而外，则任何种类的活动，凡不属于我们本分之内者，皆非我们所愿参加。这一点希望同情我们的读者，能够顾到当前环境的恶劣，给予我们善意的谅解。各人站在各人的本位上努力，不为威胁，不为利诱，不做违背良心的事，这是我们所愿以自勉并以勉读者诸君的。

莫洛托夫演说　　一九四〇年四月二日

苏联外交人民委员长莫洛托夫在最高议会中所发表的演说，可以说是苏芬战事结束后苏联对国际关系的一篇总账。莫氏在演说中除切实声明苏联严守和平中立政策外，并就对德英法日美各国关系一一检讨，独于对义关系未提只字；在说及巴尔干及近东局势时，莫氏声称苏联与罗马尼亚之间尚有未解决的纠纷，即指罗马尼亚占据贝萨拉比亚一事而言，但我们相信那绝对不是说苏联将向罗马尼亚用兵，以图收回领土。一般而言，我们可以很清楚地看出两点，第一，苏联绝对不愿牵入欧洲战事漩涡；第二，所谓苏德义三国联合阵线殊无可以实现的征象。

苏联的这种决定，对于远东当然有重大的影响，莫氏演说中曾说起苏日关系绝少改善可能，虽然苏联当局因为避免操切从事起见，对于日本侵犯苏联利益的行动，不过以采取守势为限，但她在欧洲少分散一分精力，即系在远东多增加一分防御和监视的力量；况且对芬军事结束，苏美间一时的感情不洽也已渐化无形，以两国的力量合作制裁精疲力竭枪法尽乱的日本，定可以使远东的秩序早日恢复，而为世界和平奠定稳固的基础。

日本对公共租界的攻势　　一九四〇年四月三日

公共租界外籍董事人选，向来按照行之已有多年的绅士协定，维持五二二的比例，即英方五人，美方二人，日方二人，这种比例的产生，固然一方面是依据各国纳税侨民数的多寡，但尤着重于各国在租界内产业利益的大小。这次日方突然借口日侨人口的增加而提出候选董事五名，这理由显然是不成立的。

日方此种行动，我们认为绝不足异，因为他们意图把持租界行政，蓄心已久，而其漠视他国利益，任意违反条约义务的行为，自从这次对华侵略发动以来，早已为国际人士所共睹，对于上海租界一隅的攻势，不过其小焉者也。公共租界内各国侨民，为了自己切身的痛痒，务须以全力阻止日方的得寸进尺，利益较小的各国如德义西班牙以及犹太侨民等，尤当避免供其利用，否则"东亚新秩序"行到租界上来，其后果将不堪设想。

本市《字林西报》素以倾向"现实主义"见称，其论调多为吾人所不敢苟同，可是昨天他们评论此事，居然也高谈"原则"，大概因为与自身利害关系太密切了，因此连他们所津津乐道的"现实"也无从迁就了吧。我们诚意希望该报能够了悟，如果大的地方可以放弃"原则"迁就"现实"，则小的地方，即使要谈"原则"也无从谈起；过于近视的结果，在别人被"牺牲"了之后，必将有临到自己"牺牲"的一天。

中国没有力量反攻吗？　　一九四〇年四月四日

美国前海军少校卡尔逊氏考察中国内地的结果，认为中国各处农民和游击队随时随地都予日军以极大的威胁，民众抗战力量的雄伟，足以把日军逐出中国领土（见昨日英文《大美晚报》纽约通讯）。这种友邦人士的公正的观察，凡是从内地来的人都同有此感。可是上海因为对于祖国腹地的情形太隔膜了，有许多人似乎都有一个错误的印象，以为中日战事到现阶段已经陷于停顿的僵局，日本固已无法再进，中国也不见得有力量反攻。作这种思想的人，显然不曾了解中国的实力与抗战的真谛。中国一向标举抗战建国的旗帜，二者相辅而行，不容偏废；因为抗战的目的即为建国，而欲培植长期抗战的实力，非得于军事之外，努力建设不可。二年九个月来奋斗的成绩，军事方面已经把日方拖下泥淖，而西部诸省经济政治各方面的建设，更是蒸蒸日上，有备无恐。现在所以尚未发动大规模的反攻者，只是为要等待更有利的时机。目前各地大小战事，仍继续在进行中，且不断有好消息传来，日本到处受制，顾首失尾，已如釜底

一九四〇年十二月三十一日　至一九四〇年一月一日

游鱼，无能为力，军事攻势固然已成强弩之末，政治上的种种阴谋，亦无一不遭到悲惨的失败，这次回光反照的汪伪组织成立，充分暴露了他们的黔驴计穷。稍假时日，日阀全部总崩溃的时候，也就是中国一举而把侵略者逐出国土外的时候。

英与美法保持一致步骤　　一九四〇年四月五日

在美国政府表示其严正立场，声明惟认现在重庆的国民政府为中国唯一合法政府的时候，突然有驻日英大使克莱琪向日本大卖好感的演说，以致引起日方"英法与美步调不一致"的宣传，实在是一件可憾的事。所幸克莱琪之言，并不能代表英国政府的见解，英外次白特勒已经明白宣称英政府继续承认重庆国民政府为中国合法政府，始终依据九国公约原则行使其远东政策，并与美法保持一致步骤。这样明朗肯定的表示，自足使怀疑英国态度者为之释然。可是我们尚有进一步希望于英政府的：英国态度之每每启人疑窦，即在其一面声称维护"原则"，一面仍不惜迁就"现实"；这种"两面政策"的实施，结果徒足引起中国人民的反感，而未必能博得日方的欢心，实在是不智之甚的。为英国计，既然承认中国唯一合法政府在重庆，就该严守立场，不与任何伪组织作事实上的来往；同时更须认清在日方未抛弃其与英国所信守的"原则"相抵触的错误政策以前，决不容作改善英日关系的梦想。

限制银行放款　　一九四〇年四月五日

中国财政部鉴于不法投机商人操纵市场，以致物价飞涨，民生困苦，为正本清源计，已命令重庆各银行对于以流通必需之货物抵押贷款的商人，一概拒绝放款。上海物价情形较内地更为复杂，但投机商人的滥发国难财，要为造成目前畸形状态的一个主因；而银行界在放款方面漫不限制，也间接助长了他们的猖狂。上海各银行为尊重中央轸念民生的至意，自应急起直追，一致履行此项决定，则造福平民，定非浅鲜。

日本海军发言人的失态　　一九四〇年四月六日

日本海军省发言人称"不许"美国海军演习越过经度一百八十度（即中途岛迤西的区域），美国方面已经批评为日方的重大失态了。这"不许"两个字，倘不是日本一贯的夜郎自大，以远东主人翁自居的心理的表现，必然是因为害怕美国海军的实力，情急之至，来不及选择适宜的字眼。即使美国没有菲列滨的安全需要顾虑，在公海上演习，无论推广到如何广大的范围，也绝对不受任何方面的限制，因为试验自己国防的力量而作的演习，既无威胁任何方面的意义，当然是一个国家充分享有的权利，而不能和把自己军队开往他国领土上胡作妄为这种举动相提并论的。

日本又一个"不许"　　一九四〇年四月七日

日本最近曾"不许"美国海军演习扩大范围，现在当英法两国整顿内部机构，准备对德积极加紧封锁之际，又借口影响日"满"贸易关系，向英国交涉"不许"将封锁线扩张至日本附近海面。两事无独有偶，充分表现其目中无人的姿态。我们知道英国的对日外交，最近日趋颓势，例如浅间丸事件那样绝对让步，在日本方面尚有人斥责有田对英屈服，其气焰嚣张，可见一斑。此次日方所争之点，固然振振有词，俨然以"中立"为神圣不可侵犯，所可异者，他却忘却了自己便是任意破坏他人中立的老手；他责备英国"关于违禁品之扩大解释，乃滥用交战国权利之行为"，不知道在说这句话时，有没有想到他自己常常挂在嘴边的"军事需要"这一个托词？

我们以极大的兴趣注视英国方面对于日方此种"抗议"的反响如何，是不是他仍将以彬彬有礼的绅士风度唯唯称是，以求息事宁人？抑或将此种忘记自己身分的抗议置之不理，而执行他所认为和国际公法不相抵触的工作？

一则"惊人消息" 一九四〇年四月十一日

在战祸延及斯堪的那维亚半岛之时,日方通讯社同盟社忽然发出一个令人侧目的消息,说是德国对于巴尔干半岛亦复摩拳擦掌跃跃欲试。据谓德国借口在罗马尼亚发现英国企图封锁多瑙河航运的阴谋,已向南匈罗保四国提出要求,许其获得在多瑙河上巡逻的绝对控制权;并称该项要求已为保加利亚所接受,德国巡逻船已在保国境内多瑙河上开始活动。

国际情势瞬息万变,我们本不易轻于判断此事的真伪;但截至记者属笔时为止,该项消息仅为同盟社所独有,并已由合众社证明不确了。同盟社向来信用如何,不劳吾人代为宣传;即使果有此项传闻,而别家通讯社所审慎未发的稿子,该社如此大吹大擂地发出,大可反映出日方无风兴浪的心理,他们一贯的愿望,只是天下大乱,好让他们混水里摸鱼;然而西洋镜一拆便穿,反而暴露了自己手段的无聊。诸如此类的事件,读报者都有严加检别的必要。

赣桂大捷 一九四〇年四月十三日

继着绥西五原大捷之后,赣桂两省华军又以锐不可当之势,向南昌南宁展开反攻。连日凯音频奏,江西方面奉新靖安相继克复后,已对南昌完成大包围形势;广西方面也一举收复同正左县,予南宁日军以重大威胁。这种有力的事实,向举世表现了中国抗战力的历久愈强;对于国内的人心是莫大的鼓奋;对于日方妄图以成立伪组织来结束这场劳而无功的侵略战,并借以保持他不法攫得的利益,正是一个最切实的答复。

中国现时一面抗战,一面建国,具有充分的自信和尽够支持长期作战的资源,本来除了随时随地予日军以打击以外,并不急急乎发动总反攻,最近各处的军事胜利,不过略试锋芒而已。然而事实已充分证明了这一点:只有中国握有决定战争将继续或中止的枢机,而中国的停止抗战,必须以日军全部退出中国领土为最低限度的起码条件。否则尽管日方如何高谈"结束事变",如何利用中国叛徒,其辛苦必将一无效果,在毫无办法的情形下,他必将被迫与中国继续对垒,直至精疲力竭,军事经济全部总崩溃为止。

日本在美洲的军事布置　　一九四〇年四月十四日

日本自美日商约废止后,为筹谋对策起见,在拉丁美洲大肆活动,表面上虽说是为了发展商务关系,实际上其用意尚不止于此。苏联无线电台最近曾就日本对美军事野心有所揭发,指出日本在中南美各国所获有的让与权日见增多,在巴拿马运河附近所保有的让与权所在地,均在军略上具有重大价值,可以随时用作潜水艇及航空根据地。这种处心积虑之深刻恶毒与夫胃口之大,实可令人惊叹。本来中国蒋委员长早已反复指出日本的野心,决不仅以中国为止,"征服中国"不过是她所认为"征服全世界"的一个步骤。这次欧洲风云,要不是她给中国拖住了泥足,动弹不得,不知将要如何志得意满,利用这千载一时的机会,驱逐各国于远东的舞台之外,而自为盟主了。像她现在在中南美洲的那种周密布置,也幸而因为她已无余力敢与美国作战,所以还不致于立刻成为美国的心腹之患;然而要是果如美国孤立派那样的一味对日隐忍,避免实施制裁行动,以听令其坐大,则所谓"东亚新秩序"者,安知不会在世外桃源的美洲出现?美国孤立派人看到苏联无线电台的这一段广播,对于现在方为自身及友邦而奋勇作战的中国,当有进一步的认识与同情吧!

苏联拒绝德国借道　　一九四〇年四月十五日

德国向北欧开始行动后,一般人最关心的是苏联的态度。很有人以为苏联以德国与国的关系,且自身对北欧亦不无野心,大有插足下去分享杯羹的可能,显然的他们的观察是错误了。据哈瓦斯十三日电讯,德国驻苏大使曾向苏当局要求准许德国利用苏联茂曼斯克港及由列宁城通往茂曼斯克港的铁路,该项要求已被苏方拒绝。同时塔斯社也已郑重否认英国所传德军借道茂曼斯克之说。由是可见苏联对于现时北欧战涡，的确无意参加。

过去苏联在有事西欧的时候，在东方对日本便不惜虚与委蛇，以免分心；但一等那一面的事情了结后，她就可以毫无顾虑地尽管和日本翻脸。最近莫洛托夫宣称苏日关系绝难改善后，苏联方面对日方屡有不客气的指斥，再证诸苏日商务谈判毫无成就，首席代表松岛因无法赓续谈判，已赴瑞典返任公使一事，可见苏联于结束苏芬冲突后，显已复移其注意力于东方，然则她的无意牵入欧战漩涡，无宁是一件当然的事。

义大利会参战吗？　　一九四〇年四月十六日

挪威方面正在演着如火如荼的一幕之时，义大利忽然又来了一下惊人之举，该国无线电台向全国军队广播，声称义国对欧战不能长此置身事外；同时据传义国舰队已在达达尼尔海峡集中；再加以各方的渲染宣传，在神经不断受刺激震荡的世人看来，似乎欧洲战祸，已经如火燎原，范围愈扩愈大了。

义国日后的形动，固须视情势推进以为断，目下实无从加以推测；但如谓她于此时就会投身战涡，则其中尚不无令人置疑之处，似乎以墨索里尼那样乖巧的人，一时还不致于采取如此躁急的行动。就该国的无线电广播而观，不过表明义国"既与各交战国毗邻，自不得不有所准备，以防不测"。可见那只是一种备战的姿势，而非立即跃马抡枪，帮着某一方去攻击另一方之谓。

再说所谓"不得不有所准备"而言，当然义大利一向就已经准备着，决不直到如今才感觉祸近眉睫，而临时再"准备"起来。然则这种表示，真意何在？第一，对人家说：巴尔干是义国的势力范围，谁敢到太岁头上动土，就会教他看些颜色；第二，向英法和德国表示义国现处举足轻重的地位，谁要希望她帮忙或至少不与自己为难，就非得向她加倍巴结不可。

工部局管理物价办法 一九四〇年四月十七日

上海物价问题日趋严重，一般量入为出的市民，在生活负担一天重似一天的情形下，已有无法维持之苦；市政当局虽然关心民瘼，但因环境特殊，往往费力多而成事少。最近公共租界工部局规定几点办法，限令商人遵行，虽然未能做到正本清源的地步（这在现实的环境下当然很多困难），但对于遏制物价涨风，不失为切实有效的方策。在工部局规定的办法中，第一是凡主要物品须用标签明示价格，这样购买者就可比较各家售价，使故意高抬价格者货物无法脱手；然而这样也许一部分商人会把货物屯积起来，等将来市场上缺货的时候再以高价出售，结果还是购买者吃亏，因此商店必须把所存所买及售出数额登记簿册，备工部局人员随时查核；同时工部局耳目容或未周，市民如发现不法投机垄断囤积居奇的情事，尽可向当局告发。如是则在行政当局的监视与全体市民的合作下，发国难财的奸商势将无所遁形于光天化日之下，而不得不自知敛迹。所望一方面当局能令出必行，一方面民众因事关切身利害，不要轻易诿卸自己的责任，以纵容奸商的取巧，则庶几局方的苦心孤诣，不致成为一纸具文。（今日本报经济版对此事亦有所论及，请参看。）

日本的桃色梦 一九四〇年四月十八日

进行已有多时的苏日商务划界等谈判，既因无法获得结果而停顿，忽然日方又在大事宣传其苏联因欲在北欧或东南欧有所行动而亟图调整对日关系了。苏联的政策如果真是如此举棋不定，那倒真是一个大笑话。可是证之事实，不久之前既有拒绝德国借道茂曼斯港的表示，最近又有黑海舰队举行演习，"准备遏阻任何敌人进犯"，可见苏联除了力谋自身安全而外，决不愿多问外事，引火自焚。日方此种宣传，是有意的煽动，也是无聊的梦想。本来日本所日夜希望的，无非这个世界愈混乱愈好，让所有国家（尤其是苏美两国）全都牵入现有的欧洲战涡，于是她可以毫无牵制，得其所哉了，殊不知自己不能挣气，空待机会之来，已经是十分可怜了，何况别人全都比他聪明？

应付这一类"齐东野语"【一】，唯一的办法是付诸一哂。

【一】齐东野语：典出《孟子·万章上》，比喻道听途说，不足为信的话。

工商局颁布物品限价商榷　　一九四〇年四月十九日

我们对于公共租界工部局限制物品售价的努力，怀抱很大的同情与极高的期望，然而看到昨天所颁布的主要物品限价表，却不能不认为有商榷的余地。该表中分列虹口西区及法租界三种限价，而一般物品，均以虹口为最低廉，这自然因为有某方操纵把持的关系，我们不忍责备租界当局的岐视。但撇过了这一点不论，这一张限价表实在与在租界中占最大多数的一般普通中国民众的愿望相去太远了。第一，此类限价均以最上等的货物价格为标准，事实上现今尽可以低于此的价格买到普通需用的较次货色；商人如果以此表为借口，从而不管其货物质料的优劣，将现售价格更形提高，则一般市民的负担将更加增重，关于这点，希望当局有一补救办法。第二，该表中所用的单位，除了磅以外，如品脱立脱等，都不是一般中国人民所熟悉的，似乎当局在拟制时，仅为少数的外籍侨民打算，而根本不是以最大多数的中国市民为对象，这也是深可遗憾的。

我们本春秋责备贤者【一】之义，希望市政当局为改善市民大众的生活着想，能格外接近民众一些，对于上述可能的流弊，有一切实救济办法。

【一】春秋责备贤者：《春秋》中多有对贤者责备、严格要求的内容。《新唐书·太宗本纪》："然《春秋》之法，常责备于贤者，是以后世君子之欲成人之美者，莫不叹息于斯焉。"旧时在对人提出批评时常用这句话，表示敬重对方之意。

完全置诸不理　　一九四〇年四月二十日

日外相有田对荷属东印度发表狂妄声明以后，美国国务卿赫尔随之亦发表声明，警告日人勿得侵犯荷印的主权，义正辞严，不愧为主持公道的大国精神。事有可笑者，日本于闻悉该项言词后，经"外陆海三省大员举行联席会议"的结果，决定对之"完全置诸不理"，这种自知歪理讲不通，只好使蛮劲的神气，倒是耐人寻味之至。

然而日人应该知道，赫尔这种声明决不是口头上放放的空炮，美国除了可以在经济上制日死命而外，庞大的海军力量也尽足催毁日人任何在太平洋上不逞的野心。海军扩充案的通过，巨型战舰的增造，关岛设防案的重新提起，以及大规模的海军演习，都是对于日本最有力的暗示，不知日人亦能闭目无视，置之不理否？

米内的言论　　一九四〇年四月二十一日

日本最近对荷属东印度俨然以保护者自居的威胁声气，一方面果然是唯恐天下不乱心理的表现，一方面也未始不是因为对华军事政治处处失败，不得不借此以转移国内不安的人心。日本人民呻吟于层层负担之下，已经有无法支持下去之苦，"事变"初起时军阀及其御用宣传家们用以欺骗他们的种种甘言，也已经证明为一无价值。汪伪组织纵然在千呼万唤中扭扭捏捏地出来，于解决"事变"仍无所补，中国继续抗战下去，日本在泥淖中没顶的危机也便愈加迫近。然而日阀在未到全部崩溃之前是永不会悔悟的，所谓对华"圣战"等论调既已为人厌闻，便想换一套说法来榨取人民的血汗，昨日东京电所传米内对新闻记者言词便可作如是观。米内以国际局势常起倏变为言，要求人民须有应付任何艰苦之决心与准备，"政府须加强其政策，各政党应格外认真从事于劝导国人共起负担时局需要之运动"。我们所怀疑的是，日本人民于被"中国事变"累得精疲力尽之余，能否再以余力支持米内所谓"阻止欧战延及东方的使命"？事实上这句话很有商榷余地，因为只有日本的轻举妄动，才足以使欧战延及东方。

日本的两副面目　　一九四〇年四月二十二日

赫尔对荷属东印度问题发表严正声明以后，在日本第一个反应是外陆海三省会议结果决定"置之不理"，然而日本驻美大使崛内谦介往访赫尔，却说"美日两国意旨适同"，认美国所发声明为满意。如果不是日本这一个国家，那么我们一定要疑惑总有一个电讯是错误了，因为否则一个驻外大使的态度如此谦和，而他的本国政府却如此傲岸，简直是不可思议的。然而在日本，这种事情却不足为奇，因为这个国家的外交官所说的是这么一套，而实际上军人政客所干的又是另外一套，这已经成为一个公式了。自从"九一八"以来直至于今，日本军人在华的所作所为，无不与其外交官所说的话背道而驰，当然美国现在决不会再为这种毫无价值的外交辞令所惑了。不过有一点我们可以看清，日本的觊觎荷属东印度，唯一的顾忌在于美国，赫尔的适切的警告，虽然足以使日本略知敛迹，但其处心积虑，已非一日，如有机会，必将仍图一逞。一面借外交家之口向世人声述日本无领土野心，一面暗中着着进行蚕食他国领土的布置，这是日本的拿手好戏，已为世人所周知。为防患未然计，美国只有早日实施对日制裁，庶几太平洋上的真正安全可以确保。

放野火的惯技　　一九四〇年四月二十三日

德国进兵丹麦挪威之后，接着义国声势汹汹，向英法大事恫吓，同时在远东方面，日本又摆出一付准备攫夺荷属东印度的姿态。似乎久已被人漠然遗忘的反共同盟的暗影，又在国际舞台上大大地活跃起来，预备给世人"头痛"一下了。这三位难兄难弟一向以"放野火"为看家本领，在欧战未发生前，东西洋的对台好戏，每每害得英法疲于奔走，而他们则彼此利用，捞到了不少意外的野食。

这次他们还是用同样的技巧，但结果却很不美满。英国远征军开到挪威以后，德军的战略地位显然并不怎样有利；义国反对英法的言论虽未停止，但态度已有渐趋缓和的征象；而日本遭了美国的一场没趣以后，更十足露出了抱头鼠窜的畏葸相。于此可知强梁者的伎俩，揭穿了其实不过如此，应付他们的唯一办法，只是立定脚跟，不要示弱。过去英法等民治国家因为过于优柔软弱，过于屈就现实，已经给别人占了不少先著去，不知今后果能急起直追，"予打击者以打击"否？

不战而胜的机会　　一九四〇年四月二十四日

美国前任海军副参谋长陶西格少将在参议院海军委员会中声称美日战争无可避免，美国必须从经济上阻止日本侵华，且须准备于必要时以武力应付。国务卿赫尔及海军参谋长史达克少将对于上项演词，虽已声明系纯粹个人私见，并不代表政府立场及海军部见解；但美国当局所持的审慎的态度，不能抹煞陶氏此种言论之足以反映一部分海军将校及一般人士的心理与见解，而且因日本野心的着着暴露，我们深信此种心理与见解正在一天一天占据优势。

就日本素来怀抱的梦想而言，因侵略逐步进展而不免与美国发生直接冲突，这是逻辑上必然的结论。陶氏之言在此时发表，与其说是危言耸听，毋宁是一个切当的警告。但在目前的情状下，日本海军虽然尚是"初生之犊"，不曾受过实际战争的损伤，惟全国人力物力，已因侵华军事而大伤元气，除非甘愿自杀，当还不致于敢和美国较量上下。美国如果不拟养虎贻患，现在当然是最好的时机，及早实施事实上的对日禁运，切断日本所急需的百分之七十五的军火及原料供给的来源，就可以加速日本侵华军事的崩溃，使其进一步称霸太平洋的野心无由实现。

美日战事无可避免，不错，但美国如能善用时机，他尽可以不战而败日本。

华军攻入开封　　一九四〇年四月二十五日

阿部此次来华，南京方面伪员铺张扬厉的欢迎，自然不在话下。巧得很，中国的抗战军队也给了他一个很好的见面礼，那就是豫赣诸地的捷报。虽然阿部"特使"也许会觉得有些扫兴，但至少可以叫他对于华军的实力格外认识清楚些，未始不是有益的事。

本来阿部此来，负有与伪组织签订契约，"确定"日本对于占领区的控制权的使命。华军在此时攻入开封，进迫南昌，即使仅仅是一种姿态，也足以证明日本军力的愈来愈不行，不但已没有进攻的锐气，而且退守据点的能力，也已大大成为问题。以前常常说日军所控制的不是面，只是点和线，可是现在线既易为华军切断，点更易为华军包围而歼灭。固然中国军事总反攻的时期尚未到临，但日军悲惨的命运，已经可想而知了。

阿部离国时所说的断头话，证明他对于此行绝不乐观。不知一群小丑们在绕着主子脚边"庆祝和平"时，心里也怀着些鬼胎吗？

两个不祥的日子？　　一九四〇年四月二十六日

据哈瓦斯电讯，伦敦外交界人士相信德国将于本月二十七日侵入瑞典，义国拟于五月十日参战，日期如此确切肯定，颇使人感觉哈瓦斯所报道的，不是战事消息，而是一个定期举行的运动会消息，真不知何所见而云然。以瑞典的地位而论，无法避免战祸延及己身，殆已成为命定的事实，不过目前德国所加于她的威胁，也许还不过是一种声东击西的策略，一面使世人的视线集中瑞典，一面或许会向荷兰比利时进攻或南侵巴尔干半岛。英法方面对于德国的真意自然也不会全无所知，她们所以要如此报道的用意，也许是希望瑞典从速放弃其犹豫的态度，而站在她们一方面（换句话说就是严守中立，不予德国以便利）。徘徊歧途的瑞典，处境固然艰困，但两全无计，现在是应该表明反侵略立场的时候了。

日军部统制战时工业　　一九四〇年四月二十七日

日本军部前日突然宣布统制战时工业利润，并实行改组军火工业，此事已经引起该国"政界及商务方面的极大震动"。就常情而论，战时工业由国家统制本是理所当然的事，值得注意的是下列两点：

第一，突然宣布统制者是军部而非政府，证诸政界方面也引起"极大震动"，可见军部于作此项决定时，根本不曾让政府当局与闻其事，这当然是武人跋扈的国家中的畸形现象。

第二，何以以前不统制，到现在才统制？本来日本军阀的一意胡作妄为，少不得财阀在后撑腰，而财阀之所以愿意支持军部，也无非希望借枪炮的力量，给他们造成发财的机会。二者交相利用，故军部对于人民虽毫不容情地大施压榨，而对于财阀却勉予优容，使他们仍能享受战时工业的利润。此次的措施，所表明的只是一件明显的事实：侵华军事继续不已，人民血汗已经榨尽，山穷水尽的军部，不能不把念头转到财阀身上。不久的将来，吾人将索日阀于枯鱼之肆矣。

人类的光明面　　一九四〇年四月二十九日

善哉！中国最高领袖蒋委员长之言曰："人类之自私与贪婪为造成吾国及欧洲流血与祸殃之根本原因。"有数千年文化历史号称万物之灵的人类，到现在还尽是在干着一些自相残杀的愚昧而荒唐的把戏，归根结底，无非因为贪心太重，有己无人；殊不知贪多既难消化，损人终必害己，日本军阀残民以逞，在东亚闯下了这一场穷祸，中国固然被它害得赤地千里，血流成渠，日本何尝不也累得舍无壮男，仓无存粒？说是因为地小民多，不得不向外发展吗？何以占领东北以后，始终未见有大批移民前往？这样大规模的自我屠杀，倒真是一个解决人口问题的好办法！本来一般野心家所利用为侵略人国的借口，都是些抹煞良心大言不惭的欺人妄谈，他们固不曾顾到全体人类的福利，又何尝真为自己国民的福利着想，究其极无非个人的贪权贪利一念在那里捣乱而已。可是我们不必为人类的前途悲观，一面固然是自私与贪婪，一面也有舍生取义牺牲小我的大勇精神的表现。在中国的全面抗战中，卫国壮士的前仆后继，全体人民的群策群力，小言之是为了国家的生存自由而牺牲了一己的生命安逸，扩大看来，更是以一国一族的艰苦奋斗，来换取全人类从自私与贪婪的野心家魔掌下的解放。我们从中国抗战的乐观的形势上，看见了一个新的世界的光明的前途。

美国对日禁运问题　　一九四〇年四月三十日

全世界反侵略人士一致热烈期待着的美国对日军火材料禁运案的实施，虽然到今还似乎未见动静，但这决不表示美国只会在口头上对暴力大张挞伐，而实际上不特仍予宽容，抑且不惜给以便利；我们如果想到此事的实施，对各方面都有重大关系，那么美国国会及国务院当局之从长审议，不肯立即贸然从事，自当鉴谅其不得已的苦衷。不过现在日本的侵略胃口，既已愈来愈大，再此放纵下去，势将引起莫大的恶果，而美国国内的舆论，也莫不一致主张以有效的制裁加诸日本，则禁运案的从速讨论而付实施，殊属急不容缓。

现在美国参议院已有表示，如政府方面先有行动，则禁运案当可在参院中通过；同时提出该案的参议员施威伦巴治并称即使政府方面未在国会休会前提出关于此事的议案，参院亦将通过该项议案。至于众院方面，则一俟参院通过，必可毫无问题地通过。可见美国对日实施禁运，已仅为迟早之间的问题；悬挂在日本头顶摇摇欲坠的一把利刃，正在等待最适当的时机而落下来。中国倘能在这时候加紧努力，格外奋发，从政治上军事上予日人以重大的打击，则在四面楚歌声中，东海骄阳的没落，已经指日可期了。

一戳即破的谣言　　一九四〇年五月一日

日方同盟社的惯技之一，就是造作"国共摩擦"，或是苏联赤化中国之类的无稽谣言，他们的目的很显然：一方面向世人宣传中国确有"赤化"的危险，而日本的侵略中国，不但是"救中国脱离赤祸"，而且在防止"赤化努力"蔓延东亚大陆这一点上，更为西方列强代尽了警犬的责任；同时另一方面以为这样可以拆散中国的抗战联合阵线，更使中国人民对于友邦苏联的援助，怀疑其别有目的。

然而因为造作这类谣言者，一向早已在一般人的心目中失去信用，故其不能发生任何效力，殆无可疑。最近同盟社大放其"苏联向国府警告关于处置共产党问题所将引起的后果"之类的空气，现在已经苏联官方，授权塔斯社，声明该项消息，每一字均为捏造，完全为卑鄙龌龊的挑拨性报道。不知道造谣者在听见了这种严正的当面指斥后，将何地自容？虽然羞恶之心，我们早已不望之于他们了。

英国不肯示弱　一九四〇年五月三日

在义大利各方面发出声势汹汹不惜一战的口吻时，墨索里尼向美大使保证义国对欧战态度将无"急剧"之变化，以及齐亚诺所说义国"目前"并不准备加入欧战，似乎还不能减却一般人对于义国态度的忧虑，虽然我们很有理由可以相信义国当局的策动此项参战言论，用意无非在借此增强自己的地位，而不是真的要去以指试火。

英国于命令该国商轮停止驶经地中海后，继之以禁止皇家航空公司飞机在义大利作宿夜之停留，这是英国不愿示弱的一种姿势，表明义国万一真的有何举动，英国也已有备无恐了。战争是一件不幸的事，义国是一个具有充分自卫力量的强国，本身既没有被人侵略的危险，实在没有要以国运为孤注的理由。墨索里尼首相自柄政以来，即使不乏可以指摘之处，然其谋国之忠，要为举世所公认，我们当然不希望他为了一时的冒昧，自隳其近二十年来辛苦经营的成绩。义国人民多崇信天主教，教皇的势力在民间的不可轻视，亦为墨氏所承认，义国如真的参战，不但为教皇所痛心，并将强人民所不欲。为了保全国家的元气，维持原有的优越地位，当然以超然于战涡之外，最为得计。

注意囤积者　　一九四〇年五月五日

上海每一次外汇发生剧变，总有一批人乘机发了一批黑心财，而一般民众的裤带，也就格外收紧了一些；以往如此，今次自无例外。前天黑汇市场重大波动结果，在外货充斥的上海市面上，物价的再度飞涨固然是无法避免的现象；而昧于大体仅图私利的投机取巧份子，在此风潮中自然又将竞买外汇，囤积货物，结果所趋，将令外汇愈高，物价愈涨，投机者的私囊愈饱，而小民的生活愈不堪设想。

两租界当局已经分别发出布告，禁止商人利用汇市变动机会，非法抬高物价，这自然是一个合时的处置，而为吾人所应热诚拥护的。不过我们认为非法抬高物价，固然影响民生匪浅，而一般借此机会囤积货物者，尤足以予市面上以极恶的影响，而为两租界当局所应加以严密注意而取缔，且为每一个市民所应负责检举告发的。我们相信租界当局关心民瘼，当已有见及此，所望能以雷厉风行的手段，使毫无心肝的民蠹无法售其奸，则善矣。

肃清内奸　　一九四〇年五月六日

纳粹党人惯以"闪电战略"制遇事纡徊却顾的英法的上风，然其在实行突击之前，往往先已有极为周密的布置，尤其在运用内奸这一着上，即使善演木偶戏的东方日出之国也将自愧不如。过去如利用殷嘉亡奥，利用汉伦亡捷克，都可说是拿手的杰作。方今挪威战事行将暂告一段落，地中海风云愈呈险恶之际，巴尔干及近东在德义威胁下，几乎有岌岌不可终日之势，德义在该方面处心积虑，布置已久，有其不可轻视的潜势力，一旦战祸蔓延，大有变生肘腋的可能，最近南斯拉夫逮捕向被目为拥护柏林罗马轴心有力分子的前总理斯多维第诺维区一事（见昨日本报），可以认为南国当局未雨绸缪的举措。此外在荷兰比利时以及荷属东印度诸国，也都有肃清内奸的运动，这虽然未能就此减轻了强邻的压力，但至少这种民族毒素的消除，在全国一致为维护独立而奋斗的时候，有其不可抹杀的意义，这种意义对于在日伪同恶共济下遭受惨痛教训的中国民众，是尤其感到亲切的。

局部的得失　　一九四〇年五月七日

挪威战事截至现在为止，似乎德国已经获得决定的胜利，但英法联军自挪威中部南部撤退，并不表示英法准备放弃挪威，北部最后一个重要港口那维克是联军必争之地。德军如欲逐退该处联军，显然尚非轻而易举之事；同时挪威政府军队人民也不曾因军事失利而动摇抗战的决心，因此我们不能认为挪威战事已经于此告一结束。

当然英法的撤军，是一件很扫兴的事，但此次战事发动，德国已经占了先下手为强的便宜，当联军开抵挪威港口时，德军早已控制大部分重要据点，英法远师反攻，其不能奏功，自也是意中事。而且现在德国虽然表面上获得胜利，但实际好处，仍尚一无所得，他们所一心想望的从瑞典取获铁矿砂的便利，这条路依然并未打通。再就整个欧战局面而言，挪威一隅的得失不过是局部问题，并不能使作战双方的势力平衡发生重大的变动。英法如能鉴于此次自身弱点所在而及时加以纠正，则塞翁失马，未始非福。

英国致牒义国的传说　　一九四〇年五月八日

近来关于地中海情势的种种传说，真伪参半，颇难令人轻易下一判断。最近正当英国驻义大使返任进行折冲之时，又有英国向义国提出"通牒"，要求表明正确立场，并希望在五月十六以前答复云云的传说。我们在未曾证实此说之前，假定果有其事，则英此种硬朗的态度，倒值得令人刮目相看，这无异是昭示世人，协约国方面已有充分准备，如果义国真的预备加入德国方面作战，力足应付，决无所惧；同时对于国内不满的人心，也不失为一服兴奋剂。

至于义国方面，当局虽有意鼓动反英法情绪，制造种种紧张的空气，但假如我们估计得不错的话，则其用意所在，还是漫天讨价的成分居多。墨索里尼是一个惯以虚声夺人的人，如其英国这回果然出人意外地强项，则义国将走那一条路，殊足耐人寻味：还是以实际行动贯澈她的恫吓呢，抑或仅仅放了一个"潮湿的爆竹"？走前一条路也许得不偿失，走后一条路则有失面子，我们倒要看看墨索里尼这次的作风如何。

英苏商约前途　　一九四〇年五月十日

虽则商约并不即是军事盟约，但在目前欧洲战局确有扩大可能的现阶段，英苏重谈商约，总是值得世人分外注意的事。英苏谈判的焦点，在英国方面，非独不愿英国售给苏联的货物，由苏联转售与德，而且不愿苏联购进英国的货物，作为抵补，而以自己所产的同样货物，售给德国。英国的这种要求，从英国本身着想，自然非常合理，因为英国既与德国作战，自不愿自己缔结任何条件，而其结果，足以直接或间接地资助敌国。可是在另一方面，苏联和德国也结有商约，自亦不能因为应付英国之故，而开罪于先与之缔约的德国。于是问题的重心，就须转到技巧的方面，或则英国仅把苏联有需要而德国并不急需的货物，售给苏联，或则英国尽量购进苏联所出产而又为德国所急需的货物，总之，只要双方真有诚意，未始不可从两难之间获得一个解决。想来唐宁街谋国之士，鉴于目前自身处境的困难，定能捐除一切成见，善用这个机会，替自己多拉一个友国，即所以减弱敌国一分势力。

邱吉尔出任战时首相　　一九四〇年五月十二日

这次英首相张伯伦终于辞职，与邱吉尔的立即继任首相，使若干怀疑民主政治在战时是否适用的人，得到一个明白的答案，民主政治非独适用于战时，且其适用性更胜过独裁政治。张伯伦的迟疑"误时"，因"误时"而误国，其不当续任战时首相，早为世人的定论。英国人民经国会下院诘责的途径，终使他不安于位，不得不另让贤能。这种民主政治的机动性，在独裁国家内，无论如何无法实现。我们且不必设想倘使希特勒也像张伯伦那样误国，德国人民究竟有无适当措施，可使希特勒另让贤路，我们只要一想到日阀的祸国之深，与日本人民的终于无法使日本自由分子抬头，就可充分看出独裁政治的危险性了。

新首相邱吉尔以仇德著名，纳粹党人最痛恶他，也最惧怕他。早在希特勒刚上台，纳粹侵略气焰尚未炽盛，英国朝野均主助德制法，以获取英国在国际间的平衡势力的时候，他就看出希特勒的狼子野心，力主重张军备，以防万一，虽当时主政的人，不从其说，致使英国空军，迄今还是"量不及人"，因而吃亏，但他的超人识力，确可令人钦佩。他有伟大的魄力，又有辛辣的手段，在上次大战时，曾身任海相，更多作战的经验，以之充任战时首相，定能发挥所长，挽回英法联军的目前小小挫折。

英国重申远东立场　　一九四〇年五月十三日

英国声明远东政策不变，不止一次，但在目前英国政情战事均有剧烈变动之时，外次白特勒重申英国的远东立场，在积极方面，仍当继续履行九国公约的一切义务，在消极方面，决不承认中国国民政府以外的任何伪组织，即连日本宣传家所认为早经解决的天津白银问题，仍须取决于中国政府，自然更值得世人注意。本来，中国的对日抗战，与英国的对德作战，出于同一立场，即欲维持各国的独立自由，并由此而产生的世界的真秩序与真和平。无如英国的前首相张伯伦，太迁就现实，不知从大的与远的方面着眼，以致闹出像克莱琪与有田所订的那种东京协定[一]的笑话来，玷辱了整个大英帝国的光荣。现在邱吉尔的新阁，即将组织完成，主要阁僚中像艾登阿脱里之流，自始即能了解中国抗战的真意义，以及中国抗战对于全世界人类所能发生的力量与供献。我们相信，今后英国的施政，必能与中国国民政府三年以来始终未变的抗建政策，交相配合，共同努力，创造一个合乎人类理想的世界秩序。

【一】克莱琪与有田所订的那种东京协定：即《有田—克莱琪协定》。一九三九年六月十四日，天津英租界有两名汉奸被暗杀，日本占领军借口此事对英国施压。为缓和与日本的矛盾，英国驻日

至一九四〇年十二月三十一日一九四〇年一月一日

大使克莱琪于七月十五日与日本外相有田八郎举行会谈，二十四日签订协定。主要内容有：英国"完全承认"日本造成的"中国之实际局势"；承认日本在其占领区内享有"特殊之要求"；允诺"凡有阻止日军或有利于日军之敌人之行动与因素，英国"均无意加以赞助"。次年，日本又进一步据此要求英国关闭了滇缅公路和香港边境，以断绝外界对中国的物资援助。这是"东方慕尼黑"阴谋活动的一个重要步骤，是英国牺牲中国利益，擅自与日本妥协的协定。

晦气星害了日本　　一九四〇年五月十五日

吴稚晖先生曾经批评汪精卫是晦气星，说谁碰到了他就要触霉头。这句话虽似迷信口吻的俏皮话，实际却确有道理，而且这并不能归咎于汪精卫的命宫多舛，实在是因为他的荒谬乖张的思想言论和行动，在在有招致不祥的理由。我们看到自从他出来响应近卫妄倡和议之后，日军在华气势日益消沉，不但说不上再有进展，并且连遭败衄，士无斗志。这果然因为中国军事最高统帅的指挥若定，各线将士的奋勇用命，使侵略者受到不断的重大打击，但汪精卫的"和平理论"，对于日军心理上当亦发生极大的腐蚀作用。军事方在继续进行，而本国当局及其御用的华方变节分子口口声声在嚷着"和平"，这对于苦战已久的军士当然是一服绝好的催眠剂，解甲曳兵惟恐不速，还能说得上冲锋陷阵吗？日伪本想以"和平"迷醉中国人民，不想中国人民都备有心理上的防毒具，受其害者反是自己军人。日本当局如果能自加反省，当亦长叹家门不幸，把一尊晦气星接了进来吧。

日本对荷印的关切　　一九四〇年五月十七日

某新闻记者问日本海军省发言人："英美法三国既已保证愿维持荷属东印度之现状，日本何以继续对之表示甚大之关切？"我们虽然不希望该发言人能说出甚么正大堂皇的理由来，可是至少"歪理"也应该讲出一些来；失望得很，该发言人却答非所问地说甚"日本唯一之关切，即为此项保证是否将忠实信守耳"。以一个素来不知国际信义为何物的国家中的发言人，居然怀疑起别人的"是否忠实信守"来，这真是绝妙的自我讽刺！

我们很愿意再问下去,"假如英国军队真的到荷属东印度登陆,日本有什么理由需要如此'关切'"?荷兰已经不是中立国了,英国如以协约国的的身份代负保护其属地之责,只要主人不反对,何劳不相干的邻人多管闲事?荷属东印度唯一感受的威胁来自日本,我们相信如果日本是一个真正能尊重他人主权独立的国家,则任何方面对于这一方面都可以无所用其"关切",可惜日本的野心别人看得太清楚了。过去他因为对中国太"关切"了,以致于酿成这一场空前的东亚惨祸;前事可师,荷兰当局及太平洋上各有关国家谈到了日本对荷印如此"关切",能不毛发森然吗?

马戏场上所见　　一九四〇年五月十八日

也许菲洲马戏团的表演,在看过海京伯马戏的上海人的脑筋中,印象并不怎么深刻,然而该团在表演完了的时候,乐队接奏中国国歌,而主持最后一幕表演的人,必恭必敬地站在马戏场上,向中国国旗表示最庄重的怀念的那种姿态,实在值得我们特别加以表扬。可惜一班观众,也许因为没有习惯,一看见表演完结,立即匆促离场,未免令人发生莫大感慨。我们相信这种习惯,是需要随时加以训练的,因此希望今后上海各娱乐场所,都能效法菲洲马戏团的设计,或在表演开场之时,或在表演完结之时,一律奏演国歌,同时并提醒观众,肃立致敬,以示娱乐不忘国家的微意。

工部局致函商业团体　　一九四〇年五月十九日

自本月二日外汇骤紧以来,各商号纷纷涨价,甚者且于短期间内,涨价至五次之多。这几天外汇告松以后,照理应当是各商号纷纷跌价的时候了,但到现在为止,除美孚等三家汽油公司与正广和汽水公司等少数商号以外,并没有自动跌价的趋势,公共租界工部局鉴于这种局面的不合情理,乃致函各商业团体,促令从速减低各物售价,而尤致意于日用必需品的价目,并知照各商号,切实遵照该局第五二三三号布告所规定之办法办理，简言之，即将其所售主要物品价格，开单揭示，并著签标明，倘再迟延，定予严惩。我们于欢迎工部局的这个公函之余，还希望该局更进一步，规定各商号必须于某某日期之前，一律著签标价，并公布市民，庶于市民大众，到那个日期，即可协助当局，遇有延不遵照的商号，立刻报告当局，认真处罚。现在全体市民所急欲知道的，就是工部局所规定的全租界的商号，应该一律在货物上著签标价，否则就该受严厉惩罚，这一个办法究竟从那一天起实行，我们认为工部局应该有更具体地严限日期的必要。

中国政府辟谣　　一九四〇年五月二十一日

接着华军在豫南鄂北大捷欧洲战局扩大的消息而来的，又是中日双方代表在香港谈判和平的谣传。这种谣传，在明眼人心目中，自不值一笑，现在又经国民政府发言人切实否认，并称"此乃日本的宣传惯技"。日本为何要作此项宣传呢？原来日本一方面不肯撤兵，一方面却用汪兆铭等，制造和平空气，其目的无非想借此手段，挫折中国士气，使不再继续抗战。不料它的这个阴谋，对中国人民毫无影响，对其本国军队，却生了恶现象。日本军队本来被迫作战，现在他们的政府，既大事夸张和局，他们又何必在中国前线，与中国士兵肉搏而牺牲其生命呢？最近日本军队在豫南鄂北节节败退，未始不由于士兵的丧失斗志使然。日阀知道闹了大错，欲求补救，又不可得，于是将错就错，索性发出阿部飞行重庆河南等谣言，企图使中国人民，亦上其勾当，而丧失斗志。然而中国的对策，一面全体士兵，积极反攻，一面政府发言人，重申抗战到底决心，日本的这一次谣言攻势，显然又将失败！

墨索里尼是义国的"唯一领袖"？　　一九四〇年五月二十一日

十九日义外相齐亚诺对米兰黑衫军演讲，声称"一俟吾领袖采取决定之后，吾人即当获有训令，须知此一训令，乃吾人唯一领袖所发出，渠在平时为吾人唯一领袖，即在战时，亦复如此"。我们听取义外相的这一段演辞之后，又回想罗马教皇的每次为和平而呼吁，或每次对于侵略国的严词斥责，就可知道义国人民对于这次参战的意向了。教皇所领导的《罗马观察报》，平日只有九千份销数，自从欧战扩大以后，因持论公允，而富于正义感，销数突增至十二万份，后因恐引起过分刺激，自动限制其销数为三万二千份，这虽是一件小事，也可看出义国人民对于德国的同情为如何了。自然，我们不相信义国人民的这种意向，或可阻止墨索里尼的宣布参战，但于墨索里尼考虑参战问题之时，总是一个重大因素吧！

租界内持械犯罪行为　　一九四〇年五月二十二日

　　近来租界内各种袭击抢劫绑架等犯罪行为，又日见增多，本月十日发生于江海关的劫案，更创租界内犯罪行为的惊人纪录。工部局对于此类罪行，曾在局董事会例会时，提出通盘讨论，并向领事团呈报，据闻拟将汪兆铭的"和平救国军干部"，驱出沪西"歹土"。我们认为这是维持公共治安的最有效措施。我们试把近来发生的各种持械犯罪行为，加以综合观察，几乎没有一件不与沪西"歹土"有关，或案件发生在"歹土"，或由"歹土"暴徒出动至租界施扰，或把被绑人员架至"歹土"藏匿，即如江海关的那次劫案，据伤盗吴桂臣供认，亦发动于"歹土"，又如二月廿九日英兵在"歹土"所抄获枪械，其中多支曾犯罪案至十一起之多，这种种都证明了汪部暴徒对于租界治安所加的危害，租界倘不把这批暴徒，根本从租界或越界筑路区驱逐出去，一切治安，都无从说起。这次工部局下了决心，要把这批暴徒，根本解决，倘能彻底办到，此后租界的治安，或可稍复常态了。

德军抵达英吉利海峡　　一九四〇年五月二十三日

德国向西推进的军队，现已占据法国在英吉利海峡沿岸的阿倍维尔城。阿倍维尔在索姆河的入海处。索姆河以北的联军，据德国官报宣布，有百万之多，已处于德军包围形势之下。现在德国的作战策略，不外下列二者之一：或则倾力北进，企图占据法国在英吉利海峡沿岸的每个重要港口，全力对英；或则倾兵南下，企图侵入法都巴黎。两者相较，似以前者为得计，因为假如他们真能实现上述企图，那么第一，他们可切断英国与法国西北部的联系；第二，他们可以阻止英国向大陆的继续增援；第三，可用重炮直接轰炸英伦；第四，他们可于沿海取得空军根据地后，就近轰炸英国或派遣降落伞队，至英国施扰。而尤其重要的，他们可以打破八百七十四年以来英国从未遭人侵袭的纪录，而满足纳粹党人好大喜功的欲念，并增强国内人民的勇气。不过联军在索姆河以北的康勃麦区及其他各区，尚在竭力抵抗，欲求迅速扫荡，谈何容易，证以阿拉斯的重被克服，益觉可信；何况德军进据法国沿海城市以后，德军固容易袭击英伦，而英国的海军，也容易发出神威，向德军轰炸。至于德军企图向南推进，则法军凭借埃纳河的天险，极易堵塞。尤其英法两国的政府自从最近改组以来，精神益加充实，士气益为发扬，此后的堵塞力量自亦益为加强。所以即使单就军事方面来说，德国也没有取得像一般所设想的那种优势。

日本已入墓库运[一]　　一九四〇年五月二十四日

"日本必须从速结束中国事件，而在欧战中占定切实地位，否则世界事务最后解决时，日本似将如一吸其姆指之小孩，为人所弃，而无发言之权。"这是东京《朝日新闻》警告日本全国的言论，也是日本全国目前最阢陧不安的一点，他们要是不泥足深陷在中国，这次欧战扩大，自然是他们乘火打劫的最好机会，无论是德国或英法，谁不愿意拉拢他们，即他们所认为扩张帝国势力所必需的南进政策，亦可肆无忌惮，充分发挥；至于乘此机会，赶紧生产，攫取国际贸易市场，尤属其次。然而现在呢？正像台湾总督小林大将所供认的："台湾所处地位，自中国事件爆发以来，业已发生重大变化；缘台湾实乃日本南进核心，……实有予以开发之必要，唯此际日本受中国抗战之牵掣，尚无此余力。"台湾所处的困境正是日本全国所处的困境。他们明知汪精卫不能替他们解决困难，但仍渴望闲荡在宁的阿部，从速与之正式谈判，其无聊与一无办法的状态，更充分表示了出来。上次大战的结果，日本投机得巧，一交跌入一等强国的青云里，这次形势转变，眼见它将从青云上面跌了下来，沉入西太平洋的深底了。

【一】墓库运：指算命人所谓的一种运势。走这种运的人会倒霉。

美参院通过海军补充法案　　一九四〇年五月二十五日

　　亚洲战事继续进行，欧洲战事愈扩愈大的现在，虽然是处于超然地位的美国，势不能不急起直追，以谋应付当前的严重局面。美国国会参众两院于通过美金十八万万元的空前巨额陆军补充法案之后，前日参院中复以半小时的短促时间，七十八对零的绝对多数，通过众院咨送的美金十四万万元的海军补充法案，我们从这里可以看出美国防卫和平，抵拒侵略的决心，是何等明快而坚决。

　　在该项海军法案中，不特规定增造巨大海军与大量飞机，以保卫美国的四境，并将在太平洋各处及美洲大陆东西沿海一带设置坚强防务，必要时可于关岛建造空军及潜水艇根据地。美国这种措施，一方面固然是防卫自身及美洲大陆的安全，一方面也明示了不惜与侵略者周旋的决心。在欧洲方面，英法倘果真到了万分危急的关头，美国拔刀相助，自然义不容辞；而在远东方面，现在日本固然决无力量侵犯美国，即使在美国忙着应付欧洲的时候，太平洋的防务既已有恃无恐，自然也决不会予日本任何可乘之机。

　　因此，美国国会的通过巨额增防法案，可以说是对东西侵略者最有力的警告，也可以说是使真正爱好和平者为之鼓奋的大好消息。

联军初步反攻得手　　一九四〇年五月二十七日

目前欧洲如火如荼的战局，德国虽似已获得初步胜利，但观乎英法方面的积极布置反攻，魏刚[一]将军的出任统帅，雷厉风行地撤除渎职将领的职务，可知不久的将来，定可有新的发展。

德军的主要进向，当然是乘胜直扑英吉利海峡，进而袭击英伦本土；而联军的应付策略，一方面是由北部根特直趋刚勃莱，与南部贝隆纳区法军取得联络，截断德军的交通路线，一方面索姆河南岸法军与北岸联军合力将陷于袋形阵势中的德军予以围剿。

据最近消息，联军两路会合的策略，已获有相当进展，在刚勃莱圣冈旦及贝隆纳三处联接点上，被德军突破的颈道据说已由联军切断，而贝隆纳与巴波姆之间的联军，相距亦仅十二哩。我们相信英法现时如能阻遏德军继续进展至相当时日，则时间的因素必将转而有利于英法，届时双方战局的形势自将为之一变。

【一】魏刚：法国陆军上将，一九四〇年五月法军溃败后，被任命为国防部参谋总长和法军总司令，他依靠剩余兵力组织所谓"魏刚防线"，但未能挽回战局。

日本对义的"声援"　　一九四〇年五月二十八日

日外务省特使佐藤抵达罗马与义首相墨索里尼会晤时，曾对义提出保证："日本愿于义国加入战团时，在远东方面为义声援"，我们真不解这所谓"声援"者，究指什么而言。日本对欧战的声明是"不介入"，"不介入"就不能"声援"加入战团的义大利，企图"声援"加入战团的义大利，就不能称为"不介入"。这似乎是日本的矛盾，实则就是日本投机式外交的露骨表示。它说"不介入"固然是撒谎，它说"声援义大利"又何尝是诚意。它的目标只有一个，即怂恿义大利从速加入欧战，增强德国的作战声势，使德国取胜的机会比较多些，然后它反过脸来，撕破"不介入"的面具，攫夺荷属东印度，更大规模地破坏英法在远东的利益，借以弥补国内罗掘俱空的物资。墨索里尼不是傻子，非独不会重视这所谓远东同盟的保证，而且将因日本所能提出的保证，不过尔尔，而大失所望。

这虽是一件小事，但在英法方面，应当明白目前的日本，正像目前的义大利一样，完全站在德国方面，随时准备对英法作战了。幸有中国一把拉住了它，使它不能在欧洲战局上，发出重大能为。英法应当感激中国者在此，中国在全世界反侵略战争中的重大贡献，亦在乎此。

比王出卖联军　　一九四○年五月二十九日

五月十日德军侵入比国后，比王利奥波德三世向英法乞援，英法立即应命助战，虽说英法的助比即是助己，但对于比国的危急相救，亦可谓仁至义尽，三国联合作战至今，虽突破英吉利海峡的德军机械部队，依然由波伦向北挺进，但刚勃雷区的联军，南北双方，同时夹攻德军，颇为得手，眼见德军的挺进走廊将被截断，英法初期的颓势，将可挽回，值此紧急关头，忽比王利奥波德三世，不听阁员一致的忠告，而且事前毫不警告联合作战的友军，单独向德投降，开放通到邓扣克的道路，使德军得长躯直入，从此德军对法国西北作战军队的包围形势造成，北起北海，南迄阿倍维尔，均在希特勒机械部队的统辖之下，使英法近几天的英勇反攻，失去重大意义。我们虽相信英法联军在魏刚将军的英谋神算之下，不致就此败绩，但英法本已万分紧急的战局，自此将更陷于险恶境遇，那是无可讳言的事。这全是比王一念之错所赐予的。据德方战报公布，比国军队共有四五十万之多，决不致于全然不能抵抗，能抵抗而不抵抗。声请友军救援而又陷友军于困境，这无论从抗战纪律与国际信义来说，都足沾污比国历来的光荣。我们站在公正不阿的第三者地位，一面斥责比王的背信，一面仍望比国人民，各尽所能，继续抗战，庶几比国的国族光荣，不致一旦尽丧于辱国的降王之手，幸比国人民勉之。

日机滥施轰炸　　一九四〇年五月三十日

大败之后，滥施轰炸，这是日本侵华军略以[一]不易公式，这次日军在豫南鄂北被华军大歼灭后，继之以狂炸渝市住宅区及渝市郊外，就是上述公式的应用。其目标，在一方面，欲以空军威势，显示其所谓皇军的能为，转移其本国人民对于豫鄂败绩的注意；另一方面，欲以轰炸暴行，威胁中国人民，使其丧失抗战勇气。对于前者，也许因为日本平民至今还蒙在鼓里（虽然这面鼓终有一天要穿破），或能收相当效果。所可惜的，日本国内的物资，已罗掘俱空，日本平民的生活，已因物资的缺乏，而痛苦万状。日阀不此之顾，竟以宝贵军火，不对中国军队作战，却对中国平民施炸。我们不想对日阀高谈人道主义，试问他们如此胡作妄为，如何对得起本国人民付托之重？对于后者，每一次的轰炸，非独不能减损中国人的抗战勇气，反足增强中国人的抗战决心。试想，这班无辜被炸的中国妇孺，多是前线作战士兵的妻孥，恶耗传至前线，只有使每一个作战的士兵，知道只有奋力作战，驱逐残酷的侵略军出境，才可以护卫自己的家室妻孥，才可以为已死者复仇。即幸而未被炸及的平民，亦知残酷的侵略军队，一日未退出国境，任何身家利益，都无法保全，因而更激励其有力出力有钱出钱共同抗战到底的决心。这种简单的道理，谁都明白，只有愚蠢的日阀，至今执迷不悟，亦复大可怜矣！

【一】"以"疑为"的"字之误。

苏联方面的两件消息　　一九四〇年五月三十一日

在这西线战局英法处境极顶危急的当儿，我们听到了苏联方面的二个重要消息，其一为苏联不同意英工党左翼领袖克利浦斯以特使的名义赴苏，英国即正式任命后者为大使；其二为立陶宛境内的红军不断失踪，苏联表示倘立国不严加控制，将引起严重后果。前者表明英国对苏谈判，一反其去年七八月间英法苏三国谈判时的无可无不可态度，显示十二分的诚意。克利浦斯原是英国人中对苏认识最为真切因而最受苏联欢迎的人，以他出任大使，与苏进行谈判，其前途充满乐观，自可断言。关于后者，塔斯社仅称："据苏联人民外委会所得报告，红军失踪事系由享受立政府机关保护之人员所主持"，而不指明这所谓受立政府保护的人为谁，但我们就立陶宛过去的亲德传统来说，又就英法在现阶段局势下并无与苏冲突必要时的情理来说，大可明白塔斯社所指称者究为谁何。苏联向来重视西线国防，其现有的国防措施，到了现在欧洲形势剧变之时，是否足够坚强，着实行起[一]苏联当局的焦虑。正唯其如此，苏英似更有接近可能。这二国的谈判进行如何，影响于欧局前途者极大，我们应深切注意之。

【一】"行起"疑为"引起"之误。

联军克复阿培维尔　　一九四〇年六月二日

自从五月廿八日比王降德后，联军在法国北部的作战部队，的确陷于极端危险的境地，他们的唯一出路，是向后撤退。能安全撤退，即保全了实力，即可算为军略上的成功。现在联军对于这一点，已逐渐办到，并已有一万余人，安全抵达英境；将来当有更大数量的军队，冲破德军的包围，安全渡过海峡。在这时候，法国在索姆河的军队，又有克复阿培维尔的消息，倘这消息属实，当益加强北部联军的声势，使其于撤退时，益多一重便利。同时，据美国合众社的报告，德军自五月十日迄今，伤亡已达五十万人。我们把这几个消息，汇在一处观察，当知联军现在所处的困境，并非全然绝望，再经若干时日的挣扎，当更有可喜的消息，传达到全世界反侵略人士的耳中。

日外相作南进演说　　一九四〇年六月五日

日外相有田对太平洋学会演说，声称"除非列强允许日本完全参加荷属东印度群岛之经济开发，则日本与其他列强之冲突，无法避免"。我们觉得日倘使真正不顾一切，必欲攫夺荷属东印度而甘心，则于中国抗战前途，实属有利。

先就美国来说，美国不愿日本改变荷属东印现状，日本若贸然改变之，则纵使美国不因此而即与日本作战，至少必将对日本施行有效的经济制裁，而日本所取于美国的作战材料，并不皆能取之于荷属东印，这对中国的抗战，自属有利。再就联军方面来说，英国目前仍与日本敷衍，其唯一目的，希望日本"不介入"欧战，但日本如进据东印，攫夺联军与国的土地，则日本已机械地变为联军的敌国，中国既与日本作战，亦必机械地变为联军的与国，友敌形势既分，联军对于中国的援助，非独可能增加，而且成为必需。这对中国抗战当然更加有利，更可提前达到必胜的目标。

义大利的作用如此　　一九四〇年六月六日

一方面联军退出邓扣克，法国索姆河北地域尽沦入德军手中，一方面义大利参战的气焰，渐形缓和，法西斯大会延期举行，横渡大西洋的义轮，在美国报上，重刊航行广告。我们单就义大利的方面来看，似乎情节突兀，但倘使我们把联军退出邓扣克的消息，放在一处来看，就觉得义大利的用意，原来如此。义大利对于德国的援助，不一定要参战，只须从旁声援，高喝参战口号，法国东南部的一百二十万大军，英国驻地中海的舰队，就动弹不得，德国侵入法国北部的军队，就可为所欲为，大显身手。这次联军之所以不能不从邓扣克撤退者，义国对于德军的遥为声援，实不容忽视。就因这缘故，我们相信义大利的参战呼声，在德国集中军力攻打英法下一个据点的时候，必再度高涨，而我们对于义大利是否终将参战的问题，也可从此得到一部份的解答了。

镇静第一　　一九四〇年六月七日

随着欧洲战局紧张而来的，又是许多虚构滥造的谣言，这种谣言的来自何方，稍有常识的人，料能判别；谣言者如何想乘这个时机，刺激人心，扰乱治安，以便于遂行某种阴谋之时，有所借口，又为稍具常识者所能辨认。我们做市民的人，应当凭着理知，对目前的处境，作冷静的剖析。我们应当明白，上海的问题，不仅是一个就地问题，而是一个牵涉整个国际的问题。美国对于远东问题，尤其对上海公共租界的问题，屡次宣言，不许任何人利用任何情境，改变上海租界的现状。美国对东西两战局，始终保持中立地位，只要它的中立地位一日未改变，那就任何一方不能攫夺它与别国共同有份的在华租界，否则，就无异对它正式挑战，义国防军既不致出此一着，日本防军也决不敢作这种行动。我们应请市民于听闻各种谣言之时，记取美英法义各国防军司令对于维持上海租界一事所成立的默契，尤其应当记取美法当局对于各种谰言的否认与驳斥。我们应当多听有关当局的正式声明，不应妄听阴谋家与野心家的连篇鬼话。

《真理报》评义国参战　　一九四〇年六月八日

苏联《真理报》批评义大利的参战问题，曾谓"义大利在经济上及军事上，均无充分准备，此点已阻止义方在目前国际事件中表现其活动力"。这从表面上看来，似乎是几句平凡话，但出诸《真理报》的社评，却值得我们特别注意。本来，义大利于参战之前，最重要的一个考虑，就是苏联的态度，而苏联所讽示的，是不愿战事延及巴尔干，更不容许任何国家，对于斯拉夫族的南斯拉夫和保加利亚，有所侵犯。现在《真理报》又以"义国无充分准备"，作为社评，未始没有警告墨索里尼的意思在内。同时，美总统罗斯福和罗马教皇庇护十二世又力劝墨索里尼悬崖勒马，免入战涡。这种种因素，连同墨索里尼自己的利害计算在内，或许可使义国的参战举动，长期展延下去，这不仅为全世界反侵略的人士所乐闻，亦必为义国本国人民所欣慰。墨索里尼于参战之前，其所以必须发动全国报纸，制成国民参战氛围者，也可见得义大利人民，对于为德国而送死，这一件事，实在并不起劲。

美新禁运案发生效力　　一九四〇年六月十日

美国实施禁止机械工具输往外国，将于今日（星期一）正式发生效力，虽其详细情形，尚未正式公布，但据合众社电讯，"欧洲中立国及日本已不能获得美国官员认为国防上需要之工具"，可知这次禁运的范围，富于伸缩性，可由美国官员主观的观察，而断定其是否国防上所需要，从而加以禁止输出的处分。

当我们听到美国正式实行这法案的消息的时候，同时想到历来美国舆论对于日本侵华暴行的斥责，与日本作战材料的主要部份均仰给于美国，这一事实，自然无怪此举要引起日本举国的相惊失色了。即单就机械工具的项目来说，日本的主要输入，全靠德美二国，现在德国无力输出，美国又禁止输出，从此日本在伪满方面的建设，固然无从着手，即目前所急需的军需制造业，也要大受障碍，华方所热望于美国的对日禁运制裁，现在总算第一次获得实现，这对于中国抗战前途无疑是一个十分有利的喜讯。

如此推测欧局　　一九四〇年六月十一日

苏日成立划界协定，原是老早应该实现的事，现在虽实现了，但我们不应把它看做苏联有迁就日本的意向，却应把它看做苏联或将再度有事西欧的表示。在这意义之下，我们又听到苏义恢复外交关系与苏联《真理报》劝告美国不要参加欧战，致令日本在太平洋方面有机可乘的消息，我们自不免发生这样的推测：也许苏义诸国，鉴于西欧战局一面倒的形势，很想利用时机，等战局发展到某阶段时，出面作武装调停。调停的能否成功，自然要看美国的态度如何，倘美国能站在战涡之外，则苏义心目中的调停，自然较有把握。我们根据这样的观点，再读合众社十日罗马电讯："义国将俟法国被击倒后，向法提出领土要求，压迫法国加以接受，否则将与德军会攻英国"，当觉上面的推测，确有几分可信。然而所谓武装调停，在英法现阶段的作战决心之下，压根儿就无成功之望，而且美国对于协约国的同情，既发展到现阶段，也决不致因为英法的暂时受挫，而顿时消灭。为缩小战争的范围起见，我们愿用极大诚意，用苏联劝告美国的口吻，转告苏联，少管西方闲事，多多制裁睡榻旁的野心者为是。

美对远东政策不变　　一九四〇年六月十三日

因为欧洲战事的扩大与吃紧，又因为美国对于欧洲的关切与同情，随着欧战的扩大与吃紧而日益加重，于是一厢情愿的造谣者，就得到一个无中生有的机会，认为美国对于远东的政策或将发生变动，而有迁就日本的可能。此种谣传，因为美参议员梵登堡与美名记者列泼曼的私人意见，似乎更有了佐证。我们应当明白，一个民主国家的政策，并不是这样容易改变的，何况这种改变，根本与美国的本身利益与安全有关，更不致于因为关切欧洲暴力之故，遽尔纵容远东的暴力。据昨日合众社华盛顿电讯，有人询问美总统罗斯福，美驻太平洋舰队，是否将于欧局发生新变化时，调往大西洋。美总统的答复，是渠未考虑命令舰队离开太平洋，美国驻太平洋的舰队，将如从前一样，无定期地驻留太平洋。这应该是给与各种谣言的一个总答复吧！

辟欧洲和谣　　一九四〇年六月十五日

随着巴黎陷落的消息而来的，自然是德国和平攻势的大好机会，我们只要观察所有关于和平的消息，几乎全由德国海通社供给一点，就可知道德国对于和平的期望。不过我们相信德国的这种期望，此时决难实现，法国虽失去首都，但并没有失去战斗力与作战勇气。即就法国全国的土地来说，法国现在陷入德军手中的，仅占全面积的八分之一而已。英法于战争刚开始时，知道自己的准备，不及德国，欲战胜德国，必须利用时间的因素，用两国的全部国力，来和欧洲法西集团[一]，拼个你死我活。现在除了英法自己的力量以外，又加上美国所慨然允许的无限资力，正可于持久作战的策略之下，获取一般观察家所公认为势的必然的最后胜利。法国人是世界最爱信义与最有毅力的民族，决不肯因为一时的失利，遽尔罢休，对己失去胜利机会，对人冒上"出卖友军"的恶名。我们观察惯了三年来的中日战争，知道一城一地的失守，并不致过分影响战争的全局，最后的胜负，当取决于最后清算的一天。

【一】"法西集团"应为"法西斯集团"。

美总统电复法总理　　一九四〇年六月十七日

法总理莱诺向美国发出第二次迫切呼吁后，罗斯福总统已有复电致莱诺，我们深觉这个复电，充分表显出美国的一贯精神与传统政策。归纳复电的要点，不外乎（一）美国政府与人民对法国的英勇抗战，深为钦佩；（二）美国不承认武力占据的原则始终不变；（三）美国保证继续以军火接济法国，但必须以法国民众继续为自由奋斗为条件；（四）美国援助协约国，不能认为有军事义务。

从以上四点中，我们可以了然于美国维护自由谴责侵略的立场，在第四点所说的自身不卷入战涡的前提下，尽力援助并鼓励反侵略的势力与侵略的势力作战。对欧洲是如此，对远东也何莫不然。这一封致莱诺的复电，虽然不是对中国说话，但在抗战将达最后胜利阶段的中国民众读之，一定会格外觉得亲切而知所感奋吧？

希墨会晤的今昔　　一九四〇年六月十九日

希特勒以战胜者的姿态，迫法国作城下之盟，其八面威风，我们不难想见，而煞费人思索的，却是墨索里尼在这幕戏剧中，究竟扮演一个什么角色。据说希特勒已经起程赴慕尼黑，准备在那里接见墨索里尼，今日一方面颐指气使，一方面移樽就教，较之本年三月中旬二氏在勃伦纳山隘会晤的时候，希特勒对于墨索里尼那样的巴结，真不可同日而语了。

希特勒有一个时期是十分需要过墨索里尼的，然而那时墨氏却装模作样地宣告中立，等到德国军事节节进展，法国抵抗力已大半失去之后，才急忽忽地宣布参战，这种乘机渔利的手段，也许是所谓"投机好手"的墨索里尼所优为，然而不大方得太令人齿冷了。当然希特勒对于他这样"锦上添花",不致于怎样感激的吧?

然而尤其可怜的该是东方侵略国家的轴心论者,他们不能抓住机会,分沾残沥,被冷落的悲哀,亦殊难乎为情矣。

斥"自由市"[一]的建议　　一九四〇年六月二十日

因欧战一面倒的形势而造成的国际最近变化,对于上海租界内的人心不用说引起了颇为不安的感觉,野心者见此机会,自不免跃跃思逞,再加上一部份有意捣乱市面者的无中生有,和杞人忧天者的疑鬼疑神,于是各种谣诼,遂得到了一个滋生茁长的机会。而其中最荒谬的,莫过于所谓上海改为自由市之说。

姑不论上海租界为中国领土的一部分,中国政府决不会容许若干第三国家擅自变更其法理上的地位,也不论这种类乎梦想的计划,是否切合实际,可能办到。我们先要问一声,将上海改为自由市,目的何在?如果说是因为目前上海租界处于特殊势力的威胁下,地位岌岌可虑,不得不设法"保障此国际都市之安全",然则改成自由市后,是否就可以去除此种威胁呢?企图攫夺租界者方在虎视眈眈,亟图染指,任何改变租界现状的行动,都适足以给他们一个可资利用的机会,决非智者所愿为。

上海的情形固然是太复杂了,任何方面的一举一动,都与在沪每一国的人民有直接利害关系,我们唯一希望的,是各国侨民,无论是否属于参战国家,都能暂时放弃一切成见,共同维持现状;因为"现状"虽不能令人满意,但现在决不是要求改变的时候,任何轻举妄动,必将引起更大的纠纷与后患。

【一】自由市:上海"自由市"的建议最早提出是在一八六二年,上海租界工部局一伙人提出要把上海及其四郊变为不受中国主权管辖,而由英、法、美、俄四国保护的所谓"自由市"。一九三二年"一·二八"事变后,日本为扩大其在华权益,再次抛出了上海"自由市"的政治方案,即把上海交予日本和英、美、法、意等国实施"委托统治",由各国实行共管,日本借以从中扮演主角。此主张遭到中国各界强烈反对,西方各国也未予支持。此后日方仍反复提出这一主张。

戈尔将军[一]的答复　　一九四〇年六月二十一日

法国政府领袖于宣布对德媾和[二]时，曾提出"光荣的和平"这一个口号。我们对于法国的不幸战败，固然深感惋惜，而对于柄国当局的忍痛求和，也鉴于事非得已，而予以无限同情的谅解，更相信他们能在强弱异势下，竭力发挥法国民族为独立自由而奋斗的传统精神，获致最低限度无碍于本国生存与光荣的条件，而决不致于无条件地向强敌屈服。至于所谓"光荣的和平"者，界说如何，固然很有回旋余地，但"光荣"二字，决不能与"屈辱"二字同其解释，这该是毫无疑问的事。

究竟德义向法所提的和平条件内容如何，以及法政府是否确已全部接受，目前尚难妄加猜测，但据义大利方面的传说，却说德义在休战条件中，规定德国得于战事期内占领法国沿海领土，而法国全部海陆空军须悉数投降，供德方利用。在同一传说中，更谓法国对□此等条件，业已接受。如果这种消息是确实的话，那么我们对于所谓"光荣的和平"这一句话，实不能不发生极大的疑问。

如其法国真已走到了山穷水尽之境，而不能不暂时放弃"光荣的和平"以换得"屈辱的和平"，那么我们对于她除了哀悯之外，更何忍再加苛责。然而法国果已走到绝境了吗？法国戈尔将军十八日在伦敦的广播演说，是一个最好的答复。戈尔将军曾指出法国陆空两军，虽不能与德军敌，但仍拥有优势海军，且有英帝国为之后盾，美国广大资源供其利用，如果继续抗战，未始没有转败为胜的可能。大势未去，仅因一时的挫折，而甘心示弱，这该不是公忠谋国者所忍为。我们希望传说之非事实，更希望法政府诸公能始终抱定无光荣无和平的主旨，毋因一时的失算，铸成永世的大错。

【一】戈尔将军：即戴高乐，法国军人、作家和政治家。曾参加第一次世界大战，"二战"前期在对德战争中屡建战功，一九四〇年六月五日被任命为国防和战争部副国务秘书。六月十七日，贝当元帅要求停战降德，戴高乐被排挤出政府并去英国。贝当宣布停战之后，六月十八日戴高尔在英国广播电台 BBC 发出抵抗号召。以后戴高乐着手组织法国流亡政府，抗击德国侵略。战后成立法兰西第五共和国并担任第一任总统。

【二】一九四〇年五月十日,德军开始大举突袭卢森堡和比利时,卢森堡不战而降,比利时全军覆没。五月十二日德军深入法境攻下色当,十四日在马斯河空战中英法空军损失惨重。五月二十六日到六月四日,英法联军从敦刻尔克先后撤出。六月十日,法国政府撤出巴黎;六月十六日,贝当元帅接替雷诺出任法国总理,随即决定尽快向德国求和;六月十八日,法国政府宣布停止抵抗;六月二十一日,贝当政府向德国提出休战并且宣布投降。六月二十二日,德法在法国贡比涅森林中签署了投降书。

日本觊觎越南 一九四〇年六月二十二日

侵略者的野心是永无餍足的,日本对于越南,久已志在必得,此次乘法国新败之后,食指大动,本来也是情理中应有之事;然而侵略者又往往是有心病的,他们在动手侵略之前,总要勉勉强强找出一些借口来,以替自己掩饰,不幸这种掩饰往往非但骗不了别人,而且骗不了自己。

当日本军部大吹大擂主用武力强占越南时,日外次便衔了军部的命令,向驻日法大使提出所谓严禁货物经由越南运至中国的要求。中日战事固然在大规模进行中,但日本为贪图避免交战国责任起见,始终未向中国宣战,故在法理上中日之间"并无战争"。我们不知道除了在日本版的国际公法上之外,日本根据何项权利可以封锁中国的对外贸易,阻止中国和其他国家商业上的正当来往?

越南的命运目前固可忧虑,但我们鉴于日本对荷印的企图,已因美国的喝阻而暂时断念,美国倘能再于此时对日作严正的表示,则日本对越南亦必不敢遽冒不韪。罗斯福总统援引史汀生[一]氏入阁一事,显示美国今后的远东政策将更趋积极,对于侵略者的任何妄想,必能及时予以打击,而使其无法实现。

【一】史汀生:全名亨利·刘易斯·史汀生,美国政治家、战略家。一九二九年至一九三三年任国务卿。日本发动"九一八"事变并占领中国东北后,宣布美国不承认远东由武力引起的损害中国独立与行政完整的变化,主张美国放弃孤立主义,支援反法西斯国家。一九四〇年至一九四五年任陆军部长。

贡比埃臬森林中的悲喜剧　　一九四〇年六月二十三日

前天在贡比埃臬森林中进行的一幕[一]，实在太富于戏剧性了！德国特意选择了一九一八年法德举行谈判的故福煦上将的餐车，作为以休战条件交与法国代表的地点，同样的情势，同样的演员，风景不殊，前尘宛在，所不同者，只是两方异地相处而已。法代表在此种环境下，接受德国所谓"不若上次胜利者之加以侮慢"的"优待"，一种欲哭无泪的心境，实赢得吾人无限之同情，然而撇开这一次战争的功罪不论，德国之有今日这一天，实在不仅是希特勒一人所该吐气扬眉，而是全体德国人民在这几年来刻苦耐劳为国家而牺牲自身享受的这一种精神与毅力的酬报。

贝当[二]上将曾经沉痛指出法国人民自上次胜利后，"求乐之精神超过牺牲之精神，人民所需要者皆大于其所给予者"。这和德国人民的对比是如何明显！我们指出这一点，并不是幸灾与乐祸，认为法国从此将一蹶不振；反之，我们相信法国经此次挫折后，必能本其优秀的民族传统，一反过去享乐的积习，以求恢复其原有的光荣。但我们看到了这种毫不容情的历史的残酷的教训，愈不能不相信"生于忧患死于安乐"这一句话真是至理名言。尤其是正在从事艰苦抗战中的中国民众，取则不远，从此更该如何惕励，以求抗建大功之迅速完成，奇耻大辱之早日湔雪！

【一】一九四〇年六月二十一日，希特勒在一九一八年法国人接受德国投降的贡比埃臬森林接见贝当率领的法国谈判代表团。二十二日，法德停战协定在当年的"停战车厢"里正式签字，法国被迫接受十分苛刻的停战条件。

【二】贝当：法军将领，一战时期在凡尔登战役中显示了其出色的军事才能，被授予元帅军衔。"二战"中德军攻破马其顿防线后，他相信"法国业已战败，剩下的只有设法缔结一项体面的和约"。在停战协定签字后，贝当担任了德国控制下傀儡政权的"国家元首"兼总理。七月一日，贝当政府迁到维希。"二战"结束后，他被判处死刑但被戴高乐"特赦"，改判终身监禁。

日军威胁香港　一九四〇年六月二十四日

　　日本乘英法失利之时，大施其威胁的能事，一面迫令英国与之缔立《天津协定》，一面迫令法国停止滇越运输；同时更派兵在九龙附近宝安登陆，并已占领深圳。据香港英当局谈话，谓日军此举目的，系在"肃清游击队"，而日军当局则明白表示，因香港"仍以材料接济中国"，故采取"最后截断此项路线之行动"。更据合众社伦敦电所传的日本驻英大使馆陆军武官之语，则谓英国驻东京大使馆已向日本应允阻止军火借滇缅路输入中国。上述伦敦消息的确实性尚多疑问，英国虽已屡次表现其对日屈意迁就的姿态，但我们尚不能遽尔相信其甘心自隳其在远东的地位与国际间的声威，一至于此！

　　以往英国不断向日让步的结果，徒然增大了日本的胃口，使之得寸进尺，漫无止境。目今九龙边界的行动，正就是天津一幕把戏的再现，也就是英国在津对日妥协所引起的必然的恶果。"肃清游击队"果然是一句欺人之谈，截断滇缅运输路线也仅是问题的一面，而香港今后将陷入与天津同样的命运，不知英国当局有没有考虑及此？香港受日本控制后，英国在远东的地位势将全部动摇，不知英国当局有没有考虑及此？以标榜"反侵略"而作战的英国，不惜放弃信誓旦旦的援华诺言，对远东的侵略国家如此步步退让，在国际间将发生何种恶劣的印象，不知英国当局有没有考虑及此？我们诚恳希望英国政府为挽救其日渐没落的声威与日渐折损的利益计，能熟自斟酌之。

如此伪报社评　一九四〇年六月二十五日

　　自从法国停战求和以后，汪伪机关报纸抓住了这个机会，大发谬论，以为人家也在和了，中国为什么还不和呢？是的，屈辱的和约是在贝当魏刚诸人手里签下了，然而他们实逼处此，尚不免备受国内外的责言，但至少他们还不曾在国家正在抗战的时候，躲到敌人的阵营里高谈和平。汪兆铭有资格比并他们吗？

最为奇臭不可向迩的，莫过于本月二十三日《中华日报》上的那篇所谓"社评"，照题目上看似乎在批评蒋委员长所揭示的磁铁战略，而实际上却全然是一篇村妇的泼骂。社评而有此种文章，可谓未之前见。本来此等所谓报纸，本无报格可言，我们殊无庸看重他们而与之斤斤置辩，但果如他们所说中国抗战必败的话，我们倒要反问一句，日本如真有令全中国屈服的本领，何不效法德国，以闪电战略击破华军主力，一举而攻下重庆，把中国政府赶到喜马拉雅山峰，然后让中国军事统帅引咎辞职，由汪兆铭出而主持和议，收拾残局？那时日本固然十足威风，不致于到了三年后的今天，还是想来想去想不出结束事变的办法；汪兆铭也可以名正言顺，不必抹了一个白鼻子，千辛万苦成立了一个不三不四的"宝贝"组织[一]，到后来还是连自己主子都无法加以承认。

在那篇所谓社评里，对于中国最高领袖的侮蔑简直令人不忍卒读，而尤其可怪的是本市有一家英文报纸，也居然会把它全文翻译出来。此等文字，即使出于日本人之手，也该知道侮辱一国领袖，在国际法上是不可原恕的，租界当局既严守中立，对于此等下流言论，总不该默然放任，不加取缔的吧！

【一】"宝贝"组织：当时上海租界当局在日本侵略者的压力下，规定新闻界不准使用"傀儡"之类"刺激"日方的字眼，故报界多以"宝贝"来替代"傀儡"使用。

美将提抗议　一九四〇年六月二十六日

美驻沪领事馆高级人员昨天在接见本市英文《大美晚报》记者时，表示法国屈服于日本威胁之下，中止滇越路货运之后，美国商业将蒙受莫大影响，因为美国所需的全部桐油及其他多种重要原料，都赖此路运出，且目前方有大批汽油及铁道材料，源源由此输华。如果此路一断，英国再步武法国之后对日屈服，中止滇缅路的货运，则美国对华贸易势必全部断绝。

尤其令人注意的，是该员肯定地表示他相信美国政府必将对滇越路封锁一事提出抗议。根据美国制裁侵略的立场与自身利害的关系，我们深信她的出此举动，实有充分的可能。但我们认为为防止侵略者的步步进逼，英法当局的一让再让起见，不但此项抗议有立即提出的必要，而且更该以明白正大的态度，宣布维护本国远东贸易的决心。犹忆去年英日在东京谈判津案，美国于英国已示对日妥协意向时突然宣告美日商约于六个月后无效，使世人观感为之一新。现在正该是采取同样手段的时候了。

日本的老把戏　　一九四〇年六月二十七日

跟随国际局势的变化，日本又在吹播甚么一党运动了，这果然足以反映出日本国内对于"中国事件"结束不了的焦躁，国际间横冲瞎撞打不开出路的烦闷，但拆穿了说，仍无非是别有用心的一种手段。

照表面上看来，似乎透示了日本今后将与德义加强合作，而放弃现内阁所谓"亲英美"的政策。我们先不问日本除了意图混水捞鱼之外，是否真有余力能助德义以抗英美，即使有此力量，是否真够朋友肯以自己的实力为别人而牺牲，而德义的对于日本加入自己方面，虽然来者不拒，但他们对于这样一个可有可无的盟国，未必怎样了不得地欢迎，却是可以断言的。至于日本急进份子的所以作此鼓吹，实际仍然是在玩着一套旁敲侧击的把戏，"稳健派"的现内阁方因无法应付国内责难而焦头烂额之际，得此借口，便可以向英美方面实行讨价还价，以加入德义阵线作威胁，迫令他们在远东方面有所让步，虽然"中国事件"未必就此可以结束，至少可以暂时向国内塞责。这是日本自"九一八"以来一贯的惯技，想来早已在英美有识人士的洞察之中。英美当局应该明白任何软弱的表示，都足以使日方因狡计得逞而更作进一步的逼迫，只有抱定强硬的政策，运用实力的打击，才能保全自身在远东的地位，使侵略者的野心无由实现。

英国在远东戒备　　一九四〇年六月二十八日

日本想乘英法战事失利之际，在远东方面实行打死老虎政策，不但欲一举而锁断中国的对外交通，而且气吞全牛，俨然有港越尽在掌握之概。然而老虎并未死，打老虎者如不小心，必然有被老虎反咬一口的时候。虽则英国在天津的让步，法国在越南的屈服，都为日本增高了无上的气焰，可是看到最近的事实，就可知道即使是惯于委曲求全的大英帝国，其容忍也是有限度的。

香港当局鉴于日本在边境一带的军事行动，已经采取纯粹防御性质的戒备处置。英政府于国会中提出法案，授权缅甸印度政府于紧急时得征集境内人民入伍服役。孟买港有已经封闭，禁止一切船只驶入之说。

凡此种种，都可以表明出一个事实，就是英国在欧洲的处境虽较前困难，但她并没有把远东的地位权益置之不顾。日本的空头恫吓与投机取巧，虽可获小利于一时，终有一天将觉悟人家并不如自己所想像的那样可侮。

寇尔对英侨广播　　一九四〇年六月三十日

英大使寇尔氏昨天在沪所作的广播演说，虽系对本国在华侨民而发，然而因为目今中英处境的相同，我们相信中国人士在听了这篇恳挚笃实的演说后，一定倍感亲切。

寇尔大使除劝告本国侨民在中立的中国，尤其像上海这样国际性的都市，应当勉抑情感，勿作挑衅行为外，特别吁请在华英侨节衣缩食，踊跃输将，以助祖国抗战军需；并谓现已组织小组委员会，立筹巨款寄英，同时以后实行按月捐款。为表示此项捐输，纯系出于国民爱国天性起见，不用强迫征收而用志愿捐款的形式，各人可以随时节约所得，捐纳于已在上海成立之战时储蓄会。

英国在华侨民或因事业的牵制，或因资格的不合，未能执枪荷戈，返国投效，他们的处境正和现处上海的无数中国人民相同；然而有力出力这一点即使未能做到，有钱出钱总该是每个国民所不能逃避的义务。中国政府本有节约救国储蓄券的发行，上海因环境关系，虽然无从购到，但每个人随时自动的捐输，尚不是一件不可能的事。尤其如明日起将开始征收的遗产税与过分利润所得税，负有缴纳该项捐税义务的华人，决不可借政府法令鞭长莫及的机会而故意逃避。

希望在沪的中国人民，都能以寇尔大使的演说作为他山之石，克尽人民的天职，毋为友邦人士所嗤笑！

义大利劝告匈保　　一九四〇年七月一日

苏联迫令罗马尼亚归还失地及割让领土后，匈牙利保加利亚又乘势向罗提出要求，一时巴尔干的风云又极呈险恶之致。德义两国，对该处本各有重大利益，尤其罗马尼亚是二国煤油及农产品的主要供给地，任何变动，均不便默尔而息，然而在目今正在准备向英进攻的时候，又有无暇东顾的苦衷。据说义大利已向匈保两国劝告勿操之过激，暂时收回对罗要求，"且待打败了英国再说"。此说也，固然足见独裁国家的"抱负不凡"，然而也充分表示出他们的实力不是没有限制的，顾到这边便顾不到那边，因此对于心腹之间的巴尔干问题，眼前只能求其暂维现状，"以防止欧战之扩大"。

匈保二国对于义国劝告的反响虽然尚无所闻，但我们相信巴尔干的局势或可借此暂告缓和。但无论将来德义击败英国也好，英国击败德义也好，"总解决"的一天终会到来。所谓"总解决"者，并不单单是巴尔干各国间纠纷的解决，且为巴尔干三大角逐者——苏德义之间的总清算。德义目前对苏联虽有不能不处处容忍的苦衷，但他们间的冲突势必有表面化的一日。从义方所谓"打败了英国再说"这一句话里，弦外之音，已可略窥一二了。

豫东伪军反正　　一九四〇年七月二日

每逢国际局势起变化的时候，手忙脚乱张皇失措的往往只有日本，而中国则始终兀立于惊涛骇浪之中，那么镇静那么沉着地进行她的扎稳寨打稳仗的抗战军事。如果读报的人没有为世界上其余各处的扰攘所烦惑，则华军最近期内在各战场上的连传捷报，实在是这闷人的空气中唯一足以使人眉飞色舞的事。

最显著的，如鄂北宜昌方面，赣北南昌方面，湘北岳阳方面，华军各有神速进展，而有将困守日军逐步完成各个包围之势；而前日豫南华军的再度冲入开封，尤其证明华军士气的坚锐与作战的英勇。再就豫东伪军三师团在李志毅赵仁杰首先发动下实行反正一事观之，更可以看出除了少数天良灭绝不知人间有羞耻事的天生奴才外，即令一时因迫于情势而降志屈节的人，只要有机会到来，也必将努力自赎，日人迫持羁縻的手段，虽能取效于一时，但总不能抹杀他们良心上身为中国人的自觉，当日军的弱点愈益暴露的时候，也就是更多的人弃暗就明的时候。前乎李赵者我们已听见过不少同样的事实，后乎李赵者必将有无数同一处境者闻风踵起，那时不但日军的泥足拔不出来，而且全身也将失其支持而倒陷在泥沼里。这一天该不在远了吧？

移交宗卷的失策　　一九四〇年七月三日

日方与工部局纠缠多时的上海市土地局宗卷问题，已由工部局发表文告，声称将以该项档案宗卷经日本总领事之手移交伪组织。这是工部局对日方的又一让步，而其性质又与以往各种让步不同。因为该项宗卷系由上海市政府于撤退前郑重交给工部局代为保管，在理工部局除了交还原托管人或其所属的中国正式政府外，决不能轻易让其落入别人之手。这次工部局于不直接交与伪方而交与日方一点上，虽然尚能表示其不承认伪组织的明确立场，但日本总领事何人，可以不得原主同意而将受托之物，擅自授受？

我们原谅工部局在目今处境下的困难，我们对于过去工部局在日方威胁下所放弃的本身权益，虽然表示惋惜，却不忍过事诋责，而此次事件的有负重托，却不能不认为是一个严重的失策。侵略者的野心是永无餍足的，日方继此必将有更进一步的无理要求，我们又不能不为工部局此后的应付问题危惧。

听说此次各华董的深明大义，据理力争。虽然他们的正言谠论，打不动衮衮西董诸公之心，然至少可告无罪于华人了。

英首相接见苏大使　　一九四〇年七月五日

英首相邱吉尔前晚接见苏联驻英大使迈斯基，交谈颇久。我们从路透社简短的电讯中，无由获知谈话的内容，但尽有充分理由可以相信英苏关系，今后或将有开展可能。

这次欧战发动于德苏协定缔结以后，而这一个不幸协定的缔结，则该归咎于当时英国主政者的短见的观望政策。然而德苏决不是永久的伴侣，这已经是公开的秘密了。两国原属世仇，又是思想上不共戴天的敌人，希特勒囊括西欧之后，苏联卧榻之旁，有着这么一位声势汹汹的强邻，岂能安于枕席？近来她在波罗的海的布置及对于罗马尼亚的举动，正就是坚固自己的防线，以期阻遏德国对英"清算"过后的转戈东向。

苏联除一面巩固自己的国防外，倘能获得一个足以替她牵制德国的与国，对于她当然也不无利益。而英国在法国中途退阵后，倘能得苏联为之遥为应援，也可以壮不少声势。我们在此时固不能作过分乐观的推测，但相信全世界反侵略的人士，必将以最大的热诚期望英苏接近之成为事实。

英国攫取法军舰[一]　　一九四〇年七月六日

英国以迅雷不及掩耳的手段，攫取停泊本国各海口的法国军舰，这虽然出于无奈，却也未可厚非，而且毋宁是一种合乎时宜的措置。因为贝当政府现在既已受制德国，一切听命，则此类军舰，必将资德之用，英国能以迅速行动着人先鞭，实为得计。

就各该军舰人员绝少反抗且有一部分高声欢呼一事观之，可知此举不但为英国自己解除腹心之患，亦为舰上的人员解决了他们处境的困难。因为贝当政府的断送国家利权，显然为每个爱好自由独立的法国人民及海陆军人所深感不满，但他们又没有其余合法的领袖可以跟随。与其以自身供德人驱使去攻打友

[一] 一九四〇年七月一日至一九四〇年十二月三十一日

国，当然毋宁在友国的指挥下为恢复祖国的光荣而奋斗。

从邱吉尔一篇声泪交下的演说里，我们看到英国在受了以往一切错误政策的痛苦教训后，已如何痛下决心，坚忍奋斗。从英国攫取法舰一事，更可以看出她已经义无返顾，决没有中途妥协的可能。再就她在远东对日的不屈表示观之，我们相信这一头英国雄狮，已经准备摆脱过去的暮气，立志振作起来了。

【一】"二战"开始时，法国海军是世界上最现代化的海军之一，法国陆军溃败投降并签订法德停战协定时，尚有大批军舰分别集中在英国、北非等地的港口等待被解除武装。英国海军为防止德意利用法国海军进攻英国本土或威胁运输线，决定实施"弩炮计划"，夺取和控制停泊在法国本土外的法海军舰只。一九四〇年七月三日，英国海军突然解除停泊在英国朴次茅斯和普利茅斯军港法国舰队的武装并予以武装管控，未发生武装冲突。但在北非海岸的奥兰和米尔斯克比尔军港，法国大西洋舰队拒绝了英方的要求，英国皇家海军对法国舰队发动猛攻，法国舰队损失惨重。

自强者不借人助　　一九四〇年七月八日

英法两国领袖信誓旦旦，携手作战，曾几何时，而法国兵败乞降，贝当亲德内阁成立，最近又因英国截留法舰，而宣布对英绝交了。世事变化至此，令人目迷五色，而在这中间一手旋转乾坤的德元首希特勒氏，也就因此而似乎愈像一个神话中的人物。

然而像希特勒这种人物，无论怎样不平常，决不是凭空产生的。我们可以这样说一句，倘没有《凡尔赛条约》，便不会有希特勒；倘没有德国这样坚毅勤劳的民族，也不会有希特勒。无论世人对希氏的感想如何，而像德国这种自尊自强的人民，即使换了一个领袖，也终必有挣断邻国所加于她的种种束缚的一天。

我们不赞成独裁政治，我们更绝对反对侵略政策，然而像德国于签订屈辱的和约以后，含苦茹辛，埋头苦干，卒于短短数年之间，以一个本身军备权利被剥夺的国家，一跃而雄飞欧陆，夷世仇法国为附庸，使大英帝国也顿敛声威，这该不是一个可以忽视的事实。尤其像正在抗战中的中国人民，见到这种令人感奋的例子，更加可以明了自强者不借人助，只要有决心能刻苦，洗辱雪耻的日子决不在远，艰难的环境不过使自己锻炼得更刚强而已。

美总统重申门罗主义　　一九四〇年七月九日

罗斯福总统前晚发表文告，声明美国始终保守门罗主义立场，同时并希望世界上每洲都能树立其门罗主义。要防杜某一洲的人民为他洲所发生的不幸事变的波累，要阻止某一些侵略者野心的无限扩张，我们也相信这是唯一的办法，然而在另一些别有用心者听了，却很容易望文生义，以为罗斯福总统这样的说法，正是在鼓励他们以霸力造成所谓某种新秩序。

然而美国历来奉为传统国策的美洲门罗主义，果真与日本有田外相最近所宣布的"东亚门罗主义"是同一东西吗？门罗主义固然不允许美洲以外的国家干预美洲的事务，但并不是说美国可以自恃雄长，控制全洲各国，以他国的利益牺牲于自己扩展势力的野心之下；同时美洲的事情虽由美洲人自己作去，但欧洲各国在美洲的已有利益，更绝无加以排斥之意。

因此日本的侵略中国和觊觎各国在远东的殖民地，不特不能借门罗主义为幌子，抑且根本与门罗主义的精神相凿枘。罗斯福总统已经光明磊落地宣布"美国不致将属于战败国之群岛加以攫取"了。标榜"东亚门罗主义"者还请三复斯言。

赫尔声明美国策不变　　一九四〇年七月十日

罗斯福总统最近所谓门罗主义当推行于欧亚两洲一语，因语焉不详，不无容易令人引起误会之处，平日口口声声高唱"大亚洲主义"的日阀及其御用论客，听了这种话，尤其会觉得适中下怀，而发生了"美国行将不再顾问远东事情"的错觉。

这种错觉，在昨天赫尔国务卿发表补充声明后，可以一扫而空了。赫尔明白声言总统所云，并非表示美国行将改变国策之谓。美国国际政策，素以反侵略为基本信念，现在正当侵略势力日益嚣张之际，美国对付这剧变的世局，所负责任较前尤为艰重,决没有突然放弃平素立场,放任侵略者横行之理。何况门罗主义虽以"人不犯我我不犯人"为宗旨,但现今美国自身的权益备受威胁,何能以孤立自安为得计。

至于欧亚两洲门罗主义的实现,必须以停止一切侵略行动为先决的条件。日本如果以为拉了几个亲手扶植的"宝贝",在他的指挥驱策下"合作"建设"东亚新秩序",便可以称为"亚洲人处理亚洲",那是对于门罗主义的莫大污辱,而决非罗斯福总统所能赞同的。

苏联向土提通牒　　一九四〇年七月十一日

苏联以大刀阔斧的手段,解决了对罗马尼亚的领土纠纷以后,最近据未证实消息,又有向土耳其提出最后通牒,要求获得达达尼尔海峡控制权之说。根据情理推测,此说颇为可能。因为苏联获得这一个据点以后,自黑海至波罗的海的国防外卫线方始全部完成,在目前德义与英国的争霸战正在剧烈展开之际,苏联自不能坐失时机,不于此时有所布置,而授予别人以他日可资攻击的弱点。

苏联控制达达尼尔海峡,如能早日见诸事实,则对于远东也一定可以有良好的影响,因为她在西陲的防御线既告完成,则尽可高枕无忧,超然于欧战漩涡之外,而以更大的注意力集中远东。那时候,恐怕就是像《诺蒙亨休战协定》[一]一类的面子,也未必再会卖给日方了吧?

【一】诺蒙亨休战协定:诺蒙亨(现通译为诺门罕)是位于内蒙古呼伦贝尔盟与蒙古之间的一片半草原半沙漠的荒原。一九三九年五月至九月,日本关东军、伪满洲国军与苏、蒙军几十万人,在这块不毛之地进行了一场激烈的战争,以关东军惨败而告终,日方被迫于一九三九年九月在莫斯科与苏联签订停战协定,双方停战。

日本的外交法宝　　一九四〇年七月十二日

这次英国对于日本所提封锁滇缅交通的要求,表示不屈的态度,的确是出乎日人意料之外的。他们见初次的恫吓无效，于是又经驻英大使重光葵之手，再度向英政府警告。据说这位重光葵大使又"重行"提出了这一点，即"英国此种态度，足以助长日本国内极端派之气焰，而驱使日本与德义接近"。

看来日本在外交上所卖弄的法宝，也就只有这一点点了。然而在明白日本实情的人看来，日本的至今尚未能与德义"加紧合作"，非真未能忘情于英国，实有其力不从心的苦衷。德义既不希罕这一个仅图分享利益而吝于出力的盟国，日本倘果真发动海军力量，为德义声援，在目前焦头烂额之际又何能办到？

英国当局自然不会见不及此，因此像这种无聊的贫弱的恐吓，实无加以重视的必要。我们希望他们能以国际道义为重，坚持一贯的立场，拒绝对日作任何让步。

怪哉和谣　　一九四〇年七月十六日

诸如德驻华大使陶德曼的重返重庆，英国驻新加坡总督琼斯十五日的广播以及类乎此者的消息，在一班存心不良意志薄弱的人的简单头脑中，自不免又起一阵骚扰，而这种骚扰，经过相当时期的活跃后，铁一般的事实，必会使他们重归镇静。试想，英德两国，现在欧洲方在作殊死战，他们的利害，根本互相冲突，有利于英者，必有害于德，反之，有利于德者，亦必有害于英。现在他们两国，竟在同时期内，进行同一事件，即调解中日和平。那只说明一点，即日本于一方面想利用欧战，乘火打劫，同时，却泥足深陷，力不从心。他于无办法中，想求出一个办法，于是对德国说，倘使你能帮我调解"事变"，获得成功，那我就可全力参战；同时，也对英国说，倘你希望保全远东利益，不受我的侵害，那你必须先替我做一件事，即助我结束"事变"。总之，他企图利用外交形势，来帮他结束中日战争，来完成他寤寐求之而不得的中日和平。华人看明白这一点以后，当知他们的三年多抗战，已使日本焦头烂额，循至非用种种阴险手段，诱使第三国代向中国乞和不可，这就是中国抗战确已进至最后胜利阶段的铁证。中国休战的条件，只有一个，那就是恢复"九一八"以前的状态，此外一切威胁利诱，都不能动摇中国抗战到底的决心。

英国应严惩星岛总督琼斯　　一九四〇年七月十七日

　　这次因星岛总督琼斯的广播演说而发端的中日和谣，虽事实上已证明其为全属子虚，但我们对于琼斯的广播的本身，仍不能不认为是英国外交史上最失态的一件事。琼斯发表广播的翌日，我们接读十五日合众社伦敦电，声称伦敦负责方面，"一再声明，英政府于中日两国均愿英国担任调任时，自当出面从事斡旋，但琼斯之广播演说，对于事实，似乎言之过早，须知大英帝国系由伦敦统治而非由星加坡也"。十六日合众社又从伦敦传来消息，声称"顷闻权威界称，星岛行政官琼斯星期日晚广播演说，谓英国方'以最诚态度之努力'促成中日间之和平，事前未得外交部之商榷"。观此可知英国负责当局对于琼斯越权广播的义愤。真的，琼斯这一次广播，非独使英国的信誉与友谊，在四万五千万决心抗战的中国人民心中，打了一个极大折扣，无形当中，发生英国人最图私利，最不讲信义的印象，即在美苏两大中立国的人民脑筋当中，亦必发生同样的感觉，认为英国这次的对德作战，归根到底，还只是一种争霸战，谈不上保卫人道，维护文明，否则，为何对于远东这样英勇抗战的中华民族，竟不惜以之为牺牲，而换得自己的苟安呢？这种观感推广开去，谁能担保世界正义人士目前寄予英国的同情，不会从英国方面，逐渐离异，而转移到德义方面去呢？这都是琼斯一席广播的恶果，我们替英国自己着想，实觉英国政府，为维护其本国威信起见，对于越权发表广播的星岛总督琼斯，实有加以严厉处分的必要。

无法辩护的错误　　一九四〇年七月十九日

　　英国不顾自己的国家信誉与全世界正义人士的一致反对，不惜违背在国联大会中郑重通过的"决不采取任何足以削弱中国抗战之行动"的庄严诺言，贸然与日本成立协定，封锁滇缅路的运输，这是英国近年来屈辱外交中值得大书特书的一章，而使世人明了英国之所谓反侵略者，原来如此！

为英国此次屈辱行为作辩护的，我们拜读了《远东事务》编者伍德海氏的高论。伍氏自知此举为对国联决议的"严重的违背"，而为"任何有自尊心的英国人所不能认为荣誉与满意的"，然而他却竭力责怪美国，以为英国即使坚决拒绝日本的要求，也决不能盼望美国有何行动，因此她不能单独冒险开罪日本。据伍氏的批评，似乎美国对于英国所发之义愤，是不应该有的。

英美在远东步骤之未能一致，屡为侵略者造就机会，然这一种错误，在过去大部分应由英国负责。远如"九一八"事变后，史汀生的建议为英国所拒绝，为今日世界的纷乱种下祸根，这且不必再说；即就去年美国宣布废止美日商约后，英国如能继起踵行，一定可以给日本一个重大的打击，然而英国始终对日优容忍耐，陪着笑脸，造成让日本步步进逼的机会，今日之事，又何尝不是承袭过去的妥协政策而来？

美国在中立法的束缚下，不惜用尽方法，甚至部份地修改中立法，予英国以种种的援助，这该是无可抹杀的事实。然而现在英国对于美国在远东所严守的政策，非但不予合作，反与之背道而驰；当美国政府当局发表反对封锁滇缅路后，英国竟尔悍然不顾，徇日方的诛求，其为背弃信义，助长侵略，决非任何推卸责任之辞所能洗脱，我们倒要看看英国将何以自赎；我们更要看看英国这样"缓和"日本以后，她在远东的地位是否就此稳固了。

日海军发言人声明　　一九四〇年七月二十日

我们曾经一再指出，对侵略者的让步，适足以招致更大的压迫。果然，英国在牺牲中国的友谊，不顾世人的斥责，答应日本封锁滇缅路，以图换得她在远东的暂时苟安以后，日本海军省发言人已经明白声言此次的协定不能认为满意了，英国将怎样再度餍足日方的愿望呢？

美国赫尔国务卿对英日协定所发声明，辞严义正，不特表白了美国对于此事的立场，同时也可以代表全世界公道正义的舆论。日本发言人批评此一问题乃英日两国之事，与美国无涉，这句话太费人索解了。滇缅路的交通乃中英两国之事，而与任何和中国有商业来往的国家都有关系，无权顾问的，却是日本，美国对华货运，既大部分有赖于滇缅路，则即就本身的利益言，对于这次的封锁已不能默尔而息；何况美国的远东政策，一向以尊重中国独立自主与维持门户开放为基本原则，目前英国的行动，一方面足以阻滞中国抗战，因而助长日本灭亡中国的气焰，还说得上尊重中国的独立自主吗？另一方面又阻止美国和中国的正常贸易，帮助日本，排斥美国及其他第三国在华的合法利益，还说得上协同维持门户开放吗？如何可谓与美国无涉呢？

该发言人一再重述"此乃英日两国之事，与美国无涉"，使我们看出了日方一贯的各个击破的阴谋。已入迷途的英国政治家，如能憣然觉悟今次的失着，彻底改变方针，则事犹可为，否则她在远东的地位江河日下，此后将更无从抵抗日方的步步进迫了。

制止恐怖行动——并向克拉斯诺夫先生致敬！　　一九四〇年七月二十一日

工部局总董凯自威氏昨天致函领事团，要求共同制止最近租界内层出不穷的恐怖案件，我们对凯氏之言，实寄与热烈的欢迎与无限的期望，前天《大美晚报》经理张似旭[一]先生的遭暗杀，和不久以前申报馆的被掷弹，事情固然悚人听闻，实际仍无非是某方摧残正义分子，蓄意破坏租界秩序的一贯手段；而这两案的发生于南京伪组织大发其"通缉令"[二]和宣布"驱逐"外国正义人士出境之后，其真相尤昭然若揭。

环伺上海租界的某种黑暗势力，本来惟恐租界不乱，他们实施种种卑劣凶残的恐怖行动，除了去除他们眼中认为不能两立的爱国分子外，并且也希图借此造成一种不安的空气，使租界内安分良民人人自危，而他们则可得到借口，以为租界当局无力量维持界内秩序，以遂其侵占的大欲。在他们此种险恶的存心下，不特善良人民的生命安全失去保障，那他们自己一方面的人也有成为牺牲的可能，穆时英[三]的遇害，即是他们遮眼的苦肉计的一种。

对付此等万恶的恐怖分子，租界当局和各国领事固应严密注视，尽力减少他们活动的机会；而全体市民除了严持镇静，使其摇动人心的目的无由达到之外，更应本嫉恶若仇之旨，与当局密切合作，一经发觉此等害群之马的踪迹，便该不稍姑息，立予检举，像刺张案中波兰人克拉斯诺夫君因追捕凶手，奋不顾身，竟以身殉，这种义烈精神，正是每一个良好公民所应该具有的。

【一】张似旭：时任美商《大美晚报》中文版发行人，他大量公开报道抗日信息和言论；并参加宋庆龄发起组织的"保卫中国同盟"上海分会的工作，积极动员上海人民捐募款项和物资，支援新四军。一九四〇年七月十九日被日伪特务暗杀。

【二】通缉令：一九四〇年七月二日，汪伪组织曾发布通缉令，列入黑名单的共八十三人，其中新闻界人士约近半数。包括张似旭、程振章、陶乐勤以及《申报》、《新闻报》、国民党中央通讯社、《大晚报》、《大美报》、华东通讯社、《大美晚报》、《中美日报》、《神州日报》、《华美晚报》等中国报刊和新闻单位持反对日伪立场的新闻工作者。

【三】穆时英：浙江慈溪人，中国现代小说家。抗日战争爆发后，曾到香港任《星岛日报》编辑，一九三九年返沪，相继在汪伪政府主持的《国民新闻》任社长，并在《中华日报》主持文艺宣传工作。一九四〇年六月二十八日下午下班途中突遭狙击身亡。

英国继续抗战 一九四〇年七月二十二日

对付希特勒的"和平呼吁"，英国已经声明"继续作战"，作为坚决的答复了。吾人虽对两方无所爱憎，但深信一个国家的光荣与自由受到威胁时，惟有以百折不挠的意志，从奋斗中求得出路。对于英国此种决心，最能寄以同情的谅解者，莫过于已经奋斗三年多的中国人民；英国最近不友好的背信行动，虽然使他们在精神上遭到一个打击，但中英两国的立场，实在太类似了，一个讲究忠恕之道的大国民族，对于另一个和自己一样不甘受人宰割的民族，不能不暂时撇开恩怨，而付以善意的期勉。然而英国如果自觉问心有愧，则今后大可不必再高谈甚么为"文化""正义"而作战了；因为她固然有充分的权利为保卫自身而作战，但在一方面抵抗侵略另一方面纵容侵略的矛盾举措下，愈谈保障"文化""正义"，愈会失去世人对于她的信仰。

就时间的因素而观，则现时英国的处境虽甚困难，但今后必可渐趋有利。美国方面，罗斯福总统因准备应付大选，目前不能不一切出之以审慎，暂时尚难希望对英有何积极的援助；但罗氏的当选既已确具把握，则迟早必将采取更

139

鲜明的行动。同时苏联与德义轴心分道扬镳的趋向，业已逐渐显著，战机的转变，当然这也将是一个有力的因素。

日增无已的日方反美事件　　一九四〇年七月二十三日

自七月七日日本便衣宪兵侵入美军防区一事发端，上海不断发生美日间的摩擦事件。十四日美水兵与日人在东方咖啡馆中因酗酒发生争吵，日方曾借此大事鼓噪，但最近日方对于在沪美侨的种种行为，其性质之严重实远过之。上海若干美籍新闻记者的被伪组织下"逐客令"，美商报纸董事张似旭先生的遭暗杀，以及《纽约时报》通讯员亚朋特氏的受日人非法侵扰并横加侮辱，这一串有连贯性的事实，以及上星期六发生于青岛的纠纷，不先不后，发生于美国忙于筹备总统选举，无暇分心的时候，可见全出于日方有计划的布置。他们以为目前美国不愿与他国多惹是非，故向美采取攻势，希望或能迫令英国[一]给他一点让步。然而行之于英国而有效的手段，决不能同样施之于美国。据国际社廿二日纽约电讯，称上海日方的反美事件，已经引起美国各界的注意和愤怒，"政府虽欲在大选以前避免与外国争执，然目下所发生之反美事件，似将使华盛顿以缓和为可耻"。我们深信美国为了保障自己侨民的合法权利，遏止侵略势力的增长，必将出之以不妥协的态度，对于日方的步步进逼，给以应得的警告。

【一】此处"英国"应系"美国"之误。

我们非常感激　　一九四〇年七月二十四日

我们在昨天的社论中，曾经以纯粹第三者的立场，从欧洲作战双方的实力和形势，推测战局的前途，并就中立的观点，希望双方能终止这场消耗国力而任何一方皆无绝对胜利把握的战事。据我们的意见，英德之间的战事，性质与中日战争迥异：在中国是实逼处此，非抗战无以图存；而欧战进行至目前的阶段，德国既已湔雪过去《凡尔赛条约》的耻辱，英帝国也丝毫未损其领土的完整，停战调和，实有百利而无一弊。

现在英外相哈里法克斯已经正式公布，拒绝希特勒的和平建议，继续对德作战了，但我们尚有须在这里附带一提的，在那篇社论发表以后，曾蒙素来爱护本报的友人指出，文中所云"德国控制了整个的欧陆，英吉利海峡亦在其掌握之中"，及"英法所采取之封锁政策，迄今已失去功效"二语，与事实不尽符合。我们在重加考虑以后，认为英吉利海峡虽然处于德方的威胁下，但现在在英吉利海峡上，仍有英国商轮照常通航，运输给养，并未中断，德机虽屡次施予空袭，但英方损失甚微，所谓"在其掌握之中"，显然不无语病；至今英国对德的封锁政策是否已经失效，则见仁见智，各国看法不同，但无论如何，我们对于这种善意的指示，总是非常感激的。

华军克复镇海　一九四〇年七月二十五日

日本在压迫英法封锁滇缅滇越两路之后，踌躇满志，得意忘形，无然又调舰队派重兵向浙东进犯，在他们的原意，也许以为可以把中国所有的海口完全封锁，然而一度占领镇海以后，终于经不起华军的神勇反攻，被歼五千余人，狼狈回巢，而不得不以"轰击镇海炮台任务完成，因而撤退"，来强颜解嘲了。

其实中国自抗战重心内移之后，浙闽一带沿海在战略上早已处于次要的地位，论理日本借其海上的优势，随时都有登陆而加以占领的可能，然而抗战三年以来，始终屹然未动。这除了证明日方的军力单薄，捉襟见肘之外，更充分表示出中国军事实力的充足，随时随地，都能以逸待劳，准备给来犯的侵略军队以重大的打击。此次镇海的战略，不过是小试其锋而已。

巴尔干的苏德外交战　一九四〇年七月二十六日

德国在准备对英开始大举进攻之前，巴尔干问题之瘤显然是一个极大的隐忧。最近罗马尼亚保加利亚二国首相外长被邀至萨尔斯堡会谈，同时罗国首相外长，尚将一游罗马；德义与罗保会谈的内容与结果，虽然尚无所闻，但其针对苏联向东南欧的图谋发展，要无疑义。

在德义竭力拉拢罗马尼亚的时候，苏联的行动并未后人。苏政府已接受罗马尼亚前外长加芬哥为驻苏大使，此举可认为苏罗关系改善的先声，亦即是苏罗应付德义的一种战略。本来罗国处于两种势力的相持下，内部向有亲苏与亲德义二派，今后孰占上风，尚须视两方的外交手腕为断。至于德义所拟从事调停的罗国与匈保间的领土纠纷，罗国虽已表示部分让步，但未必即能令匈保认为满意，德义如未能设法谋得妥善的解决，罗国或将不得不转入苏联怀抱。

苏德义三国的利害未能一致，本为无可讳言的事，最近更有渐趋表面化之势。苏联为了巩固自身的地位，防御德义的威胁，是否将转而与英国言好，目前固难断言，但证诸日前义国警告苏联不得有援助英国的举动，蛛丝马迹，似乎不无可寻。

美国禁运油铁至日　　一九四〇年七月二十七日

美国对日军事材料的禁运，在全世界正义人士的翘企下，直至前晚罗斯福总统宣布油类与废铁须领得特别执照，方许运至外国，方才见诸事实。此项命令的宣布，虽然不免稍嫌过迟，但总是一个值得欢迎的消息。美国当局在宣布此事时，避免援用禁运字样及指明将被限制输往的国家，但它当然可以应用此项命令，阻止国内私人企业者对于侵略国家的接济，而日本无疑地将为受到最大打击的一个。联邦航务委员会发表该会曾拒绝批准美国运油船至日本，便是事实上的初步表现。

中国自从事抗战以来，对于美国的友谊与同情，素来十分珍视，可惜美国国内不明大义的商人，和政府的政策及民间的舆情背道而驰，不断以杀人原料供给日本，以作屠杀中国民众之用，这实在是两国亲密友谊上的一大污点。犹忆美大使詹森有一次参观空袭后的重庆灾情，从炸弹碎片上发现大部分均为美国制造，使詹森大使也觉得异常难堪。现在在美国对日禁运逐步加紧推行以后，我们希望此类令人难堪的事实可以从此消灭，不再存留在人们的记忆之中。

开辟西南新公路　　一九四〇年七月二十八日

据来自日方通讯社的一个消息，说是英国因欲缓和中国方面因封锁滇缅路激起的反英情绪，已与中政府成立秘密协定，规定军火及军用品得自印度经过西藏拉萨及西康省运往重庆。

任何来自日方通讯社的消息，其真实性往往是可疑的；但我们对于日方散播此类消息的用意和开辟中印交通这一事实本身的可能性，却不妨作下列的观察：

第一，英国对于滇缅路事件的示弱，无疑地扩大了日方的欲壑，故意散播英国将任军火由印度经康藏入川的空气，用意无非预作威胁印度的地步。英国为了防止日方的步步进逼，惟有自今日起，立定脚跟，一反前此的软弱态度，明示英国的不可轻侮。

第二，由印度经拉萨入川这一条路，中经横断山脉，冈峦重叠，艰险异常，赖此运输军火，初看似少可能，然而以中国无限的人力与国民性的坚韧勤劳，未始不能人定胜天。自抗战以来，已经完成了不少奇迹，即如滇缅路之能在短期间内用人工迅速完成，又何尝是一切信赖机械力量的国家所能梦想得到的。日方散播此消息时，至少在下意识中，已表示其对于中国抗战决心所具的恐惧，知道不是用任何强力威胁所能摇动的了。

替李士群开一清单　　一九四〇年七月二十九日

昨天我们在汪兆铭机关报《中华日报》和上海老牌英文报纸《字林西报》上，同时读到了设于著名的极司非而路七十六号中的所谓"政治警察署"[一]的

"署长"李士群的谈话。谈话的题目是关于最近备受各方注目的本市恐怖事件问题，据说"租界内之恐怖事件，系'重庆方面之叛乱份子'所为，此为'尽人皆知'者"。本来像这种嫁祸他人的说话，原是"伪君子"一贯的无赖技俩，不过因为像《字林西报》那样素有地位的报纸，也会不辨是非，对此类不负责任的谰语一字不遗地照登，似乎有不得不一正视听的必要。

我们并不想为任何一方开脱，也不想以无中生有的蜚语，归罪于任何一方。这位李士群其人者并未提出他所有的"详密之统计与报告"，以资证明，但我们以新闻记者的身份，凭见闻所及，却愿以"尽人皆知"的事实，替李士群清算一下。

在七月份所发生的几件重要的恐怖事件中，我们第一要举出十六日申报馆的暴徒袭击案，据公共租界捕房发表，该案乃"东亚反共联盟会会员"所为，据被捕的人犯供述，他在闸北加入该会的分会，而总部即在极司非而路七十六号。并经捕房获有徽章为证。

最令人痛心的本月内两桩暗杀事件，一为七月一日大光通讯社社长邵虚白[二]先生的被狙，一为十九日《大美晚报》董事张似旭先生的遇害。二君都是新闻界中的皎皎者，平日一本爱国良心，拥护中国抗建立场，张先生且为伪方所发表"通缉令"中八十三人之一，死于何人之手，不言可喻。又八日有会计师董承标在寓所门首被害事件，董氏是一个安分守己的市民，素无私仇，但其居停陶乐勤氏，则亦名列八十三人中，为伪方所欲得而甘心的人物，然则此案之出于误杀，已可想见；而被捕凶手据供来自沪西，更可了然背后指使者之为何如人。

本月内令人注目的绑架案件，前有大同银号总经理杜学展于二日被绑一事，经第一特区法院查获嫌疑犯审讯结果，悉杜氏被拘于极司非而路七十六号中。廿四廿五及廿七三日，连续发生国医朱鹤皋，中国国货公司经理方液仙，及铸丰搪磁厂经理童世亨的被绑事件，三人被绑的背景虽未能尽悉，但被绑情形各有相同的一点，即三案的匪徒各把汽车向西疾驰而去，所谓向西者何处，不言可知。

此外，匪徒有组织地劫夺巡捕公事手枪，最近不断发生，经英文《大美晚报》探悉，该党匪徒有八十至一百人，巢穴设于极司非而路曹家渡附近。又关于汽车在沪西被劫的事件，更是层出不穷。有这么许多不法败类在特殊保障下出入租界，为非作恶，租界治安的成为问题，自也无怪其然了。

李士群在该篇盲目放矢的"谈话"中，曾经批评本报所载"侮辱本署（指该伪政治警察署）之造谣文字"，为极严重之"不智行为"，现在我们列举上述的赤裸裸的事实，虽然不免又将被李士群之流归入"侮辱本署之造谣文字"一类中去，但事实最雄辩，我们觉得此外也没有再浪费笔墨的必要了。

【一】政治警察署：指汪伪政权奉日军旨意设置于上海市的特工总部，全称是"国民党中央执行委员会特务委员会特工总部"，座落于上海静安区极斯菲尔路七十六号（现万航渡路四百三十五号），民国十大汉奸之一李士群为其副主任而掌实权。内设酷刑拷打抗日人士，制造大量暗杀、绑架事件，是汪伪政府镇压抗日运动屠杀爱国者的魔窟。

【二】邵虚白：时任上海大光通讯社社长、记者公会执委兼宣传主任，积极从事抗日宣传。一九四〇年七月一日傍晚，在寓所附近遭日伪特务枪击，次日牺牲。

日反英运动扩大　　一九四〇年七月三十日

我们希望这次英国关于滇缅路问题对日的退让，是英国远东政策上最末一次的外交失策。因为它不但伤害了同患难的友邦中国之感情，并且也招致在各方面足以给她助力的美苏二国的不欢，但同时却显然并未收到缓和日人的效果。相反的，英国对日愈让步，日对英压迫愈甚，近卫新阁的成立，并无足以证明英日关系将有改进的征象，反之，上星期杪英侨十人在日被捕一事，显示日本反英运动已因英国态度的软弱而更趋激烈。

问题是，今后怎样？英国在目前战事中地位困难，不欲在远东开罪日本，这种不得已的苦衷，自为吾人所深谅，可是鉴于此次的教训，可知小心翼翼惟恐获咎的结果，还是不免于难堪，倘再一味以示弱为事，后患何堪设想。以目前的英国而论，独力对日制裁，固然是一件不可能的事，然而尽可与美苏取获联络，在远东改采鲜明坚强的立场，则日本纵然一向轻观英国的力量，也必有知所畏惧的一日。

英国答应日本封锁滇缅路的期限为三月，三个月之后，她有作一个解铃人的勇气吗？为了英国自身的前途，我们在善意地期待着。

德拟以波兰让苏　　一九四〇年七月三十一日

苏德二国方在巴尔干半岛钩心斗角，互争雄长之际，突由波兰方面传来消息，说希特勒准备以波兰割让苏联，作为苏联在巴尔干方面让步的代价。此事如果属实，自然又是希特勒的一大惊人之举，将使我们不能不钦佩其设想的巧妙。因为此次战祸，原来肇端于波兰的被侵，英国固口口声声，高唱为被侵略诸国恢复独立者，日今英苏方在尝试接近的时候，苏联倘把波兰全土划入版图，将使英国在与苏联合作一点上大感困难。因此德国此举，不但可以巩固自身在巴尔干的地位，也可以阻止英苏的携手。

可是事实并不一定如此简单，波兰的全部领受[一]，对于苏联固然是一桩意外的收入，但以巴尔干地位的重要，是否肯轻予放弃，毕竟成问题。至于德国虽然在目前为情势所迫，采取这样慷慨的姿势，但她倘果然达到击败英国的目的后，自可沉下脸孔来，改用另一付手段了。希特勒虽利害，苏联亦非弱手，决不会为了目前的近利，而放弃其巩固西部国防的工作，巴尔干问题是否可以从此获得解决，是大有可疑的。

【一】"领受"疑为"领土"之误。

缅甸考虑放行医药品　　一九四〇年八月一日

滇越滇缅两路的封锁，论理日方既以军事理由为借口，则即使置封锁一事是否正当于不论，仅以禁运的物品而论，也该以军火为限，但实际上除了军火以外，其他与军事无关的日常用品及中国内地迫切需要的外国医药，都因受封锁影响，大批被阻，这实在是一件非常可憾的事。

据说缅甸当局现今已在考虑医药品的放行，并闻被阻的原因，系汽油被列入禁运品内，装载此类医药品的卡车，无法携带足够的汽油，故运输发生困难；此项困难，现已在缅当局设法补救中。我们固然希望三个月封锁期满后，类此情形可以根本不致发生，但对于缅当局此时的此种努力，终认为值得热烈的赞许，并期望其获有满意的结果。我们更希望缅当局能由此更进一步，对于由外国运华的生活必需品，也能设法一体放行，则非特中国人民身受其惠，并且对于因此次封锁而受到不幸影响的中英友谊前途，当亦不无少补。

近卫新阁的当头棒　　一九四〇年八月四日

英国人的善于忍辱负重，举世实罕其俦，然而这种忍辱负重，在日本军阀的眼光中，却看成了懦怯可欺，于是在英国一忍再忍之下，日阀的气焰也就日高一日。我们对于英国忍耐力的限度虽然莫测高深，但终不相信她竟会永远对强梁者低首下心，而不思反抗。前天伦敦方面有日本三菱洋行经理牧原被捕事件，此事发生于东京大捕英侨之后，虽然不知是否巧合，但很可能是英国的一种报复的表示。

至于美国对日，向来不稍假借，自经宣布油铁禁运以后，制裁日阀侵略的态度愈益明朗；而国际社电传美海军最高当局向罗斯福总统所称美日如正式开战，日本或将于三星期中乞降一语，更为一种露骨的表示。

我们希望美国能在太平洋方面毅然担负戢止一切侵略行动的责任，我们更希望英国能在美国的鼓励下，坚定立场，不再示日人以可欺，这样东亚才有真正的安定与秩序而言。

邱吉尔的警告　　一九四〇年八月五日

邱吉尔前晚警告英国民众，谓最近外国所传希特勒或未必对英实施闪电战之说，纯系出于德方宣传，用意乃在涣散英国民气，英国人民务须严密戒备，毋因信赖本国实力之坚强与准备之充分而疏懈其注意。

从邱氏上述的谆谆诰诫中,我们看到了英国坚强的作战决心:最近若干日中欧洲各线的停滞状态,不过是暴风雨前的短期平静而已。

在远东,情形也正复相类。日本因无法征服中国,乃一面在沦陷区中套上亲善面具,诱惑中国民众,收买无耻文人,组织"中日文化协会"一类的机关来散播毒素;一面更随时放散和平空气,以图分化中国抗战的士气与民心。三年来的事实证明日方此种心劳日拙之举,无往而不失败,因为中国人民都深知他们所需要的和平,必需在自由独立获有保障后方可得到,而决不是在日人支配下的奴隶式的和平,故人民抗战的情绪,只有随着胜利把握日近一日而继续增高。日本在计穷力竭的目前,对于中国人民心理上的进攻,势将愈加无所不用其极,每一个中国人在这最后关头,尤宜坚持信心,随时处于警戒状态中,勿为任何邪说所乘。

观而不察的罗马"观察" 一九四〇年八月六日

英日关系恶化以后,从罗马传出了这样的"观察",说是日本或将被骗与德义加强联系,且谓德义苏日四国将成立经济集团共同封锁英国。关于这种说法,我们可从德义与日本结合的可能性和苏联与日本结合的可能性分别观之。

在莫洛托夫的外交政策报告中,虽有"苏日关系可望改善"之语,但这种仅能解释为"日本如不对苏联有挑衅行动,则苏联愿与日本保持通常关系";同时英国现在也颇有与苏联交好的表示,从利害上说,苏联绝无与日本联合以制英国的理由,因为苏英间的利害冲突,实远不如苏日间的利害冲突之大。

至于日本万一放弃"不介入"政策以后,我们虽不相信那会对于德义有何实际上的好处,但在目前散播此种德苏义日合作的空气,实不失为对英国所施神经战的一种策略,然而日本苦矣!因为她如果真有决心"介入"欧战,老早就可以"介入"了,至今犹徘徊却顾者,无非想利用局势,向英国多敲几笔竹杠。可是现在一面英国态度既随美国的严正表示而硬化,一面德义又向之示意催迫,倘径行加入德义阵线,则既失去向英要挟的法宝,而英美势将更进一步合作,国力因侵华战事而消耗殆尽的日本,其所恃为惟一护符的海军,必将遭遇惨酷的打击；日本除非存心自杀，决不出此，因此比较可能的，倒反而是对英妥协这一着。

然而无论日本今后的路线走向何方，英国的路只有一条，那就是为保障国际道义与自身利益，彻底放弃对侵略者绥靖的梦想。而作为太平洋上重要支柱的美国，尤应以更进一步的坚决行动，予英国以保障和鼓励。

日本希望与英"和好"　　一九四〇年八月七日

我们曾经说过，日本扬言加入德义轴心，不过是一种装腔作势，实际上是心有余而力不足；如果英国能维持强硬态度，则日本终极仍将与英谋妥协。果然在伦敦逮捕日侨后，从日本驻英大使重光所谓"希望仍可觅得圆满解决而恢复和睦关系"一语中，已可看出欺软怕硬的日本，又在那里陪笑脸了。

事实上，日本既无爱于德义，也决不会有爱于英国，她的唯一打算，只是在利用种种硬软兼施的手段给自己捞一些野食。因此当其声势汹汹时，固未必有决心动武的勇气，而满脸陪笑时也决非存心与人家亲善。英国如以为此次报复行动，已经给日本看清颜色，从而今后日方所作的和好表示，确系心悦诚服而发，则又将堕入日方的圈套无疑。

从美国孤立派参议员强生赞助罗斯福总统派遣军队增强美国远东防务一事观之，可知美国对于维持太平洋秩序，已为举国一致的主张。为英国计，亟应利用此良好时机，坚定自身在远东的立场，恢复过去已隳的声誉，不再对日存与虎谋皮的幻想。则在英美共同严密监视之下，必有迫令日本就范的一日。

日本军舰南驶　　一九四〇年八月八日

"日本军舰一大队，今日自台湾南驶。"——合众社马尼剌七日电。

意欲何为？窥伺越南吗？或如美国海军界观察，开往帕劳群岛吗？

法国于新败之后，不得已屈徇日人封锁滇越路运输的要求，日方如以为此尚未足，而意图对越南作更进一步的压迫，则无论是谁，隐忍退让总是有限度的，法方已经坚决表示不愿轻易放弃此远东殖民地了，日本如欲有所异动，必将遭遇强硬的抵抗，与国际间的严重反响。

帕劳群岛在菲律宾东关岛西南，日舰如果开往该处，显然是对于美国的一种试探，但我们对于此种试探有何作用，实不能不怀疑。美国最近叠次的对日强硬表示，非仅为全国一致的主张，亦具有充分的实力为后盾，如海军当局所称美国能于三星期内击败日本，实为自信有素的痛快话。因此日方任何试探的小动作，美国必将一笑置之。

太平洋虽大，似乎尚无可供日本海军施展威风之地吧？

我们反对新闻检查　　一九四〇年八月九日

本报在昨夜发稿之际，突蒙工部局派员惠临，展询来意，始知系奉命检查本报所载新闻稿件，如有认为文句中有不妥之处，得全部或部分抽去，并将监视本报排印，至印好发卖为止；倘不照办，将受禁止发行的处分。此项办法，据称对本市其他各报也一体施行。上海租界当局对报纸实施检查，据我们所知，似乎尚未前闻。我们虽然谅解工部局方面应付环境困难不得已的苦衷，但我们是一家美商报纸，对于新闻检查制度的憎恶，殆为任何美国人民所同具的感觉。今此项制度，竟加于受民主国法律保护而恪守正义立场的报纸的头上，实为一桩异常可憾的事。

过去本报对租界当局向抱合作态度，对于局方任何意见，无不在不妨碍本报基本立场的原则上，竭诚予以接受，甚至如七月十九日局方通知此后凡来自重庆的一切政治性宣言，一概不准登载，虽然我们认为此种不公道的劝告，未免强人所难，但仍愿在局方的指导下，觅得一两全的出路。昨夜的事情，虽然出于仓卒，事先并未接获局方的正式通知或解释，但我们在当时的环境下，不能拒绝，亦无法拒绝。但我们始终觉得这是开上海新闻界未有之恶例的不幸事实，不能不向工部局明白申请，希望当局对此重加审慎的考虑。

驻沪英军撤退 一九四〇年八月十日

驻沪英国防军的撤退,已于昨日证实,大约一星期后,即将全部离沪,保卫香港去了。在目前上海的不安定环境中,此项消息自不免使一般市民闻之忐忑不安,但我们如回忆到一星期前,英国阁议中已有"驻沪之少数英军或将调往香港"的拟议,同时据称"英国将明白表示调移军队,并非牺牲条约权利,而上海之公共租界,仍系不可侵犯"(合众社伦敦二日电),可知英国防军的调动,实系对于日本南进野心益亟的一种必要措施,决非甘心放弃其在沪的权益与地位。

上海市民所最为关心的,当然是英军离沪后的接防问题。在上海拥有权益的各国中,最能超然于欧亚两大战争之外的,只有美国,因此英军去后的空缺,倘由美国防军接替,实为全体市民所将额手称庆的事。据西人消息灵通方面称,英美双方对此早有接洽,所有自虞洽卿路以东迄外滩(包括苏州河北一部分区域在内)及自静安寺迤西迄铁路为止的英军防区,将悉由美军接防。

美防军任务加重 一九四〇年八月十一日

英国驻沪防军决定撤退后,上海租界的地位问题,成为全市居民最感关切的注意点。据传英军撤退后,中区将由俄国商团接防,西区将由美海军陆战队接防,此项布置,虽还有待于各国防军会议的最后决定,但大致相去不远。上海市民在此风声鹤唳的时候,务须持之以镇静,庶免为别有用心者造成机会。

英国此次撤军,事先曾通知美国,而美国当局对此的反应,系认为美军今后的任务将更加重,可知英美双方,早已有充分的接洽与谅解;英国所不能兼顾的地方,当由美国代任其劳。这虽然是我们的臆测,但就情理或常识而言,却是唯一可能的解释。因此我们对于英军撤退以后,小而言之上海租界的地位,大而言之远东时局的演变,都没有悲观的理由,反之我们应以极大的期望与信心,乐观英美在远东加紧合作的实现。

越南形势紧张　　一九四〇年八月十二日

越南形势一紧张后，盘旋于大家脑中的问题是：日本是否果有向越南进攻的实力？万一果真进攻，越南的军力是否足以抵抗？法国当局会不会继封锁滇越路之后，再度屈从日本的要求，以越南供日本作海空军根据地，使之完成事实上的占领？中国军事当局对此有何准备？

日本为图急速完成其师老无功的侵略战，并为推进其南进政策起见，对越南完成控制，实有事实上的必要。当然她所最希望的，是不战而令法越当局屈服，使她得在越南建立一面进攻云南一面进攻缅甸的军事据点；但照目前日本的疯狂情形来说，在必要时，也许竟会实行武力攻占。

法国政府的态度，除了传闻以外，尚无确切的表示，但我们认为尤关重要的，是支配法政府意志的德义轴心，为了根绝英国在远东的势力，对日本此种企图是否会加以默许？关于这点，可作彼此相反的推测，现在姑且不论。最令人关切的，是中国方面是否已经完成一切必要的军事部署，随时准备应付突变的形势？越南在中日战争中本处中立地位，自法方允许日本无理要求后，显已自丧其中立资格，中国虽因素重道义，屈予隐忍，但今后如有更进一步的动作，无论系法方自动以越南拱手让诸日本，或系日本以武力侵占越南，中国为自卫计，不能不迅速出兵越境，以遏阻侵略势力的进展。我们相信中国政府对此严重局势早有认识，必能随时出以敏速行动，决不致贻误事机。

末了，我们觉得日本的觊觎越南，非特对华，亦系对英，中英两国利害一致，英国倘然不愿牺牲自己的利益，加紧对华合作，实属切不容缓之举了。

这一片空白　　一九四〇年八月十三日

读者今天翻开本报，但见空白满眼，一定会发生一种异样的感觉。所以然的缘故，明人不必细说，大家心里有数。在我们固然除了对读者深抱不安之外，更感觉说不出的痛心与苦闷；就是执行此种不快工作的两位先生，对此也必深感不快。

我们唯一的希望，是这种谁都认为不愉快的事实，只是在当前"特殊"环境下的一种暂时现象。我们极愿谅解当局的困难，但任何形式的检查，毕竟不是我们所能乐于接受。但愿明年今日，读者都能看到他们所欲看到的一切消息，至于这愿望的能否实现，则要看大家的努力了。

我们不说漂亮话——答复爱护本报的读者　一九四〇年八月十四日

昨天本报与读者见面后，一个下午接到四十三封来信，都是对于本报新闻被检查者抽去一事深致安慰与鼓励，这种可宝贵的同情，使我们异常感激，也为我们添注不少继续奋斗的勇气。在这些来信中，只有一位署名余田的读者，劝我们"与其受迫，不如停刊"，我们十分体会得到这位读者的愤激心理，因为那正是我们在受检当时所发生的同样的情绪。但我们不会忘了某方千方百计，向本市舆论界进行破坏工作，甚至不惜利用绑杀恫吓种种卑劣的恐怖手段，无非要达到使我们噤口不声的目的，如果我们真的停刊了，那正是他们求之不得的事。因此我们认为"与其受迫不如停刊"这种说话虽不失为漂亮，但我们深感于自身责任的重大，在这种窒息苦闷的空气中，尤应在可能范围内，更艰苦地努力下去，非至力竭声嘶，决不罢休。这是我们的信念，也是对于爱护本报的读者们的唯一的答复。今后当我们认为有非登不可的新闻而被迫无法登载时，为了表示坦白，仍将不惜牺牲篇幅，让读者于无言之言中体会我们沉痛的心境。

我们在拆阅一封封读者来函时，觉得羊角君所说的话、最足以代表一般读者的反应，特为转录如下：

"尚未翻开报纸，触入我眼帘的是一大片空白。平时在这些空白的地方是我所急切要知道的新闻；每天我热望着的精神粮食。可怜！仅有的这些些新闻，这些些精神粮食，现在也遭受克扣了！然而，难道饿死不成？

"熟视搁在膝上二手持着的报，东一块空白，西一块空白，觉得在这种黑暗灰色的场合看见了这种白色，更觉难能可贵，更觉可爱，这空白当然不是编辑者交'白卷';相反地,正可表示出编辑者心胸的'坦白'!

"抽去了些底稿,使这些报纸留下一大片空白。然而当这些空白的报纸飞扬到各处的时候,各人会填进他们心中要说的话,正是这些空白中要说而遭禁止的话。天下有正义和真理。掩住一个人的口,遮不住千万人瞪着的眼。真的,这些空白又好像编者们的'白眼',于是千万人瞪着的眼霎了霎,'明人不必细说,大家心里有数'。有数!

"编者不必心痛也不必苦闷,我们除原谅安慰外,还会鼓励你们的。我们愿意出了钱看空白可以填的报纸,不愿意看那些免费赠阅的'宝货',虽然空白,正是'清白'!白的多有意思!"

赫德上将来沪　　一九四〇年八月十五日

因本市驻防英军的奉令撤退而引起的一般社会的不安,不久或将告一段落。各国防军首脑已于本星期一开始举行会议,商讨重整防区的方案,而美国亚洲舰队司令赫德上将且于昨晨兼程来沪,参加集议。也许在今天续开的会议中,可以有具体的结果产生。至于所谓苏州河北英军防区由日军接防,其余则由美军接防之说,则在目前尚不便遽下评断。

有一点我们可以引为欣慰的,就是从这次撤军事件上,我们看到英美在远东方面已开始作更为密切的合作。两国官方的表示,一则谓"非放弃租界权益",一则谓"美军任务加重",彼此间的默契,已极显然。而赫德上将的来沪,以及檀香山消息所称美国海军已在开沪增防途中,并有在华北游弋的六艘潜艇南下抵此,更可见美国对于上海租界地位的重视。我们始终确认,只有英美的合作,才能确保上海租界的安全。

德国伞兵之谜　　一九四〇年八月十七日

疑鬼疑神的德国伞兵在英国境内降陆一事,自合众社发表"德国可靠方面消息",谓"该项伞兵,曾于德机轰炸伯明罕及曼彻斯特二城时降陆,从事破坏工作"之后,英德两国官方都表示此种"外国消息"并不确实,而据昨日德国官方的郑重否认,则以为此项消息系英方所"虚构"的了。

不管这是那一方面弄的玄虚,但英国境内有德国降落伞发现是事实,至于是否有伞无兵,只好让它成为一个谜。观乎英国境内因此而严重戒备的情形,也许是当局乘此机会,促起国人的警醒,俾得防患于未然。

实则利用伞兵作战,在防务松弛的地方,也许能够发生作用;倘以行之于戒备严密的所在,恐难有何效果可言。因此如伦敦负责方面所称德机掷下降落伞,意图扰乱英国民心,尚在情理之中。既然不过是神经战的又一手段,则柏林的否认自为当然之事,因为否则就不啻自击其类。

义向希提三要求 一九四〇年八月十八日

义希关系的紧张,造成了巴尔干方面新的严重局势。自阿尔巴尼亚国民党员霍基亚被暗杀后,义方即小题大做,指为希腊人所为,借端对希大肆抨击,并以收还阿国失地为口号,鼓吹希腊领土的变更;另一方面,更指责希腊左袒英国,破坏中立。据柏林消息所传义国向希所提要求,包括:(一)废止英国所提供维护希腊领土完整的保障;(二)重行勘定希腊与阿尔巴尼亚两国疆界;(三)修正希腊与保加利亚的边界线,使保国获得通爱琴海的港口。其用意已昭然若揭。

希腊今日已成为英国在巴尔干残余势力的仅存硕果,因此义方之亟图获得对希的控制,实为完成巴尔干清一色局面的必然步骤,像霍基亚被杀这一类根本不足重视的事件的被过分煊染,正是不择手段的表示,中国人在回想到抗战以前日方借端取闹的许多"事件"时,也许对此将作会心的苦笑;就是希腊驱逐舰希尔号被鱼雷炸沉一事,虽尚无确切证据可咬定为义方所为,但如义方以之任意诬咎于英国,不也令人兴"如出一撤"之感吗?

越南所遭的试探　　一九四〇年八月十九日

日方对越南的神经战，到了最近，已经无所不用其极，而法国当局究将如何应付，也成为各方面一致严密关切的焦点。法日间谈判已决定移维希举行，日方将再度提出曾为越督拒绝的三项无理要求，包括（一）日军得通过越南至滇越铁路；（二）日军占领越南若干飞机场；（三）日方得运用越南海军根据地。

上述要求，法方倘竟予以接受，则势必引起下列严重局势：第一，中国为自卫计必将遣派军队开入越南。第二，越南人民平素同情中国，法当局如对日作此种可耻的屈服，必将激起人民的反抗。第三，日方所传泰国拟以武力向越索还失土之说，虽尚未能轻予置信，但日本对泰国本有极大野心，近日已提出四项无殊于亡国的条件，泰国如尊重自身的主权独立，对于日本在越获得实际上的控制权，自将感唇亡齿寒的威胁，势必起谋对付；反之，泰国如甘心投入日本怀抱，则在日人指使之下，乘机向越南割尝一脔，也未始不可能，那时越南内有日方势力的盘踞，外有邻邦的窥伺，其处境必将更形危殆。

要避免上述严重的后果，唯有力守坚决立场，拒绝日方任何要求。我们相信日方对越的狰狞面目无非是一种虚声恫吓，在现状况下，他们既没有力量另开战场，同时也决非德义所能赞同。即使他们不顾一切地蛮干，则中国军队凭其雄厚的力量，必能以全力应援，使来犯的日军遭到严重的打击。

一波三折的接防问题　　一九四〇年八月二十日

驻沪英军撤退后，所遗防区中的乙区，原定由美军接防，可是终于决定改由万国商团暂时接防。我们对于此事所由深为扼腕的，不是因为不信任万国商团维持该区内治安秩序的能力，而是因为公共租界当局终于不能不有这个更改。

工部局公布此项决定后，因闻知美军接防而如释重负的一般市民，自将重新发生惊疑忧惧。但有一点他们应该认清的，就是目前这一个接防问题，并未告一段落，美日两国政府已在华盛顿及东京为此事分别进行直接交涉。美国对日的态度一向是硬朗而坚决的，过去迄未有何妥协退让的表示，此次亦自必根据平日立场，不稍予以假借。我们深信美国为了履行她保护自身及各国在远东合法利益的重责起见，必将力主维持原来由美军接防的决定。在交涉未有结果前，租界内每个市民都该以镇静的态度，注视事态的发展，任何不必要的惊惶，徒足使市面摇动，适中野心者的阴谋，都是应该竭力避免的。

送别安诺德先生　　一九四〇年八月二十一日

美国驻华商务参赞安诺德先生在华任职三十八年，毕生精力，几全部尽瘁于促进中美贸易的工作上，两国商业关系之能达到如今日这样美满的成就，先生之功实不可没。因为在华时间的久长，他对中国的认识与同情，尤备极深切，华人各界对他的敬爱，实非幸致。现在他因辞职退休，行将离沪返国，骊歌待发，曷胜依依！

中美贸易的发展，必须以美国一向所主张的维持中国领土主权完整与门户开放二大原则为基础，现在此种理想，已因日本所唱的"东亚新秩序"而受到空前的威胁，任何第三国连美国在内的商业利益都有随时随地被野心者排斥的危险。在此严重的试探时期，正需要更多像安诺德先生一样经验宏富热心干练的明达之士维持中美两国间的联系，共同抵御一切外来的阻碍，可是先生在这时候离其素所挚爱的中国以去，实为两国所将共同感到的损失。

可是我们深信先生的后继者必能克绍典范，负起先生所未竟的艰钜；而先生在返国后，本其多年履华的宝贵经验，必能随时以意见贡献其政府国人，协助中美贸易的顺利发展。过去先生对于唤起国人对华的同情，卓著辛勤，今后我们更希望他能以亲身所阅历到的抗战中的中国的实情，多多传达给美国的民众。

因为环境上的不方便，我们不能亲与别筵，表示我们的敬意，但我们敢以上列的区区之意，为先生饯行，并祝先生的健康！

日机滥炸平民区域 　　一九四〇年八月二十二日

英伦上空的空战，虽然参与作战的飞机数达二千以上，战况之激烈骇人听闻，然而我们并未听到如何重大的死伤人数的宣布；同时交战国互相飞往敌境轰炸，目标亦仅以有关军事的设备为限。战争虽然根本上是残酷的，但我们如以欧洲的空战与日机的一味滥炸平民区域两相对照，文明与非文明的分野，更可以看得出来了。

本来空军的作用，其一在掩护陆上部队的进攻，其二在破坏敌方的军事设施，此外据说还可以造成敌方民众的恐怖心理，摧毁其继续抵抗的勇气。日军进攻重庆，事实上既无此可能；历次的大举轰炸，华方军事设备不仅无甚损失，且其轰炸的主要目标亦显不在此；则其意在屠杀平民，妄冀华人因畏战而接受奴隶式的和平，已无疑问。

是的，无数无辜的平民妇孺，是在日机的炸弹下丧生了，原来生息繁茂的住宅区，熙往攘来的商业区，都化成一片瓦砾场，然而日方"武装亲善"的使命果能达到了吗？灾区的人民，目击其庐舍为墟，亲人惨死，孰无人心，不益坚其同仇敌忾之心，对侵略者的残忍加深其愤怒，而愈觉非抗战到底无以雪此奇恨？在中国政府有计划的事先撤退事后救济下，富于毅力的灾区民众，定将愈经磨练而愈为坚强，以其全力支持抗战，协助建国大业的完成，而今日的瓦砾上，必将出现更有活力的新生的都市。

悼程振章[一]先生 　　一九四〇年八月二十三日

中文《大美晚报》编辑程振章先生遇暴以后，伤重不起，终于前日撒手长逝。稍具人心者，无不痛恨暴徒的罪恶，对程先生致其敬悼；而在服务于新闻界的我们，因为感到像程先生这样忠实于新闻事业的人，正是同业中最好的典范，不幸惨死，哀念之情，尤难自已。

熟悉程先生者，都说他是一个沉默寡言，不与外事，根本没有政治色彩，惟知在本位上努力的新闻从业员。对于这样一个手无寸铁的文人，暴徒们必欲置之死地而后快者，也许因为程先生太重视新闻记者神圣的天职，不愿违背正义良心，而与他们同流合污的缘故；但我们推测暴徒们最主要的动机，还是在于想用这种一再使用而失效的卑劣的手段，直接威胁程先生所服务的《大美晚报》，间接恐吓全市拥护正义的新闻界同人。

像这种企图，不仅令人愤怒，且亦幼稚无聊得可笑。《大美晚报》自开始发行以来，即以立场的严正，报道的正确，取得广大读者的信仰。在恶劣的环境中，它屡次成为暴徒们破坏的目标，前乎程先生而牺牲者，已有朱惺公张似旭二先生，但该报曾未因受此种打击而更易其一贯的铮铮的态度。此次程先生的遇狙，当然也决不会使该报改变初衷，达到暴徒们所预期的目的的。

至于全市新闻界同人，在当前艰难的处境下，本来明知随时随地，生命安全都有遭遇危险的可能，然而经过这几年来的磨练，已经使每个人变得更刚强了。为了发挥新闻的使命，传扬人间的正义，他们都能以不屈不挠的精神，与恶势力相抗争，任何威胁，在所不顾，以往如是，今后亦仍必如是，死了一个同志，不仅不能使他们胆寒，反而因为感到自身责任的加重，而倍增其奋斗的勇气。

这种奋斗决不是徒然的，因为正义的力量必有一天胜过暴力。

【一】程振章：上海《大美晚报》国际版编辑，一九四〇年八月十九日被敌伪枪杀，受重伤，二十一日去世。

日外务省"惊人之举" 　　一九四〇年八月二十四日

日本召回大批驻外使节（包括驻美法土等国大使在内），论者谓为"日本外交史中的创举"，实则我们看来，仍不过一套戏法而已。自从新外相松冈[一]就任后发出了所谓"大东亚新秩序"的一响大炮后，仍无实际的作为自见于世人，"刷新的外交"不过是一句空洞的口号，和轴心国加紧合作喊得半天响，使人奇怪的是到今尚无具体的行动表示。因此像这次使节的调动，除了掩饰国人耳目，

一九四〇年九月一日
至一九四二年十月三十一日

故作惊人之举外，决无何等意义可言。

据《朝日新闻》的说法，以为"日本对英美将采强硬之外交政策，可于外务省及外交界排斥亲美及亲英份子一层见之"。大概这次召回使节，便是"排斥亲英美份子"的结果吧？然而外交官奉令驻外，无论其个人态度如何，要当以政府的意志为依归；倘因驻德义的使节为"亲英美份子"而加以撤换，则犹有可说，但如谓因政府抱亲德义政策而驻英美大使必须由亲德义派充任，那就是匪夷所思了。

也许日本外交当局的想法，以为如此"惊人之举"，必能使英美方面发生日本已在积极走德义路线的印像，从而和缓其对日的态度，给她以更大的让步。如果他们以为这样果能诱令英美入彀，那未免把人家看得太轻了。归根结柢说一句，这仍不过是日本外交苦闷中的一种无聊的举动。

【一】松冈：即松冈洋右，时任日本外务大臣，主张强硬外交，提出"满蒙是日本的生命线"，因此"侵略满洲有理"。他大肆鼓吹侵略扩张思想，自始至终参与了日本对中国与亚洲的侵略，并促使日本与德国、意大利结盟。战败后，作为甲级战犯在远东国际军事法庭的公审中病死。

一吨炸弹的"神威"　　一九四〇年八月二十五日

日机连续不断轰炸重庆及其附近，平民死二千余人，财产损失达美金一百万元，这一种血淋淋的事实，中国人民将永远铭刻不忘。但日方所得的"收获"，果能抵偿他们所付的代价吗？

据中国官方估计，自五月十八日至八月十四日止，日轰炸机袭击重庆先后凡三千三百架，掷弹二千五百吨，被华方击落之日机六十四架，共计日方消耗约达美金四千七百万元。

日方以一吨炸弹击毙中国民众一人，就双方物质损失而论，比例为四十七对一。我们从此一事实上，不能不钦佩中国政府防空措置的得宜，能在日机盲目滥炸下，减少平民的死伤数至最少限度，使日方所得远不偿所失。

至于日机轰炸所得的精神上效果，即所谓"摧毁中国民气"这一点，则我们早已说过，是完全等于零的。中国人是一个不易动怒的民族，但一旦被激，则其誓死不屈的精神，亦远非其他民族所能及，滥肆轰炸是不能使中国民族屈膝的。

美国准备参战　　一九四〇年八月二十六日

"美国迟早必须参战！"这一无可避免的事实，似乎逐渐为一般美国人所明白，正如美国《陆海军》杂志所说的，"只有盲目的人才不能看出美国正在向参加世界的争斗之途迈进"。

现在美国所等待的，就是自己国防布置的赶速完成，最近如与加拿大的缔结联防，西半球英属岛屿的谈判租借，都是对付西欧方面着着准备的表征。但美国所需要对付的，不仅在西欧方面，同时尚有远东方面的日本。美国对日不稍假借的态度，正与英国不惜在枝节上一再退步相反，日本方面虽屡有向美示好，希望解决两国间悬案之意，而美国始终坚持非恢复侵华军事发动前的原来状态，什么都谈不到，这正足以看出美国所希望的，不是目前的局部妥协，而是最后的总解决。

欧亚两洲战事都已快要晋达最后决胜的阶段，美国不能自外，必将在这两个战争中担任一决定性的角色，那时也就是两方战事正式合成一个世界大战的时候。目前在欧洲的英国，与在亚洲的中国，处境之艰苦，仿佛相类，但果能持之以坚忍，必有拨云雾而见青天的一日。所望英国当局，能明白中英两国甘苦相共的深切关系，虽然在忙着应付德义的时候，犹能勉力自保在远东的立场，勿作令仇者快而亲者痛的举动，则将来总清算的一天到来，中国的胜利自必也是英国的胜利。

迟迟其来的德国"闪电战"　　一九四〇年八月二十七日

德国空军一再大举袭击英伦，似乎并未获得他们所预期的效果，但也不能就此认为"闪电攻击已告失败"。我们对于闪电战一名词的究应如何解释虽还无疑问，但仅凭空中的袭击，决不能完成军事上的最后目标，却是极显然的。在空军大批出动下，德国海陆军并未同时并进，然则此举的用意，与其谓为开始闪电战，还不如认为加于英国的一种恐胁。对付此种恐胁，英国已经以英勇而镇静的态度，予以答复了。最近英机的飞袭柏林，更可证明英国空军不仅足以防御敌机的侵入，且有余力向敌方实施报复。

德义方面的表示，则谓"攻英第一幕业已完成，而正式攻击尚未开始"。宣传已久的"闪电战"，如此迟迟其来，居然还要分第一幕第二幕，似与"闪电"二字的意义未符。德国不于此时强渡海峡，借飞机坦克大炮的威力，一举而攻占英伦，不久雾迷三岛，海峡风涛日恶，德国的"闪电战术"，当更难于施行。时间站在英国的方面，不久，人们将不仅认识英国作战的意志，且将体会英国作战的实力了。

应已饱受教训了！　　一九四〇年八月二十八日

本市公共租界当局为了防止恐怖事件一问题，特于昨日邀请各有关方面举行会议，商讨警务上的合作办法。在邀请之列者，除了法日两总领事外，所谓"市长"的傅筱庵亦为出席人之一。租界当局与伪方发生直接关系，这已经不是第一次，我们也深知租界当局有难言的苦衷在内，但我们仍愿在这时候不惮词费地大声指出，该傅筱庵所代表的所谓"市政府"，乃与租界有关各国政府所从未加以承认者，工部局以之为交涉的对手，不特有损中国合法政府的地位，且亦与其所受命的各国政府的意志相违忤。

像这种迁就现实而轻易放弃严正立场的举措，其将引起的恶果是谁都可以想像得到的。本年二月间沪西临时警务协定的成立，七月间土地局卷宗的移交，都是租界当局重大的失策。此种失策的酿成，原来的目的在以此类让步为代价，换得日伪方面的合作，以求改善租界的治安状况，但其结果，租界的治安丝毫未见改善，恐怖势焰的愈益炽烈，即其铁证。

事实的教训，是最可宝贵的，想贤明的租界当局，决不致再度加以忽视吧！

巴尔干形势又趋紧张 一九四〇年八月二十九日

罗保谈判告一段落后，巴尔干纠纷总算获得局部的解决，而罗匈间的问题，迄尚牵延未决，且据最近消息，两国边界复有冲突发生，同时更令人属目的，苏罗边境也有规模相当可观的冲突，因是该方面的局势又趋紧张。苏联在此时的举动，目的何在，一时尚难测知，而罗匈两国中任何一国，如谓不得德国默许，而在此时有所发动，似乎是一件不可能的事。

按合众社匈京电所述罗匈"冲突"情形，尚不能认为如何严重，也许仅为寻常的"边境事件"，但也许可能演变而为惊人的发展。德义方面现正图以全力解决巴尔干事件，两国外长已定于日内瓦维也纳与罗匈两国作有关此问题的会谈，也许他们所准备发动的对英攻势，已遭到实际上的困难，为转移国内人民的视听起见，将重新集中注意于欧洲大陆，先巩固了自身的地位再说，果尔，则为了打开罗匈间的现有僵局，彻底澄清巴尔干的现状起见，支持任何一国以迫令其他一国让步，并不是不可想像的事；然而德义对于苏罗两国的冲突，还是无法解决。这几天之内，东南欧也许又将成为欧洲时局的重心了。

一个好榜样 一九四〇年八月三十日

这几天我们接获无数读者的来函，向我们贡献异常可贵的关于改进本报的意见，我们于深感读者感情之余，决尽我们的力量，于最近的将来予诸君以事实上的答复，并拟于日内将我们所拟的改革计划公布。

对于一部分向我们提示意见的读者，我们为略表微意起见，有赠报一月的办法。昨接徐凤吾君来函，称对于此项"酬谢"，觉得受之有愧，却之不恭，因此他想出了一个两全的办法，一面接受我们所致赠的定阅单，一面仍旧付出一个月的报费，充作寒衣代金。此种大公无私的精神，我们除了十二分的钦佩之外，简直无话可说。

一九四〇年十二月三十一日至一九四〇年一月三十一日

从读者的来函中，我们曾为了发现有如许爱护本报如此其深切的朋友而感动；从徐君的榜样上，我们更推想到我们所有的读者，爱国的热诚必不致让徐君一人占美于先。秋风起而思壮士，现在正是"孤岛"上每一个有良心的中国人表现他们对于英勇的卫国者一点心意的时候了。什么地方不可以省下几元或几角钱来，希望大家各尽力之所能，给别人看一看"孤岛"上的人心！

对应征读者的总答复　　一九四〇年八月三十一日

截至前日（廿九日）为止，我们收到读者贡献意见的信共计三百余封，限于篇幅，无法择尤登载，但下面所撮述的，也许可以代表大多数读者的意见。

关于新闻编排方面，照目前格式，无须更动（即第一版国内或国际特殊重要新闻，第二版国内要闻及以远东问题为中心之国际重要新闻，第三版国际要闻，本市重要及次要新闻则分别登第五六版）；但应随时多多插入地图照片等，以补文字之不足。

关于副刊方面，现有《集纳》《堡垒》《艺林》三种，都有继续存在及格外充实内容的必要；并应多登短小精悍的作品，而避免长篇累牍的文字。《集纳》应使之成为纯粹"大众性"的刊物；《堡垒》应多登些指导青年思想讨论各种问题介绍学术知识一类文字，而不必多费篇幅去和伪方机关报如《中华日报》之类斤斤论战；《艺林》除了电影话剧之外，京剧音乐等也该有所批评探讨，内地艺坛动态的报道，尤为需要。此外《法言》及《新医与健康》两种副刊，有的主张取消，也有一部份读者主张保留，后者大多主张多载法律常识及疾病问答等于读者有实用的东西，而尽力避免枯燥无味的专门文字。

关于其他各版，《教育与体育》应恢复原有特色；《经济新闻》应多登分析经济及市场状况之简短评论，以代替令人厌倦的数字；《通讯》栏应尽力充实内容，以补电讯之不足。

关于广告的登载，务须以不喧宾夺主，妨碍新闻为原则，并应拒登一切有毒的，欺骗的，或字句恶劣的广告。

此外，对于本报社论，大多表示满意；《小言》则有不少读者认为不应每天以一篇为限；《每周论选》，尤为读者所爱诵。以后我们为满足读者需要起见，将每日至少选登专稿一篇，或请专家撰文阐析国内国际重要时事，或转录内地报纸重要论文，或译述国内外西文报章杂志评论，总期与新闻相互发明，帮助读者的认识。

除以上所述者外，尚有其他不少可贵的意见，都已由各版负责人分别考虑，积极计划。当然因为事实上的困难，环境方面的阻碍，未必能完全达到读者的愿望，但我们决当尽我们所有可能的力量，以期无负于读者。以后读者如果随时有意见贡献，我们仍将继续加以接受或考虑。

英美远东联防的初步　　一九四〇年九月一日

美加联防的成立，及西半球英属地租借谈判的顺利进行，显示英美合作应付西欧侵略势力的努力，已经达于水到渠成之境。同时据昨天来自新加坡与华盛顿方面的消息，英当局已在新加坡迅速完成最后之防卫步骤；而美海军部则准备派遣大队海陆空军至菲列滨，这二事的不谋而合，正就是英美在远东采取平行步聚的先声，也就是久苦暴力嚣张的远东各民族所共同企予望之的好消息。

不过我们认为，英美合力共同兼顾东西两方，比较各自为政，固然好一些，但总不如分工合作之为愈。所谓分工合作者，早已有人提起过这样的意见了，即一面美国以大量资源军实供给英国，使其专心一意对德义作战，一面英国以所有远东根据地供给美国使用，监视日本的异动，如此则两国的精力都可以集中，而无后顾之忧。最近的英美行动，已经显示他们正向这一方面进行。我们深信在中国继续抗战，英美加紧合作的双管齐下之下，远东真正秩序建立的曙光已经不远了。

罗马尼亚人民反对割土　　一九四〇年九月三日

罗马尼亚在德义发号施令式的"仲裁"之下，以外锡尔伐尼亚省北部四万五千方公里的领土割与匈牙利，实逼处此，无力反抗，然其政府则既因自觉愧对国人；拟图辞职（三十一日路透社罗京电）；割让区的士兵乡民，复反对接受该项"判决"，宁愿战死该处（一日合众社罗京电）；罗国各地民众又一致反对放弃寸土，而有大示威运动发生（二日路透社罗京电）。此种人心不死的表示，在中国的"投降论者"看来，自然要嗤为愚不可及，然而稍有良知者，闻之孰不为之感动。

罗国人民此种不屈的精神，虽未必能挽回既成的局势，但至少表示了罗国民族是不甘听人宰割，供人奴役的，凭着这一点精神，即可为将来复兴的基础。他们比不上中国这样拥有广大的国土无限的人力与丰富的资源，他们更不像中国这样只须对付一个心有余而力不足的侵略国家，可是他们尚且不惜流至最后一滴血以捍卫其宝爱的国土；这自然是每一个英勇抗战的中国人民所愿申其钦佩之忱的。

又是特别戒严　一九四〇年九月四日

昨晚十时后两租界又特别戒严，两租界各交通要道，概用铁丝网堵住，其中真正原因如何，虽因两租界当局，没有正式通告，无从知其底细，但据一般推测，或许与昨日刘呐鸥[一]的暗杀案有关。在租界内，某方为欲取得借口，破坏两租界的现状与治安，过去曾行了许多苦肉计，这次究竟是否基于同一作用，明眼人自然明白，我们不愿论断，但既有足资借口的事件发生，租界当局为加紧戒备起见，上项措施，是必需的，而且是每个市民所当深表感激的。

直到现在为止，公共租界中区的接防问题，始终没有获得最后解决，有心人正可乘此机会，不择手段，求达他们预期的目的。我们想到这一点，虽觉租界交通路线的堵截，或不免稍感不便，有许多商号，或不免因此之故，在营业上，感受重大损失，但这些都是小事，我们相信上海的市民，都可因为较大的目标，忍受较小的不便，协力与租界当局合作，使宵小之徒，不得稍逞其志。

【一】刘呐鸥：即刘呐鸥，原名刘灿波，台湾台南人，作家、电影制片人，是"新感觉派"小说的最初尝试者。抗战爆发后从日本回国，一九三九年奉汪伪政府命筹办《文汇报》，任社长，报未出而于一九四〇年九月三日被暗杀。

越南严拒日军侵境　　一九四〇年九月五日

自英日缔结天津协定至滇越滇缅两路封锁以来，久陷于混沌状态中的远东局势，最近已有明朗化的趋向，而积极在向有利方面发展了。英美合作的加紧，已经显示了远东即将发生的新局面；据传中美一万万美金新借款的成立，更予中国人心以莫大兴奋；而越南法当局能一反前此的屈服态度，毅然拒绝日方盛气凌人的无理诛求，在此时此境中，尤不失为一件难能可贵的事。

据昨天所得消息，越南总督德古将军曾于滇越边境与中国军事当局会晤，力保决不容许日军在越境登陆，此事更充分证实了法国保卫越南，确具甚大的决心。此次法越态度的严正明朗，无论其是否因为德义不愿日本在这方面染指，或因华方在军事上已有严密的布置，使法方不得不熟加考虑，但对于有求必得的娇惯了的日本，这一场没趣却是不小。本来凭她实力而论，要在越南再来一次军事行动，谈何容易，派兵登陆之说，无非为恫吓的一贯技俩，今越南既有不辞一拼的表示，则她所谓六日登陆云云者，也许又将无期延期了。

德国在匈罗事件中的损失　　一九四〇年九月六日

罗马尼亚介于德苏两大之间，国王卡洛尔素有手段灵活之称，借两面讨好的政策，维持自己国家的地位。就一个小国而言，本来有不得不如此的苦衷，然而伺候上国颜色，毕竟不是一件容易的事。自从她放弃英国保证，完全投入轴心国的怀抱后，并未获得德国的照顾，在此次"公断"罗匈领土争执中，德国毫不留情地让匈牙利踌躇满志而归，孤立无援的罗马尼亚，不得不眼睁睁地看着外锡尔伐尼亚随贝萨拉比亚多勃鲁迦一起划入别人的墙圈里去。我们不难体会到罗马尼亚人民在听到祖国被出卖后的悲愤，日来连续发生的示威流血边界冲突及政局变动的诸不幸事实，虽为民气流露的自然表现，但未必能起何积极的作用。不过有一点也许我们可以提起的：这次受到损失的不仅是罗马尼亚，并且也是德国；罗国本来可以事德可以事苏，现在罗国人民既已失去对德的好感，则即使眼前未必立刻走向亲苏的路上，但将来德苏在巴尔干正面冲突的时候，德国自必不能再获得罗国的支持。

日本不顾美国警告　　一九四〇年九月七日

美国向日提出关切越南现状的照会后，据闻日本内阁举行四相会议的结果，决定不顾任何外国的警告，继续向越南施压力。从这个决议上，我们可以看出日本希望再度以暴虎冯河[一]的面目，威胁与远东有关各国使勿干预，然而日本所恃的既只有一股暴跳虚骄的吓人姿态，英美诸国实不应对之却步。对于"不顾一切"的狂妄行动，如能应之以不顾一切的大勇精神，则妄动者以卵击石，必将自悟其非计。目前尚在进行中的法日谈判，法国妥协的趋势已极显然，在这危机严重的时候，英美两国进一步的行动表示，实为急不容缓的事。

可以令我们欣慰的是，美澳联防已继美加联防之后而即将迅速成为事实，美英美加美澳间的友好条约，已于昨日分别签订，美国且已遣派专使前往澳洲，此种事实表明英美在远东合作对付侵略者的机运，已达瓜熟蒂落之候，也许日本正因为畏惧她的南进政策今后必将遭遇更大阻力，故于此时急不及待地欲在越南谋一逞；然而此时容让日本多获得一分进展，即于今后遏阻他的势力扩张时多增加一分困难，我们相信英美当局熟筹大计，必能有鉴及此。

同时，英美更须明白在澄清远东时局的工作上，中国永远是一个不可忽视的决定因素，凭着她的超人的勇气，她已经尽了最艰巨的一分责任，现在她正在伫候英美的作为，并准备以全力相赞助。英美如何方能无负于这一个英勇的友人呢？

【一】暴虎冯河：比喻有勇无谋，鲁莽冒险。暴虎，空手搏虎；冯河，过河不借助工具，即徒步涉水过河。《论语·述而》载："暴虎冯河，死而无悔者，吾不与也。"

混沌中的越南"现状" 　　一九四〇年九月九日

成为目前远东时局重心的越南，日来的消息颇极扑朔迷离之致。一般人所最感焦切的，是法方是否果已屈服在日本的威胁之下，允许日军假道滇越路攻华？自从华盛顿提出关切越南现状的照会后，法国政府的答复是"法日谈判中从未碍及越南现状"。照我们的看法，越南是一个中立地带，任何协定凡足以破坏越南之中立者，即不得谓为"未碍及越南现状"，但我们却并未听到维希政府对于允许日军借道一事有半句否认的话，所谓"该项谈判继续于最恳切空气中举行"者，其内容如何，实不能不令人发生疑问。我们希望维希政府能以明白的事实证明该项谈判确"未碍及越南现状"，因而不碍及中国的抗战。

此外据维希方面所称自河内接得的报告，谓华军曾企图越入越南境内，被法军拒阻，越南军死一人伤十人云云。在目前混沌状态中，此类耸人听闻的消息，颇易淆惑一般人的耳目，但读报者如能以常识情理来判断，即可明了造作此类消息者的别有用心。因为现今驻屯在越边的五十万华军，固然随时准备为捍卫祖国而一战，倘法方果真不顾越南的中立地位，允许日军登陆借道，则华军为先发制人起见，自必有计划地迅速出动，开入越境，任何方面的"拒阻"，均将失其效力；但在时机未到之前，华方决不致于轻举妄动，先授他人以口实。不久以前，曾有类此的无稽谣传发生，当经中国负责方面正式否认，现在仍然是这一套，也可以证明造谣者技俩的贫乏了。

戈林亲自出马 　　一九四〇年九月十日

德国对英伦所施的空中袭击，声势愈来愈猛，前天竟以四千架飞机飞英，对伦敦区域作昼夜不断的轰炸。空战中两方损失的飞机数字，按照双方公布，虽参差甚巨，但合计俱在一百架以上，战况激烈，可见一斑。在重量炸弹的无情投掷下，繁盛的伦敦城疮痍遍体，无辜平民死伤不下二千人，无家可归者举目皆是，不图中国各地人民这三年来所饱受的痛苦，伦敦民众今亦身受之，这都是拜受侵略者之赐，也是人类文明史上永难磨灭的可耻可痛的一页。

据合众社柏林电，此次德机向英伦三岛进攻，曾由航空部长戈林亲自统率，目的在"命中敌人心脏"，使英帝国归于"毁灭"，其意气诚不可一世，然我们很怀疑即使希特勒亲自出马，倾其举国所有的空军力量以临英伦三岛，是否就可以使英国"毁灭"。因为飞机的轰炸足以破坏有形的物质，但无法摧毁精神的力量。房屋财产的化为瓦砾，父母妻子的惨死非命，未必能使一个优秀国家的人民因恐惧战争而屈膝，却更足以激起他们报仇雪恨的情绪，我们读到了路透社和合众社电讯中所述伦敦市民在这次浩劫中勇敢镇定的精神，不禁连想起在日机惨炸下的中国民众，而感到至大至刚的民族精神，正是在这种磨练下更加坚强起来，即使英伦全部被炸成平地，但英国民族正和中国民族一样，是永远无法征服的。

日在越南的徬徨　　一九四〇年九月十一日

越南情势迄今尚在混沌中，法国对日的让步究达何种程度虽然尚无详确的情报，但其未能坚持一个中立国家应有的立场，似乎已成既定的事实了。再观日方，却还迟迟未在越南有何动作，当然他们必须考虑到即使在越南获得军事方面的种种便利以后，在华军随时严阵以待的状况下，侵犯中国腹地的梦想会不会遭受当头的打击，而美英相继表示注意越南现状，也不能不令日人有所踌躇。

据华盛顿方面人士的观察，"日本或将利用英国战争之机会而企图由越南狙击中国……惟必需德国对英空袭有切实胜利而后可"；又谓"在以往历史中，日本每乘美国之注意力分散之际，即在远东自由行动，但此次赫尔国务卿则已明白声言，美国之注意必不致分散矣"。对于上述的观察，我们不妨作进一步的补充，即纵使"德国对英空袭有切实胜利"，或美国因必须加紧援英而不得不"分散其注意力"，但日本如有任何异动，美国仍可运用其最有力的经济制裁武器，不发一兵一卒而制其死命，尤其不应忘却的，结集在滇越边境上的华方雄厚部队，他们是决不会因国际任何变动而"分散其注意力"的。因此日军倘果欲假道越南攻华，必将成为夜长梦多，徒劳无益的一举。

重庆的再建设　　一九四〇年九月十二日

自五月下旬起，日方经常以轰炸重庆为例行公事，足足有三个多月，重庆人民几乎每天在空袭的警备中。生命与财产的损失，这一笔账现在固无从算起，然而日方除浪费大量的本钱外，究何所得？

一面是连续不断的施行破坏，一面是咬紧牙齿的积极建设，尽管日方如何散放其中国政府准备迁都康藏边省的无稽谣言，而中国政府则已经正式定重庆永为陪都，在空袭威胁尚未完全解除之前，在那里积极计划并开始着手复兴工作了。

在政府人民一心一德之下，我们不难想像到一个更进步的新的都市在瓦砾堆上出现。日机的轰炸，不啻代为执行了去除陈旧渣滓的工作，加速了一个新生命的成长。

逗留在"孤岛"上的华人，应该感到自愧吧，当你还想到你们在内地的同胞这种可歌可泣的精神？

示弱招致攻击　　一九四〇年九月十三日

罗斯福总统在他的第一次竞选演说里，曾表示"吾人当竭全力保持美国之完整"，而保持美国完整的最好办法，不是关起大门不闻外事，乃是充分增强自卫力量，以阻止侵略势力的侵入。

罗氏谓"此时任何软弱之表示，皆足以招致攻击"。这两句话的意义是非常深切的。目前美国对侵略者不稍假借的态度，已为举世所共见，而任何国家会侵犯美国领土，至少暂时无庸过虑，因此罗氏再提出这样的警告，其目光实远烛未来。"攻击"的来源虽未明言，但一向认美国为海上假想敌，随时准备伺机而动的日本，当然尤有严重提防的必要；而制止日本任何妄动的唯一对策，即是严守坚决立场，不授之以可乘之隙。

罗氏在竞选演说里特别提出这一点，可见此种政策，已经成为全国人民共同的意向。不论他是否将再度当选连任，此种符合民意的政策，必将继续成为美国今后一切行动所遵循的南针，而非任何人所能把它改弦易辙的。

多瑙河的烦恼　　一九四〇年九月十四日

德国在维也纳召集商讨多瑙河问题的会议，就德国本身而言，这是该处英国势力退却后重起炉灶确立自身霸权地位的应有文章。然而她却有意无意地忘记了还有一位对于该方面"未能漠视"的朋友。

苏联外交委员会副委员长接见德大使，声明"苏联既为邻近多瑙河之国家，凡有关该河之决定，苏联当不得不参与其事"。这给了德国一个煞费踌躇的题目，因为事实上她不能不允许苏联在该方面"合作"，换句话说，尽管同床异梦，倘不能牺牲苏联的友谊，就只好让巨熊在卧榻之旁鼾睡。

说德苏对立尖锐化自然太早，但矛盾的存在是事实。这次是更露骨的表现，虽然在目前暂时绝少引起严重局势的可能。

桂花蒸　　一九四〇年九月十五日

中秋节汛了，在我们这繁华都市中，兴高采烈准备度佳节的固然是有，但因为天气如此之热而感到异样烦闷的，一定更多。

我们自己就是被这"桂花蒸"的酷热压得透不过气来的一群。

是为了维持租界内治安秩序的缘故吧，读者们今后将不能在我们的报上（以及其他的报上）见到"伪""傀儡""宝贝"一类字样，工部局这样通知我们；而且当我们昨天权用"魏"字代替"伪"字之后，他们也以二字音同为理由，不许再度使用。——虽则我们用这字的理由，倒并不全因它和"伪"字同音。

可是我们相信，深印在每个人脑中的是非正伪之辨，该不是任何外力所得消灭的吧？

秋后骄阳，凭借的不过是一点夏日的余威，我们虽然装不起冷气设备，更请不起读者们喝一杯清凉的冷饮，可是天高气爽会有时，暂时的热闷，大家总可以忍受一下的。

美国会通过入伍法案　　一九四〇年九月十六日

美国会经过八十六天激烈辩论的入伍法案，终于十四日由参众两院加以接受。该案辩论激烈时，曾有人主张把它延至十一月大选后加以决定。要是那种主张真被采用，美国又将空费两个月的等候时间，使东西侵略者，更多一个袭人不备的机会，这自然不是美国人民所能允许的。现在不仅以折衷方式，加以通过，罗总统且用非常手法，于该案被通过后，立即要求国会授权，成立一预算案，以现款美金十七万万余元，拨作实施入伍程序之用。从这一件事上，我们至少可以看出三点：第一，民主政治于紧急关头，也能下紧急措施，不致因空论不已而误大事。第二，美国实施这法案后，至本年十月末，立刻可有百万以上的受训男子，捍卫祖国，这在肆言对美作战的东方侵略者听了，不知作何感想。第三，美国现在的责任，不仅在于自卫，而且应当发挥大力，稳定全世界的动荡局面。现在经此新法案的实施，美国对外的发言，无疑地，将比从前有力得多，不致再像从前那样，处处受人蔑视了。这又是美国入伍法案对于国际秩序的大贡献。

河西论美日关系　　一九四〇年九月十七日

曾到美国作数度游历的日议员河西氏，最近发表一文，检讨美日两国的关系，斥责日本过去外交的过于笨拙，救济之道，应一改作风，用坦白态度，与富于情感的美国民族，作率直的谈判。我们现在，姑不问河西氏的见解，是否会受日本军阀的采纳，或被采纳了以后，能否就此解决美日两国的紧张局面，但对于河西氏议论的本身，仍不能不指出二点。

河西氏于说明坦白态度的必要后，立刻接续下去说："故我们必须向美国人说明，我们所以必须在东亚建设新秩序的真实性质与目的"。"新秩序"一词，在从前，或许还能哄骗美国人，但到现在，没有一个美国人，不明白它的涵义，是独霸东亚，排斥所有第三国人民（包括美国人民）的利益，与美国传统的门户开放政策和不承认主义，绝对不能相容，以此为前提，而欲与美国改善关系，一切将归徒然，除非日本改用最坦白的态度，即对美作战，并把美国战败了。第二，河西氏深切盼望："美日关系，无须借助于武力，而得从和平及外交捷径，谋获解决，例如立即从事谈判，使美国的油铁等物，得以运销日本，而东印度所产的锡与橡皮，亦即可输往美国"。日本所企望换得美国的油铁的，不是历年侵略政策的纠正，而是东印度的锡与橡皮，我们真不明白，日本究凭什么理由，可以目前控制东印度的产物，并于美日关系改善之后，允许它们输往美国？老实说，美日关系的不能改善，根本系于日本的这种狂妄与傲慢的神情，美国希望他改移这种神情，根本只有一个办法，那就是用巨量舰队，随时准备应变，美国已经准备好了。

几句沉痛话　　一九四〇年九月十八日

今日何日，我们以极端沉痛的心境，将这一张残缺不全的报纸呈览于亲爱的读者之前。

工部局派来的检查员严格执行他所接受的指令，除了蒋委员长的广播演说《告全国同胞》不准登载全文或节要外，并禁止登载其他有关"九一八"纪念的一切消息或评论，此外更越出工部局总裁费利浦先生七月十九日通知各报函中所规定的范围以外，连劝募寒衣献金的办法或消息都不许刊登今日的报上，使人们不得不从第四第五版上抽去此项记载。何以他们必须取缔关于这种并无政治意味，纯出市民自动乐输劝募的新闻，实令我们大惑不解。

还有什么话好说呢？

日机"改变战略"　　一九四〇年九月十八日

昨日本报载国际社伦敦电,称德空军现已不复采用集团轰炸伦敦之方法,而改用小队飞机攻袭。昨晚路透社重庆电,亦称日方现已改变其大规模密集袭击之战略,而用架数较少之飞机以维持其赓续不断之轰炸。如果这不是巧合,那么东施效颦的痕迹,未免太过于刻划求似了。

一千架二千架飞机的昼夜猛炸,不曾摧毁了英国人的作战意志,德国显然已觉悟此举对于自身是一种太大的浪费,故不得不改变策略。日本企图效法德国之所行之而未成功的所谓空中闪电战,自然更难免画虎不成之诮。中国有的是政府人民的同心协力,有条不紊的防空设备与训练,耐受任何困苦艰难的不屈精神,坚定统一的意志,和在瓦砾上重新创造新生命的勇气。过去几月中日机在重庆等处所行的轰炸,精神上既未予中国民心士气以任何影响,而华方物质上的损失,也还抵不过日方自身的消耗。所谓"大规模"袭击的效果如此,则此后"小规模"的成绩如何,更可想见,而且当日机大举来侵时,中国空军因避免无谓牺牲起见,每不肯轻于作战,但来者如为小数的日机,则适足予华机以发挥威力的机会。然则日方所谓"改变战略"云云者,恐怕不过是掩饰其空袭失败的遁辞,而预为悄然下场的地步罢了。

日军集中越桂边境　　一九四〇年九月十九日

日军在越桂边境的集中,与河内日侨的撤退,显然又是日方对法越当局加紧压迫的一种威胁姿势。本来日方的用意,原在不战而胁服越南,使之无条件接受其要求,则一方面既得控制越南之实,一方面又可示人以得到法方的同意,使国际间无话可说。

法日谈判的迄今未有结果,虽然因为羁延了日方企图的实现,已经引起了他们的焦躁与不耐,但就越南方面言,这也分明是不智之举,因为这种迁延并非表示他们的态度坚强，而相反的暴露了畏首畏尾的弱点。在法越当局的徘徊却顾中，日方正可利用时机，完成对越的军事布置，结果法方必致于欲不屈服而不可得。

为越南着想，最好的办法是立即明白表示坚决的态度，拒绝日方任何无理要求，力维越南领土主权的独立完整，并中止目前无益的谈判。这样明白表示以后，日军倘有侵犯越境的企图，中国方面必将以合力应援，自后方予以夹击；而此种显然以武力改变现状的企图，在国际间亦必将引起重大的反应，尤其素以维持远东现状为职志的美国，必能以更进一步的行动，戢止日方的野心。

日在越南的装腔作势　　一九四〇年九月二十日

法日河内谈判将告结束的前夕，日方突然有撤侨之举，日军代表团也作整装待发的姿势，如果认为这是谈判破裂的征兆，即未免太不明了日人所用的惯技了。法方的屈服，事实上已成既定之局，日方此种装腔作势，无非加紧逼迫法方俯首就范，不任其踌躇的余地，如此而已。

如果日方真预备武力夺取越南，那么他们早就可以发动了，根本无需乎讲斤头。可是他们知道可以用胁迫手段不劳而获的，如果真的用武力侵占，反而有碰壁的危险，因为第一他们必须考虑到当地驻军的抵抗，第二必须应付华方大军的迎击，而在目前的国际形势中，显然尚未能容许他畅所欲为。英国在德义的夹攻下，其地位迄未动摇，西方的战事，势将成为长期相持的局面，因此日本如欲倾向德义以便其私图，事实上不能不有所顾虑；再者英国能一日支持德义的压力，美国即可以一日有充分余裕监视远东的局势，这也是迫令日人不敢造次行动的一个最大的理由。

法方如果能看到日方的弱点，知道他们这种虚张声势的不足重视，则从速改变妥协退让的方针，把握住有利的时机使日人的梦想无法实现，现在是最后机会了。

越南准许日军登陆？   一九四〇年九月二十一日

日本对越南的声势汹汹，一再提要求，致"最后通牒"，明眼人都知道它意图乘法国无能为力的时候，利用越南为据点，实现其南进的野心。至于所谓"借道攻华"者，无论从地理的艰险或华军布置的严密讲来，都是难之又难的事，日方不过借此掩饰世人的耳目而已。

虽然如此说，但法越当局倘果屈徇日方的要求，而在越南境内给以种种便利，则尽管日方野心别有所在，但对于中国总是一种威胁，华方为自卫计，不能不迅速出以有效的行动。因此，传闻中越督业已准许日军二万五千在海防登陆一事如果为确实，华方便应立即遣派大军开入越境，正如中国王外长一再向国外声明的那样。

华军在如此情境下的行动，必将为全世界反侵略人士所赞美，因为这正如整个中国抗战一样，不仅是自卫，同时也为远东有关各国尽了协助阻遏侵略势力伸张的重责。

日向越提领土要求   一九四〇年九月二十二日

日本对越南提出第二次"最后通牒"后，忽将原提要求范围重加修改，再度压迫法方接受。同时据维希方面传出消息，称河内的日代表团已提出割让领土的要求。这证明了我们素来所持的观点，即日方对于越南的目的，借道侵华其名，而乘机实行南进其实。越南现在除屈服与坚拒外，没有中间的路。屈服则无异以领土拱手让人，坚拒则日军或将用武力强占。但走前一条路，虽欲求瓦全而未必可得，走后一条路，却不一定会得到玉碎的地步；因为那时中国固然必将以全力应援，而全世界正义舆论的力量，都将站在越南背后，美国虽然在目前未必能采取何项实际的行动，但她握有足以致侵略者于死命的武器，无论如何不能不使日本有所顾忌。即使退一步讲，日本真的岸然不顾一切，举兵犯越，越南在抵抗之后力屈而亡，但这与自动的投降有别，到世界大战结束之后总清算的时候，侵略者的"不当利得"，终必有被迫吐出的一天。何去何从，是在法越当局的自择。

美国民意的反映　　一九四〇年九月二十三日

美国共和党总统候选人威尔基前晚声称他如获当选，决以全力援助中国。我们对于威氏此种表示，虽然除了竭诚的赞许而外，并不存有何种幻想，因为照大势看来，以罗斯福总统的深得民心，连任似乎不成问题，而援助中国，即系罗氏一贯的政策，今后必将继续使之愈加积极；但这些我们暂且不讲，至少从威氏的言辞里，我们可以看出这么一点，即援助中国，实为今日美国人民一致的公意，无论是民主党也好，共和党也好，倘不能依顺这种公意，即无法获致人民的拥护。

美国人民为了正义感，为了对于中国人民的深厚的友谊，更重要的为了自身的利害关系，已经以共同的意志督促政府给予中国以援助，美国的政治家复都能深切认识援华的必要，则现在唯一应该做的事，便是迅速而有效地加紧援华，在野心者不放松每一个间隙的此刻，实无迁延踌躇的余地。不要再蹉跎了时机吧！

越南被出卖　　一九四〇年九月二十四日

在偷偷摸摸中进行了好久的法日越南谈判，终于图穷匕见，签订了两方"友好合作"的协定，从此日军可以公然驻在越南境内，并得利用越南飞机场，此外有无其他条款，虽然不得而知，但即此两项，已向人昭示"越南之完整及法国在该殖民地之主权"，究应作如何解释了。当然法国今日既已屈服于前，则此后日方无论何时，以"军事上需要"而更有任何强迫接受的条件提出时，法国更无表示异议的可能了。

协定签字之后，日军已开始堂而皇之地开入越南；如果法方坚持不让，最坏的结果也不过如此吧？所可异的，维希方面竟以此次的可耻举动，归咎于美国并未予以确切的援助。一个国家如果没有自身的立场，而必须受他人的意志行动为所左右，那还成一个什么国家？不过我们倘以这种话相责备，也许是多余的，因为这正是维希政府之所以为维希政府。

中国对于此事，不用说将有最有效的行动表示，而英美在太平洋联防工作的因此刺激而愈益积极进行，亦为必然的结论。日方巧取豪夺的"胜利之果"，不久必将为他们招致更多的烦恼。

英国应速开放滇缅路　一九四〇年九月二十五日

日本在越南的悍然发动，使欧美列邦在东方岌岌可虑的地位更遭受一层迫切的威胁。本来我们已屡次说过，日本对越的主要企图，与其说是借道攻华，无宁谓为实现南进。这种观察不久就可以有事实为之证明。

如何抵制日阀有进无已的野心，这固然有赖于美英等国的好自为之，但在它的一脚给中国拖住的时候，另一脚即使要走远，总有许多困难。岁寒然后知松柏，美英到今日该明白中国是他们同患难共甘苦的最坚贞的友人，彼此利害既然一致，则帮助中国亦即是帮助自己，起码的限度，在消极方面不应再对中国的抗战加以任何阻力。

英国在本年七月十八日屈徇日方要求，封锁滇缅路运输，这本来是一件极可遗憾的错误，差幸当时所订明的三月限期转瞬将满，英国为补赎前愆计，届期自应立即开放封锁，实无再事犹豫的余地。须知中国抗战本为一件异乎寻常的艰苦的工作，中国军民在过去三年中，已以超人的毅力战胜一切困难，滇缅路即使长此封锁，未必便令中国陷于绝境，但英国在她的远东利益备受威胁的时候，甘心舍弃一个对她最有帮助的友人，其为不智孰甚？

至一九四〇年十二月三十一日一九四〇年一月一日

我们的话——关于两租界电车公共汽车罢工事件　　一九四〇年九月二十六日

　　本市公共租界电车公共汽车相继罢工以后，法商电车公司工人亦起而响应，这不特对于全市的交通，发生异常严重的影响，即整个租界的治安，亦有引起极大问题的危机。在生活艰难的现在，工人要求改善待遇，本属无可非议，然而像电车公共汽车这类与每个市民有直接关系的公用事业，任何一方面的大意的失措，均足牵一发而动全身，我们不能不诚恳希望劳资双方能顾全公众的福利，早日觅得妥善的解决。

　　就最近所发生的各种事象观察，其中实不乏可以令人深思的地方。例如法商电车公司电车及公共汽车工人的罢工，事前毫无迹象，且公司方面亦从未接到劳方所提的要求；而所谓罢工纠察队者，其中一部分经法捕房拘去后，查明系已去职的工人，且据悉此种纠察队中，尚有俨然武装的分子；更证之以昨日贝当路口电车轨道旁安置手溜弹一事，似乎确已越出普通罢工的范围。法租界当局昨劝告市民，谓外传水电罢工谣言，幸勿轻信，这也可以反证出的确有人在那里利用机会，散播种种空气，致使租界当局，更加增多困难。

　　上海租界目前的处境，正如在风浪中飘荡的孤舟，必须每一份子合力支撑，才可渡过危局。此次罢工的是非曲直，或非局外人所能详悉，但为了租界的安全，为了公众的福利，一方面资方应充分考虑劳方的要求，从速解决这一次不幸的事件；一方面劳方应尽量缩小事态，防范不稳分子的潜入。

美金二千五百万元　　一九四〇年九月二十七日

　　华盛顿正式发表美国将以美金二千五百万元贷与中国，这是一个颇足令人注目的表示。以借款数目而论，不能说是怎样大，但这种友邦的善意，中国政府与人民定将十分感铭。尤其此事的宣布正在越南局势极度恶化的时候，实为美国今后动向的一种暗示。

中国固然欢迎外来的任何友谊的援助，但他人的援助只能认为添加自己的勇气与信心的兴奋剂，欲求最后胜利的完成，最重要的当然是自己国民的力量。以中国这样多的人民，如每个人能以节约所得，捐出一块钱来，则以四万五千万人全人口计算，美金二千五百万元之数咄嗟可办。

这决不是一句徒说而不能行的空话，举近例来说，本报所经收的寒衣代金，截至最近已逾二万元，在如此短期间内，来款又以零零碎碎不满一元的为多，然能有这样可喜的成绩，这正可表明愈是经济不十分充裕的国民，愈肯竭其所能地报效国家。现在所成为问题的只是少数重视个人享用甚于国家利益的有钱阶级，以及一部份尚未了然于节约建国理论的人民。对于前一部人，只要他们良知未泯，能够稍节糜费，自然十分轻而易举；对于后一部人，则希望大家能互相晓喻劝勉，俾能各尽其力。

附带提起一句，本报经收寒衣代金，定十月底截止，不再展延，我们希望届期能收足五万元的数字，完成上海认款总额的十分之一，这是一个表现我们的读者爱护祖国赤忱的机会，大家不要错过了。

一个建议　　一九四〇年九月二十七日

电车公共汽车罢工以后，按时办公的人不免感受影响，我们建议，各机关及公司厂家即日恢复原有钟点，则坐不起黄包车的人们早上大可安步当车，而不至延误办公时间。

美加紧对日制裁　　一九四〇年九月二十八日

美国于宣布对华二千五百万美金新借款后，复继之以禁运废铁出境，这固然可以认为日本在越南行动的直接反应，同时也是美国当局熟虑已久的预定计划的实施，但尤其不应为吾人忽视的，即美国最近的举措，不过是她的一贯的反侵略政策之更明朗的表示，也是今后将继续采取更有力行动的先声，在整个世界大局展开巨大变化的目前，无疑的太平洋局势也必将随而掀起绝大的波动，而一切的发展必然是对中国抗战有利的。

本来日本对越南的急不及待的动作，原欲乘美英联防尚未完成之前先发制人，俾得完成其南进的布置。然而正因为这一种刺激，格外加速了美英在远东方面合作的实现。自日昨德义日突然宣布缔盟后，全世界对立的阵线愈见分明，过去浑沌动荡的状态，当可廓然为之一清。我们姑仅就远东一隅而言，美国必将以更积极的刺戟加予日本，固无疑义，英国从今而后，自亦必不致于再对日本存何绥靖的梦想；在这样有利的国际环境下，中国一本初衷，卓立于世局的变幻之中而不为所动，必能贯澈其争取自身独立自由的使命，而成为奠定世界真正和平的一大基柱。

日本人的健忘　一九四〇年九月二十九日

也许日本人是一个健忘的民族，但世人却不都是健忘的。当三年余前他们发动侵华的时候，所假借的名义是防共，所向世人表示的是"尊重第三国利益"。可是到现在，"东亚新秩序"变成了"大东亚新秩序"，在积极南进的口号下，第三国利益固然连口头上尊重的价值也已不复存在，而所谓防共也者，也快要成为一个历史上的名词了吧？

一面是重派大使，竭力拉拢，央求德义居间说情，缔结三国同盟之后，则亟亟声辩并不针对苏联，可谓极陪笑脸之能事。可是沉默而冷静的苏联，会欢迎这一个前倨后恭的"朋友"吗？

在海参崴举行的苏联太平洋舰队大演习，据苏联官报称已向世人展示了苏联海军足以击退敌人的雄厚力量。这也许就是对于日人诚意求欢的一个反面答复，虽然似乎太杀风景一些。

欢迎英国的表白　　一九四〇年九月三十日

德义日三国同盟的缔结，就其本身的内容言，其旋转乾坤的力量，诚不足与一年余前的德苏协定比，然而别的不论，单就英国而言，却同样是一个重大的教训：后者使她放弃了在欧洲"绥靖"的梦想，前者使她放弃了在远东"绥靖"的梦想。

我们终于盼望到了英国的最后觉悟，英政府在前晚的对日警告中，沉痛地说出了这样一句充满了无限创伤的回忆的话："英国根据过往经验，深悟不应再对日人采取绥靖政策矣。"

根据我们的过往经验，我们不能不责怪英国见事过迟，以至自食其果不算，更为整个世界上平添了几许烦恼。往者已矣，来者可追，在目前英国的处境中，我们虽不希望她在远东采取何种雷厉风行的手段，补赎她历年来对于中国的负疚，但为了示举世以她的言出由衷起见，如期开放滇缅路，应该是一件不容或缓之举了。

泰国乘人之危　　一九四〇年十月一日

在越南事件的恶性发展中，最令人啼笑皆非的莫过于泰国的态度。该国近视的当局，在日人明显的发□之下，居然忘想分割越南的领土，据传业已准备报动[一]向越南进攻。这如果说是见猎心喜，希望分尝片脔，固然太不自度德量力；倘为助纣为虐，妄冀以此邀日方的欢心，则其患尤不可救。

越南事实上的沦亡，在泰国应该痛感唇亡齿寒的危险，即使以其国小势弱，在大风暴中无幸存之道，也唯有尽力之所能，勉维国运，今反乘人之厄，兴风作浪，实为无聊之尤。她不知道自身的命运早被圈在日本的"新秩序"内，今日越南所尝受的滋味，转瞬也会临到自己去尝受，嚣嚣者果何为乎？

如果要找一个现成的前车之鉴，那么参与瓜分捷克的波兰，不转眼间自己也被他人瓜分的这一段史实，大可供泰国当局的参考。

【一】"报动"疑为"发动"之误。

英国准备对苏让步　　一九四〇年十月二日

苏联现在已成为各方面希望与惴惧所寄集的中心，她将倾向美英吗？示好德义，而与日本获得某种程度的谅解吗？抑或将始终维持其观望态度吗？

日本对于她有切身利害的冲突，固不用说；德义和她也有无法解决的矛盾，尤其是在巴尔干方面。可是苏联与美英，过去既无实际的冲突，现在的利害更并行不悖，只要各具诚意，决无不能合作之理。

传说英国已准备将波罗的海三国【一】存入英伦银行的账款，内中包括债券五百五十万镑及黄金四百万镑，移交苏联国家银行，这也许可认为英国对苏诚意的初步表示。此款的移转，对于英国本来并非损失，即以数目而论，与英国庞大的军费较，亦殊有限，但对于两国即将进行的谈判，多少有几分帮助。

现在已经不再是互相疑忌，各怀成见的时候了，我们相信开明的英国执政诸公，这回一定不再坐失事机，重蹈过去的覆辙。

【一】波罗的海三国：指拉脱维亚、立陶宛和爱沙尼亚三国。此三国与白俄罗斯、波兰、俄罗斯接壤，是东西方来往的天然通道，战略地位十分重要，曾为沙俄帝国所控制，一九一八年脱离苏俄而独立。一九三九年八月苏联和德国签订的《苏德互不侵犯条约》及秘密附加议定书将爱沙尼亚和拉脱维亚划归苏联的势力范围，九月又将立陶宛也调整为苏联的势力范围。一九四〇年六月，苏军进占三国，支持三国的共产党成立苏维埃政府，三国于八月初并入苏联成为加盟共和国。

传中国决军事援越　　一九四〇年十月三日

香港所传中国决定军事援越的消息，截至记者属笔时为止，尚未获得负责方面的证实。中国政府倘果有此种决定，那当然并不是出人意料的事；但主要的关键，正如中国政府某官员所称，在乎越南当局有无真正抵抗侵略的决心。

中国的援越，出于仁侠动机的成分，多过于自卫措置的成分。中国凭借滇越的天险，以及严密的军事布置，本来已足击破日本任何行险侥幸的企图而有余；可是因为越南是中国的兄弟之邦，在共同利害的立场上，自不能见危不救，——如果越南决定抵抗侵略而向中国诚意求援的话。

事实上，越南早已被德国拍卖给日本，作为缔结三国同盟的代价了。自身无意志的维希政府，固然没有发言的余地；在维希统制下的越南当局，似乎也很难希望他们会坚强起来。不过越南当局是最痛苦地尝到日方无理侵压的滋味的，在忍受到了最大限度以后，也许会毅然决定一拼；则在此举世惊疑于侵略者再结盟所能引起的后果时，中越迅速成立军事合作，摧毁日方唾手占领越南的美梦，从而给它的南进政策一个迎头的打击，实不失为大快人心之举。越南当局果有这种决意吗？

英内阁更动 一九四〇年十月四日

早几天前，因为国际局势的新发展，英国内阁即有人事更动的传说，现在已经由事实予以证实，枢密大臣前首相张伯伦称病辞职，此外尚有部分的人事调整。

内阁的更动往往表示一国政策的变化。此次所传英内阁的更动，其性质固然并不特殊严重，同时在首相丘吉尔有力领导下的现内阁，必将继续坚持其对德作战的基本国策，自无疑义，但为适应瞬息万变的时局起见，必须随时考虑应付的方案。而在现阶段中，英国的外交政策尤应有积极改进的必要。英当局目前似乎已经觉悟到英苏两国间良好关系的建立，确已成为一件不容或缓的事。张伯伦的去职，可以认为现内阁廓清妥协派残留势力的表现，我们希望它从此能一扫过去自误误人的弊病，而以更年青的姿态向纯正的反侵略目标勇猛迈进。

苏联的明朗表示 一九四〇年十月五日

莫洛托夫在本年八月的外交演说中，曾经有愿与日本善意相处的表示，这所谓善意相处，亦即是苏联"人不犯我我不犯人"的一贯政策，观乎在同一演说中莫氏对于中国抗战的赞扬，可见此种表示，对于苏联的援华工作并不互相矛盾。

德义日缔盟后，德义既大作王婆，希望把苏日两国拉拢；日本因为志切南进，企图保全她在东北及华北的地位，对苏联亦极搔首弄姿的能事。因此苏联的真正意向，遂更为一般人所关切。

此种也许是不必要的疑虑，现在已经由莫斯科当局对路透社记者所作的剀切声明而清扫一空了。该项声明除了重申莫洛托夫演说中的原来政策外，更表示"苏联绝未宣布愿与日本以划分在华势力范围为条件而缔结互不侵犯条约"，这实在是对于日本所作美梦的一声午夜清钟。苏联既非志在领土，自无与日本坐地分赃之理，她的帮助中国，不仅是精神的感召，实亦为自身解免威胁，当然她决不愿意牺牲中国的友谊，而令野心者酣眠于自身卧榻之旁的。

至于所谓"日本如抱有善意，则苏联非无对日接近之可能"者，谁都知道日本的"善意"，在她没有幡然放弃她的无底野心之前，是没有人能加以信任的。

近卫向美挑战　　一九四〇年十月六日

日本近卫首相以唐吉诃德的姿态，一手持了"大东亚新秩序"的长矛，一手握着"三国同盟"的盾牌，骑在一匹泥足的惊马上，向美国悲壮地喊出了"不惜一战"的口号，然而这是他自己的声音吗？对华和南进之外，再要向美作战，日本果何所凭借？三国同盟吗？德义给了他些什么保障？作茧自缚的日本，现在是连"独立自主的外交"这一句话也说不出口来了，无论怎样大言不惭，必将为任何人所一笑置之。

近卫说："日本虽守三国盟约，然不欲无端向美国挑衅。"日本对美国的挑衅，不一而足，过去事实，历历可稽；三国盟约的缔结，谁都知道美国是它的最明显的对象，以此而谓非"挑衅"，谓非"敌对行为"，其孰信之？日本是一个以"虚声恫吓"为唯一武器的国家，美国却不是一个能被"虚声"所吓倒的国家，任何她认为自卫所必要的步骤，决不会因此种唐吉诃德式的挑战而搁置，这是可以请我们的武士近卫首相放心的。

近卫又谓"日本现设法诱引苏英美勿再援助重庆",如果日本真有此企图,那么我们所代她引为遗憾的,是她恰恰采取了相反的手段。中国的友邦加紧援助中国,正为三国同盟的一个必然的结果。

苏联国防委员长的重要表示　　一九四〇年十月七日

和美国海长诺克斯[一]所发表的"准备接受德义日三国的挑战"的演说同时,苏联国防委员长丁莫生柯也不先不后地发表了一篇意义深长的演说,称苏联边境威胁迄未解除,必须有应付任何事变之准备。语气之间,虽比诺氏较为含蓄,但所指威胁的来自何方,却极为明白。丁氏说:"第二次帝国主义的战争正将东西两方加以包围",如谓"包围"系指英美,理论上显然不能成立,但东西洋的黩武国家,则方于此时沉瀣一气,互以欧亚两洲建立"新秩序"的领导者自居;而确能给予苏联威胁的,也惟有这些国家。

自德义日三国同盟成立后,苏联负责官员正式透露意旨,这还是第一次,怀疑于苏联态度者,自此可知苏联之决不会供野心家利用。现在的问题,只是利害相同的美苏英三国,是否能确实觉悟到为了避免被人各个击破,三国实有密切携手的必要。苏联过去是集体安全的倡导者,该项主张虽因当时英法政治家的短见而不幸流产,以致酿成了目前的欧洲战祸,但其确当不易的原则,则是至今仍可适用的。

我们希望美苏二国军事当局遥遥相对的表示,不仅是一时的偶合,同时更将为两国采取协调行动的先兆。

【一】诺克斯:全名威廉·富兰克林·诺克斯,一九四〇年至一九四四年间任美国海军部部长。

泰国的登龙梦　　一九四〇年十月八日

西班牙内长苏纳罗马之行,所谈何事,迄今讳莫如深。但似乎有一点可以暂时断定，即自经内战后创巨痛深的西班牙，对于加入德义日同盟一事显然并未感到兴趣。德义之所以拉拢西班牙，原在希图她在地中海方面予英国海军以牵制，当然他们必将使用任何手段，以求贯澈他们的目的。我们虽不敢担保西班牙能在德义压力下始终维持她的中立地位，但即使她因被迫而为德义供奔走，环境使然，未始不可予以曲谅。

可是在地球的另一面，却有一个无足轻的蕞尔小国，看着东西两方极权国家的横行一世，不禁眼红，居然也会作起"登龙"的美梦来。泰国总理对新闻记者所发表"泰国有加入三国同盟之可能"的谈话，实令人为之愕然以惊，哑然而笑。她不想到她在德义的眼中，不啻渺沧海之一粟，在日人的眼中，目前固然暂时可以利用她摇旗呐喊，将来迟早是囊中物。身处危巢之上，犹作非分之想，实在是不自量力到了极点。也许因为她在英法均势下苟安了多年，不曾受到惨痛的教训，才会有这种昧于事理怪诞离奇的言行；可是弄火的结果，必然是灼伤了指头，我们实不禁为泰国的前途悲。

美国劝令远东侨民撤退　　一九四〇年十月九日

美国国务院通知日本境内、中国沦陷区内及其他远东各地的领事馆，劝告各该地的侨民撤退，这是美国政府对于日本的挑衅一个行动上的有力答复，在英国业已决定开放滇缅路的时候，美国有此表示，意义尤极重大。

从整个太平洋局势言，这是一个非常好的消息；对于中国抗战前途，更是绝大的鼓励。因为这表明了宽容成性的美国，在不吝给予日本许多反躬自省的机会以后，终于忍无可忍，而准备以破釜沉舟的决心，用实际的行动来戡止日方的妄行，即使不得已而出之于一战，亦在所不惜。美国对于侵略政策，虽然一向抱着不两立的态度，但若今次之雷霆万钧，尚属创见。同时我们看到素来对日隐忍退让的英国，也已毅然放弃过去的作风，与美国采取平行的行动。这正是中国人民自"九一八"以来热烈企望其实现的形势，也是混沌多时的远东局面由此拨云雾而见青天的先机，尤其是中国在抗战三年中掷下偌大心血的最大的收获。

地位特殊的上海，人心因此浮动，自然是不免的事。可是上海的中国民众必须认清两点：第一，在中国抗战形势更趋乐观的现在，每个人民必须以国家民族的利益为最大的前提，而个人在小范围内所遭遇的艰苦困难，则应咬紧牙关，以坚贞的意志忍受一切，好在光明不久到来，暂时的忍受决不是没有代价的。第二，租界当局秉承有关各国的意志，处理日益困难的局面，已经尽了最大的力量，市民务宜力持镇静，沉机观变，勿为当局增加困难，使在旁窥伺者有可乘之机。

现在正是上海的中国民众显示他们坚苦卓绝的精神的时候了，大众勉力着吧！

太平洋上的插曲　一九四〇年十月十日

近卫（悲壮地）：若美国仍拒不表示对于日本在东方地位之适当谅解与同情，而仍视德义日军事盟约为敌对行为，则除战争而外别无他道。

松冈（随声附和）：若美国坚欲保持太平洋原状，则日本必将与之一战。

诺克斯（凛然）：美国如遇挑战，则美海军将于公海上应之，陆军将于战场上应之。

近卫（支吾其辞）：日本新缔同盟，目的乃在避免战祸之扩大，而使建立和平加速实现。至于日本与美国间之关系，则……（沉默）

松冈（不认账）：余并未谓"若美国坚欲保持太平洋原状，则日本必将与之一战"。余为处于负责地位之外相，当不致有此种议论。此纯系美国记者之恶意造谣。可恶！可恶！

美国务院（训令远东各领馆）：所有在中国日本香港及越南之美侨，应劝令尽速返美。

赫尔：美国海军陆战队不久或将退出中国。（微笑）余不冀望日本政府发出同样撤退美国日侨之命令。

罗斯福（幽默地）：余与美国舰队总司令李却逊上将及海军作战部长黎海上将会议时，大部时间在研究地图及学习地理——东西两半球之地理。

须磨（温柔地）：远东空气甚宁静，余不解何以美国采取如此步骤。远东局

一九四〇年十月十三日
至一九四〇年十二月三十一日

势当不致因此恶化，吾人亦未考虑撤退在美日侨。

满脸赔笑　　一九四〇年十月十一日

近卫口中所说的"除战争之外别无他途"，在纽约日本总领事馆发言人的口中，却变成"任何问题可于会议桌上解决"了。论事者对于日本态度转变得如此之速，固然不胜惊异，然而如仅以欺软怕硬，一吓便倒来度量日本，却也未免小觑了日本。

日本善于虚声恫吓，但它更有一付笑里藏刀的手段。美国人是吃软不吃硬的，因此任何恫吓，必然无济于事。日方见试探失败，赶急收篷，他们以为在盛怒中的美国民众，经这么满脸陪笑一来，便会转怒为喜；然后等经过了相当时间，不妨再兴风作浪，因为他们深知美国民众在对日的反感一经消沉后，再要重新激起如火如荼的敌忾心来，不是一件容易的事。然而已经洞烛日本真正意向，并且领略过不少日方"好意"的美国人，现在还能受其欺吗？

这位发言人在说起日美关系之前，并曾提及日本与荷印即将缔结互惠商约，并谓该约"不致对美国有损害"，这尤可见日方用心的一斑，因为它一面用温言安慰美国，一面更希望美国为其柔声媚语所惑，而放任它在荷印方面的动作。日本所惧于美国的，为禁运的实施；而积极向荷印扩展，正就是抵制美国禁运的一种对策。美国的明眼人士，当然都能看出日本一旦攫占了荷印的资源以后，对美国就可以有更多反噬的机会，最好的方策，是在侵略势力尚未膨胀之前一举而击破之。

左右为难　　一九四〇年十月十二日

松冈洋右说日本与德义所订的盟约，实为一"和平公约"，这句话颇费索解，不过我们要是把他所说的"日本政府向愿与中国保持和平"一语相参证么，情不难恍悟于"和平"两字在日本政府人员口中的解释。照日本人的看法，当然为美国着想，最好是安安稳稳坐在家里，不要多管东方或西方的闲事，因为"三强公约并非针对美国"。然而不巧得很，尽管松冈舌敝唇焦，竭力想使美国深信日本对美"友好"的诚意，可是它的两位同盟者偏偏却在这个时候替它擂起鼓来，宣称"如日本对美作战，则轴心国决尽力援助日本"。这真太恶作剧了。

从德义方面说，它们的联日，一个很重要的理由便是希望日本牵制美国，使其不能以全力援英，美日冲突，本在它们的计划之中；至于日本能够从它们得到些什么援助，则是它们自己内部的事，我们不必多管。我们所怀疑的，是日本如此向美国临阵示怯，会不会使德义它们感到有点失望？

中国派戴季陶聘印　　一九四〇年十月十三日

去夏印度国民党领袖尼赫鲁的来华，曾经为艰苦奋斗的中国带来了无限的温暖，虽则为时匆匆，但已在中国人民的记忆里留下不磨的痕迹。在举世鼎沸的现在，亚洲这两个拥有最优秀最久远的文化传统的民族，一个方在为求自己的生存独立而对外来的压力搏战，一个则在谋取解放的艰苦途程中，招致了野心者的馋视，彼此的环境与奋斗的方式虽有不同，而所抱的崇高理想则并无二致，在利害上更是浑然不可分，今后树立更亲密的合作基础实为必要。

中国政府派遣戴季陶院长至印度访问，决非仅为礼仪上的酬答。以戴氏地位名望之高隆，足证中国对于印度友谊的重视。而且戴氏潜心禅悦，于印度哲学的精神具有深契，必能使这两大民族的心灵愈臻融合。过去中印文化的交流，曾经产生异样绚烂的果实，现在这两种古文化，都已在奋斗中产生健壮的新芽，倘能再度合作，必能发生彪炳世界的异彩。我们更希望由于中印的合作，更进一步而达到全体爱好真正和平拥护正义文明的亚洲民族的大携手，共同结成抵御暴力侵略的长城。

硬软穷的三部曲　　一九四〇年十月十四日

　　日本对美国挑战，是否为三国同盟秘密条款中所规定的一个步骤，我们不得而知。但在近卫松冈之伦看来，美国人民素来反对卷入战争，目前全国又在准备大选，即使以罗斯福的雄才大略，也不得不略事韬晦，以求当选连任之不生枝节，因此于此时对美发动虚攻，迫令其不干预自己的行动，实为时不可失的良机。无如他们看错了美国人的心理，美国人固然至今仍反对卷入战争，但他们业已觉悟战祸决非苟安所可避免，只有及时阻止侵略势力的扩展，才可防御更大灾祸的来临。罗斯福总统更深知争取时间的重要，故绝未因个人方面的考虑，而松弛了种种必要的防御措施；但也正惟其如此，全国人民更知只有选举罗总统连任，才可驾轻就熟，以渡过当前的危机，任何改弦更张，均非自身之利。由是，美国上下一致，答复日本的挑战，是加紧一切必要的准备，坚强地应付任何威胁。日本遭到预期意外的结果，这是它第一个失败。

　　怒目厉声既无效果，于是一变而为和颜悦色，希图借此松弛美国的注意力。可是威胁所不能动的美国，也绝非温言所能诱其入彀，撤侨准备仍在积极进行中，邮船二艘已准备急驶远东，俾便载运美侨返国。此外如继续考虑扩大对日禁运及准备派军舰往新加坡，都可以见美国一贯执行强硬政策的决心。这是日本羁诱不成的第二个失败。

　　冒险一逞，既有绝大困难；箭在弦上，复有不得不发之势，日本于是乎途穷。

报上如此载着　　一九四〇年十月十五日

　　上海日方发言人曾于八月十六日向新闻记者指出自去年一月至本年六月止的十八个月中，公共租界内共发生恐怖事件三十四起，而在日军防区内者只有一起。据我们所知，过去半月中在日军防区内所发生的日本军官及日方重要人员被袭的恐怖事件，见于报载的有下列诸事：

（一）九月二十九日下午十时，日陆军少佐矶部芳卫在北四川路武昌路口被人枪击身死。

（二）上一事件发生后十五分钟，又有一不知名的海军军官被人枪击受伤。

（三）十月六日午前十时许，日陆军见习官今井吉雄巡逻徐家汇难民区天主堂附近时，被人枪击受伤身死。

（四）十一日清晨，"上海市长"傅筱庵在施高塔路寓所，被仆人暗杀。

（五）昨日（十四日）下午六时三十分，日海军大尉军医平野涛男，海军中佐药齐，共乘军用车一辆经北四川路靶子路口时，被人开八枪未中。

这些，应当算是特别的"例外事件"吧！

传德苏军队在罗境冲突　　一九四〇年十月十六日

德义日三国现在都在竭力拉拢苏联，然而无论西方的德义，或是东方的日本，对苏联都有无法消弭的矛盾，而最近这些同盟国家的行动，也显然不能谓为足以促进他们与苏联之间的"友谊"。

德国一面派代表赴莫斯科，希图破坏苏英谈话的进行，一面却以大军侵占罗马尼亚，大有席卷整个巴尔干之势。这不用说是对于苏联的切身威胁，决非所谓"尊重苏联在近东之利益"这一类交换条件所能使苏联释然于怀。昨日路透社罗京电："传德苏军队，已在多瑙河上之格拉资城附近，发生冲突，同时，苏联已集合军队二十师于罗国边境"。倘此传闻属实，则德苏二国的关系，要勉强维持现状已属不易，遑论乎改善？

至于日本想借德义的媒介以与苏联"携手"，自然更是梦想中的梦想了。

献金声中的几件小故事　　一九四〇年十月十七日

本报经收寒衣代金，至昨日为止现款已达四万七千余元，距五万元预定目标不远。有此成绩，在我们固已可引为自慰，但我们并不相信我们全体的读者都已尽了他们最大的力量,也许在本月底截止以前,能够有远超过我们预期的数字,那将是我们最所企望的。

本埠英国人士捐献本国战时基金,曾有不少令人感奋的事,例如有人在吸香烟时,把包烟的锡纸完全积存起来,换钱捐纳,虽然为数有限,但一则每烟不忘国家,二则珍惜物力,不遗细微,涓滴奉公,都是值得我们效法的精神。在我们这次及以前历次经收献金时,也着实有几件可歌可泣的小故事,使我们对于中国的前途发生无限光明的希望。有好几位读者都是每逢纪念日必献金,从未间断过的,有一位先生的献金方法更饶意味,在"八一三"则捐八元一角三分,"九一八"则捐九元一角八分,双十节则捐十元十角,其余纪念日都仿此,恒心毅力,令人起敬。有一位女士在母亲死后,毅然把她所有的一双皮鞋卖去,把卖得的钱作寒衣捐,这也可以表明在上海这种纷华縻丽的环境中,尽有目光远大的好女儿,我们希望这种精神更能广泛地推开。

对于献金诸君,可以请他们放心的是我们在全部捐款汇齐之后,即交中国国家银行收转内地,我们本想把国家银行的正式收据,摄影公诸报端,以昭信实,但因顾及此时此地收款银行的便利,不能照办;无已,只能于将来全部款子汇出后,请会计师审核账目,再行公布。总之,我们决不辜负读者对于我们的信托之重。本来我们尚考虑到汇款内地,可以有若干升水,为献金诸君着想,能多一分钱给国家总是好的,不过因为如果办理升水,账目及手续上或易发生错乱,避免流弊起见,决定不用这办法,但我们决当以最大的小心,使读者每一滴爱国的血汗,都能化为将士身上的絮衣。

美国远东政策三原则　　一九四○年十月十八日

制日,援华,联英,这是目前美国远东政策的三个主要动向,也是代表全国民意的最有力的呼声。最近在哈佛大学名教授华伦薛维领导下,由若干大学名教授联名致函国内有声望人士,主张在东方采取下列三原则,即(一)对日绝对禁运与不准日货进口;(二)扩大援华;(三)向英国租借新加坡海军根据地。以上三点,都与我们平日的主张不谋而合,美国如决心遏制侵略的势焰,恢复远东的秩序，更进一步而奠立全世界真正的和平，则此三项基本条件，非仅理论上无可非议，且为事实上所迫切需要履行的。

值得使我们注意的是，此三原则的建议者，是美国国民中最优秀纯正而开明的代表人物，绝不是以口号相标榜博取民众拥护的政客可比，于此可以清楚看出美国民意的趋向。在一切建于民治基础上的美国，舆论的力量足以左右国家的政策，美国政府目前的措施虽远未曾完全实现"三原则"，但已在放开大步，向着这方面迈进了。

为日本叫屈　　一九四〇年十月十九日

"日本不能立即向荷属东印度前进，而与美国开战，使德国外长里宾特洛浦[一]极为不满"。——十八日伦敦电。

我们不能不为日本向里先生叫屈。英美不谅解日本的"苦心"，这是因为他们都是"自私自利"的民族，现在连盟兄也不谅解盟弟起来了，这真是从何说起？如果德国能迅速击溃英国，控制大西洋，进而予美国以直接的威胁，则日本为了与盟兄同甘共苦起见，自当尽一臂之劳，占领荷印，扫荡英美在远东的所有势力，不费力地建立起"亚洲新秩序"来，以与卐字旗下的"欧洲新秩序"掩映生辉。

然而现在仅凭一纸盟约空文，却要这一个遍体疮痍手脚被人牵住的大和武士，去和太平洋彼岸的巨人拼命，我们虽不敢断言为了对朋友的义气而自己切腹的武士道精神不会重见于今日，但从里先生的立场说，未免责望过奢，强人所难了。

【一】里宾特洛浦：当时的德国外交部部长。

不平衡的三角　　一九四〇年十月二十日

日方所传苏德义日将举行四强会议，已由苏联斥为与事实完全不符，而所谓苏日互不侵犯条约的缔结，也始终尚不过为一种猜测；同时苏联驻美大使与

一九四〇年十月十三日至一九四二年三月十一日

195

美副国务卿威尔斯，却正在积极进行美苏合作的谈话。据所谓"消息灵通人士"的指称，谓美国于此项谈话中的目的，在"获得苏联方面之公开宣言，即苏联将赓续以物质援助中国，及在远东留驻大量海陆军"；并谓"美国对于苏联发表此种宣言之希望极少，至少在苏联与日本谈判不侵条约时，必不发此宣言"。这种观察是很成问题的。苏联的态度，自八月莫洛托夫发表他的著名的外交演说以后，迄今尚无改变的征象，在目前似乎也没有急剧更张的需要。也许在美苏谈话获得圆满结果以后，她的中立政策可以修正得更有利于英美，但至少在美国与苏联并未闹得不欢而散之前，日本所寤寐求之的聊以慰情而实际对她也不会有何等利益的苏日不侵犯条约，很少成为事实的可能。

至于美苏的接近，已由美国允以机器工具售苏及以油船借与苏联运汽油等事见其端倪。当然两国如欲树立真正合作，中间尚有许多障碍需要克服，但只要两方各具诚意，此种障碍当可不成问题。一年余前，英德二国在苏联眼中本来无分轩轾，因为英国的蹉跎误事，以致被德国占了先着。但在目前，即使以纯功利的眼光看，美国比日本也显然是一个更好的主顾。

中国决心保卫滇缅路　　一九四〇年十月二十一日

据昆明电讯，缅甸公路[一]重开那天的清晨，日方曾派飞机三十六架前来，作为庆祝通车的点缀。这原来是应有之文章，日本因为无法胁吓英国继续封锁，不得已而以此发泄发泄苦闷，其情亦殊可悯。好在中国当局事前早已有完善的准备，深知日本从越南攫占空军根据地后，滇缅路遭轰炸的机会必将增多，故一切应有的防务都已布置周密，并已储积大批筑路材料，准备随毁随修。蒋委员长对于维持滇缅路交通，已下最大的决心，无论如何，不让这条国际的重要通路中断。善于轰炸非军事目标的日本飞机，它们所将遭遇的不仅是华方的严密戒备，而且还有中国民族所特有的坚韧的意志，它们除了几分"捣乱的价值"外，究能发挥多少作用，自然很成问题。

中国不是不曾有过此种经验的，中国交通部次长彭学沛氏所称"粤汉路被炸一千三百次，而该路火车仅停开三十六小时"，不是一个最亲切的例子吗？

【一】"缅甸公路"应系"滇缅公路"之误。

阻止荷印油类输日   一九四〇年十月二十二日

日本面对着态度强硬的美英，觉得无法对付，于是一面把空气缓和下来，一面却用偷天换日的手段，想从荷属东印度取得购买油类的便利。英国对于此举，事前已有防范的对策，根据英荷所订的合同，荷印全部飞机油已全由英国收买。日本虽竭力压迫荷印当局取消该项合同，但自身并无实力，全赖英美支持的荷印，要它片面废弃它与英国所订的合同，事实上当不可能。

美国对于荷印，向极关心；我们不妨说美国远东政策的改趋积极，即系自荷兰被侵后远东属地遭人觊觎的时候开始。日本如能在荷印得志，即可利用其全部资源，使美国的禁运政策失其作用。因此，日本在荷印的任何行动，不论其采取何种方式，必不能为美国所忽视。现在英荷政府已向美国要求合作保卫荷印，以作阻止油类输日的条件，此在美国责无旁贷，自必毫不迟疑地担负起这个责任来。

识时务者的下场   一九四〇年十月二十三日

世上有不少识时务的"俊杰"，然而"俊杰"可为而不可为，举傅筱庵为例。他的出处人格，大家知道得很详细，用不着多说。过去两年来，他真是一个风云儿，凭着他的八面玲珑的手段，不但深获后台老板的欢心，并且在各方面都应付得转，他的"政绩"我们不想谈，但记得本市以中立标榜的某老牌西报，曾拟之于上次欧战中比京沦陷后出任市长的曼克斯，"一个真正的爱国者"。然而这位"行人之所难行"者，始终未能获得中国人民的谅解，却真是一件无可奈何的事。今年一月中他的老婆死了，甚至于找不到一个葬身之处，而不得不把她埋在自己的园子里，这真够惨了。

然而更惨的在后面，在"恐怖份子"的横行下，这位"市长"竟成刀下之

一九四〇年十二月三十一日 至 一九四〇年十一月三日

鬼，不幸此次意外事件并不发生在租界内，以致使他失去了一个最后立功的机会，但盖棺论定，他的死确是一个损失——对于他所服务的那一方面。鞠躬尽瘁至于竟以身殉，亦可谓至矣尽矣，然而在生之日，与租界当局分庭抗礼，死后欲求在租界内出丧而不可得，好一个下场！

何必多此一举　　一九四〇年十月二十四日

据昨日《字林西报》所载北平通讯，谓日本海军因越南唾手入其掌握，颇受鼓励，同时也更显出陆军在侵华三年战中的徒劳无功；在此种相形之下，颇有"对中国停战而一意南进"的倾向。据谓他们拟向重庆中国政府提出的议和条件，大致为（一）长江流域划为非武装区；（二）华北五省"自治"，名义上主权属于中国，由日本控制全部经济；（三）承认"满洲国"；（四）各口岸设日本租界。

这在日本人看来，当然是够"慷慨"了，虽然中国政府不用说是会嗤之以鼻的，明明自己力竭而屈，却偏要对手纳款认输，只日本人才会有这种逻辑。其实这一类的所谓"议和条件"，在日方也无非旧调重弹，在他们没有悔祸的诚意之前，即使条件再"宽大"一些，胜利在望的中国，也决不会加以考虑的。

在我们看来，日本其实也无庸多此一举，因为第一，中日之间"并无战争状态存在"；第二，现在重庆的中国国民政府，只是一个"无足轻重的地方政权"，日本怎犯着自食其不与往来的前言，而与之接近？第三，他们尽可提出把中国全部领土划入日本版图的条件，南京的绅士们大概不会拒绝，何必舍近而谋远，使那些绅士们坐兴秋扇见捐[一]之悲？

【一】秋扇见捐：意思是秋凉以后，扇子就被抛在一边不用了，旧时比喻妇女遭丈夫遗弃。典出汉班婕妤《怨歌行》："常恐秋节至，凉飙夺炎热，弃捐箧笥中，恩情中道绝。"

日本在美国的"巨棒"下　　一九四〇年十月二十五日

继美海长诺克斯声称"决不对任何人绥靖"及"准备保卫美国任何领土"

以后，陆军部又下令派遣驱逐机队二队于本月底前开往菲律宾。美国的"巨棒政策"，至今已着着实现，任何善于以幻想自慰的人，都不得不接受"美国不可轻侮或玩弄"的这一事实了。

美国军备的迅速扩张，征兵的迅速实现，属地的迅速增防，在在都表示出全国上下一致的决心，使一向讥评民治国家议论庞杂，行事纡缓的人哑然失色。这和目前的日本恰成尖锐的对比。日本自从联盟德义以后，自身弱态愈益显露，与英美固已公然敌对，德义也必将觉悟其不足利用；侵华战事无法结束，南进又遭遇当前的阻力；美国对它的经济压力愈收愈紧，想从荷印找出路又无隙可乘；于是一切都是彷徨与手足无措。自欺欺人的所谓"内阁再改组"，还不过是老调，不特世人对之不会发生兴趣，就是日本人民也该已看厌了。

如果日本军人及执政者确有一点爱国家爱民族的良心，他们目前唯一的正路只有忏悔前非，束身归罪，听任人民的裁判，这还不失为武士道应有的精神。如果为了恋恋一己的权力地位，而仍朦蔽国人，一意孤行，则前进后退，皆为绝路，势必至于把自己和国家的命运一起牵入无底的深渊之中不止。

希特勒礼贤下士　　一九四〇年十月二十六日

希特勒亲自到法西边境晤法朗哥[一]，如此降尊纡贵，不能不令当之者受宠若惊。然而惴惴不自安的法朗哥，当然会知道这位嘉宾的欲望如果不能满足，一转眼间就会变出怎么一付脸色来的。

希特勒显然觉得仅仅有一个墨索里尼壮他声势，尚嫌不足，于是拉过了精疲力竭的日本，再来拉一个不得不听他吩咐的西班牙，甚至于连自己手下的败将法国也不肯放松，硬要叫他也出来临阵。如果希特勒真的非有这些"与国"为助不为功，那么我们对于他的胜利的前途实在不能不怀疑。

【一】法郎哥：时任西班牙国家元首，法西斯主义独裁者，现一般译为佛朗哥。

美国的眼睛　　一九四〇年十月二十六日

罗斯福总统与赫尔国务卿会谈最近远东与欧洲的情势后，总统秘书欧莱告新闻记者，谓"汝等应目光左右兼顾"。的确，美国的地位太重要了，过去因为疏忽的缘故，已经纵容了侵略者的坐大，今后自不能不把眼睛格外睁得大些，尤其不能顾了这一面忘了那一面。好在美国是民治国家，每个人民都有一双明亮的眼睛，不患顾视之不周；不比在独裁国家里人民给少数野心家蒙住了眼，只能盲目地向着不可知的命运乱闯。

日本报纸的忘形　　一九四〇年十月二十六日

日本报纸因为史丹林将延见建川，雀跃若狂。一国新任大使和驻在国领袖会晤，对于这样平常的事也会如此忘形，可见日本相思之苦。他们难道忘记了史丹林是"洪水猛兽"吗？

无独有偶的奇谈　　一九四〇年十月二十七日

据说，德国将令维希政府出面要求美国调停欧战，这是奇谈，因为维希政府弃友降敌，既非交战国，又非超然的中立者，自身根本没有立场可言，怎么有资格要求美国调停？

据说，日本又拟利用前驻华德大使陶德曼，向中国提出和议，这又是奇谈，因为德国漠视中国的友谊，甘与日本党附，显已处于与中国敌对的地位，怎么有资格调停中日战争？

和平攻势年年有，目前种种空气的传播，发生于一方面德义攻英受挫，正在布置阵容，再图一举；一方面日本拿到了德义的空头支票，换得了美英的实心巨棒，侵华既难脱身，南进又多阻碍的时候，其为散放烟幕，别有用心，不言可知。

我们为德义日他们着想，总觉得他们那种和平攻势的战术，还有修改得更巧妙一点的必要。

并非恶意的希望　　一九四〇年十月二十七日

华盛顿方面苏联官场已向美保证苏联对华援助必继续不辍。这消息的重要性，不在于"苏联继续援华"这一点，因为这是苏联官方早已屡次声明过，无庸更置疑虑的；值得特别注意的，是美苏立场，至少对于中日事件上已完全一致。我们希望在此种情形下缔结的《苏日互不侵犯条约》（如果它是会产生的话），能够对日本有"很大的"利益！

太上老君在此　　一九四〇年十月二十七日

江浙一带民间传说，谓野鬼每年于阴历七月十三日出外寻食，七月十八为返墓之期，是日所有人家都紧闭大门，各人深居简出，以免引鬼入门或惹鬼上身。今天某一定时间，将有店家关门打烊的事情，不知为了什么？

梦与冷水　　一九四〇年十月二十八日

"苏联掌握欧洲未来锁钥之主人，与素以'敢作敢为'著称之建川中将晤谈，必有非常之结果，可断言也。"这是日本《都新闻》对于二十六日"史丹林与建川之会晤"所构成的一个缥缈的梦，我们在读了这几句话之后，也仿佛有飘飘然之感。

可是史丹林毕竟是一个"谜"，从斯芬克斯的嘴里，又吐出了一个"否认"："日本报纸刊载报告称，史丹林将于廿六日与日大使建川会谈，塔斯社由官方授权声明，此项报告与事实并不符合"。

这一盆冷水，未免浇得太那个了。当然我们还要看看这位"敢作敢为"的建川中将，能作出一些什么"非常之结果"来。

一个"光荣协定" 一九四〇年十月二十八日

希特勒与贝当会谈之结果，据维希方面宣称，谓并未涉及领土之割让，惟目前之"区域制度"将有所变更。所谓"区域制度之变更"者，指"索姆河东北之德国占领区域继续由德方占领，惟目前全部由德方控制之法海岸，将缩减为南至波尔多为止广二十千米之区域"。大概这一类占领区域是既成事实，因此谈不到割让二字。

从表面上看来，这次希特勒颇为迁就，也许是一种羁縻手段吧？可是并非外交谈话的法国阁议，居然会有德国的外长列席，这大概是两国亲密合作的又一表示了。

助人即自助 一九四〇年十月二十八日

赫尔说："倘有人认为美国无援助中英两国之必要，则其人实无异于放弃其义无反顾之自卫权利。"这两句话是应该大书特书的，因为这正是蒋委员长所说"中国不仅为自卫而战，同时亦为友邦的利益而战"。美国认识了这一点，则今后中美两国更密切的合作，已经绝无疑问了。

日军"自动撤退"南宁　　一九四〇年十月二十九日

桂南华军猛烈反攻的结果，已接连克复了南宁龙州明江绥渌等要地。据日军发言人说：因为南宁"已失去军事上价值"，故已"自动撤退"了。这样重要的军事重镇，当初得来不易，造成一个"王道乐土"，想来也费去他们不少的经营，现在毅然放弃，真是"慷慨"之至，然而我们设身处地，仍不禁替他们惋惜万分。我们不知道日本人民，在听了这个谈话后，将发生怎样的感想，应该不仅仅是惋惜吧！

又一个牺牲者？　　一九四〇年十月二十九日

因为希腊的"挑衅"，义大利终于"忍无可忍"，开始行动了。这不用说是所谓"地中海清除工作"的必要的一步。力弱势微的希腊，能否避免被人宰割的命运，目前唯一的希望是寄于英国的援助上。英国前曾对希腊提供保障，且希腊如落入敌手，英在地中海地位将更削弱，故无论为不失信用，或为本身的利益起见，都不能坐视不救。那么，地中海的大战怕要爆发了吧？

土耳其已增调精锐部队加强西北边境防务，今后将采何种措施，当然也很可注意。不过在苏联态度未显明前，轴心国对近东或者暂时不致动手。

自由的子孙！　　一九四〇年十月二十九日

越南自对日屈服后，每况愈下，简直已沦于为日人鹰犬的地位。最近在日方指挥之下，一再扣留载运货物原料至中国的美轮，并擅行拘捕美国商家的华人雇员。这不仅加深对于华人的刺激，同时也为美国所不容忽视的敌意行为。据说日方宣传越南事实上已割让日本，事实上我们看不出现时的越南和割让区有何区别。

尤其可笑的，河内当局为了掩饰自身的丑态，屡次捏造中国军队越境被击退的消息，以自鸣其"威武"。爱自由崇义侠的法兰西子孙，给希特勒铁拳一击之后，果真会变化得这么厉害吗？不禁感慨系之矣！

够不够朋友？ 　　一九四〇年十月二十九日

东西侵略者成立拉唱同盟后，中美英三国的利害关系愈趋密切。中国是始终在为友邦尽力的；美国在充分认识援助中国继续作战的必要后，多少已经在行动上表示其友谊了；英国如何？中国固不存依赖外力之想，可是英国倘不愿在华人心中失去地位，该得有一些表示了。

希腊不愿受"保护" 　　一九四〇年十月三十日

义大利的风水似乎不大好，我们还记得当初他派了飞机坦克大炮，去向落后的草莽国家阿比西尼亚[一]宣扬文明，费了多少气力才算克竟大功。此次参战以后，叱咤风云，也无非借人家一点余荫。埃及打了这许多时候，总打不出一个所以然来；这在面子上不大好看，于是久已屯集在希阿边境的大军，便开始对"主权独立被英国威胁"的希腊实行"保护"了[二]。不料古代雅典爱自由的风气，斯巴达尚武勇的精神，今尚流传弗坠，非但不领义国的情，反而一开手便给义军一个下马威，连义方自己也不能不承认"伤亡颇重"。虽然以形势论，希腊处境确甚危殆，但有此精神，便是民族不会沦亡的保证。现在英国已履行援助诺言，巴尔干的变化方长，轴心国企图能否一帆风顺，尚未可知，愿希腊好自为之！

【一】阿比西尼亚：现通译为埃塞俄比亚。一八九〇年，意大利入侵，强迫埃接受其保护。一八九六年，埃国王孟尼利克二世大败意军，意被迫承认其独立。 一九二八年海尔·塞拉西登基。一九三六年，意大利占领埃全境，塞拉西流亡英国。一九四一年，盟军击败意大利，五月五日塞拉西归国复位。

【二】一九四〇年十月二十八日，意大利驻希腊大使向希腊首相梅塔克萨斯提出最后通碟，要求容许意军进入希腊国土内以占领一些战略要地，被梅塔克萨斯拒绝。但在被拒绝前，意大利军队已经通过阿尔巴尼亚的边境入侵希腊，但很快被击退并逐回阿尔巴尼亚。在三个星期内，希腊境内的入侵者被清除，希军乘胜追击，意军虽然易帅及大举增援，但阿尔巴尼亚南部山区仍然落入希军手中。

自动乎被动乎　　一九四〇年十月三十日

浙东华军克复绍兴，已由中国官方公布，现在我们所等待的，是日方承认"自动撤退"的消息。

捞不到鱼的混水　　一九四〇年十月三十一日

义希战争发生，应该是给日本一个很好的向它的同盟国表示卖力的机会。希腊那样弱小，义大利那样强大，又有德国相助，日本尽可趁这个时候凑一下热闹，即使仅仅做做样子也好，横竖照他们自己的说法，"在日军开至战地以前，义国早已征服希腊"了。这样自己既毫无损失，又显出对朋友的义气，何等漂亮！可是日本偏偏推三阻四，躲避责任，一何不写意之至！照我们想来，日本迟疑于对希宣战者，恐怕还是因为希腊在远东没有殖民地之故吧？

情急的谰语　　一九四〇年十月三十一日

日本无线电广播说，驻华法德义苏四国大使联合劝诱中国改变对日政策。这种幼稚的谣言攻势，无非证明中国一贯不变的国策，已经把日本驱到了无法可施的境地。苏大使既不致如此无聊，法德义更无力影响中国政府的意志。中国在一切形势大见好转的现在，还会改变政策吗？日本用意在挑拨美英，美英亦惟有付之一笑而已。

不鸣则已　　一九四〇年十月三十一日

希腊情势危急之后，巴尔干诸国唇齿相关，义无坐视。已经投向轴心国怀抱的保加利亚，据说已向希腊保证严守中立，这总算尚不失为差强人意之举。地位比较最重要的土耳其，虽然已经对希腊表示同情，并愿给予种种物质的援助，但因尚未获得苏联的切实保证，在行动上尚不能不采取极度的审慎。但我们相信轴心国在巴尔干的进展，亦即是对苏威胁的更近一步，除非德义对她有某种程度的谅解，否则势不能长此视若秦人之肥瘠[一]的。

【一】视若秦人之肥瘠：韩愈《争臣论》："若越人视秦人之肥瘠，忽焉不加喜戚于其心。"意思是就好像越国的人看待秦国人的胖瘦，轻飘飘在他的心里没有一点喜忧的感受。

中外一辙　　一九四〇年十月三十一日

维希政府虽然竭力否认德法议和条件中曾提及领土的割让，但据路透社所接瑞典瑞士两处的情报，则希特勒所提条件，包括殖民地由德义西日四国瓜分，割让亚尔萨斯罗兰，海军根据地与舰队交轴心国使用等苛刻要求。两处情报内容完全相同，似乎并非无根之谈。投降的结果如此！

负着"献地图"使命的法奸赖伐尔[一]，正在欣欣然奔走于希特勒墨索里尼之间。汪精卫见之，定必相视而笑，莫逆于心。

【一】赖伐尔：曾任维希政府的副总理并兼国务部长、外交部长等职，因其坚定地推行亲德卖国政策，曾和当时对德国不够"顺从"的贝当产生矛盾，于一九四〇年十二月被贝当免职，但不久就在德国的干预下复职并任政府总理，此后一直左右贝当政府，贝当反成傀儡。"二战"结束后被以叛国罪处决。

兴奋的一日　　一九四〇年十一月一日

记者昨天下午二时到社，但见会计处前人头汹涌，拥挤异常，都是趁寒衣捐款截止代收的最后机会来踊跃献纳的。从他们年青而紧张兴奋的脸容上，可以看出他们不仅以此为他们应尽的义务，而且认为这是他们身为中国人民所应享的权利。他们都不是有钱的人，他们所捐纳的一块两块钱，或者是血汗所得的代价，或者是刻苦省下的涓滴，其中有不少刚领到月底的薪工，都争先恐后地慷慨解囊。这种热烈的景象，真不能不令人感动，在不到一小时的工夫，已经超过了三千元的数目；三千元不足奇，可贵的是这数目完全由零星小数集合而成。即此眼前的实事，便可证明不管别人如何企图使上海的中国人民忘怀祖国，但他们一有了机会，他们的爱国心便会自然表现出来，任何力量不能把它摧毁或遏抑下去。

本报代收寒衣捐的预定目标，由五万元提高至十万元，本来我们推测恐未必能收满此数，但在昨日一日之内，收到实款突破一万元记录，总数较十万元目标相差不足七百元。有此可喜的成绩，我们一方面感于读者诸君对本报的爱护与信任，而引以为荣，一方面更为"孤岛"的人心不死，中国的前途光明而庆幸。

同时我们尚有一个重要的消息，要向尚未利用此次献金机会略尽国民寸心的诸君报告。本市各界负责方面因鉴于此次寒衣捐运动的推行尚未充分普遍，特决定延期至十一月底截止。本报职员人手有限，工作繁忙，此次为代收捐款，已经有一位会计先生因劳致疾，本拟按照原定日期截止，不再延期，但为服务读者，并与全市各界悉力合作起见，决仍不辞烦琐，继续代收，希望未曾捐献的人，莫再蹉跎观望。尤其是有钱的人们，虽经我们一再呼号，大多仍充耳不闻，如果他们承认自己是中国人的话，那么现在是最后的机会了。

让我们高喊"孤岛"不孤，中国永生！

日本的"撤退攻势" 　　一九四〇年十一月二日

自桂南南宁等处溃退的日军，纷纷以越南为逋逃薮[一]，喧宾夺主，法国驻军望风却走，这真是一个滑稽的现象。日军向越南提要求时，不是说"假道攻华"吗？现在越南却反而成为日军由中国境内退窜的尾闾[二]，也许是他们把方向认颠倒了。

"占领越南后南宁已失去军事价值"之能否成为理由，暂时不说。华中日军开始自宜昌撤退，这和越南想来无甚关系，不知何以也会"失去军事价值"。照我们不客气的说法，那么第一个原因是不堪华军压迫，第二个原因是希图移力南进。由此而得到两个毫无疑问的结论：中国愈战愈强，最后胜利在即；日本野心不因侵华失利而自敛，美英合作制裁，不容再缓。

【一】逋逃薮：藏纳逃亡者的地方。《尚书·武成》："今商王受无道……为天下逋逃主，萃渊薮。"
【二】尾闾：古代传说中泄海水之处。《庄子·秋水》载："天下之水，莫大于海，万川归之，不知何时止而不盈；尾闾泄之，不知何时已而不虚。"成玄英疏："尾闾者，泄海水之所也。"

破坏苏日关系的罪人 　　一九四〇年十一月二日

我们已经不复听见日本报纸高唱苏日订不侵犯条约的论调了，据说好事多磨，是因为中美英三国在那里破坏离间。其然岂其然乎？中美英苏在远东利害的一致是事实，苏日在远东利害冲突也是事实，中美英固然不必借手于"破坏离间"以阻止苏日的接近，苏联也决不会因任何方面的"破坏离间"而改变其立场。这其间绝无感情用事的地方，日本胡为乎哀乐无常？

阴谋！阴谋！阴谋！ 　　一九四〇年十一月三日

日军连续"放弃"南宁宜昌等重要据点，正如《大公报》所指出，"不是日本的好意，乃是它的一个阴谋"。因为日军倘不是因为不堪华军的压迫，则即使南进有心，也未必会甘于放弃已经入手的果子，去追求毫无把握的美饵。正因为他们站不住脚，故急图脱身，同时更乘中美英合作更进一步的时候，放出"自动撤退"的空气，使美英认为中日已有媾和征象而中止对华的援助。说穿了其实不值一笑。

美英两国应该认识，中国对于日军此种在华军压力下的虚伪的慷慨，是决不承情的。即使日本再"慷慨"一些，把它的军队全部撤离华南华中不算，甚至退出华北，璧还"满洲国"，中国作战的目的并不能认为已经完全实现；因为日本军人独裁政治及其所怀抱的独霸亚洲野心一日不消灭，中国的安全仍将一日感受威胁；日本在南进计划完成以后，对于中国大陆这一块肥肉，当然仍将企图攫而有之。何况中国这次作战，除自求生存以外，更负有击破整个国际侵略阵线的神圣使命！

中国对于这二点是看得明明白白的，美英在此时际，也惟有深信中国，加紧合作，才不致中日方各个击破的阴谋。

土耳其表明态度　　一九四〇年十一月三日

义希战争正在进行中。举世属目的土耳其态度，在前日土总统在国会中宣布的政策中，有了一个明朗的表示。土总统称土国将不加入战局，但就他称英国为协约国及希腊为友国一点上，已经可以明白看出她的立场；而所云"土国决心于必要时保卫自身利益"，及"土苏二国关系极为良好"二语，更可为土国已经获得苏联支持的暗示。

英国的消防工作　　一九四〇年十一月四日

希腊以军备落后又无天险可恃的文弱小国，一旦遭强邻侵压，竟能力御狂澜，使一个领土人口六倍于己，军备二十倍优良于己的所谓堂堂大国义大利者，于作战一星期之后，仍无重大的进展，这不能不说是一个奇迹。固然这一方面是希腊民族精神的表现，但她的获得友邦支持，似无可疑。英国对希的援助，表面上似乎并不积极，但除了英军确已证实在希腊登陆而外，实际的精神与物质上的援助必不在少，因为不仅根据她给希腊的保障，有披发往救[一]的义务，抑且希腊的命运，和英国在菲洲近东及地中海上的霸权都有密切的关连。唯其如此，故决定该方面战局之结果者，将不在于陆地上义希两军的胜负，而在于东地中海英义舰队的决斗。

【一】披发往救：表示急于救援。明代张居正《答河道吴公桂芳书》载："淮扬之民，方苦昏垫，披发缨冠而救之，犹恐不及，岂能豫忧运道之难处耶！"

朋友道衰　　一九四〇年十一月四日

本市日军当局将自常阴沙来沪的德义商轮四艘扣留，并没收所载价值二百万元以上的货物，这是日本不顾交情的又一证据。德义领署称"未有所闻"，实际说明了他们的难言之苦。远在欧洲的纳粹法西当局[一]，也许还不曾尝到和日本交朋友的滋味，但他们的头脑如有清醒的一天，则他们在远东的侨民一定可以使他们认清楚一些事实。

【一】"法西当局"应为"法西斯当局"。

三气希特勒　　一九四〇年十一月五日

希特勒近来的心境一定很恶劣。

自从让日本在越南尝到了甜头后，这位同盟者却对英美掩旗息鼓，一无动静，中国境内则到处"撤退"，倒尽台型，所谓"亚洲新秩序"的领导者，不中用如此，此一气也。

义大利在东菲转战多时,一无成就;转道希腊图抄攻埃及,又想不到希腊居然不但会抵抗,而且会反攻,一世英名,丧于竖子之手,所谓"欧洲新秩序"的共同领导者,不中用又如此,此二气也。

盟兄弟的不争气,再加上英伦三岛,可望而不可即,于是乎三气交攻,难乎其为希特勒矣!

失去作用的宣传　　一九四〇年十一月五日

美国本届总统选举的结果,于今日总投票后,大致可见分晓。不愿见罗斯福连任的人们,虽明知威尔基所标榜的政纲,除内政小节而外,对外方针仍不能脱离罗斯福的范围,但他们仍然竭力宣传罗氏当选将令美国卷入战涡,其实美国人民对于这一点已不感兴趣了。威氏并未以此攻讦其政敌,而反自诩自己登台后将"加速飞机的生产",可见美国人民现在所关心的,不是如何"埋头沙里"以逃避战争,而是如何坚强应付外来的威胁。轴心国的"畏罗如虎",正是美国人民拥护罗氏的最充分的理由。

又是"撤退"　　一九四〇年十一月五日

日军自粤东汕头等处"撤退",实际上并无重要意义。因为第一,该处日军处于华军三面包围中,形势孤立,本难久守;第二,当初日军在该处登陆,用意原在封锁中国,可是现在货物尽可由香港源源输入内地,封锁的作用早已失去。

然而日人却以为再宣布一次"自动撤退",可以给第三国人一个"日军到处都在撤退"的印像,因而使人相信"中日和平确在进行中"。这一种无聊的小噱头,我们早已指出过了,明眼者当然不会为其所欺。

一个严重问题　　一九四〇年十一月五日

希望全沪华人严密注意目前正在为主权与国家尊严而向外界压力苦斗的法租界两法院的前途。请阅本日社论及第五版消息及法院问题特辑。

欢迎劳勃村先生　　一九四〇年十一月六日

公共租界工部局警务处政治部主任姚克氏已于昨日正式宣布辞职，遗缺由刑事科长劳勃村氏兼理。我们于新主任就任之初，除了竭诚恭贺，并在报纸的立场上，希望此后能与捕房方面获得更满意的合作外，谨就新闻检查一事，略为陈述我们的意见。

在原则上，我们固然竭力反对新闻检查，即在租界当局恐怕也未必以为这是一种合乎法理的措施，但在一切受"环境特殊"四字所支配的此时此地，我们惟有以最大的忍耐接受租界当局的意见，当然我们更希望租界当局也能够尽力避免种种对于我们的不必要的留难。根据过去三个月的经验，大体上彼此颇能维持良好的关系，惟尚有使我们感觉不满者，即捕房方面所实施的新闻检查，似乎缺少确定的标准与一贯的原则，往往在这一个检查员眼中认为可以通过者，别一个检查员却认为不便登载，或者甲报所登载的，却不能同样登载于乙报，这在读者的观感中是很可以引起不良印象的。

至于一个名词，在今日可无碍使用，明日便属有干禁令的事实，更使我们感到异常的惶惑。例如"抗战"一名词，原有"不得已而战"的意味；中国之对日抗战，正和英国之对德义抗战同样性质。中国所以选择这两个温和而谦虚的字眼，本在昭示国际，表明这是一个爱好和平的民族在迫不获已的状态下的自卫措施，我们实在想不出它有甚么刺眼的地方，在中国的字汇里，多的是比"抗战"更足以使人难堪的字眼。如果租界当局认为这两字足以煽动华人的情绪，"与租界治安有碍"，则不观夫在租界内公然发卖的日汪报纸，几乎每日可以找到"抗战"甚至于我们所早已不用了的"抗日"字样乎？我们本不难用其他意义相类的字眼代替，然而中国政府既已明定"抗战建国"为国策，我们实无权力随便把它改成一个非驴非马的名词。

此外有些场合，则似乎局方的检查员，不免过分"忠于职守"，或者不客气说一句，是能力不足，以致于在执行职务时，逾越寻常情理的范围。本来像一国合法政府的正式文告，绝无禁止登载的理由，为了"环境特殊"而抽去其中若干比较激烈的字句，已经是不得已的办法；倘更进一步而禁止刊载任何文告（包括毫无政治性的），甚而至于一见"蒋委员长"四字就认为内容一定有妨碍，那就未免太胶柱鼓瑟[一]得可笑了。本月三日本报所载蒋委员长对中正大学学生阐述四维八德[二]的训词，也引起检查者的疑问，就是一个最荒谬的例子。我们诚恳希望租界当局在遴派检查人员时，能选择才力足以胜任而头脑清醒的分子，至少他们应该认识上海租界尚未放弃中立地位，在重庆的中国政府为世界各国所承认的唯一合法政府，在中立者的眼光中，蒋委员长的地位正和罗斯福邱吉尔以至于日本的近卫相等。惟有一面竭力禁遏合法政府的合法言论，一面对于日人扶植下的组织所发表的种种荒谬论调，却视若无睹，这才是我们认为大惑不解的事。

当然在此种环境中，我们不能对局方过分苛求，但凡事都惟有双方互相谅解，才能产生完美的结果，让我们向着互相谅解真正合作的途上迈进。

【一】胶柱鼓瑟：指用胶把瑟上调音用的短木粘住，再去弹瑟；比喻拘泥固执而不知变通。《史记·廉颇蔺相如列传》载："王以名使括，若胶柱而鼓瑟耳。"
【二】四维八德：春秋时《管子·牧民》中提出了礼、义、廉、耻的道德标准，并称之为"国之四维"，一九三四年蒋介石发动"新生活运动"时又进行了重新解释。"八德"的提法宋代即有，后孙中山、蔡元培等提出了忠、孝、仁、爱、信、义、和、平的新"八德"，孙中山在《三民主义之民族主义》第六讲中，做了特别倡导。

关于桂南大捷 一九四〇年十一月六日

华军桂南的大捷，是日军在中国战场上总崩溃的开始，也是中国最后胜利的第一声号角，关于它在战略上的重要意义，请参看本报今日社论及《前后方》

所载《大公报》论文。

希腊大捷　　一九四〇年十一月七日

　　义大利军士一万二千名在希阿交境处被希腊军队包围俘获，阿境义重要据点柯里柴陷入希军重围中！

　　我们对于义军作战的素质本来知之有素，可是竟会阘茸[一]到如此地步，却令我们不敢相信自己的眼睛。如果"天气不好"可以成为讳败的理由，则以后应该多请几位天文学家做随军的顾问，免得再作无谓的牺牲。

　　对于"不怕天气恶劣"的希腊民族此次所表现的出人意外的英勇，我们是无庸更赞一辞了。当然英国之予以充分的援助，也是值得称道的。诗人拜伦的英灵，该在地下眉飞色舞着吧。

　　或以德国袖手旁观为疑。原因很简单，因为他要避免与苏联直接摩擦。义军倘果能完成对希腊的占领，则此一既成事实可令苏联无可如何；否则他可以出任调解，留一转圜余地。倘谓义国在发动时未征得德方同意，那是不可想像的。

　　而苏联动向之为一个不可忽视的决定因素，也是极为明白的了。

【一】阘茸：指人品卑劣或者庸碌无能，也可作名词。汉代桓宽《盐铁论·利议》载："诸生阘茸无行，多言而不用，情貌不相副。"

胜利的合奏　　一九四〇年十一月七日

　　在美洲有罗斯福总统的竞选获胜，在亚洲有华军在华南华中的光荣战果，在欧洲有希腊以寡弱敌众强，使义军陷于重围的奇迹。三大洲的反侵略势力，不先不后同时造成了重大的胜利。单是这一片浩荡的气势，已足令侵略者相顾失色，魂飞魄散了。

更重大的胜利是在后面。

功德无量　　一九四〇年十一月七日

美国红十字会应贝克博士的邀请，拨款三十五万元以上购置药物，将由纽约装运来华，经滇缅公路运入中国内地救济灾民，中国政府与人民对于此种仁风义举，自然是万分感激。滇缅路重开后，虽在日机威胁下，赖华方防务的坚强与人力的无限，运输并未受到阻碍。友邦货物药品的输入，华方自必竭全力以保护。我们想像得到这消息传至后方后，无数双渴望的眼睛，将集中于这一条西南大道上，伫侯着大士瓶中的杨枝甘露[一]。

【一】大士瓶中的杨枝甘露：大士指观音。在传统的画像中观音菩萨右手持杨枝，左手托净瓶，而瓶中的露水便叫杨枝甘露。传说中观音菩萨用杨枝沾上露水洒向世间，便会给人们带去吉祥的祝福。

苏联的惊人启示　　一九四〇年十一月八日

传德国因义军攻希失利，将遣军往援，并有准备向土耳其提最后通牒，胁其加入轴心国集团说。此说果确，则现时限于希腊一隅的战事，势将扩大范围。

苏联最高议会加里宁主席在此时宣称苏联已无法继续站于不偏不倚之地位，当然是一个惊人的启示。苏联会和英国站在一条战线上作战，也许非我们所能想像，但促使苏联改变中立地位的，显然唯有来自德义方面的压力。我们在等候着善作惊人之举的苏联的不平凡的行动。

忘记了照镜子　　一九四〇年十一月八日

东京《日日新闻》称美国人民以国运付托于罗斯福为"怪现象"，除了日本报纸以外，我们实难找到类此的"怪论"。他们指美国政策为"侵略政策"，现时国际间严重局势为美国所造成，日本须抵抗美国的"挑战"，没有一句不是自己打自己的嘴巴。照我们的看法，"未确知酿成现有事态之责任"者，恐怕只有蒙在鼓里的日本民众，而日本民众也未必是永远蒙蔽得住的吧？

蔷薇有刺　　一九四〇年十一月八日

罗马尼亚倘真与英国断绝外交关系的话，那么罗马尼亚的油田，应该又是英国空军一显身手的好对象了。德国把罗马尼亚圈入轴心，虽然是一件得意之作，但对此事却不能不感头痛。

西班牙之谜　　一九四〇年十一月八日

西班牙占领国际共管地丹吉尔港[一]，似乎将对直布罗陀有所行动，而为轴心国对西胁吓外交成功的象征。可是在西班牙军事当局宣布丹吉尔"复为西班牙城市"后，义大利却表示"认西班牙有合并该地之意"为"谬误之见"，于此可见义西二国之间，不无隔膜存在。

按西国在接管丹吉尔前，曾明白通知英国驻丹吉尔代表，义国既为丹吉尔条约签字国之一，照理亦该获有同样通知，因之义国官方的表示，不无可异。证之于日前所传弗朗哥拒绝德国借道西班牙攻直布罗陀之说，似乎西班牙最近的行动，未必一定有利于德义，英德外交之孰占上风，将于此后的发展觇之。

【一】丹吉尔港：摩洛哥北部海港，位于直布罗陀海峡的丹吉尔湾口，战略地位十分重要。丹吉尔城历史上多次受到异族人占领，一九二三年成为"国际共管区"，由英、法、西、葡、意、比、荷、瑞典欧洲八国和后来的美国代表组成共管委员会长期管辖（第二次世界大战中被西班牙占领）。一九五六年摩洛哥独立并收回了丹吉尔的主权。

戈斯默先生的身份问题 一九四〇年十一月九日

关于法租界两法院被强占事，我们在写好社论以后，复得到法总领事署发表的公报，内称"法日两国当局已就上海法租界中国法院问题成立协定，自十一月八日起，各该法院当在'南京政府'管辖之下，依照一九三一年七月二十八日中法两国关于特区法院协定之条款，行使职权。"简括地说，法总领事已把法院协定的签字对手，由全中国境内唯一合法的政府，片面地改为没有一国（包括法国在内）加以承认的日附组织了。

对于发表这公报的法总领事，我们殊不忍过分苛责，他自己在良心上的隐痛已够深了。日方于强迫法租界当局背弃其神圣的条约义务之外，复以此种手段迫令其事实上承认所谓"南京政府"的法理地位。实则尽管日方如何布置，在全世界正义人士的眼光中，他总逃不了武力侵占的责任。我们所最关心的是，不知在上海法总领事"承认"了"南京政府"以后，现今还在重庆的堂堂法国驻华大使戈斯默先生将何以自处？

希望威尔基一展抱负 一九四〇年十一月九日

罗斯福总统的三度当选，固然是顺天应人，而威尔基究亦不失为一时之杰。根据威氏所说他有办法加速国防程序的进行及"每月出产飞机千二百架一事将不足为奇"的壮语，我们极希望他能一展抱负。现在各方面已有促请罗总统任威氏以要职的呼声，而威氏在广播演说中，亦有请全国人民团结之语，我们以为倘能令威氏主持国防重任，与罗总统通力合作，则不特二难具备，而国内不少拥护威氏的人也可不致失望，因此而促成威氏所谓全国团结的真正实现。

一九四〇年十一月十三日至一九四〇年十二月三十一日

南斯拉夫的不安 一九四〇年十一月九日

南斯拉夫国防部长的易人，可以认为轴心将在南国有所发动的预兆。因为义军的不中用，德国或将不得不借道南国，助其阻止"犷悍"的希腊军队向阿尔巴尼亚进攻。南国原任国防部长纳第区将军闻说是一个民族意识极强的人，如谓辞职的原因，仅为"国籍不明"飞机轰炸南境时高射炮队并未还击，恐未必如是简单。

新的冒险 一九四〇年十一月十日

如果日军的撤退华南，可以认为日本意图南进的一种姿态的话，那么业已成立或正在积极进行的美英澳联防，应该是对付此种野心的一个更有力的答复。日本唯一应该走的路是日本军阀所不愿走的路，因此它在中国大陆上跌得头破血流之后，也许不得不再在太平洋中尝一尝没顶的滋味。

斗蟋蟀 一九四〇年十一月十日

越南泰国的争执，在我们看来正如一双蟋蟀的互斗，为他人所挑弄而不自觉。秋光老尽，迟早将堕入同一的命运，不过为已经多事的世界，添加一点小小的点缀而已。越南当局对付泰国，居然也会征召公民入伍，调集军队驻边，大有不以寸土与人的气概，可惜此种精神，表现得太迟了些。

需要指导 一九四〇年十一月十日

中政府鉴于日方的南进企图，威胁华侨在海外的事业，已设法使华侨大量投资于中国内地，这是中政府设想周密之处。不过华侨旅居外国，对国内情形多所隔膜，如无切实计划与适当指导，必有无所适从之苦，想来中国当局对于此点，必已有缜密的考虑。

苏外长定期访德　一九四〇年十一月十一日

在加里宁宣称苏联无法保持中立以后，苏联外长莫洛托夫有行将访问柏林之举，国际局势或将因此而别开生面。本来一国在无法保持中立以后的办法，不是对威胁自身安全者实行抵抗，即是彼此成立妥协。苏联在目前的处境下，也许已不得不在这二途中择取其一，但因这决定关系的重大，我们希望苏联能善加考虑。至于柏林方面所宣传德义日苏四国联合完成"世界新秩序"之说，目前尚仅能认为不过是一种宣传。苏联如果甘心放弃其举足轻重的优越地位，而自附于德义日的"骥尾"，当然不是一个聪明的办法，我们相信眼光如炬的苏联当局，决不是轻易受人牵制利用的。

悼毕德门先生　一九四〇年十一月十一日

国际政治舞台上在二十四小时内凋谢了两位重要人物，英国前首相张伯伦和美国参议院外交委员会主席毕德门。张氏绥靖主义的流毒，现在正由无数人以血肉洗刷着，也许他确是一个忠心为国的人，但一念之差，贻祸无穷，现在他既衔恨以终，我们就让他永远成为一个过去的人物吧。

毕德门先生刚巧立在和张氏相反的地位，他自始至终是一位反侵略的坚强斗士。自日本发动侵华以后，不断大声疾呼，主张实施对日禁运，并竭力促成历次的对华贷款，而美国国防程序的着着完成，亦得力于毕氏不少。他的死不仅对于美国是一种重大的损失，而中国人民失去了这样一位良友，更将感觉无限的哀悼。不过英国的绥靖主义是随张伯伦而一同死去，但毕氏的反侵略主义，则正由美国政府与全体人民努力发扬着，这是敬爱毕氏者于追惜之余，可以引为自慰的。

安诺德的快人快语 　　一九四〇年十一月十二日

"美国苟欲维持其在远东之令誉及权益，不应再公开宣称不准备在远东作战。"这是前驻沪美国商务参赞安诺德的快人快语。我们深谅美国当局尽力避免与人作战的苦心，但此种无益的表示，徒然招致野心者的轻视，使他们更加胆大妄为。安氏旅外多年，熟悉远东真相，故能剀切乎言之。

以实力对付威胁，以作战的准备答复无理的挑衅，唯有这样才可使对方知所敛迹。当近卫松冈公然向美挑战，气焰不可一世的时候，美国撤侨通知一下，便大惊失色，假惺惺地以美国此举为"可异"；实际使他们感到惊奇而惶惑的，倒并不是美国此举有何不可思议之处，而是他们想不到美国居然会真的不惜一战，使他们自己口里的"不惜一战"，变成一句不发生效力的吓人符咒。

格鲁访晤松冈，也许负有罗斯福当选连任后向日本明告立场的任务，我们希望美国能使日本彻底明了她所下的不可撼的决心，更无徘徊瞻顾的余地。日本过去从未接受美国所给她的多次反省的机会，今后只有实力才能给她一个痛切的教训。

自由市——罪犯的乐园 　　一九四〇年十一月十二日

"上海自由市计划"是许多不切实际的理想之一。今春有人提出时，我们曾就侵犯中国主权一点加以指斥。不想这计划最近又死灰复燃起来，有人在英文《大美晚报》刊登全幅广告，要求全市人士接受他的建议，而署名者则赫然为受雇于日人的瑞士籍国际巨窃惠尔特。此君已奉本国政府明令通缉，租界当局也公告捉拿究办在案，居然尚有此种豪兴，可为惊叹。我们由此始知所谓"自由市"者，原来是惠尔特一流的罪犯的乐园。

整整三年了   一九四〇年十一月十三日

上海沦为"孤岛",已经整整三年了。这三年中,上海的中国人民虽然和祖国政府暂时脱离接触,但中国政府并未遗弃上海的人民,上海人民也并未忘却他们的祖国。现在中国军事外交形势已愈趋好转,而上海的环境日非,这固然是在获得解放以前必有的一个忍受痛苦的时期,但上海人民如欲提早达到解放的愿望,就必须尽其所能,在祖国的抗建伟业中尽一分推动的力量。参加节建储蓄,乐输寒衣代金,这是在目前环境下可能尽到的义务,每一个身居上海的中国人民都不应忽略过去。

东勾西搭   一九四〇年十一月十三日

柏林正在大放德苏亲善和苏日合作的空气,而荣列于未来的所谓"四国盟约"中的日本,忽然又向美国大抛媚眼:在两国关系已呈剑拔弩张的现阶段,重新派遣"亲美"的野村使美,甚至曾向美国公然挑战的松冈外相也有访美的传说。这说明了日本外交的毫无定向,也说明了侵略集团的内部破绽。

野村在阿部内阁任外相时,日本尚未和轴心国家携手,本来大可有为,然而结果仍不免一无建树。这固然不能归咎野村,但日本在已经把美国激至忍无可忍之后,再谋重收覆水,用这些敷衍表面的小手段试图笼络,同时一方面仍积极从事南进的布置,这种"亲善"美国固然不敢领情,而希特勒看到日本向别人勾搭,小胡子气得直竖,却是不难想像的。

良好的合作   一九四〇年十一月十三日

义大利训练有素的精锐部队,给渺小的希腊打得落花流水,墨索里尼真有负希特勒付托之重。这位希元首本想由义国独当一面，占领希腊，取得地中海的控制，这样可免牵涉土保诸国，不致引起对苏的摩擦。事与愿违，徒呼负负，然而也可见轴心国合作的成绩之一斑了。

无补于事的幻想　　一九四〇年十一月十四日

本年八月间，苏外长莫洛托夫在最高议会报告外交政策，表示苏日有接近可能，但同时对中国民族的自卫战则热烈称道。

十月四日莫斯科负责方面告路透社记者，再度指出"苏联非无对日接近可能"，但同时剀切声明，苏联绝未宣布愿与日本以划分在华势力范围为条件而缔结不侵犯条约。

苏日"接近"是一件事，援助中国抵抗侵略是又一件事，这是苏联当局一贯的见解。

事实上，日本现在无力侵犯苏联，苏联更绝对无意"侵犯"日本，所谓《苏日互不侵犯条约》，无论能否通过德国的"桥梁"而成立，都不足改变远东的现状。

假定日本的幻想得以如愿而偿，还不是一场空欢喜？

腾云式的日本外交　　一九四〇年十一月十四日

据说日本建川大使赴苏就任后，只和莫洛托夫会见过一次，而且根本未谈及重要问题，这可以说明日本在苏联目光中的地位。

这时候谈美日亲善，似乎不合时宜，然而野村却被任使美了。不论日本是否因为感觉亲苏无把握，抑或企图两面取巧，美国是早已烛见其肺肝的。

不知野村之在美国，与建川之在苏联，被欢迎的情形是否将同其热烈？

不愉快的喜剧　　一九四〇年十一月十四日

希腊德使馆发言人力言希德关系"甚佳",德国对于其同盟国之军事冒险决不干涉或调解。

苏德正在进行重要会谈,德国此种奇异表示,也许是因为苏联对于义国的侵希深感不满而发。然而日本既已对义大利诿卸援助义务于前,德国复表示"死人不管"于后,铺张扬厉的苏德会谈中,更无义国的一席地,目前最需要安慰的,殆无过于墨索里尼了。

南进的"坦途"　　一九四〇年十一月十五日

德国方在以促进苏日关系为饵,诱令日本进攻缅甸新加坡荷印等地;日本因为越南得来容易,也极愿乘此从中国的泥淖中拔出脚来,另外打开一条出路,从事在他们眼中似乎是更便当而有利的冒险。因此,所谓南进也者,已经不复仅仅是一句口号了。

这里有三个使日本烦恼的问题:中国会不会放它脱身,让它在外面猎了野食回来再为害自己?美国会不会任它完成它的"新秩序",使亚洲成为它独霸的世界?英国会不会拱手放弃在远东的重大利益,而坐视德义日会师近东的计划得以实现?

答复第一个问题,是中国决心继续为抵抗侵略而作战。答复第二个问题,是美英澳太平洋的联防,与菲律宾防务的增强。答复第三个问题,是英国设立远东军区,派遣重兵驻守南洋属地。

莫测高深　　一九四〇年十一月十五日

柏林方面因为"英国及其他各国之政界人士,对于莫洛托夫访问之意义与结果,仍茫然无所知",所以"颇感满意"。我们十分佩服德国官方的作事机密,但我们希望将来会谈的内容正式发表或由行动上揭晓后,不要使世人失望,觉得它也不过尔尔才好,因为大家都在等候着葫芦里会放出些甚么了不得的惊人之药来。

来迟了一步　　一九四〇年十一月十五日

英国电台传出消息,谓驻苏日使建川已启程赴柏林,我们希望这话并不确实,因为莫洛托夫已经动身回国,建川此去,恐怕在柏林盛大的欢宴席上,连残杯冷炙也没有留剩了。

不符事实的幻想　　一九四〇年十一月十六日

对于若干人的美满幻想,以及一部分人神经过敏的猜测,苏联所给予的答复,照例又是一次"冷酷无情"的否认;苏日划分远东势力范围,没有这回事;苏联同意停止援华,没有这回事;日本与苏联已成立协定,完全与事实不符。

于是,一切的议论纷纷,一切的人言啧啧,都像经不起风吹的肥皂泡沫一样,消失了,消失了。

可怜的不用说是日本,登门自荐被冷落,央求有脚力者撮合又不成;在"同盟国"的支持下,已经束装待发,准备"南进"了,到此又将踌躇莫决了吧?

并非幻想的事实　　一九四〇年十一月十六日

和日本的处境完全相反的是中国。中国从未感到像日本目前一样急切地需要与国,因为得道多助,中国从未处于像日本一样孤立的地位。中国需要国际援助,诚然,但这些援助的作用只是帮助中国提早完成反侵略战的任务,而完成此项任务的基本力量,是寄托于中国民族的求生存自由的坚决意志与大自然所给与他们的无限广大的资源上。

而尤其重要的一点是，撇开道义的观点不论，单以功利的眼光来看，从来不曾有谁给了日本好处而不被日本反咬一口的，例子不必举了。

反过来说，谁援助中国，即是援助自己，这是所有中国的友邦早已明了或逐渐开始明了的事实。美国在忙着一面支持英国在欧洲作战，一面准备和英国共同抵御太平洋上的威胁时，仍不忽视对华援助的重要，像海长诺克斯所指出的，"美国应如目前援助英国之程度援助中国"，这正是美国当局目光远大之处。

而中国有坚强的自信，也就用不着像日本那样常常在神魂颠倒之中做着渺茫的幻梦。

日本军人是老实的　　一九四〇年十一月十七日

无论如何，日本的军人是比他们的政府及外交家老实得多。日本政府竭力辩解三国盟约并非对美；可是他们的高桥海军大将，却一语道破："日本苟无对美作战决心，如何能缔结三国盟约乎？"听厌了扭扭捏捏的外交辞令，备觉此等老实话的可爱。

高桥说："日本将视其国力与环境需要，经满洲、中国、越南、缅甸、海峡殖民地、荷属东印度……菲律宾、澳洲各处逐步迈进。"当然迈进的目标决不仅止于此，拓地愈广，国力愈丰，环境需要亦倍增，所以日本有充分的理由迈进不已。既然地球是圆的，那么他在囊括亚洲之后，自当席卷欧洲，鲸吞美洲，由是而复命天皇，完成环游世界的使命。这是在军国主义熏陶下每一个日本军人的大志。想到这里，就觉得虽然日本政府认为美国在远东方面种种行动未免多事，而我们看来倒还是必需的。

尖锐的讽刺　　一九四〇年十一月十七日

纽约《世界电讯》所载驻苏日使建川提议日方愿以英属印度划归苏联，同时苏联则将西伯利亚东部让与日本的消息，正如塔斯社所声明的"荒谬绝伦"。

不过我们虽不相信建川会如此大胆，但对于制造这消息者所加于日本民族心理上的讽刺，则不能不深为赞叹。王儿看见李儿手里的苹果，说："你给了我吧，我把隔壁陆家园里的桃树送给你。"日本人正是这样一个善于算计的民族。

为日本加油　　一九四〇年十一月十八日

荷印在美英"默认"下与日本成立煤油协定，善意地解释起来，虽可认为美英意图暂时缓和日本的南进野心，以便得有较充裕的时间积极布置；但我们倘深入一步观察，则无异是绥靖政策的再尝试，而为日本胁吓外交的一个胜利。

因为事实上的困难，太平洋上美英的防务尚未达到令敌人无隙可乘的完善，这是不容讳言的事实。然而可和这缺陷相抵销的，是日本对于南进一事，自身也是毫无把握的，否则她早可乘美英防务空虚的时候，大举前进了。美英在日本这部机件并不灵活开动诸多困难的"南进"机器上，给它注上荷印的油去，那不但使日本不费代价而达到了一部分的愿望，并且反足使她的南进更有可能。

已往不谏，来者可追，希望美英憬悟此次的失着，不再重复同样的错误。

请委托义卖诸君原谅　　一九四〇年十一月十八日

本报常常接到读者们的请求，把书籍日用品之类委托义卖，以售得之款充作献金。本来此种热心善举，我们在服务社会的立场上，无不乐于效劳，可是因为一则本报职员人手不足，不胜其烦；二则委托义卖的物品过多，闻讯者登门来买，难免有不肖之徒乘机混入，无从辨别，本报在目前环境下，不能不采取谨慎的政策。

基于上述理由，我们很抱歉地宣布以后停止接受任何义卖的委托。

为泰国捏一把汗　　一九四〇年十一月十九日

越泰两国不尽不实的所谓"边境冲突"方在一面被人渲染得有声有色，一面却又被法越当局否认为全无其事的时候，日本报纸又传出了泰国与美英缔结"秘密军事协定"的传说。从理论上说，这是很可能的，泰国果能毅然跳出日本的圈套，另谋自存之道，不失为谋国的上策，可是因为这消息是从日本传出的，我们就不能不用另一付眼光观察。

日本为要进攻缅甸，对于泰国志在必得，传播此种消息，正和它竭力煽动泰越冲突的扩大一样，目的无非在造成借口，便利自己的行动。寄语泰国，与其在这时候要求恢复失土，还不如加紧准备自己，挽救自身的危亡吧！

请汪精卫之流放心　　一九四〇年十一月十九日

中国现在上下一致决心继续作战，这是毫无问题的。而且我们相信即使如汪精卫之流也必如此希望着。因为汪氏之流尽管高唱"和平"，他们的"政治生命"却是寄生于抗建大纛的阴影下的，所以日本对中国政府求和，即使仅仅是一种试探性的姿势，也不能不令他们栗栗战惧，深恐自己已为主子所弃。

可以安慰汪氏之流的，是他们目前尚无卷铺盖的必要，因为中国政府对于日本的"和平攻势"，是一向不发生兴趣的。日本在试探失败，老羞成怒之下，也许会把他们"扶正"，因此至少在短期间内，他们还可享受一下"婢学夫人"[一]的风光。至于将来的结果，他们自己也许很知道，清算的日子是不会远的。

【一】婢学夫人：婢女学做夫人，比喻刻意去学，却总不能学得像。

一九四〇年十一月三十一日　至一九四〇年十二月三十一日

轴心国的"欧亚集团"　　一九四〇年十一月二十日

希特勒与莫洛托夫晤谈后，继之以接见义西两国外长，并将在维也纳召集义匈罗南诸国举行重要会议。照轴心国方面的说法，大规模的外交攻势是在积极展开中。在齐亚诺的机关报上，更得意忘形地高唱轴心势力将自西班牙绵亘至东京，包括苏联及所有欧州大陆国家在内，结成强大的欧亚集团，使全世界尚为英国友人者，仅余孤零零的一个美国。这真是南欧和煦风光中的一个热辣辣的美梦！

然而我们倒要分析分析这一个强大集团的内容。先以作为主要中心的德义日三国而论，义日两国的不中用是他们应该自己明白，而希特勒也一定知之有素的；具有重大影响的苏联，虽然她选取了亲德的方针，但苏义间的隔膜未易消除，苏日间的关系万难接近，何况她的一贯政策，又为不卷入战争漩涡；至于德义千方百计拉拢的西班牙，实际是被他们弄之于股掌之上的一个角色；其余在胁持下的弱国小邦，更无论矣。

这样散漫而又各自为自己打算的阵容，果能使实力充沛合作无间的"英美集团"望而却步吗？恐怕终不过是南欧和煦风光中的一个热辣辣的美梦而已！

日本对美英的神经战　　一九四〇年十一月二十日

日本现正对美英施行三方面的神经战：

在中国战场方面，以撤兵求和等姿势，胁诱美英停止援华，企图这样可使中国不得不接受他所规定的"和平"条件，然后可以放手南进。

在越南方面，努力扩大泰越的冲突，并制造美英泰成立协定的消息，以便获得口实，置泰越于完全控制之下，作为进攻缅甸新加坡的张本。

在荷印方面，除了成立购油协定一点已获成功外，仍未因美英的让步而满足，竭力鼓吹排斥美英势力，企图完成独霸的局面。

对付此种神经战略，美英只有三条路可走：以继续援华拖住欲拔不能的泥足，以坚壁深垒杜绝窥伺的野心，以绝对不妥协阻止贪婪者的得寸进尺。

第一要钱，第二要钱，第三要钱！　　一九四〇年十一月二十一日

周佛海到日本，向主子交代账目，谓在"贵国"援助下，"国府"从未发生收支不能相抵之事，足见其并不揩油浪费，忠心为主的一斑，由是而"仍盼贵国随时予以援助"，当然身为主子者不好意思推却。我们不能不佩服他的胃口之大与措辞之巧，因为他说："举国民政府费十年所成就之事业，吾人拟在五年中完成之"。这明明是暗示日本须在五年内给他十年的经费；虽然在这句话里有一个小小的语病，自称为"国民政府财政部长"，这里却以"吾人"与"国民政府"对举而言，在修辞上似乎有自露原形之嫌。

总之，周佛海说，此次来日的使命，一为"就两国今后之合作亲善，聆取贵国朝野之意见"，这是"天经地义"，也是门面话；主要的是第二个目的，"就一般经济问题征询日本财界之意见"，换句话说，要钱而已。蒋委员长批评汪精卫，说他"第一要钱，第二要钱，第三要钱"。如周氏者，诚可谓汪精卫之信徒矣！

第一造谣，第二造谣，第三造谣！　　一九四〇年十一月二十一日

日本说：日本准备与中国政府直接谈判和平；中国当局声明绝无所闻。日本说：泰国与美英缔结秘密军事协定；美英当局斥为全无根据。日本说：越南泰国发生严重冲突；越南当局对于此等谣言，以"颠倒是非，腼不知耻"八字评之。也许兵不厌诈，然如此专以造谣为事的国家，举世实罕其匹。

中国政府封锁全部中越边界，除了防止奸细的作用外，也可以认为对于日方不断制造华军侵入越南谣言的一个答复。

不光荣的蚀本生意　　一九四〇年十一月二十一日

希腊军队的愈战愈勇，或将迫令希特勒放弃其听任义大利独立解决的预定计划。不过希腊的前途虽未许乐观，但她以一个被人藐视的小国，居然需要合德义两国之力来对付，即使不幸沦亡，已经可以自荣了。而在德义方面，非但虽胜不武，而且征服一个希腊，实际对他们也毫无用处，因为英国海军的占领希腊海外岛屿，已使他们驱逐东地中海英国势力的目的无法实现了。

废纸的时效问题　　一九四〇年十一月二十二日

陈公博"接篆视事"【一】之日，宣称"沪西越界筑路成立特警问题，过去与公共租界方面所订草约，时日迁延，内中不无欠妥之点，将重行加以考虑"云云。看来公共租界当局又有得麻烦了。

据说为了"一劳永逸"起见，公共租界当局有将前此所订"临时协定"改缔"永久协定"之意，一误岂容再误，我们诚望公共租界当局顾全法理立场，不致出此。

即就常识言，工部局与傅某所订的"协定"，陈某可以认为不满，则继陈某而来的人，安知其不对于工部局与陈某所订的"协定"同样认为不满？在异己各派相争相砍下，陈某的"市长"运能否较傅某维持得更长久，还是一个问题，然则今日一纸"永久协定"，安知不会一瞬间就变成废纸？——虽然与非法机关所订立的任何协定，无论如何总不过是一张废纸而已。

【一】一九四〇年十月傅筱庵被刺杀后，由陈公博兼任伪上海市长。

不同的表情　　一九四〇年十一月二十二日

希腊总理梅泰克萨斯向英国道贺英空军在泰兰吐的重大胜利，英驻希腊公使亦代表首相邱吉尔向希腊道贺三星期来希军的战绩。在这消息的反面，我们看见希特勒的皱眉怒目，也看见墨索里尼的脸红耳赤。

虎翼欤猫爪欤？　　一九四〇年十一月二十二日

"匈牙利之加入《三国公约》，使轴心国力量大为增加"，这是墨索里尼喉舌盖达的说话。原来轴心国力量是须待匈牙利加入而始能大为增加的，匈牙利诚不愧为举足重轻的国家。

继匈牙利之后，罗马尼亚闻亦将加入，这一对同室操戈的难兄难弟，居然也会向同一目标努力了，可喜可贺！

我们等待得最心焦的，是西班牙至今尚无宣布加入的消息，自高声价吗？

揭发丑行　　一九四〇年十一月二十二日

请看今日本报第四版《教育随笔》[一]。

[一] 此日第四版的《教育随笔》栏目中报道了一个难童教养院发生的舞弊且向新闻界行贿的事件，表明《中美日报》决不与此类丑行同流合污。

英国向苏联伸手　　一九四〇年十一月二十三日

路透社十六日伦敦电称英国曾于十月二十二日向苏联提出三项建议，包

一九四〇年十一月一三日至一九四〇年十二月三十一日

括：（一）事实上承认波海诸国并入苏联；（二）保证战后任何和平方案必邀苏联参加；（三）保证英国决不加入对苏联之攻击。该项传说，在前晚英外相在上院报告外交时，已经加以承认了。照前传建议内容看来，这次英国向苏联所伸出的手不能不算很远，似乎苏联对于此种友谊的表示，也未便漠然冷视吧？

识时务者为俊杰　　一九四〇年十一月二十三日

野村使美之说，传之多时，迄未成为事实。松冈虽犹在怂恿野村出马，但野村则表示对此职位不愿接受。我们很同情野村，因为在现时而犹望作改善日美关系之努力，实无异缘木求鱼。不过再为他设身处地一想，则接受了此职也好，因为代表军部的《国民新闻》，不在敦促近卫"肃清国内亲美份子"吗？野村既有"亲美"之目，则乘此时出国，尚不失为明哲保身之一道。

三国公约的忠实信守者　　一九四〇年十一月二十三日

罗马官场人士谈《三国公约》目的，其一为"限制战事扩大，鼓励任何国家勿卷入战涡"。义大利打希腊打了三个星期，连吃败仗，叫苦不迭，德国日本至今袖手旁观，不发一兵一卒，可说充分实现了上述的目的。

侮辱式的尊崇　　一九四〇年十一月二十四日

日本名流一百五十人赞助"国际协和会"的建议，将中国抗战阵亡将士列入日本神社，"以受后世之崇敬"。据《都新闻》云：在蒋委员长领导下英勇殉国之中国将士，"实不啻为建设东亚新秩序而牺牲之烈士"。还有比这更荒谬怪诞的逻辑吗？

让那些为"献身和平运动"而就戮的汉族败类们去享受日本神社的香火吧，

忠勇的中国将士的英灵，对于此种侮辱式的"尊崇"，是唾弃之唯恐不遑的。

土耳其在警戒中　　一九四〇年十一月二十四日

继匈罗二国之后，保加利亚加入轴心集团，大致也必将成为事实。保国加入以后，第一件事不用说将为向希腊正式提出领土要求，而德国亦可因此获得借道保国助义攻希的机会。土耳其在这时候宣布在达达尼尔海峡区域一带采取警戒措置，即系对付此种局势而发。我们曾经指出从土耳其的动向，可以觇出苏联的态度。目今土耳其在德义的压力下，并未放弃原有的立场，这即可反映出在这次讳莫如深的苏德会谈中，德国并未从苏联方面取获甚大的满足。

而塔斯社昨日再度受权否认匈牙利加入轴心集团曾获苏联同意，也可以认为轴心国与苏联之间仍有极大距离的又一表征。

义大利的解嘲　　一九四〇年十一月二十五日

义希战争的最近发展，希腊反客为主的形势日益明显，北线攻陷柯里柴后，义军传已放弃巴格拉台继续后退；南线义军正自桑蒂夸兰塔要港撤退，义军主要根据地亚基罗卡斯脱隆岌岌可虑。

这是义大利向"侵略国"希腊英勇"抗战"的实绩！义大利人不愧为一个富于乐观情趣的民族，因为他们并未因屡战皆北而气沮，却正在期待着"又一光荣的胜利"——西班牙的参加轴心集团（？）。

"光荣胜利"的黑影　　一九四〇年十一月二十五日

当轴心国正在整顿阵容，准备有所作为的时候，苏联突改派人民外交委员会副委员长茅根诺索夫为驻德大使，用意何在，大可使人思索。我们颇有理由相信苏联此次改以重员使德，也许负有阻止轴心势力伸至苏联边境的任务。最近轴心国的种种布置，首先感受到影响者为土保二国，除了土耳其已表示准备应付可能的威胁外，保加利亚也有下列可注意的表示：（一）保京政界称保土关系良好；（二）保官方否认向希腊提要求及在土希边境集中军队；（三）传保王曾告希特勒，除非苏联有同样行动，或经苏联同意，保国目下不愿加入轴心集团或参与战争。这似乎证实了苏联确已对保行施压力，阻止其供轴心国利用。

然则轴心国的"光荣胜利"，恐怕又已经触上暗礁了吧？

罗总统答客问　　一九四〇年十一月二十五日

罗总统答记者问远东现状是否将予维持，称"无人能在数小时以前作预测"。美国远东政策之固定不变，是无人能加以疑问的，因之所谓"无人能作预测"者，不用说是指日本倘图作任何异动时所可能发生的变化。美国固然在可能范围内尽力避免战争，但那时为了贯彻反侵略的立场以及彻底澄清太平洋的局势起见，自必将对掀风作浪者施以应得的膺惩。

阿门！　　一九四〇年十一月二十六日

教皇庇护十二世前日借无线电作悲天悯人的演讲，痛感人类浩劫之无可挽回，惟望上帝垂怜，加以援手，言下泣不成声，热泪夺眶而出。上帝也许已经对于自作孽不可活的人类感到绝望了，但听了教皇此种呼吁以后，一定不能不深为感动；唯一无法使其感动者，只有穷兵黩武的侵略祸首而已。

野心家虽为狂妄的迷梦而泯没良知，但人类的良知决不随之而共同泯没。我们不相信上帝会援助不知自己挣扎起来反抗暴力争取光明的民族，但我们深信教皇的呼告必能觉醒一部分为狂妄的统治者所愚弄的人民；尤其是笃信天主教义，深沐教皇训化的大多数义大利民众，他们在见到他们的独裁者如何因盲目的行动而遭遇不光荣的蹉跌之后，再听到此种良心的呼声，总不能不发生若干怀疑或甚至怨愤吧！

好事多磨　　一九四〇年十一月二十七日

国际社柏林电称："自匈牙利罗马尼亚斯洛伐克与轴心国联盟以后，此间德方称：轴心国第一次之扩大，已告结束。"当然既有第一次，必有第二次，但第一次如此草草"结束"，总不能不令人大为失望。南斯拉夫究竟如何，"未能逆料"；保加利亚突然改变态度；而千呼万唤后的西班牙，也始终未见动静，使罗马所预期的"轴心国又一光荣胜利"，成为一张不兑现的支票。

最令德义懊丧的，当然还是保加利亚的表示搁置对希要求与保持非交战国地位，孙猴子居然跳出如来掌心，自非意料所及；不过苏联的意向，却已由此次间接的表示而大白。我们现在已经开始了解莫洛托夫访问柏林的"重要意义"了。

啼笑皆非　　一九四〇年十一月二十七日

尤其感到啼笑皆非的，应该是墨索里尼了。保国投入轴心怀抱既被苏联喝止，则希望中的德国借道保国助攻希腊，势必又将成为画饼。在愈战愈勇的希腊军队及再接再厉的英国援力双重压迫下的阿境义军，本已形同倒悬，也许会在一败再败之后全部解体。善于大言不惭的黑衣首相，至此必将兴"烦恼皆因强出头"之叹矣。

望洋兴叹　　一九四〇年十一月二十七日

日本有才难之叹，野村为物望所归，大命既下，勉为其难，于是乎出使美国。我们相信这位罗斯福总统的"素识"，必能尽其最大努力，以求改善两国之间的"种种"。横于野村前途的困难，不在美国而在他自己的国人方面。过去日方对于美国种种不快意事件姑置不论（当然我们也很愿听听野村如何解释三国盟约之并非意在对付美国），而在此君行将赴任之前，河内又发生美记者被捕案，甚至驻河内美领事及副领事亦成为日方考虑"步骤"之对象；同时退职海军大将中村，又在《国民新闻》放了一个主张立即与美国开战的大炮，这大概便算是欢送野村远行的起身炮吧？我们不欲怀疑野村的外交才干，因为我们深信日美关系之无法改善，不是野村所能负责的。

水到渠成　　一九四〇年十一月二十八日

盛传美国将再贷华至少美金五千万元之说，目今尚难证实，胡适宋子文二氏在访谒赫尔后，对于借款事亦未有显明表示，但我们有充分的理由可以相信胡宋二氏与赫尔会谈的结果，美国对华的实质援助必将有更积极的展开，这是可以从美国朝野一致感觉援华应与援英等量齐进一点上看得出来的；至于援助的方式，也许不一定是借款，或者不仅仅限于借款一项，但其必能大有助于中国的抗建工作，则可以毫无疑问。

中国方面曾经表示倘能从美国得到五百架飞机，即可向日方展开有力的反攻。据胡适大使的宣布，中国空军使节团刻正在美研究"空中发展"，以期调整购机事宜云云。此项透露足以证明美国协助中国增强空军，不久便可见于事实了。

南北极　　一九四〇年十一月二十八日

日本希望以野村使美来缓和美国对日反感的幻想，已经由赫尔国务卿明白点破了。赫尔说："日本如欲改善对美关系，必须根本改变其政策，若仅更调驻美大使，无补于事。"这实际也是宣布了美日改善关系的决无可能，因为主持日本国运的人，迷途已深，非到最后崩溃的时候，是决不会幡然悔悟的。

赫尔标举美国外交政策的要点，为和平、法理、公平、条约信义、不干涉他人、和平解决国际争端、公平交易、国际合作等八项；而日本的行动，则为破坏和平、蔑视法理、贪婪自私、不顾信义、侵犯他人主权、造成国际纠纷、排斥第三国权益、妄图以霸力独行其是，无往而不与美国的政策如南北极之悬隔。野村既无挽地轴的神力，其必无成就，已经是命定的了。

挣扎不起来　　一九四〇年十一月二十八日

　　焦头烂额的义大利攻希后退军队，连失阿境重要据点，丧师四师团，士无斗志，传每十人中至少有一人因图逃亡而遭枪毙，此种狼狈情状，可谓糟天下之大糕。也许是为了整饬军心，挽回颓势起见，现在要更换统帅了，然而我们很难希望这会有什么效果，因为目前义大利的敌人，不仅为善战的希腊人与雄厚的英国空军，而且还有不甘受义大利统治的慓悍的阿尔巴尼亚人，也已经乘此时机，起而与侵略者周旋了。可是最大的敌人，还是义军自身，本来养尊处优惯的，连遭败衄之后，再要希望他们振作起来，恐怕就是叫墨索里尼亲自出马统率三军，也将无济于事吧。

我们钦佩华捕顾全大体的精神　　一九四〇年十一月二十九日

　　公共租界西区华捕因薪给不敷生活，一部分曾于前晚发生罢岗风潮，经高级警员前往劝解后，随即照常上班，并未酿成严重事态。我们同情华捕诸君在目前情形下养家活口的不易，我们尤其钦佩他们顾全大体，静候当局合理解决的正当态度。

　　租界市民能在今日环境中依然安居乐业，主要自应归功于警务人员维持治安的得力，随着上海周遭情形之日渐恶化，租界警员的责任也日渐加重，我们只要一看到虽在日军武力临压下各种无法分子仍得横行无忌的各处歹土内的情形，就不能不感激租界警员的尽劳尽责。华捕为构成租界警力的基层，亦为租

一九四〇年十一月三十一日至一九四〇年十二月三十日

界安全所系的主要力量,他们冒生命的危险以保障市民的安宁,当局为之妥筹生活问题,使其得以安心工作,自属责无旁贷。我们深望工部局能尽量减缩种种不必要的糜费,多多考虑华捕生活上的实际需要。而华捕诸君尤宜一本此次顾全大体的精神,省察自身责任的重大,除向当局正式提出合理的陈请外,切勿采取任何足以扰乱市面的行动,丧失市民一向对他们所具的良好印象。在两方善意合作之下,无疑地必可在短期间内获致满意的结果。

希特勒的肖徒 一九四〇年十一月二十九日

罗马尼亚铁卫团[一]大杀异己,颇有当年纳粹暴风队的作风。首相安托尼斯柯及铁卫团领袖西玛,据说事前并无所知,事后复表示将严惩凶手,这倘不是他们有意装聋作哑,以图缓和人心,便是他们无能力统摄飞扬跋扈的铁卫党徒的证明。陆军将领已因此事提出总辞职,名义上为"独裁首相",事实上为铁卫团傀儡的安托尼斯柯,殊难希望他会采取何等有效的"严峻手段",因此也许终将不安于位,而造成清一色的纳粹势力局面。于是希特勒的恐怖政策,又一次完成了它的使命。

【一】铁卫团:罗马尼亚的法西斯组织,成立于一九三〇年,以极端反共、反民主、种族主义和反犹太主义为其政治纲领,崇武敢死,以密谋、暴力和恐怖作为主要行动手段。一九四〇年九月在帮助纳粹德国把安东尼斯库(安托尼斯柯)傀儡政府扶上台后,铁卫团首领薛马(西马)出任副首相,罗马尼亚加入轴心国。铁卫团在国内进行极其恐怖的统治,多次进行暗杀、掠夺、屠杀犹太人等活动,对安东尼斯库政权也造成严重威胁。最终薛马等铁卫团成员于一九四一年一月二十一日发动暴乱,一月二十三日被安东尼斯库派兵镇压,薛马出逃德国。

不仅是一句空话 一九四〇年十一月二十九日

美国建设金融公司主席琼斯谓"中国一日在困难中,吾人即一日希望于可能时尽吾人所能以援助中国"。这自然是中国人民所乐闻的,但我们尤其希望这句话能在不久的将来有事实为之证明,因为按照美国的能力及并不过奢的期望,美国援助中国实在并不算是怎么一回事。

防不胜防　　一九四〇年十一月二十九日

据说越南当局对有"反日思想"之法籍官民，皆以"共产党"目之，而允许日军以"防共"名义进驻西贡。甚矣哉，天下滔滔，皆共产党也，恐日军防不胜防耳！

美国不承认新秩序　　一九四〇年十一月三十日

中美新借款的形势，看来颇为顺利，大概在最近期内即可成立。当然任何物质上的援助，都是中国所需要的，但此次借款的意义尚不止此，因为这是对于日方承认汪组织的一个最好事实上的答复，表明了美国立场的坚决不移。

赤子之心　　一九四〇年十二月一日

昨日本市忽然发现许多怪标语，成人见了，不暇也不屑去理会它。但是天真烂漫的小学生们却偏看不过，立刻成群结队去撕毁，有的全部破了，有的很精致地撕去一个尾巴，剩下一面完整的国旗【一】，或一句"拥护主席"的标语，这种恰得好处的工作，是由于良心的驱使，是赤子之心的表现。耶稣说："人若不变赤子，将永不得救。"贴怪标语者听了，怎么感觉？

【一】汪伪政府的"国旗"是在原中华民国的青天白日国旗上附加一角写有"和平反共建国"字样的小黄旗，这里所说的"撕去一个尾巴"就是指撕去这角小黄旗，变成中华民国的国旗。

希特勒又转向了　　一九四〇年十二月一日

姗姗来迟的德国攻英，据说耶诞前后真要发动了。这原不能算是一个新消息，远在法国新败之后的七月中，我们早就听熟了德国正调兵遣将，快向英伦进攻了。只因为英国海军所控制的海峡，究非德国陆军所能飞渡，希特勒只好望洋兴叹而已。知难而退，倒不失为有自知之明。不得已转过头来，想在外交上谋出路，于是有义大利的进攻希腊，苏西两外长的被招赴柏林，巴尔干几小国的加入三国同盟。其中除了匈罗等国，稍稍凑趣外，其余显然是失败了。希特勒发现此路不通后，决定再回到英伦海峡去碰碰运气，是很合理的。但是这条路上，渡海的困难，仍未解决，冒险的程度，较前有加无减。希特勒的计划，是否又将变成闷炮，固不得而知。但是美国对英的援助，天天在增多，英伦的国防工程，天天在加强，却是事实。希特勒前次所不敢妄动的，现在是否突然有了新勇气，倒值得我们注意。

光明扑灭黑暗　　一九四〇年十二月二日

黑暗惧怕光明，光明扑灭黑暗，本报决不敢以此时此地的唯一光明自居，但我们总想在这方面，多尽一点努力，多获一点成效；然而也就为这缘故，随时随地，均有遭人暗算可能。昨晨本报的遭受拦劫，就因此时此地的黑暗面，自知作了丑事，深怕照妖镜下，丑态毕露，故虽明知历次拦劫本报，均归失败，此次亦难有成，但仍不惜大花本钱，广开房间，企图得逞。我们承忠实读者，及时通知，预为准备，虽送报时间，不免因此稍为延迟，但暗算者终于无法"交账"，总算可以告慰读者。

当然，我们应当乘这机会，深深感谢租界警务当局对于我们的迅速保护。

聊以自慰　　一九四〇年十二月三日

美国对华借款宣布以后，不负责任的东京报纸，老羞成怒，纷纷主张对美报复。但是深知本国实力的外务省发言人须磨，却独标异议，称此举间接有利于日本在华之商业。言外之音，大有惟恐美国不贷款之概。态度之大雅，无以复加。在到处碰壁之时，只好借重这种阿Q式的解嘲来聊以自慰了。可惜新任驻美大使野村，同日发表谈话涉及此举时，却疾言厉色，指为太平洋和平之障碍。同是负责的外交官，在同一日言及同一事件时，竟矛盾如此，令人真有藏奸未尽之感。

最后交通线　　一九四〇年十二月三日

日本军队封锁沪西一带[一]，因此忆定盘路的电话支局，亦在封锁之列，被困女职员中国籍七十人，外国籍五人，已三昼夜不能交班外出，辛苦疲惫，不难想像。但她们仍能守住岗位，继续维持工作，精神殊堪钦佩。希望她们始终贯澈这种艰苦奋斗的精神。因为沪西自封锁以后，对外交通，惟有依赖电话了。因此电话的重要性更增加，她们的工作也更不可缺乏。同时，外界通话人士，亦应尽量搏节不必要的电话，以节省她们的精力，俾受到封锁痛苦的人们尚能维持此最后的对外交通机会。

[一] 一九四〇年十一月末，日本宪兵曹佐佐木在上海大西路（今延安西路）汪家弄附近被人狙击，弹中胸部殒命，开枪者逸去。事后，日本兵大肆搜查，并在毗连租界的兆丰路（今乌鲁木齐北路）、海格路（今华山路）、愚园路、大西路等处架设铁丝网，断绝交通，将整个沪西界外地区完全封锁在内。封锁区内店铺都停业，寂静如死市，粮食价格高至数倍，有时即使有钱也买不到。其他饮食、日用之物，同时涨价。区内居民逾数万人，都有断食之虞。而日宪兵终日挟枪巡逻，不准居民出入及输送食品。这次封锁自十二月一日起到十四日方解除。唯汪家弄出事地点仍限制居民出入。

241

如虎添翼　　一九四〇年十二月四日

和美国贷华一万万元美金同时进行着的，尚有中国空军使节团的在美磋商购买飞机一事。据传美国已准备将最近遣至菲律宾的两空军队的全部飞机售与中国，这消息虽尚未能证实，但美政府刻在考虑以军用飞机供给中国的妥善方法，则已为美国官场人士所正式透露了。

中国非但未因力战而屈，反而愈战愈强，最近因国际外交形势的愈趋有利，不啻更打了极有力的强心针，美国供给飞机一事见诸事实之后，自然尤将如虎添翼，震慑乱徒的魂魄。看到这事实，我们也许不忍责备日本军人会抓住一根潮湿爆竹当作养命的活宝（虽然自己心里明明唾弃它的没用），因为一个人在智穷力竭之余，所作所为当然是有非寻情常理所可索解的。

封锁中的"乐土"　　一九四〇年十二月四日

因大西路日宪兵被枪击事件而发生的沪西"乐土"的严重封锁情形到今天已经第五天了。从下举三件小事中不难想像被封锁区域内人民不便和困苦的情形：

（一）有一在法租界西人家中作佣工之中国妇人，家住封锁区域以内，尚有五小儿，平常每天工作毕回家，惟自上星期六起即无法探视其子，室无余粮，焦急万状。

（二）忆定盘路工部局小校中有年自六岁至十岁之华童六名，上星期六因事迟退学校，即遭封锁，不得已与五教师困处教室中，食饼干充饥，夜卧冷板凳，十一人共拥毡被三四条御寒，迄今未能离校。

（三）吕森大厦电话分公司华籍及西籍接线女职员八十五人自封锁状态发生后，羁留职守达六十小时之久，其间仅睡眠四小时，昨晨始得设法疏通，回家休息，而由另一班接替。

领事团及工部局虽几经向日方交涉，要求宽放封锁并允许食物等进内，但日方似乎大有非将凶手拿获，开放不可能之意。倘日方如此坚持，则也许永远没有开放的一天，因为据居于该区内的某英国人告英文《大美晚报》所云，看守封锁口的佣警，只要给以一两块钱，即可纵人出入，然则该凶手岂不是早已借此机会，鸿飞冥冥[一]矣乎？然而受苦的却是全体无辜的居民，尤其是出不起一两块钱的穷人们，那只有饿死的分儿了。

这里不禁使我们连带想起了去年天津租界被封锁的情形。

【一】鸿飞冥冥：大雁飞向远空。比喻远走避祸。汉代扬雄《法言·问明》载："鸿飞冥冥，弋人何篡焉？"

中国多友　　一九四〇年十二月五日

继美国对华巨额贷款后，英国与苏联亦准备以借款助华，伦敦有关人士正对此事集议中。英国目前正在向一个比中国所遭遇的更强大的敌人作战，站在同患难的立场上，中国殊未忍对她过分奢求，但她倘能继美国之后，对于正在代她捍卫远东权益的友邦有所表示，情理上似乎也不能不做到这一步，至于借款数目之大小，倒不在乎，礼轻人意重，中国是一样心领的。

除了英美而外，苏联一贯援华的立场，自然也值得世人的重视。苏联与英美在许多方面政策颇多歧异，但即此事实的有力表明，已可看出至少在援华制日一点上，三国的见解是一致的，而日本加入轴心集团的用意，似乎也完全失败了。

口头上的勇士　　一九四〇年十二月五日

东京《都新闻》对于"美国继续不断的挑衅行动"，昨天"忍无可忍"地表示它的愤懑。据它说："美国尽管说他们绝无与日本作战之意，可是他们却不断虚声恫吓，以为如此便可推翻日本在远东的计划。美国应该了解此种行为之无益，然而他们仍一贯其恫吓手段，在日本与'南京政府'签约的一天，宣布以美金一万万元贷与中国。这是对日不友好的实际行动，日本虽仍不愿对美开战，但美国应了解她在未来两国战争中不一定有获胜的把握"云云。

这种论调当然就是它自己所说的"虚声恫吓"。事实上美国虽然尽力避免牵入战争，但她自有她一贯的远东政策，决非日本那种"不断的虚声恫吓"所能"推翻"的。日本如果真有能耐，太平洋上尽有供一展身手的机会，无妨较量一下实力看，"虚声恫吓之无益"，实在是他们应该早已"了解"的，我们实在不懂其喋喋不休之用意。

同为轴心国　　一九四〇年十二月五日

罗马尼亚政府下令枪决铁卫团暴行案主犯，并逮捕恐怖分子，这虽是维持政府威信的必要处置，但不知希特勒将作何感想？最近安托尼斯柯因发表向匈牙利索回失土的演说，已经招致德国的不悦，一个伺候他人颜色的政府，竟敢违抗上国所替他决定的命运，当然未免不知轻重，我们担心罗马尼亚有再受一次处分的危险。

又是一鼻子灰　　一九四〇年十二月六日

日本要求苏联谅解《日汪协定》中所谓"反共"并非敌对苏联，这似乎具有两重意义，第一是对苏联赔小心，希望苏联不因其"反共"而拒绝和它"友善"；第二是希望取得《日汪协定》在苏联眼中的法理上地位。这当然完全是白日之梦，因为苏联固然明知日方的"反共"，不过是一个陈腐的幌子，但他也决不需要日本那种只为自己打算的"友谊"；至于日汪间所订的卖身文契，苏联看来当然是一文不值的。

苏联政府经由苏联驻日大使史美太宁而转达日外部的答复，应该使日本深悔此次试探的多此一举，因为苏联显然并未谅解日本一面反共一面友苏的苦心，却声明"苏联对华政策仍未变动"，换句话说，苏联仍将援助中国的合法政府，继续反抗侵略国家。日本算是又触了一鼻子灰。

纵火自焚　　一九四〇年十二月六日

合众社未证实消息，谓希腊已在阿尔巴尼亚境内建立共和国[一]，这是对轴心国的一个绝妙讽刺。义大利的外科手术太不高明，以致让解剖刀割破了自己的手指，实令人不胜扼腕之至。

【一】此前阿尔巴尼亚已被意大利法西斯占领。

阴阳怪气　　一九四〇年十二月六日

泰国与越南的冲突情形，究竟"严重"到如何程度，在谣言与蒙蔽政策的两重烟幕下，我们实难知晓。维希政府昨日宣布泰越已在进行"和平谈判"，法方对此谈判希望极高，我们也不知此种希望以什么为根据。可得而言者，在维希政府一贯的不明不朗的态度之下，越南的混沌局势是很少打破可能的。

失败三部曲　　一九四〇年十二月七日

第一部：外交攻势
　　附骥尾结欢德义　　捋虎须触怒英美
　　建川联苏难圆好梦　　野村使美莫展良筹
第二部：政治攻势

诱和平难摇汉志　议调整承认家奴

华盛顿重贷新借款　莫斯科不变旧方针

第三部：军事攻势

盘踞经年师退镇南隘　死伤累万血溅大洪山

疾风吹落叶不知明日　枯鳖守敝瓮且看来年

希腊的难题　　一九四〇年十二月七日

希腊军长驱直进的结果，阿南义军已全部被迫向海岸退却，传德国已于此时向希腊提出调停方案，这倒是希腊的一个难题目。因为希腊本来是被侵略者，如今能拒敌于国境之外，且予以重大的打击，可说已完成了大部分的任务，以战胜国的身分接受"有利的"调解条件，似乎不应拒绝；可是德义本来沆瀣一气，德国对希腊所表示的"善意"，并非有爱于希腊，不过因为深恐义大利一败再败下去，将使轴心国的地位受更大的不利影响。希腊如果堕其彀中，则适足予屡败的义人以喘息的机会，一旦自身防务松弛之后，德义自将对她再作更进一步的图谋。希腊军人既以英勇的战绩震惊世界，谋国心长的执政者，自必能熟虑抉择之途，而不致因一时的失策贻将来无穷的后患。

无分彼此的合作　　一九四〇年十二月八日

越南自从在维希政府一贯的拱手政策下向日妥协后，除了一面对于泰国的领土要求，不断大言不惭地说甚么"决心抵抗侵略"之外，对于日本则唯命是从，极驯顺之能事。上月十三日总督德古向日本记者发表声明，谓"深信彼此（指越日）联系愈益密切之后，必能树立相互之信任尊敬"。这种相互的信任与尊敬，可于日本要求在越南政府财政交通各部中添设日籍官员一事证之，而越日如此混同一体的联系合作，自然更令人绝无间言了。

何必多此一举 一九四〇年十二月九日

日方同盟社无事可做，昨天又大造其中英谈判缔结军事同盟的谣言，不知道是否中英两国因为看见三国同盟打得"热络"不过，也想照样来一下？其实这样无聊的事，只有日本才会干，中英两国根本不在乎此一举。如果两国利害相同，立场一致，无须同盟，自然会密切合作，否则同床异梦，彼此互以同盟国为工具，又安知今日之所亲，他日不会被他反噬一口。日方过去屡屡造谣说中苏议订同盟，结果此项同盟并未存在，但仍无损乎苏联之大量援华。日本是和德义同盟了，不知德义究竟给了他些什么援助？

当然日方作此谰言，亦自有它的作用，无论它现时实力是否足以南进，至少可以以此作为有所发动的借口。伦敦官场明白警告世人，勿信日方所作关于英大使赴渝的猜测。我们相信除了毫无常识者之外，是谁都不会为这种幼稚的谣言所欺的。

骗小孩子的话 一九四〇年十二月九日

据说德国向希腊所提的和平建议内容，为希腊摈弃英国保护，加入"新秩序"，由德国保障其安全，"与罗马尼亚享受同样权利"。换句话说，义大利以战争所不能得之于希腊者，德国却要以和平手段得之。希腊艰苦抗战，方有今日光荣的成绩，自然决不致轻弃前功，接受此种"和平建议"。

美国已经决定以大量军用品接济希腊了，这应该是给希腊继续抗战的一个极大的鼓励。

面面俱到 一九四〇年十二月九日

最近美国对于巩固全世界反侵略壁垒的活动，在美洲方面则有在谈判中的

247

对阿根廷一万万元贷款；在亚洲方面则有对华一万万元新贷款及正在计划中的军用品飞机等接济；在欧洲方面则有考虑扩大对英援助与支持希腊抗战，而目前正在进行的对西班牙信用放款一事，尤有特别重视的价值。西班牙虽被德义竭力拉拢，但迄今始终未加入轴心，美西借款成立后，西班牙对民治国多一层联系，也就更少给轴心国利用的可能，这当然可以使英国减去不少的威胁。

不耻为犹太人　　一九四〇年十二月十日

法国对德投降后，亦步亦趋，于是在法的犹太人又遭了迫害。著名哲学家柏格森[一]因对学术界有特殊贡献，故法当局特准免除其犹太人身份，这大概是一种特殊的"优遇"了。可是学者毕竟有学者的风度，柏氏宁愿辞去法兰西大学教授的崇位，而继续做一个被人歧视的犹太人，这种凛然的正气，正是人类尊严维系不坠的要素。一个身为到处被人迫害的亡国民族的后裔，尚不以自己为犹太人为耻，相形之下，堂堂黄帝子孙而甘心辱身降志者，诚不知是何居心了。

【一】柏格森：法国犹太裔哲学家，一九〇〇年起任法兰西学院哲学教授，一九一三年赴英、美讲学，并任英国精神学会主席，一九一九年他返回法国，进入法兰西语言科学院，此后从事国际事务和政治活动的研究。柏格森文笔优美，思想富于吸引力，曾获一九二七年诺贝尔文学奖。

跃跃欲试　　一九四〇年十二月十一日

最近两三月来的欧洲战场，德国是有外交行动而无军事行动，义国则轻举妄动，遭到不可收拾的溃败，这恰好给英国一个充分准备的时机。除了北菲英军已有开始乘虚向义军大举进攻的消息外，前日英陆军部又任命亚力山大中将为南部英军总司令，马台尔少将为皇家机械化部队司令，这分明表示英军即将改取攻势，准备向欧洲大陆突击了。德国进攻英伦的企图，到现在为止，可以说已经完全失败，今后也许我们要看看英国军队如何一显它的身手。

兜圈子的外交　一九四〇年十二月十一日

德国在巴尔干半岛处心积虑的外交布置，其成就殊属有限，除了勉强把罗马尼亚匈牙利及不成其为国的斯洛伐克拉进轴心集团里聊充走卒外，保加利亚南斯拉夫都不受他的牢笼，使得不可一世的希特勒也居然无法可想。据说匈牙利已与南斯拉夫签订不侵犯条约，这大概是德国借手匈牙利拉拢南斯拉夫的一种手段，也可谓煞费苦心了，虽然我们不能不怀疑这种不侵犯条约的价值。

义大利的不安　一九四〇年十二月十一日

义大利各处连续发生的骚动，透示出独裁政治的破绽。独裁国家的民心，只有在军事外交着着胜利时才可勉强维系于一时，否则弱点一暴露，人心即随之摇动。义大利官报说："如确有更调统帅之必要时，纪律良好之义大利人民，必能万众一心，加以信任。首相墨索里尼及人民，均知彼此均深可推信也。"这种彼此推信的事实，可于黑衫军[一]在的里雅斯德向民众开枪，及义王宫庭由黑衫军严密戒备等事征之。

【一】黑衫军：由墨索里尼组织的一个意大利法西斯准军事组织，活跃于"一战"后和"二战"期间，其主要创建成员是一些民族主义的知识分子、反对农民及工会组织的青年地主、退伍军官等。黑衫军使用暴力和威胁的方法对抗墨索里尼的反对者。一九三五至一九三六年参与入侵埃塞俄比亚，还作为干涉军的一部分参加了西班牙内战。"二战"时也全面参与意大利的各种军事行动。"二战"结束后被解散。

戈培尔的预言　一九四〇年十二月十二日

戈培尔博士也许是一个很好的宣传家，但截至现在为止，他还不曾证明他自己是一个很好的预言家。这次他以好莱坞电影广告式的作风，以近乎"空前伟大紧张热烈惊险非常"一类的字眼，来形容德国在"极短期内"即将对英国发动的"闪电攻势"，据他说此举将使"十五月来之欧战迅行结束"。他既然姑妄言之，我们也就姑妄听之。

然而这位戈先生却说，"吾人已感觉获得胜利"，这就不知应该作何解释。不错，法国是战败了，若干欧洲小国是失去自由了；然而按照德国理想建设所谓"新秩序"，已经是一件比用武力征服他国更艰难的工作，何况德国作战的最大对象是英国，而英国的主力迄今并未遭到致命的打击。照戈培尔的理论推测起来，那么也许他所谓"不久迅行结束"者，恐怕仍不过是"吾人已感觉战事结束"罢了。

乞怜与恫吓之外　　一九四〇年十二月十二日

美国对华巨额贷款后，英国不甘落后，亦以一千万镑贷华，同时美国又决定自本年底起扩大铁类禁运范围，两国此种竞赛式的平行行动，自然使日本大跺其脚。所谓过激分子既只会空喊"不惜一战"的口号，而松冈之流的乞怜语调，除了暴露其彷徨苦闷之外，也绝难获得任何方面的重视。可是以后使他们烦闷的事多着呢，不知他们有没有准备好比乞怜或恫吓更有效的应付方策？

向上海人的良心呼吁　　一九四〇年十二月十三日

凡人必有良心。当一个人看到他的同类被人无辜残杀迫害，或因遭遇不可抗的力量而陷于流离困苦的境地时，必然会发生痛愤不平恻怛不忍之心，否则他就不能自侪于人类。在上海据人统计，每夜消费在钱场赌窟酒楼菜馆及各种游乐场所的金钱，在数十万元之上。把如此大量金钱恣意抛掷的有钱人们，也许因为他们的短视健忘，忘却了在"孤岛"之外，尚有无数冒锋镝忍饥寒转战万里出死入生的卫国健儿，忘却了尚有无数在炮火下空袭下毁家荡产断肢折臂抛儿女失父母的战地难民；但近在上海街头，本年暑天因疫病盛行无力诊治而死的穷苦平民，在路上拾得的尸身有五六千具之多，冬季因饥寒交迫而死的老弱饿莩，曾经造成一朝之内二百余名的记录，这些眼前的惨剧，我们不相信不能感动那班足衣足食奢侈淫乐者的良心，除非他们的良心已不存在。

然而我们所可以引为欣慰的是，上海广大群众的良心是在活跃着，沸腾着，这已经从本报代收寒衣献金成绩的美满一事充分表现出来了。在不到三月的期间内，收到总数达十二万余元，这笔数目也许还抵不上富翁们一年内支付几个小公馆的开销，但因为它的大部分是许多贫困学生店员或工人刻苦省下的几角几分积凑而成，因此格外难能而可贵，同时也证明了真正爱国真正有良心的，还是广大的平民群众。

在寒衣献金将要结束的时候，我们曾经开始代收其他较寒衣献金意义更重大而积极的献金，但因环境不许，无法继续。不过我们虽不能在此时此地代收任何被人认为"有政治性"的献金，但我们认为良心是人人具有的，因此我们想向读者提倡一种"良心献金"。我们所拟的办法如下：

一、本献金定名为"良心献金"，希望每个良心活跃的人踊跃参加。

二、本献金的用途，概由献金者按照各人良心的指示，于献金时自行规定。如未指定用途者，当由本报代为决定，并告知其本人。

三、本献金由本报制给收条，逐日公布；结束时再由会计师审核账目，登报公告，以昭大信。

四、如所指定用途，本报认为在目前并无意义或需要者，恕不代收。

以上办法极为简单，希望大家都能拥护我们这个意义透顶重大的"良心献金"。

改不出新花样来 一九四〇年十二月十三日

日本内阁又将改组，所谓"温和派"的阁员均将被迫去职的传说，似乎证实了松冈所谓除近卫与渠等少数派外，其余诸人皆主张采用"西方式之贪婪及征服政策"的论调；然而在我们看来，所谓"权端派"与"温和派"，无非一吹一唱，欺硬并施的一双搭挡，其实质并无分别，其野心亦无二致。如果此次内阁改组的传说果属事实，那不过是日本内部习见不鲜的更动，政策决不能变到那里去；反之，如果那是向美英威胁的一种外交姿态，那么必无效果，有可断言，因为除了无可救药的短视病者外，谁也不会再对日本有何幻想，而美英之对于日方任何威胁，已有充分准备及应付决心，更已是昭如日星的事实了。

英军又一重大胜利　　一九四〇年十二月十三日

北菲英军克复埃及重要港口西狄巴拉尼，该地结集大队义军，为攻埃的重要根据地，此次英军一鼓而下之，俘获义军达一二万人，实为足与阿尔巴尼亚境内英希军队继续推进相呼应的重大胜利，而东地中海的英国海军地位，亦因两岸的同获大胜而益见巩固。义军经此打击，军心自将更加涣散，对希腊对埃及的钳形攻势，从此同时解体，这一笔糊涂账还不知将如何交代！

美国人民的公敌　　一九四〇年十二月十四日

美国政府现方竭力采取各项有助于中国对日作战的措施，美国人民也一致要求对侵略者不稍假借，然而至今仍有若干美国商人，不断以汽油等军用原料供给日本，这种唯利是图，罔顾大体的份子的存在，实为美国莫大的耻辱。昨电称有美国货船三艘之船员，联名向罗总统呈请禁止运载战争原料至日，这种真正的民意表示，我们相信必能邀获各方面的重视，而对此种违背国策的公敌有以制裁之。

历史是残酷的　　一九四〇年十二月十四日

法国以一等强国的地位，一朝瓦解，沦为战胜国的附庸。义大利在未参战前，俨然举足轻重，谁都对他侧目而视，可是一参战后，晦气星便临到他头上：攻希腊则反被希腊穷追到阿尔巴尼亚境内，攻埃及则自西狄巴拉尼索伦相继被英军克复后，已有不能不全部退出埃及的情势，士兵被俘的人数，多过于死亡的人数，足见其斗志的消沉；至于海军实力，也已被英国摧毁泰半。往日视纳粹为黄口小儿的老大哥，现在已证明自己不过是一个落后的三等国家。历史毕竟是残酷的。没有全国上下团结一致的坚强意志，没有准备充分的资源实力，仅赖虚声恫吓以欺人自欺者，可以醒矣。

英美间的桥梁　　一九四〇年十二月十四日

英国驻美大使洛齐安勋爵的暴卒，自然是英美国两国所同深惋惜的，不过美国因为悼惜这一位良友，或者将加紧设法使洛氏生前未竟的遗志从速实现，这也许就是洛氏对他祖国的最后功绩了。有人提议由温莎尔公爵继任洛氏遗职，这倒是一个巧妙的念头，因为温莎尔公爵夫妇正是英美团结的最好的象征，不知道在英国政府的意想中，有没有更适当的人选。

美国不畏惧战争　　一九四〇年十二月十五日

美国对于日本反美鼓噪的答复，除了加紧援华与扩大禁运范围以外，便是行动上的积极增强远东防务。续派飞机潜艇等至菲岛，已经表明她决不因这一块远东属地形势的孤悬而将其放弃，同时最近盛传美国将于明年岁首遣舰往新加坡，更可看出美国维持美英远东权益，应付日本任何威胁的决心。后者虽因军事机密，无法证实，但在日本看来，当然又是一种严重的"敌对行为"，虽然我们不知道日本在海南岛的集中大批军队，又将解释何种行为。

美国政府人民虽不愿卷入战争，但他们并不畏惧战争。"美国决不参战"论调的收起，便是在杜绝野心者的妄想。因为只有放任退缩，才真正能鼓励日本南进企图的无限推展。

日本需要冷水　　一九四〇年十二月十五日

日本帝都《日日新闻》编者野依氏老实指出日本与德义签订《三强公约》之目的，在解决中日战争。他说"中国事件"扩大之祸根为英美，"除非浇以冷水，此火将无法灭熄"。三强公约以至于《日汪条约》的签订，证明日本所浇的不是冷水，而是在火上添油。其实日本自己应该多尝尝冷水的味道，才可使她头脑清醒一些。

不胜惶恐之至　　一九四〇年十二月十五日

柏林谣传希特勒将再度与墨索里尼晤面，似乎墨索里尼这一遭的"大菜马铃薯"是吃定的了。

物伤其类　　一九四〇年十二月十六日

天怒人怨的法奸赖伐尔，终以免职逮捕闻。赖氏虽蒙希特勒赏识，然终未克一过其元首瘾，较之中国的同类型者，未免尚多愧色。而今如此下场，料想兔死狐悲者，定当不乏人在。

今罗马帝国的没落　　一九四〇年十二月十六日

因为义大利的不争气，使希特勒大受其累，不得不把调整欧洲内部的头痛工作搁置起来，转谋应付声势日渐强盛的英国的威胁。在这种必要之下，纽约所传希特勒拟进占义国北部工业区之说，似乎不无可信。虽然此举似乎对墨索里尼面子上颇不好看,但义军士气的颓唐,已使希特勒无法再信任他们,倘英国用拣软弱处进攻的战略,伸其势力于义境,则德国自将难安衽席。

然而义大利的地位,从此殆将与匈牙利罗马尼亚等国无分彼此了。

阿尔巴尼亚——无人之境　　一九四〇年十二月十六日

昨日报载对希腊"抗战"的义军统帅部内,发生二派意见,一派主求和,一派主继续后退,使希军延长战线,接济为难。其实前一派不失为老老实实的失败论者,后一派则尚在用幻想来欺骗自己。希军攻入阿尔巴尼亚后,本来有二点需考虑:第一是南斯拉夫或将供轴心国利用,希军将受到夹击的危险;第二是义国后援部队可由亚得里亚海源源运来,希军孤军深入,有遭歼灭之虞。然而现在此种危险都已成为过去,南斯拉夫既不受轴心国笼致,而亚得利亚海岸已在英国海军优势控制下,故希腊军在英国海空军协助之下,长驱直入,一举而解决阿尔巴尼亚境内全部义军,并非不可能之事。侵略者的眼前报应,大可发人深省。

世界不致陆沉　　一九四〇年十二月十七日

罗斯福总统在温泉镇发表演说,有"如果世界不致陆沉,本人决于来春再来此间"之语,这是对于目前美国所面临的严重局势的一个及时的警告,而并非如孤立派所指斥的"悲观论调"。美国负有挽救世界狂澜的责任,她能对世界安危负责,就是"世界不致陆沉"的一个重要因素。倘如孤立派的论调,只要美国不卷入世界战乱的漩涡,就可以自存于世间,那么不知在野火烧到自己门前的时候,更将何法以自存。

爱莫能助　　一九四〇年十二月十七日

瑞士《巴斯勒日报》柏林访电称德国力谋贯澈其攻占英伦之计划，而不拟予在亚尔巴尼亚[一]与埃及战场失利之义军以积极的援助。义军的失利对于德国的地位当然也是一种威胁，这里的问题不是德国愿不愿意援助义国，而是如果要援助的话，应该从何处下手才好。横在德国面前的，显然是一个足以使他束手无策的难题。

【一】"亚尔巴尼亚"系为"阿尔巴尼亚"之误。

泰国改变态度　　一九四〇年十二月十八日

对于泰越的争执，美国日前已表示不赞同泰国的对越索土要求，且已扣留由美运泰的飞机。美国无爱于越，无慊于泰，所以如此，无非是力求维持远东现状，避免授野心者机会的一片苦心。这两天来，泰越飞机礼尚往来，彼此轰炸，演出相当紧张；昨日泰国突改变态度，表示愿以和平方式解决彼此纠纷。我们希望这是泰国真正的觉悟，更希望由此而使导演这一幕"好戏"的人明白利用挑拨手段，不一定能获得渔翁之利。

经济援助的另一方式　　一九四〇年十二月十八日

英国向美接洽经济援助一事，虽经已故洛齐安大使多次的折冲，终因格于强森法案"不得贷款于未清偿前次战债的国家"之规定，未能有具体事实表现。此次罗总统方从加里比安海巡游归来，罗夫人即发表美国应以赠金而非借款的方式援助英国的主张，这实在是打开法律羁束的一个痛快的办法。援英既为美国大多数人民所赞同，事实上又系保障自身安全必要的举措，则从大处着想，自不应沾沾顾虑于将来偿还的问题。无论如何，把这笔钱抵偿自己亲身参加战争所应付的代价，毕竟还是上算的。

美海军当局的主张　　一九四〇年十二月十八日

美海军当局决定建议将舰队留驻夏威夷，以便同时兼顾东西两洋。这说明了在美国海军界的观察中，对于来自欧亚两方面的威胁，等量齐观，并无偏重；但也可看出美国并未认日本为如何强大的劲敌。在早一些时候即在轴心国声势正盛，日本刚加入同盟，而苏日改善关系之说甚嚣尘上的时候，美国对于太平洋局势的焦虑也许比现时为甚。但目前日本除了仍被中国牢牢拖住他的脚以外，轴心国的遭遇挫折，与苏联的无意对日亲善，都足减弱日本的声势，使他对于从事新的冒险不能不深抱戒心，而其实力的荏弱，更是美国知之有素的事实。

美国并不特别看重日本的虚声恫吓，诚然，但她并没有松弛远东的防务，马尼剌已经成为飞机潜艇的强大根据地，新加坡更随时可供美国使用，日本如果有种，当然不妨较量一下试试。

欧菲战局的新形势　　一九四〇年十二月十八日

最近欧菲战场的局势，刚巧一反今夏法国新败时的情形，英国袭用德国一举而解决法国的办法，从事于击破轴心国中脆弱一环的工作，而在巴尔干北菲及地中海同时予义大利以重创。德国因为统一欧洲大陆的任务功亏一篑，除了利用潜艇企图突破英国的封锁外，既未能向英伦本部作有效的攻击，又无法供给同盟国义大利以有效的援助，因此作战双方的主力争斗，已入于停顿的状态。再就现状的发展看来，英国对义的胜利，是加紧对德包围的初步，而欧洲各国对德的离心倾向（如南保的不加入轴心，西班牙的继续中立，法国的罢黜赖伐尔），都可能成为德国的肘腋之患。预言德国的失败，虽然未免过早，但英国是已经把握住了战略上的优点。

不坠入彀中   一九四〇年十二月十九日

据纽约电讯，美英当局将劝告日军占领区内的侨民，勿以长江流域的产业售与日人。此举意义极为重要，因为日本侵华的目的之一，便是攘夺美英人民在中国的权益，美英人民如将自己的产业售于日人，无异拱手奉让，正坠入日人的彀中。所以美英此举，正是针对日本的一个警告，表示侨民的暂时撤退，正是远东政策的强化，决非退出远东。如果日本借口侨民撤退，胆敢强行占据，则美英政府决取严正的手段对付。美英政策的坚定这又是一个事实上的有力证明。

不同的作风   一九四〇年十二月十九日

希特勒在欧洲大陆上打过几次胜仗，就踌躇满志，以为英伦三岛指日可下了，所以便告诉人民战事在八月十五日以前可以结束。但八月十五日很快地过去，到现在已整整四月了，希特勒的支票，显然未能兑现，不但结束无从谈起，连从何处下手都茫然了。夸张、欺骗，这便是希特勒的作风。

英伦连遭空袭，人民在防空壕中的生活过腻了，有人提议在耶诞节休战一天，却遭邱吉尔拒绝了。最近英军在里比亚打了胜仗，有人提仪举行庆祝，邱吉尔又拒绝了。理由是战事正在进行，最后的结果犹未分晓，还不是举行庆祝的时候。这种脚踏实地，咬紧牙根，忍痛奋斗，在未达目的以前，精神不愿有一刻松弛，可以说是邱吉尔的作风，从这里也可以看出独裁领袖和民主领袖的不同之处。

德军集中义边   一九四〇年十二月十九日

路透社传来美国的电讯，称德军五万，现方集中在义国边境。是否正确现在尚不敢断言，但是证以近来类似的传说频起，或则不完全是无稽的。假如属实，它的用意何在，倒颇费猜测。如果不忍坐视盟邦义国的大败，想出兵助攻希腊，则方向显然弄错了；假如意在援助里比亚的义军，则在海上交通完全为英控制的局面下，德军无法飞渡，隔岸观火，又何必多此一举。足见希特勒的陈兵边界，必然别具存心。倘不是看定了义国士气的颓丧，才派兵来摇旗呐喊，助长声势，便一定是嫌义国作战不力，特来监师督阵。义军如再继续失败下去，那么说不定德国先要把这个败兵之将解决了再说。

忍耐的限度　　一九四〇年十二月二十日

从日本"著名历史学家及新闻记者"德富氏的论文中，我们可以看出日本实在是一个气量宽宏的国家，因为据德富氏所称，美国激怒日本之处，不可胜数，"即言三百次亦不为过"；可是日本至今不但"无所准备"，且在受过"三百次激怒"以后，仍然在向美国"讨好"，而且野村赴美，尚拟以"开放长江"的"重大让步"来谋日美关系之调整，在今日尔虞吾诈强力横行的世界上，居然还有如此古道可风宅心忠厚的国家，真令人为之惊叹不止。

不过我们好像还记得美国政府曾经宣布过美日之间未解决的悬案（大多数是美国在华权益及人民之被侵害事件），共有六百余件之多，虽然其中一小部分据日外部说已经"解决"了，但这六百余件都是发生于日本尚未公然反美的时候，如果再把此后继续发生的事件补算上去，一定还不止原来的数目。大概这些在德富氏眼中，都因有"军事上必要"的理由，尽可绝口不提，而美国"激怒"日本之处，则都是无可原谅的罪恶。

据我们想得起来的，例如美国的废止美日商约，禁运油铁，贷款中国，这些自然都是彰明较著的激怒日本的行动，但要一时举出三百件来，却不是一件易事。大概德富之所谓三百次者，也许包括每一次美国因在华权益被侵害而向日所提的抗议交涉在内，因为那显然是不了解日本"圣战"的目的，而为一种不可恕的侮辱。如此说来，那么根据美日所有悬案的总数合计，不但"三百次亦不为过"，即言"六百次亦不为过"可也。

德富说，"日本之忍耐自有其限度"，可是美国的忍耐早已超过限度了。叫嚣威吓的论调，固然不能使美国慑服，即如一年前早已提出而迄未实行的所谓"长江开放"问题的旧调重弹，也决不能"讨好"美国。"狂放不羁之人，其寿命必属短促"，此语转赠日本，似乎更见恰当一些。

墨索里尼的最后机会　　一九四〇年十二月二十日

义军在阿尔巴尼亚及埃及失利后，东菲旧英属地索玛里兰[一]，复被英军攻入，以早已解体的军心，应付各方面愈战愈勇的敌人，宜乎其难以为继。义大利目前虽还未似当时德军直迫巴黎的情势，但濒于瓦解的状态，殆与乞降前的法国相类，而一方面受英军的逼迫，一方面受德国的监视，其处境尤为狼狈。

义国现在可走的路，不是对英国单独媾和，就是将全国交由德国支配。美国急命驻义大使返任，或许是义国转变方向的一个契机。墨索里尼的投机虽然已经大遭亏折，但此次如能眼明手快，也许还能捞回一部分本钱来。

【一】索玛里兰：现译为索马里兰，该地区位于索马里的西北角，原是英国保护国，一九六〇年独立后不久并入索马里共和国。一九九一年在索马里中央政权崩溃以后宣布独立，但未获国际社会承认。

期望于贝当政府　　一九四〇年十二月二十日

这里再说到贝当上将。这位老人家最近把赖伐尔撤职，虽然不能认为他将和希特勒翻脸（事实上作这样希冀是不可能的），但至少表明他还有魄力，有手腕，有主张，不是一个可以被人玩弄于股掌之上的傀儡。世人对于他的观感，自此为之一变，而觉得法国的前途，尚不无希望。法国目前外有强敌凌胁，内有叛徒捣乱，应付环境诚甚困难，但贝当政府有舰队及殖民地为后盾，并不是一个全然解除武装，听人支配的组织，只要能以国家民族前途为重，弗以仅有的凭借供敌利用，则即可以此为将来复兴的基础，而贝当也就无愧为法国的大功臣了。

美国再激怒日本　　一九四〇年十二月二十一日

美国驻日大使格鲁针对日外相松冈演说的答词，直率痛快，充分表现了不尚虚伪的美国外交之特色，特恐在缺少自省力的日人印象中，又将加上一笔"美国激怒日本"的新账。昨日在东京美大使馆掷粪的老翁，也许便可代表不止一小部分日人对于格鲁言论的反响。事后日本警察当局虽诿称滋事者患神经错乱症，不过在我们看来，日本政府及其主宰者军部的头脑，似乎未必比此翁清醒："履行自天上传来之无线电命令"，固然为神经错乱者的幻想；以霸力侵害他人的生存自由，而犹谓"决不从事征服与侵略"，排斥他人的合法权益，而犹谓"并未在任何地方对任何国家关闭门户"，所谓"建设大东亚新秩序"的神圣使命，又何尝不是一个迷梦。我们担心入迷已深的日人，即使像格鲁大使那样午夜钟声般的警告，也无法可使其清醒了。

又一不友好行动　　一九四〇年十二月二十一日

美国加派巡洋舰新新那提号参加亚洲舰队，增加菲岛防务，这是格鲁警告以外又一对日不友好的行动。美国固然极愿相信日本外交家口中娓娓动听的高尚辞令，但一个"重视事实及行动"的国家，实不能仅仅以辞令为满足。美国不能容忍她在远东的权益成为日本推行"新秩序"下的牺牲品，故不能不以"事实及行动"忠告野心家，这也许是言语道穷以后唯一有效的办法。

精神力量高于一切　　一九四〇年十二月二十一日

邱吉尔首相向国会报告菲洲战况，述及义军作战精神的颓唐，这大概不会再是"恶意的虚伪宣传"了，因为义军败退之速，被俘之众，无可否认地已经证明了这一点。邱氏称有澳洲骑兵一队，手持刀剑，竟能夺得大炮无数，这更使人想起蒋委员长所说"精神力量高于一切"的名言。师出无名战志消沉的军队，任何精良猛烈的武器均将失其效能。

德军开入义大利，毕竟已经证实。义军已成"弱弩之末"，此后将展开单纯的英德互争的局面。英国最近的胜利，虽然还不是决定性的，但原来处于战局主动地位的德军，今后已被迫不能不追随英军的动向以为转移了。

注意"特戈尔派"！　　一九四〇年十二月二十一日

本市英文《字林西报》在十八日的社论中，曾经一口断定法公董局法律顾问杜格氏的被暗杀，是"重庆政府的同情者"所为，我们曾因此种不问证据的武断论调而大为惊愕。可是在次日日文《大陆新报》里，对于此案却另有不同的解释，据其推测："从重庆方面对于亲日份子不断地实施暗杀事件看来，在法国战败后的特戈尔派，可能地会延展他的活动；更由于英美双方极力的支持，特戈尔派的活动，以'自由法兰西'的口号，组织反日德义轴心的行动，是有可能性的，而且他的发展，会连系到重庆方面抗日反汪的工作"。（以上据《新中国报》译文）。上述文字语意的暧昧与不连贯，是日本式逻辑的一贯特色，但至少可以看出他们认为与杜格暗杀案有关者，有"重庆方面"，有"特戈尔派"，也有"英美两方"。《字林西报》是有它"独特的立场"的，似乎它的"不偏袒非中立"的论断，至少在日方心目中尚有为其他方面推卸责任的嫌疑。

日方故意宣传特戈尔派的在沪活动，令我们联想到他们在西贡方面借以压迫越南当局的同一口实。无论如何，我们不能不佩服他们用心的深刻。

日本对苏联的"再认识"　　一九四〇年十二月二十二日

日本舆论界似乎对于调整日苏关系一事，已经感到灰心了。《都新闻》谓"苏联今欲与日本争为太平洋之领导国地位，此乃日人永不应健忘者"，然而我们记得好像在不久以前,日人(连《都新闻》在内)至少在表面上已经把此事"健忘"了。患得患失的日本,时而亲这个,时而反那个,路线转来转去,毕竟到处碰壁,归根结底,无非根本走错了方向,以致于满盘皆错。可惜他们始终未能接受现实的教训。

维希政府的试金石   一九四〇年十二月二十二日

英国报纸称德国向维希政府提出三项要求,(一)使用地中海法国口岸,(二)准许德军借道入义,(三)起用赖伐尔重入内阁。以上三项中,除第三项,系内政问题外,第一、二项德方如认为必要,尽可不经法政府同意而行之,在其控制下的维希政府,实少反抗的可能,然而德国却仍不能不经过要求同意的手续,可见他们尚不能不无所顾虑;所谓顾虑者,即法国的舰队及海外殖民地,并未入于德人的掌握,逼之过甚,或将驱为英人之用。因此贝当政府目前虽遭甚大的压力,但并未至于非屈服不可的地步;而希特勒倘在贝当之外,要另找一个足以号召法国人民的代替人物,恐怕也难获适当的人选。贝当是一个军人,想来必能力尽军人对于祖国的天职,不使爱自由的法兰西更套上一副可耻的桎梏。

"不友好行为"与"战争行为"   一九四〇年十二月二十三日

美国考虑没收停留于美国领海的德义等国船只,并以此项船只供英国之用,这也许无可讳言地是一种对德义不甚"友好"的行为,但是否足以构成"战争行为",其中尚费商榷。在目前情形中,美国因为感于己身的利害和英国的胜败密切相关,故在种种方面援助英国,已成公开的表白,美政府亦初未[一]掩饰其助英反德的态度。美国现在所关心的只有一个问题,就是如何可以充分援英,而并不变更美国在法理上的中立地位。

于此应把没收德义等国船只以供给英国一事,分为两部分观察:即没收船

一九四〇年十二月二十三日至一九四〇年十二月三十一日

只一事是否合法,与以船只供英一事是否触犯现行中立法。按美国间谍法案,美总统有权接收"在美国领海内出现或活动,而与美国政策相抵触"之外国船只,外国船只既经没收,即应认为属于美国所有,因此以该项船只供给英国,只须出之以不违反现行中立法之方式,在法理上即无可非议。

美政府明知此举实行,必将使目前美德关系更趋紧张,但美国的既定政策,决不因任何方面的反对而改变。因之德国的抗议,除了为少数美国孤立派分子张目而外,实无何等效果可言。

【一】"初未"疑为"从未"。

德国的自卑意识　　一九四〇年十二月二十三日

柏林发言人称美国对德继续采行道义上压迫之政策。德国倘在道义上并无可以遭人攻击的弱点,则对于美国所施的道义上压迫,似乎不必放在心上。

未爆裂的炸弹　　一九四〇年十二月二十三日

泰越边境冲突,与其谓为正式冲突,无宁谓为儿戏,虽然是富于危险性的儿戏。据河内电,泰国所用飞机军火皆日本制造,满载军火枪械抵盘谷之日船络绎不绝,然而"泰机所投之弹百分之九十未爆炸"。为泰国计,实有充分考虑向日方定购军火是否上算之必要。

片面的热心　　一九四〇年十二月二十四日

苏日《临时渔业协定》年底满期,日本刻正作"特殊努力",以期与苏缔结正式渔约;《朝日新闻》并著论称日本不应"敷衍了事",以复订临时条约为满足。这里的问题是苏联对于缔结是项新渔约,是否与日本同样热心?即使日本不愿敷衍了事，万一竟连苏联的敷衍都不可得，则又如何？

纪念今日　　一九四〇年十二月二十五日

纪念云南起义[一]，应该保持再造共和诸先烈为民族争国格，不令辱国自荣者僭窃名位的不妥协精神。

纪念民族复兴，应该在民族利益国家利益的前提下，全民团结一致，拥护领袖，向同一目标奋斗，发扬民族的新生。

在今天这一个伟大的日子，我们看见中国抗建前途无限光明，艰辛的苦斗所结成的灿烂的果实已快将成熟；我们也看见企图阻挠中华民族复兴的内外势力，正在作行将没落前的最后挣扎；我们更痛心地看见在这个所谓特殊环境中的上海，蠕动着一群群出卖良心，放弃责任，醉生梦死的人们。他们不会了解今天这一日的重大意义，在胜利自由的新中国里，也不会有他们的分。

我们所期望的，是那些并未丧失良心，但显然还没有在民族复兴这一项伟大的事业上尽过最大可能责任的上海华人，现在如不及时自赎，以后恐将永无机会了。

【一】云南起义：指一九一五年蔡锷等人领导发动的讨袁护国起义。十二月二十五日，蔡锷在云南发起组织护国军，与唐继尧、李烈钧联名宣布云南独立，并率军向北、向东进攻，各地纷纷响应，形成全国规模的反袁斗争。袁世凯被迫于一九一六年三月二十二日宣布取消帝制。

独裁政权崩溃的序幕　　一九四〇年十二月二十五日

北菲义军被英军俘虏者，据英司令部宣布已达三万五千九百余人。阿尔巴尼亚方面，义军虽竭力增援，企图作最后的抗拒，然颓势无法挽回，沿海重要据点奇玛拉卒被希军占领，黑衫军八百名全部降服。凡此皆足证实邱吉尔所谓义国此次贸然作战，完全由于墨索里尼一人的独断独行，而并未为义国人民及军队所赞同，以致一旦遭遇强敌，军心民心即全部解体，而建筑于暴力之上经过许多年来惨淡经营的法西斯政权，亦由此开始了崩溃的过程。我们不暇为墨索里尼悲，因为不以民众意志为基础的政权，无论一时声势如何煊赫，终必就于毁灭，墨索里尼不过是他的同道者的一个眼前殷鉴而已。

巴尔干北部的阴云　　一九四〇年十二月二十五日

　　纳粹势力在罗马尼亚的扩展，似乎已激起罗马尼亚对苏联关系的恶化（苏联驻罗大使曾因罗国的反苏运动提出严重抗议，而昨电又有驻苏罗使被召回国之说）。据合众社匈京电传非官方消息，谓德军在匈牙利西部集中，盛传达三师之众。此举的用意，也许一方面在加紧监视罗马尼亚，一方面未始不是防范苏联。因为苏罗壤地相接，在德方控制下的罗马尼亚，显然是对苏联边境的一种威胁，这一点希特勒自然也是明白的。

此老倔强　　一九四〇年十二月二十六日

　　对于德方的压迫性要求，传贝当上将已以去就力争，表示拒绝，这当然是值得我们赞许的态度。德国获得此种答复后，是否将赫然以怒，使贝当不能不下台，而由赖伐尔之流重组一完全唯命是从的十足傀儡政权；或者为了维系法国的人心，暂时不为已甚[一]，这都有待于事实的证明。但德国在目前忙于准备对付英国的时候，也许尚有对法羁縻一下的必要，以免驱为敌用，传说德国军界亦反对在政治上干涉法国，因此维希政府或者尚能在德国的"宽容"下苟全一些时日。

　　不过无论如何，尚有骨气的贝当，倘以为在这种喜怒由人的环境中，可以维持一个国家的主权独立，一味的忍辱自全，即可等待到他日战争结束（假定是德国战败的话）以后恢复强盛，恐怕世上没有这样便当的事。一个国家的生存自由，是有赖于自己的努力争取的，中国已经立下一个良好的榜样了。

这里我们当然也联想到那批敢不从命地欣然签署于主子所颁下的纶音[二]上，犹腼然自诩为不丧权不辱国之流的嘴脸，过去他们曾引贝当为同志，现在恐怕要大骂贝当的不识相了。然而这却正是贝当之所以尚能博得世人几分敬仰之处。

【一】不为已甚：表示对人的责备或处罚适可而止。《孟子·离娄下》载："仲尼不为已甚者。"
【二】纶音：帝王的诏令，代表着至高无上的、不得违抗的命令。唐代刘禹锡《谢赐冬衣表》载："三军挟纩，俯听纶音，九月授衣，载驰天使。"

两巨人的握手　　一九四〇年十二月二十六日

日本对苏联的曲意求欢，亦可谓无微不至了，然而苏联始终报之以冷淡；同时日本所最怕的美苏接近，却已逐渐形为事实。美国将于明年元旦以后，由海参崴开始，在苏联境内次第设立领事馆，此举无疑地将在两国邦交史上展开极重要的一页，而目前异途同归的两国对华援助，今后亦必将因彼此合作而发生更大的效果。日本的难堪与惶恐，可以想见。

圣诞节在各国　　一九四〇年十二月二十六日

"世界将不能享受愉快之圣诞节，除非全体男女决定根据基督之精神，以创造一较佳之世界"。这是美总统罗斯福之言，有朝乾夕惕[一]的气象。

"战胜'强权即公理'主义，使国际间关系归返道义。"这是教皇庇护十二世之言，有悲天悯人的气象。

街上及防空壕堑之民众，不唱圣诞歌曲而竞唱战曲：这是圣诞节的英国民众。希腊拒绝中立国所提圣诞节休战建议，未曾准备使阿尔巴尼亚之希军中止其胜利之前进：这是圣诞节的希腊军队。他们所表现的，是昂奋锐进的气象。

"大批人民将不知圣诞大菜为何物，甚或不知明日能否得食；圣诞老人更未必为其子女携来任何玩具；各地难民所寄居之荒村中，甚或不闻教堂钟声。"在法国元首贝当的圣诞演词中，流露着萧条零落的气象。

"英伦海峡仅能于吾人不思进攻英国之时，有保障英国之价值。"在德军总司令白劳杰区的圣诞演词中，流露着虚骄浮夸的气象。

【一】朝乾夕惕：终日勤奋，不敢松懈。《周易·乾》载："君子终日乾乾，夕惕若厉，无咎。"

泰国的"中立"与"独立生存" 一九四〇年十二月二十七日

泰国首相对路透社记者谈话，谓"想英国对于泰国向越南提出之要求，定予同情"。此种想当然之谈，恐怕未必为英国所能承认，然而泰国与日本缔结所谓友好协定，却显然不是能使英国同情的事。泰国首相谓"当战事将爆发时，法国曾拟与泰国缔结军事协定，但泰国谢绝之，因欲保持中立也"。不知与日本缔协定，是否保持中立的最好办法？在日本"友好"下"维持独立生存"，其去独立生存盖亦远矣。

"尊敬基督"的德国 一九四〇年十二月二十七日

耶诞节英德两国天空宁静，据国际社称，两国为"尊敬基督，互相停战"，而系由于德方之建议云。纳粹的德国，居然会知道"尊敬基督"，倒也有些出人意外，不过也未始不可看出尽管希特勒如何想以纳粹主义代替基督教，而一般德国人久受熏染的基督遗教，毕竟还有它不可铲除的力量。这种力量，正是反侵略的民治国家所极端重视，悉力护卫的，预料这种力量在德国在全世界的重新抬头，应该为期不远了。

"不与交战国冲突"的南爱   一九四〇年十二月二十七日

南爱总理伐勒拉向美呼吁，要求接济军火食物，谓南爱人民伤亡颇众，难民亦多，海岸亦被封锁云。本来英爱兄弟之邦，唇齿相依，英国在战云笼罩下，而谓南爱可以置身事外，行若无事，决无此理。伐勒拉既知"外传南爱人民对战事既无关切亦不受影响"之说不确，则自当明白如欲保障南爱不受外力的侵害，只有蠲弃阋墙的私怨，与英风雨同舟，共渡时艰，才是正当的办法。比邻被盗，而自己关门高卧，此种政策，实为明哲所不取。

不无考虑余地的"老实话"   一九四〇年十二月二十八日

老实话最难得，尤其是从日本陆军人物笔下写出来的老实话，因为日本军人现在所以还有胡作妄为的勇气者，就全赖他们闭目无视现实的一股狠劲。然而马渊报道班长却承认了下列几点事实：

（一）国际局势有利于中国。

（二）中国政府绝无崩溃之望。

（三）在蒋委员长领导下的多数华人皆为优秀的爱国人民。

（四）日人自以为业已战胜中国的心理完全误谬。

这些都是最浅显的事实，然而我们却不希望能为"为傲慢与偏见所蒙蔽"的日本军人所认识。马渊既知道"集合于蒋将军旗帜下之多数华人，实代表热爱祖国的中国人民之精萃"，或者他也能告诉我们，"集合于南京旗帜下之少数汉人"，他们所代表的是那一类人物。

当然我们不能无条件地接受马渊的言论，认为这是日本军人中觉悟的表示。他以为"中国人民分成两大阵营"，以所谓"和平"派与主张作战到底的一派相提并论，这就足以证明前述的认识，不过是铁一般的事实所迫令他不得不接受的教训，而其对于中国人民所抱的根本错误心理，则仍丝毫未曾改变。为同一目标而共同奋斗的中国人民，是没有阵营可分的，在外力卵翼下喊和平的分子，不过执行雇主的意志，供其驱使奔走，对于此种人物，"热爱祖国的中国人民"，早已摈不与同国族了。

美国发表秘密外交文件　　一九四〇年十二月二十八日

　　美国务院发表一有关一九二五年英国在日本指使下诱令美国共同干涉中国内政而遭美国拒绝的秘密外交文件，在十余年后的今日，尤其是中美英三国已经站在同一立场上的现在，再来提起已往的旧事，也许足使华人对英发生不快的印象，但美国在此时发表此项文件，决不会漫无意义。就英国而论，中英两国的友谊，以往并不尽善尽美，这是无可讳言的，但既往不咎，目前两国关系的日趋亲密，正可证明过去的阴霾已经一扫而空。英国现在需要于中美两国的协力者甚大，她当然不会和美国的政策背道而驰，再以中国的利益作为对日妥协的牺牲品的。然则美国此举唯一可能的目的，只是再度给予日本一个警告，并暗示不久即将赴任履新的野村大将，不必用任何方式，向美贿诱，希望美国给他一个比较好看的面子了。

德国又一"惊人之举"　　一九四〇年十二月二十八日

　　德国一面扬言将大举攻英，一面却以三十万大军由匈牙利开抵罗马尼亚，再来一套声西击东的故技。此次进军的作用，可能的解释只有两个，不是准备跟苏联翻脸（所谓明春进攻乌克兰之说），就是准备强行借道保加利亚，对希腊土耳其有所动作，以为义大利声援。德苏开战，从各方面看很少可能，但德国很可以优势的军力，作为对苏联的威胁，使其不再坚持其在巴尔干的强硬立场。可是苏联既知德国目前决不愿意再多树一个强大敌人，则此种威胁亦殊难见效。而所谓借道保南，攻击希土者，更必引起希土苏三国共同的反抗。

　　对于"日苏接近"几乎已经完全绝望了的日人，也许因此又发生了新的希冀，以为苏联为了避免东西两方同时受胁，或者会和日本"亲善"。然而苏联军事当局对于此项可能早已估计到，陆军的积极训练补充，太平洋黑海与波罗的海舰队的扩充，都可表示苏联已有充分准备与实力，足以同时抵御两方面的敌人，假如日本真的作任何乐观的希冀的话，那她又将尝受严酷的事实的闷棍了。

艾登接见苏联大使　一九四〇年十二月二十九日

艾登就任外相后，前日接见苏联大使迈斯基，互相表示促进英苏关系的愿望，并曾谈及两国政府共同继续援助中国之意。这次虽不过是外交上的普通谈话，却不能不认为有极大的意义。

在纳粹的眼中，艾登是一个也许比邱吉尔更"危险"的人物（他们曾经说最近邱吉尔的对义演说是艾登所"授意"），而这种嫉视并不是没有理由的。艾登是英国开明派政治家的代表人物，也是攻击纳粹最力，而主张与苏联携手的一人，他和苏联前外长李维诺夫[一]一样，是集体安全制的热诚拥护者。当时因为绥靖派的得势，致英苏合作功败垂成，反被德国占了先着。现在张伯伦死了，哈里法克斯走了，苏联对英的疑忌已有逐渐消释的可能，这当然是使希特勒寝食难安的事。

无论在欧洲英苏能够合作到若何程度，至少在远东方面，苏联与美英二国的步骤是完全一致了。中国在这种有利的国际形势下，配合自己愈战愈强的实力，迎接"胜利年"的来临，自然具有充分的把握。

【一】李维诺夫：苏联外交家，犹太裔，一九三〇年至一九三九年任苏联外交部长，他将苏联带出了十月革命后所形成的政治隔离的困境，政绩斐然，还力主联合欧洲国家反对希特勒德国。一九三九年苏德签订互不侵犯条约，李维诺夫被撤职。一九四一年卫国战争爆发后被重新启用，先后任苏联副外交人民委员和驻美大使。

南爱尔兰的中立地位　　一九四〇年十二月二十九日

一面南爱尔兰再度采取新"中立措置",拒绝以沿海根据地租与英国;一面德国却全然漠视她的"中立地位",照样把爱尔兰全部划入封锁地带内,使竭力保持中立的伐勒拉总理不能不鉴及"维持给养有不测之困难"。在若干日前,他曾向美国呼吁,要求接济食粮军火;可是德国却声势汹汹地宣称美国船只如驶入爱尔兰口岸,则德国将轰沉之,保持中立的代价是如此。伐勒拉总理是一个狂热的民族主义者,也许憎恶英国的成见使他固执不化,但他必须明白在希特勒的词汇上,"中立"两个字是根本没有的,目前在德国铁腕下的若干国家,当初何尝不曾严守中立过来?

日德在太平洋上的勾结　　一九四〇年十二月三十日

日本以海港供德船自由输运战具及食物,供应在太平洋中施行破坏工作的德舰,这是东西轴心国进一步勾结的又一姿态,也表明日本已在行动上"介入"欧战了。美国对于此种局势,自不能不表示极大的关心。最近轴心国家对美的种种挑衅言行,尤其如悬挂日旗的军舰向奈鲁岛开炮射击之事,都似乎在证明他们正以极大的努力,企图改变美国人民无论如何决不参加战争的心理,如果这是他们的意向所在,那么我们不妨说他们的努力已经成功了,美国大多数人民,已经充分觉悟对侵略者放任让步,其危险性较参加战事更大,美国当局最近增强远东防务种种积极措施,正是全美人民心理的反映。不久将来的一天,轻举妄动者必将自食其果。

苏日重开渔业谈判　　一九四〇年十二月三十日

苏日《渔业临时协定》本年底期满后重开谈判,已由苏方证实,东京《国民新闻》对谈判前途表示悲观，认为正式条约签订不可能，而主张日本应放弃"讨好苏联"之政策，以"对付英美两国"的同样手段"对付苏联"云云。日本过去以胁吓外交"对付"英国，固曾获得局部的成功；而以此"对付"美国的结果，是商约的废止，禁运范围的扩大，与援华的益见积极；在英国放弃绥靖政策以后，日本此种手段更已完全失效。至于苏联固然不会因日本"讨好"而向其亲善，更不会因日本的恫吓而对其屈服，日本是领教过张鼓峰[一]与诺蒙亨教训的，以行之于英美而失效的政策去行之于苏联，其为不合时宜也明矣。《国民新闻》认为去岁东乡与莫洛托夫所订的《临时渔业协定》，是《朴资茅斯条约》以来最耻辱的外交，在我们看来，此次如能签订同样"耻辱"的协定，已经是极大的成功了。

【一】张鼓峰：位于吉林省珲春市中、俄、朝交界处，一九三八年七月底，日军向占领该处的苏军发起进攻，遭苏军反击，经激战后日军告败。张鼓峰和诺蒙亨是"二战"前期日方向苏军挑衅而遭失败的两个典型战例。

维希拒以海军交德　　一九四〇年十二月三十日

传维希政府已拒绝德国所提交出海军的要求，这是继贝当清除内奸以后又一生气勃勃的举动，给在磨难中的法国民族挽回了不少的面子。德国对于这个抗命的"小朝廷"，也许终将出之以彻底解决的手段，但为维希政府的当轴者计，困守这半壁无自由自主可言的残破江山，其前途与出路实极渺茫，与其守株待兔，无宁退守北菲，继续抗战，如此不但格外增强了民主阵线的声势，也为将来的胜利复兴立下基础。为了法国的光荣历史与远大前途，我们是这样希望着。

一九四〇年的最后一页　　一九四〇年十二月三十一日

去年今日，英法尚骈肩于西线"悠闲地"对德作战，而另一边的苏芬战事则在惨烈进行中；今日被打得落花流水的义大利，当时还在隔岸观火；东方的日本正在阿部内阁的软弱统治下，侵华军事无法解决，而美国对日制裁的呼声日见有力，再过一月满期的美日商约，美国业已宣布不再续订；苏日关系颇不美满，两国渔约于是日满期，虽以日方的努力，结果仅成立了为期一年的临时协定：这是当时的国际一般形势。

又是一年了，我们把这一年和过去一年对照而观，其间的悲欢离合，盛衰兴亡，实令人不胜感慨系之。这一年中，有更多的流血与罪恶，但它却促成了反侵略阵线的团结，使野心国家一一遭到了挫折与打击。除了继续对日作战的中国，丝毫不受国际变化的影响，一天一天趋近了胜利的鹄外，民主国家曾经因为准备的不充分与组织的松弛，一度挫跌下来，然而不久之后，即已恢复声势，尤以美国的坚强政策，使侵略集团无法畅所欲为。自义大利参战，日本加入三国同盟后，对于德国并无任何利益，因为日本在对华战事中，与义大利在希腊与埃及的战事中，都已充分表现其无能；德国虽自诩这一年为她的胜利年，但巴尔干的活动既遭苏联喝止，征服英伦三岛的雄图也无法实现，所谓胜利年者，正就是失败的开始。

新的搏斗行将展开，轴心集团在未全部崩溃以前，必将发动更大的攻势，也许美国不得不在太平洋上一显身手，使整个轴心计划陷于瓦解。美总统的"炉边谈话"[一]，在这时候发表，实在是一篇最好的应时文章（"应时"应作"适合时宜"解），也带给全世界以反抗暴力求取真正和平的人民以无限的鼓励与信心。

【一】炉边谈话：罗斯福就任总统后，曾在壁炉前接受多家广播公司的录音采访，双方随意交谈，后来就把这样的采访定名为"炉边谈话"。后这种形式成为一种特有的联系群众的广播方式，每当美国面临重大事件时，都用这种方式与美国人民沟通。一九四〇年十二月二十九日的"炉边谈话"中心内容是谈国家安全。他指出在纳粹势力日益猖獗的形势下，不能再拘泥于原先"门罗主义"的方针持"中立"立场了，"钻进被窝把头蒙上，是躲不开危险的"，"跟纳粹分子是没法讲和平的，除非付出投降的代价"，"如果美国想要不卷入战争，我们就必须尽力支援这些国家抵抗轴心国的自卫战斗"，号召全体人民增加军工生产，援助反法西斯各国。

一九四一年一月一日
至一九四一年十二月八日

美国赠华的新年礼物　　一九四一年一月一日

罗斯福总统十二月二十九日的"炉边谈话",是对东西侵略国家的岁尾总结帐,而美政府方面暗示不久将以驱逐舰至少四十艘与同数目之轰炸机运英,同时《纽约通报》披露美国将以驱逐机四百架及轰炸机若干架接济中国,这可以认为美国给与中英两国的两份隆重的新年礼物。美国租借战具的计划,已由财长摩根索表示对中英希腊各国一体适用,但因目前美国注意的重心,无宁还是在太平洋一方面,而中日战事在现阶段中,只要中国能获得充分的军事配备,即可一举而击溃日本,使美国解除了西顾之忧,故援助中国尤为必要。

最令人感觉兴趣者,为美国行将运华的飞机中,尚有飞行堡垒六座,能在自由中国与神户大阪之间往返飞行,似乎日本的防空设备是否完美,不久的将来即将遭逢严重的试验了,虽然仁侠为怀的中国空中健儿,是决不会学日机那样以无辜平民为表现技勇之目标的。

罗斯福总统的新年工作　　一九四一年一月三日

罗斯福总统元旦日并未休假,却忙于起草将向国会提出包括以军备租赁中英希三国之计划的咨文。罗总统的"炉边演说"已经在国内发生普遍良好的反应,深信此项计划,必能获得国会一致的拥护。

美国太平洋舰队今年将不举行惯例的大规模演习,而集中于夏威夷,严密注意国际局势。美国对世上侵略国已经尽了道义上劝告的责任,示威的时期也已成为过去,今后是准备行动的时期了。

贝当向希特勒致新年敬礼　　一九四一年一月三日

希特勒方在发表他的耀武扬威的元旦宣言,法德谈判的决裂,对于他的尊严与威信却是一个不小的打击。贝当政府竟然如此强项，自出德人意料之外，但这也许可以教训希特勒，战胜一个国家是一件事，征服一个国家是又一件事。

名人名言　　一九四一年一月三日

希特勒云："此等穷兵黩武之国家，数十年来造成世界之大乱，屡陷人民于战事惨祸中，必须加以毁灭。"

松冈云："贪得无厌之国统制开拓，被压迫之国家，除武力反抗外，绝无生路。"

诚然是断章取义，却不失为"名人名言"。

史丹林的警告　　一九四一年一月四日

国际社莫斯科电传史丹林语，谓"吾人现正遇军事压迫之危险，决不可使不共戴天之敌人有乘虚而入之机会"。又路透社发表《纽约时报》所得消息，谓苏军集中自林堡至奥迪萨之第尼斯特河北岸一带，□□□□防德国的袭击。我们虽不知道塔斯社对于此类消息□会不会再来一次否认，但德军向东推进的结果，□□加深苏德的摩擦，这是必然的结论，从苏联方面□□的表示看来，他是不预备作任何退步的，现在的□□就是要看德国是否甘冒和苏联翻脸的危险。

无论如何，最失望的还是日本，想借德国的□□以与苏联修好固然失败了，妄想苏联受德国威胁而不得不对日迁就，观乎苏联态度的坚强，也已经证□□同样的不可能。

如此"德政"　　一九四一年一月四日

陈公博上台后，我们尚未见他发挥如何经□□□过他确不失为一个聪明角色，懂得笼络人心的□□□喊得半天响的所谓解决民食问题，在买不起百□□□米的人们听来，自然悦耳万分，可惜我们一考□□□德政"的实际，不过是一万四千余包尚未看见□□□米，据估计上海全市食米每日九千余包，然则□□□果托福，也不过饱了一天半肚子。

罗总统派私人代表驻英　　一九四一年一月五日

罗斯福总统派霍金斯为私人代表前往伦敦，英国官方认为此举意义之重大，"仅次于罗斯福总统亲自到达伦敦"。自坎纳第辞美国驻英大使职后，美国在英尚无适当外交代表，而英国新任驻美大使哈里法克斯也尚未就任，以美英两国目前亟需商谈事项之繁复，此种缺陷自需设法弥补。罗总统表示将向参院提出驻英大使人选，然在人选通过以至就任，尚须若干时日，霍氏此行使命，据罗总统云"至新任驻英大使任命后而止"，正就是填补这个空隙。民主国例行公事的迂回迟延，惟罗斯福能以非常手段补救之，这不过是一个小小的例子而已。

艾登接见日使　　一九四一年一月五日

艾登就任英国外相后，先后接见苏联及中国大使，复于三日接见日使重光葵。电文简略，合众社报告仅谓除涉及日本之南进问题外，艾登曾向重光葵保证"英国正避免使英日关系愈趋恶化"云。日本与其他国家间关系的恶化，其责任都属诸日本，故我们所关心的，倒是重光葵能够向英国提出一些什么保证。艾登此语固无特别重大的意义，但我们以为英国避免使英日关系愈趋恶化的最好办法，只有勿授予日本向英国作进一步挑衅的机会，已经放弃绥靖主义的英国现政府，对此自必有充分的认识，更无须我们多赘一辞了。

义国坚持对法要求　　一九四一年一月五日

德法之间情形复杂的现在，据说义国又乘机坚持废除休战协定，占领法自由区域，及尼斯、科西嘉、都尼斯三处割与义国三项要求。惯于借他人威风乘机渔利的义国，此种作风殊不足为异，可是他却忘记了想想自己现在的地位，并不比崩溃前夕的法国好多少，同样的命运威胁着自己，而犹恬然以战胜者自居，亦可谓无聊之尤矣。

美国加强太平洋国防线　　一九四一年一月六日

美国对华续贷五千万元稳定中国法币之协定不久签字，这是开岁以来美国援华行动的第一炮，在美国固然是盛意拳拳，在中国却也受之无愧，因为替美国牵制日本行动者是中国的继续奋战，而稳定中国币制，也就是增厚中国的作战力量，使能早日达到最后胜利鹄的的重要条件，故美国此举，实不啻为自己在太平洋上的无形防卫线加强工事。我们深盼新国会能迅速通过以飞机四百架供给中国的议案，俾中国能充分发挥其反攻实力，为自身同时更为美国解除了切身的威胁。

捕非法之鱼　　一九四一年一月六日

海参崴未证实消息，谓日渔船侵入苏联领海，被苏联飞机以机枪扫射，日本已提严重抗议云。大概日方因鉴于正式渔约的订立无望，情急之至，乃出此手段，以争取其"天然权利"，可惜苏联非易与者，"提抗议"倘非为"道歉"之误，则此事之足以影响正在进行中的两国渔业谈判，当是一个很可能的假定。

为主为奴一念间　　一九四一年一月六日

德法外交关系破裂之说，柏林维希方面均已声明否认，维希报纸谓双方现行谈判既极微妙，又甚复杂，我们殊未见其有何微妙复杂之处，因为问题很简单，不是维希接受柏林的指挥，自沦于附庸地位，就是放弃现时的苟安局面，为法国民族的自由而继续奋斗。我们暂时不敢怀疑贝当元首是否"无往不以国家光荣与尊严为重"，但如果他在此时一面以阳示坚强的态度吊英美的胃口，一面以秘密外交向希特勒乞怜，企图觅得一条妥协之途，则玩弄手段的结果，必将有一天丧失全体爱自由的法人对他的尊敬与信仰。对国家民族，为功为罪，尽在一念之间，愿贝当能有以自白于天下。

给鸵鸟主义者以教训　　一九四一年一月六日

南爱尔兰苦心保持的中立美梦，终于被德国无情的轰炸所惊破，这很可教训那班独善其身的鸵鸟主义者，使他们知道扯起一面中立旗子，并不能避免自身的被攻击。"人不犯我，我不犯人"，固然是正确的态度，但"我不犯人，人不犯我"却是过于乐观的希冀。

北菲英军奏捷　　一九四一年一月七日

英军攻克里比亚重镇巴底亚，是战略上一大胜利；义方守军自司令以下二万人全体纳降，此种"勇敢战绩"，亦诚为义大利希有之"光荣"。本来巴底亚在英军控制下，为时已半月余，英军暂时采取包围策略，使敌人疲困，俟多不鲁克的义军增援部队驰到后，乃以海陆空军合力进攻，一举而聚歼之。故巴底亚一经攻克，非但埃及英军地位益见巩固，而多不鲁克义军因实力抽调一空，处境更为危殆。英军倘乘胜直进，将该地续行占领，则里比亚东部海岸即为其所控制，且可对义方剩余的唯一重要口岸的黎坡里加以严重威胁。义国因欲维持本国与菲洲属地间的给养路线，不能不以全力扼守海口，但军队实力既已大半损折，士气消沉，尤属无可讳言，如何应付英军的攻击，恐怕不是一件容易的事。

问题之国保加利亚　　一九四一年一月七日

　　巴尔干的不安局势，似乎因为德军将占领保加利亚全境之说而更形恶化了。据说德方已宣布苏联将不出面干涉，可是与此有关的，却有两个互相矛盾的消息：其一是苏联驻南匈保罗各国使节均已奉召返国之说；但保京的苏联有关方面，则谓苏联驻保大使在最近将来并不准备回国。就苏联召回驻巴尔干各国使节之说而论，似乎苏联感到目前局势之严重，颇有未能坐视之势，本来保国当初拒绝加入轴心，即系受苏联的阻止，今德国如图侵犯其中立地位，以情理而言，自非苏联所能容许。但反过来说，德苏间的矛盾虽日渐加深，但两国在目前都未至公然冲突的时机，德国或者看准了苏联不愿动手的心理，而悍然占领保国，掣希腊之背，以挽救义军的颓势，也有可能。但采取此项步骤，必须提供苏联以相当保证，倘德方所称苏联将不出而干涉之言果确，则未始不可认为彼此已有谅解，虽然真相如何，尚有待于事实的证明。

慰问《申报》　　一九四一年一月八日

　　横行不法的恐怖份子，前日再度以申报馆为其行凶的对象，被捕的暴徒一名，据《字林西报》所载，已认明为歹土的党徒，事后日方《新申报》复以五行大字标题，皇皇然揭出"申报昨复遭膺惩"，不打自招，指使主动者之属于何方，已经是无法抵赖的事实了。

　　申报馆去年七月的手溜弹案，尚在我们记忆中，此次又遭袭击，虽事出突然，但却也是正义战士在向恶势力奋斗过程中难免的遭遇，而况《申报》凭其悠久的历史与在"孤岛"言论界的重要地位，受暴徒们的嫉视，更为意中事。我们除了谨向租界警务当局吁请严密注意取缔这种来源显而易见的无法暴徒的活动外，敢以同业的资格，向《申报》竭诚慰问，并祝打破任何阻力，一本初衷，继续为人间正义而奋斗。

美国准备应战（社论意有未尽，再申论之） 一九四一年一月八日

罗斯福总统以空前坚强的语调，宣称"吾人援助民主国抵抗侵略之举动，独裁领袖固将认为破坏国际公法或战斗行为，然吾人执行此项宗旨，决不因独裁者之恫吓而中止"。美国不可摇撼的决心，自此昭告天下，使侵略者无法再作"美国将不惜任何代价避免卷入战涡"的梦想。美国至今仍在努力不令战事延至西半球，但这并不是说她将容任侵略势力的扩张，因为此种扩张的结果，必有一天将令西半球受其吞蚀。罗总统已经剀切阐明援助反侵略国家即系自卫，此种援助并非战斗行为，但侵略者如欲认为战斗行为者，美国亦愿起而与之周旋。因为侵略者所惧的是实力而非法理，只要是他所认为可欺的，则国际公法尽可供他曲解或撕毁无余。爱好和平与世无争的小国如荷兰挪威，可以一无理由而宰割之，提供保证允不侵犯的南爱，可以任意派飞机前往轰炸之。对于此等国家，除了以实力喝止其前进外，与之高谈法理，适足自误。罗总统已经说得很明白了："盖独裁者如遇攻击吾国之时机成熟时，彼等决不致待吾方之战斗行为开始后下手也。"

扑朔迷离的巴尔干 一九四一年一月九日

巴尔干的混沌局势，因为各方面消息的矛盾离奇，使人有不可捉摸之感，但目前可以大约断定的，则有下列两点：第一，德军进占保加利亚，昨日虽有如此传说，然未能认为事实。第二，德向保提占领要求，虽经德保官方竭力否

认，但昨日合众社访电则言之凿凿，谓为"绝无疑问"，似乎两国之间，必有一种不能公开的秘密，同时另一国家（苏联）的态度，亦必于其中发生重大的作用。

德国如欲占领保国，本来只须一举足之劳，他的唯一顾虑不过是苏联。关于德苏对德国占领保国成立谅解之说，苏联虽未明白表示态度，但看来还只是德方所放的空气。由"占领"未能迅速实现一点来看，似乎可以反证苏联并不准备予德国以便利。伦敦苏联官场曾表示德方如企图利用保国领土，无论是否得保国同意，皆将为苏联所反对（国际社匈京七日电）；而维希方面又有苏联黑海舰队在保国要港伐那港外集中的传说。这些似乎都暗示德国在该方面的行动，尚有加以考虑的必要。

以目前义军的处境而言，德国以同盟之谊，披发往援，义不容辞。无奈事实并不如此简单，因此姑且在巴尔干方面虚张声势，造成严重空气，一方面是试探性质，一方面也借以转移民主国家的视线。但此种神经战略所能收获的效果，恐怕是微乎其微的。

李希上将雪中送炭 　　一九四一年一月九日

美国特任李希上将为驻法大使前往维希，此举对维希政府固然是一种友好的表示，但更重大的理由，还是因为存在于两国人民之间的悠久的友情。美法两国在历史上同为倡导民主自由的先锋，目前法国的不幸处境，自为美国所深切同情。在特戈尔将军领导下的自由法人，虽还在为争取国族自由而奋斗，但大部分法国人民，则在德军控制下度着非人的生活。李希大使此去，无异给他们精神上极大的鼓励，使他们知道他们在患难之中，仍未为友人所遗弃，同时对于法国境内极为严重的粮食问题，以后自可视实际需要，在不致有利于德方的条件下，由美国设法供给救济。至于维希政府是否具备一个独立国家政府的资格，固然还成问题，但美国是准备给它一个试验的机会的，只要它能证明它的确代表着法国人民的利益。

美海军总司令易人　　一九四一年一月十日

美国在大规模扩充海军声中。宣布海军总司令易人，以勒梅尔上将代替李却森上将的原来职位。此事似不能仅仅以普通的人事更动目之，更绝非表示突于此时发现原任者的不胜任而有加以撤换之必要。主要的原因，当还是因为美国为准备应付万一的战争，不能不训练若干充分熟练的海军要员，以便利战时支配，司令的更迭，也就是给予新任者一个充分把握战争机构的机会，这正可反证美国在如何坚决地准备予打击者以打击。

日本访问越南的特种使节　　一九四一年一月十日

政治阴谋进行得最为活跃的区域，也就是各种谣传滋生的地方，事实的真相，往往为虚伪消息所朦蔽，巴尔干半岛是一个例证，而在这一点上，关于泰越之间的一切传说，也有类乎是。

据称泰国已向越南正式宣战，越南政府已迁往西贡，而负责方面则均加以否认。对于次两国间的蛮触之争[一]，我们实不能感到多大兴趣，更令我们注意的，却是日本小型兵舰数艘将由红河开抵河内，并有装运坦克大炮的一列车停留于海防河内之间。据观察此类兵舰坦克大炮的"访问"，与在东京进行的法日谈判有关。对于这种奇怪的"亲善使节"，不知德古总督是否准备以对付泰国的同样坚强态度对付之。

【一】蛮触之争：传说中在蜗牛两角上的蛮氏和触氏两个小国，因细小的缘故而引起的争端。典出《庄子·则阳》："有国于蜗之左角者，曰触氏，有国于蜗之右角者，曰蛮氏。时相与争地而战，伏尸数万，逐北旬有五日而后反。"

阿比西尼亚起来了　　一九四一年一月十一日

义军在北菲的继续失利，一个必然的结论为东菲统治权的倾覆，由于交通路线的隔绝，尤其是被征服民族的离贰，疲于奔命的法西斯政权，无法保持其不义而得的赃物，已经是注定了的命运。本来阿比西尼亚自被义国侵吞后，该国民众揭竿反抗，时有所闻，兹据开罗报告，则已有一队义军在葛巴被阿国别动队逐出，而阿皇塞拉西则曾在英埃苏丹与英军会商反义复国的计划，行见这一个求取民族解放的争斗，将随民主势力的着着胜利而发扬蓬勃起来，加速独裁政权的崩溃。

阿比西尼亚人民的奋起，不过是全世界被压迫民族解放运动的一个支流，不远的一天，其他正在对侵略者反抗及行将乘机反抗的国家，必将风起云涌，结成伟大的洪流，冲破暴力的堤障，而奠定真正的世界新秩序。

太平洋上的铁网　　一九四一年一月十一日

美国在一九四一年倾力以赴的大事，是援助抵抗侵略国家与加强本身作战机构二者同时并进。大西洋方面的威胁，凭着英国的海军力量，已可应付裕如，故最近诺克斯海长所宣布的海军改组，重心还是在于太平洋方面。美国远东防务的最大弱点，即是菲岛形势孤悬，鞭长莫及，但现在此种弱点已经挽救过来。日本如有异动，实力庞大的亚洲舰队，即可以菲岛及新加坡荷印为根据，借潜水艇飞机的协助，牵制敌人于先，再以太平洋舰队的主力应援于后；关岛设防通过后，在接济方面更可获得不少便利。此后美海军在太平洋的进攻退守，已不如前此之多所顾虑，行险侥幸者投机取利的时期已成过去，如必欲以身试刃，则除了覆灭以外，殆无他途。

"德军安然开入保国"　　一九四一年一月十一日

保加利亚局势"澄清"之后，合众社又来一个罗京电，谓德方传称德军数队已安然开入保国，未遇抵抗云。对于这消息，我们不知道是否应出之以保留的态度，但同一电中谓德军可于十四日内进占希腊，我们却担心多分他们又会失约（如果这句话是可以代表德方军事当局的意见的话）。德军倘果悍然不顾一切，假道保境向希进攻，希腊的处境固然感受严重的威胁，但希腊非罗马尼亚保加利亚之伦，恐怕未必能容许德军"安然开入"。

非常时期的非常法案　　一九四一年一月十二日

美国政府向国会提出的援助民主国家法案，据合众社所发表的内容看来，该法案如获通过，总统即可获有无限权力，以各种具体的援助给与"有关美国国防之国家"，而不受其他法律之牵制；换句话说，此新法案之成立，即系变相宣布《琼森法案》与《中立法案》的失效。

《琼森法案》与《中立法案》的产生，都是美国不参战政策的反映，时至今日，美国竭力避免卷入战涡的心理，仍与以前无异，但因情势变更，此项法案的存在，不仅不能阻止美国的不卷入战涡，抑且反有令自身遭受他人攻击的危险。只有一面加速充实自身的国防力量，一面加紧援助目前正在抗战中的国家，使之力能阻止侵略势焰的蔓延，这样才是使野火不致烧到自己门前的唯一办法。

在实际情势的迫切需要下，美国行政当局提出此项非常措施的法案，度必能获得国会的同情而予以通过。为了争取时间，不令独裁国家获得机先，现在已没有作枝节吹求的余地了。

德国又一"大胜利"　　一九四一年一月十二日

德苏友好条约的延续，在德国固然是绝好的宣传材料，然而吾人则未以为此一"大胜利"，具何实际的重要意义。此举除了表示两国关系因目前彼此有所顾忌而暂时仍将维持，不致破裂外，划界问题的解决，不过是一个手续的清了，而"货物之互惠交换"一点，与其谓为实际的经济提携，无宁说是一句空洞的口号。德国现时军需孔亟，是否能以大量工业配备供给苏联，先就是一个绝大的疑问；如果德国不能给予苏联以后者所需要的事物，则"互惠"二字即无从谈起，苏联即使能以原料粮食供给德国，但她总不预备把宝贵的物资白白施送的。何况，说句老实话，最不能信任存在于这两国之间的"友谊"者，恐怕还是无过于此两国自己吧。

人皆掩鼻而过之　　一九四一年一月十二日

日本访问荷印经济代表团团长芳泽谓"一般感觉，认为荷属东印对于东京，较他国京都不表欢迎"。又海军大将大角谓"吾人愈向南洋土人表示善意，此辈愈益惴惴不安"。日本到处和人谈亲善，而到处被人嫌恶，这一件事实已使日人不能不十分伤心地承认。可是他们始终没有明白别人的"不表欢迎"与"惴惴不安"，不是因为受第三者的煽动，也不是因为误解日本的"真正目的"，而是因为对于日本的"真正目的"，了解得太清楚了。

罗总统提案的反响　　一九四一年一月十三日

罗斯福总统向国会提出扩大权力援助民主国方案后，国会中的反响除赞成以外，另有主张修正的一派，而孤立派则仍有表示异议者。反对的理由，除了所谓"促成与独裁国间之战争"之说不值一驳外,主要的有两个:第一为众议院军委会主席海氏所称"颇有将一己之海陆军供应品完全赠予他人之虞";第二为共和党胡佛杜威所称"使国会大规模委弃其责任","乃废止自由政体之尝试"。

关于第一点,美国以军用品供给抵抗侵略国家,足以减少自身和独裁主义者直接冲突的危机,故此项供应品实际也就等于用在自己的国防上;至于供给的限度,一方面须视被供给国家的需要,一方面总统也自有权衡,而国会更保留着财政的权力,得以支配供应的数量。就第二点而论,则此一法案根本是一种紧急措施,其目的正在维护自由政体,使其不受独裁政治的侵凌,美国会倘能迅速通过此案,不使轴心国有喘息机会,那正是所以完成其伟大的责任。

有一点似乎毫无疑问的,即使在反对者方面,对于此法案的"目的"亦无不表示拥护。罗总统对于此案的通过颇具自信,无论最后的形式是否较原案再加若干修正(例如规定物品运往外国时需有该国的某种保证等),但必能有以慰全世界正义人士之望,却是可以断言的。

巴尔干近事　　一九四一年一月十四日

苏联又一否认

善于否认的塔斯社,十一日否认了苏联兵舰驶近罗马尼亚领海附近的传说,昨又否认苏联同意德军开入保加利亚的传说。这似乎都可证明巴尔干的危机,目前尚未至最严重的阶段。

颇饶兴味的是塔斯社对于后一传说的否认,却出之以漫不经心的态度,德方既"从未向苏联提及德军开入保加利亚问题",保方亦"从未向苏联质询关于德军开入保加利亚问题",苏联"事前"既未知悉,亦未予以同意。在字面上,对于德军入保一事虽未明白否定,但就在此种轻描淡写的字句中,已可证实德军确未入保。而德方所以踌躇不进,未能取获苏联同意,当然是一个重大的原因。

土耳其强硬表示

和苏联的否认相前后的,则有土耳其政府人员对合众社记者的表示,称德军如果侵入保国,土耳其即当对德宣战。这是德军确未入保的又一证明,但尤其重要的是它证明了下列二点:第一,土耳其不拟放弃其对英的共同立场;第二,土方此种硬朗态度,必已获得苏联不赞同德国在巴尔干扩展势力的暗示。

保总理的"友善"演说

在同一日内,保总理费洛夫发表了一篇"包括对德义友善语调"之演说,中谓"保加利亚处于德土军队集中之中间,然已决定于必要时以武力保卫其权利及自由"。谁也不相信土耳其会侵害保加利亚的权利与自由,然则保国于必要时保卫的对象,似乎应该是她所"友善"的德国。费氏以保政府领袖的地位,出此婉曲而又坚强的语调,当然必有所恃,我们的结论,仍不能不推到苏联的"不同意"上去。

不用说,费氏所说的如果不是梦话,那么德军确未入保,这里又是一个有力的证明。

德国的心事

义军的步步败退,确已使德国焦急至于不耐的地步,目前驻在罗马尼亚的大批德军,或将不顾一切,强渡多瑙河,借道保境向希腊或土耳其进攻,以图解决这一个心腹间之癌,这不能说无此可能。但德方在非万不得已时,当尚不致作此种冒险,而现时种种摩拳擦掌的姿势,主要的还不过是一种威胁。南斯拉夫京城德人观察,谓义希即将成立谅解,停止在阿尔巴尼亚作战,此说在理论上决不能成立,但却正好道出了德方的心事——希望吓倒希腊,使她不再对轴心国"造反"。

总而言之

希腊不会因德方的威胁而屈服,这是我们所深信的。德国如真的发动攻势,则不特将遭遇希土与英国的合力反抗,并且苏联为了自己的理由,也必将在相当范围内加以掣肘,在此种形势下,德国殊无必胜的把握。

不必要与无理由的限制　　一九四一年一月十五日

美国援助民主国法案已于前日打破第一道难关，而由众院提交外交委员会讨论。就目前形势看来，虽有孤立派的种种阻挠，但该案的通过可无问题，所成为问题者，只是反对方面所主张将原案中总统的权力加以限制的程度如何而已。

所谓限制的第一点，是总统所享扩大权力的时效问题。其实这是完全多余的，因为该项法案根本是应付紧急局势的临时办法，美国如能充分利用这法案，早日协助民治国家获得胜利，也即是缩短这法案实施的期限，故这里的问题，还是在于国会能否予总统充分的便利，使他能在最短期间内有效地完成这法案所负的使命。

所谓限制的第二点，是就享受美国援助的国家而言。在法案原文中，对于现正在抵抗侵略中的国家，都一视同仁，并无歧异，可是食而不化的一部分反对派如共和党辛博生之流，却主张获享此项权利的国家，应仅以英国"与爱尔兰"为限，并公然宣称"如美国以给予英国之同样援助给予中国，则无异公开对日挑战"。他们似乎至今尚未明了侵略国家所以敢对美国权利不断侵犯者，正因为过去此等国家认为美国决无公开对它"挑战"的勇气；他们更忽视了美国目前最大的威胁是在太平洋，唯有加紧援华，才可减除此种威胁。美国既不以"无异公开对德义挑战"为嫌，则何以必须顾虑"无异公开对日挑战"，这实在是使人大感不解的事。

此类少数份子的谬论，我们深信必将为大多数美国人民的共同要求所压倒，因为援华与援英一样，不仅是美国的义务，也是增强美国国防的必要的行动；而且在某种程度上，援华的工作不仅比援英更为轻而易举，其意义也许比援英更要重大得多。

英土军事合作 　　一九四一年一月十六日

英国海陆空军代表聘问土耳其,将与土国当局筹商遏阻德国向巴尔干推进的计划,这是对于德国近日所发动的神经战的答复。英国在挪威荷比诸国所犯的错误,今后固然绝不会再犯,而拥有相当国防实力的土耳其,在英国的有力合作下,当然也不是容易侵犯的。义大利轻估了希腊,结果使它陷于半身不遂的状态,希特勒如果认识这个教训,那么或者不能不再思而行。否则也许以往所行之而有成效的战略,今后将为使自己踬跌的绊脚石。

国破山河在 　　一九四一年一月十六日

本埠法侨昨日续有十二人投效特戈尔将军麾下作战。据英文《大美晚报》所载,加入自由法军之上海法人,至今已达六十五人之多。令人感到兴趣的是此数较之法国屈服以前返国投军的人数多至一倍以上。国破家亡之后,愈觉国家之可爱,今日之法国人当已非昨日之法国人。可是我们不知道祖国依然健好而恬然抱着亡国奴心理的某种华人,闻之应作何感想!

日本的对德援助 　　一九四一年一月十七日

即使最善于作狂妄的迷梦的日本军人,现在也不能不对自己失去自信了。东条陆相在昨日的"紧急会议"中,宣称"日本已准备并决心应付一切困难,与其同盟国同获胜利"。换句话说,他把满腔渺茫的希望寄托于同盟国的胜利上,希望在同盟国胜利之后,自己也可以叨分光儿。

应和着这个呼声,于是有崛内中将的主张"应以罗斯福总统援英之同样热心"去援助德国;然而可怜得很,这种援助的方式却只是组织志愿团加入德军作战，根本谈不到像美国那样的大规模援英方案。虽然礼轻人意重，德国也许会领情（？），然而这领情恐怕也不过与"新岁贺电"等量齐观而已。

希特勒的"新行动"　　一九四一年一月十七日

希特勒的"新行动"，一向是观察家推测的题目。据在伦敦作亡命客的德国领袖斯脱拉塞的最近观察，谓希氏在短期内的"新行动"，将为攻击爱尔兰或叙利亚云云。攻叙利亚必先通过土耳其，事实上恐非易事；爱尔兰虽为英国的一个弱点，但欲向该处进攻，必须有足以冲破英国海军封锁线的舰队，德国尚不足以语此，至于所谓伞兵降陆的战术，至今尚未见诸有效的实验。斯氏之所见，聊备一说可也。

史汀生之警语　　一九四一年一月十八日

美国史汀生陆长答复众院外交委员会问话，谓"问题之要点，不在使美国避免战争，而在使战争不致光临于美国"，并率直承认美国目前对民治国的援助，乃因"是乃吾人之战争"。在一般侵略国家高谈和平秩序之时，我们接连听到了赫尔史汀生淋漓痛快的言论，不觉精神为之一振。史氏之言，正就是上一日赫尔国务卿所谓"和平国家应坐待侵略者直入其国境乎，抑应采取自卫办法以免后悔无及乎"的更有力的说法，明白表示美国在此时不惜以任何代价援助东西两方抵抗侵略的国家而使之获胜，必要时即使对轴心国直接作战，亦在所不惧。因为当野火猖獗的时候，与其掩首奔逃，让火焰追及自身，不如奋身直前，把火浇熄。同样，消弭战争的最好方法，是彻底摧毁战祸的根源；维持国际公法的完整，也惟有将破坏国际公法的罪魁予以应得的惩治。

争取时间的要着　　一九四一年一月十九日

邱吉尔在前日的演说中，声称英国所求于美国者，厥为军器船只与飞机。换句话说，英国仅希望美国给她物资的补助，而并不需要美国和她骈肩在战场上抵抗共同的敌人。然而战争是大量的消耗，援助更为急于星火之事，故美政府的提出军租法案[一]，目的即在以最大的速率，给正在抗战中的英国及其他民主势力以最有效的援助。对于这法案竭力阻挠的孤立派，倘非盲目，定必别有用心，因为他们如稍具理智，必该明白万一英国因美国援助的缓不济急而卒告不支，则彼时局势，即使美国仍然希望避免战争，战争亦必将来叩美国的门户；不但美国将被迫付更大的代价，而且美国民治主义的立国精神，更将遭遇被摧毁的危险。罗斯福总统对于军租法案，表示"毫无修改之意图"；史汀生谓"一切修改，均足予在非常时期中之国家以相当之阻碍"；负责当局发出此种坚决的表示，正因为他们肯定政府必须有不受束缚的充分权力，才可引导国家安渡种种危险。我们深信除了孤立派以外，美国全国人民在此非常时期中，必不吝给予政府最大的信任。

【一】军租法案：即《进一步促进美国国防和其他目的法案》（一七七六号法案），是美国向反法西斯国家提供援助的重要法案。法案授权美国总统在美国不卷入战争的情况下"售卖、转移、交换、租赁、借出、或交付任何防卫物资，予美国总统认为与美国国防有至关重要之国家政府"，并改变了原来军事物资需要现金交易的惯例。一九四一年一月六日，美国总统罗斯福正式向国会提交咨文，要求批准该法案，经过两个月和孤立派的激烈辩论，参众两院分别表决通过，并于三月十一日经罗斯福总统签署后正式生效。它是美国由孤立主义走向参战的决定性重要步骤，对盟军在"二战"中取得胜利有直接影响。

一个战略问题　　一九四一年一月十九日

美国全国的注意力，现在虽然集中于援英的问题上，然而对于远东也同样不加忽视，日前赫尔国务卿的对日申斥，便是一个鲜明的例证。就东西侵略国家的实力而论,日本对于美洲大陆的威胁可能性较少,但目前英国海军在北大西洋及地中海方面,已足牵制德义而有余,美国除了积极予英国接济,以确保东部海岸的安全外,实应乘此时机,先行击破轴心国中最弱一环的日本,使它来不及巩固它在东南亚洲及南洋的地位,而实现其"大东亚新秩序"的梦想。所谓击破日本,不一定要对日作战,但不能不使日本明白美国在必要时确有应战的决心与准备;而最有效的"战略",当然无过于加强对华援助,以促成日本人力物力的总崩溃。唯有西顾无忧之后,美国海军方可集中整个防御力量于大西洋方面,阻拒任何野心国家的攻击,而美洲的安全,也可自此无虞。

苟安非计　　一九四一年一月十九日

关于维希政府内部最近谣言甚多,内阁改组之说尤极盛传。真实情形虽尚难确悉,然至少可看出外国的压力与内部的纷歧,是造成种种不安现象的主要原因。维希政府中的构成份子,并非全是赖伐尔式的媚外无耻之徒,但他们(包括贝当元首在内)当时误信了希特勒的诺言,认为可以在"法德合作"下觅取复兴的基础,显然是一个严重的错误。德法休战后,幸而因为法国舰队及殖民地的未曾交出,使维希尚能维持半独立的地位,但希特勒是决不会以此为满足的,维希政府倘继续委屈求全,企图在所谓"合作"下丐取可耻的生存,则结果必将拖令全体人民成为纳粹的奴隶而后已。

维希政府及其柄政诸公的唯一出路,只有挣脱外力的束缚,重为民族解放而奋斗。

避战与备战　　一九四一年一月二十日

美国前任驻英大使甘纳第主张以军火飞机直截赠与英国,并力言美国国民应奋起作总统后盾。甘氏为反对给予总统过大权力之一人,但就这两点而论,可见他所争持的还只是技术上的问题,而根本的主张,则与总统并无矛盾。至于甘氏所谓"美国除被攻击外,必须远避战争",这实际也就是美国一贯的政策。军租法案的提出,目的即在于自卫,除了自卫以外,美国当然没有攻击他人的必要;可是正如史汀生所说的,问题要点所在,不是如何避免战争,而是如何使战事不侵入美国。无条件"避免战争"的结果,无异给侵略国家以可乘的弱点,只有明白表示在必要时准备应战的决心,才是真正拒阻攻击的唯一方法。

德国南部某处　一九四一年一月二十一日

在德国南部某处,心烦意乱的希特勒和垂头丧气的墨索里尼举行了又一次"历史性的"会晤。和以往的大吹大擂不同,这次进行得颇为神秘,甚至于在正式公布之前,还要来一下郑重否认,此种故弄玄虚的手段,或许用意在增加"戏剧的效果",然而我们实在不知道他们能商谈出什么惊人的举动来。

自从上次阔别以后,希墨合作的成绩颇难令人满意,此次能够把"合作"加强到如何程度,大可怀疑。以军事行动而言,希特勒如果早有办法,当不必到今天还是一筹莫展;至于对付美国的援英积极化,则除了以和平天使自居,掮出国际公法的高帽子来把"好战"的美国斥责一顿外,似乎也别无他种步骤可以采取。然则我们可能希望于此次会晤的,恐怕仅不过是一篇"意义至为重大"的德义联合宣言而已。

维希近郊　一九四一年一月二十一日

在维希近郊铁道上的一节车厢里,也举行了一次戏剧性的会晤,贝当与赖伐尔"误会消释",言归于好;换句话说,希特勒的压力发生了效果,赖伐尔的面子十分好看,而贝当的台型却十足丢尽。

最近盛传关于德国对法要求及法国内阁更张等传言,自此有了一个明白的启示,维希政府似乎已经无法保持其独自的立场,赖伐尔之流的得志,无疑地将使它更化为德国的附庸,不知这是不是法国人民所能忍受的?

华盛顿白宫　　一九四一年一月二十一日

在华盛顿白宫里，展开了一幅更动人的图画。罗斯福总统和他的失败的政敌威尔基握手言欢，共同讨论援助民治国的方策。这两个敌党的领袖，根本的政见却完全一致，在朝的罗斯福在国内总理万几，在野的威尔基日内即将前往英伦访问，和彼邦领袖保持接触，这种亲密合作的情形，真是民治国可以自傲的特有的现象，可是促成民治国国内各党各派的加紧合作的，却也正就是侵略国家贪得无厌的野心。

松冈的催眠歌　　一九四一年一月二十二日

据说日本议员是善于在会场中瞌睡的，若然则昨日松冈的外交演说，无异是一首很好的催眠歌，因为他除了把旧调弹了重弹之外，了无新意，适如我们所期。

对于美国，日本仍照例摆出一付受尽委屈的面孔，抱怨着对方对自己缺少"适当之理解"，一面强调着以《三国公约》为日本外交的基础，一面责备美国不该在远东扩展防御；明明自己是破坏世界和平的罪魁，却要求美国为"维持和平"计，"以敬畏上苍之虔诚"，痛悔前非。对于这种怪诞离奇的论调，实在批评也是多事，好在美国应付时局，已有严密的布置与坚强的决心，任何恫吓，等于白说。

对于苏联则又是一副面孔，曲意献媚，唯恐不及。不谓"苏联不谅解日本之目的"，而谓"现正运用全力，排除彼此间的误解"，其迁就可谓至矣。我们相信日本现在确有十二分的诚意希望与苏修好，可是这只是因为目前日本的处境逼迫使然，万一它因获得苏联谅解而放手南进，则将来野心实现之日，也就是向苏联卸下面具拔出利刃的日子，当然苏联是决不会受其所愚的。

希特勒的意外收获　　一九四一年一月二十二日

德国飞机约一千五百架驻在义国根据地（国际社电讯所传），大规模德国"援助"方在源源入义。我们不得不称赞希特勒对朋友的热心，可是现在义国空军，实际既已由德国控制，屡战屡败的义国陆军，也许不得不再由德国调整一下，墨索里尼的地位，倒着实发生了问题。在英伦海峡，在巴尔干近东，德国所如辄左，然而一个堂堂强国义大利之入其掌握，却不能不说是意外的丰富收获。

催命符五十道　　一九四一年一月二十三日

如果在美国有人认为太平洋方面的威胁不足重视，那么松冈的演说应该帮助他明了日本随时在等候着趁火打劫的机会。因为轴心国在西方毫无进展，使日本目前尚不能不有所踌躇，可是为了烦闷的无法解除，也许终将孤注一掷，冒险图逞。好在美国对于一切可能的事变，已有积极的准备，罗斯福总统宣称已拟就政令五十件（包括冻结法令在内），随时可付实施，不知日本有无足够的勇气与好奇心，使它敢于试探一下这一类政令的内容。

我们向日本政府建议　　一九四一年一月二十三日

日本下院已决定放弃质问，表示"无条件支持政府"，喜欢看武剧的人，定将因掷墨水壶一类精彩好戏无法看到而引为遗憾。《朝日新闻》谓"政府为嘉许下院之合作起见，将不以选举法案或其他法案送交该院复审"，足见顾惜下院诸公精力之至意。不过我们却想作进一步的提议，政府对下院的如此空前合作，实应予以格外的嘉许，何不索性赐全体议员长期休假，国家事既不劳置喙，则连举手之劳也一起免了，岂不干脆？

罗马尼亚内乱　　一九四一年一月二十三日

铁卫团在罗马尼亚的血迹尚新，最近又以暴动叛乱闻。荣列为轴心集团一员的罗马尼亚，现方在德国大军的威压下，而内部又如此不宁，真可谓祸不单行了。内乱的起因，据云系德国军官的被一入罗籍的希腊人所暗杀，但因此而引起铁卫团与亲德的政府军队的巷战，却不免令局外人为之茫然。

可以断定的则有下列两点：第一，罗马尼亚人民对于纳粹压迫者及亲德的政府无疑是极度愤恨的，反德情绪的高涨，随时可被纳粹鹰犬的铁卫团掇拾为暴动的题目；第二，罗马尼亚首相安托尼斯柯的政府虽十足为德国的傀儡，但尚非纳粹嫡派，故铁卫团必欲百计去之而后快，以造成百分之百的德国化政权。安氏既见憎于人民，又遭忌于铁卫团，傀儡可为而不可为，这里又是一个殷鉴。

昨日的不幸事件　　一九四一年一月二十四日

昨日纳税外侨特别大会讨论增捐案时，日本侨民会会长林雄吉因所提反对案，难期通过，突向主席台开枪，致工部局总董凯自威等七人受伤的不幸事件，上海每一个中外市民，听到了这一个消息，不用说都是万分惊愕，而对凯自威君及受伤诸西董表示深切的同情。在合法进行的会议席上，居然会有此类负气斗狠的不幸事件，我们除了不胜遗憾之外，实无其他话说。据目击之记者谓，当会场大起骚乱时，主席台四周的警捕都准备拔枪自卫，幸赖总巡鲍恩少校临之以镇静，阻止警捕开枪，使事态不致扩大。

我们对于鲍恩总巡的处变有方，不授他人以可借之口实，自当表示异常感佩；更希望领事团诸公能妥筹办法，防止以后再有类此事件发生，使每一个纳税市民的自由意志，不致遭受暴力的威胁。

维希接受日方调处 　　一九四一年一月二十五日

维希政府已在原则上接受日本对于泰越纠纷的调处，泰国政府的态度如何，虽未有表示，但泰国的人民，本不想对越冲突，造成此冲突的，全是到处制造借口以便混水摸鱼的泰国的"友邦"，现在"友邦"既愿出任调处，正不必再有"表示"。从这个消息上，我们至少可以看出二点：第一，日人所传的泰越纠纷全由美英策动的话，全是废话；第二，在这野村赴美履新的当儿，忽来此消息，又可看出日方的另一诡计，可惜这诡计行得太迟了，否则，美国孤立派人，或将认为日本又有悔祸自新的诚意了。

希腊的国丧 　　一九四一年一月三十日

希腊军队方在以无比的勇气力挫强敌，获得惊人的战果，而希腊的伟大领袖米达塞斯将军突以喉疾不治逝世，听到这消息而震动哀悼的，自然不仅是希腊的全国军民。这一位年事虽高而精力蓬勃的军人政治家，自一九三六年掌握政权以来，对内则镇压乱萌，励精图治，积极从事青年训练，对外则整饬国防，寻求与国，全力维持领土主权的完整；而此次义军大举侵袭，米氏领导全国，奋起应战，实为其政治生命上的顶点。希腊人民丧失了这样一位领袖，固然是无法弥补的损失，但我们深信他们必能赓续米氏的遗志，格外加紧奋斗，以达到胜利的目的。

摩根索一语破的 　　一九四一年一月三十日

美财长摩根索在参院外交委员会促请从速通过军租法案，称"国会必须严重衡量，并询问其是否需要中英希继续作战"。对于此一问题，当然没有人会作否定的回答，然而目前反对派对于军租案所争持的各项限制条款，不仅稽延时日，而且更足以大大削弱该案实行时的力量，也就是增加了对侵略国抗战国家的困难。就中国而言，当然不论有无外援，均将一意继续作战，然而美国如欲解除太平洋方面的威胁，就不能不尽可能地援助中国早日获得胜利，也唯有这样，才可以减少美国对日正面作战的危机。就英希而论，也无不如此。我们希望反对派分子不要为了小的顾虑而漠视了更大的危险。

鹰犬的结局　　一九四一年一月三十日

罗马尼亚铁卫团政变的失败，应该是安托尼斯柯对德妥协的结果，而未必便能认为安氏个人的胜利。据闻铁卫团领袖薛玛以下诸重要分子均已被逮，有判处死刑可能。此种为外人作鹰犬的叛徒，固然死不足惜，但其主子竟不一加援手，可见走狗遭烹，殆为必然的命运。

时间第一　　一九四一年一月三十一日

史汀生告美参院外委会，谓英国倘能于今春度过危机，则最后胜利之可能极大。按昨报载合众社华盛顿电，称据军事密报，德国准备于孟春时节以一万八千架飞机掩护军队在英伦登陆；而伦敦军界人士又郑重宣称英国大有遭受侵略的可能。从理论上言，旷日持久，决非德国之利，故乘美国对援英问题尚多考虑的时候，对英发动大规模的攻势，实有充分的可能。美国不需要英国胜利则已，否则就该尽速通过军租案，授予总统最大可能的权力，使该案的力量能充分发挥。众院外委会投票的结果，已将大部分修正条款予以否决，这是一个可喜的现象，在时间第一速率第一的前提下，实在已经没有横生枝节的余地了。

荷印非越南第二 　　一九四一年一月三十一日

松冈谓"荷印亟思与日本成立一经济协定，以避免最不幸之事件"，我们不知道荷印对于与日成立该项协定，是否如松冈所说的那样急切。运用胁诱兼施的手段，实行侵略攫占的事实，而对外昭示，则谓对方"自愿合作"，这是日本惯常的策略。然而此项行之于越南而奏效的策略，未必在荷印也同样行得通，因为第一，荷印的宗主国虽不幸沦陷，而英美却方在以极大的注意维持她现状的完整，绝对不像越南那样可以予取予求；第二，荷印当局鉴于越南的覆辙，自必对日人的用心洞如观火，而不致上其圈套。日本于煽动泰越冲突以后，复以调解人自任，而提出将柬埔寨若干海港交与日本作调解的"手续费"，这应该使荷印明白，对于某一种国家，倘不深闭固拒，终必无法避免"最不幸之事件"。

好客的美国 　　一九四一年一月三十一日

英国驻美大使哈立法克斯抵美时，由罗斯福总统亲往迎迓；而日本驻美大使野村就任，则由海军部特别派舰迎接并加款待，美国的确不愧为一个好客而有礼的国家，然而我们对于野村由海军部招待一事却倍感兴趣。野村在日本海军界中是一个经验之士，此次重与美国海军官场中的熟识款洽，当可使他知道美国海军最近突飞猛进的实力，凭着他的"经验"，也许可以给国内狂躁的南进论者一个适宜的警告。

蒋委员长的合时提示 　　一九四一年二月一日

一面美国朝野方在集中视线于援英问题，而军租法案正成为国会中讨论的主题，一面则德国扬言即将发动攻势，而东方的日本也在跃跃欲动。在这山雨欲来的时候，蒋委员长日前对合众社远东经理莫理逊发表谈话称"美国若能以助英之一半助华，即可避免在远东作战"，这实在是对美国一个合时而有力的提示。因为美国可能的战场，无宁还是在太平洋方面，故乘此轴心国联合攻势尚未发动之前，先发制人，加紧援助中国获得胜利，则不仅解除了远东的威胁，而且间接也就是减削了德国的声势。费力省而助华助英且以自助，一举而获得三方面的效果，我们很欣幸蒋委员长此次发言，已经博得华盛顿方面良好的反应，希望不久即可进一步的事实表现。

松冈的梦呓　　一九四一年二月一日

外交家虽然掉惯三寸不烂之舌，但有时说话太不顾前后，或离事实与逻辑太远，则无法避免听众的嗤之以鼻。我们不能不感觉到，日本松冈外相已经发言得太多，愈来愈语无伦次了。

松冈谓"日本已放弃既已承认汪组织，即不与'重庆政府'往来之政策，但日本现谋取'重庆政府'与汪组织之合并，以代直接谈判"。请看，世上有如此儿戏的政策没有？日本扶植并承认汪"组织"，已经关闭了向中国政府诚意求和的门路，现在除了等待最后崩溃而外，只好祈求奇迹的降临，然而像松冈所说的梦话，简直是超奇迹的。

尽管如此，在旁着急的也大有人在，汪兆铭所谓"准备退隐或出国，即杀身亦无所憾"，这一副哭出胡拉[一]的声调，应该是能获得主子的矜怜的。

【一】哭出胡拉：上海方言，哭丧着脸。

希特勒如此说　　一九四一年二月一日

希特勒说："如战事持久，则英国将受惨酷影响，届时彼等将派专员前来德国，以领取吾人之社会程度矣"。不知战事持久，纳粹政权将受何等影响；

那时即使有醉心德国社会程度之人专诚前往请教,恐怕希特勒已经成为过去的英雄了。

希特勒说:"如英国以为义国偶遭不幸,乃英国胜利之证,则余诚不知何所根据。"希氏既谓"义国人民与墨索里尼密切团结",则此"不幸"自非起于内部的弱点,然而他又不承认义国败在英国手中,然则义国之"不幸",诚祸从天降矣。

希特勒说:"余之和平努力卒未成功。"这一句话是真正值得世人鼓掌的,因为奥地利、捷克、波兰、挪威、荷兰、比利时、法国、罗马尼亚……这一串在希特勒和平努力下的牺牲者,数目已经是太多了。

工部局的重大失策　　一九四一年二月二日

工部局贸然放弃自身的立场,与日人扶植下的组织办理折冲,已经不止一次,每次我们都以善意的劝告,声述我们的反对,但均未为局方所接受。昨日签订的沪西越界筑路"新协定",证明工部局尚在继续过去一贯的失策,希望凭着一纸毫无价值的空文,达到改善沪西越界筑路区现状的梦想。

日人扶植下的组织,在法理上既无地位,本身无意志可言,其所签订的任何条文,自然更难期望其发生效力,无奈此种明显的道理,却为"现实主义"的租界当局所忽视;然而尤其不能容恕的是,英国政府方在力谋对中美加紧合作,以坚硬的立场共同抵御轴心国攻势的时候,英国势力支配下的工部局,却对日人的御用机关如此降尊纡贵,这实在是大英帝国莫大的耻辱!

最近日人在纳税人大会中的惊人暴行,以及决定以不出席方法企图阻止议事进行的事实,已经充分表明了秩序与法纪这一类名词,早已在日人的辞典上削除,然则依赖日人势力而横行不法的一群,如何希望他们能依照"协定",忠实履行?充其量也不过再给日人一个诿卸责任的机会而已。事实必能证明歹土的情形究将因此"协定"的缔结而改善多少,也许毗连该区的租界区域,能不受"歹土风"之侵袭,已经是万幸了。

美更动驻华使节　　一九四一年二月二日

美国政府突然发表将以现任驻澳公使高斯更代现任驻华大使詹森之职，更动使节虽然不是一件怎样了不起的事，但詹森大使在华多年，颇洽舆情，突然去职，的确出人意外。倘若如电讯所传，詹森大使去职的原因，是对于美国军事援华问题，与中国官方略有异议，那诚然是一件极可抱憾的事，但我们希望此种意见出入，不致影响及于中国人民对于詹森大使个人间的友谊。至于美国倘因此故而改调高斯继任，则尤可见美国政府对于中国友谊以及中国官方意见的重视。高斯公使是中国的旧友，对亚洲情形，经验尤极丰富，深信必能取获中国政府的同意，并在就任以后，能负起加紧连络两国的任务。

美国政府对于如何援华的问题，早在缜密考虑之中，自必毫无疑义，而最近蒋委员长所发要求美国以援英的一半力量援华之语，更必能引起彼邦领袖的注意。在东西两洋风云日紧的现在，美国对于援英援华，实有同时加速实施的必要，这是我们在美国更动驻华使节时，附带再度提出的一点并不新奇的意见。

荷印不接受"新秩序"　　一九四一年二月三日

松冈在日议会中曾谓"荷印似亟欲与日本成立谅解，以避免最不幸事件"；而前日荷兰政府致日的碟文，却声明"荷政府决不能承认荷印之地位将受'东亚新秩序'观念之精神所领导，或默认其最后实施之效果"，日本强令他人接受自己的意志之努力，显然已告失败。而荷印在英美协助下，也证明确有应付"最不幸事件"的决心。如果目前尚在进行中的芳泽谦吉与荷印当局的经济谈判终于无所成就，那也不能责荷印的"毫无诚意"，因为如果荷印接受了日方所提"自由管理日本移民事宜"，"对企业矿业享有特殊权利"，"扩张渔权"，"增加日货进口"，以及"敷设日本与荷印间海底电线及定期航空线"等项要求，则在我们看来，其"不幸"程度实较之松冈所恫吓的"最不幸事件"有过之无不及。

305

在夹缝中的贝当　　一九四一年二月三日

在生死存亡主奴之间,决无折衷的路可走。就最近德法关系的发展及法国内部的变化来看,一面不敢开罪德国,一面又想保持个人独裁权力的贝当,不仅失宠于希特勒,亦且无法向国人自圆其说。赖伐尔一派明目张胆的卖国政客,已经在主子的支持之下,组织新党,发动对维希政府的攻击。处身于夹缝间的贝当,倘不甘心臣服,伺候希特勒甚至赖伐尔的颜色,就只有毅然变计,与特戈尔将军的自由法军合流,重为民族解放而抗争,否则我们实在无理由可以相信眼前这一个小朝廷的局面,还有多少日子可以支撑。

神经战的反效果　　一九四一年二月三日

轴心国发动的攻势,究将于三个月或两个月内或如另一个传说的旬日之内实现,我们不得而知,但此种装枪上马的姿势,有一个好处是促醒民治国的加紧采取有效防御行动,独裁国家的宣传者在这点上似乎有些失策。

强卖"新秩序"　　一九四一年二月四日

世间所谓"善意",是一件具有限度的事物,超过了某种限度的"善意",则必然另有用意而为受施与者所必须提神戒备的。日本是一个充满了"善意"的国家,也许因为善意太多,无法消化,乃非得强迫他人接受不可。自荷兰政府表示不愿将荷属东印并入"东亚新秩序"内以后,日方报纸即公然宣称"日政府必不理荷政府之不满,而继续实行其与荷印增进'合作'之既定政策"。我们十分怀疑荷印能容忍此种掴卖性质的"善意"(或者就说是合作吧)。日本人民中如果有头脑较清醒的,一定会想到当未有"新秩序"之前,不仅东亚各民族享受比现在远为安定的生活，就是日本人民自己的生活，也要比现在好过得多。现在最切要的工作，似乎还是应该先在日本国内建立起一个名符其实的"新秩序"来，至于人家的"秩序"，则以勿劳顾问为妙。

在众院的最后一关　　一九四一年二月四日

美国军租法案昨日已在众院开始讨论，这在众院的最后一关，虽然尚须经过相当争议，但众意所归，必能终获通过。政府对于反对派的意见，极尽虚心采纳力求接近的能事，我们希望反对派方面能顾全大局，勿予政府以过甚的牵掣，使此一非常意义的法案早日通过。

已失时宜的武器　　一九四一年二月四日

华盛顿"消息灵通之观察家"相信"日本如复得越南之军事让步，美国必将采取'道义立场'以反对之"。我们不相信美国至今犹以为仅凭"道义"，即可以制伏顽暴。美国不希望阻止日本获得更进一步的南侵便利则已，否则就应以"自动的积极的步骤"，对野心者加以有效的打击。

掉不成样的枪花　　一九四一年二月五日

日本目前手忙脚乱的情形，可于下列诸事观觇之：对军租法案行将通过前夕的美国，则步武盟兄之后，大肆咆哮，希望吓倒美国，而为孤立派张目，一也。为着准备南进，急于脱离中国泥淖，故一面妄冀中国政府"与汪组织合流"，以便将三年半来的糊涂账告一段落；一面再将久蛰的疲师衰旅，勉强集合起来发动一次所谓"攻势"，二也。对于反共公约对象的苏联，则用最大的耐心刻意求欢，希望成立商约及长期渔约，三也。对泰越则俨然以"东亚盟主"自居，借调停战事坐收渔人之利，四也。对荷印则摆出一脸孔天王老子神气，强迫加入"东亚共荣圈"，五也。

在上述的五路攻势中，除了泰越在其手掌之中，只好悉听摆布外，其余至少有三路已经碰了壁：美国决不因任何恫吓而中止其对于民主国家的援助；中国不仅决心作战到底，且已实际上予蠢动的日军以致命的打击；同时荷印政府也已明白拒绝日方的要求。至于苏联会给日本何种程度的"满足"，则事实必将证明之，大概至多也不过是虚与委蛇而已。

结果如此，还不是庸人自扰！

美国孤立派之失态　　一九四一年二月五日

民主国家言论自由，任何互相反对的意见均可并存不悖，但全然违反民主自由精神的言论则不足以语此，我们不能不认为反对援助民主国法案的拿福力脱氏所谓"美政府发言人既已允许不遣派美人赴英作战，为英国计，最聪明之办法莫如求和"，实在是异常重大的失态，因为这样说法，无异推翻了自己的立国精神。

综合反对派阻挠军租案通过的理由，不外导入战争及恐惧总统变成独裁领袖二点，议论卑卑，了无新意。殊不知美国卷入战祸的危险，即使停止一切对民主国的援助也无法避免，美国如不设法与并世各民主国共同消灭侵略轴心势力，则侵略势焰伸张的结果，不久的将来必然会侵袭到形势孤单的民主政治最后堡垒的美国；而使美国变成独裁化的最适宜于利用的基础，也许就是今日恐惧总统成为独裁领袖的这批人。

然而孤立的言论，充其量只能供独裁国家作为宣传的资料，美国全国的民意，终会把它掩盖下去的。

日军大鹏湾登陆　　一九四一年二月六日

日军在粤省大鹏湾登陆，造成了他们所宣传的"又一光荣胜利"，然而在这"胜利"的反面，我们却看见这三个事实：

第一，中国缺少充分的海防力量，且华军作战主力均已内移，故日军在任何海口登陆获逞，绝对不是甚么可惊奇的事。

第二，日军在登陆以后，如图继续前进，不用说将遭华军的步步抵抗，而且深入的日军，结果必至在华方正规军与民众队伍的截击下全部化为战骨。

第三，如谓大鹏湾登陆的目的在切断港韶间交通，隔绝中国的军需运输，则实际上华方对于这一条运输路线，久已不加倚赖，日方可谓多此一举。

总之，这不过是日军在豫鄂的攻势遭遇挫折以后，又一聊资点缀的行动，表明他们尚在"活跃"着而已。

历史的教训　　一九四一年二月六日

美国历史家比尔德教授谓"罗总统之军租法案将使美国牵入欧亚战争，危及美国人民所亲爱之一切事物"，故要求国会考虑：（一）是否将任英国无限制取助于美国之国库；（二）是否将供给金钱船只军需，直至各被征服国家恢复独立而后已；（三）是否将倾美国之资财，以助中国政府获得胜利。

我们不怀疑比尔德教授的史学权威，然而他似乎忽略了最近十年来的血淋淋的事实。侵略国家的所谓"生存空间"，是随着绥靖论者的逐步退让而逐步扩大的。希特勒在每次给世人以"保证"以后，紧接着的便是又一侵略的暴行；而日本的"大东亚新秩序"，谁都明白记得是从东四省沦亡后一步步野心扩展的结论。然而无论是亚洲或欧洲的"新秩序"都决不是这些国家的最后结论，如果他们能达到独霸欧亚的大欲，则在更进一步的"世界新秩序"内，美国势必同样被包括在内。

现在的问题并不是助中英获胜或助被征服国家恢复独立，而是美国是否将吝惜其资财物力，而使自身将来陷入比现在更严重的危机中？

维希政府的悲剧　　一九四一年二月七日

达尔朗[一]在巴黎谈判的结果，殆已决定了维希政府的命运，传贝当为向赖伐尔妥协起见，已自请解除总理兼职，而由达尔朗继任。此后这位德方所称"法国第一政治家"的赖伐尔，凭其主子的撑腰，更进一步而成为维希政府的实际支配者，殆为意料中事，而贝当的独裁梦，大概从此亦将成为泡影了。

前次欧战结束以后，兴登堡[二]以护国之神的威望，收拾战败后德国的残局，然因老年聪明渐失，致希特勒得乘时崛起，造成纳粹政权的天下。今日之贝当，有类乎当年的兴登堡，但赖伐尔则决非希特勒之比。因为希特勒对于德国之为祸为福，目前尚未至盖棺论定的时期，虽然他正在领导德国人民作盲目的冒险，但在统一德国这一点上是确已做到了的。然而赖伐尔则不惜以祖国拱手出卖，久已为法国人民所鄙弃，故维希政府如沦为十足的纳粹附庸，不过是它本身的没落，而法国人民的敌忾，将因此刺激而加深，且必促成海外殖民地的离心，而加强了自由法军的阵营。

【一】达尔朗：法国海军将领，维希政府的主要成员，时任外交部长，后又曾担任国防部长、内阁副总理等要职。达尔朗坚持其所掌控的海军保持中立，拒绝为德国所用，并在盟军登陆北非后投向盟军。一九四二年十一月，舰队面临德军的攻击自沉毁灭。不久后达尔朗被一极右分子刺杀身亡。
【二】兴登堡：德国陆军元帅、政治家。"一战"爆发后，在坦能堡会战中击败俄国军队后晋升为陆军元帅。一九二五年起担任德国总统，一九三四年八月二日在任内去世，之后由希特勒接任国家元首。

德国在巴尔干垂钓　　一九四一年二月七日

保加利亚亲德的农业部长巴格里亚诺夫辞职后，谣传保王将授命巴氏另组新阁（海通社消息）；同时保国驻德公使最近返国，携有德国再度"邀请"保国加入轴心的要求。德国一度碰壁之后，不肯就此死了心，这自然在吾人意料之中，但保国内部意见的对立相当尖锐，是否能始终坚持原有的立场，颇成疑问。但问题的实际症结所在，无宁还是在苏联。不久之前，苏联曾运用压力，将保国自轴心的钩子上抢救下来，今后如无特别理由，当然亦不致松弛其监视，德国此次再提出要求，其作用亦不过在于试探动静而已。

送往迎来　　一九四一年二月八日

美国前驻英大使甘纳第辞职退休后若干时，驻华大使詹森亦以调任澳洲公使，借资休养闻。在韦南德使英未公布前，先有罗总统私人代表霍甫金之访英；而在詹森未离职高斯未到任前，罗总统亦特派专使古利来华，一面视察中国实情，一面负沟通中美意见的使命。这种互相映带的事实，一半固然是偶然的巧合，一半也可证明美国对于中英两方面同样重视，不分轩轾。

中国人民对于古利博士的前来访问，自然极其热烈欢迎；对于高斯大使的旧地重游，更怀着异常兴奋的期望；而对于詹森大使的不久远离，尤不胜惜别依依之感。罗总统调任詹森使澳的用意，如总统秘书欧莱所云，乃系眷怀贤劳，故令其迁居安恬平静之地，俾得安享家庭之乐，然则前传与中国官方意见略有不合之说，显为无稽之谈。在太平洋并不太平的现在，澳洲未必便是一块完全安恬平静的地方，但詹森大使在中国辛苦了这许多年，能够转换一下环境，呼吸些海洋空气，并与长久睽违的家人聚首，自然也是应得的酬报。他日中国抗建功成之后，詹森大使倘有机会再来一游，中国人民对于这位为中国尽过极大劳力的良友，必将伸双臂以欢迎之。

两巨人的握手　　一九四一年二月八日

罗斯福总统第三届连任就职，苏联最高议会主席加里宁特电致贺，虽然这是普通的外交礼貌，但塔斯社特将电文发表，实为美苏邦交良好的暗示。按最近苏联报纸批评菲洲英义战争及太平洋美日对立形势，论调均极中正，苏联不愿过分亲轴心而疏英美，已可见一斑。至于使苏联采取此种态度者，美国的解除对苏道德禁运，固然是一个理由，但为苏联本身利益计，这也是一个最妥善的办法，尤其在太平洋方面，美苏的合作制日，实有充分的必要。

日本考虑"对华宣战"　　一九四一年二月九日

路透社华盛顿电，谓日本又将考虑对华正式宣战，大概这也是"结束事变"的另一别开生面的方式吧。过去日本避免宣战，用意无非在取巧，一面进行实际的战争，一面仍可无限制取得英美的物资，虽然这样并未帮助他们达到征服中国的目的，可是所占的便宜确已不少。现在重新考虑宣战，并不表明他们自觉过去的偷天换日，不足为训，而恰可证明自从英国集中力量对德作战美国扩大对日禁运后，日本已无便宜可占，于是过去自甘放弃的"交战国权利"，现在又觉得有一加利用的价值了。

然而日本倘果欲援引"交战国权利"，实行拦截英美运华货品，则结果除促令中美英三国加强合作，共同抵御日本外，并无第二个结论。即令中缅运输因此而受打击，但第一中国通苏联的西北路线决非日本所能为力，第二中国赖其坚苦卓绝的人力，另行开辟其他的路线，过去事实已证明并非不可能。至于日本谋诱苏联停止援华，恐将永为无法实现的梦想。

最重要的问题是，日本曾一再宣称现在重庆的中国政府仅为一"地方政权"，现在它有无勇气收回这句话，而以之作为宣战的对手？那时候对于有堂堂"大使"驻在东京的南京组织，又将何以处之？

美国争取苏联　　一九四一年二月九日

美国共和党议员在众院提出租军法案修正案，主张该法案中之被援助国家，应将苏联除外。表决结果，此项修正案卒以一八五票对九四票被否决。美国大多数人士均已认识争取苏联的重要，于此又得一有力证明。美国将苏联列入与中英希同一阵线中，至少可以使苏联在欧洲继续保持严格的中立，在亚洲贯澈坚强的援华方针，而使轴心国的美满计划，不能不受到相当牵制，在今后的"欧亚两大斗争"中，无疑是一个不容忽视的要着。

走还是不走？　　一九四一年二月十日

贝当出走菲洲的传说，由德方传出后，复由德方自斥为荒谬离奇，无论如何，扰乱人心的责任，还是应当由德方自负的。然而我们为贝当设想，现在出走虽然已嫌过迟，确尚不失为最后的机会，倘再继续对赖伐尔软化下去，必将无以自解于国人。当初他向希特勒妥协，虽然根本走错了棋子，但犹可原谅为情势所迫，不得不委曲求全。自从罢黜赖伐尔后，世人对他怀疑者，印象为之一变，倘能以国家主权为重，始终坚持不屈，则即令被迫下台，其光明磊落的态度，必能振奋全国民心，博得举世的钦佩。乃计不出此，竟因不胜德方压力，甘心卑躬屈节，恳请赖伐尔返任要职，而结果仍不能获得赖伐尔"谅解"，其尊严殆已扫地无余。今日之贝当，是否尚能取得法国人民的信仰崇敬，诚然是成为问题了。

敌我不并存，汉贼不两立，妥协的结果，必为自取灭亡。贝当能作最后的觉悟吗？

可望而不可即　　一九四一年二月十日

德国全力支持赖伐尔压迫维希政府，亦即反映出德方对于义大利连续惨败溃不成军的焦急。义军在北菲溃退愈速，德国企图攫取法国舰队及殖民地亦愈亟。目前英军不仅在菲洲各线长驱直进，海军且已着手向义国本部进攻，而德国吹擂已久的闪电攻势，至今尚不知如何下手，故其加紧对法压迫，实为应有之文章。

然而借手赖伐尔，是否便可达到攫取法国舰队及殖民地的目的，这也是一个问题。法舰队及海外殖民地之迭次表示效忠贝当,乃因信任其不致出卖国家的利权,倘贝当完全屈服于德国压力之下,或被挤而由赖伐尔掌握政权,则傀儡政权的号令,恐难为彼等所接受。魏刚否认将以比瑞德港割让德国,当不仅为"法国政府"的意志,德方压迫过甚,除了使他们投奔英国,重新揭竿抵抗外,未必会有其他的收获。

苦战后的胜利　　一九四一年二月十日

美国援助民治国法案,终于打破层层阻碍,而在众院中通过了,其间虽曾经过若干修正,但原案的精神尚未受到若何影响,总统仍可运用其权力,予各民治国以在他的判断中认为必需的军械接济,且得命令国内兵工厂为各该国制造军械。总统此种权力,实为应付世界大局及巩固自身国防所必要,今后该案移交参院讨论时,虽然必还有一番争议,但参院诸公必能体认当前事机的急迫,而予以全力的支持,俾能圆满通过,早日付诸实施。

英国在马来亚戒备　　一九四一年二月十一日

英国突调印度陆军驻防马来亚泰国边境,并出动空军保卫马来亚安全,这是南太平洋风云日紧的征兆,也可看出日本最近在泰越种种处心积虑的布置,已经使英国不能不剑及屦及,迅谋应付。

目前日本方以南进为唯一出路,然而他们对于此举之危险与无把握,却也不无相当认识。日评论家武藤认为"中国事件"、对苏关系、与国内情形三者为南进前途的重大阻碍,但他却显然有意地未把美英可能给与日本的打击估计在内。在"中国事件"解决不了,对苏关系无法改善,国内情形调整维艰的现在,日本唯一希望的是它的同盟国迅速发动有效的攻势,使它能在不利条件下蹈虚获逞。然而英国迅捷的戒备,已经证明后者在严密准备德军的进攻而外,不但对远东绝未放松注意,且有充分力量防御日人的进攻,这对于日人应该是一个颇不愉快的惊奇。

日本的南进是绝对无利的尝试，但却是侵略者企图作最后挣扎的势在必行的一步，丰饶的南洋富源，挑拨了日阀的欲念，但前后左右密布的荆棘，将使它遭遇应得的报应。

"苟与吾人以利器"　　一九四一年二月十一日

英首相邱吉尔在广播词中，重言英国所求于美国者，非为人力而为物力。邱氏谓在本年或任何年内，均不需要美国之军队，并述及致罗总统的复电中语，谓"苟与吾人以利器，定必完成大业"。邱氏此种表示，无疑系对美国国会内深惧租军法案通过后美国将被迫遣派军队赴欧作战的一部分人而发，目前该案方在参院讨论中，邱氏之言，必能引起良好的反应。

从远处着眼，美国对于英国的援助，决非浪费无益之举。同样，对于抗建已获显著成功的中国，所需要美国援助的，较之英国所需要的尤为轻而易举，惠而不费。只要以援英的一半力量援华，即可给日本致命的打击，解除了西部海防的威胁。为了避免与日本直接冲突的重大耗费，美国实不应坐视时机的消逝了。

假如英国战胜以后　　一九四一年二月十二日

方今而言战后改造世界计划，虽似不切实际，但人类在受过一次二次以至无数次的教训以后，是否仍将听令目前全世界生灵受其荼毒的侵略战争，若干年后再作周期性的重演，这确是关心人类前途者所不能不顾到的问题。在英国亟需美国援助的现在，罗总统特令新任驻英大使韦南德携带战后国际合作的方策，促请英国领袖的注意，这实在是一个目光远大而紧握时机的行动。

当时战胜者的英国，初误于对战败的德国箝制过严，阻碍了民主嫩芽的成长，再误于对纳粹政权的曲意优容，自毁了集体安全的屏障。在远东也犯了同样重大的错误，纵令日本的野心日渐坐大，奖励了侵略势焰的扩张，遂致自误误人，演成今日的惨剧。美国人民感于眼前迫切的需要，固不愿重算旧账，各予英国以援助。但前车可鉴，为求日后的保障，使这一场代价重大的战争，不致毫无收获起见，故于此时提出此项高瞻远瞩的建议，自不能以大而无当视之。英国的领袖们如能惩前毖后，在获得胜利后不再重蹈过去的覆辙，则此次战争，未始不能成为"结束一切战争的战争"。

从贝当到达尔朗　　一九四一年二月十二日

维希政府正式发表任达尔朗为内阁协理兼海长外长，并为贝当元首之继承人。从好的方面解释，这是贝当一派觉悟对赖伐尔妥协无望的坚决表示；从坏的方面解释，则达尔朗的上台，也许是由贝当到赖伐尔的一道桥梁。由第一种看法，达尔朗以法国海军总司令的地位，主持维希政府的实际大权，可以表明维希政府维持海军主权的决心。由第二种看法，则希特勒因知赖伐尔不孚众望，无统制海军的力量，故拟先行借手达尔朗，解决法国海军的转让问题。希特勒对于法国海军既然志在必得，则维希政权的危机，自终难因此次内阁改组而幸免。

美国已准备就绪　　一九四一年二月十三日

罗斯福总统谓："美国纵被迫而加入远东战局，然对英之战具供给，不致稍受影响。"这句话从反面看来，也就是说明美国的对英援助，并不影响美国抵御远东侵略的准备与决心。轴心国家如以为在东西两方同时发动攻势，即可使美国顾此失彼，左右为难，那显然是一个错误的估计。

在远东方面，美国固然决无对日挑战的意向，然日本的行动，已经不是任何理智的力量所能控制，故今后局势的发展，将全以美国是否能制其机先为断。美国倘能于此时一面加紧对华的实力援助，一面迅速完成英美太平洋联防，则不战而使日本屈膝，尚非绝不可能，即使美日战争终于爆发，也已占了日本的先着。目前美日之间，除实力的抗衡外，殆已无外交可言，罗斯福已经暗示日本：美国刻已准备就绪矣。

前车可鉴 一九四一年二月十三日

弗朗哥启程访义后，续传希特勒、墨索里尼、贝当、弗朗哥四人将在法义边境举行会议。在这会议中，贝当与弗朗哥无疑地将再度面临着各自的难题，法国的海军问题与西班牙的参加轴心集团攻击直布罗陀问题。迫不及待的希特勒，势必以极大的压力加在他们身上，但同座的墨索里尼这一个眼前的榜样，或许会使他们憬悟助纣为虐的不智。

最后一个口号 一九四一年二月十四日

由前任阁员、陆海军将领、政治家、新闻记者、国会议员，及社会名流数千人组织之日本"国民协会"，在洋洋南进声中，以"反对美国干涉远东之政策"为宗旨而成立了。负有"改善日美关系"使命的新任驻美大使野村先生，也许因此又增加了一个需要向美国解释的难题，不过美国大概现在已经不需要日本的任何解释了。

日本在此次侵华战事中，对于第三国向取各别攻击的策略，最初以"反苏"的姿态淆惑国际人士的视听，其后集中力量"反英"，而对于与英国采平行动作的美国，却唯恐得罪，现在则美国显然已成为日本最大的敌人了。照他们的说法，中国的对日作战，本来是受"第三国际"的策动，但现在他们自己早已把这句话束诸高阁，而把中日战事的延长归咎于英美的联合援助，对于苏联的对华援助则讳莫如深。他们以侵略他国利益妨害他人生存为"日本事件"，而责美国不应横加干涉，但对于自己的干涉中国政治及中国人民生活之"傲慢意图"，则曾未反躬自省，这实在是日本最大的危险所在。

日本过去反苏的结果，曾经遭到莫大的教训，反英也未尝获得预期的结果，此度反美的盲目躁动，将令日本陷于永难自拔的深渊，太平洋大战倘果不免爆发，其规模代价与后果，决非张鼓峰、诺蒙亨等事件可比，以后恐怕连再换一个"反"的对象的机会也没有了。

希腊所需要的担保　　一九四一年二月十四日

英国方面传德向希腊提出对义和平条件，以"许希腊保有在阿尔巴尼亚现所获得之领土"，及由德国担保义大利不再攻希为饵，诱令希腊宣布中立及要求英军撤退希腊领土及领海。此种调虎离山之计，未免太幼稚了些。德国的担保在市场上价值如何，久有定评；希腊抗战的目的，不是攫取阿尔巴尼亚的领土，而是保卫自身的主权与独立，只有轴心势力的完全摧毁，才是不再受人攻击的最大担保。

日本报纸的戏法　　一九四一年二月十五日

罗斯福总统所谓"美国倘被迫在太平洋作战，不致影响美国对英的战具供给"，一到日本报纸上，却变成"太平洋战争为不可想像之事"了。从这里我们可以看到日本人民在军阀统治下，是如何被蒙住了眼睛，无法获得接触真确事实的机会。他们显然至今尚以为美国决无勇气向日本应战。他们的统治者便是在这种愚民政策下，肆无忌惮地策动他们盲目的冒险。

投机行动遭遇迎头痛击的一天，也就是日本民众睁开眼睛的时候到了。

血的祭礼　　一九四一年二月十五日

去年鄂中之役，张自忠[一]将军殉国成仁。此次张将军旧部复与参加前役的日军第十八旅团交战于当阳，正应了旧小说中的一句老话，"仇人相见，分外眼红"，其主将横山的授命，我们虽然不能说是张将军不昧的英灵前来索还血债，但他的部队久受领袖忠勇精神的感染，一旦面临旧仇，自然格外激起了有敌无我的情绪，由是而造成了光荣的胜利。

在民族与民族间的斗争中，个人的恩怨是不足齿数的，中国死难军士及人民的每一滴血，必将在后死者的敌忾同仇之下，向侵略者索还应偿的代价。

【一】张自忠：中国抗日名将，一九四〇年五月十六日在枣宜会战中阵亡，是"二战"中同盟国牺牲的最高将领之一。

欢迎本届华董　　一九四一年二月十五日

在市商会因被日方破坏而不能继续在沪行使职权，日方并拟进行"整理"纳税华人会之际，后者突以闪电姿态，完成了本届工部局华董的推选，实为该会能应付急变，恪尽本身职责的最好说明。按纳税华人会推选的五华董，向例于三月底西董选举前提交工部局，由工部局无条件加以接受。日方为在工部局中广树势力起见，久拟谋使此五席改由执行他们号令的"汉人"充任，纳税会此次行动的迅速，自然出于他们意料之外，而手续完全合法，更令反对者无可借口。

尤其令人满意的，本届华董人选仍由原任华董虞洽卿先生等五人蝉联，这不仅合乎非常时期中避免不必要的人事更动的中央明令，而且驾轻就熟，凭虞先生等过去在困苦环境中艰辛奋斗的经验，必能发挥更大的效能，为全体中国市民保障合法的权益，我们于欣慰之余，不能不对他们表示至高的敬意，并致其无限的期望。

急惊风与慢郎中　　一九四一年二月十六日

日本松冈外相说："日本现正尽力于促进日苏邦交"，同时"两国均有改善邦交之意",然而日本所感之最大障碍,却为"苏联迟迟进行谈判,苏'满'边界问题或须再过六月或一年始能解决"。据说野村抵美履新时,在美的日方宣传家大放厥辞,以为日美关系的不能改善,乃因苏联从中破坏离间所致。现在明明苏日两国"均有改善邦交之意",而苏联却始终迟迟进行谈判,不知又是谁在暗中捣蛋。日本刻方亟欲向苏联取得一纸互不侵犯协定,以便放手南进,实现其"大东亚共荣圈"的理想,如果该协定的谈判,按照边界谈判的速率进行(假定果如松冈所说,能在六月或一年后解决的话),我们深恐松冈之流将喟然长叹曰:"君其索吾于枯鱼之肆[一]矣!"

【一】索吾于枯鱼之肆:表示已陷绝境,经不起拖延了。典出《庄子·外物》。

时间是纳粹的敌人　　一九四一年二月十六日

据昨报所载,希特勒利用西班牙以进攻直布罗陀的意图,似乎已因西班牙的"婉拒"而宣告失败;在另一方面,再度胁吓保加利亚及南斯拉夫听从指挥,以便借道南下攻希腊,照理保南二国,实在不能拒绝希特勒的雅意,但这里的问题自然还不仅是二国的是否愿意合作问题。因此希特勒目前的困难,仍还与三国同盟初成立后企图网罗法国西班牙及巴尔干诸国以成立大轴心集团当时无异。不同之点,是义大利的实力现在已经消损大半,希腊异军突起,而英国在地中海占有绝对的优势,同时美国的援英,将因《租借法案》的即将通过而更趋积极。照此看来,所谓春季攻势也者,实在还需要很多的考虑,但时间是纳粹的敌人,攻势愈迟一天发动,轴心国的处境将愈困难一天,希特勒的苦闷,也就是任何侵略者无法避免的苦闷。

友好精神之表现　　一九四一年二月十七日

南斯拉夫总理与希特勒会晤后,两国"传统的友好精神"(德政府公报中语）之具体表现，即有如路透社所传的德方建议，大慷他人之慨，以希腊及阿尔巴尼亚土地作为取得南国合作的交换条件。同时在保加利亚北部若干据点，据谓德方正在积储大批粮秣，拟于本月二十五日进兵保境。对于此类明白指出确切日期的消息，我们照例是表示怀疑的，但假定德军果于是日作大规模的"友谊访问"，则根据同样"传统的友好精神"，也许保国不便拒绝嘉宾的莅止吧？

然而至今沉默着的苏联，却在不声不响中，把舰队悄悄驶入黑海会操了（保国京城消息）。希特勒于意云何？看来苏联的"友好精神"，是用另一种方式表示的。

安全第一　　一九四一年二月十七日

将眼前局势看作已达极严重的最后阶段，因而人心浮动，惶惶不可终日，这是一个愚蠢的错误；但如有人以为紧张状态业已过去，这种过分的乐观，其危险性尤为重大。在垣街商人们如释重负地透了一口气的同时，美政府继续训令远东侨民加紧撤退，实为绝对必要的戒备措施。日本的南进在理论上有其必不可能性，但在狗急跳墙的情形下，一旦德国在欧洲有所动作，谁也不敢担保日本不会一窝风地干了起来。印度报纸论日本南进为极大的冒险，但"吾人必须准备战祸之延及太平洋"，这种论点，我们完全同意。

欢迎威尔基来华　　一九四一年二月十八日

威尔基访英归来后，游兴不浅，复拟作中国之行，我们亟望其能成为事实。在美国政治家中，威氏是对于世界局势具有最正确认识的一人，最近访问英国的结果，已使他格外了解援英的重要，在国会中所发表的议论，无疑地已引起了深刻的印象。然而威氏主张援华的积极，并不下于他的主张援英，他在伦敦时曾对中国驻英国郭大使称"中国刻方在民主之最前线作战"，我们希望一度实际的来华考察，可以使他格外加深了此种信念，并将此种事实为全美国的人民作有力的见证。

泰国"不愿卷入国际纠纷" 一九四一年二月十八日

泰国否认以海军根据地供日本作进攻新加坡之用,并谓"政府将竭其最大努力,使国家处于任何国际纠纷之外"。从字面观察,泰国此种表示是极可称道的,但泰国以往的努力,却显然是向着与此相反的方向进行。最近的事态发展,尤其是英国在新加坡的积极布置防御工作,也许已使泰国开始觉悟供日本利用之不智,但她的保证却不足为日本行动的保证,英美对于目前的远东局势,当然仍将继续采取严密的戒备。

德国对土耳其的外交攻势 一九四一年二月十八日

传土保两国或将签订不侵犯条约,在德国亟图利用保国,而后者乘机拓土的企图,亦有跃跃欲试之状的时候,此举大可引人注目。虽然这是一个不尽可靠的消息,但数月前德国拉拢南匈成立互不侵约,手段却如出一辙。同时德国各报及无线电,一致发动对土的攻击。德方负责人士警告土国,说她已经不复是巴尔干的盟主,但"德国对希腊之关系仍无变化"。从这里我们可以演绎出来的结论是:德国为防免德希"友谊"之被英国破坏起见,或将实行出兵"保护"希腊,届时土耳其倘不欲自招麻烦,最好不闻不问。

我们所怀疑的是,与英希利害一致的土耳其,恐怕未必因为德方的威胁,就此放弃原有的立场,而招致孤立的危险吧。

松冈呵责反对分子 一九四一年二月十九日

日本松冈外相前日在众院预算委员会的发言,至足耐人寻味。路透社(以及同盟社）所传，松冈曾对"日本境内之反对三国盟约者及轻视成立大东亚共荣圈之决心而认其宣言为虚声恫吓者"，加以呵责。这至少透露了一点，即虽然在蒙蔽与高压之下，日本国内仍有对其当局之盲目冒险与虚骄妄想表示"反对"与"轻视"，且明白看透一切夸张叫嚣，无非"虚声恫吓"的有识分子，他们的呼声，目前也许因为被"呵责"所掩盖而不能发生何等作用，但日阀的躁进在遭受民主国家联合力量的致命打击以后，必将促令一个"觉悟的日本"的兴起。

所谓"大东亚共荣圈"这名词，不但大多数日本人民莫明其妙，就是日方军政首脑也未必能下一个确切的解释，在日本某杂志主持由若干海军权威出席讨论的"日美战否座谈会"中，他们的海军大将高桥有这样的表白："我所谓大东亚的意义，当局方面并无详细闻知，故不明了……唯大东亚以国力为比例，国力愈大则大东亚愈大。"（录《新申报》所载原文）我们不希望日本人民起来制止此种危险的企图，但"大东亚"扩展的结果，显然不仅以"东亚"为已足，任何有关国家（包括目前日本未列入"共荣圈"内的苏联在内）共同奋起，给以有力的教训，现在是最适当的时机了。

重光葵向英提保证　　一九四一年二月二十日

日本驻英大使重光葵向英外次白特勒保证日本无意侵犯太平洋中英荷属地，这是英荷在远东采取坚强立场后日本第一次的"友好表示"，英荷当局也许颇为乐闻，但日本的保证，尤其是日本外交家的保证，向来极少信用。美国副国务卿威尔斯说得好，"吾人现更注意者，为他国之行为，而非他国政治家所发之言论"，坚强的防务与不懈的戒备，比之外交家动人的辞句，当然是更万全的保障。

德国调停义希战事　　一九四一年二月二十日

轴心国家喜欢高谈"和平"，因此他们也喜欢作和事老。日本因调停泰越冲突，得意之余，竟希望别人来邀请它调停欧洲战事（见昨日本报）。但德国则以更现实的手法，想以土保互不侵犯宣言为工具，来调停义希战事，而实际是压迫希腊接受不光荣的"和平"。此说虽经德希两方否认，但消息一再传出，也未可谓为全无根据。

土保互不侵犯宣言，对于希腊也许是一种威胁，但在目前断定它可能发生的后果，却似嫌过早。从土当局表示此项宣言不变更土国对他国的现有条约关系，及宣言发表前曾与英国及苏联互有接洽二点看来，可见土国对英的义务依然存在。根据一九三九年十月所订的英法土互助公约，英国倘因履行对希腊的保证而作战时，土国有援助的义务。英国对于此项条款，迄今未加援用，今后是否会把它援用，亦难预料，但至少土国似乎不致成为德国在巴尔干扩充势力的工具。

至于希腊以艰苦奋斗换来的光荣战果，当然决不会因任何威胁而轻易放弃，即使遭遇一时的困难，亦必能赓续以往的精神而予以打破。尽管德国以如何有利的条件（如允许保有占领区域等）相引诱，但一堕入它的圈套，以后便将一切听其支配，这当然不是爱好自由的希腊人所乐为的。

远东近事　　一九四一年二月二十一日

紧张的太平洋

美众院通过在关岛、萨摩亚岛等处发展海空军根据地！
美国加派陆军武官三人分驻泰国新加坡及荷属东印，增强远东情报工作！
澳军开抵新加坡！
英国驱逐舰飞机及运兵船抵缅甸南部！

日本的笑脸

驻美日本大使野村宣称：渠相信并无何种问题足以造成两国之战争。日本承认菲岛、关岛及萨摩亚岛乃美国之属地，是以美国在原则上有权在各该岛作任何布置。

日外相松冈以"措辞有礼"之专函送达英外相艾登，表示日本愿意调解欧洲战争。

口出大言，汹汹作势者流是不足畏的，因为他们内心愈馁，则外表愈狠。

然而当他突然装出天使般的脸孔时，那么提防着吧！

野村或松冈能否解释泊于越南南岸的日舰五十艘，集中暹罗海湾的日舰十五艘，意欲何为？

投机者的本色

日本不敢贸然发动南进，因为有美英荷澳的严密戒备与坚强防御，因为德国尚在布置中，欧战优劣形势犹未分明。

日本非发动南进不可，因为只有把全国牵入更大的深渊中，才可苟延统治阶层的命运于一时。

投机者的本色：一面观望欧洲的风色，一面希望松弛美英对于远东危机的注意，好给他乘虚进袭的机会。

"和平的"侵略

另一方面，日本官方及报纸力称南进系经济事件，并决心实现"东亚共荣圈"的理想。

日外次大桥十八日宣布日本正与"出亡英伦"之荷兰政府进行谈判，复于语气中暗示荷政府应迁至东印属地，不应依人作嫁。

以"和平"方式实现其野心，这是日本侵略者最美满的想头！

司马昭之心

美英并未在这种虚伪的和平空气中松弛下来，这对于日本应该是不小的失望。

纪念华盛顿诞辰　　一九四一年二月二十二日

今日为美国国父华盛顿诞辰，美国人民及全世界美国的友人，在民治主义遭受严重试验的今日，对于这位缔造世界最大民主国的伟大元勋，自不能不表

一九四一年十二月一日至

一九四一年十一月八日

示深刻的敬意与追思。

也许有人会疑问：假如华盛顿执政于今日，美国的政策会不会与现政府所持的政策相同？我们的答案无疑是肯定的。华盛顿为实现民主自由的理想，而领导人民反抗当时英国的专制统治，这种不妥协不屈服的精神，正是决定今日美国政策的要素。他要是生于今日，看到民治主义受到暴力摧残，美国已经成为侵略者威胁的对象时，必将攘臂而起，再度为保卫民主自由而奋斗。配备粗劣训练不充分的民众武力，曾经在华盛顿领导之下，击退了英帝国的军队，今日美国已有精强的实力，倘能发挥华盛顿以来一贯的立国精神，无畏地给打击者以打击，必能使民治主义重光，世界复归于正义。

自卫与挑衅　　一九四一年二月二十二日

有人说过，日本人所用的名词，所发表的理论，无一不与普通常识以内的意义相反，这句话一点不错。例如出兵侵犯他国领土，干预他国政治，则自称为自卫行动；然而他国在自己领土内采取自卫措置，则成为挑衅行为了。

无论美国或英国，都竭力希望在远东避免战争，荷印自保不暇，当然更不愿与日本冲突。然而万一日本一定要把自卫的范围扩展到英美荷兰的领土，则为应付日本的"自卫"起见，英美荷印也只有被迫"挑衅"之一途了。

和日本在泰越二国的积极图谋与布置针锋相对的，有英美加强新加坡菲律宾防务，及商讨限制对日输出。而荷印官方声明"防御计划未将外援列入在内"，更可看出荷印自力御侮的决心。日本的恫吓手段，过去不无收获，但此项武器目前已不适用了。

甘言与危词　　一九四一年二月二十二日

我们的同业《大美晚报》在昨日社评中说："日本之言调已见软化矣，前此耸听之危词，今已变为悦耳之音响。此种声调，对于日本自身确为一清醒药剂。

美日战祸之避免，其庶几乎？"

在同日所载的消息中，则有日本报纸的否认松冈曾通知英国愿意调停欧战。《朝日新闻》载松冈警告英国之言："倘英国作军事之准备，认为太平洋之紧张局势不可避免，则日本自当被迫采取对付之措置，因此愿英国方面慎重将事。"

治疯术　　一九四一年二月二十三日

西班牙有两个名叫马可与里奥的医生，最近发明了一种治疗神经病的医术，其法用电流使病者受震昏迷，醒后即完全恢复理智。

不少的国家被神经错乱的人们统治着，造成了世界最大的悲剧。在他们那些反常的头脑中，侵略变成了和平，压迫变成了亲善，混乱变成了秩序，黑白不分，是非莫辨，安得一一以电流疗之！

使疯人恢复理智，必须先给他突然的打击，使他昏迷过去，对付疯狂的国家，似乎这也是唯一之道。

十日内之严重事变　　一九四一年二月二十三日

美国参院外交委员会主席乔治谓十日内即将发生严重事变。而松冈则云"美日紧张在日本观之实属无谓，乃一种幻象之结果"。日本真的已经参禅悟道，明白一切世相，皆无实在了吗？

十日内是否真会发生严重事变，是另一个问题，但这句话却也未必是耸人听闻的危辞，因为目前正在租军案通过的前夕，轴心国家倘非因有无法打破的阻碍，则在此际有所发动，实为最适当的时机，而租军案通过以后他们采取相对的行动，亦为不足惊异之事。

乔治氏之言，指欧洲亦指远东。我们很有理由相信十日之内，太平洋局势不会比现在更恶化，但那不是因为如松冈所说的"美日紧张乃一种幻象"，而是美国觉悟局势之严重，能防患未然，不授侵略者任何机会的结果。

苏联警告德国　　一九四一年二月二十四日

德国在巴尔干制造的风云雷雨，这回又有张天师画符符不灵的样子，苏联又出来"否认"了。

塔斯社宣布土保互不侵犯宣言，并未由苏联之助力促成。换句话说，苏联反对德国破坏巴尔干现状的立场，并未变更。

不仅是"一句闲话"而已，苏联还准备好对付德国不法行动的武器。苏联驻德大使已通知德政府：如德军越入保境，则苏联将不能履行一月十日所订之德苏经济协定。

该项经济协定，规定德国以工业器械交换苏联之工业原料、油类及谷物，交换总额值价十万万马克，柏林政界当时自诩为"两国间所签最伟大之经济协定"。

德国必须以此项"最伟大之经济协定"，与进兵保加利亚一事互为选择，舍熊掌而取鱼乎？希特勒又头痛了。

墨索里尼"打破沉寂"　　一九四一年二月二十五日

墨索里尼在法西斯会议席上的演说，无疑是近代最拙劣的辞令之一。墨氏自称义大利自一九二二年十月廿八日起，即已"无日不在战争中"，然而十八年来的"战争"状态，却不能使义国在一九三九年九月的时候完成准备，而迫不及待地出面"襄助德国以获其光荣之胜仗"；谁都记得当时义国的"奋勇"参战，是因为看见法国已经力不能支，而亟图分取杯羹的。

义大利虽然能够"襄助德国获胜"，但却不能使自己也获得同样"光荣的胜仗"，这应该是墨索里尼最难自解的一点。他不得不以"距离甚远"为理由，自承在里比亚方面的失败，虽然他同时竭力自夸该方面义军实力的雄厚。在阿尔巴尼亚方面的"光荣战史"，使他不能不寄其希望于今春的转机，而以"绝对无疑"之轴心胜利遥寄于最后一役的决胜上，一副无可奈何的心理，可谓表现得淋漓尽致。

墨氏在讳饰自己的无能以外，竭力强调德国的力量，实际乃以义大利的命运，委之于希特勒之手，德国的失败固然同时也是义国的失败，而德国的胜利却决不是义国的胜利，墨索里尼其将何以对义大利人民？

越南准备再战　　一九四一年二月二十五日

泰越间的停战状态，因为泰方在日本的支持下坚持要求，迫令越南准备再战，而有再度破裂的可能。以公正人自居的日本，存心偏袒，显然可见，越南的重行采取自卫步骤，实为弱者在压迫过甚后的抗议。此种抗议能发生何种效用，虽未可言，但至少可以让日本知道强迫他人接受不公正的调解，并非绝对容易之事，而所谓"领袖"者也，也不是可以随便做得起来的。

日本的更大野心，即调停欧洲战事，已经因为德国的诘责而强颜否认了，如果连自己所谓"东亚共荣圈"里小弟兄们的争执都调停不了，那未免太说不过去吧？然而那正是日本的注定命运。

英美喝阻日本南进　　一九四一年二月二十六日

英美联合警告日本不得向新加坡荷印南进。这一个警告，已经给日本军阀一个运用理智的最后机会。日本所惧怕的，为实力而非空言，故英美倘非在太平洋上布置就绪，决不会明知无益而多此一举。日人无论如何迷恋于一己的威力，但现在已不能不接受铁般的事实，在英美警告的背后，是有着坚不可摧的实力，配合着中国的沉着作战，已经为日本的南进前途布置着铜墙铁壁，日本倘果欲以卵击石，那么就请试一试吧。

我们可以预想到日方对于此种警告的两种反响，一是日本报纸的申斥英美阻碍日本完成"高尚理想"的罪恶，一是霞关当局的婉曲解释日本对新加坡荷印绝无侵占领土的野心。然而无论日本以何种言词答复英美，英美的态度早已由威尔斯氏表明在先,"吾人之所重视者,为行动而非言论"。

投机者听见了没有? 　　一九四一年二月二十六日

周生候等伪造日商纱厂栈单出卖,一星期内骗得巨款千余万元,破案之后,投捕房报告被骗者已有纱号数十家。在上海这个"人心不古"的世界,诈欺作伪本来不足为奇,此案之值得注意者,不仅为骗款数目之巨大,而骗犯以假冒日商纱厂的手段,轻易使不少商家堕其彀中,更可证明现在确有很多贪近利而昧大义的商人,方群以与日人交易为有利可图,不惜以巨大金钱,逐臭附膻,然而结果却是财物两空。诈骗者果然罪无可逭,受愚者也未尝不是咎有应得。

投机市场中,本来以尔虞吾诈为能事,随时随地都有被骗的可能,与其以大好的金钱,试探毫无把握的机会,何如把它用在于国于己都有利益的地方。大后方的开发建设,正等待着有心人去投资,这才是万无一失的出路。

日本对泰越的"公允建议" 　　一九四一年二月二十七日

日本对于已陷僵局的泰越谈判,贡献了"最后一次"的折衷办法:以"历史上"应属于泰国的土地仍旧割还泰国。我们以为最好还是请日人先以身作则,把"历史上"不属于日本的土地交还了原主再说。

泰越两国的"模拟战",经日本轻轻挑拨起来后,临结束的时候,偏会枝节横生,于是日本照例来了一句得意之笔,把责任向别人头上一推:"第三国(应该说是第四国)不得妄加干涉"。我们倒要问一句,"妄加干涉"的,究竟是谁?

无法解决之英日间问题 　　一九四一年二月二十七日

外交路穷的日本,除了一贯地笼络苏联,对美国则时而恐吓时而软化外,最近似乎又在转英国的念头了。东京《朝日新闻》重视邱吉尔与重光葵在伦敦的会谈，称邱氏曾向重光葵表示"英国当避不采取敌对日本之态度"，及"英日两国间并无不能解决之问题"。但这两句话，在我们看来殊无多大意义，因为目前英国除了如邱氏所谓"援华乃系履行义务"外，技术上并未与日本立于敌对地位，至于英日两国间的一切问题，也许不必用武力解决，但在欧亚两战争未到最后清算的日子，决计谈不到解决二字，英国一天需要美国的助力，就必须一天采取与美国同步骤的远东政策，不论英当局不致再蹈过去的绥靖覆辙，即使果有此意，亦必为事实所不许。

古利专使离华　　一九四一年二月二十八日

古利专使在华任务完毕，已于昨日起程返国，在他所发表的书面谈话里，竭力称道中国前途的远大，这句话既非口头敷衍之词，自可证明此行视察结果，确已获得极美满的印象。中美的友好合作，将因古氏此行而更进一层，自为意料中事。

美国的援华，不仅是一种必要，而且也已经是既然的事实，现在的问题，只是如何以最适宜的方式，给与中国最需要的援助，使此种援助能发生最有效的成果。古利专使对此当已了如指掌，在他返国报命以后，必能格外加深美国朝野援华的信念，而以更结实的行动表现出来。

中英军事合作　　一九四一年二月二十八日

关于中英军事合作的传说，过去已屡有所闻，日方尤其常常据以为宣传的资料。现据合众社消息，称中政府发言人表示并未成立在滇缅马来联防的协定，但承认此项计划则确在考虑之中。

所谓中英联防协定的成立与否，当然须视实际有无如此需要而定，但远东方面中美英合作的逐渐加紧，事实上已经成为抵抗侵略者进攻的有力阵线，至于形式上的订同盟缔协定，倒不一定甚关重要。我们只要看德义日三国同盟成立以后，德国对于义国在地中海两岸的焦头烂额，始则视若无睹，及至最近因迫于自身的需要，才有在巴尔干发动攻势的姿态，而日本则至今尚在挟三国盟约为自己渔利的工具，绝未对其盟邦尽丝毫的义务。此类口头上的互助合作，当然不是中英二国所重视的。

越南不愿接受日本"调停"　　一九四一年三月一日

法越当局在日方的过分压迫下，重行采取坚不让步的态度，这虽然好像有些出人意外，其实也不足为奇。因为目前越南喘息于日人势力之下，处境虽然十分困难，但让步的结果既为丧权失地，索性硬一硬，大不了也不过是丧权失地，而且事情也许还并不如此简单。我们如果忆及当初日本在越南的如心所欲，主要的原因还是希特勒有意让日本尝些甜头，对维希略施压力，使后者听受日本的摆布，以为诱令日本南进的代价。可是荏苒至今，日本始终徘徊观望，不能满足希特勒的愿望，故此次越南态度的转硬，亦未始不可认为希特勒的授意，而为催促日本履行"同盟义务"的一种手段。

目前越泰间的紧张状态，是否终将爆发而成为太平洋上大动乱的前奏，现在尚难断定。传松冈将作柏林之行，这一位东方的"和平使者"，在晋谒了西方的"和平天使"希特勒后，也许终将打破目前彼此互相等候的局面。民主阵线对于此种可能的变化，已经充分准备就绪了。

投桃报李　　一九四一年三月一日

本报于上月廿五日应读者之请，在报端发动了签名慰问英国运动后，路透社二十六日接到伦敦来电称英国援华委员会也正在广事征求英国名流签名电慰蒋委员长，表示英人对于中国获得完全胜利与巩固独立的殷切期望。这两件事充分反映出中英两大民族目标一致，意趣无殊，同声相应，同气相求的密契。

这一个消息，无疑地必将使参加签名慰英运动者更见踊跃，我们很有把握希望在全体读者的共同努力推进下，参加的人数可以达到十万以至于二十万。

签名用纸为求一律起见，原定由本报特备白纸，由读者向本报购买。但该项纸张成本不大，我们为求普遍推广计，决定连同电文与签名办法，免费奉送，欢迎读者们向本报发行处索取。

越南被迫让步　　一九四一年三月二日

维希被迫接受日方所提对于泰越纠纷的"调停建议"，不用说是日本"武士道精神"的又一"光荣胜利"，而调停方式利用兵舰撤侨和哀的美敦书[一]，亦可谓空前奇闻，叹为观止了。

维希的俯首就范，当然还不是这一幕喜剧的"大团圆"。第一，日本如此热心奔走泰越和平，泰越当然应该有以酬劳之；第二，"破坏亚洲和平"的英美，随时都在"威胁"着泰越的安全，意志软弱的越南，更容易受英美的"愚弄"，因此日本尤有在该方面加紧"防御"及"监护"的必要。

于是，越南又套上了一重枷锁，而泰国也以胜利者的姿态，接受了被玩弄者的命运。

【一】哀的美敦书：拉丁文的音译，即最后通牒，一般是一国就某个问题用书面通知对方，限定在一定时间内接受其条件，否则就采取某种强制措施，包括使用武力、断交、封锁、抵制，等等。

保加利亚加入轴心　　一九四一年三月二日

希特勒强迫保加利亚钻入轴心，是侵略集团在西方所获的"胜利"，其手段可谓与日本异曲同工。日本的胁迫越南，针对着英美的增强远东防务；希特勒的收买保加利亚，也是与英土联防谈判互唱的对台好戏。

说到保加利亚本身，本来已如笼中之鸟，希特勒得到了这样一个与国，并不值得夸耀，然而他是否可以充分利用保国，却还是一个问题。第一苏联此次默许保国加入轴心，她对德国当然保留着若干条件。第二土保之间存在着互不侵犯宣言，这又是德国行动的一个绊脚石。第三根据三国盟约，缔约的一国必须在受第三国攻击时，同盟国才有援助的义务，可是保国根本不会被英国攻击，德国如欲遣军入保，显难获得有力的借口。

因此德国这一次外交胜利，除了壮壮自己声势以外，揭穿了也无所谓得很。

保加利亚的两重威胁　一九四一年三月三日

德方一再否认军队开入保国，可以反证出德军入保确有其事，不过以往是用偷偷摸摸遮人耳目的方式，现在保加利亚已经和德国共同合作，为"和平"而"努力"了，德军自然尽可毫无顾忌地在飞机坦克车的威风中浩荡前进。

有苦说不出的保加利亚，此次加入轴心，绝非素愿，因为签订了这一纸卖身文契，同时也就是把自己的命运寄放在德军控制与英机轰炸的两重威胁下。然而既已陷入纳粹铁掌，就只有引颈受戮的分儿，这是弱肉强食下的悲剧，同时也是一个宝贵的教训：对侵略者屈服，决无瓦全的可能。

殷鉴不远　一九四一年三月三日

我们对于保加利亚，无宁还是同情的成份居多。然而回溯不久以前的往事，却大可供东方另一国家作为殷鉴。去年九月中，罗马尼亚在德义的压力下，以杜勃鲁迦南部割让保国，当时的情形，正和目前日本"调停"泰越纠纷一样，越南固已陷于与罗马尼亚同样的命运，泰国即使暂时占了便宜，也难免为保加利亚之续。

教训：从侵略者手中获到的恩惠，必须偿付加倍的代价。

英土加强联防　　一九四一年三月三日

来自匈京的消息,谓此次英土谈判,以准许英舰自由出入达达尼尔海峡问题为讨论中心。关于此事的谈判结果如何,虽无从知道,但保国入盟以后的巴尔干形势变化,必将为促成英国此项建议成为事实的重要因素。此举可以使英国舰队驶入黑海,随时控制德军在罗保二国的活动,抵消轴心势力的扩展。苏联对此自不能漠视,不过苏联夙以维持巴尔干均势为一贯政策,也许未必会出而阻挠。

德国控制保加利亚的目的,与其说是进攻希腊,无宁还是利用威胁,以图兵不血刃而偿其大欲。希腊的处境虽已较前困难,但殊无中途屈膝,甘就束缚的理由,而英土的加强联防工作,亦将成为希特勒所必须顾虑之点。

松冈赴苏的传说　　一九四一年三月四日

土京外交界传松冈将赴莫斯科,谋与苏联缔结"不侵犯条约"及"经济协议",此讯倘果确实,则日方这一副追求不舍的急色儿心理,殊属可怜可笑。明明有专负此项使命前往的大使驻在苏联,而必须由外务大臣亲自出马,这可见一纸苏日不侵犯条约,对于素来视条约如无物的日本,确有"意想不到的效力",而苏联之吝不予以满足,并非自高身份,实系不感觉兴趣。

日本是苏联在远东方面唯一的危险的敌人,她的援助中国,即所以削弱日本的势力,自无在此时反而纵容日本横行之理。在欧洲方面,苏联以维持中立与均势为一贯政策,故一面与轴心国保持若即若离的关系,一面对英美也不杜绝改善邦交的门户,最近她否认以美国运苏的货物供给德国,即为希望自美国取得更大供给的表示。在此情形下,苏联除了对日本在表面上敷衍敷衍而外,决不会与之作进一步"亲善",以过分刺激英美的感情。

建川失败了,松冈倘果欲一试,他的失败的命运也早经注定,即使近卫或较近卫地位更高的人前去,第三个结论也还是失败。

英国的外交活动　　一九四一年三月四日

巴尔干风云现方日趋险恶，英国在此时的外交行动，自然是极可注目的，艾登在英土谈话圆满结束后，即飞往雅典访晤希腊国王及总理，对于备感威胁的希腊，无疑地给与有力的保证，使它继续奋斗下去。在英土谈话之时，英国驻苏大使克里浦斯也从莫斯科前来参与，他的负有沟通英土与苏联之间意见的使命，不言可喻。

英国所希望于苏联的，是继续保持严格的中立，并对德国在巴尔干方面的行动取监视的态度。所希望于土耳其的，是合作抵御德国的侵略；所希望于希腊的，是继续坚持对轴心国作战。而这三项目的，原则上均已毫无问题。德国倘无法胁迫希腊停战，则其初步的计划已告失败，如因胁和不成而实行对希进攻，必将遭遇更大的困难。

德军入保以后　　一九四一年三月五日

苏联不再对德容忍

苏联以惊人的坚决言词，驳斥保政府所谓"保国同意德军开入国境，目的系在保障巴尔干和平"的纳粹式逻辑，而明白宣称"保政府所采取之立场，将使战事扩大"，并表示"苏联对于保国实施此种政策，不能予以任何援助"。

苏联此种明显表示，实际是对德国的斥责与警告，自德苏协定成立后两国间暂时隐蔽着的矛盾，至此有了明白的透露，不仅一扫一般人以为此次德保行动系得苏联默契的猜测，且可证明德国之蔑视苏联在巴尔干的发言权，已令苏联不能再事容忍了。

土耳其准备抵抗侵略

据纽约方面得自土国京城消息，谓土耳其不重视保方所谓加入轴心可[一]影响对其他缔约国关系的口头保证,而认为德军入保后,保国已丧失独立,故土保互不侵犯宣言,已不再有效。此外并有消息,称土国为应付变故计,已于土保边境屯集大军五十万,准备抵抗德军的攻击。

从苏联态度的明朗化,可以看出土耳其此种强硬的对策,必已获得苏联的有力支持,而德国在保国入盟以前先令土保握手以稳住土国这一个小小的策略,也全然失去了作用。希特勒在对苏估计的错误上,显然已令自己陷于窘境。

德外交人员准备离美

希特勒另一攻势的目标为美国,《纽约日报》昨称德国在美全体外交人员已接得命令,准备于三日内离美。此其作用,固在以美德两国将由绝交而开战的危险,恐吓美国,阻止租军法案的通过。然而这一种企图,殊无达到的可能。

去年十月初三国同盟缔立后,日本的近卫松冈先后以不惜对美一战为威胁,企图使美国承认它的"东亚新秩序",但结果不仅不能收到预期的效果,美国反而以撤侨等行动表示其意志的坚决,而日本也只好软化下来。以过去例今日,德国准备对美绝交的表示,必将使美国愈感危机之日迫,而加速通过并实施租军案。

日本的"光明"前途

对于这一切,日本当然是以十分关切的眼光注视着的,然而世界大局的急剧展开,并未给予他有利的捞野食的机会。德苏裂痕的显著,已令日方尚存万一之想的苏日接近梦全归泡影。美国对日压力的加重,以至于可能的苏联与美英的接近,都将使日本侵略主义者眼前发黑。万一轴心国在东西两方同时发动起来,日本必将成为第一个不自量力的牺牲者。

有钱出钱的又一机会　　一九四一年三月六日

劝募战时公债运动,由蒋委员长亲任劝募委员会主席,劝募债额为军需公债国币十二万万元,及建设公债英金一千万镑美金二千万元,即日起向全国广泛推行,此项运动的意义与重大,在蒋委员长告全国人民书中,已有详尽的阐发,我们除了要求读者把全文从头至尾细读一遍外,不能更赘一辞。这一种运动,上海虽因环境关系不便推行,然而有认购力量的上海华人,对于这种于国家自身都有重大利益的事,自动认购,实属义不容辞。上海的有钱人远比其他地方为多,倘没有超越的成绩表现出来,如何对得起为抗建尽劳的后方人民?

一九四一年式恋爱　　一九四一年三月六日

(一)日本式的

日本驻英大使重光葵以外相松冈出面的私人函件提交英国邱吉尔首相,保证"日本不拟攻击英帝国之任何部分"。喜欢卖弄小聪明的日本外交家,显然自以为选中了最适宜的时机,使神经异常紧张着的英国,骤然听见了这样温柔的音乐,会如饮醍醐地麻醉下去,从而松弛了远东方面的戒备,甚或以重大的代价偿答日本的"友情",这样日本就可不费心力而取得了对太平洋反侵略阵线各个击破的初步效果。

我们无庸指出来自日本的任何保证,均无丝毫价值可言(尤其松冈的言词,是向来以善于反复前后矛盾出名的),日本自己的行动和言论,便可以揭穿此项保证的虚伪。日方报纸最近大事制造中英成立秘密军事同盟及华军业已入缅的谣言,并作日军将取必要行动的恫吓,其为造成进攻缅甸的借口,已甚显然;而日方军火之大量集积泰国境内,尤可见其跃跃欲试的意向。除非盲目于事实的人,宁能为日人的甘言所惑?

国际局势之未必有利于日本的南进,固然是他们欲前又却的主要原因,但知难而退,却非所望于迷途已深不能自反的日本军阀。英国只有和中美加紧合作,根本消灭远东的侵略祸首,才是一劳永逸之计。

(二)德国式的

无独有偶地,一面是松冈致函邱吉尔表示善意,一面则有希特勒以咨文致土耳其总统伊思美，据谓其内容系保证德国决无侵犯土耳其或达达尼尔海峡之意。侵略者伎俩，似乎是一个师傅授的。

土耳其早已决定与英国站在同一阵线，而最近德国咄咄逼人的行动，更加强了他的自卫的决心。土国拥有雄厚的陆军，且已获得英国的合作与苏联的支持，决非罗马尼亚、保加利亚这一类听人宰割的国家可比。希特勒的胁诱，不免为无益的尝试而已。

中国并不依赖友邦——纠正英文《大美晚报》五日社论
一九四一年三月七日

英文《大美晚报》在前天一篇题名为 *No Lifeguard Available* 的社论中，警告中国弗以过去的战绩自满，一味期待美英的援助而放弃了自身的努力；她说美英的援助不过是掷下救生圈，希望中国自己泅到彼岸，但他们并不准备自己下水救中国于溺。中国人自来是一个乐于接受他人批评的民族，无论英文《大美晚报》所说是否过虑，中国人民对于这种善意的责勉，定必欣然领受，因为他们的领袖自从难以来，每次向他们谆谆告勉的，莫不以自力更生为第一义，他们也因为在这种信念之下，故能不避艰苦，咬紧牙关，务求达到独立解放自由生存的目的。

因此，我们的同业在同一社论中所指出的："有一种逐渐增长的倾向，似乎中国甘心以过去的成绩为满足而休息下来，让别人完成她的未竟之业"，不免犯了对中国认识不清的毛病。中国如果确有此种倾问，那诚然是一个可悲的错误，但我们从中国军政领袖的言词和全国军民一致表示的决心看来，绝未见有此种倾向存在；尤其蒋委员长前天在国民参政会中所发的言词，更可以作为对于此种过虑的最有力的答复。蒋委员长说："过去曾有人希望苏联或美国实行参战助华，但余则从不计算及此，因中国独力支持，即足获最后胜利；吾人不需要友邦参加战争，但吾人亟需友邦严守中立。"

美英给与中国的物质上和精神上的援助，曾经使中国的作战力量增强，这是无可否认的事实，但中国在这四年中对于美英所尽的重大义务，远过于他们给与中国的实际援助，此点美英两国有眼光的政治家，似乎也已有明白的认识了。中国无论有无外援，必将继续作战，至获得胜利而后已，但美英援助的多寡，却足以决定中国胜利目的达到的迟早。美英倘果乐睹中国胜利，以解除自身在远东的威胁，就该尽其可能加紧援华，使她在尚未精疲力尽以前击败日本，多留一分余力从事战后的复兴。

希特勒诱土合作　　一九四一年三月八日

希特勒在保加利亚的成就，却因苏联的不满和土耳其的坚强态度而打了个一折七扣，为争回有利的形势起见，于是有拉土耳其为己用的企图。希氏致土总统的私函，虽未公开发表，但据传闻内容，如互派大员聘问，尊重领土完整，以至于签订不侵犯约等，均极亲善和平之至。

土耳其固然希望避免与任何人发生冲突，但德国的保证究有若何价值，不能不从长考虑，罗马尼亚、保加利亚等朝入轴心，暮失自由，无疑地已经给土耳其甚深的警惕。目前她与英国亲近，虽然万一有事，不免有远水难救近火之虞，但至少还有苏联在那里作着平衡的势力，希特勒一日顾忌着苏联，就一日不致在土耳其自由行动。反之，她如接受德国的胁诱，则卷入战争的危险必将无法避免，同时苏联因感受切身的威胁，也有采取对土不利行动的极大可能。然则希特勒的诱土企图的必归失败，固不待土耳其的正式答复，就可明白。

美参院否决限制军租案　　一九四一年三月九日

美国参院在租军法案辩论中，否决"总统不得派遣军队至海外作战"的修正案，政府方面反对此项修正案的理由，是"此种限制将令总统外交政策大感棘手，而令日本得放胆南进，不必恐虑美国之干涉"。这一种有力的见解，已渐为一般人士所理会，故租军法案之能获顺利通过，今后殆已毫无疑问。

美国在原则上固然避免参加任何地方的战争，但此种态度最容易被人误会为示弱退让。日本过去所以敢于胆大妄为，就是存有一个美国决不会和它兵戎相见的假定。现在如果为了保全不稳固的和平起见而明白规定不准派遣军队至海外作战，自然将格外使它毫无忌惮，结果或将迫令美国在远较目前不利的状态下对日作战。与其畏首畏尾，实不如明白告诉日本，美国固然愿望和平，但决不是屈辱的和平，必要时她将不惜以武力保卫她的权益。唯有这样才是戢乱于未萌之计。

松冈将作柏林罗马之行　　一九四一年三月九日

松冈不日往聘德义的消息，业经证实，据他自称系应柏林罗马的邀请，其实还是说奉召好一点。自从日本加入轴心以来，荏苒半年，对其伙伴曾无丝毫助力，也许希特勒因现在还需要利用它而不致给它不好看的脸色，但心理上是不能不老大不高兴的。

不多几天前，松冈曾以私人函件致英国当局，"沥述"日本并无侵犯英国领土之意。关于此事，松冈将以何等言辞向希特勒解释，我们姑且不管，但在英国有一部份痴心未死的残余绥靖分子却曾经因松冈此种"诚意"表示而受宠若惊过。可是事实证明日本所走的方向已经被它的侵略政策所决定，不能脱离德义的范围。作着英日重拾坠欢之梦的近视论者，眼看着这一位"和平天使"兴匆匆地跑到英国敌人的地方去，应该可以醒醒了吧，虽然更大的教训还是在后面。

合众社推测松冈赴德义的主要目的，系在希望借重德国的力量，与苏联缔结不侵犯条约。几天之前，曾有松冈将访莫斯科之说，此次他告美国记者魏刚谓："访晤史丹林及莫洛托夫，并未列入预定行程内，余所接之邀请仅系来自柏林及罗马者"，可见他也自知未必为苏联所欢迎。最近苏德间因巴尔干问题而发生的一点"小小意见"，无形中已在苏日的距离间再加上一道鸿沟。松冈如果知趣的话，似乎还是以免开尊口，静观风色为妙。

美国《租借法案》通过　　一九四一年三月十日

通过了重重的阻碍，援助民主国法案已在美参院中以大多数可决了，此后中英希诸国在美国的有力援助之下，不难获得迅速而重大的胜利，但在实施这法案以前，我们还希望美当局特别注意两点：

第一，美国对于民主国家的援助，必须衡量待援各国需要的缓急轻重，而出之以溥而不偏的方式。尤其援英援华，必须同时并进，以保持美国在东西两洋的有利地位。

第二，军事急于星火，故援助不能迂缓悠闲，多多益善，愈早愈妙，否则便有贻误戎机之虞。单以飞机而论，美国的生产迄今仍属供不应求，今后就有大加扩充的必要。中国盼美国的飞机已经盼得长久了，而至今所得有限；其实以美国飞机厂家生产进步之速，大量制造之便，满足中国有限的需要，决不是一件难事。

这两点真所谓卑之无甚高论，明智的美国当局，一定早已计虑到此，野人刍荛之献[一]，聊贡一得而已。

【一】野人刍荛之献："刍荛"原意为割草采薪或割草采薪之人，亦即草野之人，和"野人"意义相仿。"野人刍荛之献"是表示自己见解浅陋的自谦之辞。

粤南日军"悠悠撤退"　　一九四一年三月十一日

桂林十日电：华军进攻北海登陆日军，节节胜利，沿海岸日军已完全肃清。

日方怎样解释呢？同盟社照例印就了一套刻板的公式电讯："日军已完全达到预期之目的，各部队乘船悠悠而撤退。"所谓目的者，据华南日派遣军报道部发表，系"覆灭华军输送路线"，我们姑不论华方是否非依赖这几条"输送路线"不可，而日军在费了偌大气力后把它们"覆灭"了，居然"悠悠"而去，不留一卒驻守，好让华军再来把被"覆灭"了的恢复起来，则为日军设想，似乎也太不值得。

强弩之末的日军，到处骚扰，一事无成，其来也如虎头，其去也如蛇尾，在华军威力下狼狈溃退，而自谓"悠悠撤退"，不意阿 Q 精神乃见于此处。

希腊准备再造奇迹　　一九四一年三月十一日

希腊曾经以过人的勇气，接受义大利对她进攻所给她的严重试验。现在她面临着德军侵略的更严重的试验，恰和轴心国家的宣传相反，她的勇气绝未因此丧失。她已经把军队自色雷斯西部撤退，并在东北边境布置了长二百哩的防线，这证明了德方胁迫希腊不战而屈的企图，已经全归失败。

当然德军正式向希腊压境时，希腊的命运还是同情她的朋友所担心着的。然而她曾经造成力挫义军的奇迹于前，谁能断定她不会造成坚拒德军的更大的奇迹于后？即使不幸而败，也必能在民主集团最后胜利时恢复原有的地位，如上次战后的比利时一样，其光荣且将远过之。

土耳其坚壁清野　　一九四一年三月十一日

然而作为巴尔干局势的实际重心的，应该还是土耳其。德国如能攻下希腊，对它的自身并无多大利益，对英国也无多大损害，因为英国在地中海的海军霸权，决非德国所能加以动摇。可是倘能占领土耳其，则便可进而攫取近东英国的油源并控制苏彝士孔道，那时局势必将发生急剧变化。

英土双方有鉴及此，故已彼此同意尽力避免把土耳其牵入战争，不授德方以任何借口，同时德国因为顾虑苏联的反对，亦不能不审慎将事。在此种情形下，德国纵在巴尔干发动种种虚实攻势，结果仍不能打开一条出路来，已经是很显然的了。

343

英法封锁争执　　一九四一年三月十二日

希特勒的得意杰作

目前欧局的重心，虽然似乎集中于巴尔干方面，但因法国境内的粮食恐慌而引起的英法封锁争执，却是一个不容忽视的危险的暗礁，而且也是希特勒所耍的一套最得意的杰作。

希特勒尽量搜括法国境内的物粮，使法国人民陷于嗷嗷待哺的饥馑状态中，然后令维希政府出面向美国吁请援助。美国根据美法世谊，且在人道的立场上，自不能坐视不救；但美国运法的粮食接济，受惠者并不是法国人民，而是控制着法国的纳粹军队。当然这不仅有背美国的原意，而且恰恰是美国所最不愿意的。

英美的立场

英国为了阻止以物资资敌起见，不得不加紧对法的封锁，这是她在现状之下唯一的对付方策，但希特勒却可振振有词，宣布英国致法人于死地的罪恶，而维希政府也就汹汹其势，声称准备以军舰冲破封锁线，取得外来的物品了。

法国的舰队是维希政府仅余的资本，也是希特勒亟欲染指而迄未逞欲的。如果英法舰队果真冲突起来，那么希特勒利用法舰的目的，便已完全达到，这当然是他所欲竭力促成的。

关于这问题，英美两国固然感到十分为难，但英国既不能网开一面，牺牲自己而增强她敌人的地位；美国与英国同一立场，在没有两全之道可取之前，也只有暂时停止对法的接济，免得以宝贵的物资填充纳粹无底的欲壑。

为维希政府划策

唯一应该负责的，当然是维希政府。法国人民现时所处的悲惨境地，完全是维希政府屈服投降后的自然的恶果。维希政府一日受纳粹的控制，法国人民便将一日被希特勒用为向民主国家敲诈的工具，而其惨痛命运亦将一日无法改善。维希政府似乎始终迷恋着徒有虚名的权位，而不知挣脱，结果只有把法国一步步拖下绝望的深渊。它如果是勇于负责的，就该趁早脱离羁绊，重行投入民主国家的阵线；这样做时，虽然它将不能在本土立足，法国全境均将暂时为德国占领，但至少可以使希特勒不再以法国人民为幌子，而必须亲自负起维持占领区人民生活的责任来；同时加厚了民主阵线的作战力量，也就是对于自身日后解放的最好保障。

从解决法国人民目前的困难看，这不是一个最好的办法，但不幸的是此外更无办法。

松冈赴欧的真正使命　一九四一年三月十三日

日本松冈外相的柏林罗马聘问，德方权威界以为将与德义讨论三国军事合作问题，日本报纸也以为此行将进一步加强三国盟约。可是这一类表面上的推诚相与，无论如何掩饰不了彼此互谋利用的事实，德国固然竭力希望把日本拉下水中，帮助他拖住英国的一条腿，但投机主义者的日本，即使莽撞成性，也觉得还有观望一下风色的必要。日本对于在太平洋发动对英攻击的兴趣，显然还不及与苏联缔结不侵犯条约的兴趣浓厚。

日方对于松冈赴欧的真正使命，即促成苏日接近，故意讳莫如深，这是他们的识相处，因为上次建川使苏时的大吹大擂与此后的无声无臭，已经给他们极大的教训了。我们怀疑松冈此行能有若何成就，苏联的冷淡面孔并未给他鼓励的暗示，而德国也未必是一个有用的媒妁，尤其在最近苏德裂痕渐深的时候。

同样，德国希望取得日本的助力，似乎也是一件徒劳无益的事。日本的念念不忘南进，固然与德国的计划相符；叨着希特勒的光，日本在挟持泰越的成功上，也已经完成了南进的初步布置；但它必须有如次两种保障，才敢放胆动手：第一是苏日不侵约的取得，第二是德国对英占有军事上的显著优势。即使德国因希望日本相助而居然把苏日两国拉拢了，因为英美远东布置的严密，日本还是要等待一下的。

希特勒聪明一世，在择交日本一事上却犯了不小的错误。

一则以喜　　一九四一年三月十四日

从表面上看来，泰国的确是目前扰攘世局中唯一的幸运儿，对越南的领土争执，既有日本给她一手包办，不劳而获地占到了不少便宜；而北方之强的苏联，也居然会青眼相加，和她建立了外交关系，像这样左右逢源，真是谁都会看了眼红的。

然而美味的果子也许有毒，谁都知道日本的袒泰抑越，不是真有爱于泰国，而是另外有他自己的图谋；而苏泰的建立外交关系，也无非日本在亟图与苏亲近的时候，以泰国作为贽见礼，借以逢迎苏联的一种手段，因为他看得很清楚，泰国的出产正是苏联所需要的。泰国也许因为她的幸运而扬扬自得，但她却没有觉得她是一个十足的被玩弄者。

美妙的梦境成为粉碎，发觉自己的手足已被紧紧缚住，这样的一天不久必会到来。

一则以悲　　一九四一年三月十四日

有泰国的踌躇满志，也有越南的悲愤填膺。越南人士对日本的背弃信义，倚势凌人，一致发出激烈的申斥（见昨日报载）；即使是素以屈辱退让为事的维希政府，也不能不吐露无限怨望的声明。所谓"东亚共荣圈"这"共荣"二字的究竟意义，不难于此见之。

我们同情越南人士的愤慨，但对于维希政府则毫无曲恕的余地。它已经选择了它的路，妥协和隐忍所换得的，除了更大的欺压外，更没有其他的代价。

古利博士驳斥日方谰言　　一九四一年三月十五日

恶意的宣传有时能给敌方很大的损害，然而更多的时候，不过暴露了自身的无聊无耻。

关于罗斯福总统专使古利博士访问中国后的报告，在内容未公开前，我们实在没有妄自揣测的必要。然而在东京的报纸上，却肯定地声称它对中国不利。他们为欺骗自己安慰自己起见，往往故意把中国想像成为一个政治腐败的无秩序的国家，以为国外的友人在接触了中国的真相以后，一定会失望而归。然而他们没有想到就是这一个他们认为"腐败无秩序"的国家，在这四年中间把以"建设秩序"自任的日本拖成了半身不遂的地步。

中国不必为自己辩护，事实是最好的雄辩。日方报纸的谰言，也已经被古利博士加以响亮的还击了。古利博士不愿宣布他的报告书的内容，但肯定地指出了两点：他深信中国前途的伟大；他此次访华的结果不久即可由事实昭示。

古利博士在访问中国以后所得的信心，当然将格外巩固了美国全国对华的信心；美国的扩大援华本来只是时间问题，古利博士的暗示更确定了此举之必成事实。

日本对德的惊人讨价　　一九四一年三月十五日

希特勒在勾结日本以前，似乎没有想到他是逢到了一位善于做生意的老手。从维希外交界传出了颇有兴味的消息，据谓松冈此次赴德，携有日皇的专函，要求德国给与日本空军的援助（飞机一千五百架，机师一千五百人）。希特勒所希望于日本的，至今杳无动静，然而日本却居然大开其条斧起来。如果希特勒能够答应日方此种要求的话，那么他所拉到的显然不是一个助手而是一种负担。

虽然我们不必十分置信，然而据谓在同函中，也提起日本愿意调解欧洲纠纷的意思，并且特别指出日本调停泰越纠纷的成功，以示其足以胜任愉快。我们不知道在欧洲纠纷中，谁是泰国，谁是越南；即便把德义算作泰国，英国算作越南吧，不知希特勒与墨索里尼能否接受他们的盟弟所支配给他们的角色？寄语希特勒，留心着吧，有一天东亚共荣圈会连第三帝国也圈了进去的。

美扩大援助反侵略国计划　　一九四一年三月十六日

美国《租借法案》之不仅以英国为唯一的对象，已经在昨天罗斯福总统的发言中表示得清清楚楚了。罗总统对记者声称美国援华计划正在顺利进行，且暗示政府将考虑更大之援助；此外他又指出任何抵抗侵略的国家，都有要求美国援助的资格，而特别指明的国家，则为土耳其与南斯拉夫。

如果有人梦想美国会舍弃她共同阵线上的友人，那么现在是他应该醒过来接触现实的时候了。美国援助反侵略国家计划范围的广大，也正是美国着眼广远的地方，因为鼓励支持并增强世界上任何一处反侵略的力量，比之任令它们被优势的敌人一一击破，对于美国总不失为更安全的策略。

罗斯福再作狮子吼　　一九四一年三月十七日

罗斯福总统前晚所发表的广播演词，是《租借法案》通过以后第一次意义重大的昭告，因为它不仅重申了美国的政策与信念，并已明白告诉世界，美国并不单单以第三者的态度，对反抗侵略的民主国家给以善意的援助，而且她自己也是参与反侵略实际行动的最有力的一员。

"吾人已结束对暴力统治及压迫之中途妥协……吾人之民治制度已出于实际行动。"这是告诉"以暴力统治及压迫"的国家，美国已经不再重视对侵略者与反侵略者一视同仁的所谓中立地位，而毅然立在为自由而奋斗的一方；美国虽然不愿与人发生战争，但战争的威胁决不能使美国屈服或妥协。

"美国决非绥靖者流、失败主义者流、及神经错乱者流所能左右。"这指示美国政府现时所采的政策，已经获得全国的拥护合作，即使有少数例外的人，他们无力的呼声也早已为全国热烈的共同要求所压倒；侵略国家如图利用此辈的懦怯心理，造成一种空气，使美国放弃她的决心，那显然是再也没有可能了。

民治国家的决定是迟缓的，然而因为这是经过审慎考虑，并经取得全国同意后的决定，故一旦付之实施，其力量自必雄伟无比。今后的问题，只在如何使此种决定迅速见于事实，以充分发挥民治精神的真正力量。我们欢迎罗总统的演词，并因大量物质援助业已开始源源运往英国而感到欣慰，现在我们唯一的希望，只是美国能将罗总统所切实答应给与中国的援助，尽速提前供给，使它的力量不因时间的延缓而消失。

墨索里尼的无言凯旋　　一九四一年三月十七日

墨索里尼亲自奔往阿尔巴尼亚前线指挥，希望凭着他的"威望"，振作消沉的士气，好在希特勒面前有个交待。日前据传义方曾有表示，谓在义军未将希腊人驱出阿尔巴尼亚以前，无接受调停可能。这当然不失为英雄气概，然而以最近阿境战局发展而观，义军虽会拚命反攻，仍不免于全部崩溃的惨运；在国际间早已不存在了的墨索里尼的"威望"，在他自己军队中显然也未能产生何等力量，而义军未将希腊人驱出阿尔巴尼亚以前，倒很有被希腊军全部驱出的可能。

凯旋英雄做不成，于是墨索里尼只好悄悄回到罗马。一万五千名的死伤军士，和巨大的军实损失，便是他此行的赫赫战果。

日方报纸主张轰炸缅甸　　一九四一年三月十八日

日本《报知新闻》主张轰炸缅甸，借资"自卫"，其理由是中国已将飞机厂迁往该地，缅甸已参加"战争活动"，使日本忍无可忍，不能不起谋对付。

日方散播中英军事同盟，华军开入缅甸这一类虚伪消息，过去已不止一次，都早已为中英双方所否认，这次不过又是旧调重弹，对于并不感到兴趣的我们，实在觉得连否认也并无必要。日人在侵华军事欲罢不能，南进野心欲前又却的两重苦闷下，随口编造些谣言，喊出几句恐吓性的叫嚣，与其谓为有何具体的作用，无宁还是心理分析学家的绝好材料。

349

《报知新闻》以为中日间虽未宣战，但全世界已承认战争状态之存在，故缅甸方面彰明较著的"战争行为"，使日本不能不考虑采取军事上的自卫手段。据我们所知，日本因为有意违避交战国义务，故首创了不宣而战的恶例，不知道它有什么权力要求别人承认"战争状态"的存在。

　　该报又谓日机在轰炸缅甸境内"华方军事设备"以后，英美将有何种反响，须由英美自行决定之。我们可以告诉该报，英美对于日本任何侵略行动的反响，早已完全决定了，如果该报所主张的行动果真见诸事实，则日本不久就可明白此举之是否得计。

"超人"麦唐纳的呐喊　　一九四一年三月十九日

　　昨日中文《大美晚报》载工部局西董麦唐纳氏致英文《大美晚报》一函，表示公共租界现行西董选举制度有改善必要。我们读了之后，深觉疑惑，因为一个现任工部局董事的负责人员，似乎不该发表如此轻率的言论，但我们在翻阅英文《大美晚报》以后，方才发现这位麦唐纳先生原来并非现任西董的洛特立克麦唐纳氏，却就是去年西董竞选时以"超人"自命的英侨独立候选人雷诺麦唐纳氏。

　　读者中不甚健忘的，或许还记得去年四月西董竞选时，因为对付日方增加日董名额的企图，英美方面表现了空前的团结，而这位不属于任何方面的"超人"之加入竞选，即使不是别有用意，总不免有分散英美力量的嫌疑。竞选的结果，此君是以最少的票数落选了，现在他因选举制度不公而再度"仗义执言"，也许是雄心未死，希望在本届竞选中再插一脚吧！

　　我们承让麦氏所指出的以财产为标准的选举制度，于民治原则确有不合，但目前无论如何不是侈谈修改的适当时机。因为当选董事的资格限制，系根据公共租界《地皮章程》所规定，而该项章程是由租界有关各国与中国政府所订立的，非经中国政府同意，任何方面没有权力可以擅自更改，故在中日战争未结束前，只有一切维持现状，以免[一]觊觎租界者造成机会。英美政府曾迭次表示上海租界现状不容变更，而对于日方所提修改《地皮章程》的要求严加拒绝；

麦氏所表示的意见,不仅和他本国的政策不符,而且完全与日方一鼻孔出气,明眼的英美人士,当不致为他的"公允""民治"一类动人字眼所惑。

【一】"以免"后疑漏掉"给"字。

"日本将退出轴心"　　一九四一年三月十九日

国际社传纽约日人方面的论调,谓松冈访欧完毕后将辞职,德国如无履行同盟义务的"诚意",日本将退出轴心,以及日本或将请求美国调停中日战争等。凡此种种,除了钓钓美国的胃口而外,殆无丝毫意义可言。像松冈那样发言常自矛盾的外交官,倘使不是在日本这样的国家,理该早已去职了,但他的留任与否,实际上对日本的外交政策全无影响,因为他至多也不过奉命行事而已。至于三国同盟以利相结,本来彼此都无"诚意",但日本现在势成骑虎,倘欲改变美英对它的观感,单单退出轴心是不够的,它必须全部放弃它的侵略政策,而这决不是日本军阀所愿为;因此退出云云,作为要挟德国,诱骗美英则有之,但决无成为事实的可能。日本基本政策既不能变更,则所谓请求美国调停中日战争,自然更谈不到;而且知道中国非至最后胜利决不中途言和的决心的美国,也决不会受日人的愚弄而来自讨没趣的。

美国"欢迎"德潜艇访问　　一九四一年三月二十日

柏林方面声称德国将以最剧烈之方法击退美国干涉欧洲事务之企图,不知遣派潜艇至美国海上活跃,是否此类剧烈方法之一。美国不因德方绝交作战等威胁而不通过《租借法案》,自然对于德方破坏此案实施,企图阻扰美国对英海上运输的任何行动,都早已准备好对付的方法。美海部宣布将于本周内举行潜艇演习,分明便是对远道前来的德国潜艇表示"欢迎"的姿态。

荷兰总理的乐观谈话　　一九四一年三月二十日

合众社纽约电所传的荷兰总理克利芬斯抵美后谈话，如果不是敷衍记者的外交辞令，则实在不能不使人对于他的过分乐观表示甚大的担心。克氏认为日本将不致攻犯荷印，"吾人已有三百五十年之和平，本人殊未能发见有何可以焦虑之处"。三百五十年的和平，不能保障荷兰本土之不被德军占领，吾人不知克氏凭何理由深信日本会比德国客气些。

又一"和平"消息　　一九四一年三月二十一日

日方向华诱和的消息，对于中国读者已经失去新鲜性，故昨日国际社香港电所传日本军人将迫令近卫下台，然后成立军人独裁，对华议和，以便脱身南进的"消息灵通方面"情报，最大的价值也不过供人一笑而已。

该消息谓日军部已以间接方法告知中国政府，谓和战之权原操诸军人之手，而内阁不与其事。中国方面当然早已知道日本真正的主人是谁，可惜的是目前和战之权，不仅不操于日本内阁之手，也不操于日本军部之手，而是完全操于中国之手，故日军部倘妄以为为了便利自己的南进起见，提出几条自以为"宽大"的条件，即可使中国欣然接受，那未免是太奇妙的想头。将近四年的实际教训，不曾使日本军人觉悟他们自身所处的地位，这无形中也说明了中国尚有继续教训他们的必要。

据说所谓"宽大"条件是：（一）中国承认"满洲国"；（二）中国给予日本某种经济特权；（三）中国加入"反共"同盟。读了之后，使人倒抽了一口冷气，因为中国如果在奋战了三四年以后形势日趋乐观的今日，会接受这种条件，那么远在"七七事变"以前，早就可以把"广田三原则"[一]接受下来了。

中国对日作战是有终结的一天的，那就是在推翻了日本的军人统治，达到自身自由解放的目的，并恢复了东亚的安宁秩序，解除了民治主义的威胁以后，在这以前，任何和平的建议，都只有以鄙笑拒斥之。

【一】广田三原则：日本外相广田弘毅在一九三五年十月对中国驻日大使提出的所谓"对华三原则"。其实质就是要求中国停止抗日活动，接受日本的侵略提携，承认日本对华北的权益，是日本政府全面侵华的纲领性文件。

检举囤粮奸商的一个建议　　一九四一年三月二十一日

民食问题是本市最大的隐忧，囤积的奸商因为没有适当的制裁，得以任意牟非法之利，对于这一个有关每一个市民切身痛痒的问题，当局固然应该努力寻求适当而有效的措置，市民也有与当局通力合作，在自己见闻所及的范围内，尽量检举此辈食人肉而肥的蠹贼的天职。租界当局本有欢迎市民检举奸商的明令，但因一般的心理怕结私怨，怯于负责，故成效未著。现在本报基于为读者服务的立场，愿意代替读者尽检举之劳，如有确知某某店号或个人确有囤积剥削的情事，即请将该店号名称或私人姓氏及地址并其囤积处所，函告本报，本报即当据以转告捕房密查实据。为表示负责起见，报告者应将本人姓名住址正确写明（本报当绝对保守秘密），对于捕房方面的报告，则由本报负其全责，而不将原报告者牵涉在内。我们希望此种办法能获得读者诚意的合作，即使不能彻底解决民食危机，至少总可以收到部分的效果。

教皇再作和平尝试　　一九四一年三月二十二日

传梵蒂冈方面又有尝试调停战争的企图，教皇猊下[一]慈悲为怀，不忍生灵涂炭，渴望世界早日恢复秩序的善良人民，无不深抱同情，可是此举在目前是否合乎时宜，或究竟有何效果，却是任何人都要怀疑的。

日德义三国是造成世界纷扰的祸首，而在这三国之中，日本与义大利已经在自食侵略的恶果了。梵蒂冈之所以企图劝令美国斡旋英义间的单独媾和，以及拟在松冈访问罗马时与之讨论和平问题，也许认为和平可以从这两国着手，然而这种想法却不是我们所能同意。

义王与义大利人民的厌恶战争，我们很可以想像得到，但我们不能希望墨索里尼能幡然变计，跳出纳粹的掌心；如果义王与人民能够运用他们的力量，铲除日薄崦嵫的法西斯政权，则英国必然乐于接受他们单独媾和的提议，而无需任何人的斡旋。至于为军部供奔走的日本政府及其外交人员，虽然也常常散放烟幕式的和平论调，但他们的和平观念和梵蒂冈的和平观念显然是绝对不同的两物，梵蒂冈倘希望借他们的助力以获致世界和平，那未免过于忠厚了。

真正和平的树立，必须根本消除破坏和平的因素，弥缝补苴之计，即使成功，也仍将贻祸于未来，何况在目前根本谈不到。

【一】猊下：源自日文，是对宗教高阶人员的敬称。

我们对于交通水电工潮的意见　一九四一年三月二十二日

对于近日来两租界电车公共汽车及法商水电工潮的相继发生，我们全部同意《大陆报》与英文《大美晚报》的见解。没有人能否认在目前生活高压下工人要求改善待遇的合理，但公用事业的工人，不能忘记他们对于公众的重大责任，倘使事先并未出以合法要求的方式，而贸然以罢工为要挟，则其失去市民的同情，殆为必然的结果。我们不愿意怀疑此次工潮之有某种背景，但不甘供人利用的工友们，实有自动洗刷此种嫌疑之必要。

罪恶之夜　一九四一年三月二十三日

兽性向人权的大袭击！暴力对秩序的大挑战！

时间是午夜，地点是法租界，暴徒侵入了江苏农民银行职员宿舍，以捕房搜查为名，令各行员排列成队，袖[一]出盒子炮扫射，连发五六十枪，无法抵抗的二十余行员，当场或死或伤，应声倒地。对着这一堆血肉模糊的躯体，恶魔们尚未餍足他们嗜血的欲念，临去时又连放多枪，在上海罪恶史上写下了惨绝人寰的一页。

暴徒的行动是有组织有计划的。在同时间内，武装暴徒七十余名冲入沪西中国银行宿舍，将行员一百余人加铐绑去。他们似恐这样大规模的绑架，还不足耸人听闻，后来又续作第二次的访问，绑去行员七十余人。

谁还相信发生这样事件的地点，是在法治的区域以内？谁还相信安分守己的善良市民，可以得到法律的保障？谁听到了这样毛发森立的消息，不会感觉到暴力与死亡的威胁，仿佛已经闪现到自己的头上？这一堆血肉模糊的躯体，这一批束手就缚等候着不可知的命运的囚徒，不正是全上海大多数小市民的化身，靠着并不丰厚的薪给养家活口，奉公守职，没有政治的野心，不作轨外的行动？如果像这样最没有抵抗力的平民，也会成为"政治性报复"的对象，那么谁还能保证自己能避免同样悲惨的命运？

对于残忍卑劣无复人性的恶徒，无法讲人道主义的理论，但容许此种恶徒厕身于人类的社会里，却是每一个人的耻辱。究竟是谁应当负这类灭绝理性的罪恶事件的责任？究竟是谁威胁着每一个守法市民的安全？事实已经作最有力的说明了。

负市民付托之重的两租界当局，现在是需要向凶手匪徒们全力搏战的时候了，愤怒的群众在要求他们迅采有效的措置，恢复法纪与秩序，为死难者雪冤，为生存者谋取合法的保障！

【一】"袖"字疑为"抽"字。

山姆叔叔的邮件　　一九四一年三月二十四日

英国海相秘书弗来辙上尉申述他对于美国援英的信心，谓"山姆叔叔是一个好邮差，他决不让他的信件被人劫去，或把邮包送错了地址。美国人民如果下了决心，认为把军火供给我们，对于他们自身的利益是必要的，那么我们可以胆大放心，他们必然会设法使军火到我们的手里"。

英国对于美国的信任，也就是中国对于美国的信任。美国已经确认中英两国为美国东西两洋国防所系，罗斯福总统及赫尔国务卿已经明白保证对华的援助，然则中国自可安心信任这一个可靠的邮差，决不致中途误事。

再反过来说，中英对于美国的信任，也就是美国对于中英的信任。中英所以有接受美国援助的资格，就是因为他们能够不避艰危，努力自助。这种自助力量的发扬，就是对于民治主义的最大保障，也就是对于美国的最大贡献。山姆叔叔是一个良好的邮差，而美国人民在寄递他们友谊的邮件时，也确实没有开错了地址。

南斯拉夫的最后一分钟[一] 　　一九四一年三月二十五日

德国的闪电攻势，似乎已经锋芒大不如前。对南斯拉夫的"外交胜利"，无疑地是预备在松冈抵德前大大夸耀一下的，然而事实却远不如预料那样美满。第一是南国人心的反对供侵略者利用，其激昂的程度远过于一般人的意想，而此种反对的怒潮，因为苏土的加强保证，与英军的突过希腊开抵南国边境，更增加了势力。

德国倘使拉住了南斯拉夫，得到运输的便利以后，直接受威胁的是希腊土耳其，间接受威胁的即为英国与苏联。英苏两国的先发制人，一面打击了德国的计划，一面给予徘徊歧途的南国最有力的警告。南国激昂的民气，已经表现了她不是一个甘心受人驱使的民族，南国政府虽然处于德方异常重大的压力下，但也并不是存心亲德的，也许能在这最后的一刻，毅然以国族的光荣为重，放弃屈服投降的政策，则全世界的民主势力，必将为其共同的后盾。

【一】德国因即将展开对苏联的战争，为巩固其侧翼安全，自一九四一年起即对东欧与巴尔干诸国施压，迫使它们加入轴心国军事同盟，在匈牙利、罗马尼亚、保加利亚皆先后加入轴心后，南斯拉夫摄政王保罗亲王迫于压力也答应加入，一九四一年三月二十五日其外交部长马可洛维奇签署协约加入轴心国。隔天，南国首都贝尔格莱德发生了由南国空军总司令杜尚·西莫维奇上将领导的军事政变，拥立年仅十八岁的彼得二世为国王，宣布废除该协约，并与苏联签订友好条约。希特勒对南国的转变既震惊又愤怒，于一九四一年四月六日由德、意、保、匈等国的军队同时对南发起军事行动。德军于四月十三日攻占贝尔格莱德，四月十七日南军投降，但铁托领导的游击队（后发展成为南斯拉夫人民军）继续和侵略军进行顽强的战斗直至最终获得解放。

感悼韩紫石[一]　　一九四一年三月二十五日

昨报载前江苏省长韩紫石因坚拒日方胁诱，吞金自杀，克全晚节，令人肃然起敬。

韩氏在逊清及军阀政府时代历任显职，居官清正廉洁，深得士民爱戴，尤以建筑海安水闸，阻止淮水泛滥一事，至今苏北民众称道弗衰。自暮年退隐以来，淡泊明志，不失为洁身自好之君子，而在故乡沦陷后，闭户养晦，以风烛余生，凛拒伪命，竟以身殉，自非学道有得，乌克臻此。

我们所以特别致感于韩氏者，因为他和吴子玉一样，都是一般认为过时的人物，但他们在临危授命的时候，却能顾全民族，保持正气，这是中国数千年来儒家文化的精神果实，每一个中华儿女，都该把这种精神格外发挥，不仅表现在消极的保全操守上，并应表现在积极的抗建工作上。

【一】韩紫石：江苏海安人，一八七九年中举入仕后，因勤政廉洁，勇于任事，不久便成为晚清重臣；辛亥革命后，先后两次就任江苏省省长及其他要职，颇有政绩。一九二五年辞职归里，但仍关心实业，热心水利，并潜心进行文史著述。日本发动侵华战争后，他极力主张抗日并做了许多工作。一九四一年日伪政权拟威逼他出任江苏省省长，遭韩拒绝和痛斥。此后他忧愤成疾，于一九四二年一月二十三日病逝，终年八十五岁。一九四一年三月二十四日《中美日报》有报道称"昨有海安来人云，韩已于本月十三日吞金自尽，因年迈体弱，救治无效，翌日逝世，地方人士，颇为悼惜"，此说有可能是误传。

中美合作兴筑滇缅铁路　　一九四一年三月二十六日

中国决定兴筑滇缅铁路，已获美国竭力赞助，将在美发行公债一千万元美金，该路工程师杜镇远已奉派赴美采购筑路材料，预计明年可以完工。中国在艰苦作战的此时，有此远大的计划，自然是一件非常可喜的事，而在中国的人力与美国的物力合作下兴筑的这一条国际交通孔道，尤可视为民主势力在远东携手的象征，在作用上更为使中美英关系更加一层密切的最有力的媒介，其后果的广大，尚不仅增厚中国抗建实力而已。

从这一件事情上，更可看出中国虽然确信最后胜利已经迫近眼前，但国际形势的好转，并不曾使她懈惰下去，坐待机会。相反的，她的一切设施，无不作久长的准备，而不徒为应付眼前之计。倘有人梦想中国的决心会发生动摇，那么事实必将给他最大的失望。

南斯拉夫自投罗网　　一九四一年三月二十六日

南斯拉夫当局不顾民众的反对，不顾英国的警告，一意孤行，终于向轴心签订了卖身文契。虽说德国的压力厉害，但我们却不能为南国当局曲谅，因为屈服的代价，倘为暂时的苟安，则犹有可说，但南国此举，不仅放弃了独立自主，并且更足使自身陷于惨酷的战祸，有失而无得，可谓不智之甚。

希特勒为了把南国诱上圈套，尽可对她保证除了借道运输之外，决不将军队开入南国境内，但他在拉致南国的目的达到以后，却可假借任何借口，推翻此种诺言，尤其像南国人民反德空气的激昂，更是希特勒进军南国的最好理由。

在另一方面，英国为自卫起见，已将军队开抵希南边境，南国的放弃中立，投附轴心，当然使英国不得不作紧急的措置，而在德军未有动作以前迅速攻进南国。

姑不论英德两方相对的赛跑，究竟谁占优胜，但南国之必然成为牺牲，则已无可避免。南国当局居然会昧于事实，不想到委曲求全后所将遭遇的恶果，实在是我们所大惑不解的事。

奇境中的爱丽丝　　一九四一年三月二十七日

柏林方面对于松冈的访问，认为"轴心国对于美国通过租借案的答复"，暗示"军事问题将为主要的议题"，并且"或将产生新的德日协定"。然而无论松冈之来，预备谈些什么，德方却从"示威"的观点上力言松冈此次访问的重要。

换句话说，德国用此次开战以来从未有过的盛大规模欢迎松冈，无非是做戏给别人看。有所需索而来的松冈，我们虽不知道他究能带些什么回去，但受到如此宠遇，也许可以抵偿他万一空手而归的悲哀吧？

令人感慨的对照　　一九四一年三月二十七日

南斯拉夫人民反对加入轴心的悲愤，和阿比西尼亚军民的欢迎阿皇复国[一]，是一个令人感慨系之的对照。

有的国家脱离了羁绊，有的国家钻进了圈套，然而对于"新秩序"的深恶痛绝，却是人同此心。

【一】阿皇复国：一九三五年，意大利军队从意属索马里向埃塞俄比亚（阿比西尼亚）发起进攻，到一九三六年五月埃全国沦陷，被并入意属索马里，埃皇海尔·塞拉西一世逃到英国，并组织游击抵抗运动。一九四一年一月，以英国为首的英联邦军队在东北非向意军发起反攻，海尔塞拉西也率部从苏丹打回祖国，于五月五日正式复国。

日大政翼赞会[一]改组　　一九四一年三月二十八日

谈到日本的内政，我们唯一的印象是一大堆古里古怪的名词。前日同盟社电讯称近卫以"大政翼赞会"总裁的名义，命令翼赞会全体官员辞职；又路透社东京电透露最近曾有议员中野真吾在大阪遇刺，此事或有政治动机，因中野已脱离所谓"翼赞会"，拟重行恢复其前已解散的政党云云。所谓"大政翼赞"，原为近卫此次上台后所卖的一个野人头，从上述电讯里，可以看出它在各方面都不讨好：军部既认为有改组的必要，原来的政党份子也发生了离心的倾向，而民间对于该会的不满批评，更已引起当局的"密切注视"。尽管另换班底，无奈戏法只此一套，结果无非一步一步向牛角尖里钻了进去，增大各方对它的反感而已。

【一】大政翼赞会："二战"期间日本的一个极右政治团体，成立于一九四〇年十月十二日。该组织以推动"新体制运动"为主要目标，以"实践翼赞大政的臣道，上意下达，下情上通，密切配合政府"为宗旨，开展法西斯精神总动员，以一党专政的模式统治日本，于一九四五年六月解散。

一泻千里的最高潮　　一九四一年三月二十八日

柏林发言人前日声称松冈的访问与南斯拉夫的加入轴心，"实足代表轴心国春季外交攻势之最高潮"。想不到这个最高潮竟然一泻千里，希特勒还来不及拉起网来，南斯拉夫早已成为漏网之鱼。这未免使嘉宾扫兴，贤主难堪了。

失之于外交攻势，也许还可以得之于军事攻势，巴尔干全武行的演出，只待一声令下，而松冈对德国人所说的漂亮话，也已经到了应该兑现的时候了。日本除了在精神上与德国共甘苦，及"祷告上苍，愿勇敢强大的德意志民族，迅速获得胜利"以外，不知还准备好其他更实际的合作方式没有？

华军又一光荣胜利　　一九四一年三月二十九日

在目前国际时局不断发生急剧变化中，比较定着的中日战事，不免为若干人所忽略，可是中国军队却在不声不响中屡次造成胜利的战果。继襄西大捷之后，又有赣北的奏凯。据华军发言人表示，此次攻克高安之役，日军所受损失，不亚于台儿庄，然而因为前此台儿庄诸役的胜利，是武器配备远不如人的华军，对抗实力强大士气未衰的日军所造成的奇迹，故能引起国内外人心极大的振奋；但现在则因华军百战沙场，愈经磨练而愈强，日军师老无功，锋芒早已尽敛，故日方每次略有异动，辄遭华军迎头痛击，胜利二字，在华人心目中已不足为奇，每次捷报，不过使他们益自勉励，加倍努力而已。

然而目前中国在军事上给予日本的打击，主要的作用尚不过是消耗日军的力量，同时日方也力图冻结中国战事，以便移力南进。在希特勒对日本百计笼络的现在，打击轴心势力的最好办法，莫如由美国尽速予中国以其所需要的军火飞机，使她能及时发动总反攻，完成自身解放任务以外，更使日本无力南进，这也就是给希特勒一个最有力的打击。

这不是我们的话,赛珍珠女士[一]已经先我们说过了:"美国援助中国获胜,无异在东方击败希特勒。"

【一】赛珍珠女士:美国著名作家,她出生四个月即随父母来到中国,在中国生活和工作了近四十年,一九三八年获诺贝尔文学奖。

维希传苏土协定内容　　一九四一年三月二十九日

据传最近成立之苏土协定中,曾规定"准许英舰队开入黑海",及"土国被人攻击时,苏联将以各种物品供给土国"。因为这是国际社从维希方面获得的"可靠消息",我们对于它的可靠性尚不能不有若干保留,但苏联将以物品供给土国一点是很可信的,因为苏联支持土国采取强硬立场,原为自己的安全着想,当然她不能不以全力保障土国不遭侵害。

至于准许英舰队开入黑海,那似乎是公然对德国"不友好"的表示,但此举既不悖苏联利益,更无任何束缚足以阻止苏联采取如此步骤,则在理论上未始并无可能。

以上所传倘果确实,那么英国的确可以向希特勒夸耀,因为她已经造成一个真正的外交大胜利了。

义大利东菲帝国的末日　　一九四一年三月三十日

轴心国宣传已久的春季联合攻势尚未大举发动,而民治国的春季反攻,却已经使它们接二连三地栽了好几个跟斗。

美国通过租军法案,英土苏土成立谅解,南斯拉夫政变,没有一记不击中轴心国的要害。在军事上,则有英军的东菲大捷。

哈拉尔陷落后,英军一面向阿比西尼亚京城推进,一面直趋亚丁湾口的吉布提与红海沿岸要口阿斯马拉，切断义军的海上交通。义大利东菲帝国在此情状下，不仅已被英军直捣心脏，且十三万呼援无门的义军，已陷于无法突围的绝境。英军在完成包围后，即可将此等义军交由阿皇领导下的土著军队从容消灭，而以本身军力抽调至其他战场应用。东菲战争目前已近结束，此后英军在北菲的任务亦必更易完成，墨索里尼利用巧取豪夺的手段造成的霸业，也就此烟消云散了。

然而不到黄河心不死的侵略国家，是不会因为眼前的殷鉴而幡然有悟的，他们方在加速努力，以求获得与义大利同样的命运。

伟大的友情　　一九四一年三月三十日

美国联合援华委员会在纽约举行的□委会大宴会时，共和党领袖威尔基发表演说，力主扩大援华，谓"吾人必须援助中国，以保全彼等之自由……吾人可以武器大量畀与信仰民主之人民，吾人可畀以救济与援助"。

从威氏及共和党其他要人赞成援华的恳挚态度上，即可见美国各党各派对于援华问题意见的一致。单单这一点，已不啻预示美政府于根据租军法案实施援华之时，必能尽量供给而且扩大范围的了。

美国民众的援华热忱，更和政府桴鼓相应，五百万元美金的募捐运动，已经获得各界领袖名流及一般民众的赞助而广泛推展。这种伟大的友情，对于中国是无限的鼓励，同时也表明美国人民深切信任中国决不会使他们失望。

追求·动摇·幻灭　　一九四一年三月三十一日

松冈的柏林罗马访问，轴心国方面原来是预备作为三部合奏的最高潮而演出的，然而因为巴尔干风势的剧变，这幕最高潮却成为啼笑皆非的一场滑稽穿插。

旁观者对于欧洲舞台上这一群白脸红脸黑脸小花脸的演技，固然感到十分兴趣，然而他们有一半的兴趣是为一位不大露脸也不大开口的演员所分去了……

这位不大露脸也不大开口的演员

……便是苏联。他最近除了给土耳其打气而外,更有两种富于意味的小动作,第一是向来不管闲事的塔斯社,揭发了他人所未揭发的罗马尼亚要求修改维也纳公断书的消息,第二是电贺南斯拉夫,称道南国人民"无愧于光荣的过去"。

百脉贲张的希特勒,听到了史丹林的冷笑,应该是像受到利刃一样的刺心吧?我们不能不感慨于德苏协定成立以来的悲欢离合了。

成为问题的南国加入轴心盟约

……虽未经南国政府批准,但轴心国是仍可坚执业经南国前政府代表签字而认为业已发生效力了的。新政府虽有竭力维持中立的表示,但这决不能使轴心国满意;同时南国现政府的产生,系基于反轴心的民众要求,故任何对轴心的让步,将引起国内再度的纷乱。

因此南国政府除了信赖人民的爱自由意志,英美的军事与物质资助,以及苏联的友谊支持,随时准备抵抗侵略外,没有第二条路。感到为难的只有希特勒。为了保全面子起见,他必须对南国发动军事行动,但他一定知道此举是一个极大的冒险,否则他早就可以一干二净占领南国,无须乎运用甚么外交攻势。

我们为松冈庆幸(?)

……因为他已离开柏林,可以免得再看见希特勒盛怒的尊容,然而罗马并不给他更舒服的空气。如果义大利人是迷信的话,他们一定会疑心这位客人是挟恶运以俱来的。

不是吗,使轴心国兴高采烈的外交大胜利,此君一到,立刻变成笑话;而柯伦与哈拉尔的陷落,东菲义军的根本动摇,暨夫地中海义舰之又遭重大损失,更是无可讳言的事实。

从西伯利亚平原吹来的寒风,松冈不会不感觉到吧?合众社伦敦电称:"松冈与苏联领袖谈话时,或采不确定之态度,以待在柏林商讨,若须对苏提新建议,则当于返日途中访莫斯科时提出。"如果松冈至今尚作此想,则我们不能不佩服他的知其不可为而为之的精神。

一九四一年十一月八日至一九四二年十二月一日

英国派陆空军抵远东　　一九四一年四月一日

英国派至远东的第一批陆空军已安抵新加坡,其中陆军均系印度著名部队,空军亦由富于经验骁勇善战的英籍机师驾驶,自此远东防卫实力,已大见增加,以后视事实需要,当然仍将继续增援,使侵略者不能越雷池一步。

英国在欧洲多事之际有此行动,充分说明了两点:第一,对于日本投机幸进的企图,英国已具全力应付的决心。第二,在欧洲战局中,英国已处于有利的形势,故能分遣精锐,防守远东。

这当然不过是在两大集团的斗争中,民治势力左右逢源,侵略势力动静两难的一个并不特殊的例子而已。

义军的"牵制"作用　　一九四一年四月一日

菲洲义军的惨败,给墨索里尼的忠实喉舌盖达一个不小的难题。最近他宣称:义军的作用在"牵制"五十万的英国军队,然而这牵制似乎并不能给他的同盟国任何发展的机会。相反的,倒是因为义军不能发挥"牵制"以外的力量,使希特勒受到了莫大的牵制,而实现"新秩序"的计划也愈来愈为渺茫。

而且,照现在的形势看,岌岌可危的菲洲义军根据地,倒很需要德国来协助"牵制"长驱直进的英军呢。

美国罢工风潮平息　　一九四一年四月一日

和美国国会通过租军法案几乎同时地,爆发了规模相当广的国防工业罢工风潮,除了民治主义的敌人在背后有意操纵实行破坏之外,我们实在想不出呼吸于自由空气中的富于常识的美国工人,会在目前这一个最不适当的时期发生工潮的理由。

据昨日纽约电，该项工潮现已渐归平息，一部分工厂已经实行复工，这当然是一个好消息，也证明了任何阴谋煽动，在美国这一个虽然是宽容然而也是明智的国家，结果必归于失败。

罗斯福总统在日前广播中，曾痛切揭破民治敌人破坏美国人民对政府信心的阴谋，他声称为了防卫美国的生活方式起见，人民必须以较久之时间工作，工作也必须较往常更为困苦，并举出法国工人被人破坏以致陷法国于溃败的事实引为殷鉴。除非甘心为轴心奴隶的人，对于罗总统这一席话，必将竭诚接受。最近美国民意测验的结果，大多数主张美国军械飞机出产应更加迅速，并认为"工会领袖未曾尽力襄助作战努力"，这种民意的反映，尤其说明了美国国防工业从业者所负责任的重大。

费利溥氏谈工董问题　　一九四一年四月二日

工部局总办费利溥氏昨晚招待记者时，报告英美日三国领事与公共租界最大利益方面即英美日三国侨民进行谈判的结果，称已成立一种"完全非正式"的协定。根据该项协定，工部局得向领袖领事请求再行展缓董事的选举；上述三国领事并已同意向领事团各领事及中国政府建议，在一限定时期内，董事名额改为华籍四人（原五人），英籍三人（原五人），美籍三人（原二人），日籍三人（原二人），德籍一人（原无），及其他国籍二人（原无）。

更改董事席数的理由，据费氏报告，系因外侨社会之负责人士，感觉公共租界之现行行政方式，"在现状之下未能满意"，此其一；目前租界上若干迫切之重要问题，如物价问题，粮食问题等，在在需要"各国"负责人士之合作，此其二。

公共租界之现行行政方式是否令人满意是一个问题；现在是不是改善现行行政方式的适当时期是又一个问题；根据前述协定中的董事分配办法，是否即可妥合各方面的要求和租界本身的利益是又一个问题；而此种变更现状的办法，有无法理的根据，更是一个严重的问题。租界的现行政制，系以《地皮章程》为基础，该项章程之陈旧与不合时宜，实无庸吾人为之辩护，然而它既由中国政府与租界有关各国共同签订，在未得原签订各造的同意以前，不能由任何方面擅自变动，这是一个必须体认清楚的大前提。英美日三国领事虽已同意"向领事团各领事及中国政府"作合法的建议，然而中国政府早经声明在前，不允在现状态下，对于上海租界情形，作往何方式的改变，而且倘使我们不健忘的话，美国政府亦经明文作同样声明。然则此项建议的真正意义何在，不能不使我们十分疑惑。再就拟议的董事分配办法而论，竟无故把华籍董事减少一人，显而易见地是与日人以小惠，希图苟安无事的一种弥缝补缀的方案，除了徒授他人得寸进尺的机会以外，于租界大局决无所补。

其次，上海租界在风雨飘摇中，所以仍能勉强维特今日之地位者，当然是因为各国负责人士过去确能精诚合作的缘故；过去既能在"未能令人满意的现行行政"下相互合作，则今后殊无理由断定此种合作不会继续下去。然而费氏口中的所谓"各国"负责人士也者，呼之欲出，似乎是专指某一国而言，说坦白一点就是指日本而言。我们不能不在这里郑重指出过去工部局方面和日方合作的成绩，眼前的例子便是沪西"特警"问题。自该项"特警"成立以来，不仅不能根本解决歹土的烟赌盗乱问题，而且最近□□□□[一]行员被绑以后，还由"署长"公开发言被绑人员，一时不能脱险。"署长"而熟悉绑架机关的内幕，宁非怪事！即此以例其他，如果租界当局至今犹认为和日方有开诚合作的可能，那么我们不能不指出他们是患了严重的近视。

关于展缓选举的理由，据费氏表示，系因"多数人士感觉举行选举而有发生争端与纠纷之可能，则在目前殊非公共租界之福"。这是一个很现实的理由，因为上次日侨枪击纳税人大会会场的一幕，至今犹在一般记忆之中。然而这样对暴力退让的态度，却似乎不是有魄力的负责任者所应采取。我们在这里，谨愿关系方面，每天能有三四分钟时间，想想英国人民在他们本国所表现的英勇苦战精神，并进一步想想他们的苦战与奋斗，究竟为了什么？

【一】□□□□：此系《中美日报》上原来所留的虚缺号，实际指"中国银行"。本篇中不能直接写"中国银行"显系租界当局在日伪胁迫下进行新闻管制的结果。

义国调停德南争执的传说 　一九四一年四月三日

德南关系异常紧张的时候，忽有义大利出任调人的奇特消息，使人不能不感觉到这两个国家是在串演一幕滑稽的双簧，想用硬软兼施的手段挽回目前的僵局。

论理，德义是在一条线上，南斯拉夫的行动如果是反德的，那么它也同样是反义的，义大利的调停德南争执，正像签字于三国盟约上的日本调停英国与轴心间战争一样离奇可笑。

论势，义大利濒危的处境，亟需德国从速采取行动，以减轻英国对它的压迫，按常情而论，它应该希望德南冲突的爆发。

故所谓调停之说，一方面表示轴心国希望挽回外交失败的迫切，以及它们对于实际发动冒险行为的缺少把握；一方面也暴露了义大利对于自身命运的焦虑，因为巴尔干战事一旦发动，阿尔巴尼亚自必首遭其殃。

大概义方自知此种调停戏法之必无效果，故在消息传出后，随即声明否认，这否认的性质，也许和日方否认调停欧战相去不远。

齐亚诺的银弹 　一九四一年四月三日

据传在义大利攻击希腊之前，齐亚诺向墨索里尼保证希腊决不抵抗，因为他已经对全部希腊边境的官吏行使贿赂过了。可是此事却为希腊前总理梅泰克萨斯所知，他吩咐官吏们尽管收受义方的贿赂，但一面赶紧调遣军队增防。后来希腊"不抵抗"的情形，是大家都熟知的。

这是轴心国光荣外交的一例。

重心在重庆伦敦华盛顿 　一九四一年四月四日

公共租界当局发表改变现行工董分配办法后，各方反响骚然，只要是真正关心租界前途与市民福利的，莫不认为此项改动，实为一种对威力屈服的妥协绥靖政策，不特不足改善租界现状，且更足以滋生极大的流弊。

当然这种办法，目前还只是一个建议，在未得有关各国同意批准之前，绝无成为事实的法理根据，因此主要的关键，是在于重庆伦敦华盛顿的态度。

中政府对此事虽尚未有正式表示，但对于这种妨碍华人利益的削足就履的计划，决不能予以同意。美政府对上海租界，也已屡次表示不容变更现状。英政府自放弃绥靖政策后，远东方面早与美国采取一致立场，最近外次白特勒且在下院明白声称对于日本在华行动之不能隐忍，可见也决不会因为在沪一部分人士的短见，而忘记了她的基本立场。

驻沪英美领事囿于就近的"现实"，居然提出这一个与他们本国国策相背反的建议，实在是一件至可令人遗憾的事，但我们确信眼光远大的中美英三国政府，必将对这建议予以断然的拒斥。

松冈"私人游历"的收获 一九四一年四月四日

松冈对德义两国作"友谊访问"后，据他向记者表示，称将提早返国。不消说，世人都在期待着此君返国以后，日本将采取何种举动，以证实它对盟友的忠诚合作。

此行的收获诚然是异常丰富，和希特勒成立了"私人的交谊"，和墨索里尼把手话旧，并且在梵蒂冈大谈其"宗教与道德问题"，灵性上得到了极大的启发。唯一的遗憾，是希特勒对于促进苏日间友谊一事，态度异常冷淡。据松冈自己表示，他于归途中经过莫斯科时，"或将勾留一日"，与苏联要员取得"私人性质"的接触，大概是道谢苏联对他的殷勤招待吧。

不知日本国内对于这位倦游归来的外相，将以何种热烈的欢迎，慰劳他的仆仆风尘的劳绩？

英军撤退班加齐　　一九四一年四月五日

北菲英军因应付德义机械化部队的大举反攻,而在班加齐作战略上的撤退。这虽然似乎是一个出人意外的消息,但实际使我们惊异的,却还是德国直到现在方才开始它的援助其盟国的军事攻势。当然它的行动如果能早一点的话,至少可以给英军更大的牵制,一方面阻止后者在东菲方面的进展,另一方面又阻止后者在巴尔干战场上的增援。现在阿比西尼亚依里特里亚两处的义军势力已濒于全部覆灭,所有在菲洲的英军,尽可集中全力于里比亚战场,较之前后兼顾,显已省力不少,进攻退守,无不裕如,对付远道来攻的德军,自处于以逸待劳的有利形势。

最使我们感到兴趣的,是今后义大利在整个战局中所处的地位。它在东菲已无从为力,在阿尔巴尼亚则被阻于英希的联合力量,在地中海则被英国海军缚住了手脚,在北菲的残余势力,又不能不唯德人的马首是瞻,显然它已不再能在所谓"轴心"中发生任何作用;这也许是希特勒不得不竭力拉拢日本的原因,因为事实上柏林罗马轴心早已不成其为轴心了。

哀罗马青年　　一九四一年四月五日

在独裁国家中,青年的生机和自由意志,完全被愚昧的教育所戕贼,我们看到了这样的一幕:

罗马,数百学生在美使馆前高呼"打倒民治国家!日本万岁!"的口号。数千名学生聚集威尼斯广场,向站立在阳台上的墨索里尼欢呼。

为他们黩武的统治者做扬声器,向另一个别有用心的国家献媚,希望后者会来对他们没落的国运作最后的援手;向他们的领袖欢呼,因为在他手中丧失了罗马的光荣。

这是维吉尔[一]与但丁[二]的罗马!这是嘉利波[三]与马志尼[四]的义大利!

【一】维吉尔:奥古斯都时代的古罗马诗人。作品有《牧歌集》《农事诗》及史诗《埃涅阿斯纪》等。其中《埃涅阿斯纪》是代表罗马帝国文学最高成就的巨著。

【二】但丁：十三世纪末意大利诗人、作家，欧洲文艺复兴时代的开拓人物之一，以长诗《神曲》留名后世。他被认为是意大利最伟大的诗人。

【三】嘉利波的：现多译为加里波第，十九世纪意大利爱国志士及军人，他献身于意大利统一运动，亲自领导了许多军事战役。

【四】马志尼：意大利革命家，民族解放运动领袖，被列为意大利建国三杰之一。

神经战下的牺牲者　　一九四一年四月五日

在现时代中做人，不可缺少的是一副十分健全的神经。前日自杀的匈牙利总理戴勒奇【一】，是轴心国神经战下的一个可悲的牺牲者。匈牙利民众在追悼他们这位忧时的总理时，看到邻国南斯拉夫人民反抗压迫的行动，总应该瞿然有感，知所兴起吧。

【一】戴勒奇：现多译为捷列基或泰莱基，时任匈牙利总理。当时匈牙利摄政和军方均持亲德政策，并配合德国参与军事行动，希图借助德国在和罗马尼亚和捷克等国的矛盾中压制对方。总理戴勒奇对此持反对立场，他坚决反对匈牙利参加对南斯拉夫的战争，并在内阁中对亲德路线进行对抗，但未能扭转大局。

巴尔干大战序幕　　一九四一年四月六日

德军源源由匈牙利开往南斯拉夫边境。

南斯拉夫国王下令全国军队动员。

希腊驻南国公使通知南首相：倘南国被迫作战时，希腊及土耳其认为巴尔干小协约国之军事条件可以应用。

柏林宣布英军三十五万在希腊登陆。

美总统宣称美国援助南国之行动将予实现。

上列事实说明了三点：第一，德国对南国的威胁已经全盘失败；第二，巴尔干大规模战斗行将急速展开；第三，民治各国已采取齐一的步骤与有效的对策。

积极援英与安定远东　　一九四一年四月六日

罗斯福总统暗示红海将来有划出战区以外的可能，美国援英物资届时可从亚丁湾驶入红海，自苏彝士运至地中海及巴尔干前线。此举如果实现，则东方将成美国援英孔道；德国进攻英伦本部的计划，目前既然只能暂时搁置，则美货运英之取道红海，自为较便捷而少危险。

但这样也就是格外加重了远东安定对于决定欧战的重要性，也格外说明了远东与欧洲的不可分性。针对着松冈的暧昧访问，远东英空军总司令朴芳大将与美荷远东军事当局在马尼剌举行联防谈话，《纽约时报》认为东亚局势将因此而愈臻明朗；同时罗总统在审阅古利报告书后决定的援华步骤，尤其将是扫荡远东阴霾的最重要的一着。

伊拉克政变[一]　　一九四一年四月七日

伊拉克的政变，大概又是希特勒的一手得意杰作，然而它除了分散英国的注意力外，未必能发生何种重大的作用。这一个十万余方哩的中东小国，自从由英国的委任统治地蜕化为名义上的独立国后，实际上仍无法脱离对于英国的依赖。轴心国在那方面的活动虽然无微不至，但英国空军在伊拉克本有驻扎权，海军更可封锁波斯湾与通过外约但的地中海出口；至于德国在巴尔干与北菲两面作战之际，倘图借道法属叙利亚而在该方面有所动作，似乎更少可能，虽然在作战计划中，也许是应该列入的一着。

目前伊拉克新政权的真正倾向，尚未鲜明，据传英国已决定不予承认，这也许是迫胁新政权不许亲近德义的一种手段。由外力的煽动而化为纯粹的内政事件，也许不是全无可能的事。

【一】伊拉克政变：一九二七年，英国扶植哈希姆家族建立伊拉克王国，但仍在当地保留大量驻军，伊拉克处于英国控制之下。一九四一年四月三日，仇英的伊拉克大贵族拉希德·阿里·盖拉尼发动政变，成立了以他为首的国防政府。政变后，盖拉尼要求德国予以军事支持，但德军未能及时援助，盖拉尼的武装被英军击溃。五月底，盖拉尼政权垮台，盖拉尼本人出逃纳粹德国。

松冈善颂善祷　　一九四一年四月七日

松冈临别罗马时所说的一句话，是"希望贵国军队不久大获全胜"。这不是善颂善祷，简直是有意使墨索里尼难堪。现在东菲英军已直捣阿比西尼亚京城，义军的"大获全胜"，大概"不久"就可克奏肤功[一]了。

如果希望义军获胜的话是对墨索里尼的皮里阳秋[二]，那么松冈在柏林所说"日本倘遇他国企图干预其外交政策，必将与之作战，美国当然包括在内"，也许是一种自我讽刺吧。我们很愿看他能以事实证明所言之可信。

【一】克奏肤功：指事情已经办成，功劳十分显赫。《诗经·小雅·六月》载："薄伐猃狁，以奏肤功。"
【二】皮里阳秋：指藏在心里不说出来的言论。《晋书·褚裒传》载："谯国桓彝见而目之曰：'季野有皮里春秋。'其言外无臧否，而内有所褒贬也。"后因晋简文帝母名春，为讳"春"字，而改作"皮里阳秋"。

自由法人运动在上海　　一九四一年四月七日

爱国有罪，这在今日世界上似乎不足为奇。上海自由法人运动领袖爱高被本埠法国炮舰军官拘捕，自由法人种种宣传活动，如无线电广播及出版刊物等亦被迫停止，不过是许多类似事件中之一而已。该运动负责人已广播声明，表示决不因威胁而中止活动。我们除了对他们这种争取光明的不妥协精神致无限的同情外，实无更赞一词的必要。我们可以对自由法人运动诸君告慰的是，无论在上海或在任何光明与黑暗势力斗争的地方，"自由""爱国"与"勇气"等字的意义，永远不会失去，而且也只有受到更大的压力，才能发挥更积极充实的意义。

展开了壮烈的一页　　一九四一年四月八日

南斯拉夫宁为玉碎,不为"瓦碎"(算来她没有瓦全之道),在德国空军的残酷轰炸下,决定放弃首都,退往边疆誓死抗战。希腊勇士再接再厉,在希保边境重创德军,使德方自己也不讳言"曾遇特殊顽强之抵抗"。世界历史上自此又展开了民族精神与坚强武器相抗争的新的壮烈的一页。

以目前作战双方的比重而论,德国勉强拖了一个有气无力的义大利,和实力雄厚的英国及士气奋发的希南二国军队相对垒;前者的与国只有一个进退两难无力应援的日本,后者则有可以大量接济军需的美国;苏联和土耳其南斯拉夫相继发表及订立互不侵犯宣言与条约后,至少已使民主阵营的地位愈形巩固,倘使土耳其被迫而放弃中立,则轴心国家必将愈难应付。

希腊继中国之后,造成以弱克强的奇迹,南斯拉夫也必将证明她是第二个希腊。她们的艰苦奋斗决不是徒劳,她们的惨痛牺牲必将索得应获的代价。

松冈在苏听宣判　　一九四一年四月八日

松冈昨晚在莫斯科观赏歌剧的兴致如何,大概要看昨天谒见莫洛托夫后所得的印象如何而定。和到处发表前后矛盾的言论的日本外交家作风恰恰相反,苏联的外交是不尚空言而唯务实际的。松冈是否可以回去向军部报功或丢尽脸子而归,命运将全决于这一二日之内了。

莫斯科决不耐烦听松冈的巧言如簧,他们所要问的一个问题,只是日本准备出多少代价,换得苏联的假以辞色,具体说起来就是签订不侵犯条约之类。关于后者,喧嚷已久,现在的希望并不比过去较不渺茫;但日本倘果愿意作绝大的忍痛牺牲,例如归还库页岛南部,恢复苏联在北满的旧有权利,以及放弃日本在苏联领海内的渔权等之类,则苏联为了有利可得,在不变更现行政策的条件下,报之以一纸不着边际的不侵犯条约,也是无所谓的,然而日本舍得吗？

投机家的日本，遇到了精于打算盘的苏联，恐怕终将一筹莫展吧。

土耳其在战争边缘上　　一九四一年四月九日

合众社土京电传英方表示，谓土耳其将不直接对德采取军事攻势，但将准许英国在其领土设立空军根据地，并许英舰通过达达尼尔海峡而驶入黑海。土耳其在最后五分钟，虽尚有不愿参战的表示，但她所受的威胁日感严重，尤其自希军撤退色雷斯区后，德军已迫临土国边境，终于无法置身事外，殆为必然的结论：上述二点，自为英土军事谈判中所早经议定的。

英国获得上述便利后，海军可以控制罗保二国海岸，空军可以对罗马尼亚的油池施行轰炸。但最有兴味的一点，则为土耳其允许英舰驶入黑海，必已获得苏联的同意。这似乎证明了赫尔国务卿的意见："苏联已渐醒悟轴心对于世界和平之威胁矣"。

巴尔干战局试测　　一九四一年四月九日

巴尔干战争爆发未久，形势尚未分明，我们也不便作近乎武断的推测，但德军以主动的地位，在初期获得若干进展，似乎并非在一般意料之外。因此我们听到了希军在斯特鲁玛流域予进犯德军以重大打击，及南军占领义大利海港柴拉及义南边界的阜姆的捷报后，再听到南军撤离赛尔维亚南境及希军撤离色雷斯区的消息，并不认为联军已遭受重大的挫折。

德军目前战略的重心，是由南国南部伐达尔河流域易于作战的平原，向希境推进，以与自保境进攻色雷斯的德军相会合，压迫英军主力所在的萨洛尼加；此举实现以后，色雷斯区的希军就陷于孤悬的地位，故此时作战略上的撤退，颇在情理之中。南斯拉夫的战略，则似乎避重就轻，避免在德方机械化部队可以充分发挥威力的所在作无谓的牺牲，而以主力南攻阿尔巴尼亚，与阿国南部的英希军队会合，先行扫除阿特里亚海沿岸的义军势力。因此在希特勒大逞威风的时候，却有墨索里尼的垂头丧气，刚好成功一幅喜剧的对照，要知后事如何，只好听以后的战报来分解了。

巴尔干战争第四日　　一九四一年四月十日

　　昨天是巴尔干战争开始后的第四天，德军继续沿伐达尔河东岸南下，色雷斯及萨洛尼加均已在其占领中，一部分德军并已越伐达尔河西进。德军的行动虽较我们所预想者更为迅速，但其进军的目标，则正如我们昨天所指出的。当然这一带地势的平坦，利于德方机械化部队的发挥威力，是迅速沦陷的主要原因。

　　联军目前的战略，是东线取守势，沿伐达尔河西岸布置防线，堵住德军的进攻；西线取攻势，由希南两方夹攻阿尔巴尼亚，取得亚特里亚海岸交通线的控制权。

　　色雷斯被占后，土耳其的威胁已倍感严重。虽然希土交通已被德军隔断，但此时从速参战，尚可使德军首尾受制，倘再坐视不动，等待德军巩固它的占领地域，则自身遭受侵略的日期已不在远，那时再起而抗拒，恐怕已太迟了。传保加利亚已会同德军参战，这更是土耳其亟应剑及履及，实践前言的最充分的理由。就情理判断起来，土国的参战必然是早晚间事。

"美国人民准备应战"　　一九四一年四月十日

　　美国副总统华雷斯不是一位常常发表言论的人物，昨天他以副总统及参议院议长的身份，发表了词意坚决的反轴心演说，虽然全文要旨，与美国政府各领袖历来的言论并无特异之处，但确是针对轴心国再度扩大战祸的最有力的表示。华氏谓美国人民之二大任务，第一为护卫民主制度，第二为保护哈伐尔会议原则；换言之，即美国应尽力援助被侵略的各民主国，同时更应力维西半球的独立完整。这两项原则倘被破坏，则"美国人民即准备应战"。

罗斯福总统致电南斯拉夫国王，称美国决遵照租军法案援助南国抗战；同时官方发表接济南国的第一批军用品已付装运。海军部长诺克斯已遣派海次福莱斯托赴英讨论租借程序。英美荷三国马尼剌会议已在磋商切实合作办法。凡此皆是华雷斯演词的行动上的说明。

盛传美国将于今年六月参战，的确，轴心国的行动，是在迫令美国一天天接近战争的路上。美国人民正如任何头脑正常的人民一样厌恶战争，但为了保护自身的权利与民治制度的存在，他们在必要时当然是义无反顾的。

莫斯科的客人　　一九四一年四月十日

松冈以"国内有要事待处理"为托词而匆匆离开德义，并称在莫斯科不拟久作耽搁，一种萧条意绪，令人可怜。可是一到了莫斯科，听见德国动手的消息，不禁又兴奋起来，宣称"国内并无要事待理"而预备与苏联当局再作从长谈判了。苏德关系日趋恶劣，苏联因感于德方的威胁，而与日本略予敷衍，以便全力注意西陲，这是使松冈觉得眼前忽然一亮的原因。不是他如果妄想苏联会和以反共先锋自任的日本订立一个可以为日本解决任何困难的互不侵犯协定，一方面帮它解决"中国事变"，一方面帮它一帆风顺地南进，那么巴蛇吞象，亦徒见其不曾照照镜子而已。

巴尔干战争第五日　　一九四一年四月十一日

纳粹以惊人的速率，在巴尔干继续推进，色雷斯及东马其顿被围的希腊军队数师，仍在不利形势下艰苦奋战，恐怕终将不免于全部消灭。横剖南斯拉夫的德军，一面沿伐达尔河南下侵入希腊北境，或将与英军主力部队会战；一面复以闪电姿态冲入阿尔巴尼亚，与该处义大利的疲兵会合，希军为避免被切断起见，传已自阿境撤退。

德国这次进兵的迅速，已在战略上占了先着，今后处境日益困难的希南二国，除了发生相当牵制作用外，已不能成为决定的因素，如果巴尔干战争仍将继续，那该是英德二国的主力接触，或土耳其的加入战争。英方发言人表示"即谓英军尚未与德军正式交绥，亦无不可"，又谓"暂时不能预言英军将在何时与德军接触"。如果英军不拟退出巴尔干，则一分钟一秒钟的迁延，无疑将为德军造成更有利的形势。

目前断定德军业已获得绝对的胜利固然太早，倘认为巴尔干的发展，足以予整个欧洲战局以决定的影响，尤未免鳃鳃过虑[一]。运输与陆上作战的困难，早已使英国考虑到巴尔干不是一个决战的所在，但却可以成为希特勒的一个致命的赘瘤，这一个判断是至今仍然成立的。

【一】鳃鳃过虑：形容过于忧虑和恐惧的样子。鳃鳃，恐惧的样子。东汉班固《汉书·刑法志》载："故虽地广兵强，鳃鳃常恐天下之一合而共轧己也。"

希南二国的光荣　　一九四一年四月十一日

英国邱吉尔首相在下院所作的战局报告中，述及希南二国在遭受纳粹侵略前，英国曾向他们表示不愿强人所难，驱令他们向势力强大的敌人抵抗。但希南二国明知强弱悬殊，必无幸免，仍毅然选定了他们所应该走的路，没有勉强，也没有犹疑，全国人民都抱定了宁为自由人而死，不愿为奴隶而生的决心，这种可泣可歌的精神，实为人类最大的光荣，并且保证他们即使暂时遭人蹂躏，复兴的日期必不在远。

希腊南斯拉夫是为他们自己的自由独立而战，同时也是为他们的盟国英国而战。英国因为事实上的困难，迄至最近为止，也许未能给他们最有效的援助，但我们相信她必将以最大的努力，协助他们脱离侵略者的压迫。阿比西尼亚人的重复国土，应该是最有力的启示。

美国代管格林兰 　　一九四一年四月十二日

美国人民的两大任务，为防卫民治主义与保障西半球的完整。美政府宣布已与丹麦成立协定，将丹属格林兰置于美国保护之下，后者有在该处建立空军根据地及其他防务之权。从实际的需要看，这自然是履行上述两项任务的适宜的措置。

丹麦为参加民治阵线向独裁国家作战的一员，她的本土虽然不幸沦陷，但美国不能坐视她的海外领土，尤其是与美国贴邻的领土，为她的敌人所攫取，这是第一个理由。格林兰不是良好的殖民地，但却是战略上的重要据点，它是轴心势力由大西洋彼岸伸至美洲的一块最便利的过路石，德国如以该处作为空军的据点，加拿大与美国的安全即无法确保。为了严肩门户起见，美国以格林兰作为保卫美洲的前哨，实为事实上所必要，这是第二个理由。

在美丹二国协定中，美国郑重声明不容许任何国家侵犯丹麦在格林兰的主权，而该协定的有效期间，则以"现时美洲安全和平所受之威胁不复存在"时为止。轴心国家对于此举当然又有了新的攻击资料，但任何关怀正义自由的人士，必将予以最热诚的赞许。

渐趋稳定的希南战局 　　一九四一年四月十二日

希腊与南斯拉夫两国的抗战军民，虽然遭到严重的打击，但他们的战志并未因此而丧失，而且他们对于此种打击，无宁是早已预料到的。萨洛尼加希军已安然西撤，与希南边界的英军会合。南国克罗地亚首城已为德军占领，但南军仍在斯柯普利一带猛力反攻，并继续向阿尔巴尼亚挺进。英国陆军尚未有所动作，但空军则正在发挥威力，阻碍德军的前进。

正如伦敦军事方面所称，希南形势虽极严重，但尚未至绝望的程度。一鼓作气的德军，能否继续保持战争开始时的锋芒，在短期内完成速战速决的目的，尚有待事实的证明。然而希南的抵抗力既尚继续存在，英国的战斗力也并未充分使用，则德军进展前途，阻碍尚多，联军倘能作较久的支持，则失之于空间者，未始不可得之于时间。

英德两军在希境交绥　　一九四一年四月十三日

巴尔干战局之有无转机，或将视这一二日内的形势发展以为定。德军的钳形攻势，现方一面由南希边境南下，一面由萨洛尼加西进，企图截断希腊北部英希军队的退路。南境德军已由蒙纳斯蒂山隘越界入希，在费罗林那附近与英军正式接触。

德义军队在阿尔巴尼亚会师之说迄今未曾证实，但据罗马消息，则谓两国军队已在南国南部边境的奥里特会合，该地位于南希阿三国相交之处，此说如果属实，自为对于阿国南部希军的重大威胁。

美国宣布开放红海　　一九四一年四月十三日

德军进展如此迅速，一个理由是英国空军的力量，尚不足予德军最有效的打击；但联军倘能勉力支撑若干时期，此种情形也许可以改善，因为罗斯福总统已于前日正式宣布开放红海，自此美国援助英希南的军需已经辟了一条捷径，这对于在艰苦奋斗中的英希南三国，自然是极大的鼓励。

轴心国的"绥靖政策"　　一九四一年四月十三日

柏林消息谓轴心国对于土耳其"具有和平意向"，拟在土保两国交界处设一中立区，保国驻保土边境的军队已开始撤退云云。

明眼人都知道这是轴心国各个击破的陈旧玩意。德国现在忙着攻希腊南斯拉夫，并援助阿尔巴尼亚的义军，对于土耳其无暇顾到，因此所谓"具有和平意向"者，在眼前确是一句老实话，但南希两国被解决了以后则如何？

土国当局积极疏散居民，准备应付侵略，这可见他们对于自身的处境有明白的认识。然而在友国需要他们帮忙的时候，唯知关门拒狼，一定要等到虎狼入室，然后再起而抵抗，恐将失之于太迟了吧？

一个已成陈迹的名词　　一九四一年四月十三日

德军向希南两国长驱直进的时候，一般人看到英军并无动静，颇有疑心英国将力图保全自己的实力，而坐视其友国之沦亡者；轴心方面宣传，更谓英军将自希腊撤退。现在事实已证明其不确。

更有人以为英国因在欧处境困难，将再度尝试绥靖日本，缓和后者的南进企图。作此种揣测者，显无事实上之有力论证。新加坡的增防，马尼剌的三国谈话，都可以使英国对日绥靖论者无法自圆其说。

郭泰祺博士说："绥靖政策在欧已死去，在亚亦然。"郭氏以驻英大使而返国长外交，便是中英今后合作更将加紧的明证。

复活节的喜讯　　一九四一年四月十四日

复活节似乎把新的希望带给了力抗德军重压的英希南三国的军队。在希腊北部边境，希军由英国装甲部队掩护，将进攻佛罗林那的德军击退，并予敌人以重创。在阿尔巴尼亚，南军占领了阿国首都蒂拉那以西的重要海港杜拉梭。在南国中部，南军仍在奋勇阻遏德军的深入。

联军在艰苦环境下的奋斗，已经充分证明了它的不可轻侮，但目前局势尚未至好转的时期。据德方公报，德军攻希的左翼，已占领希腊重要铁路中心点拉里萨，南国首都贝尔格勒德亦已陷于德人之手。但我们可以确信的是，联军决不因任何打击而丧失了战志，且必因此而更加强其反抗的努力。

苏联谴责匈牙利　　一九四一年四月十四日

苏联以正义立场，谴责匈牙利趁火打劫的行为[一]，认为"匈牙利向南国作战，与两国签订友好协定之期，相隔仅四个月，此点尤予苏联以恶劣的印象"。我们极端赞同苏联此种严正的态度，并且希望她在空言的反对谴责之外，更能以实际的行动阻止不顾国际信义破坏条约义务的任何侵略的或卖友的行动。

【一】一九四〇年年底匈牙利与南斯拉夫签订了互不侵犯协定，但此后匈牙利向德国日益靠拢，甚至配合德军对南的军事行动。

美国踊跃认购滇缅路公债　　一九四一年四月十五日

中国为兴筑滇缅铁路，在美国发行的一千万元美金公债、已在极短时间内被认购了十分之九，美国人士对华的关切之殷与援助之热烈，无疑地必将使中国人民由此更增加了一层深刻的印象。

滇缅铁路的完成，不仅将成为此后中国主要的国际通路，且为中美英三国携手的枢纽点，尤其是促成中国抗胜建成的重大因素，在经济重于军事的现阶段，它在调剂抗建活力上自必尽到极大的任务。美国友人的慷慨解囊，对于中国人民是一种感激的兴奋，也是一种鼓励的责勉；要完成抗建，不能依赖友人的善意为自足，尤须各人尽各人的力量，协助政府在各方面努力；也惟有能够自助的，才可希望获得他人的援助。

北菲与巴尔干战局　　一九四一年四月十五日

最近德军主要的战绩，与其说是在巴尔干方面，无宁说是在北菲里比亚方面。英军因不胜重大压迫，已自里比亚最后据点巴狄亚败退，德义联军且已进迫埃及边境，索伦复为被攻击的目标。英军在北菲败衄的主要理由，当然是主力遣调巴尔干作战，力量显见单薄之故，但随着马萨华的攻克，英军在东菲的任务已告完成，今后即可以该处军力增防埃及，即使不能恢复在里比亚所得的战果，至少亦可加强守势，阻遏轴心势力向苏彝士伸展。

据昨日消息，巴尔干战局已大见稳定，希北英希联军阵地并无动摇之象，南斯拉夫军队亦已在中南部山地准备作持久的抵抗。大规模的战斗虽然有待展开，但联军在遭受迎头的重击之后，仍能屹立如故，这不能不说是已经通过了第一道难关，步入较康庄的坦途了。

对本市英侨的希望　　一九四一年四月十五日

本市英侨已接得邱吉尔首相来电，感谢他们汇寄祖国的捐款。我们对于本市英侨的爱国情绪，自然表示最大的敬意，然而不能不进一步希望于他们者，似乎他们中间至少有一部份尚未能遵照祖国的国策，充分发挥对强力不屈服的精神，因为过分屈就现实，而形成步步退让的可悲状态，自误误人，莫此为甚，为了国家的尊严与利益，实有痛下决心，改弦更张的必要。

赫尔批评《苏日中立条约》　　一九四一年四月十六日

日本任何外交行动的终极目标只有两个：解决"中国事变"与攫占英美等国在远东的权益。三国盟约是向英美恫吓技穷后祭出来的一宗法宝，不幸它并未吓倒英美，反而因此彻底根绝了绥靖政策的残烬，促成了中美英的格外加强合作。日本在山穷水尽之际，忽然获得苏联的青睐，而有两国中立条约的缔结，其踌躇满志，自所当然，可是当他们兴奋过后，也许和三国盟约签订当时一样，结果仍将爽然若失。

因为日本原来改反共为亲苏的最大用意，实际还是想借此开辟一条解决"中国事变"的捷径，但照中立条约的文字看来，苏联显未满足它此种祈求。当然它仍可以该约作为压迫英美的武器，以间接达到结束在华战事的目的，然而使它大为扫兴的是，世人对于约此一条，并不如它自己那样重视。美国赫尔国务卿明白宣称该约不过将两国间过去实际上之状况形诸笔墨，不必对它估价过高，并谓"美国之政策当然不变"。美国既不因此约的签订而改变其远东政策之原有立场，则英国自亦不能例外。

结论：第一，英美不会对日软化，而给以结束在华战事的便利；第二，日本如欲利用苏日条约向英美实施敲诈，结果必无所得；第三，日本如真欲以此约为护符而实行南进，必遭英美实力的严重打击。

土耳其的危机　一九四一年四月十六日

随着希腊处境的危殆，土耳其所感受的威胁已步步加重。土京消息谓德国拟由东地中海进窥巴力斯坦苏彝士运河及埃及，对英军实行包抄，届时土耳其甚至苏联将成为希特勒的走廊。如果英国在巴尔干方面不能给德军更有效的抵抗，在北菲复继续失利，则此一计划的实行殊非难事，所不可知的，届时苏联是否仍将运用谴责的方式以示反对，或将采取更积极的行动。

格林兰协定的波折　一九四一年四月十六日

美国与代表丹麦的该国驻美公使高夫曼签订美国代管格林兰协定后，丹麦政府声明否认，并撤回高氏，美政府则仍承认高氏为合法的代表，并认该协定继续有效。此举虽似逾越国际常规，但现时的丹麦政府既在纳粹控制之下，则实际不过是纳粹的代言人，美国自不能认其所表示的意见为具有自由意志。同时美国为了美洲的切身安全，更不能容任格林兰为他人所利用，故采取权宜的紧急措置，实有其事实上的必要。而且在协定中既已声明对丹麦主权的尊重，丹麦政府复无力在该地行使统治权，则此项协议的订立，对于丹麦的主权利益并无抵触之处。

珍视纳税华人会合作精神　　一九四一年四月十七日

本市纳税外人在今日下午举行的特别会中，将讨论并通过工部局董事会的改组案。我们对于更改工部局董事会的组织，设立所谓临时董事会一事，已屡屡表示反对，迄今仍期期不敢苟同，因为这种更改，实属违反《地皮章程》；为了支持租界的宪章，以及英美历次所表示维持远东现状的决心，我们对这种与《地皮章程》相抵触的更改，自不能认为合法。

我们深悉上海环境的恶劣，所以当我们读了昨日华人纳税会正副主席王晓籁徐寄顾二氏的自香港来电，不能不感佩他们的苦心。电文中曾郑重指明："依据现行《地皮章程》，对于人选席数，不得变更"，但是为了"适应环境及表示与纳税西人切实合作起见，本届华董五君允暂推袁履登、奚王书、郭顺及陈霆锐出席，此系暂时办法"。他们因不愿使租界当局过于感到为难，所以允许暂时在董事五席中派四人出席，虽然是权宜之计，可是谁都不能不给予同情的。

纳税华人会既已暂允推袁、奚、郭、陈四君出席本届工董会，这四君之为本届合法华董，自然毋庸多赘。但事情却又有可以注意的，昨日有买空卖空之流，居然自称为"纳税华人会代理主席"，往访工部局总办费利溥。我们诚不知所谈内容究属何事，但其中必有某种阴谋，则可断言。我们除对费利溥氏接见这个不合法的"代理主席"一事，表示遗憾外，甚望租界当局能珍视华人纳税会正副主席的一片合作诚意，严正拒斥买空卖空之流的各种狂妄企图。老实说，租界当局新近的若干措施，实在太藐视上海纳税市民的公正舆论了，我们不能不在此促请他们注意后果的严重。

美国将广大援华　　一九四一年四月十七日

日来的国际间空气，因德军在欧菲二洲的得势，与亚洲苏日两国的缔约，不免使一般对反抗侵略这一个目标信念不坚者，为之忧疑惶恐。然而天空中尽管布满着吓人的黑云,光明总是会露出脸来,赫尔声明美国继续坚持原来的远东政策,罗斯福总统复随之宣布美国正根据租借法案开列援华物品,即将开始对中国作更大的援助,这种表示,至少已经给远东的侵略者一个明朗而坚决的回答了。

中国只要能获得适量的接济,对于军事上制胜,早具把握,苏日条约的真正价值,也许在不久的将来就可试验出来。

"互助共荣"的意义　　一九四一年四月十七日

合众社盘谷电传泰国官员谈话,谓"日外相松冈洋右及其他日本领袖虽尝迭次提及日本之'亚洲共荣圈',惟吾人不知互助共荣之意义如何,亦无人能向吾人说明此种意义"。泰人至今不知"互助共荣"之意义,可见其所见之不广。也许我们可以告诉他:所谓互助者,是供日本利用的意思;所谓共荣者,是消瘦了自己去喂肥日本的意思。这种解释是否正确,敢就质于善辩的松冈外相。

英国的作战重心　　一九四一年四月十八日

邱吉尔曾谓当希腊遭受德方严重威胁时,英国因自知援助困难,并未强其所难,迫令从事抵抗。巴尔干本来不是适宜于英军作战的战场,德军凭其压倒一切的声势,本来早就可以把整个巴尔干置于控制之下,然而终于至今尚成为纳粹与民主两种势力的战场者,第一个理由是义大利的不挣气,第二个理由是希腊南斯拉夫英勇的战斗精神。英国为了表示与其友国忧乐与共起见,自当尽其最大可能的力量援助希南作战,德方屡次宣传的英军自希腊撤退,事实已经证明其不确了。

然而在英国目前战略中,巴尔干是一个负担,北菲则为必争之地。德军倘向埃及长驱直入,控制了苏彝士运河,则英国的后门就被敌人看守起来了。就这两天来的形势而观,向埃及边境进攻的德军,已开始受到阻遏,富于在沙漠

一九四一年十二月八日至一九四一年十二月八日

上作战经验的英军，在选择了有利的战略地位，并自东菲抽调大军增强实力后，必然将使德军的前进愈增困难。

美国提早撤退菲岛陆军家属　　一九四一年四月十八日

早就有人作过推测，谓美日太平洋战争将于本年六月内爆发。现据来自马尼刺的消息，说是美当局已将该地陆军家属的撤退期，由七月十五提早至五月十五，似乎前说已经得到了有力的支持。当然苏日条约的缔结，是使美国格外觉得战争迫近的一个理由，但美国当局采取此项紧急措置，一方面是顾到非战斗人员的安全，一方面也是决心予打击者以打击的不妥协政策的透示。美国固然不乐于使六月内开战的预言成为事实，但战争倘使真的爆发，亦决无所惧，问题只是在日本如何选择它自己的命运。

德国侵土的初步试探　　一九四一年四月十九日

土耳其在政治立场上倾向英国，而其地位则介于苏德两大国之间。倘使英国能在巴尔干阻止德国势力的扩展，则土耳其凭借苏联的保证，或犹可维持现局。但此种苟安的希望，已因德国的迅速进展而岌岌可危了。

德国在武力侵略某一国之前，必先进行外交的攻势，德土议订不侵犯协定的传说，便是侵略触须的初步试探。轴心国家所要求于他人的，不是有条件的让步，而是无条件的屈服；他们以片面的义务给对手加上了锁铐，而自己则可不受任何约束，罗马尼亚、保加利亚诸国的命运，已经在土耳其国土上投下了暗影。

英土军事谈话之未有满意结果，及希南对德作战后土国的观望政策，不仅加增了联军抵抗的困难，同时对于土耳其本身也是重大的失策。现在土国的处境虽较一星期前更为危殆，但此时选择自己的命运，犹未为晚，倘能乘侵略的毒手尚未扼住自己的咽喉以前，作先发制人之计，毅然参加民主阵线作战，则巴尔干形势或将发生新的变化。侵略势焰或将遭遇意外挫折。如果一定要等到德国把南希全部解决之后，再行决定行止，则除了俯首听人宰割而外，绝无自己选择的余地。

光荣的失败　　一九四一年四月十九日

德官方公布：南斯拉夫投降了！

我们痛心于"投降"两个可耻的字眼，但我们不能不承认南国军民已经在异常艰困的情形下尽最大的努力。

南斯拉夫是力竭而屈，不是奴颜婢膝地向侵略者乞怜。他们明知胜利希望的微渺，但为了国族的人格与荣誉，仍毅然作不计成败的一战。不抵抗的罗保诸国，也许会嗤笑他们何苦多此一举；但是在被侵略国向侵略国总清算的日期（这一个日子是不会十分远的），光荣的胜利必然是属于重视自由甚于生命的南斯拉夫人民。

日军犯浙东　　一九四一年四月二十日

日军最近在浙东沿海的攻势，一方面是因为在其他战场上到处失败，故选中了华军的这一个"弱点"，作为攻击的目标，给自己聊以解嘲；一方面更妄想配合《苏日中立条约》的缔结，作为两度发动和平攻势的前奏。

日方对于这一个军事攻势，照例又是一番大吹大擂的自我宣传。上海和浙东因距离较近，关系亦相当密切，该处的情形本来应该为上海华人所特别关切，然而一般的印象，对于日军的"重大胜利"，却显然感到是异常的冷漠。

这不是没有理由的。中国作战重心移至大后方以后，沿海的各据点因战略上既不易坚守，运输上又早失作用，故久已成非必守之地。日军即使把它们占领了，也没有多大的意义。而且读者也许还没有忘记去年日军一度占领镇海，而仍被华军击退的故事。

中国政府是早在期待着日方继"外交攻势""军事攻势"而来的和平攻势的。中政府负责当局已声明在先,中国决仍继续作战。日本如果不愿自讨没趣,那么还是不必启徒劳无益之口。

如出一辙的无赖手段　　一九四一年四月二十日

英政府声明德义飞机倘向雅典开罗轰炸,英国飞机亦将轰炸罗马作为报复,惟为尊重教廷起见,当力避波及梵谛冈城。英方又宣布已获得消息,刻驻罗马的义机一队,准备于英机来袭时,利用其所截获的英国炸弹掷于梵谛冈城,以为栽赃诬陷之计。

轴心国的这种无赖手段,早已数见不鲜,在上海尤其常有类似的事件发现。把亲手制造的恐怖事件,嫁祸于"某某方面",这是他们的拿手好戏,然而究竟有几个人会被他们诡计所惑呢?谁都是一目了然的。

希腊再接再厉　　一九四一年四月二十一日

希腊总理柯里齐斯的突然逝世,据称系因忧虑战事形势而自杀,此说是否确实,尚在存疑之列,然而无论如何,同样是失败主义的表现,因信念动摇而自杀,比之抹杀了良心,向敌人屈膝求降,还是值得同情的。

希腊人民在前总理梅泰克萨斯逝世时,曾经受到了一个重大的打击,但他们仍能赓续梅氏的素志,继续奋斗。现在希腊处境虽较前更为艰困,但他们的惊人勇气,已经在此种艰困情形下得到了一个充分表现的机会,而希王乔治的亲任总理,当然更可以使人心愈加振奋。我们看到德军在希北的猛烈攻势,其前进的速度殊属有限,英希军队虽一再转移阵地,仍能始终保持实力的完整,且在若干地点发动反攻,获得可喜的战果。可见德军虽然握有战略上的优势,然而他们如果以为已在阿尔巴尼亚战争中获得丰富作战经验的希腊军队,可以像未及充分准备的南斯拉夫军队一样易于解决,那显然是一个估计上的错误。

英军开伊拉克　　一九四一年四月二十一日

德国在发动攻南希的同时，曾在近东伊拉克放了一把政变的野火，当时英国对于伊拉克的新政府，是表示极强硬的态度而不予承认的。随着军事上的进展，德国对近东的野心愈形显露，英国为策万全起见，派遣军队开抵伊国巴斯拉港，保护并开发该方面的交通线。伊拉克新政府对于英军的合作，至少可证明轴心的阴谋已告失败，而土耳其的不受德国拉拢，土伊的商订军事同盟，以及《苏日中立条约》成立后苏联注意力之集中西陲，都已给纳粹东进的途程上布下恼人的荆棘了。

《真理报》与《日日新闻》　　一九四一年四月二十一日

苏联《真理报》评论《苏日中立条约》，谓"并非针对德国"，并以其一贯的风格讥诮英美各报的臆测。不过我们却很希望《真理报》除了讥诮英美报纸外，对于东京《日日新闻》所揭载的消息与"臆测"，也能够有一点表示。

《日日新闻》谓苏联或将调动远东军队至欧洲国境。据其见解，以为"苏联军队之行动，或将代表苏联首次利用苏日新约，苏联鉴于欧战进展之需要，故不得不有此举"。

也许是《真理报》的言不由衷，也许是《日日新闻》的一厢情愿，然而苏德日之间的矛盾，已经在这两种不同论调中表现出来了。

希腊战争的前途　　一九四一年四月二十二日

自希腊北境进攻的德军，在付了重大的代价后，终于越过奥林帕斯山，继续南下，追击后退的联军。此后联军所处的地形，更难作久守之计，究竟是否将步步为营，消耗敌人的军力，抑或为保全自身实力起见而暂时放弃希腊战场，一时尚难确言。

联军如果自希腊境内撤退，那无异承认德军已在巴尔干战役中获得决定的胜利，给与世人的当然是一个很痛苦的印象。但我们必须认清：第一，英国在巴尔干作战，本来处于绝对不利的地位，轴心势力至今尚未完成占领的工作，毋宁倒是一个奇迹；第二，希腊奋起抗战，并非自信本身力量足以击败敌人，但他们是以坚不可摇的信念，寄其希望于正义必获最后胜利的未来光明前途上，国土的暂时沦亡，是他们必须忍痛接受的现实；第三，联军在巴尔干的失利，对于战争全般形势并无重大影响，但德军倘乘胜直进，切断苏彝士运河的交通线，则将为对于民治阵线的重大打击，故英希军队与其在德军压迫下逐步后退，无宁迅速自动撤退，以增厚防御埃及的力量。

希腊战事现在还没有到结束的时候，即使德军能获得全胜，那也不过表示战争的进入另一阶段。英国在解除了巴尔干方面的负担以后，也许更能集中力量，予敌人以有效的打击，然则此日的胜败，殊无特别重视的必要。

促请四行克日复业　一九四一年四月二十三日

本市中中交农四行因迭遭暴力威胁，暂停营业，已一星期，中央虽已明令督饬克日复业，但至今尚迟迟未果，对于市面人心，显已发生极不幸的影响。本来贪生恶死，人之常情，我们对于四行行员的处境，只有至深的同情，对于他们过去艰苦支撑的业绩，只有最大的敬意，对于他们目前所表现的踌躇失措的现象，除了设身处地的谅解以外，也实在不忍苛责；然而因为他们不仅是普通的商业银行的职员，他们所做的工作不仅是为了维持生活，而是有着更重大的使命的，因此我们不能不对他们致更深的期望。

四行行员在上海这特殊环境中，一方面负担着安定本市金融与调剂市民生计的责任，一方面更为政府金融国策的执行者。蒋委员长已经指出今后抗建工作，经济较军事尤为重要，故四行的上海行员，实为处于经济战最前哨的战士，除了一心一意为执行国策而尽瘁以外，绝无畏缩退怯的余地。如果因为遭到威胁而消失勇气，则影响市面震动人心不用说，而且恰恰中了日僭破坏中国金融机构的目的。为了重视小我的安全，而忘却了国家民族的大前提，无意中成为帮助日僭破坏国策的罪人，实为有光荣历史的四行行员诸君不取。

我们相信深明大义的四行行员，必能自觉任令业务停顿之非计，而在最短可能期内完成复业的准备，以祛市民之疑虑，并使卑劣的破坏者明白暴力威胁之无用。

美国——多臂的巨人　　一九四一年四月二十三日

美国贷华五千万元美金，作为平准基金[一]的协定，将于本星期六以前签字。美政府并已批准依照租军法案以物资运来中国。

美英荷三国举行马尼剌会议后，对于共同保卫远东属地之安全一点，已经获得谅解。美国已开始派遣军队及技术人员往菲律宾，前亚洲舰队司令雅纳尔闻将被任驻菲专员。

罗斯福总统与加拿大首相发表共同宣言，决定联合动用北美资源，以供保卫英帝国及西半球之用。

美国务院积极考虑以海军护运商船运接济品至英国。

——正像一个多臂的巨人一样，美国已经在亚洲欧洲及西半球同时建筑起坚强的防务来，侵略国家将不能不感到这一个力量的雄伟。

【一】**平准基金**：抗日战争爆发后，中国的经济和金融逐步吃紧，国民政府先后向英美等国求援，请求协助中国稳定币值。一九四〇年十一月底，日本和汪伪政府在南京签订了一系列条约，日本意图独占中国的贪欲震动了美国，罗斯福决定向中国提供援助。十二月三日，美国国会通过向中国提供一亿美元贷款，其中以五千万美元从美国稳定基金拨付，购买中国法币，作为平准基金。此协定于一九四一年四月二十五日正式签订。中英间的平准基金协定也在同日签字。

发挥战士的精神——向第一特区两法院当局致敬
一九四一年四月二十四日

在罪恶势力一天猖獗一天的今日"孤岛"上，屹立不移地保卫着中国法权完整的第一特区两法院，遭受到更大的威胁与嫉视，自然是意料中事。近数日中，图绑法官的案件不断发生，虽然暴徒的目的未能达到，但这与其说是御卫得法，无宁是由于天幸。这一群人权的保障者，其自身的安全也无法获得确切的保障。按常情而言，似乎他们很可以无法执行职务为理由，而放弃在这艰苦环境中的奋斗，然而他们却不顾僭方的恫吓，暴徒的窥伺，照常在众目睽睽之前，出庭理事，执行他们神圣的任务。他们不怕死吗？也许是的。但最大的理由，是他们能认识个人安危事小，国家付托事大，一个战士是不能因为畏惧炮火的猛烈而舍弃了自己的岗位的。

我们希望特一区法院当局的毅勇精神，能够给每一个"孤岛"中国市民很大的激励，尤其是同样处于暴力恐怖中的四行行员诸君。法院与银行工作虽然不同，但其为国家执行国策的任务却是一样，在目前这需要斗争的时候，临阵退怯，便是国家的罪人。

外交胜利的限度
一九四一年四月二十四日

松冈洋右在他任职外相的短期间内，已经完成了四件"重大的"外交胜利，据他自己向外报记者所欣然提出的。这四件重大的外交胜利是：三国盟约，日僭"和约"，苏日条约，和调停泰越纠纷。值得我们特别注意的，是他以日僭"和约"与三国盟约，及苏日条约等量齐观。我们大家都知道所谓日僭"和约"的价值，因此颇令世人惊疑的苏日条约，究竟将会发生什么作用，已由松冈巧妙地加以说明，世人亦大可恍然有悟了。

松冈的得意忘形，我们不过觉得肉麻有趣而已，但他要美国"赞赏"他的成功,这顽笑却开得太过分了。日本可以用"和平政策"的美妙幌子来欺世自欺,但美国是看不上他这一套的。东京方面发出试探,谓松冈或将访问美国,倘使他果有此意,那么其开发新大陆的野心,倒确可使人叹佩,可惜松冈最近的胜利,绝不能吓倒美国,使美国恭恭敬敬地向他再捧上一顶胜利的桂冠,然则自讨没趣,似乎大可不必。

悼孤军营谢晋元[一]团长　　一九四一年四月二十五日

罪恶的黑手潜伏在每一个角落里,等候着每一个机会,去窒息正义,熄灭光明,用志士仁人的血来填饱它的欲壑。

暗杀、绑架、恐吓,这些已经成为司空见惯的事,在主动者也许认为还不够刺激濒于麻木(?)的上海人心,于是昨天又发生了孤军营谢团长被杀的惊人事件。

遇害者是被认为"孤岛"上正气的象征,全国民众所崇敬关怀的民族英雄,而行凶者却是他的数年来同甘苦共患难的同袍。这事件所给予一般人的,不仅是深刻的悼念,高度的愤怒,而且是全然出于意外的惊愕,以及一个异常痛苦的印象。

凶手行凶的动机何在,现时尚未明白究竟。言之最为凿凿的,有三种不同的推测:

第一种说法是谢团长御下过严,以致引起若干部属的不满,而肇成此次巨变。我们很容易推倒此说的存在,因为无论任何军队,都必须有严明的纪律,以孤军处境的艰苦与备受各方注目,尤不能不格外整饬行动,刻苦自勉,以求无玷本身光荣的历史。因反抗纪律而叛变,在其他素质不良的队伍中庸或有之,深明大义的孤军士兵,却可以断言决不致于出此。

第二种说法是谢团长平素宅心仁恕,往往本有教无类之旨,对已经落水的叛变分子也一例接待,不惜谆谆劝导,以期堕落者复归正道;然而因此却为部下所不谅,认为他有勾结叛徒阴怀异心的嫌疑,而必欲去之而后快。我们认为此说也同样似是而非,因为多年的袍泽关系,加之在这三四年来风雨同舟的生活，应该已使官长与士兵间的精神融合一致，不应有任何的误会。何况以莫须有的罪名弑害上官，更为军法所不许。

上述的推测虽为捕风捉影之谈，但孤军营的防范未周，使僭方分子得以潜踪混入，煽惑若干意志薄弱的士兵，使他们发动作乱，以破坏这一个鼓励"孤岛"人心的阵营，却是较近情较可能的推测。行凶的叛兵自甘毁灭过去的光荣，犯此不可恕的罪恶，必将无所逃于法律的惩处，但他们不过是无知的被利用者，而实际杀害谢团长的，必尚另有人在。

谢团长死了，然而他的壮烈的生平，他的领导孤军死守四行仓库的战绩，他的尽忠全节光明磊落的操守，将因此而益为国人所铭刻不忘，且将因此而益深"孤岛"人民对于罪恶势力的痛恨。我们深信除了对谢团长行凶的少数害群之马外，孤军营的全体将士必能继述他们殉难长官的精神，在艰苦中守候着光明，寻求报国的机会来洗刷这一次可耻的罪行。

【一】谢晋元：抗日将领，一九三七年"八一三"淞沪抗战中，谢晋元与"八百壮士"（实际为四百余人）在四行仓库与敌喋血奋战四日四夜，杀伤大量日军。十月底，谢晋元部奉命撤离，被困于租界昌平路八百八十八号的胶州公园内，时称之为"孤军营"。官兵们在逆境中顶住了民族败类的诱降和租界当局的百般刁难，坚持抗战立场，不失民族气节，其事迹深为全国人民所敬仰。一九四一年四月二十四日清晨，谢晋元率士兵出早操时，被汪伪收买的四名哗变士兵刺杀。上海同胞前往"孤军营"吊唁者有三十多万人，素车白马，途为之塞。

美舰扩展巡逻线　　一九四一年四月二十六日

美国政府因美国物资运英，在大西洋中遭德国潜艇飞机击沉者占十分之四，正在考虑将中立巡逻线扩展至原来三百哩之外。（据总统秘书欧莱所称，美舰已在巴拿马宣言所定之三百哩界线外活动）。这表示美舰活动的范围，离欧洲战线已愈趋愈近，也表示美国卷入战涡的可能性，也随时日而俱长。

不像某些国家一样，一面到处散播着火种，一面腼颜高谈和平秩序，美国是已经准备随时随地，为保卫民主，恢复真正和平秩序而出之以一战的，孤立主义的幻梦，早已给侵略国家的行动所完全震碎。侵略国家最好认清楚这一点，才不致犯了估计错误的毛病。

土耳其与西班牙   一九四一年四月二十六日

德国扫荡巴尔干的战役，已经接近最后阶段，同时至少有两个国家已经感到更大的压力：东进的第一道门户土耳其，与掌握地中海锁钥的西班牙。

昨传德国已向土要求黑海海峡的控制权，土国现在除了希望苏联的后援外，殆无其他抵御德方压力的有效武器，它在此次战争中所采的旁观态度，显已中了德国各个击破的策略，而陷自身于格外孤立的形势中。

至于西班牙则一向是倾向轴心的，它的至今未允德军借道，与其谓为英国外交的成功，或弗朗哥的爱护国家利益，倒不如说是国内实际的困难，使弗朗哥不能不谨慎从事。在全国饥饿的恐慌中，原来的政治上反对势力与民众的怨望，都是对于统治者的严重威胁，再来一次冒险行动，无异敲响了自己的丧钟。刻据合众社未证实消息，谓西班牙已允德军借道攻直布罗陀，并许可德方利用西属摩洛哥，此讯如果属实，则英美对西的食粮接济，自必从此中止，而弗朗哥政权的地位，亦将发生根本的动摇。无论英国将因此而受到何等影响，西班牙必为第一个不幸的牺牲者。

谢团长的身后问题   一九四一年四月二十六日

孤军营谢晋元团长遇害后，各界人士莫不感愤痛悼。本报昨接读者电话多起，或探询谢团长身后情形，或建议安慰忠魂的办法。本报因感读者诚情，同时又本服务社会的本意，决定代收赙金，将来俟有成数，除捐充谢团长治丧费用外，余款或赠遗孤作教育费，或以纪念谢团长名义充作献金，当依读者意见再行决定。本报为略伸微意起见，并已勉力捐纳一千元，以半数作治丧费，以半数供上官志标团附治伤费用。

据吾人所闻，谢团长身后殊为萧条，丧葬费用，系由工部局暂垫一万元，我们深信中国政府必会负担这一笔费用，但谢团长与沪人关系特深，沪市华人为表示对于这一位民族英雄的敬礼与悼念，自当慷慨解囊，使地下的英灵稍得安慰。

美英贷华平准基金　　一九四一年四月二十七日

在连日来的苦闷空气中，中美及中英平准基金协定的同时在美签字，实在是一个太使人心兴奋的好消息。这一个事实很清楚地表明了一个简单的真理：美英二友邦正确认识中国抗建的重要，故以全力维持中国经济基础之稳定。远东反侵略国家的密切合作，这是最雄辩的说明。

日本与苏联缔结中立条约，所谓"解除北顾之忧，以便专心南进"的话，无非骗骗德义，吓吓英美，实际目的，还是想借此作为敲诈的工具。然而美国的明朗表示，已使日方无法再存任何想望，同时英国恰在欧非战场上失利的时候，于是英日谈判再度封锁滇缅路的谣言，又开始从东京散放出来。谁都知道目前英国的远东政策，是无法与美国分道扬镳的，现在中英平准基金协定出于一般人期望之外而成为事实，便可充分看出英美一致支持中国继续作战的决心；尤其英国在目前艰苦处境中，仍能分一部分力量来援助中国，这种深切的患难交情，更可使一切谣言不攻自破。

此外我们更须注意一点，上述二项平准基金的管理委员会，系由华人三名美人英人各一名组成，后者由美英二国财政部推荐经中政府任命。这一个小小的事实，可以反映美英二国对于中国主权的尊重，与其贷款目标之大公无私。

雅典颂　　一九四一年四月二十七日

（英军昨晚十时退出雅典，人民夹道欢呼，谓"不久可与君等再会"——雅典廿六日电）

黑云堆压在雅典城上，
侵略者的炮火震撼大地，
悲愤的紧张充满着雅典人的心，

但他们有的是永不消失的勇气。

爱自由的希腊永不会沉沦，
他们抵抗，他们失败，但决不臣服；
有一天，不远的一天，他们将用热血
洗净被践踏的祖国的耻辱。

——"再会吧，英国的友人！
到处都是保卫民主的广大战场；
我们不用哀泣，我们用欢笑
送你们在星月里赶上前方。"

也许在明天，也许在下一点钟，
这美好的古城将套上锁链；
但这是一个永不失去勇气的民族，
他们说，"同志，我们不久将再相见！"

松冈酒醒以后　一九四一年四月二十八日

　　松冈在东京告诉他的欢迎者，谓《苏日中立条约》"并未消灭国家当前之困难"，这句话未免太令为他高兴的人扫兴了。不多几天之前，日本《泰晤士广告报》（日本出版的英语报纸）记载松冈与史丹林欢饮庆祝中立条约成立的情形。据说，松冈酒过三巡，得意忘形，慷慨语史丹林曰："区区倘有不诚，愿割头颅为谢；足下如怀贰心，亦当手取足下之头"。这种悲歌壮烈的武士道精神，简直使雄鸷如史丹林者窘于应付。可是豪情胜概，可暂而不可常，今兹对欢迎者之言，其亦幻象消失后之悲哀欤。

　　猛烈的伏特卡酒，使松冈陶陶然沉溺在虹彩的梦中，然而中国不变的作战决心，与美英远东政策的格外加强，无疑地已尽了解醒的力量。

越南又受训斥　　一九四一年四月二十八日

东京《日日新闻》著论谴责法属越南，谓该地法当局所采取之反日政策，使日本不能不怀疑其是否具有合作诚意，并警告法越从速改善行为，与日本真诚合作。法越当局对于此种指斥，自然有有口难分之苦。对日步步退让的结果，已经把自身完全置于日本喜怒之下，即使要"反"，事实上也"反"不起来；然而欲加之罪，何患无辞，日本为着自身的便利，随时可以无中生有地制造借口，以为进一步攫取的地步。越南的命运，也就是任何对强力屈服，置身于侵略者羽翼下的国家的命运。

华侨准备保卫菲岛　　一九四一年四月二十八日

远东反侵略各国的亲密携手，不仅是政府与政府间的事，也人民与人民间的事，菲律宾中国总领事杨光泩向菲岛当局表示华侨十二万人准备于发生变故时为菲岛服务，便是一个最好的佐证。菲岛华侨对于他们所生息居住之处，固然不啻视同第二母国，而在共同威胁下利害一致的远东各国，在此非常时期中打破畛域，共御强暴，更为势所必然的现象。他日侵略势力整个崩溃后，远东各国家各民族联合奠定真正的和平秩序，在这里也可以看到几分端倪。

请日本一读邱吉尔演说　　一九四一年四月二十九日

《朝日新闻》载重光葵访晤艾登，讨论苏日协定后之一般政治局势，重光表示英国倘继续援助中国，而对日本使用经济压力，则英日关系难望改善。

该报谓"艾登之答复尚不可知"，其实日本无需乎知道艾登的答复，中英平准基金协定的签字，便是再明白不过的答复。

日本自然以为英国现在在巴尔干受了挫折，是再演去年封锁滇缅路一幕的好机会，可是他们应该一读前晚邱吉尔的演说。邱氏说："希腊在德军压境的危机中，向我们乞援，我们虽然军源奇绌，然而却义不容辞。希腊人已宣布即使不能获得邻国合作，即使英国坐视不救，他们亦必在本土上誓死奋斗。我们如果卑怯地拒绝他们，不列颠帝国的光荣将就此扫地，我们将没有战胜的希望，而且也不配获得胜利，战败不足耻，卑污的行为才是不能洗涤的耻辱。"

这是一个大政治家胸襟的表白，即使英国过去曾经作过有玷帝国光荣的事，我们也不能不相信目前的话是出自衷忱；因为在当前的生死斗争中，英国的需要友人，正和中国希腊需要友人一样，不仅需要物质上的资助，而且更需要全世界舆论的支持，任何卖友的行为对于英国信誉上的打击，其影响将远较希特勒的闪电打击为重大。

根据这个理由，我们就可确信中英关系的巩固，决非日方任何手段所能破坏的了。

五百七十对六　一九四一年四月二十九日

与其说同盟社是一个谣言制造所，实在还不如说它是一个笑料批发厂。该社二十七日福州电，谓两日来中日两军在福州附近之激战，华军死二百十人，被俘三百六十人，而日军则仅死四人伤二人。

只有皇军才会造成此种奇迹，我们不懂何以在打了四十六个月后的今日，中国居然尚有未死的兵，在以五百七十对六的损失比率与日军撑持着。

德国的宣传技巧　一九四一年四月三十日

德方宣传英国在希腊战役中，以澳洲军队为牺牲，在十个死亡或被俘的军士中，只有一个是英军，而其余九人都是澳军。这种意在离间的宣传技巧是相当恶毒的，然而也很容易为实际的事实所击破。以英国本国军队而论，既需保卫英伦本土，又在北非东非两面作战，本来已有无从抽调之苦；北菲军事的失利，便是因为本来只有两师团军力，一部分又被调往希腊战场作战之故。在这一点上，就可知道英国决非有意以澳军为牺牲，何况德方的夸大宣传根本不足凭信，邱吉尔在演说中更说明澳军在派往希腊的远征军中仅占半数。

澳洲本为英帝国的一部，而且在同一目标下作战，更不能妄分畛域，德方承认澳军在守卫赛摩普莱山隘时，曾给德军非常猛烈的抵抗，可证澳军乐于效命，绝未自以为受到歧遇。澳洲当局严正否认澳洲人民对此次赴希作战不表赞同，更为对德方宣传的有力答复。

苏联禁止战具通过　　一九四一年五月一日

苏联政府曾一再声称苏德关系不变，但事实上则苏联与轴心国间的距离日远，恰恰与轴心国对苏联的威胁日近成正比例。在此意义下，苏联与日本订结中立条约，实际也就是隔离东西两独裁势力的初步工作，而最近突然宣布禁止军用品通过苏联转运他处，则为封锁德日间交通线的重要举措。

要解释苏联此举并非对付轴心国，恐怕很少可能，有人以为它的目的是在阻止瑞典军火运入土耳其，这是一个很滑稽而荒唐的见解，因为瑞典目前既在德国控制之下，未必会有军火运土，而根据苏土两国的共同利害关系，苏联亦决不致有意对土为难，将其驱入轴心怀抱之理。更有人怀着杞忧，以为这是苏联履行《苏日条约》，停止对华战具供给的表示，此说更不能成立，因为禁令上明白说明不准战具"经过苏联转运他处"，苏联国内制造的战具，当然不受任何限制。

苏日订约的用意是在对付德国，而不准战具通过的禁令，则最受影响者当为日本，因为日本决没有军火可以供给德国，而德国军火假道苏联运日则可能性较大。日本当局现在可以清醒过来，明白《苏日中立条约》究竟是怎么一回事了。

美舰准备驶入战区　　一九四一年五月一日

诚如罗斯福总统所言，"世界为一整个的世界"，没有一个国家可以永远置身事外。我们看到野火一天天烧近冷眼旁观"帝国主义国家互相厮杀"的苏联的门前,我们也看到参战的时机在"力避卷入战争漩涡"的美国一天一天成熟。

罗总统宣布为防御西半球计,美舰巡逻在必要时可驶入战区。美舰驶入战区以后,唯一可能的结果,即为与轴心国发生直接的冲突。罗总统敢于作此项表示,也就是美国民意开始趋于一致的反映。

美国倘使参战以后,太平洋上自必有一番重大的变动,美英澳荷诸国联防的确立,及中美英的密切合作,无非表明一个事实,在远东正如在欧洲一样,对侵略者总结算的日期已经近在眉睫了。

德军开抵芬兰　　一九四一年五月一日

德军开抵芬兰的消息,由芬兰政府以否认的方式加以证实了。据芬兰驻美公使代表其本国政府所作的声明,表示对该项消息"完全否认",但又称非武装的德国兵士不足一千三百人,则确已开抵芬兰西南部土尔库港。不论芬政府此项声明,是否有意将这一事轻描淡写,但一千三百人也好,或如原消息所称一万二千人也好,总之是确有这么一回事。何以德国要在这时候履行"去秋德芬两国协定中的规定",这是耐人寻味的第一点。

据路透社解释,德方此项行动,或系请假回国的北欧德国驻军,本来被阻于冰雪而不克返驻原防者,现因天时解冻,故销假回防视事,而假道芬兰前往挪威,乃为德芬协定中所许可者。如果此项解释确为事实,则似乎根本不足重视,但苏联报纸特别重视这一个消息,甚至加以可能的渲染,却使人感觉也许另有严重的意义。这和苏联政府最近禁运军火过境,及红军在莫斯科大操,苏报再度提出苏联遭黩武势力包围,这类事连类而观,是耐人寻味的第二点。

无论事实真相若何,苏德之间的不安空气,显然在一天一天浓厚起来了。

编者告白　　一九四一年五月二日

昨日劳动节,本市各报工友循例休假一日,惟本报一本为社会服务的精神,不愿读者感受新闻供给中断的损失，全体同人仍照常工作。可是因为今日各报休刊，本报销数必较平日倍增，本报为普遍满足各报读者的需求起见，不能不设法作较大量的供给，然而在此纸价飞涨之际，多销一份即多亏本一份，故只好忍痛将篇幅减出一大张。但篇幅虽然减缩，消息则尽量用精编的方法不令遗漏，各项副刊则不得不暂停一天，自明日起，一切恢复原状，希望读者原谅。

伊拉克抗议英军登陆　　一九四一年五月三日

英国续派军队在伊拉克登陆，是近东风云日恶的一个征兆，而伊拉克政府突然采取强硬态度，抗议之后，继之以最后通牒，扬言不惜使用武力，伊国军队并在英国空军根据地附近集中，俨然有严阵相待的形势，这似乎更使人觉得近东危机，也许已濒于一触即发的阶段了。

英国方面表示英军在伊境登陆系根据条约权利，而伊拉克方面则指称英军此举，为违反条约，此种文字之争，未免使旁观者莫明究竟。以伊拉克蕞尔小邦，断无与英国作实力抗衡的可能，然此次竟声势汹汹，自然是受到纳粹的鼓励或某种保证。

英国如果不能以有效的外交手段压服伊拉克，德国是否将利用此种局势实行东进，实为至堪注目的问题。

英内阁加强阵线　　一九四一年五月三日

德国屡次宣传的英内阁改组，现在因为皮佛勃鲁克勋爵的改任不管部国务大臣，及其他部份的人事调动而成为事实了，但此次改组却似乎并未给德方极好的宣传材料，因为邱吉尔内阁的基本政策既无任何更动，而皮佛勃鲁克勋爵责任的加重，无疑地格外增强了现内阁的地位。

国务大臣一名词在英国内阁史上很少听到过，皮佛勃鲁克的此项任命，实际系统辖内阁各部，使能发挥更大的行政效率，同时也减轻了邱吉尔首相的担负，使他能专心统筹应付作战的事宜。皮氏在空军生产大臣任内，已经证明他自己是一个才干卓越的人物，此次重膺新命，我们自应为英国政府庆得人。

日报建议罗斯福游日　　一九四一年五月三日

樱花季节的日本，如果是在天下承平的时世，罗斯福总统也许会接受日本《国民新闻》的邀请而前往一游的，但现在则未必有此闲情逸致。《国民新闻》似乎并非盲目者，因为它知道美国工潮并不影响美国的国防建设程序，它知道美国抱着反抗轴心国家的不可变更的决心，它更知道松冈此时游美，徒费时间与金钱；但它建议罗总统访日的目的，如果如它所说的，是在使美国"觉悟日本在远东之真正地位与政策"，那么我们可以说，罗总统此时游日，亦徒费时间与金钱耳。日本意图用侵略行动来造成它在远东之"真正地位"，它的所作所为，便是它的政策的最好说明，罗总统知道得十分明白，世人也无不胸中雪亮，不曾"觉悟"的，只有为野心所迷惑的日本军阀，和被宣传所蒙蔽的日本国内人民而已。

美国将冻结轴心国资金　　一九四一年五月四日

赫尔国务卿表示美国正在考虑冻结轴心国及在轴心控制下各国的全部资金，德义日及瑞士瑞典以至土耳其西班牙各国皆包括在内。此项范围广大的冻结计划的实施，是使美国成为实际的参战者的又一明显的步骤，美国全国舆论（包括共和党在内）赞成参战的日趋有力，自为鼓励政府采行此项断然手段的原因。

据日方同盟社消息，罗斯福总统对于赫尔上述表示，业已赞同，整个办法可于下星期签字实施。此事的势在必行，固无可疑，而日本的特别对此重视，与最近日本报纸的对美侈谈和平，也可看出它的惶急为何如。

英伊战争爆发　　一九四一年五月四日

伊拉克贸然对英作战，在德国是计划中预定的步骤，在英国也未必是意外的惊愕，因为对于德国在该方面的外交布置，及伊拉克当局的不稳倾向，英国当然知之有素；而最近续派军队前往，便是防患的必要措置。战事的爆发，固然使英国又增加了一宗麻烦，但为保卫近东油田及重大的经济利益，尤其是防卫红海与印度洋的藩篱起见，自必采取迅速手段勘平伊国亲德当局的异动。

伊拉克全国军队不满三万人，它的有恃无恐，无非倚赖德国的声援；然而德国如由海道运兵，既因有英国海军的邀击而难期成为事实，倘以飞机运兵假道法属叙利亚入境，亦往返需时，恐有远水难救近火之感。究竟德国目前是否确有将战场扩展至该处的意思，或不过希望英国因伊拉克的反抗而受到意外的牵制，还不易断言，但伊拉克的轻举妄动，已成为纳粹阴谋中的牺牲者，则已毫无疑问了。

浙东华军反攻得手　　一九四一年五月五日

浙东华军反攻结果，台州黄岩永嘉海门相继克复，日军的沿海攻势，又徒然成为一个虎头蛇尾的笑话。我们犹记日军占领上述各处时，并未遭遇华军有力的反抗，但等到锋势衰退，卒不免为华军所乘，而不得不弃甲曳兵而走。讳败的日方宣传家，再来一套"任务完成自动撤退"的老调，自在吾人意料之中，虽然谁也不知道他们的任务究竟是什么。

北菲战局稳定　　一九四一年五月五日

德军于英军在希腊艰苦应战的时候，乘隙在里比亚发动对埃及的攻击，收到了一些小小的成绩,然而在索伦攻下之后,却无法继续深入;同时据守里比亚杜白鲁克的英军,也卒能转危为安,击退德军的进犯,使北菲战局仍得保持稳定的局面。

现在希腊境内大部英军已安全撤退,东菲扫荡战也大致完成,埃及的防务当可自此增强不少。南菲联邦首相斯末资将军宣称南菲将派军队由阿比西尼亚开抵埃及,协助母国作战,南菲空军并已在飞埃途中,这虽然不能说对于苏彝士的安全问题自此可以高枕无忧,因为目前德国显然想采取自埃及及近东左右夹攻的战略,但无论如何,将令希特勒的计划遭到更大的阻力,却为无疑的事实。

独持异议的林白　　一九四一年五月五日

美国容许像林白上校这样恐德病者在任何时地发表特立独行的议论,实在是民治国最可以骄傲之处,如果是在独裁国家里,那么他即使不早已成为殉道者,也必无法逃避集中营的命运。事实上,和全国民意背道而驰的议论,即使出之于一个曾为万人崇拜的英雄的口里,也绝难发生任何作用,林白尽管以他独特的勇气向公论挑战,但可怜他的声音是太微小了。

我们绝不怀疑林白上校的私人品格,但他实在无理由过于轻视自己国家的力量。他对于德国空军的实力,也许因为曾经用纳粹送给他的放大镜观察,所以知道得太真切了,以至于超过事实之上,但我们不相信他对于本国的空军实力和飞机生产能力,也有同样真切的认识。

最近林氏在辞退军职以后,又公然宣称美国全部空军实力,不及德国数星期内可以生产的数目。对于这位空军专家的判断,局外人除了惶恐之外,固然未易加以批评,但德国可以在数星期内生产的数目,以美国的人力物力,如谓不能在同样时间内超过之,恐怕没有人能够相信。无论如何,林氏实有平心静气,放弃固执的成见,来正确认识一下本国国情的必要。

希特勒大放厥辞　　一九四一年五月六日

"他的行为有如醉汉的狂呓与疯人的胡闹，到处寻找着可以放火的事物。"——希特勒辱骂邱吉尔的词句，使我们不禁怀疑，这样的话用在另一个人的身上，也许更觉适合。

希特勒声称不仅为德国之生存而战，且为将全世界自民治国阴谋下解救而战。从"生存空间"的要求，进而为全世界的解救，倒使我们想起日本由"敦睦邦交"进而为建立"东亚新秩序"，又进而为建立"大亚洲新秩序"，更进而为建立"大亚洲兼大洋洲新秩序"的狂语。

希氏责邱吉尔有意使战事延及巴尔干，并谓德国作战不在对付希腊；但我们所知道的，希腊曾经表示即使不得英国援助，亦必力抗侵略，英国不顾军员调度的困难，甘愿作战略上并非必要的牺牲，以协助希腊作战，只是为了保持国家的荣誉与克尽对友人的义务。这一点自经邱吉尔率直解释以后，早已为英国人民所充分谅解，希氏虽有意鼓励英国人民对其本国政府的不满，但他的目标显然是落空了。

希氏不曾明白指斥美国，但他说"德国从未加以侵害之某国民治主义煽动家，倘企图扼毙德国，则唯一之答案将为德国人民决不再睹一九一八年之往事[一]"。民治国家对于此语的反答，将为："吾人作战之目的，仅在解除独裁野心家对于人类自由生存之威胁，根据过去之痛苦经验，吾人决不再铸一九一八年之错误，但吾人必将使独裁野心家重蹈其前辈之覆辙，使德国人民获得真正的解放，则为无可置疑之事"。

在提及南斯拉夫的"失策"时，希氏对土耳其大加称道，以为"南斯拉夫成为英国阴谋下的牺牲者"，但土耳其则始终"保持其独立自主的决心"。博得此公的赞许，是不能不准备献纳若干代价的，我们深为土耳其危惧，因为希氏显然在恫吓着土耳其效法罗马尼亚匈牙利保加利亚的驯服，而不要像南斯拉夫一样倔强。

有一个国家他不曾提起，也因此使我们格外注意，而不能不发出疑问：柏林与莫斯科间有无难言之隐？

【一】一九一八年之往事：指一九一八年第一次世界大战结束，德国溃败并投降。但此次大战并未完全铲除军国主义和独裁野心家产生的土壤，以致此后纳粹分子重新掌握政权，再次发动世界大战。故有下文中的"决不再铸一九一八年之错误"一说。

关于港米的新闻毒素 　一九四一年五月六日

关于廉价港米的来沪，凡平日深受米蠹剥削的"孤岛"人士，当莫不表示欣慰而乐观其成，但竟有某专发本埠稿件的通讯社，在它所发的米稿子中，辄暗暗放入若干捏造的消息，初看之下好像一无他意，若一经解剖，则毒素毕露，不啻代替一般米蠹暗中尽破坏港米来沪的作用。

口说无凭，且举几点事实来说明：

五月三日该通讯社稿中称："公共租界工部局采办香港廉价洋米，顷已完全接洽就绪，首批五千吨刻已由港启运，日内即可抵埠。"这几句很冠冕的话，若细加研究，则"日内即可抵埠"一语就含有作用，因为据负责方面发表的确息，港米须本月中旬抵沪，本报也屡有记载，今该通讯社一无根据，竟宣称日内即可抵达，用意无疑在使读者看到这消息以后，将因港米日内并不抵达而对工部局此举失去信用【一】，转而购买囤户的贵米。此种居心，可谓卑劣已极。

五月四日该通讯社稿中称："对于市民购买廉米，决使其自由，每次粜给数量将足够市民二三日之食用。"这又含有作用，试问谁曾表示过每次廉米购买量只准"二三日之食用"，该通讯社能指出吗？不能指出，就是有作用的捏造，意图使读者误信廉米数量极少，不敷公众需要，并使他们感觉"每次只准买二三日食粮"，未免过于麻烦，因而去买囤户的贵米。

五月四日该通讯社稿中又称："工部局所经手购办之廉价仰光特别小绞米；约混杂碎米百分之四十。"这又是对廉价港米品质的破坏，使读者不信任港米的品质，仍去购买囤米，然而这"混杂碎米百分之四十"一语实全出该通讯社的捏造，昨日立基洋行对该项港米绝对不杂碎米的声明，就是对该通讯社故意捏造的最好驳斥。

我们不相信一个负有光荣而悠久历史的通讯社，竟这样倒行逆施，来做米蠹的帮凶，对港米来沪如此多方破坏。我们竭诚希望该通讯社尊重其过去历史，否则莫怪我们不顾同业面情，而把他的名字公开宣布出来。

【一】"信用"疑为"信心"之误。

无法接受的邀请　　一九四一年五月七日

美国有没有真正了解日本的意向，我们姑且不谈，但美国的真正意向，迄今尚未为日本所完全明了，因而妄存着不可能的希冀，却似乎已无疑问。

从卖弄风情式的"松冈或将访美"，到吆喝口吻式的"应令罗斯福赫尔来日一游"，美国的沉默似乎鼓励了日本，使它的口气愈来愈大。松冈以外相地位而附随报纸呐喊之后，对罗斯福赫尔发出示威式的邀请，我们倒不认为可以讶异，因为此君的发言是素以不知检点出名的。

赫尔说："日本如果正式邀请罗总统往游，必将遭遇断然之拒绝"，又表示日方此种意见，毫无考虑之价值。这种斩钉截铁的答复，正是自视过高者必然碰到的没趣。

欢迎飞将军　　一九四一年五月七日

重庆的人民，不，全中国的人民，都在引颈欢迎飞将军的从天而下。

美国航空专家的抵渝，证实了美国已经在尽速满足中国的最大需求——飞机。

"中国只需足量之飞机，即可对日发动有效的总反攻。"中国曾经以这样的信念向美国保证。为了自己，为了友邦，她必将履行这一个保证。正如美国履行对华的保证一样。

胜利年的希望的火把，自太平洋彼岸的天空中传来，在四万万人民的脸上点起了光明的笑。

苏联的政治更动 　　一九四一年五月八日

共产党中央执行委员会秘书长史丹林出任人民委员会主席,由不任官职的国家领袖,正式成为政府的行政首领,苏联这一个莫测高深的国家的动静,又为全世界惊异的眼光所寄集了。

史丹林本为苏联一切施政的主脑,在政府中无论是否担任职务,都没有甚么关系,故此次调任的本身意义并不重大,可注意的是在此边境威胁日深之际此举所暗示的苏联政策未来的可能变化。

莫洛托夫的留任外长,虽可说明苏联目下的外交政策尚不致有突然的惊人更动,但莫氏职权的减轻,是否暗示莫洛托夫外交已濒于将近结束的阶段呢?

孤立派的英雄主义 　　一九四一年五月八日

美国参议员柏泼前日在参议院的演说,正像他的姓氏(Pepper 意为胡椒)所暗示的那样辣烘烘的,他说美国人民甘心流血扑灭德国,他主张以一等飞机五十架飞往东京乱掷炸弹,使日本领悟。此君的不在其位,使他在发言时获得更大的自由,但至少他的话可以反映美国大部分人士见解的一斑。我们虽然并不以为乱掷炸弹是使任何侵略国领悟的最好办法,但他所谓"现时牺牲人命,远较将来派遣远征军队为廉",自然是正确的看法。

美国孤立派方以失败主义的罪名攻击史汀生的演辞,认为史氏所表示英国失败后,美国海军将不复能保卫西半球的顾虑,为畏葸之妇人心理。根据他们的批评,似乎美国必须在纳粹独霸全欧后,再去和它对抗,才不失为勇武,而乘轴心势力尚未充分扩展,反轴心的美国友邦尚有完整实力之时,美国以半数的力量及时消灭未来的祸患,却是弱者的行为。

孤立派似乎没有明白,美国目前所要考虑的,是国家的安全与民治主义的存在问题,而不是虚荣心理的英雄风度。在强敌当前的时候,两人合力抵御,总比孤掌难鸣的好,虽则在孤立派看来,后者是更为"英雄"的。

为英国算命　　一九四一年五月九日

作预言并不是一件容易事。如果能知彼知己，对各方面情势和一切可能的变化作精密的估计，则因此所得的结论，虽不中亦不远矣；否则凭着一己的空想，信口开河，鲜有不当场出丑者。

邱吉尔预测战争将继续至一九四三年，英国如能支持过一九四一年，形势即可好转。这是根据作战双方的国力，美国的援助，与英国人民的坚强决心所归纳而成的结论。战事迁延愈久，德国愈无致胜把握，英国目前处境虽甚艰苦，但希特勒离开他的终极目标还是辽远得很，一个短跑的锦标选手在长距离的竞走中不免失败，是不待智者而后明的事。

日本外部代言人长井却另有见解，以为"英国投降之举不出六七两月"，德国除以潜水艇制其死命以外，"尚可随时渡海登陆以灭之"。德国如可随时渡海登陆灭亡英国，则英国去年六七月即可投降矣，何必今年？希特勒又何必大兜圈子，打这国打那国？日本在华所作预言的失败，不曾使他获得教训，真是一件憾事。

诺克斯演说以后　　一九四一年五月九日

罗斯福总统说："美军舰为防卫西半球起见，如遇必要，得驶入战区。"
史汀生陆长说："美国决不任令运英军火被沉于大西洋中。"
诺克斯海长说："海军已准备执行护航工作。"
以后怎样？威尔基说："我们所需要的是行动！"
美国将以行动昭示世人。

新秩序在建设中　　一九四一年五月九日

开往越南的日本船只，先以所载军火在盘古起卸，然后以空船自越南各口岸装运米及橡皮等返国。日法经济协定签字的那天，即有日船八艘在西贡装货赴日，但并无日本货物抵越。经西贡赴盘古的日机，每架都载着日本军官，但飞回的时候都是空机。

这是共荣合作，不足为奇。

日本重弹对华和平旧调　　一九四一年五月十日

被认为日本外务省机关报的日本《广知时报》，昨在社评中宣称"日本不能以武力征服中国"，这使我们不禁反问，到现在才知道吗？希望日本此时幡然抛弃过去的错误政策，而与中国诚意谋和，是一个不可能的梦想，从该报念念不忘使中国参加"亚洲共荣圈"一点而观，可知他们所主张以缩短战线的方式来谋结束战争，正是试图用另一种方式去实现他们的野心。

这三四年来，日本是为三种噩梦包围着，中国的抵抗，美英的干涉，与苏联的威胁。在他们自以为改善对苏关系之后，再度用威胁手段使美英让步，自为必有的文章，因此而有最近对美的种种试探，以及故意散播的英日谈判封锁滇缅路的空气。此种无益的试探，既因美英的立场坚定而全部失败，则再转过头来重弹其结束对华战事的老调，更是不足为奇。

中国的答复，消极的将为对此等言论不感兴趣，积极的将为加紧准备军事反攻，以帮助日人从速达到"缩短战线"以至于"结束战事"的理想。

苏联否认远东军西调　　一九四一年五月十日

有一个问题使我们疑惑，苏联对于日本的威胁，果因此次中立条约的签订而解除了吗？

日方同盟社在报道苏联远东军队大量移防西部边境的消息时，无疑是喜形于色的，然而那项消息，据塔斯社的声明，"实系写者病时想入非非之杰作……同盟社关于此方面之报道，亦已作粗劣之曲解……同盟社所称其他各节，纯系一种妄想而已"。

苏联并未减弱远东的防务，则其不信任日本之友谊可知，我们建议松冈请史丹林到东京一游，借以彻底消除两国间之隔膜。

彼一时此一时　　一九四一年五月十一日

海通社消息，谓苏联已向伊拉克政府建议，于"最近两月内"恢复外交关系；并称苏联对伊拉克"保持独立之努力"密切注视。我们相信在英国力攻下抵抗力已濒于解体的伊国现政权，对于苏联此种友好态度，一定是十分感激的。

可是这使我们不禁想起不久之前的另一事实。当南斯拉夫人民推翻亲德政府，决心抵抗侵略的时候，苏联曾和南国缔结不侵犯条约，并且对于南国人民为独立而奋斗的精神深致同情。

南国在军事上虽已失败，但她尚未放下武器，停止奋斗。散处山区的游击部队，仍在不断牵制轴心军队。可是苏联却因南国主权业已丧失，而不承认其使馆的地位了。

荷印的失策　　一九四一年五月十一日

荷印允许供给日本石油九十二万五千吨，我们相信这在荷印方面是极大的让步，但不相信日本将因此而心满意足。在日方看来，这不过是两方"更进一步合作"的开端，继此而来的，必将为更大的诛求。

在今日而犹以为借绥靖方式可以阻止日本的南进，一定是犯了异常可怕的近视。南进是需要本钱的冒险事业，荷印以石油供给日本，便是供给他本钱，替他生锈的机器上注上亟需的油。虽然日本的实际行动与否,尚须视国际环境的变化,但荷印此举对于自身有害无利,却是极显然的。

中澳即将互换使节　　一九四一年五月十二日

世界是一个整个的世界,自反侵略与侵略两种阵线判然划分后,本来关系较疏的国家,因为利害互通的原因,而建立了密切的友谊,是并不鲜见的事实,中澳互派使节的即将实现,即为一例。

站在太平洋共同防线上的中澳二国,不仅将因互派使节而在二国邦交上开创新纪元,且为并世民主势力大团结的最好象征。为太平洋上一大安定势力的美国,她的新任驻华大使即为原任驻澳公使,而新任驻澳公使则为原任驻华大使,这一个不平凡的事实,无形中使美国成为中澳之间的有力的沟通者,也充分说明了中美英坚强合作的另一面。

苏德之间　　一九四一年五月十二日

英国某报载希特勒曾与史丹林在黑海会面,希特勒以进攻乌克兰为取得苏联合作的要挟,史丹林已决定采取"绥靖政策"云。

这也许是一个纯粹的幻想,但却并不是离事实过远的幻想。从苏联否认增防西陲,撤销对挪威比利时南斯拉夫等国使馆地位的承认,以及对于近东问题所抱的暧昧态度,都可看出苏联是在畏德心理下对德采取若干程度的"绥靖";同时从史丹林自任人民委员会主席,苏联军事当局一再宣称准备防御侵略等言论及行动上,却可看出苏联国内紧张戒备的一斑。

因此罗马尼亚方面所传苏德将于六月开战的消息,是值得以保留的态度予以注意的。

让贫民先买港米 一九四一年五月十二日

工部局为了要抑平本埠米价,特直接运销港米来沪;本市居民也为了要抑平米价,近半月来坚决抵制米蠹,不买囤户贵米。在工部局和市民这样齐心一致之下,米价终于在一星期之间,跌下三十多元,这是未之前见的现象。

米蠹囤户及其代言人,当然无时不企图破坏港米,只苦在不得机会耳!在过去一星期中,他们曾竭尽造谣鼓动之能事,但是因当局和市民的镇定异常,没有发生一点作用。昨日首批港米是抵埠了,今日即将正式由承销米号公开发售,这里我们却有几句很重要的话,愿向大家一说,并请大家能注意实行。

首批抵埠的港米数量是五万包,以这数量来分配给全沪的市民是很不够的,所以今日发售的时候如果大家都争先恐后的去买,势必至这五万包港米顷刻即完,而造成米蠹囤户抬价的良好机会,结果升斗小民,必遭毒手。我们认为工部局所订港米,每月共计达二十五万包,这第一批到埠的五万包,大家应该让家无隔宿之粮的贫民们先去享受,家中还有半月一月存粮的人,不妨再等到第二批第三批港米到沪时再去购买,这样才不会形成你争我夺的局面,贫民既可得食,奸商亦无法下手。

市民们已经以最大的努力和镇定来和米蠹搏斗,成功之期,已不在远,我们竭诚希望大家能继续再坚持一下,尤其在自己的阵营中应先求步骤一致,互相谅解。今日发售的廉价港米,无论如何该先让贫民去买,自己如尚可支持一月半月,则可等待二批三批港米抵沪之期,再去购买;如果自己尚有存米而今日偏去抢购港米,结果必致造成港米告缺,囤米飞涨的局面,半月来和米蠹搏斗的市民,想必不致出此不智之举。

苏联对伊拉克树立邦交 一九四一年五月十三日

苏联政府在宣布对伊拉克树立外交关系时,声述伊拉克前政府曾迭向苏联要求建立邦交，唯因附有须苏联发表宣言承认阿剌伯国家独立的条件，故未为苏联所接受；但现因伊政府已将该项条件取销，故苏联即予以允可。

这种表面理由，说得甚为平淡无奇，但世人未必作如是看法。苏联既已拒绝与伊国合法政府树立邦交于前，而在此英德在近东逐鹿之际，对亲纳粹的伊国叛徒政府表示友好，即使只是一个惠而不费的顺水人情，也显然和她所持的一贯的中立政策不符。

苏联外交有其特殊的作风，也许不是我们浅见者流所能轻下评骘，但我们不能不感觉到她在与德国初缔协定时所处的那种优越地位，已经因为她的容忍德国一再进展而开始失坠了。苏联曾经有她可骄傲的一时，使希特勒不能不仰承她的脸色，但现在则情势已经一变，在纳粹重大的压力下，她的处境已日趋困难。如果谣传中的德苏将谋瓜分近东果成事实的话，则受打击者决不仅是英国，苏联在藩篱尽撤之后，无异已将其本身命运置于纳粹支配之下。苏联政策倘真"精明"到如此程度，那么我们自然没有话说。不过我们还不能相信苏联已经到了非出此末路不可的地步，在德国尚为英国所牵制无力直接向苏进攻的此时，为苏联计，赶速喝令德国止步，现在还有此能力与机会，而这种能力与机会，如不能及时利用，是很容易消失的。

美国只有一条路　　一九四一年五月十四日

诺克斯指出美国的三条路，战争，投降，与孤立。

美国人民是不愿投降的，而孤立的结果，将为纵令侵略者扩张势力，使美国遭遇更大的威胁，到那时，美国即使再要考虑战与降的问题，恐怕也绝少机会了。

任何国家与个人，在自由生存被威胁的时候，只有两条路可走：奋斗而生与屈服而死，任何第三条路，都是诱人失足的陷阱。

美国当然知道她自己该走的路。

英国的不速之客　　一九四一年五月十四日

星期六晚上，苏格兰天空中突然降落了一个来头颇大的不速之客[一]，据说此君患有神经病，然而他能在党人密探监视之下，从容打发妻子离国，自己随身携带证明照片及服用药饵，驾机出亡，其胆大心细，实为神经病患者中未之前闻的特殊例外。

据我们想来，纳粹第三号领袖赫斯的"神经"上毛病，也许是受他的同党者的疯狂行动所刺激而起；尤其可能的，德国全国现在纳粹党人的催眠下，陷于神经失常的状态，赫斯因为神经"特别健全"，因此众醉独醒，反被希特勒他们认为"疯狂"。否则在纳粹气焰下不可一世的今日，像赫氏那样身为纳粹元勋，多年来为希特勒所信托的心腹，如此重要而负责的人物，决不致轻于演出这样富于戏剧性的一幕。

德方公报已证实赫氏确有拟借其个人努力谋致英德亲善的意思。即使赖着他的"善意"，英德二国在目前有无亲善可能，诚为疑问，但他对于本国实情及军事上一切计划都是了如指掌的，希特勒因此或者不能不大担心事。无论英国能够从这位不速之客身上得到什么教益，但有一点是无可疑的，纳粹的内部裂痕与弱点，自此已无法掩饰了。

就国家民族的利益论，赫斯的行动不足为训，但是他能在国势旺盛之际，看到侵略行动的危机，其眼光毕竟与众不同，而不是向侵略卑躬屈膝的投降分子所可相提并论的。

【一】来头颇大的不速之客：一九四一年五月十日晚十一时左右，希特勒的副手鲁道夫·赫斯单独驾机在苏格兰格拉斯哥跳伞着陆，自称系来英国执行"特殊使命"。他提出要面见曾有过一面之缘、与英国王室关系密切的汉密尔顿公爵。在与英方接触时竭力宣扬英国若与德国交战必败，鼓吹英国应投靠德国。

所谓"德法合作"　　一九四一年五月十六日

达尔朗与希特勒所谈判的两国"合作条件",业经维希内阁核准,维希方面透露的消息,除述及德国对法让步的如何"慷慨"外,关于法国酬答此种慷慨让步的代价,则只字未提。为了顾虑国内与海外殖民地的反响,为了顾虑美国的停止接济,显然尚有难出于口之苦。然而自去年贝当罢黜赖伐尔以后所引起的德方的不快,现在既已涣然冰释,则赖伐尔所未竟之功,似乎已由达尔朗一手完成了。

据伦敦消息,叙利亚已许德国借用其飞机场,以供轰炸伊拉克境内英军之用,这大概便是最近德法谈判中所议及的殖民地问题的一部分。从德军战略上观,因缺乏海军,运兵不便,对于已经煽起了的近东战事,事实上颇觉难于下手,唯一的出路,是利用叙利亚为根据地,以空军出动作战。近东英军将因此举而受到何等影响,虽未可知,但叙利亚的将被牵入战涡之内,则已无可避免,而这是与德法停战协定中法方所坚持的保持殖民地完整一点显然不符的。

仅仅根据此点而断定维希政府已决定成为轴心集团中的一名助手,自然尚嫌过早,但无疑地它方在向着危险的路上走,一步步踏进了布下的陷阱而不自觉。如果维希当局以为法国的自由独立,可以借取悦侵略者而得到,则诚为异常严重的错误,因为无形中他们已替法国套上不可解脱的枷锁了。

松冈与本多　　一九四一年五月十七日

日外相松冈的机关报纸日本《广知新闻》发表缩短战线结束对华战事的言论后,日本驻南京"大使"本多却主张加紧对华进攻,而《广知新闻》亦随即改变论调,不再主张"和平",同时松冈与本多会晤后,据日官方发言人宣称,谓二人对于"中国事件"之意见完全吻合。于此可见日本政策的倒来倒去,全无一贯的方针,实际上他们自己造成僵局以后,和战两难,也根本没有适当解决的办法可想，因此老是在军事攻势与和平攻势的两种陈旧戏法上翻来覆去，毕竟一无所成。

据说松冈曾夸口，倘使他到重庆去，一下子就可与蒋委员长握手言欢，这种大言不惭的狂想，真亏他说得出口。幸亏这种话只是对自己人说说，倘使公开发表出来，那么必然会碰到比他邀请罗斯福游日更大的钉子。可是至少他已经碰到本多的钉子，而不得不把和平梦想暂时不谈了，至于本多的急进论，则亦将因华军的抵抗与反攻，而碰到更重大的钉子的。

铁路沿线设电网　　一九四一年五月十八日

自从沪宁沪杭铁路几次被地雷轰炸后，据说日军将在铁路沿线，遍设电网，这应该给旅客们一个很好的"新秩序"宣传，同时也是一幅富于刺激的风景画。人们说，日军占领的只是点与线，而不是面，现在京沪一带已占领了三年多了，连点与线的安全都成问题，我们希望日本人民能够知道这一个事实。

透过日本言论的表面　　一九四一年五月十八日

日本《报知新闻》谓有人主张应不问后果参战助德，实类德方第五纵队[一]之口吻；《国民新闻》又深以德国将容许苏联在东方自由行动为虑。在太平洋将被牵入整个世界大战漩涡的前夕，日方此种言论，虽可表示其疑虑不安，但如谓他们将知难而退，却未免过于乐观。日本军人也许明知前进的危险，但除此而外，别无出路，绝对谈不到选择。日本报纸的故意发出上述言论，实有一个极大的阴谋包涵在内，揭穿了还不是暂时稳住美国，使美国对自己放松一下吗？然而这样的阴谋，在美国人民目前的性气下，已经全然失去效用。在美国拥有最大读者的杂志《礼拜六晚报》，本以拥护"孤立主义"闻名，现已正式宣布，将自下星期起，正式放弃"孤立主义"的立场，于此可见美国民意为何如。

【一】第五纵队：一九三六年至一九三九年西班牙内战时期，佛朗哥在纳粹德国的支持下进攻西班牙首都马德里。相传，当记者问佛朗哥哪支部队会首先攻占马德里时，他手下一位司令得意地说是"第五纵队"。其实佛朗哥当时只有四个纵队的兵力，"第五纵队"指的是潜伏于马德里市区的内奸。此后，"第五纵队"成为内奸或内线的代名词。

法国重入战涡　　一九四一年五月十八日

维希政府允以叙利亚飞机场供德人利用后，英国空军已出动轰炸叙利亚，英法军队且已在叙利亚巴力斯坦发生冲突；美国除对法严词谴责外，并已考虑进一步的对策。英美不能不重行考虑存在于他们与这一个旧日友人之间的关系，自然是一件异常可痛心的事实，然而维希政府的错误政策，实为造成目前不幸状态的原因。

英美对于法国，本来只有同情，绝无恶意；而维希政府的举措，即使与大多数法国人民的真正利益背道而驰，也断不是甘心与纳粹合作，在德法签订停战协定的当时，法方就坚持以不与她的旧日友人敌对为保留条件。然而维希既已陷入纳粹的掌握，则希特勒纵可让步于一时，亦终必迫令其绝对听从使唤而后已，占用叙利亚飞机场，不过是一个不幸的开端。维希政府谓"法国有权与其征服者考虑共同改组欧洲大陆之计划"，"被征服者"与其"征服者"间所谓合作的意义，当然是不待言说而后明的。

美国举行中国周　　一九四一年五月十九日

与美国政府扩大援华工作同时，以募款五百万元美金为目的，在美国民间盛大推动的中国周，也已于昨日宣布开始。证诸过去美国人民对华援助的热烈，此次成绩美满，自在意料中。

最近时局上的种种发展，已令美国人民格外了解他们的援华，不仅在人类同情与正义感的立场上有此必要，且为保障民治主义工作的重要的一部份。东西侵略者因交相利用而沆瀣一气，已经构成了对于民治主义的严重威胁，日本对于英美远东属地的觊觎，现在虽尚在待机而动，但轴心集团在太平洋上的合作，则已于重庆《扫荡报》所揭发的日本以武装船只七十艘供给德国作海面破坏之用的消息上得一证明。因此只有帮助中国获得胜利，才是阻止侵略者更进一步合作，确保美国西部国防及远东属地安全的最有效的办法，这一个真理是没有一个美国人会再表怀疑的。

中苏增进贸易关系　　一九四一年五月十九日

《苏日中立条约》的缔结，曾经使世上不少人感到失望与不痛快，可是实际上最感到失望与不痛快者，也许无过于日本。苏联对于日本的南进，固然不致反对，但这并未增加日本南进前途的乐观性；而日本企图借此离间中苏关系，速结侵华战事，却终于又成为一场春梦。

中苏业已根据去年所订物物交换协定，决定增加贸易数量，换句话说，中国将大量供给苏联以其所需要的商品，而苏联对华的物资军需接济，亦将较前此更大规模地运入中国。中国所需要的苏联援助，本来不逾乎此，而苏联为了自身的利益，也显然并未以为有曲徇日本欢心的必要。

英军完成东菲胜利　　一九四一年五月二十日

当墨索里尼因人成事，与克罗地签订边界条约及军事协定，而获得若干非分利益的时候，阿比西尼亚的义国总督却向英军高竖降旗，束手就缚。这两件事的尖锐的对比，都不能不使人对希特勒无限惋惜，因为他的伙伴除了坐分余沥之外，澈头澈脑是一个成事不足，败事有余的助手。

英军对东菲战局的全部解决，虽已较吾人预期者为迟，但在近东局势日趋危急的此时，这一个消息至少可以使人心为之一奋。倘能迅速将东菲军力移调近东战场，未始不可挽回一部分的形势，即使不然，也可以打破北菲的相持局面，向里比亚发动反攻，使轴心攻势多受一分牵制。

据未证实消息,土耳其已允许德军借道的要求。在土国处境日趋孤立,及德方压力加重的情势下,我们虽不能断定必无其事,但就土耳其过去的立场,及此举对于自身主权独立的严重影响观察,也许此种传说,仍不过为一种空气而已。

并非《大公报》的议论　　一九四一年五月二十日

合众社前日转述重庆《大公报》所载的一篇耸人听闻的评论,谓德国征服英国后,苏联亦将成波兰第二,德国且有充分实力征服美国,进而征服全世界。我们未见原文,不知合众社所述有无与作者本意相出入之处,但以善作大言的纳粹宣传家目前所未敢出口的言语,而见之于同情民治国的中国《大公报》上,诚为咄咄怪事。不过见到该项消息而感觉惊疑的,必须明白该文既署名为中央大学教授沙学浚所作,而揭载于星期日的《大公报》上,则该文当为由作者本人负责的星期评论,而非代表《大公报》本身意见的社论,我们更绝对怀疑有多少人能同意此种"专家"的见解。

也许有人疑问何以《大公报》会容许此种文字发表,我们唯一的答复是,这正是中国民主精神的表现,中国能容许少数分子发表特异的见解,正如美国能容许孤立派违抗众意的论调存在一样。

德国的"重大让步"　　一九四一年五月二十一日

柏林方面声称法国或将在叙利亚对抗英军,这句话无异是对维希所发的指令,维希尽管不无踌躇,但它现在是否尚有自作主张的努力,却是一个绝大的疑问。

截至最近所得消息为止,正在"美满进行中"的德法谈判所获得的"满意进展",据维希方面的公报,仅有德国允许在一百八十万法国俘虏之中释还十万人,法国政府文官及工厂厂主经理必要时可往德军占领区促进地方行政及主持工厂复工(换句话说是替统治占领区的德人改进秩序 增加生产),及法国普通人民得往占领区参加婚丧喜庆等项；德方并已否认允将巴黎交出；这便是维希政府向人民夸耀的德方重大让步！而这让步是需要维希政府为轴心供奔走，与其旧日盟友为敌以作为代价的。

英国加紧攻伊拉克　　一九四一年五月二十一日

英国加紧伊拉克方面的军事动作，表明英国已下极大的决心，尽速了结伊境战事，以巩固近东的形势。德国利用叙利亚既已成为既成事实，而借道土耳其运军需品至伊拉克，虽未经土国准许，但就英国驻土大使许阁森特为此事向土国警告一项消息而观，可知德国亦确有此种意图。但无论如何，德国因运输的不便，迄今尚未能在近东立稳足跟，英国倘能乘此时机，采取迅速而有效的行动，自可阻遏纳粹势力的伸进，尤其因为东菲方面的胜利，更给它一个增强攻击力量的最好机会。这机会当然是不应轻易放过的。

德国试验伞兵战术　　一九四一年五月二十二日

德国伞兵在克里特岛降陆一事[一]，邱吉尔首相在下院报告时，曾以自信的口吻，宣称英军对该地局势深具把握。除非事实的发展与预期相反，我们不能不感觉到德国此次试探战，或将遭遇并非意外的失败，去年攻袭荷兰的故智[二]，恐怕未必能重施于今日。

克里特岛在地中海上固然是一个重要的据点，但德国伞兵对该处的攻袭，尚有其他的意义。因为此次大规模降陆之举，实为宣传已久的一种新战术的试验，如能行之有效，则即可以同样战术侵袭英伦，但如试验失败，则德国征服英伦的好梦，势将随着最后的希望同归幻灭。

【一】克里特岛位于爱琴海与地中海的交汇处。在德军攻占希腊本土后，该岛成为英军据守的战略要地。一九四一年五月二十日凌晨，德军以大批伞兵降落对克里特岛发起进攻。战斗开始时德军在英军的猛烈抵抗下损失惨重,二十一日清晨德军攻下马拉马机场,随即增运大量补给兵员,才扭转局势,英军陷入被动。五月二十八日到六月一日英军在海军接应下撤离克里特岛。这次战役德军共出动飞机一千三百多架,先后空降二万五千人。虽然最终夺取了克里特岛,但损失伞兵一万四千余人,飞机二百二十多架。这不仅使德空降兵的元气大伤,也改变了德军对空降兵作用的认识,以后再未大规模地使用过空降兵。

【二】一九四〇年五月十日,德军对荷兰发动大规模突然袭击,由于实力悬殊,荷军很快崩溃。五月十五日,荷兰投降。

诺克斯主废止中立法   一九四一年五月二十三日

在美国人民百分之五十以上赞成实施护航的今日,作为孤立派最后武器的中立法案,虽然已经在一般印象中逐渐化成一道淡薄的影子,然而它在美国全力援英的程序中,却仍然是个需要打破的阻力。按中立法案中所规定的现款购货的限制,在租借法案通过以后,已经不成问题,但美国船只直接将货物运抵交战国家,及美舰得自由通过战区,则在现行中立法限制下尚无法成为事实。

美国对英援助的需要,已日见迫切,势不能长此因不切时宜的束缚而减杀援英的效果,故诺克斯海长有废止中立法的呼声,并表示在此次战局中,不应仅以实施护航为已足。我们深信此种呼声必能获得一般的赞同。

美国既已决心不计任何代价,以助民主国家获得胜利,自应采取较目前更为彻底而有效的行动,实施护航尚不过其中的一端,尤其重要的,是诺克斯所谓"美国应恢复海上自由之政策,使美国商船得载运援助民治国物品直接驶往英国及其他作战海港"。

希特勒的赌博   一九四一年五月二十三日

希特勒不惜重大牺牲,派万余伞兵降落克里特岛,伞兵战术之是否适于运用,将于此役卜之,无怪他会如此重视,然而在另一方面,据说德国国内人民对此事漠无所闻,这似乎可以反映希氏的自知并无必胜把握,故尚须出之以偷天换日的手段,万一拼命的结果侥幸成功,固然可以大大地夸耀一番,否则也就让它成为一笔糊涂账了事。

究竟这一次试验将为"光荣的成功"或"悲惨的失败",英国守军将给我们事实上的答复。

日本召回驻英大使　　一九四一年五月二十五日

日本驻英大使重光葵突然被召返国,不用说又是他们一种外交姿势。召回大使虽不一定是两国关系恶化的表示,但重光葵于被召回国之前,力言"并不危害英日两国关系,不能认为两国断绝邦交的先声",却又不能不使人推测英日关系的实在恶化了。

其实日本自与德义成立同盟后,在实际上早已成为英国的敌国。重光之在伦敦,除了或者可以替他的本国搜集一点情报之外,对于促进英日关系根本无能为力;故此次返国,"与政府有所商讨"不过是一句托词,而一去不还,倒是大有可能的。

克里特战争的幕后　　一九四一年五月二十五日

德军在克里特岛降陆后,战事重心显已移至该岛,而伊拉克的战争在相形之下反而失色,北菲的轴心军队是在蛰伏状态中,而英伦天空也已享受了连续十二余天的平静。德国不惜巨大的牺牲,力争克里特岛,固有其战略上的理由,但他们在将世人注意力转移至这一隅后,也许将以猝不及防的手段,在英伦发动新的攻势,这倒是不可不慎防的。

日军的"昙花战略"　　一九四一年五月二十六日

日本大本营报道部长马渊逸雄发表谈话,夸道在华日军战绩,谓"中原作战之对第一战区,江北作战之对第五战区,诸暨附近作战之对第三战区,均予渝军以重创,总反攻之举仅昙花一现"。中条山方面中日两军现方展开剧烈的争夺战,而鄂北的日军攻势,自从华军克复枣阳,进迫随县后,已成强弩之末,浙东日军退出诸暨后,其"赫赫战绩"也已不堪回首,所谓"昙花一现"云者,其实还是说着了自己。

日军主要的战略重心,当然是在晋豫方面。他们在本月初旬以"疾如雷电的战略"(同盟社语),倾十二万人的精锐军力,企图作武力解决事变的最后试探,然而荏苒半月,伤亡四万,迄未能动摇华军阵地。扼守该区的华军,自始即处于日方优势军力的严重威胁下,但因他们的艰苦支持,更配合着最近晋西晋东华军的同时策应反攻,形势已大为好转,根据日军的一贯作风,大概他们因"任务完成"而"撤退"之期,必不在远了。

华军惯用的战略,是暂避锋锐,诱日深入,然后在巧妙的布置完成后予以聚歼,过去的成绩已经证明此种策略运用的成功,我们在明白此点后,自不致为日方任何夸大失实的宣传所惑。

伊拉克战事将告结束　　一九四一年五月二十七日

克里特岛的战事,现在虽尚无重大发展,但英军处境的日趋困难,则已无可讳言。德方除续派伞兵源源增援外,据称由海道运输的军队也已在岛上登陆。英军方以全力攻袭德空军重要根据地玛勒米,但迄今为止,殊未见得手。

比较令人欣慰的,是伊拉克方面的战局已有急转直下之象。德国的援助并不能给伊拉克的叛徒政府任何鼓励,在英国的加紧进攻下,叛党已开始逃奔国外。无论如何,德方在该处煽动的事变,绝未获到任何满意的结果。

希特勒将战争重心移至克里特,也许就是因为他了解在运输困难的情形下,近东的冒险不易成就,故拟先在地中海上获得一个重要的立足点,以为根除英国势力的初步。英军因需要多方面作战,在应付德军的闪电突击时,比较是费力一些,但伊拉克战事如能提早结束,不特对于整个战局有良好的影响,而且在维系近东各民族的人心上也会发生极大的效果,使他们不致再为纳粹的煽动所惑。

迫不及待的德方表示   一九四一年五月二十八日

关于德国海军司令雷德上将所发"德国将以武力对付美船载运军火赴英"的言词，罗斯福总统秘书欧莱认为这是德方企图"晕蔽"罗总统演说的一种手段；赫尔国务卿则以为德方意图威胁美国在希特勒未获得公海及其他大陆之统治权前勿真正致力于国防。然而德方如果以为此种威胁，足以使罗总统重新考虑其演词内容，或阻止美国根据既定政策前进，那实在是一个无益的妄想。美国如果决定采取更积极的手段援助民治国家获胜，则无论护航也好，不宣而战也好，必然早已预期到可能发生的后果，无需轴心集团的任何警告，美国早已准备以打击答复打击了！

雷德的宣告，至少可以表明一点，全世界人士都在以空前紧张的心理状态屏息静候罗总统的重要宣示，而纳粹及其同伙者也不在例外。以往美国政府要人的言论，每被轴心国家讥为迂阔的空谈，但现在则已使他们不能不惴惴不安了。

英海军击沉德舰俾士麦号[一]   一九四一年五月二十八日

英国海军凭其无比的决心与战斗力，历三昼夜继续不舍的追击，卒将德国主力战舰俾士麦号轰沉，一雪荷特号被毁的耻辱，也格外确定了英国不可动摇的海上霸权。

荷特号的沉毁，对于英国自为莫大的损失，但对于海军力量远逊英国的德国，一艘实力仅亚于荷特号，而其武装配备更为新式而犀利的俾士麦号的沉毁，当然是一个更大的打击。我们尤其不能忽视的一个事实是，德舰击沉荷特号，是一个偶然幸中的意外收获，而俾士麦号的被狙，却是英国舰队集中目标的有计划的行动，这一个重大的胜利，当然是英国海军所可引为自傲的。

【一】一九四一年五月十九日，德军停泊在波罗的海的"俾士麦"号战列舰和"犹琴亲王"号（又译为"欧根亲王"号）重巡洋舰出航，拟进入大西洋切断英国的补给运输线，但很快就被英方发现并派大量军舰拦截。五月二十四日清晨双方交战开始,"俾士麦"号装备精良坚利,开战不久就以重磅炮弹击中了"英舰荷特"号(又译为"胡德"号)的主炮弹药舱,致使这艘英国航速最快火力最强的战舰迅速沉没。"俾士麦"号也在海战中受伤,拟返回德方基地,英海军复集中优势军力进行追击,终于在五月二十七日将其击沉。

民治国的海上优势   一九四一年五月二十九日

英国舰队击沉俾士麦号后,方继续贾其余勇,向德巡舰犹琴亲王号追击。此次海战的重大胜利,恰巧发生在罗斯福总统重申海上自由政策之前,实为民治国家对轴心集团所施海面破坏工作的联合示威。实力有限的德海军,因此大受打击,固无庸言,而英国给养的来源将因此而减少不少威胁,英国海军战斗力也因此而成就了一次试验,尤为不可忽视的事实。

维希政府再度向美保证决不以法国舰队及殖民地交与德国,也是一件值得注意的事,固然此项保证之是否可靠,尚须视维希政府之诚意为何如,但至少德国对于利用法国舰队的一项企图,在目前尚可望而不可接。美国能阻止维希政府与德国作进一步的合流,当然是她外交运用上的绝大成功,也是民治国海上优势的又一保障。

罗斯福总统的最后等待   一九四一年五月三十日

德方对于罗斯福总统演说的批评,是"并不新奇";也有一部分人因为罗总统对于护航问题并未作明白的陈述而表示失望。姑不论罗总统所提出的海洋自由的原则,意义已超过护航以上,我们尤其应该认清楚的,罗总统处于民治国最高负责当局的地位,他可以指导全国应取何种政策,但在执行此种政策之前,必须获得全国民意确切的支持,这是第一点。美国现在实际上虽已与抵抗侵略各国共同作战,但在轴心国家未对美国直接挑衅之前,美国仍将保持其名义上的中立地位,而不愿主动地向轴心国宣战,这是第二点。因此欧莱秘书所谓总统言论不过涉及整个问题之百分之八十,尚有百分之二十暂付保留,我们可以解释为美国政策在目前虽已大体决定，所待者惟为百分之十的全国民意的最后确定，与百分之十的轴心国对美行动而已。

在演词发表以后，罗总统续表示他将逐渐运用权力，将全国置于紧急状态下，又称无意向国会要求废止中立法；同时他所采取的第一个步骤，是加紧国防工业的生产，并以必要手段消灭罢工事件，使战具得以源源不断地供给抵抗侵略的国家。美国曾经用中立法来剥夺了自己的海上自由，中立法不废止，则美舰不得驶入战区的限制继续存在，即无法保证援助民主国的战具安全抵达目的地。罗总统所以不拟要求将中立法废止者，也许认为时机尚未成熟，但已经充分认识了民治主义的当前危机与西半球安全的威胁的美国人民，无疑地会给他们的总统以更大的鼓励，使美国能充分完成这一次伟大的历史使命。

《都新闻》的解嘲　　一九四一年五月三十日

日本各报对于罗总统演词的批评，《报知新闻》以为"美国竟敢明白宣示对日之仇视，日本已不得不采取应付敌意威胁之一切有效措置"，《国民新闻》也采取同样的论调；但《都新闻》则以为"罗总统对于太平洋问题之沉默，或可表示其对于太平洋局势并未过分重视"。使我们感到兴趣的是后一种说法，的确，罗总统对于远东局势所述极为简略，但他所特别提出的"余相信中国之伟大防御，其力量必将增厚"，已经扼要地揭示了美国远东政策的中心。美国对于太平洋局势决不忽视，但只要中国的防御力量继续存在继续增厚，则任何威胁均可不足考虑。

从演说全文中绝未提及日本二字一点观察，似乎美国对于日本所取的态度，绝非仇视而为纯然的藐视。日本事实上已经不是太平洋局势的决定者了。

克里特岛危殆　　一九四一年五月三十一日

克里特岛西北的苏达湾与东北的干地亚（希拉克里安）相继为德军占领后，

背水作战的英军,已遭遇着更优势的敌军压力。英国生力军及战具的开往增援,似乎说明英军尚拟作力御狂流的最后努力,虽则以形势而论,挽回颓局的希望是极为微小的。

英军倘全部撤离克里特岛后,自然的结论将为(一)德国将以该岛作为空军根据地,威胁东地中海英国势力的安全;(二)伞兵战术试验成功,德国可以同样方式攻袭英伦。我们不否认德军此次胜利给予英国的打击,但如谓英伦亦将遭到与克里特岛同样的命运,则实为无稽之谈。

从德国此次化费空前重大的代价以力争胜利一点观察,可知伞兵战术如欲试之于英伦,势必付出尤为重大的代价,其数量或非德国所能胜任。而克里特岛英军所以失利之故,主要的原因是防空力量不充分,以致措手不及;但德国伞兵如欲在防空火网密布的英伦降落,则侥幸获得的成功,可一而不可再,是谁都可以了然的。

伊拉克要求停战　　一九四一年六月一日

伊拉克叛徒政府未能获得它所需要的德方援助,终于无法挽回其瓦解的命运,叛徒领袖出亡国外后,支持残局的伊政府人员,已向英军要求停战,事变不久可告结束,因纳粹与国内叛徒互相勾结而尝到了战争滋味的伊拉克,自此可以恢复秩序,实为不幸中之大幸,而尤其可以庆幸的,是它竟能自纳粹的魔掌下脱身而出,并且给其他一切可能受纳粹煽惑的国家一个切实的教训,使他们知道侵略者的保证是如何不可凭恃。

德机轰炸爱尔兰　　一九四一年六月一日

固执不化的南爱总理伐勒拉先生,在都柏林给德机轰炸以后,不知会不会觉悟他所坚持的中立政策的基础,是在一个火山的穴口之上?爱尔兰目前所享有的自由(包括南爱的反英政策在内),是寄托于独立强盛的英国庇荫之下的,如果英德二国易地而处，希特勒当然不会容忍这样一个倔强的邻人。伐勒拉先生如果并未看到纳粹过去任意破坏他人中立权利的事实，那么现在应该是反省自己政策有无错误的时候了。

美国保证放弃在华领事裁判权　　一九四一年六月二日

赫尔国务卿向中国保证美国将于和平恢复后放弃在华领事裁判权，这一个保证，在目前也许还不及派遣多少架飞机来华更为动人，但其所含的意义却是非常深长的，因为美国这一种友好姿态，表明了中美间现时的合作，并非暂时的互相利用，而系具有永久的性质；美国不仅乐睹中国胜利，并且诚意希望胜利后的中国，能够成为一个摆脱一切外力束缚，彻底独立自主的国家。

德军占领克里特后　　一九四一年六月三日

纳粹以地中海诸岛为渡石，逐步向东推进，克里特岛占领以后，塞浦洛斯势将成为第二个目标。位于土耳其叙利亚巴力斯坦之间，塞浦洛斯的得失，可以影响英国在东地中海的基础，可以影响苏彝士运河与红海的安全，更可以影响土耳其今后的趋向，然而该岛的形势，利于攻而不利于守，而它的最大的威胁，是在叙利亚方面，德国很可利用叙利亚为根据，向塞浦洛斯再施攻袭克里特的故智。

为英国计，目前最好的策略，似乎应该乘伊拉克战事结束的机会，迅速进占叙利亚，以安定整个近东局势，打消纳粹对苏彝士的威胁。维希政府事实上业已在叙利亚给予德军种种便利，达尔朗最近的露骨谈话，更已明白透露依附轴心的决意，则英国在叙利亚采取适当行动，实为无可非议之举。土京传英国不久即将宣布叙利亚为德国占领区，我们希望英国能一扫过去行动迁迟的错误，不要再让纳粹占了先着，以致陷自身于更为困难的境地。

美国对日的"不友好行为" 一九四一年六月四日

日本《都新闻》揭载美国装载战具运华的船只已开抵仰光，并谓有飞机一百架来华（此项消息，即使不尽确实，也是很可能的推测），日本内阁情报部发言人认为这是对日本不友好行为。我们真不懂得日本凭何理由要求美国对它"友好"。日本近年来对于在华美人权益指不胜屈的侵犯事件，美国船只及货物之一再遭日方扣留没收，以及日本与德义互相朋比对于美国太平洋防务安全所加的威胁，都已说明日本之于美国是怎样一个"友人"！尽管日本报纸因罗总统演辞中未直呼日本之名而妄以为美国对日软化，可以使它们格外咆哮得厉害一些，然而罗总统已明白宣布美国与轴心国不两立的态度，而且他也毫无疑义地把日本包括在轴心阵线内，似乎很可看出美国对于日本的"友谊"，是怎样的"重视"了。

如果日本决心建设它的"新秩序"，那正是美国所坚决反对的，那么最好不必空谈甚么交情之类的废话，而真的拿出些颜色来看看，美国是早就准备着了。至于想用"不友好"或"敌视"等名词，企图威胁美国，那实在多此一举，即使对于驼鸟式的孤立派人，也未必会发生甚么作用了。

欧洲的和谣 一九四一年六月四日

在目前而谈欧洲和平，其不可能正无殊于亚洲的和平。

有这么一说，赫斯飞英，的确携有德方的媾和条件，而美国驻英大使韦南特的返国述职，即系将德方条件及英国反应面告罗总统。

假如果然有由希特勒授意的德方和平计划存在的话，我们绝不相信英国会有接受或考虑的可能，因为那样就等于作城下之盟，而艾登外相日前所宣布的"四项自由"的作战目标，也就等于梦中呓语了。

我们所不懂的，何以英国政府不坦坦白白地将赫斯事件的真相宣布出来，

431

无论他是带和平条件来也好，不满希特勒政策也好，或者发神经病也好，如果没有不可告人之隐，那么为了肃正国际视听，扫除国民疑团，实不应让各种影响作战意志的揣测因此事而纷纷发生。

日本的痴心　　一九四一年六月五日

配合着轴心国的近东攻势，德义向日本加重压力，使后者在远东同时作呼应的行动，不但是可能，而且是必有的文章。可是在这时候，华盛顿方面却透露了日本向美建议的内容，虽然我们没有理由对它重视，但大可看出日本的苦闷与其无药可救的痴心。

据谓日本所要求于美国的，是停止援华，迫令中国与日议和，及承认日本在亚洲之优越地位，而日本所允许美国的，是退出轴心，及承认美国在远东一部份利益。美国如果可以答应上述的要求，那么无异把她的根本政策全部推翻；一个脱出泥淖而在亚洲占有绝对优越地位的日本，即使退出轴心，对于美国的威胁将比未退出轴心时更大；至于承认美国利益之类的空口保证，出之于日本之口，其信用如何自不必说；日本以此为勾诱美国的香饵，其一片痴心，岂非已至于无药可救的地步？

美国对于日本的威胁，不应忽视也不应过于重视，因为只要能对它严加监视，不给它任何乘机取利的机会，同时积极援华以削减它的实力，则它在整个世局上决计起不了任何作用，但若对它略事纵容，则即可铸成大错。至于它的退不退出轴心，倒是无关大体的。

放弃绅士式的顾虑　　一九四一年六月五日

德国官方虽尚在否认德军在叙利亚降陆的消息，但德国在该处的军事布置方在积极完成，则为无可怀疑的事实；同时维希政府在德人授意之下，也激昂慷慨地表示准备抵抗"任何侵略"。德方发言人并声称"吾人准备给予法国充分便利，助其达成保卫本国领土之神圣任务"，从侵略法国领土者一变而为法国领土的保卫者，无怪达尔朗之辈要感激涕零，誓为"建设新秩序"而效命了。

英国对维希政府的维系工作，既已全归失败，而后者亦已充分证明其本身除了奉行纳粹号令外，根本不足代表法国人民的意志，则排弃一切绅士式的顾虑，迳行采取有效的行动，实为必要。英国过去的失败，一个原因是处处采取被动的守势，现在如能立即向叙利亚进攻，则虽无必胜的把握，但还有挽回形势的机会，否则在德军棋高一着的情形下，近东苏彝士大有终将不保的可能。

不可与谈礼貌　　一九四一年六月六日

不论日本对于荷印的威胁，将仅仅止于威胁，或将成为武力南进的前奏，但荷印之决不会成为越南第二，却是日本所不应忽视的事实。荷印已往以不卑不亢的态度进行对日的谈判，并在"不受日人操纵"的前提下给日本相当程度的让步，不幸荷印的礼貌未为日人所领情，反而认为抓到了她的弱点，可以作得寸进尺的压迫，然而荷印既已明白"难于使日人满意"，则今后对日采取更断然的态度，似乎是日本所能希望获得的唯一答复。

以云武力南侵，则美英自不能袖手旁观，荷兰外长克里芬斯的访美，不仅引起各方的注目，而且也引起日方不安的揣测。其实横在日人面前的，只有一个简单的事实，那就是：日本对荷印的外交攻势已告失败，如图发动军事攻势，必将遭遇更惨酷的碰壁。

热狂中的幻象　　一九四一年六月六日

然而上面所说的事实，却并不足以使日人知难而退。当然在日本国内是有一部份稳健持重的份子，他们决不愿意以国运冒险，可是军人及激进派早已决定他们的方向，在后者的高压之下，稳健派的主张是微弱得绝对不会发生甚么效力的。

宣传英美在太平洋的军事动作，是此辈主战派鼓动国内人心及试探英美反应的惯用手段，《日日新闻》昨日以显著地位，揭载中英美以新加坡马尼剌为根据地，合力建设"反日航空阵线"的有声有色的消息，便是最近的例子。我们绝对欢迎此举之果为事实，但倘真有此事，三国当局亦必严守机密，不会轻易宣泄。故日方此类宣传，与其谓为得自确实的情报，毋宁是热狂谵妄中所见的幻象，希望借此把国内的战争情绪，更煽动起来，以便对国民作进一步的剥削。

荷日谈判的"转机" 一九四一年六月七日

类似最后通牒式的要求也提出了，芳泽也准备"收拾行囊"归国了，然而在最后一次的"临别谈话"中，忽然又发现了"转机"，据称"荷印的对日答复，若干点颇为失望，但仍有讨论之门户"。所谓仍有讨论之门户者，不是荷印因日方之威胁而在若干点上让步，便是日本因威胁无效而再拟作外交上的努力。

在未悉谈话内容以前，我们虽不便妄测，但荷印已明白揭示不接受其他国家之领导及不以原料供给敌人二大原则，也就是明白表出了不容许日人侵害荷印主权及利用荷印原料资助德义的坚决立场，然则日方的目的，似乎仍难达到，但它的吓人的纸老虎则又一度地揭穿了。

法国殖民地与维希政府 一九四一年六月七日

维希政府向外宣称殖民地对它效忠是一件事，法国殖民地对维希政府所采政策的真正感想是又一件事。如果《纽约时报》所载魏刚不满贝当达尔朗对叙利亚的措施的消息并非虚构，则魏刚的抗议正就是每一个真正重视国家利益与民族荣誉的法国人的抗议，而维希政府的倒行逆施，也确实没有比"最懦弱而无益"六个字更切当的批评了。

维希政府奉行轴心号令的结果，将为对英国的正面冲突，与招致美国的愤怒，同时目前暂时维系着的殖民地人心，亦将产生显著的变化，然而在失去自由意志的状态下，我们殊不能希望维希政府的幡然变计。英国如能迅即对叙利亚有所行动，也许就可测验出法国殖民地军队是否愿意为征服他们国家的敌人效力。

不欢迎的友谊　　一九四一年六月八日

赫尔指斥野村的和平试探，声明美日不侵犯约为违反美国国策后，日方为了遮羞起见，忙着否认野村有此提议，惟表示确曾谈及改善美日关系的问题。据我们所知，日本政府曾一再宣称决心履行对轴心的盟约义务，而美国与独裁势力不两立的坚强态度，在这次罗总统演说以后，日本也该已完全明白。近数年来，日本对于美国权益的横加侵害，已足证明它对于美国友谊的绝不重视，现在它既已决心站在美国所反对的一方，则为了履行对轴心的诺言，就只有牺牲美国的友谊，这本来是一件再明白也没有的事。美国固然不愿无缘无故地与他人敌对，但他无疑地更欢迎一个堂堂正正的敌人，而憎嫌一个两面送秋波的不诚意的友人。

自由法军开入叙利亚[一]　　一九四一年六月九日

自由法军配合着英军向叙利亚开进的消息传来，使人透了一口舒服的气，因为在军事的意义上，这是力争主动，在政治的意义上，这是对维希屈服政策的有力打击；英国倘不在此时及时动作，则以后对付日益加重的轴心压力，必将愈感棘手。

主张英国不应进攻叙利亚者所持的理由，是德国也许有意在叙利亚方面故摆迷阵，以吸引英国注意，同时却迅速在里比亚方面加紧布置，准备向埃及大举进攻，英国如果和叙利亚的法军发生冲突，苏彝士运河即有被德军乘虚进占之虞；也有人以为英国倘向叙利亚法军攻击，结果将促令法国所有殖民地归附德国。

这两说都不是充分的理由,因为无论德军攻势的真正目标何在,在纳粹势力挟持下的叙利亚,总是英国的绝大威胁,何况德国在该处的种种军事布置,更是不可推翻的事实;故英军即使需要严防里比亚方面德军的进攻,也仍不能不分出充分的军力来监视叙利亚,以原来消极性监视的军力,用于积极性的进攻上,在战略上不仅未可厚非,而且可以收到对纳粹势力反牵制的效果。至于维希政府的亲德政策,从魏刚将军的异议,叙利亚一部分驻军的归附自由法军,以及法国西半球领土当局对美成立谅解各事观察,可见其未必能够获得海外属地的拥护;现在自由法军以堂堂正正的旗帜进入叙利亚,我们虽然还不能必其绝对不遇任何抵抗,但至少必能使一部份海外法军脱离维希的怀抱,重为争取祖国自由而努力。

【一】叙利亚原系法国殖民地,此前由维希傀儡政权托管并驻防。由于其在战略上的重要地位,英军中东司令部于一九四一年六月八日在自由法军的配合下对叙利亚发起进攻,虽然兵力相对维希部队处于弱势,但因维希部队多不愿为纳粹卖命,且德军此时正倾全力准备进攻苏联,无暇顾及,盟军很快就以弱胜强取得胜利,六月二十一日攻克大马士革,七月九日维希军方提出要求谈判休战,十三日战事停止,十五日正式签订停战协定,叙利亚由自由法军控制,并于十一月二十六日宣布独立。

日本对美的"和平"努力　　一九四一年六月九日

罗斯福总统赫尔国务卿虽一再力称美国政策的坚定不变,而日方制造的美日妥协空气,依然甚嚣尘上,这表示什么?这表示日本千方百计,不愿在欧局愈趋紧张的良机下,放弃迫诱美国对它作绝大让步的努力。

野村说:"美国如不再采取足以逼使日本履行三国同盟义务之行动,则两国和好之目标当可成功。"日本如果是一个讲信义的国家,那么应该不待美国的"逼使",自动履行三国同盟的义务;如果它并无履行该项同盟义务的诚意,那么美国如何能信任它对美国所作的空口保证?

不幸有一部分美国孤立派的舆论,仍以为美日妥协确有可能,对于这种自乱民治阵线的言论,雅纳尔大将前晚所发表的演说是最有力的驳斥;雅氏说:

"美国倘欲保持其自由与民主，必须作战以保卫之，乘中英仍为美国强大同盟国之时，在大西洋太平洋双方实行极有力之现实主义防御政策。"

日本对荷印的下场威 　　一九四一年六月十日

以"大东亚共荣圈"领袖自任的日本，向荷印一再恫吓的结果，所得到的荷方最后答复仍"不能令人满意"，这自然是非常有失领袖威风的。然而日代表芳泽先生似乎还没有收拾行囊的决心，谈判仍在若断若续的状态中。据东京报纸载称，日外务省将与海陆商农及海外各大臣代表及内阁人员联合讨论荷印方面之"严重局势"，这种郑重其事的姿态，一方面是在无法打破僵局的苦闷下拖延时日，借以观望世局变化，再行决定行止的计策，一方面也是对荷印的最后示威，意图配合着日方报纸要求撤回代表团及居留民的叫嚣，使荷印凛于日方之必欲一逞而终于屈服。

伊拉克与克里特战事的结束，使英德成各一和局，叙利亚战云的新起，目前还未能决定结果如何，但即使英国出人意外地再遇挫折，即使美国到那时不得不挺身参战，那也并不能说美英将放松远东的防务，或与日本试图妥协，因为这样徒足以消弱他们在太平洋的地位，而对于大西洋的局势则毫无补益，因此日本观望形势的结果，无论想用武力或"和平"南进，必然会同样碰壁。至于荷印在认识日本的色厉内荏以后，当然不会在最后关头软了下来，自贻伊戚的。

日本的又一幻想？　　一九四一年六月十一日

迄今为止，无论在美国或英国负责当局的表示中，从无可以使人怀疑他们有复活绥靖政策意图的地方，对于欧洲如此，对于远东也是如此。然而日方则不断散放各种美日妥协或英日妥协的空气，最近的例子为东京所传驻日英大使克莱琪会晤松冈，"大约"系试探关于调整英日关系之意见；日方并指出英外相艾登上周接见重光葵时，亦曾作同样试探。

艾登曾在国会中明白宣称绥靖政策已成过去，我们绝不相信这一个有光荣历史的负责的外交家，会如比言不顾行，以英国的信誉为牺牲，而谋对日妥协；而且事实上美国远东政策如果始终不变，英国更无单独对日妥协的可能。至于克莱琪即使如一般人所信是一个具有浓烈亲日倾向的人物，也决不致脱离国策而单独行事，因此在未得事实的充分佐证以前，我们只能断言那是日方妄想的又一杰作。

所谓"要求有利条件之地位"　　一九四一年六月十一日

日本自以为处于向英要求有利条件之地位，但这样的假定，是要看英国是否会被日本的南进威胁所吓倒。日本固然自以为看到了英国的弱点，然而它自身的弱点也是同样不可掩饰。

这弱点从最近的荷日谈判中，更已暴露无遗，日方言论虽对荷印的坚持不屈，大施其恫吓的能事，然而日阁特别会议的结果，仍未能决定对荷印的适当"膺惩"，而不得不以暂停谈判，静观国际局势发展的方式不了了之。可见应付无聊的威胁，只有强硬是不二法门。

日本如果终于实行武力南进，那是它无路可走时的最下下策，至于它的梦想所寄，却是以此作为吓人的符咒，来实现它的不劳而获的目的。英国如能看准它这种弱点，就决不会给它任何"要求有利条件"的机会。

绝路与生路　　一九四一年六月十一日

英美的远东防务，虽因军事机密，我们无法详细获知，但即就报端所透露的一些消息而观，也可以看出英美在太平洋方面地位的巩固，已远非一年以前可比。最近英国驻华南舰队总司令莱顿中将在新嘉坡所作"设战事蔓延至远东，君等将见英国之海军旗重新满布于此间之海上"的豪语，可见其有恃无恐的一斑。同时日本的实力，则因中国战事的牵延不决而日趋低落。

现在的问题，只是英美是否将给日本重新注射起死回生的药针，使它可能再成为对于英美的重大威胁；或者趁早彻底消灭此种威胁，一方面保全在远东的权益与地位，一方面更可专心应付德国而不受牵制。

我们相信胸有成竹的英美当局，决不会采取等于自杀的政策。

为租界内市民请命　一九四一年六月十二日

上海市民方在感戴租界当局抑平米价的德政的时候，令人窒息的黑影又已罩临在他们的生活上。

第一是工部局再度拟议增加职员薪给问题。工部局为了体念职员而提高待遇，本来无可非议，且亦无庸外人置喙，所成为问题的，只是在局方经费支绌的现时，这一笔额外支出将由何人负担？去年十一月，工部局即以职员加薪，而增捐四成，作为弥补；捐税加重，不用说正好是物价提高的堂皇借口，于是乎市民苦矣。按目前工部局发行的公债额已达九百万元，前曾议决以界内所征收的娱乐捐为担保，今后不再增发，而该局入不敷出之数，已达八百万元，倘再如拟议的提高职员薪给百分之四十，势必仍将取之于市民，市民负担愈重，社会秩序的安宁亦将愈不堪设想。本来工部局职员的薪给较其他机关工作人员已经超过许多倍，在一般市民痛苦呻吟之际，实不应再以他人的血汗裕一己生活，即使确有加薪必要，亦应仅以低级职员为限，而以节省不必要的糜费弥补之，庶不失为公允之道。

第二是界内公用事业加价问题。电车及公共汽车的呈请增价，几乎成为周期性的现象，实则最近汇率平稳，而营业状况又异常发达，殊无再度要求加价的理由。在电车公司与公共汽车公司方面，抛弃服务公众的立场，而惟斤斤以博取利润为事，车资一增再增，市民除了忍气吞声听其剥削而外，绝无反抗余地；然而每天搭乘此项车辆前往工作处所的薪给阶层，却不能以车资增加而要求额外津贴，结果无异在百孔千疮的身体上，再加上一记无情的打击。

目前惟一的希望，是当局能在此两事尚未决定实施之前，以市民生计为重，缜密考虑，一方面暂时委屈一下局内办事人员，大家节约一点共济时艰；一方面断然拒斥公用事业的无理增价。

柏林不耐烦了　　一九四一年六月十三日

日本对荷印谈判破裂后，空言的威胁已证明不能生效，实际的行动则尚缺少自信，因是已陷于硬不起来软不下去的窘境中。柏林发言人在此时宣称德政府准备赞助日本对荷印采取"积极步骤"，不仅不能增加日人的勇气，而且反使他们格外窘困，因为日本对于轴心究竟忠诚合作到什么程度，现在已临到严重的试验阶段了。

墨索里尼最近曾谓"日本人民之忠诚，当不致对美国进攻轴心国熟视无睹"。我们虽不知所谓"美国进攻轴心国"应作何解，然荷印拒绝以原料供给轴心，既已认为敌对行为，而荷印态度之强硬，又与美国之支持不无关系，则不能视若无睹的日本，采取积极步骤，的确是"今其时矣"！

德苏间的又一不稳消息　　一九四一年六月十三日

德苏间的暗潮，尽管迄今尚未表面化，但我们决不能否认它的存在。最近又传德军八十师至一百师集中德苏边境，显有对苏威胁之意。不论这是否又是一种无中生有的谣传，但由驻英苏联大使对英政府保证苏德间并无秘密协定一事观之，却不难窥出两国间关系之微妙。

苏联一贯的政策，是坐视他国互相争斗而自己置身事外，但这样的方针却不是为德方所乐意的。纳粹将苏联圈入轴心的威胁，已因前者势力继续向东推进而日渐增大，苏联也是为了对付此种威胁，故有与日本订中立条约及物物交换协定之举，以免遭受两面夹攻的危险。苏日订约对于苏联自身究有若何补益，姑置不论，而她在解除所谓东陲威胁以后，将以何等姿态应付咄咄逼人的纳粹声势，却大可令人注目。如果玩弄手段的结果适以自误，那么我们还是希望苏联能与东西两洋的民治国家真诚携手，共御侵略势力的横流。

罗宾慕尔号事件的责任问题　　一九四一年六月十四日

罗宾慕尔号被击沉事件,本来大可作为煽动国民战争情绪的题目,但美国政府始终力持镇静,一面着手调查出事的真相,一面根据既定程序准备万一。其不愿操切从事,可见一斑。

现在美当局已明白认定罗宾慕尔号确被德方潜艇击沉,该船的毁损与船员三十五人的失踪,应由德方负其全责。责任既明,第一个步骤或将用抗议方式,要求德方道歉赔偿,如果德方肯认错,则将如潘纳号事件一样告一段落。但德国本来认定美国迟早必参战,与其待其准备充分后参战,不如在其准备未充分前促令早日参战,故罗宾慕尔号事件之为有意挑衅,已无可疑,希望心高气盛的希特勒俯首认错,更是不可想像的事。因此对德警告或抗议,还不过是手续上应有之文章,而在这警告或抗议背后的,将为进一步使用武力保护美国船只的航行安全,及以事实答复挑衅者美国并不是一个无准备的国家。

叙利亚战事急转直下　　一九四一年六月十四日

叙利亚方面的战事,因大马色及贝鲁特陷落在即,大概不久即可告一段落。德国对于此次战役一无动静,而奉命抵抗的法军,也不过聊尽人事,但这并不足以抹杀英国此次胜利的重要;因为有此一胜,英国在中东的地位始得有所保障,并使德方东进的如意算盘不得不从头打过。

维希方面经由西班牙向英乞和,以为叙利亚境内确无德人,英国应即停战。可是英国对叙利亚行动的目的,不仅是因为"叙利亚境内有德人",尤其是要防止叙利亚之为德人利用,故只须维希政府能命令它的军队退出叙利亚,则战事自可终止。维希曾经一再对德义对日本低过头,现在如能迅速停止无意义的抵抗,也未必是怎样有失面子的事。

"东亚共荣圈"领袖不易为　　一九四一年六月十五日

做一个"东亚共荣圈"的领袖的确不容易，荷印既然在英美"煽动"之下拒绝合作，而日本曾经帮过不少忙的泰国，又已成为英国"阴谋"的目标了。日本的半官报纸这样告诉我们。

据说泰国有人意图推翻现政府，"亲日份子"的地位有动摇的危险，日本因此"不能漠视"。所谓"不能漠视"者，大概将采进一步的行动，去保护泰国的现政府，换句话说，日本必须格外增强自身在泰国的地位，以阻止英美势力的侵入。

照理，泰国对于日本这样关心爱护，自然是应该异常感激的，可是泰国报纸却声称日报所传绝非事实，这未免太辜负友邦的雅意了。

美国怎样答复挑衅？　　一九四一年六月十五日

德方公然宣称装运"违禁品"赴英的船只，"被吾人击沉者非仅罗宾摩尔号一船"，这种不顾一切向美挑衅的态度，已使美国任何方式的警告或抗议都成为不必要，今后只有积极实施海军护航，才是应付海盗行为的唯一对策。

美国目前除了未遣派军舰或士兵助英作战而外，实际上殆已与参战无异。至于遣派海陆军助战，则因英国力量尚足支持，且在伊拉克叙利亚得手以后，中东形势已转有利，故并无此项必要。德国竭力想拖美国下水的用意，原欲借此限制美国的行动自由，及消耗美国的国防实力，但美国并不是容易被他人的意志所左右的，她自己更知道应该在什么时候采取什么行动。

苏联作何打算？　　一九四一年六月十六日

从最近欧洲纵横捭阖的局势看来，所谓"赫斯携带纳粹和平条件赴英，倘英国不接受,则德国将与苏联缔结军事同盟"之说,已逐渐证明其可能。德国现在所处的地位,可以联英反苏,亦可以联苏反英,问题只在英苏二国是否会被德方胁诱所动而甘心作其工具。英国向纳粹作战到底的决心,既已昭然大白于世,现在所要看的,只是苏联的态度。

苏联目前可走的路,不外三条,一是完全屈服,二是坚决抵抗,三是以合作为名的变相屈服。我们相信苏联决不走第一条路,聪明的希特勒也决不会使他有用处的邻邦,过份难堪。我们猜想"够朋友"的希特勒,也许会让苏联以"自动"名义,参加欧洲"新秩序",从而获得他所急需的军事便利与经济资助。然而苏联倘走这一步,她的地位将更为希特勒所轻视。得寸进尺,原为希特勒的惯技,观于一年以前希特勒的屈意奉承苏联与今年此时的岸然陈兵苏联边境,当知希特勒的雄心,决不会适可而止。同时日本更很可能狐假虎威,暂时放弃难于下手的南进计划,乘机向苏联东陲袭击。

苏联所以踌躇于反抗,自然是因为恐惧德军的威力,然而现在英国坚强如故,德国决不致冒两面作战的危险,苏联边境的纳粹重军,除了威胁的作用而外,未必有长驱直进的准备。苏联如能毅然不屈,并进一步放弃过去隔岸观火的自误政策,与中英美诸国合作扑灭蔓延亚欧非三洲的侵略火焰,则不仅世界的真正和平可以早日实现,而苏联今后在全世界所处的地位,亦必更较目前巩固而加强。

深谋远虑的苏联当局,究竟作何打算?

英美对日联合抗议　　一九四一年六月十七日

英美驻日大使克莱琪格鲁二氏因日机轰炸重庆时,英美大使馆财产遭受损害,向日外部联合提出两国政府的严重抗议。我们决不忽视英美二国在此举上所表示的一致的步骤与严正的态度,但我们不禁要问,此项抗议的背后,英美尚有何等准备?

日本毁害英美财产不止这一次,英美对日抗议也不止这一次,以过去的经验判断,此次日方的答复,无论为以军事必要的借口推诿责任,或特别客气而作一次空虚的道歉，但其必无实际结果，更不能保证今后不再有同样事件发生，则可断言。如果英美不以有效的行动为抗议的后盾，则无论抗议的措辞怎样严厉，亦必然等于白说。

荷印的严正声明　　一九四一年六月十七日

荷印总督宣称荷印为自身利益及国家责任所驱使，决心不惜任何代价阻止以原料资敌，此项政策绝无考虑变更之余地。日本如果尚存万一的希望，以为荷印终于会软化者，从此可以死了心了。

荷印非越南，因为有英美支持的荷兰政府，非在德国控制下的维希政府可比。日本认错了对象，自讨没趣自然是活该；同时荷印态度的坚强，也正好是英美对日态度最有力的说明。贪得无厌的侵略者，只有在不妥协的森严壁垒之前，才会接受它的应得的教训。

日本可以放过吗？　　一九四一年六月十八日

继荷日谈判停顿以后，美国命令海关阻止美油二十五万加仑运往日本，这虽然尚未能认为禁止油类输日的正式实施，但在"放过日本专心对付德义"的论调甚嚣尘上的此刻，总是令人感到相当快慰的事。

日本虽因实力所限而不得不踌躇于南进，但它目前正以极大的关心注视着美德关系的变化，并且热切地期待着美德开战，以便伺隙而动，则为路人皆知的用心。伦敦传德日成立秘密协定，由日本以热带产品交换德国武器，这一项消息，除了充分证明荷印所持态度的确当外，更可为德日的交相利用及日本的包藏祸心下一更有力的注脚。

只有愚人才会作"放过日本专心对付德义"的念头，因为美国如抱这样政策，那么当她"专心对付德义"的时候，也就是日本肆无顾忌地兴风作浪的时候。只有先解决日本，然后方始有真正专心对付德义的可能。

如果德义最近对美公然挑衅的态度与行为，促令美国采取冻结资金封闭领馆等措施，那么就日本在这几年来对美国权益罄竹难书的无理损害事件，再加上它与德义互相朋比的事实而言，我们实在不知道何以美国必须对日宽容的理由。

轴心是无分东西的，日本已一再表示过如美德开战，日本决心履行三国盟约义务了。

叙利亚之役的启示　　一九四一年六月十八日

英国这次在叙利亚的军事上成就，是一个绝大的启示。当英国尚未决定攻叙之前，颇有人以为此举是一个冒险，也许将影响北菲的英军地位。然而现在事实证明德国不但对叙利亚的局势束手无策，即在北菲亦迄无寸进，而英军则在一面摧毁叙利亚维希军队的抵抗之际，一面仍有充分的力量在埃及边境索伦区内推动攻势，就近日战报观之，似乎颇有使轴心军队招架为难之概。

这一个启示不仅是对英国：不要等待人家攻击后方始还手，只有力争主动，才是取胜之道。

芳泽尚未收拾行囊　　一九四一年六月十九日

日荷谈判虽已由双方正式公布无可挽回地决裂了，然而也许因为荷兰民族好客与有礼的天性，竟使日本代表团一再徘徊而不忍去。据我们所知，芳泽早已准备收拾行囊了，然而在谈判决裂以后，照日方所宣布的，芳泽定于六月廿九日返国，然则至少还要作十天的勾留；不特此也，日本一面调动舰队，大有对荷印实施膺惩的神气，一面芳泽再度表示愿与荷印代表作"最后之谈判"，到了黄河，心犹未死，敢为之咏曰："太平洋水深千尺，不及芳泽惜别情！"

荷印会不会被日本这股"温柔"劲儿所缠倒呢？我们相信并希望其不致于。如果荷印愿意屈徇芳泽之请，举行第二次的"最后谈判"，那么我们希望她能以斩钉截铁的答复，给芳泽他们知道威胁的无用与多言的无益。

中缅划界问题解决　　一九四一年六月二十日

自上世纪末以来一直争持未决的中缅划界问题，已于前日由中英双方在友好空气中签订换文而圆满解决，英方除慨允将历年来华方所力争的区域共二千方哩划归中国外，并同意中国得在炉房矿区参与开采事宜。

我们应该明白，这次划界问题的解决，并不是中国意外的收获，而是四年来艰辛作战所换来的友邦对于中国地位的确认。英国在步武美国宣布准备于战后废弃在华治外特权之后，复有此种对华友好的具体表示，因此而得到的中国人民对她更深一层的友谊，其价值实远过于其所作的让步。在中英亟需加紧合作的现时，这种明智的举措，自然是值得热诚赞美的。

神经尖端的德苏关系　　一九四一年六月二十日

德军在十五处向苏联进攻的谣传，无论其是否一无根据，但其足以增强德方神经战的效果，则可无疑义。目前除莫斯科方面尚无表示外，柏林方面既不证实，并不否认，其态度至堪玩味。

我们虽无理由轻信此种谣言，但除非苏联屈服于纳粹的意志之下，则苏德关系的最后破裂，至少因为德土友好协议的缔约而愈为迫近了。

伦敦观察家以为德土协定为对苏的打击，而对英国并无影响，这似乎是过于乐观的论调。日来德军在北菲的反攻，及叙利亚维希军队抵抗的加强，也许是希特勒另一动作的前奏，英国与其坐而等候德苏战事的爆发，实应迅速运用最大的能力，解决了叙利亚的问题，俾可充分应付未来的风暴。

轴心国家的各国姿态　　一九四一年六月二十一日

义大利跟在德国之后，要求美国封闭所有在义领馆，此举在美国引起相当惊异。义大利在美领馆的数目，远过于美国在义领馆的数目，故义国因此举而引起美国报复行为的结果，对于自身实在是不上算的，明知不上算而仍毅然为之，虽然一望而知为在挟持下承顺希特勒的意志，但在表面上看来，总相当保持着同盟的义气。

可是三角轴心的东京一角，却至今尚无与盟友同患难的切实表示，而且她正在整个世界大局行将展开新的一页之时，好整以暇地拉了东方奎士林[一]大唱其东亚和平的好戏。

然而我们必须指出，美国目前所最须戒备的，尚非德义而正是日本，大言恫吓者是不足畏的，然而当他收敛锋芒，故示模棱的时候，却是最危险的，美国已经决心扫除纳粹第五纵队在美的活动了，可是日本在美的间谍活动也是同样不可忽视，而需要采取同样迅疾的手段对付的。

【一】东方奎士林："二战"时期，挪威总理，现译为维德孔·吉斯林，他靠拢希特勒，出卖祖国，为虎作伥，所以后来"奎士林"被普遍用作卖国求荣者的代名词。此处"东方奎士林"当指汪精卫。

荷印以油区让日　　一九四一年六月二十一日

也许是不忍使贵宾过于失望吧，据伦敦传称，荷印虽与日本谈判决裂，但仍然允许以婆罗洲油区近七十万亩归日人开采。

这在荷印方面的确是仁至义尽的极大让步，然而我们殊未敢相信日本将因此而心满意足。

反之，日本将因此而认为尚有向荷印继续敲榨的余地，也许芳泽返国的日期将再度展延。

为荷印计，这是不智的一举。

"不纯正的思想" 一九四一年六月二十二日

日本陆军情报部长马渊大佐在向全国广播演辞中，否认汪兆铭来日将提出若何"不满之伸诉"或特殊要求，据谓在汪氏头脑中，决不会有此种"不纯正之思想"。

这一点我们是和马渊大佐完全同意的，因为我们根本不相信汪氏除了向他的主子曲意承欢以外，他所处的地位能允许他提出任何伸诉或要求。不过在汪氏左右所发表的言论文字中，颇有以婉转曲折的语调，希望日本能在沦陷区物资统制中让他们略分余沥，并容许他们的"号令"能够推及华北华南各处者，这种种大概便是马渊所谓"不纯正之思想"吧？

主子既已预定了"不纯正思想"的罪名，汪兆铭如果识趣的话，当然不敢再开口。然而汪氏在欣蒙主子惠赐飞机之后，也未始不可相当自慰，至少在日暮途穷的时候，已经预先获得了三十六着中最上着的出路了。不过那是要看主子是否能真正信任他的"纯正思想"而定，如果"海鹈号"【一】的驾驶员是主子钦派的，自然应当别论。

【一】海鹈号：日本"赠"给汪精卫的专机。

德日间的矛盾 一九四一年六月二十二日

华盛顿传德国向苏联所提要求中的一点，为停止对华援助，俾令日本有余力进攻南洋，此外并要求将苏联舰队让予德国，作太平洋战争之用。即使这一个消息并未证实，但德国亟望将美国海军力量分散，并积极诱令日本在太平洋方面牵制美国，却是无可置疑的一点。

然而日本的想法却又不同。他希望美德开战，他希望美国全部海军调往大西洋，好让他在广大的太平洋上大展其巧取豪夺的身手。

尽管德日两方各有其互相矛盾的鬼胎，但他们之谋不利于美国则殊途同归，这也是我们所以希望美国应对德日采取同样坚决手腕对付的理由。

白虎星出现　　一九四一年六月二十三日

白虎星到那里，那里就触霉头，这虽是一句不经之谈，可是在东京又应验了。日本向希特勒求救，希特勒玉成她一纸"苏日中立条约"，日本得意的了不得。想不到苏德竟会开战[一]。日本于苏德二大之间，都不敢开罪，弄得大惊失色，莫知所措，而且从此杜绝了他的投机根源。这自然因为日本的外交不能自主，但这样惊人的事件，刚刚发生在白虎星在东京现形的时候，也可谓无巧不成话了。

【一】一九四一年六月二十二日，纳粹德国撕毁《苏德互不侵犯条约》，兵分三路以闪电战的方式突袭苏联，苏德战争全面爆发。

苏德战争序幕　　一九四一年六月二十四日

一般人对于苏联的军力，往往怀有不敌德国的成见，也许这种成见是有相当事实根据的，但它的正确性尚有待证明。就德军开始攻势后双方的公报观之，似乎德方尚未获有显著的进展。

由波罗的海至黑海的德军进攻线，极北一路的德芬联军以列宁格勒为目标；中路德军以东普鲁士及波兰为根据，分别向莫斯科及乌克兰区进扑；南路则联合罗马尼亚军队由贝萨拉比亚进攻黑海沿岸的苏联领土。德军以攻势主动者的地位，在若干点上突破苏联防线，当然是不免的，而苏联为求取作战的有利地势，从并无坚强防御工事的地带暂时后撤，也不足为奇。实在说起来，希特勒不能以威胁的手段迫令苏联就范，而不得不采取军事冒险行动，已经是一个重大的失败；倘使他无法以自己所夸耀的闪电战略在极短期内使苏联屈膝，则旷日持久，结果必然走上了崩溃的末路。

英美苏合作问题　　一九四一年六月二十四日

苏德的开战虽可使英美释去了一部分的担负,但这决不是说他们可以从此高枕无忧,作壁上观。苏联对德抗战固然只是为了自己,但实际的利害关系已经使她和英美站在一条阵线上。

邱吉尔在他那篇动人的演辞里,已经恳切陈说英国为苏联后援的决心;美国亦已考虑将《租借法案》援用于苏联,我们确信唯有英美苏在事实上的积极合作,才是击破彼此共同敌人的唯一保证,至于形式上的同盟,意义倒尚在其次。

苏联前此所持坐视他人火并的政策,已经使她受到了无情的教训,英美当然不会再蹈覆辙,自贻伊戚的。

安定远东的机会　　一九四一年六月二十四日

日本决心观望,大概不出一般人所料。她的自私心理使她借《苏日中立条约》为护符,回避协助她的盟友的义务,但日本一般的言论,却一致相信而且希望德国得胜,如果德国果在军事上占了上风,那么她在太平洋兴风作浪,自然是应有的文章。

我们已经说过,要解决日本,现在是最好的时机。在苏联力量尚足以牵制德国的时候,美国在大西洋方面的责任已相当减轻,倘在此时迅速扑灭已成强弩之末的远东侵略势焰,则此一隅真正和平秩序的建立,对于整个世界大局必有重大的助益。

苏德战争的决胜点　　一九四一年六月二十五日

苏德战争的进展,就昨晚所得的消息而观,除空军活动而外,重心尚仅局限于旧波兰领土内的苏联边境一带。苏方的官报除已承认中路德军占领勃莱斯特里托夫斯克外，其余由东普鲁士进攻立陶宛，及波兰南部自伦堡推进的德军，均已被苏军击退。德方的公报，则措辞甚为含糊，仅谓已突破红军防线多处据点。此外在贝萨拉比亚方面，德罗军队亦遭遇苏军剧烈抵抗，而北线的芬兰则不仅未有动作，且已表示将守防御性的中立。

希特勒是否能如所预期地击败苏联，或苏联是否能支撑至相当时日，使战事形成相持的局面，尚非目前所能断言。但真正决胜之点，在于苏联是否决心抗战到底，而并不在阵地的得失，因为苏联正如中国一样，是一个人力物力无限的国家，即使西部国境全部沦陷，仍可退向西伯利亚，以乌拉山为天然的屏障，积极发挥游击战的功能，那时纵使希特勒想适可而止，恐亦为事实上所不许。

希望荷印三思而行　　一九四一年六月二十五日

关于日本今后动向的猜测，在美国方面已有日本将响应德国攻击苏联及与德国决裂的两种说法。后者可以代表一部分对日绥靖论者的白日梦，绝无任何事实上或理论上的根据，前者一时虽尚不致实现，但万一德国在军事上显占上风，则日本自必急起直追，唯恐落后。

德日夹攻苏联，不仅苏联蒙瓜分的危险，而东西侵略国将欧亚打通一片之后，英美民治主义亦将临到最大的危机，这一点是无论如何不可忽视的。因此我们认为荷印在长期的坚持以后，据说仍将与日本签订协定，实在是异常可憾的。固然在目前由苏联转运德国的路已告断绝，荷印可以无须过虑它所供给日本的物资会由日本转资德国，但供给德国与供给日本，其实还不是一样？日本目前所以尚不得不处处顾虑者，唯患给养的不足耳，一旦获得了它所亟需的资料，则英美荷印今日所用以羁縻日本者，必有一日被日本用作反击他们的利器。诚望荷印当局能在协定尚未签订之前三思而行，更望英美继续对荷印作坚强的支持。

英美不需要日本友谊　　一九四一年六月二十五日

有人以为英美压迫日本脱离轴心，使之加入反德阵线，眼前是最好的时机。对于此说，我们必须指出：第一，除非德国有显著的失败征象，要日本脱离轴心是不可能的；第二，如果德国确已临于必败之势，则英美根本不必需要日本的友谊。

更重要的一点是：日本是首先发动侵略的元凶，标榜反侵略的英美，如果把日本拉进自己的队伍里，那是英美最大的耻辱。我们决不相信英美当局及民众会附和此种不光荣的论调。

日本提早决定态度　　一九四一年六月二十六日

日本对苏德战争所采的政策，世人均以为暂时将抱观望态度，但现在她似乎已等不及观望，而不能不作提早的决定了。前传将无定期延期发表的内阁会议宣言，已决于今日发表，其内容虽尚未能确知，但与德国互相呼应，对苏联实行攻击，实有较大的可能。

姑不论日本对于遵守三国同盟，具有何种诚意，但她一听得德国军队已深入乌克兰境内时，自然认为时机已到，急欲冒险一逞。这原是日本投机国策的必然结论，我们在苏德战争爆发的当时，即已明白指出。问题的关键，在于日本果真对苏实施攻击的话，英美将作何种应付？

英美站在与苏联同利害的立场上，必将尽其可能以协助苏联减轻其负担，这在邱吉尔罗斯福二氏所作的郑重保证中，已绝无令人置疑的余地了。英国可能给于苏联的援助，是加紧西线作战，发动牵制性的反攻，并以空军力量协助苏联。美国可能给于苏联的援助，则除军火物资的接济外，首要的工作即为以有效手段解除日本对苏的威胁。

从日本报纸的论调，可以看出日本不仅不因自身处境困难而流露示好英美之意，且反以为可以利用此机会加紧威胁英美。《报知新闻》指责苏德战争为英美所促成，《国民新闻》则大唱其英美苏德退出东亚的狂论（很显然这里的德国不过引为陪衬，而英美苏才是真正的发言对象）。高瞻远瞩的美国当局，倘没有忽视了东太平洋的严重危机，则及时采取彻底的对日制裁，并以更大速率增强中国的反攻力量，实在是刻不容缓的一举。

五天来的欧洲东线战争　　一九四一年六月二十七日

从五天来的战况观之，希特勒的"闪电攻势"显然未能击中苏联要害，不仅柏林自身的报告，尚不能证实所谓"攻入乌克兰"的传说，就是在立陶宛波兰贝萨拉比亚各处苏联外围疆界线内占领若干据点的德军，亦莫不遭遇猛烈的抵抗。苏军不特能巧妙地避免主力作战，且能以攻为守，使德军无法集中全力向预定目标前进。

路透社伦敦电谓"战事仍在初起阶段中"，这句话对于以手段迅疾见称的希特勒，似乎有些出人意外。

日本政府的难言之苦　　一九四一年六月二十七日

根据昨天的报纸，日本政府本该在昨天宣布对苏德战争的外交政策的，然而事实上并没有，看来毕竟还有难言之苦，大概还得观望一下再说。但在柏林方面则已显感不耐。《沮利希新闻报》柏林访电称德国政府现正期待日本政府发表声明，如果日本是够朋友的，那么似乎不应该让盟友失望吧。另有消息谓日本警察已开始对散播不负责任的谣言，说日本将对苏德战事作若何行动的人，处以严厉的刑罚。其实这真是多此一举，因为日本执政诸公倘能负责宣示日本决定采取的政策，则任何谣言岂非都可不禁自止吗？

日本已无转舵可能 一九四一年六月二十八日

日本政府与军部连日手忙脚乱的集议，虽然尚未宣布出一个决策来，但如果有人以为日本现在还有自由选择政策的余地，则实为严重的错误。日本目前所彷徨的，不是往何处去的问题，而是何时动手的问题。

与苏日签订中立条约同时，因日本求助的结果，德国即已派遣以华尔萨脱博士为首的经济使节团前往东京，实施将日本经济纳粹化的工作；实际统治日本的军人，都是百分之百的亲德分子，在他们盲目的躁进下，日本的命运早已被注定了。

在日军部机关报《国民新闻》中，已经明白透露日本的动向。该报谓三国盟约与《苏日中立条约》，现已因苏德战事而不能并存；它不曾说出日本将牺牲那一个条约，但它却说"如美国对苏德战事不实施中立法，或派遣援军在海参崴登陆以援苏联，即将使美日关系更趋紧张"。这虽是对美恫吓之辞，但也显然表示日本所拟遵守的，是三国盟约而非《苏日中立条约》。

日本国内头脑较为清醒一些的，也许知道横在他们前面的都是困难重重，但别的办法既已完全没有，即使是难关也不得不硬着头皮做去，他们现在所等候的，只是一个比较有利于他们的时机。如何在日本尚未动作之前先发制人，那便要看美国的行动够不够迅速了。

美国遣派政治顾问来华 一九四一年六月二十九日

罗斯福总统举荐拉铁摩尔氏[一]为蒋委员长政治顾问，这正如华盛顿方面所观察，是中美谅解更进一层的重要表征。拉氏来华的使命，虽未经宣布，但当与美国按照《租借法案》加紧对华援助有关。《租借法案》本以中英及其他一切抵抗侵略的国家为对象，但过去因限于情势，不能不偏重于英国，现在苏德战起，英国地位已趋稳定，美国集中主要力量以安定太平洋，实为最适当的时机。

从拉氏行将受命来华一事观之,可见美政府确能灼见时势的需要,出以适当的行动,这是我们于欢迎拉氏之余,不能不引为万分欣慰的。

【一】拉铁摩尔氏:即欧文·拉铁摩尔,美国著名汉学家,曾周游新疆、内蒙古和东北各地,著有《中国的亚洲内陆边疆》一书,还曾访问过延安,一九四一年由罗斯福推荐任蒋介石的私人政治顾问。

工钱三万万圆　　一九四一年六月二十九日

汪兆铭此次东渡朝见的终极目标,早被陶希圣一语道破,两个字要钱而已!现在果然一笔不可究诘的胡涂账,总算向主子报告过了,主子心里究竟对他的工作成绩是否满意是另一个问题,但事实上既物色不到比他更忠心更听话的口才[一],也只好叫他继续干下去,于是一纸续订的卖身契约,便以皇皇然的二卫宣言[二]的形式出现,而三万万日圆的巨额工钱,也欣欣然橐载而归。主子固然是十分慷慨,但这也是希望他更听话些更卖力些的意思。

而且我们不能不钦佩主子的御下有方。汪氏除了要钱以外,本来尚不无其他奢望,即第一,要求主子给他更大的权力,即所谓"强化国府地位",使他以总管地位所发的号令,能够及于华北武汉华南各地;第二,要求主子给他更大的经济自由,使在华日军放松一部分沦陷区内物资统制,让他也有分沾利益的机会。然而聪明的主子早已窥破他的心事,于是不等他启齿,便先声称他决不会有提出任何要求的"不纯正思想",一句话封住了他的嘴;但又不愿令他太失望,于是签了一张三字后面八个圈的支票,授受两方,各得其所,从此汪兆铭这一伙又有饭吃了。

然而饮水思源,汪兆铭领到这笔厚禄,究竟是靠着些什么?大家也许还记得汪氏的左辅右弼之一,曾经在日本报纸上发表一篇文字,说重庆抗战阵营的力量仍极坚强,言外之意,就是要主子给他们这班人更大的支持。事实很明显,他们是以中国忠勇将士爱国人民的血肉泪汗,作为向主子讲斤两论价钱的工具;他们一面背叛国家民族,一面却又利用全国人民悉力以赴的神圣战争,以向主子邀宠;他们深知中国一日继续作战,则主子一日不会遗弃他们。

中国人民对于他们的"业绩"是不会忘记的，清算的一日就在眼前。

【一】□才：此处虚缺号系《中美日报》上原来所留的，实际为"奴才"的意思。当时租界当局慑于日伪的压力，规定了一批媒体禁用的词语，故本文此处留了空缺，但读者一看便心知肚明，这也是当时环境下的一种特殊斗争方式。

【二】二卫宣言：指汪精卫和日本首相近卫文麿发布的"宣言"。

英大使馆又遭日弹炸毁　　一九四一年六月三十日

不久之前，英美曾因日机袭渝时损坏英美使馆财产，向日本同时提出严重抗议。我们尚未听见日本对该项抗议道过一句歉，甚至于始终未见日方有何答复，而日昨在渝英大使馆又以全部遭日弹炸毁，馆员四人丧命闻。

如果英国方面此次再度向日提出更严重的抗议，那在手续上自然无可非议，然而英美到现在应该明白对付日本，是需要运用比言语更有效的武器的，任何抗议，无论措辞怎样强硬，都等于浪费唇舌。日本公然无视英美权益及弁髦国际礼仪的行为，已经构成了故意的挑衅，在它积极待时发动北进的前夕，英美实不宜再事犹豫，轻易放过了对日作最后清算的最适当的时机。尤其在英国军事使命团抵达苏联后，英美苏三国具体互助的方案即将实现，如何通力合作，对日本在东太平洋的蠢动作先发制人之计，自然是一个不容轻易忽略过去的问题。

阻止日本北进的先着　　一九四一年七月一日

日本是否将与德国采取一致行动，这是一个不成问题的问题，因为日本与英美苏联各国，无一不有利害上的冲突，而德日之间，则尽管如何缺少诚意，至少在眼前尚有相互为用的需要。

苏德战事使日本的目光由南移北，广漠的西伯利亚固然是她的目的物，而与阿拉斯加一衣带水之隔的白林海峡，将由此成为日本经略美洲的捷径。日本侵苏得手，美国亦将寝不安枕。

华盛顿消息谓"许多有势力之防御战略家"正促请政府向苏联谈判，要求容许美国飞机能使用西伯利亚根据地。我们认为此事不仅值得美国政府考虑，且应迅速进行，而苏联亦应无条件地接受此项建议。

此举倘能迅速实现，苏联既可减除东顾之忧，美国国防亦将获得更安全的保障，而日本任何妄动的野心，在美国空军威力之下，势将寸步难移，一劳永逸之计，莫善于此。

且看近卫如何声明　　一九四一年七月二日

在国内的狐疑与柏林不耐的敦促下，"决定日本立场"的近卫宣言，据说在多天来的遮遮掩掩以后，终于定在今日发表了。实际处于进退两难状态中的日本，未必会在这次宣言中有何斩钉截铁的鲜明表示，这是大概可以想像得到的，但至少我们也可相信它决不会使希特勒失望，因为德义在此时宣布承认汪家班，正就是德日无耻勾结更进一层的具体表现。

近卫在发表该项宣言的前夕，对美国新闻记者表示"日本必须与美维持友好关系"，这句话如果不单单是钓钓美国人的胃口，那么就可分二层看：第一，日本现在唯一惧怕的，便是美国对它采取先发制人的手段，故必须稳住美国，使美国不要对自己为难；第二，日本无疑尚存有一种期望，以为美苏之间互怀猜忌，真诚合作为不可能，故各个击破的策略仍可适用，如果日本对美拍卖一些廉价的"友谊"，提供一些虚伪的保证，使美国中计而疏懈了对苏的联络，然后以闪电攻势截袭苏联的背后，那时美国再欲有何行动，必将有措手不及之感。

美国应该使日本明白，日本不但已经无可挽回地自列于侵略者的阵线里，而且更为首先发动侵略行为的祸首，美国对于这种国家的友谊是绝不重视的。同时，美苏二国更应了解只有开诚合作，及时消灭共同的敌人，才可确保北太平洋的安全，而置彼此的边陲防务于更坚固的基础上。

近卫又卖关子 　　一九四一年七月三日

　　由日方同盟社堂堂然报道，本定昨日发表的近卫阐述日本对苏德战争立场的谈话，在日本政治家不负责任的一贯作风下，又决定"留中不发"了。本来日本的心理，路人皆知，政策的表白，实为多事，世人倒未必因此而感觉若何失望。

　　对于轴心国方面，此次承认汪组织的一幕活剧，已经足以表明彼此之间又已完成了一番讨价还价的手续，日本除了要求德国谅解现在还未能立即动作的苦衷外，当然也免不了重申始终忠于轴心的诚意。所谓决策，本来也不过如此，但现在如贸然宣示偏倾轴心的政策，则必将招致美国严厉的制裁，故在未脱观望阶段之时，尚不能不郑重将事。政策的搁不发表，及近卫日前所作对美须维持友好的表示，便是由于这个原因。自然他还想在未实行北进以前，尽可能地从美国骗取若干物资，但日本如果到了现在，还以为可以施展投机取巧的手腕，那未免把他人的智力估计太低了。

苏联有恃无恐 　　一九四一年七月四日

　　如果日方同盟社所传德军先头部队已由明斯克前进至离莫斯科仅二百五十哩的斯莫仑斯克的消息确系事实（现在绝对没有证实），则莫斯科诚然已遭遇严重的威胁；然而我们就整个苏德战争形势来说，就算莫斯科真遭沦陷，也不能算为希特勒已经达到胜利的目的。

　　在白海与卡莱里亚方面，苏军对于德芬军队的进犯各已给予有效的阻拒；在波罗的海方面，苏方已否认里加的陷落；在旧波兰南境，以基辅为进攻目标的德军，始终被阻于勒伏夫一带，在贝萨拉比亚方面，德罗军队迄未能越普鲁资河一步。各线德军进展的迟缓，固然可以看出苏军抵抗的勇猛，但也未始不是因为德军目前战略的重心，是在直捣苏联心脏。德军倘能在短期内攻占莫斯科，即可与北路进攻列宁格勒的德芬军队会师，将整个在北战区作战的苏军置于大包围圈中。同样在乌克兰方面，分别向基辅及奥特萨进攻的德军，在抵达目的地后，亦可联络该二据点，而形成另一个包围圈。

德军此种计划能否圆满完成是另一个问题，但苏联当局并未忽视莫斯科与列宁格勒沦于敌手的可能，他们除加紧抵抗，尽可能向敌人索取重大的代价外，并已积极筹划第二期的应战计划，在史丹林的广播演词中，已充分证明苏联当局的决心。

苏联军队的素质，在此次战争中已充分证明其强劲，尤其不可忽视的，她有广大的人力作为后盾，在必要时可以动员千万人以上。劳师远征的纳粹军队，即使获得并非在一般人意料之外的初步胜利，也不过为自己掘下不可自拔的深坑而已，谓予不信，中日战争便是一个有力的旁证。

史丹林在广播演词中，指明苏德战争爆发之时，德军已全部动员，德军实力的最高峰已止于此，而苏联军队的动员，则尚在开始阶段，我们观察苏德战局，应正确把握这一点。

英国并未弛懈　　一九四一年七月五日

苏德战事爆发后，其他各处的战事，或暂趋停顿，或退处次要地位。英国虽无疑正在乘此压力减轻的时机，积极准备进一步的动作，但表面上则仍使人不能不发生慢条斯理，未脱绅士气派之感。即以叙利亚的局势而论，前日克复的叙利亚中部要镇帕尔米亚，是曾经一度为协约军占领后被维希军队反攻退出，直至现在方始重行占领的，这似乎显出协约军进展的迂缓。

可是我们不能不注意一点，英国对于叙利亚当局和该地的维希军队，是军事攻势政治手腕双箸并下的。她一方面要晓谕维希军队放弃无益的抵抗，加入自由法军的队伍，一方面更不愿刺激当地人民的感情，而竭力使叙当局明白英国愿意扶植叙利亚独立的诚意，因此她不能不避免采用纳粹式的横蛮手段，而出之以较为温和的动作。

似乎出人意外的魏维尔将军[一]调往印度一事，虽然有其重要的原因，但也附带可以看出英国对于解决中东军事，已届游刃有余的阶段，今后的目光将移向另一方面。魏氏的调驻印度，虽然是随着苏德战事发展而来的，因为德军万一由乌克兰而进入高加索，则取道伊朗以攻印度的危机，就会成为事实。为了预筹应付此种局势，及实际履行英苏军事合作，以富于干才而熟悉苏联情形的魏维尔将军充任此职，自然是用得其人的。

【一】魏维尔将军：英国著名将领之一，因在非洲以五万兵力大破意大利军队三十万，俘敌十三万而闻名。一九四一年六月因丘吉尔的错误指挥而败于隆美尔，七月调任印度英军总司令。一九四三年提升为陆军元帅，并担任印度总督。

人之所以为人　　一九四一年七月六日

人之所以为人，就是因为他有一颗良心。

自纳粹背弃约言，悍然侵犯苏联后，各地流亡在外的白俄中，很有不少深明大义的人，一反过去反苏的态度，而热烈表示愿为祖国效忠。这种现象在本市的白俄社会中，也可以很显著地看得出来。在英国，苏联大使迈斯基曾接到无数白俄人士的来信，要求准许他们参加对德作战，更有许多人将其终身积蓄寄到伦敦苏联大使馆，作为对祖国的捐献。

这一群为祖国所摒弃的人们，一旦国家遭遇严重的外患，就会激发天良，感觉祖国的可爱，而乐于为之而死。在民族至上国家至上的意识下，他们愿意将其所有的一切贡献于国家。

当然，我们也不难想像仍有一部分不肖的白俄，在梦想着希特勒会代他们击败他们的赤色敌人；他们的思想诚然是卑劣，但也许尚不足深责，因为世间还有平日享受一切国民权利，甚至于身居国家负责重任的，一朝见利忘义，抹杀良心，甘受他人的使唤，主人把他们拍抚两下，就欣欣然有得色的一流人物。

人之所以异于禽兽者几希【一】，然而即使禽兽，也还不是自己甘心做禽兽的。

【一】几希：相差甚微，极少。《孟子·离娄下》载："人之所以异于禽兽者几希；庶民去之，君子存之。"

正义永垂宇宙——日方《新申报》懂得这句话吗？　　一九四一年七月九日

我们不知道究竟有多少人会提起兴致翻阅日方的《新申报》，因此一定有不少天地间妙文被埋没了。而应该属于此种被埋没的妙文之列的，昨天该报及其日文版《大陆新报》关于本报的记载，无疑地亦为其中之一。

该《新申报》因为看到了本报七七纪念日的紧要启事[一]，认为"自欺欺人，不值识者一笑"，于是以比"日机第十八次袭渝"更大的字样，在"中美日报大放厥词"的标题下，"大放厥词"起来，而且在引述本报启事原文时，更特别用四号字排出。以如此"不值识者一笑"的启事，竟承该报如此破格重视，实为空前的异数。无论如何，它向沦陷区内很少机会读到本报的人民，代我们作了这一次特别广告，总是"盛情可感"的。

尤其可以看出该报对本报关切之深的，是它提起了明年今日本报是否存在问题。我们可以问心无愧地说一句，我们为公道正义说话，只要公道自在人心，正义永垂宇宙，我们的是否存在，也就不成问题。明年今日且不用说，在本报"存在"以来的短短岁月中，又那一天不在夭折的威胁中，然而本报始终抱定决心，认为只要能尽到应尽的责任，则即使为恶势力所不容而横遭摧折，亦必然会有后起者继承本报的生命。然而这些话是不足为该《新申报》道的。

凡属本报的读者，一定会知道那一天本报所登的启事，实在是一种欲哭无泪的心境的表白，目的决不在博识者之一笑，至于"识者们"在看到了该《新申报》的纪载时，所引起的反应究竟是一笑乎？或愤恨与嫌恶乎？则非我们所知矣。不过礼尚往来，我们为答谢它的关切起见，也愿在这里祝它能在明年今日继续存在，因为在坚苦抗建期中的中国人民，固然绝无阅读此类报纸的心情，但抗建成功以后，大家松了一口气，如果需要一点消遣的话，那么他们一定会以欣赏戏台上白鼻子小花脸的心理，欣赏该《新申报》的种种妙文。

【一】一九四〇年七月七日《中美日报》第二版上刊有《本报紧要启事》："今日因格于环境，未能言所欲言，载所欲载，本报同仁，沉痛万分，但亦不愿以无关紧要之材料，强凑篇幅，故忍痛减出一大张，以供'备忘'。同时鉴于在今日照常娱乐，稍具天良之国民，当不忍出此，故一切娱乐广告，不得不暂行割爱，敬请惠登该项广告之客户多多原谅。甚愿明年今日抗建功成，本报当增辟大量篇幅，免费送登娱乐广告一天，借资补偿。光明不远，欢歌有日，愿与读者共勉之。"

美国接防冰岛　　一九四一年七月十日

由格林兰而冰岛，美国的巨人之足已经一步步走近了欧洲战场。这次美国得到冰岛当局的同意，派兵接防行将撤离的英军，其进行的机密与迅速，是民治国家并不事事落人之后的最好证明。在法理上或事实上，也都无可非议而有此必要。

冰岛与丹麦虽共拥一王，但她本身是一个独立国家，自德军占领丹麦后，因丹王已无法执行元首职权，故冰岛国会即决定暂行总摄一切行政责任。美国此次既非占领冰岛，又且获得该岛当局的允许，则其光明磊落的行动，自非惯于凭陵[一]人国的侵略者所得引为攻击的口实。

踞峙北大西洋与北冰洋之间，冰岛是北美与欧洲间的重要枢纽，纳粹飞机早已把它作为侦察的目标，可见英美如不先发制人，希特勒迟早必将攫而有之。原驻该岛的英军，为数本极有限，故此举为英国分劳的意义尚小，而警告希特勒的意义更大，如果把这一次行动译成言语，那就是说，美国已经决定接受任何挑战。

至于日本的乐观论客，如果以为美国注意力已逐步牵向大西洋，太平洋上尽可有它兴风作浪的机会，那么不久必将发现其错误，因为美国已经表明她确能以事实代替空言，以最有效最迅捷的手段打击侵略者的野心，我们决没有理由相信他所行之于大西洋的，不会同样行之于太平洋。

【一】凭陵：侵犯，欺侮。《左传·襄公二十五年》载："今陈忘周之大德，蔑我大惠，弃我姻亲，介恃楚众，以凭陵我敝邑，不可亿逞。"

李维诺夫别来无恙　　一九四一年七月十日

久已夫韬光养晦的李维诺夫，日前再度以为世人所熟悉的辞令，申述反侵略各国结成联合阵线的必要。历史是惯会兜圈子的，然而这一个圈子是兜得太残酷了！牺牲于绥靖政策和互不信任心理下的集体安全原则，到现在毕竟证明为抵御侵略的唯一法门，但这一个教训却必须费了惨痛的代价，方始为各国所接受。吃一回苦学一回乖，这一次总不会再蹈以前的覆辙了吧。

意料中的结局　　一九四一年七月十一日

打了一个月的叙利亚战事，现在已因协约军与维希方面开始谈判休战协定，而达到了即将结束的阶段。这消息虽然不够刺激，因为毫无斗志的维希军队，失败本在意料之中，而协约军的稳扎稳打，与双方死伤人数的稀少（据邱吉尔宣布，英澳印军死伤总数在一千至一千五百之间），都不可与如火如荼的苏德战争同日而语；但在另一方面，则英国自此稳定了她在近东的地位，更大大巩固了苏彝士运河的安全，在举世亟望其对德发动反攻的时候，实有其重大意义。

希特勒对苏的闪电攻势，显然已经锋芒大挫，而对于在他背后竭力强化自身地位的英国，更有无法顾及之苦，甚至于不能不容忍在其威力下的维希政府对英屈服，这说明了他根本没有应付两面作战的能力，如果英苏双方采取有效的联络动作，必然可以使他被困于铜墙铁壁的夹缝之中而不能自拔。

纪念在无言中　　一九四一年七月十一日

贝当上将下令本年七月十四日法国国庆日停止纪念。此项措施，正如他最近宣布法国"新宪法"将以极权主义为原则一样，无非证明在这位前辈军人领导下的政府，绝对不能代表崇尚自由平等博爱的法国立国精神。然而在维希统治下的法国人民，却决不会因为今年七月十四日的停止纪念，而忘却了那一天在法国历史上的重要意义，而且此种意义，必将因过去每年循例的举国狂欢，一变为沉默的追忆，而格外留下深刻的印象。

愈是失去自由的人，愈感觉自由的可贵，而其潜蕴着的争取自由的意念，力量也愈为雄大，如果有人企图加以压遏，结果必有冲决而成为洪流的一天。

英国的反攻良机　　一九四一年七月十二日

苏联驻美大使乌曼斯基前日进谒罗斯福总统，对美英合作[一]问题作两年来首次的会谈；而在莫斯科，史丹林亲自接见英国驻苏大使克利浦斯，畅谈英苏两国在军事上的配合行动。传史丹林已要求英国为表示其援苏诚意起见，应即时发动对德反攻。

没有人能再怀疑英美援苏的诚意，也没有人不希望英美能尽速采取对德夹击的行动。希特勒倾注其百分之八十的军力于东线，这在独立艰苦支持了年余的英国，自为千载一时的反攻良机。英国借其海军威力，倘于此时在地中海发动大规模攻势，同时北海方面在丹麦荷兰比利时等处实行登陆，即可使德军后方大起动摇。

罗马尼亚军队不久之前曾有抗德的哗变，德军当局不得不借机关枪的胁迫，驱令他们上前线送死。其余在德军占领区内的人民，反德情绪的浓厚更是不难想像。纳粹为了钳制占领区人民的情绪，甚至连悲多汶的《第五交响乐》也在禁止演奏之列，这倒不是因为他们突然发现悲多汶是犹太人，而是因为那支交响乐的开端，是三个二分音符后连接一个全音符，相当于电码中的V字，而这V字可以代表Victoire（胜利）与Vrijneiz（自由）；苦于纳粹压迫的人民，在彼此相见的时候，就用口哨吹出这一个乐句，以暗示对于重获自由的期望。从这一个小小的事实上，即可看出他们是多么热切地等待着有人来解放他们，英国倘能利用此种心理而行动，则纳粹以暴力经营所得，必可如摧枯拉朽，毁于一旦。

【一】"美英合作"疑系"美苏合作"之误。

英国给纳粹的打击　　一九四一年七月十三日

法国抵抗纳粹对其本土的侵袭，才一月余而全线崩溃，俯首签订其不光荣的停战协定。现在维希军队在叙利亚抵挡协约军的攻击，倒也苦苦支持了同样长久的时间。如果说维希诸领袖认为法国在叙利亚的荣誉，较其在本国的荣誉更应重视，那是无法令人相信的，因此维希军队在毫无希望的情形下负隅顽抗，显然不是出于自愿，而是受纳粹的压迫使然。

在维希驻叙利亚专员邓兹将军接受协约军休战条件之前，维希尚以"荣誉所不许可"为言，表示拒绝，但一面则授权邓兹作投降或继续作战的最后抉择。如果邓兹将军选择了继续作战的一条路，那除了致全军于覆灭外，充其量不过为纳粹尽到牵制英国军力至若干时间的义务，对于他自己或维希政府，都一无荣誉可言。在这一点上，邓氏的接受休战，是更能使人同情的。

叙利亚本为法国代管地而非法国属地，维希政府在容许纳粹利用该地一事上，已证明其无能力执行代管责任。英国与自由法军已诚恳表明对叙利亚绝无领土野心，且愿赞助叙利亚黎巴嫩二邦独立，则此次协约军在该处军事上成就，绝非侵占吞并的行为；而其战略上的意义，更不在虽胜不武地击败被驱策作战的维希军队，而在于打击希特勒牵制英军的企图。英国在叙利亚事件解决以后，无疑地将有更大的余裕，给纳粹以更重的打击。

进入第二期的苏德战争　　一九四一年七月十四日

苏德战事经过四十八小时的短期静寂后，已以更猛烈的形态展开。苏方公报谓前线尚无重大变化，惟承认战事正在比斯柯夫、维特培斯克两区域进行。按比斯柯夫毗连旧爱沙尼亚边境，距列宁格勒仅一百六十余哩；维特培斯克在明斯克东北一百五十哩，斯摩仑斯克西北八十哩，距莫斯科三百哩，德方称已于星期五占领。南线乌克兰方面，德军正自西南向基辅推进。

综观双方报告，似乎德军在若干点上确已冲入史丹林阵线，惟除维特培斯克的占领（苏方尚未证实）较为重要外，其他尚无显著的获得。苏联在过去三星期中，已经表现了惊人的战绩，此次重行部署全线，一方面所以应付更大的危机，一方面亦所以表示其再接再厉有敌无我的决心。德军每一次挫折，固然是对于它的作战机构的严重打击，就是每一次小胜，亦必为把它诱入广大泥淖的有毒的甘饵。

化整个欧洲为游击区　　一九四一年七月十五日

希特勒在循着拿破仑自取灭亡的故道横冲直撞，而他以暴力造成的"欧洲新秩序"，已经在他背后暴露了裂痕。不久之前，我们曾听到罗马尼亚军队反抗德人的消息，事虽不成，但德军对苏的攻势，却始终以南路罗马尼亚境内一线为最无成绩。现在保加利亚人民的亲苏情绪，又已迫令受纳粹使唤的保国附庸组织，不得不动员全国军队以镇压可能发生的内乱了。

截至目前为止，德军尚未遭遇重大挫折，但直接在其威力临压之下的巴尔干国家，已经酝酿着揭竿反抗的不安空气；倘使时间愈拖愈长，德军实力愈耗愈竭，则所有被征服的国家，必将一一起谋挣脱自己的锁链，那时整个德军后方，即有化为一片广大游击区的可能。尤其如挪威荷兰比利时希腊等国，或素以民族性强悍著称，或曾在以往及今日表现过轰轰烈烈的忠勇卫国的事迹，他们之必不能久为人下，是显而易见的事情，建筑于贫弱基础上的希特勒欧洲帝国的雄图，随着他的军事光荣而同趋幻灭，殆为必然的结论。

日本给美英的提示　　一九四一年七月十五日

日本对越南"反日行为"的大肆咆哮，习闻已久的"中英同盟"谣言的再度散播，及东京各报所称日本决心南进，"若局外人企图阻碍，则日本将被迫接受挑战"的露骨论调，其唯一的效果，将为提醒美英各国，使他们于注意欧局发展之余，不要忘记了远东尚有一个伺机而动的国家。

除了念念不忘南进以外，日本也已准备随时撕毁《苏日中立条约》，在苏联失利时采取乘人之危的手段。日海军发言人谓美国有意援苏，日本必须予以密切注视；海参崴如发生反日行动，日本将遭遇"新危机"云云。这似乎也是给美国的很好暗示，因为只有美苏二国及时合作，并在海参崴成立共同根据地，才是遏阻日本北进的最好策略。

苏联远东领海的红灯　　一九四一年七月十六日

苏联宣布在鄂霍次克海及日本海布设水雷，成立危险区域，以保护将物资运入苏联的船只，这是合理的也是必要的自卫措置。在对德长期抗战中，广大的远东区将为苏联大后方根据地，她不能坐令后方门户冒着被人封闭的危险，这根本是用不到解说的事。

德国兵舰会不会开到堪察加是另一个问题，卧榻之旁的日本不是一个好伴侣，这是苏联早已看得清清楚楚的了；远东红军的迄未西调，就可看出苏联对于《苏日中立条约》的估价。

如果说日本的"不愉快"，是起于苏联对她的不信任，那等于说苏联必须解除她的外衣，听任日本随时割刃其背。当然日本是不愉快的，但那是因为苏联的戒备，已经使她乘机下手的可能更为减少了。

松冈的幸运　　一九四一年七月十七日

日近卫内阁改组，松冈第一个称病辞职。回忆此君自莫斯科获得重大"外交胜利"归来那时不可一世的神气，反观目前不洽舆情成为众矢之的的可怜相，令人不堪回首，可是替松冈设想，那么此次去职，也许倒是幸事。

《三国盟约》和《苏日中立条约》的矛盾，是不能长此并存下去的。日方发言人日前谓"日苏条约'现尚存在'，惟将来如何，则不能有所表示"，语气之间，已经显示苏日条约的继续存在，已经颇成问题了。

这里就涉及了松冈对史丹林所作的一句信誓。这位头脑"清空"的外交家，当时在缔约功成，多喝了几杯伏特加酒以后，曾经兴会淋漓地说过："日本倘渝约，鄙人当切腹以谢；苏联苟背信，亦当手取足下之头。"如果这回再不去职，那么我们担心他切腹之日，或将不远矣。

日本眼中的美国政策　　一九四一年七月十八日

东京人士说："美国并未要求日本领馆人员与轴心国领馆人员同时撤退美国；罗总统在最近公开言论中对日本并未提名攻击；美国对日本豁免若干出入口禁例；在美国港口的日本商轮也并未与其他轴心国船只同遭扣留"，这种种，他们都认为美国对日绥靖的表示。

"然而"，他们又说，"美国此种表面上的绥靖，其目的实在于分解柏林罗马东京轴心，而图造成包围日本之钢圈。"

日本如果已因美国审慎的态度而产生了一个"错误"的印象，那么鼓励此种"错误印象"的成长者，美国也不能不负一部分责任。日本显然并未因美国给与她的礼貌而表示满意，相反的，她已经自以为美国至少在目前尚欲对她拉拢，正应乘此所谓"包围圈"尚未完成之际，先行在太平洋上造成几个既成事实，以便利其建设"新秩序"的企图。

我们主张美国应及时严正表明立场，宣布日本与纳粹为一丘之貉，绥靖政策之不适用于亚洲，正如它不适用于欧洲一样。伦敦负责人士"相信"日本"倘"对越南发动大规模南进，则英美两国"或将"宣布对日完全禁运；我们绝对赞同英美此种准备，可是"倘使""或将"这一类婉曲字句，是要不得的。

所谓维希精神　　一九四一年七月十八日

维希发言人否认日本曾威胁维希接受其对越南所提的要求，谓"法国与日本关系极为良好"。维希与日本关系良好的最好证据，便是日本报纸对越南法当局所采"反日行动"的申申而詈[一]。无论如何，维希当局此种唾面自干的精神，是值得"钦佩"的。

【一】申申而詈：喋喋不休地骂。屈原《离骚》载："女嬃之婵媛兮，申申其詈予。"

近卫内阁如此改组　　一九四一年七月十九日

近卫内阁改组的结果，除了松冈去职以外，依然是原班人马，不仅不换药，连汤也简直没有换，不过减去了一味甘草而已。如果说这是因为日本除了这一批角色外，实在物色不到一个更好的班底，那么我们不能不为《报知新闻》所提出"日本需要更强有力之政治领袖"的呼声而感到悲哀。如果说这回改组只是为了撤换一个松冈，那么又何必如此小题大做。

既然小题大做了，当然是做给人看的：做给自己国民看，表示这个不满人意的现政府，准备从此"振作一番"；尤其是做给盟兄希特勒看，表明直接效忠三国盟约的诚意。日本的路已经走定了，且看民治国家如何对付。

日本权威舆论家的奇论　　一九四一年七月十九日

日本《朝日新闻》编辑顾问上尾解释日本"增强"汪组织的用意，在谋与中国政府（重庆）辟一直接议和的路径，请读者们在未领略此君宏论之前，先闭目一想这两句话究竟是什么意思。

据他说，日本因中国不信任他，故有意忠实履行其对汪组织的诺言，使中国政府相信他是一个守信的君子。这种表述诚意的办法，的确有些匪夷所思。大概他以为对汪组织多给些花粉钱之类，就可使中国政府看着眼红，忙不迭地对日求和。这除了表明日方所谓"权威舆论家"的善作白日梦外，也简直是对中国政府的莫大污辱。我们可以告诉这一类舆论家，日本舍正道而勿由，许久以前，即已自己断绝对华谈判和平的道路了。

拉铁摩尔论日本阁潮 　　一九四一年七月二十日

蒋委员长私人顾问拉铁摩尔氏,于昨日抵渝就任新职,以拉氏对中国的深切了解与同情,及其丰富的经验与才识,我们不仅庆幸蒋委员长获得一个有力的臂助,更可预卜拉氏对于中国的抗建伟业,必能有一番可贵的贡献。

拉氏在抵渝后,初次发表的谈话中,即对日本新近的内阁更动作如下的警语,他说"所谓中国事变一日不能解决,则日本阁潮将永无已时"。这两句批评,实在比任何不着痛痒的论调都来得锐利而中肯。

中国的苦斗阻止了日本侵略程序的推进,中国人民果然应该以此为自傲,但也不能不格外警惕,以求自身任务的圆满完成。日本每次内阁更迭,几无不以"解决中国事变"为政策的中心,每一次失败都使他们格外感觉"解决事变"的急要,故此次新阁组成,自必更将竭其一切残余力量,以作也许是最后的尝试。中国人民对此只有以最大的决心,打击日方的任何阴谋,在体味拉铁摩尔氏的名句时,不能不有如此的自觉。

由奋斗换来的认识 　　一九四一年七月二十一日

在四年前,如果有人告诉美国,说中国决不会被日本所击败,美国人一定不会相信;可是到了现在,倘有人对美国人说中国将崩溃,一定被斥为妄语。这是拉铁摩尔氏对中国抗建所作的赞词。

中国必须以四年来艰辛的苦斗与惨重的牺牲,方能使友邦认识中国实力的坚强,并使他们了解中国抗建对于整个民治阵线的伟大贡献。此种认识与了解,既系积寸寸血汗所换得,则其基础之深固,自非任何外来因素所能摧毁。即此论点,吾人可断言美英各友邦在深切明了中国作战的重要意义后,决不会中途变卦,转而与侵略者谋妥协,为了自身一时的便利,而试图诱令中国对日成立不光荣的和平。

美国在紧急状态中　　一九四一年七月二十三日

罗斯福总统要求国会承认国家紧急状态的存在，促请延长遴选兵服役期限及扩充军额，他说："余觉今日危险远非一年前可比，侵略国之对美计划现已彰明较著，而美国与美洲他国确处于危险中"。除了埋头沙里的鸵鸟主义者以外，没有人会以为这种话是危词耸听，美洲虽然侥幸尚未遭燎原之祸，然而惯放野火的侵略者，是不择时地不择手段的。

秘鲁厄瓜多的武装争执，迄今余波未了，似乎纳粹与日本，都曾在背后尽煽动的义务；纳粹在玻利维亚的大规模异动的阴谋，又已在玻国的警觉之下全部揭露。如果"远隔战区"的美国人民中，尚有以为欧亚战争祸不及己者，那么现在他们的安全美梦，显已被残酷的现实所警醒了。

美国常备军与他国比较，在数量上本来相差甚远，如果按照征兵法案，遴选军人在入伍服役一年期满以后，即行解甲，则二个月后将有六十万人退役，必须再费一年的时间，方能补足原额，这不用说对于美国的国防实力将有异常不幸的影响。为了应付当前的危机，美国国会和人民当然也必须接受罗总统的呼吁。

在全世界处于非常紧急状态中的现在，只有人人加倍紧张加倍吃苦，才是谋长治久安之道。

英国又一好意声明　　一九四一年七月二十四日

寇尔大使奉英外部训令，向中政府声明英国对华政策，不因轴心国家承认汪僭组织而有所变更。这虽然不失为好意，但给人的第一个印象，总似乎有些不合时宜。当然谁也不会相信英国会追随轴心国之后而承认汪僭组织的，那么何必多次声明呢？

可能的解释只有一个，那就是英国此举的用意，在增强中英间的彼此信任，扫除一切关于英国或将对日绥靖的推测。从英国实际的处境而言，她当然希望在可能范围内避免与日冲突；轴心国的承认汪僭组织，既为敦促日本有所行动的一种手段，则按照自然的逻辑，英国为抵制轴心对日的压力，而给予日本若干满意，使其不为轴心所用，也是一个可能的假设。但此种向贪徒贿赂的政策，除了使日本左右逢源外，既不能保障英国的利益，且足以大大削弱英国的信誉，它的无益有害，自必已为英国当政诸公所烛见，故此次的声明，也就是英国决不在远东绥靖的宣告。

中国现在已与轴心国家断绝一切残余的友谊，中英关系已因轴心国承认汪僭组织而格外加强，我们欢迎英国此项声明，但我们更希望以后将没有再作同样声明的必要。

望莫斯科而兴叹　　一九四一年七月二十五日

这次苏德战争的双方官报中，各有一句常见的语句，来自莫斯科方面的，往往说"前线无重大变化"，来自柏林方面的，往往说"战事按照预定计划进行"。

一星期以来，德方即已宣称占领斯摩伦斯克，列宁格勒和基辅在德军分头夹攻下，也已旦夕可下；然而希特勒的"预定计划"，似乎并不急急于占领这些地方，因此一星期之后的今天，不仅战局胶着如故，而斯摩伦斯克也证明仍在苏联的手中。

希特勒在伦敦庆祝胜利的约言，既已无期展延，现在倘再不能按照预定计划如期打到莫斯科，那未免太令人"扫兴"了。

寻找耳朵的眼睛　　一九四一年七月二十六日

苏联副外委长洛索夫斯基批评纳粹向莫斯科的攻击，说"等到希特勒的眼睛能够瞧得见他自己的耳朵时，那么他可以望见莫斯科了"。

我们也可以这样说，"希特勒离莫斯科愈近，莫斯科愈渺不可即"。德军在过去五星期内曾有相当的进展，是无庸否认的，然而它的进展的速率，恰与时间成反比例，因此在战事开始时期，莫斯科还是不多几星期可以攻下的目标，好容易打到中途之后，却反而愈打愈无把握了。

德机连续飞炸莫斯科，使人想起希特勒对隔水的英伦无计可施时大炸特炸的情形。德方已公然宣称德军战略目的在歼灭苏军主力，不在速得莫斯科，聊以解嘲之谈，却可以证明洛索夫斯基之言，并不是过于乐观的论调。

最后的肥肉　　一九四一年七月二十六日

维希出让越南，已成注定的事实，现在所剩余的，只是一番订立卖契办理移交的手续。维希的行为固然不能同情，但谴责它也是多事，最要紧的，还是如何惩戒鱼肉邻里者的问题。

日本在越南到手以后，一方面固然还要经过一番消化，一方面至少还要等英美诸国愤激的情绪冷淡下去一些之后，方敢再作进一步的行动，但英美诸国是不能长此坐误事机的。威尔斯在谴责日本的严正发言中，已透露美国将与英荷会同行动，一俟日越协定内容揭晓后，即当采取有效的制裁。威氏虽未明白确言美国将取的步骤，但美国这次不愿坐视的决心，则已毫无疑问。而英国也已作同样准备，则在艾登演词中也可看得出来。然则日本这次的获得，也许就是它临刑前的丰盛之一餐吧。

太平洋上的惊雷　　一九四一年七月二十七日

正像久苦于郁闷的天气中一样，一声预报骤雨的惊雷，是足以使人精神为之一振的。美英及英国各自治领以空前敏捷的手腕，相继对日实施资金冻结及停止商务关系，给日本经济及贸易以严重的打击，远东局势固然因此而大见紧张，但给人的感觉，不是惊恐，不是惶惑，而是兴奋的快慰，"好容易盼到了这一天！"

日本自知霸取越南，必将招致英美的反感，但决不料讲求在远东"息事宁人"的英美，态度如此坚决强硬，她所口口声声指斥民治国家所布置的对日包围圈，真的为她自己的行动所促成了。

日军三万人准备进驻越南南部，泰国准备应付紧急状态，新加坡积极增防，菲律宾海陆军编入美国国防系统，日轮离开菲岛，美侨六百二十一人自日本撤退，这些都是骤雨欲来前的风信。过去日本的"成功"，纯赖投机取巧，现在却不能不凭她这一副先天不足后天斫丧过甚的身体，去和不可抗的力量抗衡了。

苏联使节团访美　　一九四一年七月二十七日

同样使人兴奋的消息，是苏联派赴英国的军事使节团，在英国任务完成后，已转赴华盛顿。同时苏联前外交委员长李维诺夫亦已首途赴美，看上去美苏联合行动协定的签订，也只是时间问题了。假如英苏联合行动协定的签订，是专门对付欧洲侵略者的话，那末，将来美苏联合行动协定的签订，应该是专门对付远东的了。谁能否定这样的法论呢？

日本与纳粹唱对台戏　　一九四一年七月二十八日

日本以越南行将被中英美诸国所"侵略"为理由而自告奋勇，实行"保护"，这种手法，正如澳洲海军部长休士所云，完全套取纳粹的故智，虽然发明权究应属谁，尚难确定。

巧得很，就在这个时候，东西两侵略者又有相同的演出。一面，德国对其竭力用外交手段拉拢的缔约友国土耳其，积极准备进犯的阴谋，已因有关文件及图表等被苏联截获而全部暴露；一面，日本也在以外交上的甘言（将越南老挝柬埔寨二地交给泰国）为诱饵，以武装威胁（集中海南岛的日舰）为后盾，迫令泰国参加"东亚共荣圈"。明明自己处心积虑攘夺人国，却偏偏散放苏联侵土的空气，明明自己想要获得南进的跳板，使他国一一沦为附庸，却偏偏说英美怎么怎么，这正是纳粹与日本所拿手的一套。可是老实说，这一套我们早听厌了。

土耳其对英国与苏联的关系，本有深切的渊源，现在在强林窥伺之下，自当加倍警惕戒备，加倍增进对英苏的合作，以遏阻纳粹的凶焰。至于泰国自身的力量，虽然不足以抵抗日本的压力，但她如果尚能珍惜她立国以来惨淡保持的独立地位，那么自应毅然拒绝作"共荣圈"中的奴隶，而立即参加中美英荷的民治集团，作为反侵略阵线中的一员。

随便想起　一九四一年七月二十八日

罗斯福总统在二十五日非正式谈话中，坦白承认美国在过去两年中对日绥靖；而此次冻结日本资金，孤立派的"死硬分子"韦勒居然说这是他第一次赞同总统的政策。此二事都似乎有些出人意外，然而那可以证明二点：绥靖政策的绝对行不通，与美国人对日本"好感"之深。

哈瓦斯传纽约电台自英国所得未证实消息，说中苏已经成立协定，倘苏联遭日本攻击，中国当以兵力百万相助。我们担心这将是一个永不证实的消息，可是事实上中国已经以她的百万兵力牵制日本对苏的攻击了。

荷印冻结日资金　一九四一年七月二十九日

对日经济制裁网的最后一个漏孔，是因为荷印继起宣布冻结日本资金而缝补紧密了。荷印的无尽富藏，尤其是油与橡皮，是维持日本侵略生命所不可或缺者，今后却不能希望继续取得了。日本运用一切外交压力所换得的向荷印购油的协定，既已前功尽弃，美国不复以油资日，更属毫无疑问，向苏联取给的路又已阻塞，那么横在日本面前的，不用说只有一片绝望的黑暗，她所最恐惧的噩梦终于成为事实了。

我们不希望日本在此时能有放下屠刀的过人勇气（明白些说就是归还一切侵略所得的领土，并解除全部武装），因此她只好在坐以待毙与作困兽之斗两条路之间选择一条，当然第二条路较为可能。可是在民治诸国彻底制裁侵略的决心下，是决不会让她有冲决藩篱的任何机会的。

西贡"欢迎"日军　　一九四一年七月二十九日

越南欢迎日本前往"保护"的热烈情形，可于西贡一部分法国人民与日方发生冲突这一个消息（法官方否认）上想像得之。不管维希政府一再向暴力低首，我们始终尊重法国民族崇尚自由正义的天性，在越南的法人，过去也许尚有盲目尽忠于他们的政府的，但现在他们已尝到了他们的政府所给与他们的无法吞咽的苦果，恐怕未必会甘心接受被宰割的命运吧？

我们相信自由法军倘能在此时援叙利亚的往例，以堂堂正正的名义立即向越南有所行动，必能获得该地每一个不甘为奴隶的法国人以至于土著人民的真诚欢迎，而它的各民治友国亦必能予以一切可能的后援。

英芬绝交　　一九四一年七月三十日

英国宣布对芬兰绝交，这在今日多变的世局中，不过是一件无足重轻的小事，然而我们对于误走歧途的芬兰，不能不感觉十分痛惜。芬兰人民在苏芬战争中英勇卫国的烈迹，即使对双方无所爱憎的人，也不能不由衷钦敬，尤其英美的同情更绝对在于芬兰方面。然而因为她的当局误认依附轴心可以复土自全，而忘记了更大的前提，以至于不惜丧失举世的同情，给自己注定了失败的命运；纳粹而果得胜利，她不过是附庸的一员，一切受人宰制，纳粹而失败，在将来重行调整欧洲秩序的议席上，她也将失去任何发言的权利。这是我们在联想到波兰与苏联的成立协定，而不胜感喟芬兰之失策的。

泰国之路　　一九四一年七月三十日

驻新加坡泰总领事答复路透社访员询问，否认日本曾向泰国要求加入"共荣圈"，以为"渠未有可信日本已提此要求之理由"。清楚的印象还存在我们脑中，越南在屈从日本要求以前，也是绝口否认日本有何要求的。那位总领事又指出泰国与日订有条约，"日本担保泰国之完整与独立"；我们相信日本为了阻止英美"侵犯"泰国之"完整与独立"起见，是会照越南的前例实行"保护"的，不知那时泰国是否准备作"非必要之自卫"（该总领事语）？

我们不知道泰国政府的确实意向，我们更谅解泰国政府为了不敢开罪日本，未便表示坚强态度的苦衷，然而现在的问题，是你即使不去得罪人家，人家还是要来侵占你。泰国如尚妄想"严守中立"，结果必然走上覆亡的道路。

荷兰的决心　　一九四一年七月三十一日

路透社东京电记述一般日人对荷印停止售油与日本一事的感想，以为"此举未免过甚，日本岂能无油乎"！日人的惶急心理，固已充分表现于此一语之中，然而我们尚能记得，当芳泽一行人与荷印当局举行长时间的谈判时，彬彬有礼的荷印当局，是如何竭力避免使日方过于失望，在不过于损害自身利益范围内作尽量可能的让步；可是现在他们感觉到日本的步步南进，将以由荷印取得的宝贵原料，转而威胁到荷印自身，因此而采取断然的手段，自为应有的结论，日本人是没有理由怪怨荷印的辣手的。

驻美荷兰公使劳顿在美京对新闻记者发表谈话，称万一局势极端紧急之时，荷兰将毫不犹豫，将荷印之油井及炼油厂悉予破坏。这种破釜沉舟的决心，实在是反侵略各国的最好榜样；荷兰此次的英勇措置，已经证明她不愧为民治阵线中的战士；我们希望当此日方散放停止南进空气，企图英美缓和冻结之际，英美亦能本此精神，作一劳永逸之计，彻底实施禁运，不给侵略者任何喘息的机会，勿再虎头蛇尾，益使日人以民治国家为可欺。

苏波释嫌修好　　一九四一年八月一日

苏联与波兰由英国居间，签订调整两国关系并协力对德的协定，这是反侵略国家团结一致的象征，也可以证明国与国之间，只要确具诚意，任何问题都不难觅得合理的解决。波兰在此次战事中，第一个遭到国土被瓜分的惨遇，但现在她已获得英苏二国的共同保证，只要反侵略阵线得胜，全部失地仍将归还原主。唯其如此，故波兰的前途已与英苏的胜利发生不可分的关系，而她将尽其所能，协助英苏促成纳粹的覆灭，自然更是应尽的任务。

苏波协定中曾决定关于释放现在苏联境内的波兰俘虏的问题，此项俘虏将在苏境重加编组，派往近东，这一点颇可注意。希特勒为要打破因侵苏战事所造成的陷自身于不利的僵局，最近颇有对近东跃跃欲动之势，土耳其边境既有大军云集，第五纵队又在伊朗大事活动，倘德军在此土耳其态度模棱的时候，实行借道进攻，一面积极破坏英国在伊朗的油田，则英国在底定[一]伊拉克叙利亚以后所造成的近东稳定形势，将全部破坏无余，而苏联高加索区域亦将备受威胁。英苏深知此种危机的存在，但苏联现正忙于作战，英国调遣大量军队至近东，又不无相当困难，波兰军团的组成，恰好补充了这一个空隙。民治国家已能因时制宜，争取机先，正可于此觇之。

【一】底定：平定，安定。宋代王禹偁《平阳公主赞序》载："卒见削平多垒，底定京师。"

第二越南事件？　　一九四一年八月二日

泰内阁召开紧急会议，适在伦敦接获日本向泰提出"非正式建议"，要求泰国对日军事合作，并加入"东亚共荣圈"的消息以后，可以证明此种消息，并非凭空捏造；而泰国承认"满洲国"的荒谬行动，虽尚未能透示泰国对日屈服的究竟程度，但至少已对日方所造成的"新秩序"加以承认，而她自身的加入"新秩序"，也许已经成为决定的事实了。

伦敦若干人士以为民治国对日所施经济制裁尚留若干余地，是以日本为恐惧民治国制裁加紧起见，当不致在泰国激进。我们不知道这一种乐观究有几分根据，但民治国如相信不彻底的制裁可以使日本惧而止步，那实在是太危险的思想。英美对日更进一步的制裁，是否能引起太平洋上的正面冲突，虽非我们所能断言，但英美对日的一再示宽容留余地，足以给日本重大的鼓励，侵略野心逐步推展的结果，终将不免于与民治国发生冲突，则为无疑的事实。治疗不如预防，与其俟日本达到进占泰国的目的以后再谋对策，何如于此时迎头阻遏，在行动上给以严厉的警告。

罗斯福总统的假期　　一九四一年八月三日

罗斯福总统准备暂时脱离华盛顿官场的喧嚣空气，于本星期在新英格兰游艇中度假期。虽然照罗总统声明，此举并不暗示国际局势行将好转或恶转，但我们或许可以预测这一星期将为侵略集团公然发动新的冒险之前的酝酿与试探的时期；同时根据以往的经验，美国每有重要宣布，往往在罗总统休假内或休假归来以后，因此我们也许还可断定，这一星期将为民治国家采取更积极行动以前的准备时期。

单就远东方面言，过去一周内因日本侵占越南，英美冻结日资，以至于日机炸美炮舰这一连串刺激事件而引起的紧张空气，似乎因为英美的"网开一面"，及日本的相当软化，而略呈松弛之象。但实际上则日本对泰国的图谋，殆已达到瓜熟蒂落的时期，黑手的暗影已一天天逼近缅甸新加坡的门前。可以令人欣慰的，则为英美在所谓绥靖政策再抬头的空气中，方在竭力争取制裁侵略的主动地位，罗总统正式颁令禁运油类至西半球与抗战各国以外的地方，已经实现了正义人士多时蕲求的理想；大批空军的增防缅甸，与马来菲岛的尽速完成的防御布置，更是绥靖政策的反面说明。至于华盛顿所传中美英荷四国已成立协定之说，即使果为事实，目前也未到可以发表的时期，当然我们不能说它没有可能性，但正如郭泰祺外长论中英关系时所称"两国间今日之联系，较随时可撕毁之任何条约或协定更为密切"，我们可因此推论中美英荷的合作是必然的事实，协定的有无倒并不若何重要。

从警告到"膺惩"　　一九四一年八月四日

在美国尚未宣布对日油类禁运之前，美国对日本的经济制裁（冻结资金），还不过是一种警告性质，但这警告正如以往美国对日的历次警告一样，并未发生预期的效果，于是美国不能不以更大的决心，由警告的阶段进入实际"膺惩"的阶段。

日阀面临深刻化的恐慌，已无法继续"观望"，不是自认失败而缩步，就是向毁灭之途前奔，事实表示它已选定了后一条路，而加紧胁压泰国，使之成为越南第二，不过是初步的动作。然而正如英国前驻华军司令葛拉塞特所说，日本的南进冒险已经错过了有利的时机。远东反侵略铁阵的加强，与美国"立足对日采取绝对自由行动"的自信，都可使人相信日本所能得到的，不是希望的果实，而是巨棍的迎头痛击；再加上苏联抵抗德国的成功，日本帝国的前途，也就大体被决定了。

我们相信中美英苏联合对日采取"绝对自由行动"的时机，必将因日本正式攫占泰国而成熟。

东京的妥协谣言　　一九四一年八月五日

周期性的发作

美国禁运油类赴日后，华盛顿的对日绥靖空气已一扫而空，继之而起的美日妥协谣言，却由东京传来，从这里所表示的事实，是日本已经感觉挨了重打，不得不再向美国赔个笑脸，以免巨棍继续向自己身上打下。

日本的侵略行动，是周期性的疟疾发作，始则乘人不备，造成一个既成事实，激怒他人以后，再用"温和手段"表示"适可而止"，及至他人受其所愚，则再等下一个机会造成另一既成事实。

于是，当英美还没有觉悟到情形的严重时，侵略的威胁已经临到他们远东的门户之前了。

中止侵略的条件

据称："日本希望美国承认日本在东亚之盟主地位，日本则愿对民治国采取较和缓之政策，并愿中止进一步之侵略。"

以最小可能的代价与无意履行的保证，换取最大可能的利得，这是惯做空头买卖的日本最擅长的一套。我们要问，日本的侵华战争，南进北进，终极的目标不就是造成自己的"东亚盟主地位"吗？美国倘能承认这一点，等于拱手退出远东，放弃自己一贯所持的政策，那时日本的确可以中止"进一步之侵略"了，除非她有胃口把"共荣圈"的范围扩展到美洲。

日本的"温和政策"

据称："日本并不乘美国冻结日本资金之机会而使两国关系恶化，反取较为温和之政策。"

据我们所知，日本对付美国的冻结，是用以牙还牙的手段，甚至指使"满洲国"之流也来一套报复的冻结，这大概便是所谓温和之政策了。对泰国的加紧压迫，大概也是避免"两国关系恶化"的又一方法。

可是日方明知对美的报复冻结，是一个聊以出气的无聊行动，于是他们的小仓藏相就说"日本愿松弛冻结之限制，仅须美国采取同样行动"。

不脱恐吓本色

归纳起来说："美国必须承认日本在东亚之盟主地位，否则日本将继续侵略；美国必须解除对日冻结，否则日本亦必不松弛对美冻结。"

美国必须给日本更厉害的教训，才能使她觉悟她并不处于讨价还价的有利地位。

维希声明不再出让领土 　　一九四一年八月六日

维希在答复美国牒文的声明中，保证今后不再以任何军事根据地割让德国或其他国家。这一个表示发出于业已将越南拱手让人之后，虽然令人感觉迟了些，但当此德国又向维希施新压力之际，总不失为差强人意之举。

最近贝当上将曾有"不惜牺牲一已声望拯救法国"的表白，我们相信只有他老人家能忠实履行此次对美的保证，才可以同时保全他的声望，并使备受束缚的法国不致每况愈下，沦于无法自拔的境地。

丰田首次接见苏联大使 　　一九四一年八月七日

日外相丰田前晚接见苏联驻日大使斯美泰宁，举行就任以来第一次的会谈。据信此次会谈当与修正两国间商约问题有关，丰田或已向斯美泰宁保证日本中立政策不变云云。

同时，日本驻东北军队原有二十五万人，自上星期起不断大量增兵前往。即使盛传的苏日冲突说不足重视，但如此大量军队集结于苏联边境，正是造成冲突的绝好火种。苏联对于这一个形势，当然要比丰田的"保证"格外重视。

值得注意的，这次丰田与苏联大使的会谈，正在霍浦金访苏完毕，美苏商约决定延长一年，美国保证以军需品尽先运往苏联，换句话说，也就是日本最恐惧的美苏携手开始具体化之际。在此情形下，日本的手忙脚乱，军事威胁与外交欺骗的手段一古脑儿用了出来，自然是不足为怪的。

德向维希要求根据地 　　一九四一年八月八日

自美国致牒维希，要求表明态度后，维希政府对德的态度，已有相当坚强的征象，而德方及在德方控制下的巴黎报纸，则对美大施攻击，同时贝当在他们中间的"声望"，亦已显然大为减低，改组维希政府，撤换贝当达尔朗的呼声，继续在维希当局否认人事更动声中传来。

就德国业已向维希提出最后通牒式的要求，需索卡萨勃朗加[一]及达加尔[二]二港的消息而观，则德方对维希的压力，确已达到试探后者是否确能履行她对美所作保证的时期。维希是否真能抵抗纳粹的威迫，虽然尚不无疑问，但在美英多次声明不愿德国攫取法国海外殖民地的决意之下，维希纵欲出让若干领土以求安稳，似亦难有可能，既同样不免于冲突，我们以十分爱护法国民族光荣的心情，甚望维希确能坚守她对美国所作的保证，不让希特勒的势力侵入她的殖民地。

魏刚最近曾勉励北非青年在贝当领导之下淬砺图强，这表示法国海外殖民地将全力拥护他们的政府维护主权完整的努力。我们极望维希能够善用这个力量，从侵略者的铁掌下保全法国民族的光荣。

【一】卡萨勃朗加：今译为卡萨布兰卡，是摩洛哥最大城市，位于非洲西北端，大西洋东岸的重要港口城市，具有重要的经济和军事价值，当时是法国的海外殖民地。
【二】达加尔：今译为达喀尔，塞内加尔共和国首都，位于佛得角半岛，是大西洋东岸的重要港口城市，具有重要的经济和军事价值，当时是法国的海外殖民地。

希特勒还有机会建议和平吗？   一九四一年八月九日

土耳其京城传希特勒已准备于将苏联军队驱至乌拉山以东之后，向英国提出和平条件，其中要点包括：（一）德国占领以乌拉山为终点的苏联领土二十五年，并将乌克兰划出作为半自治国家；（二）东欧全部置于德国控制之下；（三）德军自挪威丹麦荷兰比利时法国撤退，阿尔萨斯罗兰区域除外；（四）义国放弃阿比西尼亚（墨索里尼作何感想）；（五）英帝国本部及殖民地版图不受变更。

德方自承在东线尚有一个半月时间可以利用，过此则气候转寒，势将无法进展。根据德军愈打愈慢的速度而观，再一个半月打到莫斯科，恐怕是无法实现的梦想，因此上述的和平建议，也许终于不能获得向英国正式提出的机会；

虽然即使提出了，英国也是决不会接受的。

梦与诳话　　一九四一年八月九日

以下是美国名记者华脱温哲尔所述德国反纳粹分子如何逃避严密的检查者耳目的方法：

当他们偷听到英美电台上所广播的一些消息，而要向群众告知时，他们所用的方式是，"你们知道我做了一个什么梦？……"于是就把偷听到的消息一五一十说了出来。

另外一个更巧妙的方法，是先转述纳粹电台的一段演词，把它极口称赞，然后说，"我正在倾听的时候，忽然有一家外国电台插入，说了一大套诳话……"他把那些"诳话"告诉听众，于是听众大家心照不宣。

在"保护"的意义为"侵略"，"共荣"的意义为"我为刀俎人为鱼肉"的现在，真理与事实不能不假托为"梦"与"诳话"，也许是无可奈何的事。我们除把捣乱世界归功于侵略者外，更不能不钦佩他们给与语言文字的新的意义与变化。

侵略国人民的厄运　　一九四一年八月十日

苏联空军首次轰炸柏林的成功，已使柏林处于英苏两国空中武力的双重威胁下。根据过去重庆伦敦被炸的事实，可以证明对于被侵略国家，轰炸只能格外加强他们反抗的决心。但对于为虚伪宣传所蒙蔽的侵略国人民，也许轰炸是唯一使他们觉悟他们已被野心家引上毁灭之路的方法。

日本当局对于东京被炸的可能是早已感到焦虑的，这就他们皇皇然从事防空布置的情形可以看得出来，然而这正可反映出他们的侵略野心，决非任何外国的警告或对于本国人民命运的顾虑所能阻遏，因为日本如果真能做一个赫尔所谓"奉公守法"的国家，无论美国英国或苏联都没有向她攻击的理由，而一切的张皇布置，也就没有必要。

我们对日本人民毫无恶感，更没有必欲使他们一尝中国人民所尝受过的痛苦以为快的心理，然而他们的军人执政者似乎已决心把最大的恶运罩在他们头上，因此美议员玛斯所说"美国海军力能于一夜间将任何危害美国国策之国都夷为平地"的话，如果将在东京一试其真实性，日本人民是必须明了这笔账该向谁清算的。

希望法越认清友敌　　一九四一年八月十日

日方同盟社迭次宣传维希即将承认"汪组织"，并谓越督德古已向华方抗议华军越境云云。对于素以造谣挑拨为能事的日方报道，我们固然绝不重视，然而维希一再屈服以后，其所受的压力日益加重是事实，日方对越南的加紧控制（如最近决定派遣驻越特使等）是事实，而华侨在越南的处境愈为艰苦尤其是事实。我们不能不促请维希及河内当局注意认清友敌，以免招致严重的不利后果。

一个数字问题　　一九四一年八月十一日

据苏联官方自己承认，自对德作战以来，红军死伤共六十万人，这原是一个可观的数目，但较之德方宣传的苏军损折总数四百万人，也就不算怎么一回事了。苏方称德军死伤共一百五十万人，而德方对自己损失总数则讳莫如深。

德方不公布自己的死伤总数，以及尽量夸张苏方的损失巨大，似乎可以反证它在掩饰自己所受打击的惨重，而苏方所谓德军死伤一百五十万人，根据各方的客观估计，是一个相当可靠的数目。

纳粹为避免刺激民心，影响士气起见，据说往往在夜间偷偷地将一船一船的伤兵从多瑙河运归本国疗治。不过他们还没有像日本人那样聪明，会创造出一个类似"无言凯旋"的名词来。

观而不战的义军　　一九四一年八月十一日

此外尚有一个有趣之点，即德方死伤一百五十万人之中，并不包含任何义大利军士在内。虽然义方屡次自我宣传说不断派兵前往助战，但我们在苏方或德方的战报中，始终找不到有义军参加的影子，而据目击战事进展者的报告，义军也确未参加东线任何战争。

义方昨日又在大事宣传，说义军即将协助德军对苏作战。但这即将助德作战的义军，据罗马自己宣称，都是二十岁左右的"热诚青年"，我们所担心的，这班热诚有余而经验不足的青年勇士，或竟要使德军多费一番手脚来照料他们，那倒是有得麻烦哩。

德国进攻苏境乌拉尔区的日程表，据说已重新排过，改为九月月底，鉴于希特勒于无可奈何之中，不得不动员这班小弟弟们前去助战，多分到了九月月底，还是一个落空。不过不必担心，德方并没有说明这所谓九月底，究竟是那一年的九月底。

"泰国不以被侵略为虑"　　一九四一年八月十一日

泰国政府前日再度发表声明，称泰国与任何国家保持同等之睦谊，"泰国并不关心外国军队在泰国国境以外之调动"，"泰国并不以将被侵略为虑"。

泰国如此乐观，令人相当吃惊。不过泰国本身既不畏惧有人要来对她实行非礼，而英美的意向，也表现得颇为明白，她们除了为防卫自己领土而不能不严密戒备，并准备于必要时支持泰国抵抗侵略外，绝无硬要"保护"人家的意思。只有日本才在那里为泰国"大担心事"，而世人则正因为日本的过分关怀泰国而不禁为泰国捏一把汗。

如果日本并不关怀泰国的安全问题，那么泰国的安全是不成问题的。

维希的"内政问题" 一九四一年八月十二日

据德方宣传，谓达尔朗因"功绩卓著"，将晋封为"法兰西海军上将"，并兼领陆军位衔，扩大其统摄军务的权限。另一消息谓达尔朗意图削减魏刚在政府中之权力及声望，使后者受其辖制。

一般都相信达尔朗是愿意接受德方"军事合作"的要求的，甚至对美决裂，亦所不顾；而魏刚及贝当元首则尚持异议。维希官方通讯社谓，日前阁议中内政问题的讨论亦占重要地位。可见亲德派与稳健派的争执，殆已达到焦点，而其结果将决定维希政府今后的地位，更属毫无疑问。

美国不能坐视德国的攫占法属北菲根据地，正如她不能坐视日本的攫占泰国一样，维希如援越南成例而允与德国成立"联防"，则美国对维希绝交与占领达加尔，都是极有可能的事。可是我们还不能相信贝当魏刚会放弃他们建立于法国真正利益与远大前途上的原有政策，而向另一部分献媚暴力的政府领袖屈服。

太平洋上的风向标 一九四一年八月十三日

澳洲连日举行紧急阁议，澳当局并一再表示形势严重，已届非准备应付万一危机不可的时期。在目前太平洋不安定状态中，似乎澳洲的举措已经成为今后风向最明显的指标。

一般人也许以为日本倘侵占泰国，受到直接威胁的将为缅甸与新加坡，何以偏偏澳洲的空气最为紧张。其实这是不足为异的，因为就澳洲本身而论，既如澳首相所说，"吾人必须接受新加坡为澳洲边境一部分之地理的事实"；而在整个民治国家的远东防线上，澳洲尤其是一个重要的基点，万一太平洋战争发生，她将成为民治国供应运输的要站，而美国海军的西来，更将以澳洲为停留点。传英美谈话中已决定在必要时由澳洲担任对日封锁的任务，详情虽未能悉知，但澳洲所处地位及所负责任之重要，已可见一斑了。

谈虎色变　　一九四一年八月十三日

据国际社报告，德军官蓬斯中尉在柏林招待外国记者时，曾承认德军在侵苏战争中所经历的艰苦，与前此诸战役简直不可同日而语。苏联军队能在数星期缺乏饮水与适当休息的情形下，凭借粗劣的武器扼阻德军攻击。而尤其可怕的是苏联的娘子军。她们与男子共同作战，且较男子尤为"野蛮"。有一次他（蓬斯中尉）曾遇到一部卡车上满载着妇女，向德军阵地开了过来，有几个还抱着孩子，使德军不疑有他。可是当卡车逼近德军时，她们便丢下了孩子，向敌人开枪。

这不是苏联的宣传而是德方的自道，对于这样坚强的士气与不怕牺牲的精神，德军的"奔闪部队"无论如何坚强，亦将失其威力。这次苏联的战绩，正如中国的抵抗日本一样，再度证明了唯武器论的错误。

民治防线的最后缺口　　一九四一年八月十四日

英美在远东的积极政策，初步的效果已使泰国添加了抵抗侵略的勇气。远东的危机固然绝未能谓为业已过去，但其安定的作用是显而易见的。即使日本不顾一切冒险前进，它的幸逞的希望也已大为减少了。

英苏联合保证尊重土耳其领土完整，并允于土国被攻击时合力援助，这是民治阵线外交运用的又一成功，它在巩固土耳其的立场，遏阻纳粹进犯的意义上，是不下于英美的对泰保证的。

民治各国的紧密合作尚留一个未曾填补的缺口，那就是在北太平洋方面。日本北进的威胁，即使因南太平洋风云紧张而暂时减退，但其危机依然存在，说不定当它在看到南方无机可乘时，又将掉首北顾。我们始终认为实行美苏联防，是打击日本北进企图的最好方策，这一个缺口倘能迅速补好，必将为安定整个大局的重要因素。

纳粹取销闪电战 　　一九四一年八月十四日

一个很奇突的消息，说是德方宣布他们从未使用过什么"闪电战"，究竟这名词是谁发明的，或者有待于后世历史家的考证，但德方以前迄未否认，直到打苏联打了一个半月以后，方始作此宣布，似乎他们业已感觉到这一个名词的存在，实在是对他们最刻毒的讽刺，因之弃之唯恐不速了。

老实说，我们对于这次大战前后所产生的各种新名词，实在没有多大好感。"绥靖政策"似乎已被打入冷宫，"闪电战"又被德方自己取销，倘使"新秩序""共荣圈"之类一一被辞典上注上 Obsolete[一] 的字眼，那么也许大家有好日子过了。

【一】obsolete：英文，意思是"废弃的"。

无法公开的苦衷 　　一九四一年八月十五日

日本《中外商业新报》在批评美日关系时，曾表示下列两点见解：

第一，美国历来未以强硬手段阻遏日本的南进，但华盛顿现已决心采取坚决的行动。

第二，日本政府必须使人民确知日本现时所处之地位及所需于人民之处。日本的实力究有几何已为外国所洞悉，而日本人民则尚懵无所知。

《中外商业新报》能够一反其本国报纸叫嚣恫吓的作风，而表示它的清醒的头脑，应该值得我们赞美，可是它显然还忽视了一点，那就是日本现时由军人所控制的政府的基础，正是建立于人民的"懵无所知"上的。

一政治暗杀事件 　　一九四一年八月十五日

平沼遇刺[一]的动机，与其说是日本反法西斯分子对于这位号称"头号法西斯"的老政治家的不满，无宁还是他的思想渐趋温和，招致了激进派的反感，似乎更近事实。但我们对此事的结论似乎只有一个：在一切失去常规的国家情势下，一种超越理智的行动。

世人不会怎样注意这一条消息，这倒不是因为看不起这一位日本前任首相，而是因为世局变幻太多，已无暇注意及此，何况政治暗杀在日本本来是一件不足为奇的事。

【一】平沼遇刺：平沼骐一郎，曾于一九三九年一月任日本首相，三月即辞职。一九四〇年七月起任近卫内阁的内务大臣和国务大臣，积极推动内阁走向扩大战争、对美开战的道路，但和军部右翼势力有矛盾，军部势力曾于一九四一年八月两次对平沼行刺，但均未成功。

答读者询问英美宣言第四条 　　一九四一年八月十六日

英美联合宣言的第四条，路透社译文是这样的："两国将致力使世界所有国家，不论大小，不论胜败，皆可以平等条件享受其经济繁荣所需要之贸易及原料，而对于现有之条约义务，则予以相当之尊重。"

末后两句译文，因读者不明了所谓条约义务是指那一种条约义务，而"相当之尊重"五字，又容易产生英美不拟严格遵守条约义务的印象，因之颇多向本报询问究竟者。

倘就英文原文研究，则可知这里所以"现有之条约义务"，系指与"各国以平等条件享受其经济繁荣所需要之贸易及原料"这一个原则不尽符合者而言，具体说起来，就是指英美二国在战前及战时因实行经济自卫而订立的若干方案，如建立英帝国关税壁垒的渥太华协定与泛美会议中抵制外国经济力量侵入的各种条款。这类条约的订立，固有其事实上的必要，但在全世界各民族真正能达到以名符其实的共存共荣来代替不必要的竞争的阶段，它们就不应继续存在。故英美除于此类条约尚未到废止的成熟时期而继续予以"相当之尊重"外，将以最大努力促成各国咸得平等发展贸易获取资源而不受任何歧视的远大理想。

日机的"演习轰炸"　　一九四一年八月十六日

据一位旅居重庆的西人报告，说最近日机加紧轰炸重庆，纯然是"演习"的性质，他们的空军人员希望多获得些投弹的经验，以便参加将来对英美或苏联的大规模战事。

以日本空军在中国境内所表现的能力而言，如欲应付英美苏联那样的大敌，的确非再经一番长期的训练不为功，现在临时抱佛脚的瞎搅一番，恐怕无济于事。然而无辜的中国平民，却又成为他们"演习"下的靶子！

美英苏三强会议　　一九四一年八月十七日

史丹林接受罗斯福邱吉尔二氏联名建议，将在莫斯科举行三强会议，这是美英联合宣言后第一件值得注意的大事，也是民治阵线合作更趋强化的表示。

和这消息相并行的，有英苏将集中外交注意于伊朗，和盛传英国将发动对欧陆反攻，以及美国飞机油已开始运往海参崴的各种事实。在三国会议之后，对于英苏在欧洲方面的军事合作和美国对苏的物质援助问题，当有更具体的决定，而为保证美国接济的安全抵苏起见，如何共谋应付日本对海参崴的威胁，当然也是一个重要的课题。

如果侵略国家认为美英宣言的八项原则，不过是一些纸上空谈，高远而不切实际的理想，那么今后行动的开展，必将使他们觉悟今日的民治国家，已非过去迟疑迁缓的民治国家了。

日本的"绝叫"　　一九四一年八月十八日

美英宣言发表之初，日方尚以宣言中未提及日本，聊以自欺自慰，可是表面上的镇定，掩饰不了内心的慌乱，美油的开始运赴海参崴，三强会议的不日举行，使它又喊出了"包围"的绝叫。在这种心情下，日方报纸的言论，在表现出它们语无伦次的一点上，实在是怪好玩儿的。

《报知新闻》以为苏联即使有战事上困难，亦不应为"英美外交所欺骗"，其理由为"苏联深知日本解决中国战事之努力，现为英美阻挠所延缓"。换句话说，英美已阻挠日本解决侵华战事之努力，现在更欲阻挠德国解决侵苏战事之努力，苏联如欲保全日本的友谊，必须放弃英美的援助，而听令德国把她解决。这不是奇谈吗？

《日日新闻》"严厉警告"苏联，要求苏联拒绝与英美共同"包围"日本，认为英美援苏的用意，一方面是拒德，一方面是离间苏日，以"干涉日本之前进"。这里所谓"日本之前进"，虽未说明方向，但我们猜想是向北的，因为日本如实行南进，苏联驻防远东的军队，在本国忙于对德作战期间，未必会再分出心力来向日本进攻，同时ABCD[一]阵线的通力合作，应付日本的南进也已绰有余裕。所以《日日新闻》的意思，似谓苏联应大开门户，任其友人日本长驱直进，与纳粹侵略者造成两面夹攻的形势。这不是奇谈吗？

当然，日本为了表示她对三国盟约的忠实信守，现在似乎已到了无法躲避责任的最后阶段，就是为了打破她自身的难关计，现在也是冒险的最后机会了。南太平洋的危机虽未能认为已经过去，但近日空气已较和缓，海参崴或将于近日内成为问题的中心；不过日本对于南进北进，初无一定决策，只要有机可乘，随处都可发动，但她在到处被"包围"的情形下，也许将不顾什么机会不机会，尽力作孤注之一掷。民治各国倘能于此时加倍警觉，先发制人，那么她的切腹的命运可说已经注定了。

【一】ABCD：当时对美、英、中、荷四国的合称（America、Britain、China、Dutch）。

日本挽留美侨 　　一九四一年八月十九日

日本拒绝美轮载运美侨返美，据谓欲以美侨为质，俾在美日侨可安然返日。但美京日使馆方面则宣称目前并未考虑撤退在美日侨。自己的侨民不预备撤退，却硬不许人家的侨民回国，这也许是日本为要维持美日友谊，表示她的好客之情的一种特殊方式吧。

日本民族是素来以好客有礼出名的，但她近几年来的所作所为，事实上已无法使旅居日本的美国人感到宾至如归之乐。硬要留客，未免太不漂亮，而且结果必然彼此都感没趣，不是美国议员已经在主张将檀香山日侨一万人筑起集中营来大规模"款留"了吗？

奎士林发狂 　　一九四一年八月十九日

奎士林这一个名字，已经成为一切民族叛徒和傀儡的代名词了。然而据伦敦《泰晤士报》载挪威特讯，谓"自挪威入纳粹掌握后，奎士林除作德国傀儡拥一总理虚衔外，实际毫无权力，最近因受刺激过深，已得狂疾"云。虽然奎士林的发狂，恐怕是因为"实际毫无权力"而不是真的天良发现，但这一条消息如果可靠的话，那么比较起来，在奴才群中，总算他的知觉尚未完全麻木，尚能感到"刺激"。这就不能不使人叹赏到有一类被主子玩弄着而洋洋得意，浑忘本来面目的沐猴而冠者，才是十足道地的奴才典型。

日本的软性武器 　　一九四一年八月二十日

英美在远东采取积极政策以后，一面获得荷印的一致行动，并增强了泰国的自信，一面复与苏联开始前所未有的密切合作，使日本最恐惧，但在平时并不以为居然会变成事实的噩梦——远东反侵略国家的大团结——突然成为无可否认的现实。

对付这种坚强的壁垒，日本似乎尚想在用蛮力硬干以前，尝试一下最后的软性武器，于是有：

分化荷印的企图

从"易与的"着手，试图拆散 ABCD 阵线，于是散放日荷重开商业谈判的空气，而在这种淆惑世人视听的宣传背后，无疑地对荷印的外交攻势是在积极推进着。然而荷印当局的爽直否认，以为"荷印所有输出，凡可在物质上援助日本战时经济者，皆非荷印之福，故将加以停止，此乃无待言者"，已经把日方的试探气球无形地击破了。

牢笼泰国的阴谋

日本在发动侵越以前，报纸曾对奉命维谨的法越当局的"反日政策"大肆攻击，但这次泰国的态度远较越南为坚强，日方不但不对她攻击，反而竭力讨好，以使节升格等手段来极示其对泰国的尊重。这种天使似的笑脸，固然尽人皆知其用心所在，但它不愿见泰国与民治各国合作，亦自有一番苦心。我们相信泰国倘能认识她的真正利益所在，当不致受人麻醉而自贻伊戚[一]。

在另一方面，更有——

软硬兼施的对苏双重攻势

一面将军队大批北调，恫吓苏联勿中英美离间之计，一面继续与苏联进行商务划界等谈判，表示"日苏关系最近尤见进步"（《日日新闻》语）。自有决策的苏联，固然已有充分准备应付任何威胁的袭来，但我们更愿意建议，苏联目前已至必须牺牲日本无诚意的友谊的时期，中立条约随时可被日方所撕毁，一切虚与委蛇的谈判，实无继续进行的必要。与敌人之友维持友谊，无论如何是不智的行为，只有加速推进与中美的军事合作，才是确保东陲安全的唯一之道。

【一】自贻伊戚：自寻烦恼，自招忧患。《诗经·小雅》载："心之忧矣，自诒伊戚。"

谣言与否认 一九四一年八月二十一日

日本在太平洋有关各国的严密防御下，南进遭到事实上的困难，似乎已陷于计无可出的地步，以至于不惜使用最无聊的末一件法宝，以谣言来淆惑世人的视听。

然而日方说得凿凿若有其事的对荷印与英国谈判订立物物交换协定的梦想，口沫未干，马上就被两国来一个否认，这种谣言委实造得太没趣了。

我们欢迎英国与荷印"不卖账"的精神，可是仍望她们一硬硬到底，不要以为日方散放此种谣传，是有意表示"和好"，因此认为日本已有"就范"的征象而不妨对她宽容一点。说不定就在这时，她又在计划着一种新的冒险了。

观望与行动 一九四一年八月二十一日

东京发言人前日表示，谓日本对英美苏合作一事，密切注意其发展，暂取观望态度云云。可是据有关方面所获情报，却说日本已决定在两星期后进攻苏联。虽然此说尚有待事实证明，但已经"观望"多时的日本，倘再继续"观望"下去，势必将所有剩余的机会完全丧失，因此她纵使在心理上不无恐惧，事实上也不能不急速有所行动。

万一日本果然攻苏，美国当然不能坐视。从美国不顾日方反对，将军用物资运往海参崴一事而观，可知美国已下绝大的决心与准备。而中国军事使节团及最近程潜将军的的首途赴苏，也可证明中苏两国将在军事上作更大的合作。至于苏联本身的实力，虽受制于西线的对德战争，但远东红军绝不是可以轻视的，比张鼓峰诺蒙亨重大百倍的教训，正在等待着自速灭亡的日人。

马渊的歪曲论调 一九四一年八月二十二日

民治国家的结合,与侵略国家的结合,有一显著的不同点,即前者基于共通的利害,后者基于各自的私欲。自助即助人,助人即助己,是民治国共有的信念;互相利用,以推行其各自的阴谋,是侵略国一贯的手段。

日军部发言人马渊大佐所称"英美已不惜牺牲在华利益,利用中国打击日本",如果不是认识不清,便是有意歪曲事实。

中国为争生存独立而战,同时此种奋斗,亦即为英美在远东的合法利益的莫大保障,故中国的作战,自助亦即助人;英美为正义与人类同情而援华,同时此种援助,足以减少自身所受威胁至最低限度,故英美的援华,助人亦即助己。

中国不是为受人利用才来打击日本的,否则马渊大佐将无法解释在英美尚不愿"牺牲在华利益"以前日军所遭遇的猛烈抵抗。

日本觉悟的可能性 一九四一年八月二十三日

罗斯福邱吉尔二氏业已商定英美准备以武力阻止日本的进一步冒险,这一个假定我们绝对信为真实,因为英美倘不于此时作此决定,也许以后将永没有作此决定的机会了。可是据传两国仍在分头与日本作外交谈判,促令她作最后的觉悟,我们不能不感觉这种努力完全是多余的,下面的事实便可证明日本的觉悟究有几分可能性:

一、日本所提对美"合作"的条件,是限制新加坡荷印澳洲与菲律宾的军备(减少日本南进的障碍);是停止援华,助日结束中国战事(使日本得以全副力量建设"东亚新秩序")。

二、东京发言人承认日本与海参崴间的公海,"在法理上原可公开航行",可是日本对付美国军用品运往海参崴的行动,"将不纯为国际公法所限制"(索性取销国际公法,免得找寻借口的麻烦)。

三、日本所编制的地图，公然把菲律宾附近的若干岛屿划入日本版图（不流血的征服，王道文明的无上表现）！

以上不过是见之于今日报端的两三事，单单以荒谬滑稽的轻蔑字眼来批评它们是不够的，世人必须认识这一个国家的危险性。罗总统说："以毁灭对付毁灭，以屠杀对付屠杀，惟有击败奸险国家之疯狂征服，始能置美国于实际战争以外"，这一个不幸的真理，是不应仅指纳粹而言的。

本多警告德义　　一九四一年八月二十四日

同盟社讯：日本驻南京"大使"本多警告僭组织，注意外国"承认"该组织一事可能引起之危险。他提起过去中国北京政府南京政府常受各国外交代表压力的往事，声称"各国（指承认该组织的国家）外交代表之联合行动，应以在外交礼貌范围以内者为限"。按轴心及其附庸各国承认僭组织，原在讨好日本，现在反受在名义上亦为"外国外交代表"之一的本多的一番教训，当为意料所不及。不过这也可以看出日本是如何小心翼翼的把僭组织当作独家占有的私产而看守着，轴心国家现在虽然还未必已经转到分尝一脔的念头，可是日本已经提出"切莫染指"的警告了。

野村之言　　一九四一年八月二十五日

野村访晤赫尔后，对新闻记者说："美日远东政策间之异见必须沟通；虽目前余不知如何沟通之，但深信其必可沟通。"必须沟通，必可沟通，而又不知如何沟通，可谓又一日本式的绝妙外交辞令。

依常理言，如欲沟通两方的异见，不是一方让步，就是互相折衷。可是日方的既定国策既然屡次声明不变，而这种国策又正是为美国所坚决反对的，那么纵使野村调整国交的热诚可佩，主宰日本国运的日本军阀，也是不会支持他此种努力的。

两年前　一九四一年八月二十五日

两年之前的前天，德国与苏联订立不侵犯条约，相约十年之内，彼此不得使用武力或互相攻击。德国在造成这一个外交胜利后，曾经宣称英法对德的"包围"已告失败。

两年以后，苏联被迫不得不在自己的领土内，对曾经向她保证十年内和平相处的侵略者作殊死的抗争。

而同时，在远东又有人高喊着英美对他"包围"了。民治国家创巨痛深之余，这一遭是不能再让人各个击破了的。

对付任何野心国家，我们想不出除了以联合的力量实施包围之外，还有任何其他的办法。

罪恶的竞赛　一九四一年八月二十六日

邱吉尔首相在与罗斯福总统海上会谈后第一次发表的重要演说中，替欧亚两洲的纵火者作了如下的描绘：

"纳粹铁蹄蹂躏全欧……欧洲最著名国家与民族今皆被掷入深渊……然希特勒犹不以为满足，复以数百万大军挟其利器，对其所称为友邦之苏联肆其凶焰……德军所届城邑全毁，苏联爱国人民遭冷血屠杀者当有数十万人……希特勒坦克车血迹所经之处，势必有饥馑与疫疠随之俱来。"

"日本军阀侵犯中国而蹂躏其五万万人民，已五年于兹。日军在此大地上作无益之奔逐，灾难破坏与腐化随之四布……今日本复伸其手于中国之南海，攫夺法属越南，且以其军队行动威胁暹罗新加坡与美国保护下之菲律宾……"

纳粹与日本方在争奇斗胜地进行着罪恶的竞赛，每一个爱好自由正义的国家都应毅然负起"武装警察"的责任，将此等罪人置之于法。如果有人建议英苏，应先设法与德国成立"公允和平之解决"，必将为英苏全体人民所拒斥，然则我们不懂何以英美在五年来的忍耐与努力俱告无效后的今日，仍以为有与日本成立"公允和平之解决"的万一之望？

恫吓技穷后的又一姿态　　一九四一年八月二十六日

传日本对美国军械汽油运往海参崴，已决定"暂时容忍"，这事可以有两种看法。第一是美国不顾日本反对的坚决态度与行动，已使日本恫吓技穷；第二是日本企图一面利用美国欲与之谋取"和平解决"的机会，以此种"让步"向美国交换更大的利益，换句话说就是宽弛经济制裁，一面更利用苏联西线战事紧急的机会，以此作为压迫苏联不与英美共同对她"包围"的条件。

美苏倘因日方的此种表示，而认为北太平洋的危机已成过去，为羁縻日本计，不妨屈徇其要求，那么结果必将铸成莫可补赎的错误。因为一头奄奄垂毙的饿虎，果然已无噬人的可能，可是打老虎的人如果发起慈悲心来，给它所需要的续命之粮，防老虎的人又各自为政，不知通力合作，那么这头老虎仍旧是要冲决藩篱而咬人的。

日本非模仿者　　一九四一年八月二十七日

邱吉尔首相演说发表后，中国郭外长即代表中国政府表示欢迎与钦佩，但对邱氏演说中所谓"日本仿效希特勒及墨索里尼之威胁政策"一点则未敢苟同，因为"日本不仅仿效而已，事实上且为此项政策之始作俑者"。

现在日本也对此点表示异议了，东京《国民新闻》说："邱吉尔且有时代错误，盖中日冲突发生于欧战以前，故日本并非模仿希特勒"。

郭外长的表示，是追源祸首应有的辩证，而《国民新闻》所称，也不失为天真可爱的自白。我们虽不相信邱吉尔首相会犯那样严重的时代错误，以至于把中日战争认为发生于欧战之后，但日方坦白不讳的招认，却很可以修正邱氏演说中唯一的语病。

美派军事使节团来华 一九四一年八月二十八日

罗斯福总统宣布派遣军事使节团来华,此举正如罗总统向胡适大使所说的,证明"海上会议并未置中国需要于不顾",同时对于日本,也无异送给她一服合时的清醒剂,使她觉悟目前美国意图与日本进行的谈判,不过是给她一个最后反省的机会,而并非绥靖政策的重演。

日方以为此举与邱吉尔所称"英美愿与日本和平解决问题"一节相矛盾,我们却并不以为如此。只有日本解除武装以后,才有与之谈"和平解决问题"的可能;而欲解除日本的武装,就非得由中美英诸国加紧合作,强迫其解除不可。

苏联警告日本 一九四一年八月二十八日

日本因美国以油类等运至海参崴而向苏联所提的抗议内容,据塔斯社所发表的,其措辞至为"微妙",据谓"此种货品势必经过迫近日本领海",故已引起"极微妙困窘之形势"。然而事实很显明,除非日本意图攫取或阻拦"此种货品",则非敌国的货品经由公海运至另一非敌国领土,实无引起任何"微妙困窘之形势"的理由。

苏联在措辞严正的复文中,已表明她绝无因日方的抗议而停止此种货运之意,反之且已警告日本,任何阻挠此种货运的企图,皆将视为"不友好行动"。日本在讨了一场没趣之后,今后是否将以苏联的"友谊"为重而采取眼开眼闭的态度,或将恼羞成怒,而不顾苏联的警告,那倒要看看她的颜色如何了。

何必客气 一九四一年八月二十九日

关于美国运输给养至海参崴事,野村表示日本对此"容或有"不满之处,因苏联在美获得购买原料之优先权,而日本却无从取得。这个干醋吃得可谓无聊已极，因为美国本以援助反侵略国家为一贯的政策，苏联现正为反侵略而作战，日本却刚刚相反：美国援助苏联，足以减除自身所受的威胁，倘以原料供给日本，则将增重自身的威胁，此理至明，何哓哓[一]为？

然而我们却可看出，日本明知此次抗议之决不会为美苏所接受，而仍甘愿自讨没趣者，实在是因为她慑于美苏戒备的森严，造次动手，有所未敢，故仍企图用虚张声势的恫吓，向美苏取得一点报偿，虽则这种企图，也是注定必归失败的。

《日日新闻》说，日本向美国致送照会，实"过于客气"；我们倒希望日本能拿出一点不客气的手段来试试看。

【一】哓哓：鸟雀因恐惧而发出的鸣叫声。《诗经·豳风》载："予室翘翘，风雨所漂摇，予维音哓哓。"

各得其所　　一九四一年八月二十九日

英苏联合进军伊朗后，长驱直进，所遭遇者仅为形式上的抵抗，伊朗且已提出停止军事行动的要求，应允驱逐德侨出境，该国内阁亦已辞职，似乎最短期内，可望告一结束。

伊朗军队停止无益的抵抗，固然给英苏两国莫大的方便，同时对伊朗自身也是一个明智的行为。英苏曾剀切表示对伊朗主权的尊重，英国并已对伊朗境内的食粮恐慌竭力设法救济，此次事件之能迅速解决，唯一受打击者只有德国一国而已。

从伊拉克到叙利亚而伊朗，民治国家行动的敏捷与实力的强厚，已有了显著的进步，这是无可否认的事实。

华盛顿的外交活动　　一九四一年八月三十日

日海军情报局主任富永少佐说，美国正领导各国主持反日包围，集中战舰二百余艘，飞机一千二百五十架，大军二十五万人，准备对付日本。数字确否姑不论，但我们以为这正是李普曼所说"为日本军阀所能理解"的唯一言论。也许因为日本明白了这回美国确有行动的决心，也许更因为纳粹在苏联战场上的不争气，使她梦想中的机会始终盼不到，所以在美国表示愿与日本再作一次谈判之后，近卫即以据说语调颇为和缓的手书送达罗斯福，而野村也一再笑脸迎人地说日美问题一定可以解决！

我们也以为日美问题一定可以解决，但那与日方所谓解决不同，这解决必须是彻底而绝不含糊的。美国必须以其本身及各民治友国的联合力量，勒令日本永远放弃任何扩展企图，归还一切强力获得的土地与利权，在解除全部武装以后，再按照她实际的需要，给与她维持生存繁荣的机会。

日本目前的态度，如果可以说是相当软化的话，那也只是因为阻于形势，欲进未能，不是真心悔悟，知难而退，美国如对她略加宽假，正好重新煽起她的将近扑灭的欲焰。因此我们虽不欲怀疑美国有对日妥协的倾向，但我们仍不能不希望美国的远见当局，能以斩截的字句告知日本，美国所要求于日本的，是无条件的投降，不是相当程度的退步；在此种要求未获满足以前，美国将继续并加紧对日的压力，必要时将毫不犹豫地出之以行动的制裁。

日人积欠巨额捐税　　一九四一年八月三十日

据本市日本纳税人方面自己透露，日本纳税人积欠工部局的捐税总数，达五十八万元之巨，占各国纳税人欠捐的总数百分之四十四以上。据我们所知，困于财政的工部局，对于这一笔欠账始终慷慨地抱着放任的态度，未曾采取有效的对策。可是我们并没有忘记沪西越界筑路区的中国纳税人，因抗议工部局不能运用职权，阻止僭方的非法征捐，而拒付捐税，结果被工部局采取停供水电封锁里弄的手段的往事。何厚于此而薄于彼，我们不能不发生这样的疑问。

冷淡与悲观　　一九四一年八月三十一日

美日谈判的无结果，是一个显明的事实。

罗斯福总统说："太平洋过于浩渺，使人对于战事是否可以避免这一个问题难以置答"。又说："关于太平洋局势，今日殊无新闻可言"。——谈判以后的局势，仍旧和未谈判前一样。

纽约《先驱论坛报》说："近卫致罗斯福的手书，不过是一个戏剧性的姿态，其戏剧性过于其重要性"。——日本无诚意的装腔作势，于此一语道破了。

在美国是冷淡，在日本是悲观，这悲观见之于主要阁员全体出席的紧急阁议上。

路透社东京电："今后美日谈判将由野村与美总统直接为之，而非与国务院为之，故众'尚抱若干希望'"。这里透示了一个事实，野村在谒见赫尔时已经碰过壁；这里也可以看出所谓"若干希望"究有几分，因为只有情急慌张的日本人，才会以为罗总统会与国务院抱着不同的立场不同的见解。

日本当局及各报认为近卫手书及野村活动是"极端重要"的，可是他们的发言人及报纸言论继续以"英美必须重行考虑对日政策"为言，在日方未放弃此种论调前，我们实难想出继续谈判有何意义。

失去戏剧性的一幕　　一九四一年八月三十一日

希特勒与墨索里尼二公是素来被认为富于戏剧性的人物的，可是这次他们为对抗罗邱会议而举行的希墨会议，相形之下，却成为一场异常拙劣的表演。这原因很简单，老墨已经是一个不走时的伶人，和当年在勃伦纳山隘串演双雄聚义那时势均力敌的威风，已经不可同日而语了。

因此，这一次会晤，实际上是墨索里尼奉召听训。据传其中曾经谈到阿富汗土耳其，英苏对伊朗事件[一]的迅速解决是够使他们着急的；曾经谈到日本，似乎有向这位盟友重新提醒一下盟约义务的必要；不用说也必然谈起苏联的战事，冬季转瞬将至，不能不准备着接受无情的事实，屯兵储粮以待来年；还有不应漏过的，墨索里尼已经奉到了希特勒的课题，德国需要义大利更大的助力，当希特勒不得不向他的成事不足败事有余的伙伴求助时，我们是有足够的理由相信纳粹已在开始走着下坡的路了。

【一】伊朗事件：“二战”爆发后，伊朗宣布中立，德国驻伊使馆的"工作人员"十分活跃，不仅在伊朗搜集情报，而且不断破坏盟军通过伊朗等地的物资供给线。一九四一年七月十九日，英、苏两国联合照会伊朗，要求把德国人赶出去，被伊朗国王礼萨王拒绝。八月二十五日，英、苏军队向伊朗发动夹击。三天后，礼萨王宣布停止抵抗并被迫交出王位，继位的巴列维国王不久即同苏、英签订同盟条约，答应与两国结盟抗击德国。

编者敬告读者　　一九四一年九月一日

有一个永远萦绕在我们脑际的问题，那就是怎样可以使这一张报纸能够多提供一点于读者有切实意义的贡献。最使我们感觉痛苦的，为了维持报纸的生命，不得不紧缩篇幅，吸收广告，以至于不仅改进二字几乎谈不到，就是原有的若干特色，也不能不忍痛牺牲，这在读者虽能原谅我们的苦衷，但我们是不能不对读者深抱歉仄的。

为了在我们能力所及的范围内，尽量满足读者的需要起见，我们已决定自今日起，将整个版面的材料重行调整，可得而言者有下列各项：

（一）每日刊载足以帮助读者认识国内或国际时事的专稿一篇，或选译外国报章杂志论文，或特约专家撰写，或转载内地报纸资料。

（二）本市版恢复《此时此地》一栏。

（三）《堡垒》并入教育版，此后将纯粹为读者与编者自由讨论学习修养生活思想等问题的园地，编者愿就其能，为读者解答各种疑难。

（四）《集纳》恢复每日发刊，并尽量刊载原来《艺林》栏的稿件，尤其是艺坛消息及建设性的剧评影评。

（五）每星期一恢复原有的《一周时事述评》。

我们的努力也许赶不上我们的理想，如何作进一步的改善，是需要爱护这一张报纸的所有读者随时批评指教的。

英德土的三角关系　　一九四一年九月二日

伊朗停止抵抗后，美国战具即开始大量自波斯湾经由伊朗输往苏联。民主国家在受过多次教训之后，已经知道了如何运用敏捷的行动，占取敌人的机先，纳粹在无计可施之余，也只有跌足叫苦了吧。

随着伊朗事件的终结，德国对土耳其的外交压力，今后当然将格外加重，而英国为进一步巩固近东起见，要求尚在游移观望中的土耳其从速决定态度，亦不为过分之事。在这样的神经战中，英国是比较更具有行动的自由，剩下来的决定因素，则当为土耳其本身的抉择。时至今日，中立二字已证明为纯然的幻想；土耳其倘仍迟疑于与民主国家携手合作，那无异自堕纳粹的陷阱，英国那时或将再演一次伊朗事件，也是不无可能的。

纳粹在泥淖中　　一九四一年九月三日

泥滑滑，行不得，进攻列宁格勒的德军，已经名符其实地陷足于泥淖之中了。纳粹自己也不能不叫苦："继续不断之豪雨，已使作战大受阻碍，道路多已无法使用。"

最近一周来，中路斯摩伦斯克及戈美尔区域，苏军始终处于主动地位；乌克兰方面，德军对特尼泊河无法越雷池一步，敖得萨也屹然未动。沉闷得出奇的战局，显示出侵略者的前途茫茫。

苏联公报说："吾军已在每一基点上反攻及击退敌人。"北自伊尔门湖区域，南至特尼泊河下游，德军到处遇到苏联生力军的反攻。

《汉堡日报》的话说得有趣，"苟拿坡仑在斯摩伦斯克按兵不动，组织交通线，而决战于来年春天，则当年战局必有一番不同"，这明明是自我解嘲，可是现在的苏联，是不会听令拿坡仑的模仿者"按兵不动"从容布置的。

日军"退出"福州　　一九四一年九月四日

日军在占领福州五个月后，因为"任务业已圆满完成"（本市日军发言人语），已向"另一方向"撤退。巧得很，日军任务的完成，不先不后正在华军发动试探反攻，一举克复福清，乘胜直进的时候，这无论如何不能不使人觉得所谓完成，实在是被动的而非自动的。

华方公报已正式宣布克复福州，日军发言人所谓未与华军遭遇作战，显系强词掩饰，即使果系事实，亦适足见其闻风远飏，无心恋战的慌张情态，同时更可反映出华军雄厚反攻实力的先声夺人。

当此美日关系已临决定和战最后关键的阶段，中国在东南各省试探反攻的成功，一方面向国际表明了中国战斗力量绝未因长期作战而消耗，对于未来的大规模反攻确有充分自信的理由；一方面也警告日本，任何诱令第三者出来替他结束中国战事的企图，必将为中国奋战到底的决心与愈战愈强的军力所粉碎。

妒火与馋涎　　一九四一年九月五日

美国当局对美日谈话所保持的冷静的缄默，不是葫芦里藏着什么神秘的药丸，而是因为空言的时期已经过去，今后只有决心与行动，才是最有力的语言。

不顾日方的叫嚣抗议，迳行运汽油至海参崴，也便是此种语言之一。

现在首途的油船快要驶近日本领海了，太平洋战事很容易为日本的任何轻举妄动所引起，虽然我们还不相信日本有此胆量。

日本如果果有决定和战的充分力量，那事情是很简单的，问题就在她现在欲和不得欲战不能。叫嚣也叫嚣过了，抗议也抗议过了，现在馋涎欲滴地瞧着自己渴想不到的宝贵物资运到别人家去，妒火直冒是不用说，如果毫无动作，在脸子上也委实下不过去。且看作茧自缚的日本，如何自解于这种困境？

美油船安抵海参崴 一九四一年九月六日

美国第一批油船安抵海参崴，证明了日本在目前尚未敢开罪美苏，可是我们并不同意华盛顿外交界人士的意见，以为这是美日谈话的"初步结果"，或认为美国对日经济压力"业已见效"。我们认为日本的不敢动作，一方面是因为她恫吓的伎俩则有余，实际行动的力量则尚不足；一方面也是因为她希望借此作为向美讨价还价，要求放松经济压力的条件。

美国的立场已极明显，只要日本能放弃侵略政策，一切都可商量，否则绝无让步余地。日本如果是一个理智清明的国家，当然会在这最后关头幡然觉悟；无奈叫日本放弃侵略，也就是宣布了日本军阀的末日，日本一日为军人所控制，即一日不会接受美国的劝告，太平洋的危机也就一日不会消失。美国与其坐视此种危机的扩大成熟，不如先发制人，迳以进一步的行动来谋根本消灭此种危机。外交方式的试探谈话，固然试探不出什么结果来；纵令油船通过，也绝不能认为日本已有悔祸的表示。

悼张季鸾[一]先生 一九四一年九月七日

敬以至诚悼念中国报业先进张季鸾先生。张先生所手创的事业，在国内已经尽了推动祖国前进的伟大责任，在国外已经赢得了最高的崇敬与认识。我们不愿以施诸一般人的赞辞，用来称赞张先生，因为他一生尽瘁报业的努力所表现的成绩，已经足以代替一切赞辞而有余。我们深信全中国报业同人，在听得这个不幸的噩耗以后，必将以加倍的努力，来补偿张先生之死所给于中国的重大损失。

【一】张季鸾：名炽章，字季鸾，民国时期著名报人、政论家。在其主持《大公报》期间，事业达到顶峰。一九四一年去世后同时获得了国共两党的高度赞誉，同时在中国新闻史上也享有声誉。

近卫手札内容　　一九四一年九月七日

东京方面传近卫致罗斯福函内容，谓有二要点：（一）保证两国倘能成立协定，日本内阁必能获得国内各界之充分拥护，以实施此项协定。（二）两国间并无不可用谈判方式解决之问题。

关于第一点，美国所能与日本成立的协定，根据美国当局历来的表示，必须包括日本放弃"建设东亚新秩序"的野心在内，如果日本军部能够对这样的协定"充分拥护"，那么我们没有话说。不过，我们不知道近卫说这句话时，是否记得平沼遇刺这一件并不怎么陈旧的往事。

关于第二点，没有问题不可用谈判方式解决，诚然，但对于像日本那样的国家，单靠谈判未必济事。除非日本能以行动表示它的放下屠刀的决心，那么我们并不以为问题如是简单。

美国民意主对日强硬　　一九四一年九月八日

著名的美国迦勒普民意测验，过去在测验美国人民对于欧战的意见时，虽然赞成以各种可能方法援助英国的常占绝大多数，但对于美国直接参加作战，则总有半数以上的被测验者不表同意。可是最近以远东问题作测验的结果，却有百分之七十赞成"美国应设法使日本不能更臻强暴，虽冒作战危险亦当为之"，而表示反对的则仅百分之十八（尚余百分之十二不表可否）。

美国人民对于纳粹和日本军人的憎恶，是无分轩轾的，他们所以不赞成对德直接作战（格里埃号事件以后尚未有测验），而主张不惜与日一战者，其理由只是因为他们相信在海军方面英国本占优势，不一定需要美舰帮忙，倘派军队横越大西洋前往助战，则其实际的效果，尚不如以等量的精力，用之于增加生产上面，比较益处更大；至于远东方面，则日本的势焰已成强弩之末，与其姑息隐忍，长留肘腋之患，不如一了百了，可以在西顾无忧以后，以更集中的注意放在打倒希特勒的工作上。

美国民意的表现是如此，我们相信美国政府即使并不抱着完全相同的见解，亦必能尊重这一种公论的趋向。

巴黎的"恐怖空气"　　一九四一年九月九日

自赖伐尔被击案发生，纳粹大捕"共产党"人以来，巴黎的反德反法奸空气，照连日电讯所传，正在一天浓厚一天。所谓"恐怖分子"，并不因德方的严刑峻法而停止其活动。我们绝不以为一个国家的自由解放，可以借狙击一两个敌人而达到目的，可是恐怖案件最易发生也发生得最多的地方，往往是在"新秩序"统治的区域内，这似乎已成中外一例的事实。

在纳粹占领区中，反对"新秩序"的人是一律被称为"共产党"的。我们相信纳粹党人将发现在他们统治的区域以内，"共产党"多到不可胜计，因为赖伐尔之流的人类中的渣滓，毕竟只是少数中的少数，凡是具有感情理智的人，无不痛恨厌恶纳粹的统治，正像"新秩序"在其他任何处所不受欢迎一样。

日本的矛盾心理　　一九四一年九月十日

美德发生海上冲突后，已经引起了日本的两种矛盾心理，一方面希望美德关系继续恶化，由报复行动进入正式宣战的阶段，使她能在太平洋上有更大的行动自由；一方面又竭力回避自己对三国盟约的义务，尽管口头仍旧高喊外交政策以三国盟约为基础，而东京的报纸则已公然对盟约义务表示怀疑。

不过日本虽无履行盟约义务的诚意，但三国盟约对于她仍不失为聊胜于无的武器；德义虽不能给日本任何助力，但退出轴心以接受民治国家的支配，又决非日本野心军阀所愿为；再者无意为盟友效劳，也不是说她将放弃为满足自己贪欲而扩展的企图。

因此唯其西方的纳粹方在对美国进行新的挑衅，美国愈有对渴望机会之来的东方日本采取格外迅速有效的镇压步骤的必要。

协约国的新行动　　一九四一年九月十日

英国加拿大与挪威军队联合在挪北斯毕茨柏根群岛登陆,虽然可认为协约军由暂时蛰伏状态进入新的行动时期的先声,但显然还不是大规模反攻的开始。关于英国与协约国军队如何配合东线苏军协力行动的问题,无疑各方面都已有详密的考虑,而挪北的进军,自当为其中步骤之一。

前几天的电讯,说轴心国家因东线战局胶着,冬季到来以后,势将被迫停顿,故方向北非方面大量增兵,准备有所行动。根据魏维尔将军所作英军将不再被动应战的表示,我们深信英国军事当局必能在适当的时机采取先发制人的行动,英军倘能一面在北非抢先发动攻势,一面以海军广泛袭击纳粹占领下各海口,使希特勒愈益痛感两面作战的困难,并鼓励苏联的加紧反攻,则提早侵略势力的崩溃,无宁将为当然的结果。

缅甸免征过境税　　一九四一年九月十一日

英政府前日宣布根据《租借法案》经过缅甸运往中国的美国货物,已于本月三日起免征值百抽一的过境税,而由英国以相当补助金弥补缅甸方面的损失。这一种友谊的举措,中国人民自然是甚为感激的。

就情理而言,缅甸政府征收过境税,尚无可以非议之处,因为缅甸方面对于滇缅路的建筑管理,以及货物的堆积起卸,都化去不少费用,中国既然获得她在各方面的合作,自不致斤斤较量于这一笔过境税的付纳。但倘从大处着眼,则美国以货物接济中国,及缅甸给中国过境的便利,都不是单纯的援助中国问题,而为增强整个远东反侵略阵线,消除彼此共同所感受的威胁的一种手段,在此意义下,能够使中国减少一分负担,多得一分实惠,也就是使彼此共同的安全多一分保障。现在免税一事已见实施,中英美休戚相关不分畛域的合作,从此又得到了一个明证。

苏德前线的风雨 　　一九四一年九月十二日

柏林军事发言人称列宁格勒方面的缺少新消息，可认为"大风雨前的沉静"，实则恐怕还是纳粹呼风唤雨的本领不够高明，他们人造的空雷，毕竟还敌不过天然的雨雪。从德方自认攻陷该城"需要相当时间"看来，这沉静也许要变成长期了吧。

可是苏军反攻的声势，却在每日增强，斯摩伦斯克的收复，纵使未曾证实，但苏军在该城六十公里外突破德军防线，是德方自己已经承认了的。戈美尔方面德军曾一度尝试采取攻势，经苏军反攻后，已遭受重大的打击；特尼泊河东岸的德军已有肃清之望；敖得萨区苏军地位也日趋稳定。

纳粹对付一千八百哩长的全部战线，虽想以较厚的军力向若干点集中攻击，但苏军的全线反攻，事实上已使它的敌人无法首尾兼顾。苏联并未为风雨所撼，倒是侵略国的军队已经被卷入狂风暴雨之中了。

独捐一万元 　　一九四一年九月十二日

在不多几日前，我们曾经在《此时此地》栏答复一个读者，认为对于有钱人过去的不热心于良心献金，虽不能不使人失望，但决不可因此绝望，因为我们始终相信良心是人人有的，有钱人岂能独无，凭了这样的信心，我们就该对有钱人抱着热烈的期望。

果然，昨日严钦翔先生首先以一万元的巨额捐款，作有钱人也有良心的事实答复。一万元的数目，在良心献金的记录上还是创见的，不过我们对于严先生的钦佩倒不仅是在他肯以如此巨额数目捐作献金，而是他在许多有钱人都浪费其金钱于声色犬马之好的时候，却独肯捐巨额金钱于良心献金，单单这一点就不能不使人钦佩。

在过去，良心献金的捐献者是以薪水阶级人士和劳苦大众为其主体，其次则为中产阶级，真正富有者是难得一见的，即使有则所捐数目也不十分大，所以这一次严先生的以万元巨款捐作良心献金，一方面是有钱人也爱国的具体表示，而他方面更替许多有钱人树立了一个榜样，指示他们应该怎样去用他们有用的金钱。

我们相信严先生的以万元巨款捐良心献金，必能鼓舞起其他更多的有钱人继起仿行，证明他们的良心正和其他阶层的爱国者同样的赤热。

戏剧性的一幕　　一九四一年九月十三日

英国共产党籍议员迦拉契因要求邱吉尔首相"清除政府中反对与苏联作百分之百合作的份子"，而与后者反唇相讥。邱氏斥迦氏为"受国外势力左右而时时变换其主张者"，迦氏则认邱氏此语为"卑鄙下流的诬蔑"。但是会终的时候，迦氏又起立向邱氏当众道歉。

这样戏剧性的一幕，在英国国会中是不时可以看到的，可是反对党与政府当局，在会场内尽管闹得面孔耳赤，而党见的歧异，在近世纪中始终不曾碍及英国国力的发展；反对党在会场内可以毫无忌惮地攻击政府，但在会场之外，则决不采取任何不利于政府的行动，即共产党亦不在例外。这种民治国先进的美点，似乎是口口声声高唱民主政治论调者所应竭力效法的。

送别阿尔考脱君　　一九四一年九月十三日

本市美籍播音员阿尔考脱君将于月之十五日休假返国，顺便在太平洋上作广泛的考察。阿尔考脱君在近数年中，每日以正确迅捷的消息报告给本市关心时事的人们，同时也尽量把远东中国和上海的真实情形传播于世界各处的听众，他的卓越的才能，尤其是他的严正的立场，已经获得巨量听众的心折。多数的中国市民虽然不能每天在收音机畔收听他的报告，但他们从僭组织曾经对他下"令"驱逐，及暴徒屡次向他施行恐吓的事实上，也都已知道他是一位正义的拥护者，和同情中国抗建的外国友人。今当阿尔考脱君启程在即，我们敢以最大的热诚，祝福他在广大的太平洋上，多多呼吸一点自由新鲜的空气回来！

英国舆论界的卓见　　一九四一年九月十四日

伦敦《经济家》杂志昨日论特夫古柏氏奉派驻新加坡，其主要的使命实在于组织亚洲的海陆空交通网，以遏阻日本的前进野心。该杂志以为中国可以贡献人力，美国可以贡献物力，而英国所能尽的最大贡献便是交通；为使美国物资更安全迅速运入中国起见，不能仅以滇缅一路为已足，在中印中缅其他接境处所，应多多增辟几条运输的路线。该杂志又竭力主张美国《租借法案》应在英苏之前优先实施于中国，尤其重要的是迅速供给中国一支有效力而不在乎十分庞大的空军力量。

当美德已达短兵相接阶段，而东京则大放其和平烟幕之际，英国舆论界却能注意到尽先援华以裁制日本的必要，可见世上明眼的人士，早已不复对日本存何幻想了。

友乎敌乎？　　一九四一年九月十四日

华盛顿所接来自东京和上海的消息，谓美日关系已进入"亲密友谊"之阶段。当然日本是很希望把它在中国和越南所实行的"亲善政策"，同样施之于美国的，可是美国的主意很坚定，除非日本丢下它藏在背后的匕首，就谈不到亲善二字，因此东京上海消息所云，都成为毫无根据的乐观了。

维希方面来的消息，却说美国驻法大使李希曾通知贝当，称"美日在远东冲突不能避免"；又传美国曾警告维希，日本在越南的驻军倘再增加，英美将被迫采取对策。同时河内当局又极口否认中国方面所传越南同意日驻军增加的消息。中国方面何以有此消息，美国方面又何以有此警告，可见事出有因。究竟日本成立由日皇统率的国防总司令部，是为了驾驭军人乎？或为振奋疲惫的人心，以准备进行新的冒险乎？事实将为最好的证明。

并无新发展 　　一九四一年九月十五日

赫尔在上月三十日声称："美日刻在进行之谈话，仅属试探性质，尚未达到谈判阶段。"

本月二日他说："美日谈话无新发展。"

六日又说："美日试探性谈话进行并不顺利。"

十日又说："关于进行业已数月之美日谈话，余未得行将妥洽或有何宣布之消息，实则美日局势中未有新的发展。"

十三日又说："美日谈判并无新发展；谈判至目前为止，仍属试探性质。"

进行了数月，仍旧未离试探阶段，所可以告人者，始终只有"无新发展"一语。人寿几何，河清难俟，时间浪费，莫此为甚。君子曰："不如其已[一]！"

【一】不如其已：不如适可而止。老子《道德经》载："持而盈之，不如其已。"

一个感情上的问题 　　一九四一年九月十五日

柏林权威人士以为罗斯福总统之海上自由演说，"以正式之外交关系而言，并未有遭受影响之处"，但在情感上"则吾人同意已受影响"。谁说纳粹并不富于感情？罗总统的演说刺痛了他们的心，但他们还是愿意和美国维持外交关系！

这里使我们又想到了日本，侵害美国权益的是日本，威胁美国安全的是日本，破坏美国所信守的国际原则的也是日本；但在日本眼中，则这些都不算甚么，倒是美国大大地误解了日本，伤害了日本的感情，因此在这次美日谈话中，据说并不是美国压迫日本作重大让步，倒是日本"似将促令民主国家作重大之让步"！

美国在对德的强硬表示中，已经证明她不是一个挨了打自认不是的傻瓜，那么给日本一点颜色看看，也应该是时候了。

捐献良心献金者注意　　一九四一年九月十六日

本报代收良心献金的用意，原在希望读者各本自己的良心，略尽有钱出钱的责任，在本报不过是替读者服务，在读者也纯出自愿，绝无丝毫勉强的成分。自经收以来，小自一角，大至万元，涓滴累积的结果，总数已超过十万元以上，读者的踊跃献纳，足征良心为人人所共具；更有许多热心的读者，不但自己出钱，并且奔走劝募，一派赤忱，尤其使我们钦佩不置。

我们欢迎读者自动乐输，也欢迎读者热诚劝募，但这劝募是必须以不强人所难为前提的。如果有热心过度，竟以类似威吓强迫的手段使他人非自愿地捐纳，则其本意纵极纯正，其方法却绝对非我们所能赞同，因为这是全然与我们原来经收的动机相反的。读者中如果遇有上述情事，务请严重注意，随时报告本报，以便查究为要。

特夫古柏论太平洋局势　　一九四一年九月十七日

特夫古柏氏在前日的广播中，对太平洋局势画了一个简明的轮廓；他说太平洋中只有一国依附轴心，其余均拥护协约国的主张；他相信集合中荷苏美英的力量，足以应付任何事件。

没有人能对上述的说法表示怀疑，即使一向一意孤行的日本野心家，也已不能不对自己的处境深感惶恐。现在存在于太平洋上的危机，不是日本之将有何等动作（正如特夫古柏所说，那是民治国的联合力量所能绰绰有余地应付过去的），而是日本在选择彻底放弃侵略或以国运作最后冒险的两条路以前再度分化民治阵线的尝试，民治国的力量无论如何雄厚，倘不能紧密地配合起来，还是容易为敌人所乘的。

日本对美"友好"的背后 　　一九四一年九月十七日

东京发言人解释日本对美油运苏无所动作，是表示对美的"友好"；熟悉远东时局的美京人士，则以为此种言辞不过为掩饰其弱点的一种努力。实则日本素来不是一个自知其弱点的国家，假惺惺的友好表示，无宁还是掩饰它包藏的祸心。

据驻华盛顿"中韩同盟"代表韩氏在致赫尔国务卿书中所指出，日本在距海参崴百五十哩的罗津根据地屯集军队五万人，飞机三百五十架，潜水艇十二艘。这才是隐藏在友好假面具后的真相！

何时结束与如何结束 　　一九四一年九月十八日

孙哲生[一]院长预料中日战事"或将于六月后结束，但或将于欧战结束后结束"，在这两个距离之间，我们是绝对主张中日战争先欧战而结束的；因为只有在远东问题彻底解决以后，民治国家才能以全力促成欧战的从速结束。

可是日本过去各种一厢情愿的结束"事变"办法，既已全归失败，美国或任何国家倘欲进行与中国利益相背的调停，也决无成功可能，因此实际上的结束方式只有两种，或者日本先行自动解除武装，归还一切侵占所得的领土利益，然后用谈判方式缔立公允的和平；或者用军事经济各方面的武力击败日本，迫令每一日兵自中国领土上撤退，并将它的侵华机构全部粉碎，使它不能进行其他的冒险。如果民治国家都已知道前者的不可能，那么我们想不出他们迟疑于采取第二种方式的理由，除非他们不想解除太平洋上的束缚，使打倒希特勒的目的能够早日实现。

【一】孙哲生：孙中山先生长子，名科，字哲生，时任国民政府立法院院长。

英美海军移驻太平洋论　　一九四一年九月十八日

薛弗斯基少校在合众社所发的纽约航讯中，根据专家的眼光，指出英美主力舰队在大西洋中无用武之地，其理由为德国无主力舰可以作为搏击的对手，且因德方空军的封锁，舰队向大陆进攻绝少可能，故今后大西洋的决战，将全视双方空军威力以定胜负；但在太平洋中，则因日本缺乏制空力量，英美的海军力量可以充分发挥，倘此时不加利用，则他日日本空军实力加强时，用途将减去大半，因此他主张英美抽调第一线舰队移驻太平洋，以制裁远东的侵略者。

当许多美国人以为目前美国的战争危机不在太平洋而在大西洋的时候，此种论调似乎给人特异的感觉，但在我们非专家的眼中看来，的确是至当不易之论。武器的运用必须求其能发生最大的效率，英美海军唯有在太平洋上，才能以较少的消耗，获得最大的战果。

"向侵略者追求"　　一九四一年九月十九日

中国最高当局告诉人民充分信赖友邦对华的合作和援助，相信各友邦决无对日妥协的可能，这种出自权威者之口的昭示，当然是有百分之百的事实的根据，一般作杞人之忧者当可自此涣然消释疑念。

不过就是在美国，也颇有人对其本国政府的政策不甚放心的，例如檀香山《广知报》即以为"吾人之国务院似在向世界三大侵略者之一追求"；该报主张美国应对日本采取强硬政策，惟犀利之武器始能解决太平洋问题。

我们希望也相信所谓"似在向世界三大侵略者之一追求"之说，完全是一种过虑，但我们绝对同意檀香山《广知报》所提解决太平洋问题的方法，时至今日，如果还有人以为武力冲突可以借绥靖手段以避免，其人必愚不可及。

一九四一年十二月八日至
一九四二年十一月一日

恐怖的巴黎　　一九四一年九月十九日

巴黎德当局因近周以来，不断发生德人及法奸被袭击的事件，曾于最近采用横蛮残暴的手段，枪毙"人质"十人，作为报复。前日复变本加厉，扬言实施大规模报复，而且今后所捕"人质"将不以"共产党"为限，任何阶层的巴黎市民都不能幸免。本来德方对于反纳粹的分子，往往无例外地加以"共产党"或"犹太人"的罪名，现在索性连驯良的市民也一例乱抓，嗜血狂的表现，可谓达于极度矣。

在我们的记忆中，和纳粹这一种手段异曲同工的例子是很鲜明地浮现得起来的。经验告诉我们，历史也为我们证实，压力愈大，反抗愈强，恐怖的统治总不会长久。

秋天——战士效命的季节　　一九四一年九月二十二日

日本陆军省发言人曾于三四天前表示日本为了将中国"自白种人束缚下解放"起见，决心不顾反对，继续进行对华战事，这已经是够奇妙的话了。更妙的是东京《国民新闻》前天所说的"对华战事现方开始"。四年又二个半月的血迹，中国人是不会轻描淡写地把它当作"事件"看了过去的，可是日本在经过长期消耗以后，如果仍有余勇可贾，把过去报不出账的"战绩"一笔抹杀不算，愿意从头来起，那么中国当然也很愿意乘这秋高气爽的季节，在任何战场上和它周旋一下的。湘北大歼灭战的形势虽然尚在开展之中，但这块地方正是日军屡攻屡挫，华军一再造成赫赫胜利的所在，这次据说日方准备以十万军力进犯长沙衡阳，我们预期有备无恐的华军，必能再度发挥威力，造成足以媲美或超越前秋及去秋的大捷。

反共同盟的再抬头　　一九四一年九月二十二日

《大公报》最近曾预言日本不久将向西伯利亚作海陆方面之同时进攻，这虽然在表面上目前尚无显著征象，但苏日之间的不安空气，则已逐渐增长。日方所指斥的苏联水雷危及日本航行，无疑是可以作为将来行动时借口的张本；驻日苏联使馆大批人员离日的消息自东京传出，更非绝无理由；而"大政翼赞会"决议案中，有"发行以亚洲各种语言著成之反共传单"一项，足征一度冷下去的反共同盟，现在又要再度热闹起来了。

足以阻止日本发动此项冒险的因素有二：苏联力能扼阻德军的攻击，使列宁格勒及基辅方面的形势转危为安是其一；而最适当有效的，莫过于我们一向所主张的以太平洋方面民治集团的联合力量，给与日本致命的打击。

基辅失陷　　一九四一年九月二十三日

经过一个半月的争夺战后，基辅已由苏方的公报证实失陷了。在整个战略上，基辅失陷的重要性固然不容忽视，但却并非意外，倘非苏联军队猛勇抵抗，它应该早已在德人之手了。德军在该方面所付的代价，据估计伤亡当在二十万人左右，然而因为苏方实施焦土政策的彻底，所得到的只是一座空城。在苏军步步为营之下，如欲在特尼泊河东岸区域继续推进，决不是一件易事，这只要看德军在攻进斯摩伦斯克后，至今局促不前，屡遭苏军有力反攻，便不难推想得之。

德方不惜巨大牺牲，出死力攻夺基辅，适足见其对莫斯科列宁格勒的计无所出，不得不谋攫占乌克兰的富源，以为长期作战之计。但德方囊括乌克兰的企图倘能获逞，并向克里米亚半岛及高加索分别推进，则不仅英美通过伊朗援苏的路线将遭隔绝，且亦直接威胁近东的安全，故苏联之需要英美加紧援助莫过于此时，而英国之需要在各方面加紧策应苏联亦莫过于此时。莫斯科三强会议至今迟迟未开，不能不使人感觉相当的失望。

日本对苏的态度，本来是随着德军的进退为转移的。在战局尚未显著有利于苏方之前，苏日边界的"冲突事件"不仅可能，而且大有扩大范围的希望。如何为苏联解除这方面的威胁，应该是美国一个重要的课题。

"合作政策"的成效　　一九四一年九月二十四日

据自由法国通讯社报告，墨索里尼喉舌盖达曾在最近的《义大利日报》中承认德人在法国所实行之"合作政策"已全部失败，"每一个法国人心里都存着不可动摇的反德情绪；贝当上将所作的一切演说言论，都不能改变民众对于特戈尔将军的信仰，他们确信只有特戈尔将军才是法国光荣的唯一保卫者"。

中国沦陷区内的人民，对于上述的话必然抱着百分之百的同感，可是因为这些话出之于轴心国宣传家之口，却的确和"人咬狗"一样是一桩新闻。据说近来墨索里尼抱病闲居，意兴萧瑟，义大利人民在纳粹压力之下，怨恨的心理也与日俱长。人之将死，其言也善，一个没落了的侵略势力，有时以己例人，也许能发出一些比较神智清明的言论。所可悲者，正在躁进不已的国际暴徒，非到身败名裂之后，是决不会觉悟自己所行的一无是处的，唯有民主国家集体力量的巨棒，才能打醒他们的迷梦。

苏联的作战决心　　一九四一年九月二十五日

苏联驻英大使迈斯基说："苏联将对'纳粹哲学'作战，直至流尽最后一滴血而后已，因此种所谓哲学者，实系对吾人所信仰而拥护之原则的直接挑衅也。"

足以为迈氏所云作最好证明者，莫过于德国军事通讯员的报告，他们在比较列宁格勒与马奇诺阵线防御战时，说法国人作战并不缺乏传统的勇敢精神，但因没有像苏联军队那样深固的政治信念，故远不如后者抵抗的猛烈。

这里也就是蒋委员长屡次昭示的"精神重于物质"的又一例子。阵地尽管有得失,信念一日不动摇,则一日不会为敌人所败,而且终有获得胜利的一天。苏联已经用她的坚强的精神力量,证明她决不会为法国之续,当然我们更毫无为她忧虑的理由。

保加利亚"准备作战"　　一九四一年九月二十五日

保加利亚首相费洛夫在宣称"联合所有欧洲民族与共产主义作战,为每一保加利亚人之天职"时,已经舍弃保加利亚同情斯拉夫民族的一贯立场,而在德人枪尖的驱策下甘作傀儡了。保国军队即使被驱上战场,究竟能对纳粹有何用处,固然不无疑问,但土耳其方面至今尚不认"目前发展达于危及土国之程度",却不能不令人惊异他们的乐观。

土耳其希望在任何条件下避免牵入战争,这种心理固然可以为我们所谅解,可是在此纳粹威胁逐步临近之际,倘不急图奋起,则保加利亚今日的命运,便是她的前车之鉴。

莫斯科会议与日本　　一九四一年九月二十七日

日本反对美船装货经日本领海附近运往海参崴,但又找不出此举有何不合国际公法之处,他们的发言人并且承认"不足威胁日本",因此惟一的理由,是此举有伤日本的感情,换句话说,也就是使日本在面子上不好看。

日本反对苏联继续援华,但《中立条约》上既不曾规定苏联必须停止援华,日本自不能指责苏联的违约,于是无以名之,又构成了一个"不友好行为"。

现在莫斯科三国会议开幕了,不论此会对于远东局势将有何等决定,日本对它所感的不安,显然是超过单纯的美国援苏或苏联援华以上的。日本《广知时报》在前天的社论中,一则说"英美既屡以维护条约完整为口头禅,当不致阴谋破坏日苏《中立条约》";再则说"苏联当不致用直接或间接手段刺激日本";最后更警告"英美苏应放弃任何反对日本之拟议"。

我们确信英美决无破坏《日苏中立条约》的意思,更确信苏联决不会在此际刺激日本;可是日本《广知时报》倘能保证万一在苏联西线吃紧的时候,日本能继续信守《中立条约》,不会乘机攻苏联之背,那么英美苏联当然可以无所顾忌,否则为了自卫起见,当然还是要以共同力量,来筹谋应付并设法根除这一个严重的威胁的。

河内日军滥捕华人　　一九四一年九月二十八日

河内日军未向越南当局通知,擅自搜查逮捕华侨与越人百余名,这种事情出之于日军之手,我们并不认为出人意外;可是日军也许认为越南是他们事实上的占领区,不妨为所欲为。然而在日本外交家手中与法国签订的协定中,日本是口口声声宣称尊重法国主权的,现在越南政府依然存在,法国对越南并未丧失主权,日方此种公然撕毁协定的行为,当然是无可容恕的。

河内当局对此事认为侵犯法国主权,已宣布向日方提出强硬抗议,这固然是差强人意之举,可是单单提抗议还是不够,第一他们应该要求日方立刻释放被捕诸人,第二应该向中国政府郑重保证今后不再有同类事件发生。中法两国至今尚保持着正常的外交关系,中国人民居住在友邦的领土上,应该享受一切合法的保护,日方所谓"被捕华人均为重庆政府工作",固然未必有何事实上的根据,即使果系事实,他们也没有这种权力在他国领土上任意捕人。

三国盟约周年纪念　　一九四一年九月二十八日

日本政府禁止民间庆祝三国盟约周年纪念,但在官方演说文电及报纸的应时文章中,则仍力称"日本外交政策将以三国盟约精神为基础",以为"第三国欲对三国盟约之盟国施离间阴谋者,绝不发生效力"。其实说起来,日本政府即使不禁止庆祝,日本民间也未必会对这一个纪念日感到若何兴奋;而日本政治家及作为军人与政客喉舌的报纸所说的一套信守盟约的老话，也未必有多大的意义。

说日本将对她的盟国疏远，不免一厢情愿之谈；说日本并不热中于这一纸盟约，却是事实。然而不管日本对于履行盟约究有几分诚意，但她的路已经走定，事实上无法回头，这却是妄想把她从轴心集团中拉出来的人所必须认识的。

请永远合作吧　　一九四一年九月二十九日

日本说："日本决心与轴心盟友合作到底，任何人欲图实施离间阴谋，必将失败。"对于这种大言不惭的话头，我们以为美英应该作一个切实的声明，"民治国家绝无离间日本与纳粹之友好关系之意向，并且乐见其合作到底。"

因为纳粹与日本合作所加于民治各国的威胁，只须后者能够采取有效的联合行动，事实上并不难于应付。最危险的，倒是有一个抱着两面政策的日本，在背后观望机会。因为这样一个日本，在纳粹失势时可以暂时养晦，保全实力，徐图再举；在纳粹得势时，可以褪下面具，向民治国的背后行刺。

离间分化，是侵略国家惯用的手段。堂堂正正的反侵略集团，当然不屑袭取他们的故智。对于被胁附从之辈，固然竭力希望他们觉悟来归，对于元凶巨恶，则须一视同仁，不予以丝毫的假借。

未完成的杰作　　一九四一年九月二十九日

我们不忍见人失意而肆加嘲笑，可是听了像墨索里尼首相这样一位末路英雄的说话，往往不免于忍俊不禁。他在三国盟约周年纪念复希特勒电中说，"盟约成立一年，而伟大事业，已告完成，此后尚有更伟大事业在布置中"。所谓伟大事业者，是大量的流血，普遍的饥馑，而造成此类伟大事业的"英雄"，一个焦头烂额，一个动弹不得，最不可一世的一个，也已经把泥足插进了俄罗斯大草原中。如果有更伟大的事业在布置中，那该是轴心集团集团自杀的惨烈壮观吧。

东西媲美的宣传魔术　　一九四一年九月三十日

纳粹德国与日本有许多相同之点，其中之一，便是两者都抱着"希望为事实之母"的心理。例如苏联军队二十一日撤离基辅，但德军则已于十九日将其"占领"了。不过这还是希望竟成事实，总算争了一个面子过来的例子。其实这一套是他们玩惯了的魔术，横竖举世皆知其为"宣传"，即使希望落了空，老老脸皮也就算了。

日方若有其事地宣称已于二十七日下午占领长沙，但二十八日晚间长沙军事当局尚与重庆互通电话，而昨日何应钦部长谈话，更确切证明长沙仍在华军手中。我们并不绝对否定华军有暂时放弃长沙的可能，但日方这种没有生蛋就望吃鸡的心理，却大可显见其渴欲向国内外报功的窘急。好在日本军阀比他们的纳粹盟兄更多一套小聪明，如果不幸而希望并未成为事实，他们还可用"任务完成自动退去"这一句八字真言来自己解嘲的。

马脚毕露的日方宣传　　一九四一年十月一日

三本战长沙[一]的演出，照这两天的消息而观，确已达到了如火如荼的阶段。日方所谓"长沙失陷已成铁般事实"，虽为头脑冷静者嗤之以鼻，但前两天人们对于长沙的命运，的确抱着相当的忧虑，同时日方对它的志在必得，也已在招待外籍记者乘飞机前往这一个冒失举动上淋漓尽致地表现出来。然而此举结果的弄巧成拙，使日本式的宣传永远成为笑柄，倒还是小事，而华军增援部队的大批开到，反包围阵势的迅速形成，已使战局愈呈乐观，不久即将证明企图作最后挣扎的日军剩余实力，究竟是否值得一击，这对于皇军的威信上，却是一个不大不小的严重问题。

当日军离株州至少尚有六十公里的时候，同盟社即宣称日军已于前日上午将该城占领，据称中国第九战区之重要军事输送线粤汉铁路及闽赣公路，已因株州的占领而"即告遮断"。株州在军略上既如此重要，那么日军即使仅仅是梦游，也不应该匆匆而来匆匆而去。然而就在当晚，同盟社又发表日军因"任务业已完毕"，已于下午"退出该城"，这不是开世人的顽笑，简直是在开自己的顽笑。世人对于日本的宣传，从此应该有更清楚的认识了。

【一】一九四一年九月初，日军调集约十二万人，进攻湘北地区。第九战区司令长官薛岳指挥华军十七万人利用湘北有利地形，采取逐次阻击，诱敌至长沙附近捞刀河两岸地区予以围歼的方针，将二十七日夜突入长沙市区和二十九日进至株洲之敌全歼并乘胜反击。十月一日傍晚起日军被迫北撤，退回新墙河以北地区。这次战役华军伤亡也颇重，但成功地阻止了日军的战略目的，被称为第二次长沙会战。

拉铁摩尔的声明　　一九四一年十月一日

昨日《字林西报》登载拉铁摩尔先生致该报编者的一封信，对该报所载有关他的文字有所辩正。拉铁摩尔先生郑重声明他并非罗斯福总统的私人代表，而仅为蒋委员长一属僚，完全服从蒋委员长的命令；并谓民主国家的合作互助，和侵略国家所标榜的"合作"截然不同，美国除了供给中国以后者所需要的助力外，绝无干涉或企图控制中国内政，或袒护某某党派，主张起用或贬斥某某个人的一类情事。他说自从他来华以后，有不少荒谬的谣言牵涉到他身上，这些谣言多数来自日方，但也有从其他方面来的，用意无非在离间中美英美的感情。

拉铁摩尔先生的此项声明，对于企图利用他作为政治工具的人，无疑是一个当头的棒喝，故特于此表而出之。

事实胜过宣传　　一九四一年十月二日

据乘坐日方飞机在长沙上空视察的外国记者所发报告，似乎证明"长沙已在日军之手"，然而仔细复按合众社海通社和日方同盟社的报告，支离矛盾之处，不一而足。如合众社特派员前日所发电讯，谓"该城无新受损害之象"，这与昨天中文《大美晚报》本埠讯所载各外籍记者谈话，谓长沙"无战事之迹象"是互相符合的，但海通社特派员前日电讯，则谓市中心尚有日机轰炸后之火焰。此其一。

合众社特派员谓长沙极为荒凉，街道上行人"数之仅得五人"，惟称某处两大通衢之交叉处则聚有数百人；海通社特派员亦谓长沙除日军外"似阒无一人"；但同盟社特派员的报告，则大不相同，据说当外人记者团乘机而来，低飞市空的时候，有"一万名难民持太阳旗，一若洪水之涌至"。此其二。

中文《大美晚报》本埠讯所载外籍记者谈话，谓未见长沙城内有华军亦未发现日军；而海通社特派员报告，则谓外国记者能目睹日军开入长沙市街。此其三。

何以日方不让这些记者们在长沙降落，好明白一觇究竟，这已经是一个极大的漏洞。现在他们又宣布"定"于今日退出长沙，撤回原阵地了，更无异自己打了自己的耳光。日军总司令阿南中将曾对记者谓日军攻长沙之主要目标，在"打通至重庆之门户"，故长沙岳州"陷落"后，不能即视为达到目的。现在既云任务完成，是不是重庆门户，已被打通了呢？这似乎有请外籍记者再去视察一下的必要。

总之，这次日军的宣传，正和他们的军事一样糟糕，稍有头脑的人均可一望而知其无稽，因此我们对于像中文《大美晚报》那样有地位的报纸，昨日竟以"长沙已入日军之手"列为大字标题，使读者滋生疑惑，不能不认为极大的失检。

三国会议圆满结束　　一九四一年十月三日

苏京三国会议的开幕，迟迟其来，颇令旁观者为之心急；可是既开之后，一帆风顺，为时三日，即已圆满结束，这种闪电的速率，实为民主国家向来所未有。它不但证明英美在会前已经拟定精密透澈的统盘计划，且和苏联方面取得密切的联络，而且更证明民主国家在获得多次教训以后，已经觉悟争取时间与加强效率的重要。

我们在三国会议开幕之初，即已对它抱着甚大的期望；现在会议结束，更希望此次三国代表交换意见的结果，将对反侵略战前途产生良好的影响。但我们尤其希望英美苏三国能以对付希特勒的同样决心与手腕，来对付他们在远东方面的共同威胁。在这意义之下，美海长诺克斯昨日所称"美国将进行务使希特勒之党徒与其在义日两国之附从悉归失败"，是值得我们特别重视的。

日军践约"退出"长沙　　一九四一年十月三日

"日军主力约十万余，经华军数日猛力攻击，伤亡惨重，弹尽粮绝，全线动摇，于二日午前□时□分三路向北逃窜"。这是所谓"任务完成"的真相，总算实践了他们"定于二日撤退"的诺言。德军在无法"按照预定程序"于三星期内攻入莫斯科后，即宣布"吾人作战目的，不在攻占领土，而在歼灭敌军主力"，现在这一套话头也给日军一字不漏地照抄过了。我们所担心的，日军对某一城市完成"空想的占领"，仅须一篇谈话或一纸电讯，无须费什么气力，倒是在"任务完成"以后，如何冲破华军的重围而退还原阵地，却是一个极大的难题。

据东京日军发言人马渊大佐说："将来如有必要，日军不独将再占长沙，且将冲至成都甚或重庆。"又说，"中日战事惟有以武力进攻方可结束。"结束中日战事是日本喊了多时的口号，日军倘果有冲至重庆的能力，那么乘现在"占领"长沙的机会，长驱直进，正可使战事早日结束；何以既"占"之后，又要费一番手脚撤退，等将来再"占领"，难道他们还嫌四年多来的长期战争，累得不够，反过来效法中国"以空间换取时间"吗？这真令人愈想愈糊涂了。

日军惨败后的美日谈判　　一九四一年十月四日

日本在对美"试探谈话"陷于僵局之际，重振疲惫之师，发动湘北进攻，满想乘华军之不备，一举而使中国慑服于其威力之下，并示美国以颜色，以冀在谈判中取得更有利的地位；不料事与愿违，白白牺牲了大量的残余实力，反而向世人证明华军实力的强劲。当日方发言人承认此次战事结果对美日谈判有不利影响时,其亦深悔多此一举乎。

这里我们所要特别指出的,美国对于中国的军事实力与作战意志,固可由此役而得到更明白的认识,但也许她会产生一种见解,以为日本在新受教训之余,或较易于接受美国向它所提的条件,因此而认为美日谈判仍有继续下去的可能。这是一种错误的甚至于危险的思想。正如大多数人的观察,日本继续对美作无结果之谈话的真正用意,无非在拖延时间,以待苏德战局的发展。美国不于此日本弱点愈益暴露之际,予以致命之打击,实在是错过了一个消弭远东危机加速整个侵略阵线崩溃的最好机会,而这失去的机会,将来是要用十倍百倍的代价来补偿的。

法政府对河内事件的表示　　一九四一年十月四日

关于河内日军非法搜捕华人及侵犯中国领事馆,法国政府已向中国政府表示歉意,除一面向日方提出严重抗议,要求释放被捕诸人,防止再有同样情事发生外,并电令越南总督切实保护中国领馆及侨民。法国政府在武力威胁之下,能够以中国的友谊为重,而保持其坚强的立场,不仅中国人民认为满意,即在国际视听上,也该已引起一个良好的印象。

从此次法国对日态度的明朗,一可以证明日军在越的行动,已使法方感到不能再事隐忍;二可以证明中国历经磨炼后的坚强国力已不能不为法方所重视。

希特勒的"怒吼"　　一九四一年十月五日

不闻希特勒吼声者久矣,前天他在柏林所作的演说,虽然只是一味夸张,但和最近德军在苏联战场上的停滞状态对照起来,分明可以看出侵略国家日趋坠落的军心民心,现在又非得打一下气不可了。

侵略者必须以不断的前进维续他的生命,当他停顿不前,而只能向人炫耀其过去的"光荣战绩"时,他的没落的命运就已注定了。路透社军事评论员评论苏德战局,谓最初两月内德军平均每日推进十公里,其后六周减至平均每日一或二公里,过去十天内则殆无任何进展。这一个事实就可以证明德军困难的日益加重,且亦必然影响到作战意志的日益丧失。希特勒尽管以"俘获苏军二百五十万人,夺得及毁灭大炮二万二千架,击毁飞机一万五千五百架,获得土地大于德国两倍大于英国四倍",及"前进一千公里"自夸(不管上述的言语需要打一个什么折扣),然而他如不能击毁苏联的抵抗力量,则当他无法继续前进之时,亦即整个侵略机构完全解体之时。事实表现得很清楚,希特勒正在一步步走上日本军阀所走的绝路。

日军进攻郑州　　一九四一年十月六日

日方同盟社前日宣布,谓日军已占领郑州。占领二字在日方辞汇中的解释,到现在大概一般人都已心照不宣。根据华方军息给它下一诠释,则占领者,若干便衣队窜抵城郊之谓也。而这若干便衣队又是已遭华军扑灭了的。当然他们这些战死者的英灵,或许确已如同盟社所说"堂堂进入城内",但我们既非灵魂学者,对于这一个猜测也只好暂时存疑。

这还是前天的事。日军在湘粤战场上到处碰壁,大丢面子,为了挽回"威信"起见,将在豫省穷拼一下,自在情理之中。我们虽不欲在该处战局尚未明朗化之前,作过于乐观的判断,但我们确有理由相信积四年作战经验的华军,决不会因一时的胜利而疏于戒备,在军事统帅的巧妙运筹之下,必能再度予日军以教训。

纳粹后方的第三战线　　一九四一年十月六日

以骠悍著名的南斯拉夫民族,不但不甘心在纳粹的恐怖统治下做顺民,而且已经采用以其人之道还治其人之身的手段,给他们的征服者以有力的警告了。

据报告该国的游击队已经捉住德军六十五人留为"人质",如德方继续枪决被捕的南斯拉夫"人质",则即以此六十五人处死作为报复。

这不过是欧洲沦陷区内反德怒潮中的一个事件。也许不久的将来,希特勒将感觉到应付在自己后方及心脏部分的"第三战线",或较对英苏正面作战尤为棘手。

苏联与宗教自由　　一九四一年十月七日

墨索里尼代言人盖达批评罗斯福总统所称苏联有宗教自由一点,为企图拉拢美国反苏的天主教徒,使他们赞同他的亲苏政策的一种手段。这一个见解不能认为错误;但纳粹及其爪牙所有意抹杀的,是苏联对于人民信仰并不强制这一个事实。

苏联在革命时代,反宗教运动曾有一度声势甚为浩大,但这种运动的产生,实基于政治上的理由,因为当时的俄国教会以迷信与神权为护符,与腐败的沙皇政府及大地主阶级相结合而形成黑暗的统治势力,其激起巨大的反抗,自为必然的结果。但当苏联建设渐上轨道,民主精神的原则逐步应用到政治上以后,宗教的存废已不复成为问题,而苏联政府对于人民的信仰,也早已采取放任的态度了。

希特勒自上台以后,即企图以国社主义代替宗教信仰,而以他自己作为人民崇拜的偶像;现在虽自命为基督教的护法者而与"无神论的共产党人"搏斗,然其虐杀无辜,侵凌人国的行动,无一不与基督教义相背。真正的信徒们在认识谁是基督教最危险的敌人以后,不仅不应对英美目前所取的全力援苏政策抱任何怀疑,且应充分赞助罗斯福总统的努力,使宗教自由的原则能在苏联确立。

日军又将陷入包围网　　一九四一年十月八日

渐趋稳定的豫北战事,就规模而言,固远非湘北大战之比;就战略意义言,郑州的得失亦不能与长沙同日而语。可是中国军事当局的承认退出郑州,并称郑州战事并不重要,并不表示郑州陷落的命运已经确定,或华方故意掩饰其失败。因为郑州的暂为日军占领,固与长沙之始终在华军之手略有不同,但这只是战术运用上的变化,实际华军目前在郑州方面所处的地位,并不比日军刚攻抵长沙近郊时的情势更为危殆,而日军因轻进而陷入华军网罗,其最后的结局大致亦必相同。

现在华军在郑州城郊四周的反攻已愈趋猛烈,沿陇海路东来的援军亦络绎于途,如能再得晋省的精锐主力分遣其一部分会同夹击日军,则或能在近日内迅速展开新的局面。日军此次对湘北的进攻,本已近乎轻举妄动,而豫北的作战,尤其是在挽回面子心理下的一种无聊举动,实际上毫无意义可言。我们希望并相信凭着中国勇士们的钢铁一样的力量,必能再度痛痛快快地击破他们的迷梦。

事实为最好的宣传　　一九四一年十月九日

华军收复宜昌的消息,虽迄今未由中国官方证实,但对于一般民众则为一个极大的惊喜。因为华军在该方面的反攻,虽已发动多日,却很少消息发表,然而就在这样不声不响中,照哈瓦斯社所称,已经迅速占领了宜昌外围据点七十余处,并由四郊作战而进入巷战的阶段了。

如果依照日方的宣传作风,那么中国军事当局尽可在攻抵近郊时即向外宣称克复宜昌,而军事发言人前日也无须审慎地声称"尚未获得此讯之证实消息"。但中国方面显然以为一个城市的克复,如果仅为"指顾间事",那么早一天宣布或迟一天宣布,效果上还不是一样?

这不是中国不重宣传,而是因为她知道惟有事实才是最好的宣传。

戴乐在梵谛冈的"特殊任务"　　一九四一年十月九日

纽约《先驱论坛报》推测罗斯福总统专使戴乐在梵谛冈的任务之一,为与教廷商洽调停中日战事问题。我们虽不知道此种推测有何根据，却可断定它全然是一种匪夷所思的幻想。

我们绝对不愿对教皇猊下有何失敬，更不愿否定宗教力量的伟大，可是在这撒但的使徒们横行全世界的今日，倘使不用利剑热血，而纯赖苦口婆心来消弭人类的浩劫，必无效果，有可断言。教廷不能阻止和它最亲近的义大利投入战争与毁灭的深渊，如何能唤醒执迷不悟的日本异教军人的迷梦！

至于美国，则忍耐又忍耐的对日试探谈判，已经是妥协无望的最后答复，如果说她因为自己的面子还不够大，而必须拉出教皇来作调人，则结果必使日本觉得美国最后的目的还是在绥靖，而格外加强其嚣张的程度。美国会这样蠢吗？

苏德美日之间　　一九四一年十月十日

华盛顿所接欧洲消息，"明白表示柏林确信日本将于六十天内参战"。

柏林此种"确信"所根据的理由，也许是他们"确信"自己能在六十天内打下莫斯科。

莫斯科是否打得下是一个问题，即使打下了是否就可决定东线战争的命运又是一个问题，但苏联已承认战局的严重是事实，因此而加重整个远东大局的不安也是事实。

然而若杉又到美国去了。美日谈判不会有何结果，华盛顿知道，东京也知道，然而日本还是想敷衍下去！用意何在，不问可知。

美国将继续陪着它拖时间吗？还是爽爽快快地告以"谈判之门已闭"？

时间即金钱　　一九四一年十月十日

美众院拨款委员会保证明年秋季将有价值一亿三千万美元之军用飞机给与

中国。这是一个好消息，诚然，可是在近代战争中，时间即金钱，一亿三千万美元的飞机在明秋所能发生的效力，至少比在今冬或明春所能发生的效力，要打一个五折。我们要求美国尽速将现时所生产的飞机拨出一部分来，接应最近华军的有力反攻，也许不必一亿三千万，就可早日帮助中国获得决定性的胜利。

日方宣传的真价　　一九四一年十月十一日

昨天日文《上海每日新闻》在叙述华军反攻宜昌时说："我军（指日军）诱引敌军深入……一举加以歼灭。"可是事实却是被"歼灭"的华军"一举"克复了宜昌，"诱敌深入"的日军，只剩下一个军官一个士兵在南津关作最后的抵抗。这情形未免太凄惨了！然而由此可见"诱敌深入"虽是一种巧妙的战术，显然日军还没有达到能够运用此种战术的程度。

狐狸吃不到葡萄就以为葡萄是酸的，日方如果仅仅讳言失败，我们还能相当给以同情，可是一定要把失败硬说成胜利，却正如他们的华中军司令部发言人所说，"此种宣传适足证明其因此次战败所受影响如何严重"。他们所作的"豪语"，是"华军倘已准备就绪，日军将在长沙区域再度予以击破"。我们相信他们倘果有余勇可贾，随时准备好的华军，当然很愿意再得到一个打击他们的机会。中国方因缺少适量飞机而未能迅速发动全面反攻，故若日军愿意调集"精锐"，自动送上门来受华军的"消耗"，当然是再好没有的事。

日本对美让步的条件　　一九四一年十月十二日

据合众社所传纽约"素来可靠"之日人方面所称"并未破裂"之美日谈话内容，日本希望美国（一）至少承认"满洲国"及日本在华北特殊利益；（二）同意商订新基本协定，以代替去年所废止之互惠及航运条约；（三）保证日本得在东南亚洲及其他市场取得均等之原料。对于这种不可能的大量让步，日本所提供美国的交换条件却是：

一、"结束对华战事"

"日本愿以'南京'及重庆互相解决为根据，尽速终止对华战事。"——中日战事是否可以用这种荒谬方式解决姑且不论，"结束对华战事"本来是日方四年来求之不得的愿望，现在却以此作为对美"让步"的条件，真是妙不可言。

二、"保证不参加欧战"

"日本愿限制一己对德义之合作，保证不参加欧战"——日本加入轴心，本来不过为便利自己的发展，并非真愿以自己不堪一击的实力去协助盟友作战，现在一面保证"不参加欧战"，一面却不限制自己在太平洋方面之活动，好聪明的想头！

三、"逐渐撤退在华军队"

"日军愿渐次将军队撤出中国，并以诚恳努力使中日在平等原则上互相合作。"——撤退在华军队是逐渐的，几年，几十年，几百年，都没一定。至于此种情形下的"中日合作"，究竟将使美国从此安心呢，抑或感到加倍的威胁，则非吾人所知矣。

四、"保证军部极端分子服从"

"日本愿提供满意保证，允诺日本军部及极端派份子将对美日协定无论在精神上及文字上均予以遵从。"——这一点我们全不怀疑，因为"协定"内容倘果如上述，纯然是为了日本单方面的利益而缔结，那么即使是更"极端"的份子，也会欣然首肯而毫无异议的。

以上所谓"内容"，自然是日方的片面相思，但由此也更可看出美国对日实无谈判余地。日方所谓"谈判未至破裂"以至于"仍有成功可能"，其理由只是他们觉得现在还未至"破裂"的适当时机。美国如不愿给人愚弄，那么现在就该迅速宣布谈判的终了，好决定进一步的行动。

苏联的乐观　　一九四一年十月十三日

进攻莫斯科的德军，北路进窥尔齐夫，距莫斯科西北百二十五哩，中路抵达维亚慈玛，距莫斯科西百四十哩，南路占领奥莱尔，距莫斯科南约二百哩。以进展的速度言，那么德军在这一星期的成绩是相当可以自傲的，可是苏军在转移阵地以后，形势已渐趋稳定，罗索夫斯基前晚仍然以异常乐观的口气，宣称"莫斯科之战事已证明希特勒在目前攻势中必不能达其目的"。这里所谓目的，究竟系仅指攻陷莫斯科而言抑指使苏联屈服而言，虽不十分明了，可是日军攻下武汉以后反而距离结束中日战事目的愈远的这一个教训，已经很足说明罗氏的乐观，绝非毫无根据的了。

狗咬人的新闻　　一九四一年十月十三日

狗咬人不是新闻，人咬狗才是新闻，然而有时却也不能一概而论。例如轴心国承认僭组织不是新闻，"满洲国"不承认波兰政府才是新闻，然而那新闻却是应该归入狗咬人一类中去的。尤其令人发生感触的是，过去的波兰执政者曾经不顾公论的指摘，岸然承认"满洲国"，现在我们虽不愿重算旧账，然而所交非人的结果，不免于被反咬一口，这一个眼前的教训真是太透澈了！

来函照登　　一九四一年十月十三日

编辑先生大鉴：湘北大捷，继以宜昌克复，凡属国民，莫不雀跃。今日阅贵报，忽见宜昌华军两千被害消息，原文谓"日机在宜昌城中上空向华军投□□□弹三百余枚，致有兵士二千人中□"[一]。所有□□，不知何指？是否指毒气？倘果如此，则舆论自应一致申讨。贵报是否因环境关系，不能明言？务希在报端赐复,以释群疑为感!此请撰安。　　读者卢国昌敬上。

编者按:在昨天一天中,我们接到十多封读者来信,五十次以上的读者电话,要求解答和上面这位读者所提出的同样的疑问,并一致表示义愤。上海华人对于他们在前方的健儿如此热切关怀,使我们十分感动。正如卢君所说,为了环境关系,我们只能告诉卢君及其他的读者,他的推测并没有错。至于说到舆论的申讨,我们且作这样一个比喻:一个不法的狂徒在遭逢绝境的时候,什么手段都使得出来,跟他讲法理讲人道,都是白费唇舌,唯一有效的对策,只有用自己的力量给他更大的打击,并警告所有的邻居,使他们知道容忍这样的家伙横行,是一件多么危险的事情。

【一】此句中的两处□系《中美日报》上原有的,其中第一处表示的是"毒瓦斯",第二处表示的是"毒",其原因正如下文所说的是"因环境关系,不能明言"。

莫斯科保卫战与华军反攻　　一九四一年十月十四日

当苏联的卫国健儿们正在寸土必争地保卫他们的首都时,当她的英美友人们正在竭尽他们的能力以减轻她的重负时,中国也同样尽了一分伟大的贡献。中国军队不以在长沙击退日军造成光荣胜利为满足,且已在各处战场发动反攻,从中国本身的抗建程序看,这本来不是一件值得惊异的事,然而正当莫斯科告急之际,中国军队有此令人兴奋的行动,在整个国际反侵略战形势上看,不能不认为意义十分重大。中国过去曾不断以英勇的战斗牵制日本的南进北进,现在日本的目光又在灼灼注视苏联的东陲,柏林方在使用一切可能的压力催促日本行动,而中国则在此时发挥镇静沉着的威力,阻止日本利用此种机会,替苏联减轻了威胁,也替英美分担了重负。

如何使华军的反攻发生最大的效能,由局部的展开为全面的,而取得决定性的胜利,这不仅是中国自己努力以赴的目标,也应该是她的每一友邦所应力助其成的。

不可能的保证　　一九四一年十月十五日

伦敦《政治家与民族》周刊曾经表示过如下的见解：苏联在远东尚有大量未动用的军队，英美如能向日本取得不攻击苏联的保证，苏联即可移此项军队以增厚抵抗德军的实力。

这一个显然近于"单相思"的见解，正好用普遍于日本报纸间的观念加以打消。据三四天前的合众社报告，日本报纸中很多主张与其南进，不如北进，其理由是英美对日戒备的重心，在南太平洋而不在北太平洋，而且苏联如一旦失败，美国必无意履行援苏的诺言。

英美（尤其是美国）目前的当务之亟，不是借无益的谈判谋取日本的虚伪保证，而是以事实证明他们反对日本北进的决心，与反对日本南进同样坚强，同时更以加紧物资援华经济制日的双管政策，向日本明示民治阵线团结的巩固。

宜昌之役[一]　　一九四一年十月十六日

日方于华军退出宜昌以后，又大事宣传宜昌的重要，如他们的中国派遣军报道部长岩崎所说，"宜昌于政战略上之要冲（原文），不下于长沙"。不错，我们在日方宣布"占领"长沙时，曾经听说长沙是如何如何重要，但后来却明明听见他们说因为长沙已失去"军事上重要"而"自动退出"了。现在因为强调宜昌的重要，于是长沙又连带地变成重要，虽然我们不懂何以他们在给华军"重大打击"后，会甘心放弃这样一个"要冲"。

岩崎说："渝军欲将此次夺回宜昌失败之罪，归诸日军使用毒瓦斯弹者，亦如长沙株州入城之我军，妄言为一部之便衣队或降落伞部队等语，有异曲同工之宣传技巧而已。"实在我们就想不出华军除了根据事实之外，有使用任何宣传技巧之必要，长沙株州至今在华军之手，这是任何巧言挽回不过来的事实。无论日军曾经大队开进也好，或仅有少数便衣队潜入也好，他们的匆匆"占领"，匆匆"退出"，便可说明其在华军威力下无法立足的实况。华方倘欲增强宣传效果，尽可说日军于侵入城内后经华军扫数加以消灭，但他们并不这样做，只是朴质地声述了事实。即此以例，可见善于说谎者决不是华军当局。

这次宜昌战役，华军当局在发表战报时是始终异常审慎的，而且早已宣称华军在该方面发动攻势的目的，本在于牵制日军进攻湘北的兵力，故在长沙战事告一段落后，宜昌华军的原来任务早已完成。华军本来并不一定想攻克宜昌而卒于仍将其一举攻克，这大可反映日军实力的一斑，至于攻入宜昌以后，是否因日军施用岩崎所否认的那种残暴手段而被迫退出，我们虽不便明言，大家却都可以心照不宣的。

【一】宜昌之役：一九四一年九月下旬，中国军队第六战区为策应第二次长沙会战，奉令围攻宜昌。九月三十日，各部开始进攻，至十月二日，攻克宜昌外围日军阵地，缩小包围圈；三日夜，完成了对宜昌的包围，随后发起攻击，给日军以重大打击。宜昌日军拼死抵抗，至九日，中国军队仍未能攻入城内。激战至十日黎明，华军攻克郊外多个日军据点，以猛烈炮火轰击城内日军，并组织突击队突入城内。激战中，日军施放毒气，并以飞机轰炸，突击队被迫撤出。此后，日军增援部队已逼近，华军遂停止攻势，撤离战场，战斗即告结束。

日本海军"渴望行动"　　一九四一年十月十七日

美国海长诺克斯上校说："日本海军因多接触世界，故较之陆军人物，对时局有较远大之认识。"据合众社所下的解释，诺氏此语意在表明日本海军对于力主扩展的陆军急进分子，相当尽牵制的作用。

前晚日海军部发言人平井出大佐的演词，也许将使诺克斯上校不得不修正他的见解。平井说："美国不能在两洋同时作战。日本海军经过四年战争，实力极为强劲，（我们应该向日本海军道贺，因为日本在和无海军的中国作战四年以后，居然海军力量毫无消耗，真是奇迹！）在目前状态下，帝国海军已准备就绪矣。"他又附带地声明了一句："事实上，日本海军正渴望行动。"

不管平井出所说的话，是否确系反映日本海军的一般见解，或仅为对美空口恫吓之词，但美国过去以至如今对于日本政治家和外交家的过分信任，已由事实证明其对美国毫无利益，当然如果仅仅把躁进的罪恶，一概归之于日本的陆军，而始终相信日本海军会审慎行事，也是一件同样无益而危险的事。

孙哲生警告国人　　一九四一年十月十七日

当一般舆论认为日本北进的危机日趋严重，同时另一部分人则对于日本的南进可能深表忧虑的时候，孙哲生先生独以为"日本现方计划向中国西部发动新攻势，而不至于北进攻苏或南进拓土"。这虽然是见仁见智，各有不同，但我们所应注意的，孙氏作此语的用意，是在提醒他的国人，不要因为看见有一个国际间重大的新危机在酝酿中，而疏忽了自身在危机来临以前所应尽的努力。

本来日本是一个彻头彻脑的投机主义者，所谓北进南进西进，本无一定目标，只要那一方面有机可乘，便向那一方面前进，因此中国方面固然不应希望日本将在他处有所行动而懈怠下来，英美苏荷各国也应当就各自的范围内努力戒备，务须做到在各方面同时阻止日本前进，而不应单单把目光集注于一处，反中其调虎离山之计。

扫除"乐观"的幻影　　一九四一年十月十九日

倘如合众社华盛顿电所云，东条英机被选为日本首相后，华府之第一反响为"于心稍安"，那么当他们听见日本准备继续对美谈判，东条在受命组阁后第一次发表的向全国广播演词中，又并未提及对轴心国关系，一定要"于心大慰"了。不是吗，东京新阁的阵容，已经使观察家"采取乐观之见解"了。

然而我们不相信美国人会如此容易在自我欺骗中陶醉。正像有人所指出的，美国不能和近卫内阁谈判出什么结果来，怎么希望能和东条内阁谈判有成？日本和美国拖时间，为的是躲避更大的压力，观望有利的机会，并利用欧洲东线战局的不利形势，取得压迫美国让步的有利地位；美国和日本拖时间，却为的是什么？等莫斯科陷落吗？现在倘不再立即通知日本，告以美国无意进行谈判，那么真要被日本认为美国太易与了。

一九四一年十一月一日至
一九四二年一月八日

《中立法》及其他　　一九四一年十月二十日

《中立法》修正案虽已在美国众议院中获得大多数通过，但孤立派似乎还想在参议院中作背城借一[一]之战，从辩论到结束，至少还要经过一星期至十天的时间。然而这次修正案倘能在参院顺利通过，也不过废止了原文中禁止商轮武装的条款，禁止美轮驶往交战国口岸一项条文依然存在，正如《华盛顿邮报》所说，"此举犹如洒香水于暴风之前，对希特勒之进展绝无影响可言"。

民治国家的行动，至今尚不够明快果决，不仅久已成美国行动之癌的《中立法》问题一事为然，对日本的继续抱着幻想，也何尝不如此。我们同意《华盛顿邮报》的见解，"吾人不能依赖希望，惟最勇敢之政策始为最安全之政策"。孔子曰："再思可矣，何必三！"有关国家命运的事情，固然不能漫无考虑，但既已决定应走的路线，就只有勇往直前。美国现在早该越过"思"的阶段，而进入"行"的时期了，哓哓多言，尤属无益有害。——这里所谓哓哓多言，是指违反国策的议论和绥靖意味的谈判。

【一】背城借一：在自己城下和敌人决一死战。多指决定存亡的最后一战。《左传·成公二年》载："请收合余烬，背城借一。"

东条内阁的全貌　　一九四一年十月二十日

在近卫内阁弱不禁风的灯笼壳子上，套上一副军装，这似乎便是《都新闻》所称"四年以来第一次实现了强力内阁希望"的东条内阁的全貌。它的企图对美苏同时进行外交攻势的姿态，无异明白揭露其不敢立即发动冒险的弱点。美苏倘对它不稍假借，固然将促令东条内阁的夭折，但继之而起的，即使是一个纯粹军人内阁，事实上也不足为虑，因为军部倘果有自信与能力，这一个内阁应该不待今日早已出现了。

"继续观望" 　　一九四一年十月二十一日

合众社华盛顿电说:"美国官员表示在日本政策未经公布以前,局势如何,殊难逆料。国务院继续其观望政策,外交方面则暗示日本亦将采取同样态度,此言表示外交谈判之时期即将开始。"

美国的观望,或许是诚心诚意期待日本的憬悟;日本的观望,却是在观望一个下毒手的有利机会。同盟社说,"东条内阁将不发表任何政治程序,因日本之国策业已制定,并举世皆知故也"。这举世皆知的日本国策,也就是东条日前所宣布的结束"中国事变"与建立"东亚共荣圈"二项,而结束"中国事变",则为其达到建立"东亚共荣圈"的先决条件。美国如果有意协助日本建立"共荣圈",则我们没有话说,否则谈判也早已谈够了,不知还观望些什么!

关于戢止恐怖案件 　　一九四一年十月二十二日

驻沪美国海军陆战队司令霍华德最近下令士兵无论在值班落班之时,须在防区内竭力戢止恐怖案件之发生。值得我们欣慰的是,租界内良善市民固然自此多获得一层保障,而美国海军见义勇为的精神,也已于昨日逮捕无执照携带盒子炮的某方雇员五人一事表现了出来。

日方每以租界的"恐怖事件",归咎于租界警务当局的"取缔不力",不久以前,日本《广知时报》且曾主张租界当局应搜查界内所有居民房屋,将所得武器悉数没收。我们佩服《广知时报》设想的彻底,然而不受租界警权管辖,凭依特殊势力为护符,任意携带凶器出入租界,造成对界内治安秩序莫大威胁的这一辈不法之徒的存在,究竟该由谁人负责?日方倘果有与租界当局诚意合作消弭"恐怖事件"的决心,那么第一步就该取法美国海军的精神,先从解除此辈的武装入手。

"苏联应撤兵远东" 　　一九四一年十月二十三日

日本真是苏联的好朋友。我们还记得好像是《广知时报》曾经忘记了日本是德义同盟国的立场，而为美国悉心筹划援助英苏抗德的策略，这个策略说穿了很简单，那就是美国应该和日本做朋友，这样，美国援苏的物资就可以在日本的善意之下通行无阻。

然而单单靠着美国的物资，也许还不能帮助苏联抵抗希特勒，于是《中外商业新闻》索性更进一步，劝苏联将全部远东驻军调往西线作战，以增强苏军抗德的力量。至于远东边境，则"日苏既有《中立条约》，实无驻军必要"。我们更可代它补足一句，"苏联如恐后方防务空虚，日本极愿援日越联防之前例，派兵进驻西伯利亚，代友邦尽防守之义务"。

苏联会不会感激日方的善意，我们虽然不知道，可是即令莫斯科失陷，她还有广大的后方可作长期抗战的根据地；但如后方被人侵入，则势必受到两面夹攻的危险。因此日本虽然"不能了解"苏联在远东驻扎重军的理由，但苏联为了自身的安全，日本的能否了解恐怕只好置之不顾了。

德军不欲占领莫斯科 　　一九四一年十月二十三日

纳粹及其同盟国的宣传都使我们相信莫斯科危在旦夕，然而依照前日柏林军界负责人士所说，则他们似乎已经对攻打莫斯科失去了兴趣，认为占领莫斯科并不重要，更重要的还是包围列宁格勒与占领乌克兰。苏联军民坚决抵抗敌人侵入国都的勇猛士气，不因损失的重大与形势的紧急而略见消沉，当然是使纳粹丧失兴趣的主要原因。

美国放弃海参崴航线　　一九四一年十月二十四日

美国航务委员会宣布自十月二十八日起，将放弃海参崴之援苏路线，改由阿克安琪尔取道运往。据官方表示，此举绝非对日让步。我们极愿意相信这句话，可是日本却不相信这句话，认为这是他们的"一大胜利"，而且他们必然以为美国既已作初步的让步，他们就可再作进一步的请求。

本来为了加强援苏效率起见，运输路线不嫌其多，即使因海参崴储油已达饱和点或其他种种理由，而不得不在该处暂停货运，也没有声明加以放弃的必要。无此必要而公开宣布，则纵非有意对日让步，至少在形迹上已不无使人感觉美国的立场，还不够坚强。我们承认美国运苏船只避免经过日本领海附近。可以使日本无所借口，因此而免受万一的损失与对日直接冲突；然而此其所得，必不能偿其所失，一个借口消失了，可以再找一个借口，让步无已时，贪欲无止境，尽管美国基本立场屹然不变，但因此而使日本产生了对美国政策的误解，认为美国是一个胆怯怕事的国家，则其结果不仅不能减轻太平洋上的危机，反将助成侵略势焰的高涨，也许日本在北太平洋获得相当满足之后，南洋方面又将自此多事了。

贺鲍威尔先生脱险　　一九四一年十月二十四日

《密勒氏评论报》主笔鲍威尔先生昨日突遭暴徒投弹袭击，幸天相吉人，未损毫发，我们于额手称庆之余，对于暴徒们的一再在租界内串演恐怖事件，尤不胜切齿痛恨。鲍威尔先生平素持论的公允与立场的严正，是尽人皆知的，他的嫉恶如仇的精神，尤其是对于侵略者及民族叛徒的不稍假借，更为读者所称道。他遭受恫吓，已非一次，这一次的袭击，显然又是不慊于他的某方所施的卑劣手段。

每次租界内或甚至附近沦陷区内发生恐怖事件，日方的不易言论，是租界纵容"恐怖分子"，重庆应负"恐怖"全责，看来日偻的大小各报（包括日本外交部发言机关《广知时报》在内），又将用特殊逻辑，证明这次恐怖事件的负责者，应该是租界当局与重庆"恐怖分子"了。

英国民意要求行动　　一九四一年十月二十五日

摩恩爵士日前所发英国无力在欧陆作战的言论，并未压倒民众要求行动的呼声。据合众社报告，最近英国民意测验的结果，认为英国已充分利用德国侵略苏联的机会者只占百分之二十九，认为并未充分利用此种机会者占百分之四十九。苏德战争已发展到最紧急的局面，而英国尚无显著的行动，国外人士及其本国人民因此而感到焦急失望，自然是很合常情的。

当然我们不能忽视英国也有她实际的诸多困难，而艾登外相昨日在下院中的宣布，更揭露了一个惊人的事实：当去年夏天英国面临被侵略危险时，简直一无防务可言，国内没有一师训练有素配备完整的军队，中东军队也缺少近代配备。——这除了使我们痛恨英国前政府所持绥靖政策的遗毒外，更不能不惊佩英国民族能在此种"无武装"的不利状态下渡过危机的坚忍精神。

从去年夏天到现在一年多的时间，现政府惩前毖后，是否已经尽了最大可能的努力，局外人自不能妄加评断，但至少我们可以相信现在的英国，应该已不是去夏的"无武装"的英国，而她所受的侵略威胁，在眼前已经一大半给苏联分了去，然则此时乘西线德军实力较为薄弱的机会，再度发挥不避艰危的勇气与毅力，对苏联尽若干策应的义务，决不是过分的要求，而且在道义上也是责无旁贷的。

与日本《广知时报》编者一席谈　　一九四一年十月二十六日

日本外务省喉舌《广知时报》最近对于促进日美"友好"，不遗余力，昨天它又向美国发表了一篇"动人"的呼吁。我们现在根据它的评论，和该报编者作了一次想像中的谈话，答语是该报所表示的意见——

问：美国倘不与日本友好，有何害处？

答：日本必将加入轴心方面作战，使轴心的力量更见强大。

问：美国如何可与日本友好？

答：美国应作种种合理之让步。

问：美国作"种种合理之让步"，与日本"友好"以后，日本是否将以美国友谊为重而退出轴心，并与英美联合抵抗希特勒？

答：否，日本将维持中立。

问：日本对苏德战争守中立的具体解释，是以重兵屯集西伯利亚边境；美德宣战后日本中立的意义，是否指以军舰环伺关岛菲律宾或太平洋中其他协约国领土？

答：（不明）

问：所谓"合理之让步"者，试举一例。

答：停止援华。

问：停止援华有何利益？

答：美国可以节省许多援助中国打击日本之武器。

问：此项武器节省下来，作何用途？

答：援助英苏打击希特勒。

问：日本与纳粹德国为同盟国，东条首相业已宣布日本将继续加强对结盟国的连系，现在正在希特勒需要朋友帮忙之际，日本却自己怕挨打，叫美国专力打希特勒，是不是这样就算"连系"？

答：（不明）

问：我们不相信日本会如此卖友，大概他是想乘美国专心打希特勒的时候，在背后冷不防地给美国吃一记闷棍吧？

答：（不明）

问：中美英苏荷已经结成一体，以打击希特勒及其爪牙为共同目标。现在日本叫美国抛弃中国，对日友好，而日本既不愿助英美作战，又不愿放弃美国所竭力反对的扩展政策。贵报是否以为美国会那么傻，出卖患难相共的朋友去和一个靠不住的人"友好"？

答：至少我们相信像这样的傻瓜，在美国并非一个也没有。

一九四一年十一月一日至
一九四一年十二月八日

日本要求不断的让步　　一九四一年十月二十七日

美国航务委员会宣布放弃海参崴援苏路线，已经证明是一个仓卒间造成的错误，因为此项宣布不仅使阅报者为之愕然，而且国务院与总统府也大为惊异（见前日路透社华盛顿电）。事实上，美国利用自波士顿至阿堪遮的北大西洋航线，正与北太平洋的海参崴航线相辅并行，此举只是为了增强援苏的效率，既非放弃海参崴路线，更与对日谈判风马牛不相及。

但日本在谈判无进展的苦闷中，抓到了这样一个好题目，当然无论如何是要引为自己的光荣胜利。而且胜利还只在幻想之中，它已经开始作得寸进尺的胁迫了。日本报纸对于航务委员会前述宣布的第一个反应是欣喜快慰，但第二个反应，则认为此种"让步"尚不能使日本满意。《日日新闻》说，"美国虽已宣布援苏改取路线，日本对美态度则未有丝毫软化"，它要求美国必须承认日本"结束中国事变"及"建设东亚共荣圈"的双重目的。《报知新闻》则要求美国必须完全停止援苏，否则"北太平洋危机不能完全消除"。

这一幕喜剧给我们一个这样的教训：对付日本只有二途，不是拒绝作一寸一分的让步，就是一让再让至于让无可让为止。

给苏联的一份礼物　　一九四一年十月二十八日

不久以前，我们应读者要求，发起签名慰英运动，响应者的热烈盛况，至今留给我们一个永难忘却的深刻印象。现在正当天气突转寒冷之际，想到在比这里冷上不知多少倍的冰天雪地里，前面有压境的强敌，后门又遭受被人窥伺的威胁，在这种艰苦状况下的苏联勇士们，正在以不屈的勇气，前仆后继地保卫他们的祖国，这是一幅多么壮烈的画面！苏联是中国患难中的好友，中苏二国的抗战，也已经给彼此以莫大的鼓励，中国现在除了在自己的战场上尽力牵制并打击日军，以减轻苏联东陲的威胁外，她所能贡献于苏联的，就只有每一个中国人民对于抗战中的苏联的最真诚的友情。为此，我们发起自即日起推进

"慰苏耶诞礼物代金"运动,希望每一读者都能像前次签名慰英一样踊跃参加。

"美国并不中立" 　　一九四一年十月二十九日

诺克斯氏抨击美国《中立法》的虚伪,说:"我们是完全非中立的,我们竭力援助一方面,在各方面设法击败另一方面。为了思想与行动的一贯起见,我们必须终止这一种国家的虚伪。对于现行战争,我们无论在思想或行动上都不中立,然则制定与我们的行动相吻合的法律,才不失为正直。"

这一段痛快淋漓的话,的确值得一字一击节。我们不相信富于理智的美国人,会继续容忍一面大声疾呼打倒希特勒,一面仍然高举中立旗帜的矛盾状态的存在,正如我们不相信他们在明白日本决不放弃独霸东亚野心以后,会继续采取对日姑息政策一样。

"日军并未离满" 　　一九四一年十月二十九日

海通社长春电载日关东军发言人谈话,谓"苏联远东军近来调往欧洲者,已有十师之众";可是"苏军虽继续向西开拔,日军并未离满"。海通社发此消息,当然自有其用意,可是既为日关东军之言,大概不致歪曲原文。然则我们要问了:日方曾以为苏联既有《苏日中立条约》保障,远东军并无留驻西伯利亚必要;现在日本一则有《中立条约》保障,二则苏联西线紧张,决无侵犯"满洲"可能,三则它自己又急于结束"中国事变",那么日军"并未离满",用意何在?

日方所传的中美英苏军事合作 　　一九四一年十月三十日

中苏商订军事同盟,英美在中国各地建设飞机场,华军开入缅甸这一类绘影绘声的消息,接二连三地由日本方面传播出来。我们并不否认中美英苏在现阶段中，为了共同的安全，必然早已有各方面加紧合作的统盘防御计划，而且因为他们对于远东危机早已有深切的认识，也决不迟至今日始亟谋补罅茸漏之计。然而日方播散以上种种消息，却不一定需要有确切的事实根据（军事同盟说已由中苏双方否认，华军开入缅甸也已由缅方斥为无稽），因为他们的目的，第一在造成一种借口，以便他日行动时有辞可托；第二因为不明白中美英苏合作的究竟程度，有意借此试探各方的反响，以便获知几分真相；而最后一个目的，则在于利用英美苏不愿在远东轻启战端的心理，以恫吓的姿态胁令他们放弃对日的"包围"，以遂其各个击破的企图。然而在中美英苏的齐一步伐下，日方这一种试探战术，必无结果，有可断言。

并非上海捏造　　一九四一年十月三十日

同盟社否认苏日边境冲突的"谣传"，认为此项消息系上海捏造，该社引述日本《广知时报》评论，以为"日苏关系极为友好，二国均无轻启战端，以引起外国人哄动之意"。

我们清楚记得，该项消息正是与日本"极为友好"的苏联官方通讯社塔斯社所发，绝非上海方面捏造。

南北同时戒备　　一九四一年十月三十一日

有人说，美日谈判破裂后，日本的第一步动作为进攻缅甸路；也有人说，日本因鉴于南洋戒备严密，还是向苏联进攻的可能较大。无论南进也好，北进也好，但有两点是所有观察家都同意的，即第一，美日谈判必归失败；第二，日本必将发动冒险。

而在目前，日本也正在南北两方同时试探，也许它现在还不能自己决定究应向那一方面下手，但更可能的是它想故摆疑阵，迷惑民治阵线的耳目。

然而这种小聪明是不能再有何用处了。南太平洋的各国联防工作，固然有了飞速的跃进；苏联并未松弛远东戒备，美国不放弃海参崴路线，英国认为日本向西伯利亚进攻，"与攻击英国本部同"，日本在北方也是同样缺少成功的希望。

英政府于此时重申撤退中国沦陷区内英侨的训令，一以表示英国并不对远东现局作不可能的希冀，二以表示她有随时联合反侵略各友邦共同打击野心者的决心。这一种态度，正也就是远东反侵略阵线各国的共同的态度。

穷极无聊之思　　一九四一年十月三十一日

东京《报知新闻》要求蒋委员长"效法贝当"，以"保存四万万华人"。这句话应当加以严重的修正，因为他们所要保存的，决不是四万万华人，而是日本军人濒于没落的命运。贝当上将汍澜[一]的老泪，不能使沦陷区法国人民脱离作人质被无辜处死的恐怖；蒋委员长的精诚感召，则已给被蹂躏的中国打出一条光明的大道，建立了不可动摇的胜利自由复兴的基础。日本不能用军事力量使中国屈膝，却妄想在自己筋疲力尽以后，劝中国自动求降，真可谓穷极无聊之尤者矣。

使我们惊奇不置的是，《报知新闻》放着眼前自命贝当的人物不顾，却偏偏要另外找寻贝当，可见离开了国家民族立场的叛徒败类，在主子眼光里，毕竟还只好与赖伐尔之流相提并论，供驱使则有余，成大事则不足。

【一】汍澜：泪水直流的样子。南朝宋范晔《后汉书·冯衍传下》载："泪汍澜而雨集兮，气滂浡而云披。"

越听越糊涂　　一九四一年十月三十一日

"苏满边境平静无事；数星期来苏军抽调西伯利亚驻军赴欧以抗德军，故边界事件使苏联为之头痛。"——日关东军发言人二十九日宣称。

"苏满边界时有微细之事件发生；现有大批苏联人员潜入'满洲国'，希图造成事件。"——日关东军发言人二十九日宣称。

摘录海通社长春电同一电文，校对无讹。

孤立派与《中立法》　　一九四一年十一月一日

美国孤立派反对武装商船的理由，是此举将令美国牵入战争，而民主党参议员汤玛斯，则以为美国上次所以牵入欧战，正是为了当时参议院拒绝威尔逊总统所提武装商船的要求。历史固然是最好的教训，而正在美国热烈讨论《中立法》存废问题之际，美国船舰接连在远离战区的洋面被纳粹潜艇鱼雷击沉（最近的一艘是护航驱逐舰罗本詹姆士号），这一事实更足使孤立派的论点失其根据。纳粹可以宣布任何地点为战区，不因美国的"中立"而停止其剽袭，但美国则因受《中立法》的束缚，而不能有效保护自己的船只，天下至愚之事，宁有逾于此者！明明目前美德已入不宣而战的状态，而美国尚不能立刻采用报复的武器，自然无怪纳粹的海上剽袭工作，会愈加毫无顾忌起来。

然而事实已不能不使美国人民"头脑清醒"，据说孤立派方面已有人表示，渠等"已不能获得生力军加入"，这大概是他们没落的悲声了。

华军克复郑州　　一九四一年十一月二日

在湘北惨败后聊以掩羞的日军豫中攻势，于前日华军克复郑州后，又已经完成他们的"任务"了。日军发言人的谈话照例是我们久已听惯了的一套："郑州已失去其军事政治经济及其他重要性，故无留驻其地之必要。"何以日军老爱在一些失去军事政治经济重要性的地方玩些进进出出的把戏，而不拣一处足以予华军致命打击的据点而永久占领下来，这是始终使我们莫测高深的一点，显然这对于"解决中国事变"的日本基本国策，绝对是无益而有害的。

有人说，日军又在准备进攻滇缅路了。如其他们果有自信与能力，那当然早就可以发动这方面的进攻，早不发动而直到现在才想起，可见这就不是一件有把握的工作。我们希望日方三思而行，因为要是进攻失败了，再向外宣称

"滇缅路已失去政治军事经济上重要性",那是会笑掉所有人们的下巴的。

日报对泰国的恫吓论调　一九四一年十一月二日

日军发言人虽否认日军越入泰境的传说,但日本报纸的评论,则正以富于威胁的字句,暗示日本即将对泰采取军事行动。《日日新闻》以为"泰国目前之国家思想,与中日战事爆发前之中国相似……泰国之局势,较当时中国政府所遭遇之局势尤为严重",而要求泰国领袖以中国为殷鉴。我们以为应该引为殷鉴的,是日本而不是泰国。固然以泰国的力量,不足以敌压境的日军,然而日本若因此而引起对太平洋整个民治阵线作战的危机,则其所付代价之惨重,必将更倍于绵延四年余的中国战事。如果中国战事的教训还不能使它猛省,那么一个更大的教训正在等待着她呢。

谁首先射击　一九四一年十一月三日

德当局宣布寇尔奈号事件的发生,系因该舰在大西洋护航时,接获另一正在与德舰作战的护航队的呼救信号,乃驶往该地点,以深水炸弹袭击德国潜水艇,德潜艇乃加以还击,由此事实可证明并非德艇袭击美舰,而系美舰袭击德艇云云。

上述论据显然不能成立,因为即如德方所叙述,寇尔奈号的袭击德潜艇,系因援助另一遭德舰袭击的护航队,则造成此事件的责任者仍为德方。然而这一点还并不重要,德方早已宣布在其所任意指定的所谓战区内,不问何国船只皆将袭击之,则美舰为了自卫起见,当然可以先发制人,而无须在被击后始行还手。

德方此种宣传的用意,除了如有人所指出,为催促日本履行三国盟约义务外,另一目的是在支持美国孤立派反对美国参战的主张。美国人民应该认识清楚,事实上并不中立的美国,不应再抱回避卷入战涡的态度,德国并不希望美国对她宣战,因为此举对她自己并无利益,但美国若仍以《中立法》自缚,则无疑适中德国的下怀。

土耳其与泰国的中立　　一九四一年十一月四日

土耳其是德国南进时的一块踏脚石,正像泰国是日本南进时的一块踏脚石一样。二国的处境相同,遭受的威胁相同,而他们严守中立,坚拒"任何方面"侵略的决心,也都已由他们的负责当局一再郑重声明过。

没有人不对这两个国家坚决保卫自身独立的精神肃然起敬,但也没有人不对他们的命运深抱忧虑。侵略者所以至今尚未向他们染指,不是尊重他们的中立,更不是畏惧他们的抵抗,只是因为时机尚未成熟。

以自己的力量抵拒外侮,固然很好,然如执着于中立的观念,而视友敌为一体,则徒然削弱了抵抗侵略的力量。

单单警告侵略者勿得作非分之思是不够的,只有切实与民治友邦加紧合作,才可以使这警告发生力量。

以行动评断日本　　一九四一年十一月四日

苏联外次罗索夫斯基说,对于日本政府的评价,须以其行动为根据。然则最近的边界冲突事件,当然是日本政府真意的最好测验。

罗氏表示苏联政府"愿意相信"这不过是一队不守纪律的日军的妄行,希望日本政府能□肇事者加以惩处。我们以为日本政府倘果有尊重两国中立条约的诚意,则此种手续是最低限度应该办到的。

然而关东军当局轻描淡写地认此种"微细事件"为不足重视,而东京则根本诿为不知,甚至形式上的澈查也未敷衍一下。

这是日本政府"诚意"的最明白的表示,也是对它下评断时一个最有力的事实根据。

华盛顿的对日态度 一九四一年十一月五日

将在本月十五日召集的日本特别议会，本身的意义虽然不值得特别重视，但在对外作用上，显已被日方利用为对美威胁的新武器。前晚美京高级官员声称关于对日谈话，美国不愿遵从东京所发警告中的时间限制。可见前传日方所提"协定须于十五日前为之"的"最后通牒"，的确是有这回事儿。

日本的手段是软硬兼施的，一面以"十五日后将有新行动"的威胁造成恐怖空气，一面又表示它愿作"避免冲突的最后努力"，以引诱他人入彀。据传日方已在考虑一种"有限制协定"建议，以回避轴心同盟义务及不干预英美荷南洋利益，作为美国松弛对日经济压力的交换条件。这比之侈言信守同盟义务及不顾一切阻碍建设"东亚共荣圈"的狂妄声调，诚然已经有了相当的让步，倘日方果有此项建议，而美国也确有绥靖日本之意，那么这未始不可暂作初步的谈判基础。然而美国既强调两国现所进行者，仅为"谈话"而非"谈判"，复表示不欲自既定立场退却，决不放弃中英荷之太平洋利益，则美国所要求于日本者，决不是局部的退让，而是全部侵略政策的放弃，自无疑义。

我们所欲建议于美国的，她不但应将日方所提出的"时间限制"置之不顾，且应表明她在认为谈话无法继续的时候，随时可以停止，而现在就已经到了这个时候。她应该扫除一切"极愿避免太平洋海军交绥"的示弱论调，而坚决宣布在必要时准备予日海军以打击，能如此，则事实必将证明畏惧交绥的，究竟是美国还是日本。

所谓柏林压力 一九四一年十一月五日

在美国有一种见解，认为"日本之威胁系由于柏林之压力"，此语颇可斟酌。日本进行其扩展政策，根本无须任何方面的压力；柏林的压力倘果能生效，日本也早就行动起来了。"决定东京行动者，乃军事局势而非轴心条约"，如果德军攻陷莫斯科或侵入高加索，则吾人可以断言日本不待压力之来，就会义不容辞地"援助"它的盟国的。

美日"妥协程序" 一九四一年十一月六日

日本《广知时报》这次又有了新顽意儿,它替美国设计了七点"妥协程序",建议应由美国向日本提出。如果《广知时报》认为美国不是自己有主张有立场的国家,而必须由它借箸代谋的话,那么我们以为不妨更彻底一点,索性由该报代表美国政府将该项程序献呈于日本军人之前,也免得再在华盛顿作纠缠不清的谈话了。

该七点程序中,特别着重"中国事变"的解决,它主张美国及其他列强停止援华(第一点),而且不仅不应阻碍中日和平(第二点),且应竭力促成中日和平(第三点),在中日"和平"以后,日本在中国境内所造成的局面,美国必须默认,而且"无人能加以改变"(第五点承认满洲国)。这是一个设想得非常美满的好梦,可惜它不曾考虑到美国如能同意此种"建议",那就不成其为美国了;而且单凭美日两国的同意,也决不能迫令中国停战,然则"中国事变"的解决还是一场空。

解决"中国事变"是日本目前最亟切的目标,然而解决"中国事变"的终极目标则为建设"东亚共荣圈",因此该报复在第四点中主张美国须承认"共荣圈"及日本在西太平洋之领袖地位,在该范围中美国不得妄加干涉;换言之,解决"中国事变"还只是要求美国以中国为牺牲,而这里则更进一步要求美国退出远东了。

而且,美国为了帮助日本建设其"共荣圈"起见,应该"无条件"溶解对日资金冻结(第六点)与恢复日美商约,并解除一切"经济或军事方面之错误行为"(第七点)。至是,日本解除了中国战事与美国经济压力的双重镣铐,确立了东亚霸主的地位,便可更进一步而与纳粹瓜分全世界了。

美日尚未开战,而上述程序则即使是战败国的城下之盟,亦无如此苛刻。《广知时报》为代表日本外省的报纸,而其论调如此,则美国对日尚有何谈判之可能!

来栖赴美　　一九四一年十一月七日

野村谈不成功，再来了一个若杉；若杉谈不成功，索性再来了一个德日结盟的功臣来栖。如果有人以为日本如此"迁就"，可以表示它确有与美国修好的诚意，那实在是大谬不然，因为尽管使者络绎于途，而其霸力扩展的政策依然坚持不变，则一切谈话依然是时间的浪费。

美国严正确定的立场，绝不容我们稍有怀疑，可是美日间所谈的，既都是与太平洋上每一国家有关的问题，则我们以为美国应该告诉日本，此项问题由美日两国单独谈判，无济于事，必须由太平洋上全体有关国家举行圆桌会议解决之；而在举行该项会议之前，日本必须先归还一切用武力攫取所得的他国领土，撤退在中国境内（当然包括东北四省）及越南的全部驻军，并立即脱离轴心集团。必如此，谈判前途方有希望。否则日本既无须再"忍耐"，美国也用不着继续敷衍。集太平洋上一切爱好自由的国家的力量，对付一个精疲力尽的日本，当然是绰绰有余的。

希特勒主义无分东西　　一九四一年十一月八日

罗斯福总统在前晚国际劳工局大会中所发表的演说，正像他过去所作多次演说一样，并未显明提及日本，然而也可以说处处提及日本。他在述及英国苏联及欧洲各国人民反抗纳粹暴力所作的牺牲时，同样提出了"吾人且亦未能想及中国人民在其反抗侵略争取自由的奋斗中所作牺牲的程度"；他又说，"诸君来自欧洲沦陷国与中国者，已向大会详言诸君奋斗及惨淡经营而致的社会进步，如何为'野蛮人'所摧残之事实矣"。然则罗总统所大声疾呼认为必须打倒的"希特勒主义"，亦即是一切破坏人类文明进步的"野蛮人"的象征，已属彰彰明甚。

罗总统一则曰"俾吾人可造飞机援助英苏中三国"，再则曰"俾船只得运飞机与坦克车分往利物浦阿堪遮与仰光",三则曰"中英苏之悲壮的立场,将受美洲自由人民之完全援助",四则曰"吾人必须以军械供应英苏中三国,尤必须于今日为之"。然则罗总统认为中国之抵抗日本,亦即抵抗远东之希特勒主义,而为美国所必须以全力援助其完全获得胜利者,更属彰彰明甚。

因为罗总统演说中所表示的美国立场是如此坚定,我们更不能不要求美国目前继续对日本开放谈判门户的矛盾状态不应再令其存在。

加强联系争取主动——蒋委员长的昭示　　一九四一年十一月九日

蒋委员长在前日对外报记者谈话中,称中国于"七七"以后,即已获得了一个教训,深知"凡一个战场开始的时候,必须要坚持下去,否则就要威胁到新的战场;而在作战开始于一个以上战场的时候,各个战场必须联系起来,方能团结一致,打倒共同敌人,获得最后胜利"。

这一个教训的意义,到现在是愈加显著了。假如中国英国苏联不曾在各自的战场上艰苦支持,则欧亚二洲的命运早被注定,太平洋大西洋的优势亦将落入东西轴心国家之手,那时孤立的美国及美洲其他国家,倘不预备以国家自由与民治主义为牺牲而向独裁主义的侵略者屈服,就得在极端不利环境下,同时抵抗来自两洋的威胁了。

在另一方面说,蒋委员长所谓"各个战场的联系",也就是击破敌人的联系的唯一策略。中美英苏从各自为政而进入紧密合作,是使德日同盟不能产生任何作用的真正原因。假如中国对日抵抗力量一旦瓦解,或美国略为放松对日的制裁,则日本即可放手南进北进,实现与希特勒会师的企图,那时英苏也许在来不及布置第二战场之前,先已遭受两面作战的严重威胁了。

在惨重的牺牲与持久的奋斗之下,民治阵线的地位到现在已经转危为安,侵略势力也已经到了步步荆棘以至于濒于没落的阶段,这说明了中英苏在各自战场上的努力不是白费,也更说明了"各个战场必须联系起来"的愈有其必要,以及作为"一切被侵略民族后盾"的美国在这一阶段内任务的加重。虽然反侵略国家的联合阵线到现在已经更形坚强,然而正如蒋委员长所指出的,"主动之权,仍然操在侵略者手里;不论在东方或西方,侵略者仍然在计划选择他们第二步打击我们被侵略者的目标"。这至少可见反侵略阵线的团结合作的功能,目前尚未能达到理想的程度;如果要获得共同的最后胜利,必须更进一步,迅速以集体的力量,"从守势改成攻势",在各战场上同时争取主动,不让侵略者有选择下手处的机会。蒋委员长已经乐观地抒述了他对于民治国不久将取获主动的信念,我们相信他的乐观是绝对有根据的。

美国的"反日行动"   一九四一年十一月十日

当日本正在"尽最后一分钟努力",以期对美"达到谅解"时,美国却毫不假以颜色,这无怪东京各报在政府授意改取缓和语调后,昨天又再度向美发动激烈的总攻击了。综合各报所认为美国反日的行动,计有(一)以军火接济泰国,(二)"唆使"巴拿马驱逐日侨,(三)下令撤退在华陆战队三事,此外如对华援助及包围日本等,则系弹之已久的老调,姑置不论。

关于以军火接济泰国,据说美国业已以各式军用飞机"不下数十架"交与泰国,此事是否确实非吾人所知,但即使有之,也并不比"日越联防"更为严重。

关于巴拿马驱逐日侨,《国民新闻》斥为"种族之歧视行为",《朝日新闻》称为"违反人道,国际历史上绝对空前之暴行",大概希特勒的排犹运动,亦将自愧勿如吧?然而这是一个"种族的歧视"吗?巴拿马运河是美国也是整个美洲防务的生命线,当然不能容忍轴心的伙伴在那儿暗中进行破坏的阴谋。美国并不以"有色人种劣等民族"视日本,而是把它和"人类中最优秀的种族"亚里安人一视同仁,日本正该以此引为自荣。

关于下令撤退在华驻军,我们不须多置批评,华盛顿日方人士曾经指出日方最近曾提出召回美国驻华海军陆战队的要求,"作为改善关系之一种姿态",现在他们的目的已经达到,却反而胆怯心虚起来,这又怪得了谁呢?

美国的备战决心　　一九四一年十一月十一日

若干时间以前，美国孤立派领袖惠勒曾表示罗斯福总统下令冻结日本资金及禁运油类至日，是他对罗总统政策完全赞同的第一次。美国民意测验的结果，主张严厉制裁日本者，常占压倒的多数。最近有一位议员表示，国会在保持美国远东地位一点上，其坚决甚于制裁希特勒。美国对日的一般观感如此，则史蒂林将军前日所谓"美国各派人士均已主张对日开战"，无宁是一个必然的结论。

美日是否开战这一个问题，目前不在美国而在日本。美国已经明示她的立场一寸一分不能更动。日本尚在希望讨价还价，但这种努力显然是白费的。不过来栖既已动身，为了不虚此行起见，与其空费唇舌于无益的折冲里，不如多多接触一下美国朝野的意见，看看人家对于战争的确具决心，究竟和自己国内色厉内荏的情形有何不同，那倒也许可以回去对本国政府贡献一点有益的意见。

罗斯福总统的"六项程序"　　一九四一年十一月十二日

国际社传来自伦敦的消息，说是罗斯福总统已准备向来栖提出六项程序，就所传内容而观，颇足代表美国的一贯坚强的立场，也许不致毫无根据。

把这六项程序和日本《广知时报》的七项程序对照看起来，便可以对来栖此行的成就作一个确切的判断。针对着日方所要求的停止援华及促成中日"和平"，美国的答复是"不愿为美日和平而牺牲中国"，是"不准备减少对中苏之军事上援助"；针对着日方所要求的承认"共荣圈"及日在西太平洋之领导地位，美国的答复是"荷印马来亚新加坡应由原主人所有"，若日本进攻上述各地，"美舰队准备有所行动"；至于美国对日作经济上之让步，可以办到，但必须日本"保证终止在太平洋上之一切军事侵略"，并须"放弃在远东作军事自由行动之要求"。

由上所述，美国已经明白告诉日本，为了贯澈援助中苏抵抗侵略，及确保荷印马来亚的主权完整起见，美国准备随时放弃美日间的"和平"；换句话说，

ABCDR[一]是一个个体，日本所攻击的目标，无论是中国也好，苏联也好，或英国与荷兰的南洋属地也好，美国都将视同攻击她自身一样。同时，日本倘不根本放弃侵略政策，美国是不愿略为松驰对它的经济制裁的。

【一】ABCDR：指美国（America）、英国（Britain）、中国（China）、荷兰（Dutch）以及苏联（Russia）。

彻底解决太平洋问题　　一九四一年十一月十三日

　　日本及其轴心伙伴诋斥邱吉尔所作"英国准备助美对日作战"的演说，认为意图挑拨美日战争，这显然是毫无常识之谈。正如《大公报》所指出，当八月廿五日邱吉尔以严正的言词，谴责日军在华的行为时，首次透露了美日进行谈话的消息，而现在在美国明示坚不可摇的立场后，邱吉尔又作了这一个重要的表示，可见英美的远东政策，完全步骤一致，根本无所用其挑拨。

　　太平洋局势恶化到今日的地步，英美过去政策的参商应负很大的责任。可是目前的情形已大不相同，太平洋民治阵线团结的巩固与力量的坚强，实为有史以来所未有。如此优越的形势，倘不能适当地利用，为整个太平洋问题谋一彻底的解决，则今后恐怕再难找到这样好的机会。

　　诺克斯说："决定的时间已经到了。"美国还是决心高举民治的大纛，根除太平洋上的乱源呢？还是继续抱着可与日本成立协定的幻想（如参议员汤姆斯及参院外交委员会主席康那莱二氏所表示的），而自乱阵线，授人以可乘之隙呢？我们相信忍耐已达极度的美国，是不会再姑息自误，使垂灭的侵略火焰有复燃的机会的。

给美国政府更大的权力　　一九四一年十一月十四日

　　当美国政府借全国大多数民意的支持，正在以最大的努力协助东西反侵略国家遏制黩武者凶焰时，《中立法》修正案忽在提交众院复议的前夕遭遇意外的阻碍；而蔓延全国的罢工风潮，虽经罗斯福总统努力调处，不仅未获满意解决，且已由产业工人而扩展至交通工人，这实在是令人无限扼腕的事。

我们不知道一部分原来赞同政府政策的议员，何以突然改变立场，转而与政府为难。如果说这是在最后关头阻止美国牵入战涡的努力，还不如说是轴心国威吓政策的一大胜利。假如《中立法》所给予美国自由行动的障碍，将因此辈议员的"叛变"而无法摆脱，则受其直接影响者固为亟需美国援助的各国，而间接受其影响者将为美国自身，因为美国目前即使牵入战争，尚可取得主动的有利地位，而在缩回孤立圈内以后，终必被迫采取被动的防势，以抵拒较目前更形强大的侵略势力的包围。

至于美国工人不先不后在国家需要他们加紧工作的时候连续造成罢工事件，一方面足见轴心国第五纵队的活跃，一方面也不能不令人对美国工人的不知大体深表遗憾。我们不相信任何一国的工人生活比美国更为优裕，美国工人似乎忽视了在纳粹控制的国家里，即使一天必须工作二十四小时也无法反抗的事实。

美国所需要的，是内部意志的统一与团结，所必须克服的，是分歧错杂的言论与行动。除非美国人民不信任他们的政府，否则在此非常时期中，实应赋以更大的权力，使之能不受任何阻碍，以执行其保卫民治的国策。

为"和平使者"惋叹　　一九四一年十一月十五日

本市日军发言人秋山昨天表示，"以前虽有人担心来栖将遭华盛顿方面的冷遇，但现在看来，他的和平使命的成功希望显已增加"；此种乐观的根据，是他相信"美国尚有竭力主张和平的人，必将协助和平使命的成功。"

美国国会中颇有人以为美日可获妥协，而昨日《中立法》新修正案在众院通过时，反对人数较赞成人数仅差十八票，可见秋山所谓"美国尚有竭力主张和平的人"，确为一个不幸的事实。可是我们不相信秋山在听到《中立法》新修正案终获通过的消息以后，尚能发表如此富于把握的言论。

美国政府这次对于鸵鸟主义者的胜利，因为得来不易，故愈足重视；自此它的地位更形强化，可以放手推行坚决明朗的对外政策。如果用迷信的眼光看起来,来栖在赴美途中,受到飞机机件损坏的阻滞,似乎便是一个不吉利的预兆;而他在到达目的地后,所发现的又是一个比原来更强硬的美国,不啻冷水浇头,世间扫兴之事,宁有逾于此者!

关于慰苏礼金征求读者意见　　一九四一年十一月十五日

天气一天一天冷起来,纳粹在苏联前线的攻势也一天一天停滞起来。因为钦佩苏联军民不惜重大牺牲艰苦奋战以热血捍卫疆土的精神,更使我们急于将耶诞慰苏礼物代金的征收早日告一结束,以便将预定数目于耶诞节前如期送往苏联前线,替上海一隅的中国人民向他们的异国战友投掷一些同情的温暖。

我们所抱憾的是这次征收的日期太短,本报读者又大多是学校青年及工商教育界恃薪给糊口的人士,他们的经济能力所许可的,不过是几元甚至几角钱,而在踊跃捐纳良心献金以后,事实上也极难希望他们作双重的负担。因此截至目前为止,我们所收到的数目,离开预定目标还是很远。

我们相信此事如能多加鼓吹,假以相当的时间,一万元的数目是不难达到的,但因时限关系,又不能不赶快寄出,因此我们经过考虑以后,拟就目前业已收到的款项以外,不足之数由良心献金中提出补充,凑成万元足数,尽于本月底前汇寄重庆潘友新大使,请他代转苏联前方将士。同时,我们仍将继续代收该项礼金,至本月月底为止,并将今后收得之款,悉数拨还良心献金。

这当然只是我们的一个拟议,良心献金是读者的自动乐输,我们没有权力把它擅派用途,所以希望曾经捐献良心献金的诸位读者尽量发表意见,无论赞成也好,反对也好,都请在本月二十日以前,投函本报,我们决以多数为取决。

驻沪美军撤退在即　　一九四一年十一月十六日

美国海军陆战队将自本市撤退,已成无可避免的事实。一向视美防军为租界内一大安定势力的中外人士,因此而发生种种惶恐不安的心理,也是不容讳饰的。我们除了希望在此环境中的中国人民，力持镇静，并认识从整个远东局势看，美军撤退是美国对日坚强的一个象征，也是太平洋阴霾行将开展的预兆，而无所用其惶恐外，更愿就本市前途来观察，而以下列三点唤起读者诸君的注意：

第一，租界治安由外国驻军协助维持，本来是一种特殊现象，故美军的撤退，并不表示租界现状行将变更。我们深信租界负责当局于美军撤退以后，必能采取更周密的警戒措施，以保障界内市民的合法权益。

第二，租界局势的是否恶化，并不系于美军的撤退，而系于美日谈判的结果。事实证明目前亟谋妥协者，是日本而非美国，故日本为避免谈判破裂起见，当不致在美军撤退以后，立即图谋破坏租界的现状。

第三，租界现状在短期间内虽尚可苟安于一时，惟美日谈判僵局既绝少打开的希望，则对于万一决裂以后的局势，不能不在现时赶紧准备起来。尤其是工商界人士，我们过去曾反复劝告他们速将资产内移，现在虽然已经到了最后的五分钟，但赶快着手，还可以避免全部毁灭的命运。时乎不再，幸勿因循自误！

风雨泥泞中的德军　　一九四一年十一月十七日

除开克里米亚以外，苏联军队在各线的形势，都在积极好转中。

德国无线电台以德军"进展的迟缓"，归咎于"异常恶劣的天气"，暴雨、泥泞、还有"通常在一月中旬以前所不经见的狂风"，老天是在和希特勒捣蛋。

然而德军如能实践诺言，早早于六星期内打下莫斯科，则风雨泥泞，其如予何？毕竟还得自悔把苏军的抵抗力量估计错了。

德国的军事批评家说，"最后胜利将完全依赖于德国军士的士气上"。坚甲利兵已经失去效用，现在却要在"衣服二月未换，遭虱咬及患皮肤病"的军士身上找寻"士气"之为物，那么胜利的希望真太渺茫了。

技术以外的观点　　一九四一年十一月十八日

日本东乡外相在国会特别会议演说中,除了把"东亚新秩序""三国盟约""和平""共荣"这一套看家符咒吹擂了一番,对"满洲国""江宁组织"[一]这两个活宝极尽轻怜痛惜之能事,并向中英美荷澳的"包围"戟指[二]申申而詈外,说了两句颇有意思的话:

"两国(指美日)之见解,在此延续六个月以上之谈话中,业已表示明白。因此余深信就技术的观点言,美国必已明了此后继续谈判,实无必要。"

来栖的赴美,表明日本认为就技术以外的观点而言,尚有继续对美谈判的必要。

【一】江宁组织:指设在南京的汪精卫伪政权,江宁是南京的别名。
【二】戟指:伸出食指和中指指人,其形像戟一样,表示愤怒或勇武的情状。

不负责任之谈　　一九四一年十一月十九日

合众社昨日发了一条颇为奇突的华盛顿电,说是根据"权威界"的表示,"美国或将予日本以同盟者之地位,作为解决严重争论之根据";日本如"愿意考虑退出轴心并转向其国家力量以援助民主国对付希特勒",则美国"或可利用其地位期使日本与蒋委员长和解";最后"该权威界人士"又公然称"美国或亦将承认满洲国"。

从美国的国策和一贯立场而言,这位"权威界人士"所发者显系不负责任之谈。日本在这次世界大变中所应负的责任,第一是它首先在世界的一角燃起了野火,造成了东亚的大破坏,并且由于民治国对于日本的宽容姑息,鼓励了西方侵略者的肆意妄行;第二才是它与它的轴心伙伴互相勾结,危害了整个民治阵线的安全。如果因为日本退出轴心,美国就可引之为"同盟者",那么美国自处于何等地位?民治集团所要求于日本的,是放下武器的投降,军队退出中国与脱离轴心关系是两个最低限度的必要条件,"调停""和解"之词,根本不能成立；至于说美国"或将承认满洲国"，那么希特勒在欧洲造成的"无秩序"，也可以援例全盘接受了。

我们对于上述"权威界人士"之言绝对怀疑，但据说华府日方人士认为"空气较过去数天之任何时间为有望"，野村又表示谈判前途"乐观"；如果乐观的根据在此，那么美国正式负责当局就应立即清扫此种足以使日人产生错误印象的空气，因为即使这仅仅是空气，也足以削弱美国的立场，而鼓励日人作进一步的诛求。

来栖野村面有喜色　　一九四一年十一月二十日

来栖野村二人步出美国国务院时，皆"面有喜色"。

赫尔说，"去问来栖野村"。来栖野村说，"去问赫尔"。问者不得要领而返。

《朝日新闻》之驻华盛顿访员电称："美京官场对于华府谈判之空气，已有显著进步之象。惟各报咸表悲观。"野村不懂了（或者是故意不懂）："汝辈美人脑际何以不离战争？"

当"乐观"的野村惊异于美人的"悲观"时，日本两院通过了三十八万万的追加军费案，岛田俊雄高呼"完成战争目的为第一而向突破国难之途迈进"！东京各报一致警告"敌性国家反省"。

和乎？战乎？拆穿了说，日本欲战不能，欲和不得，无已，还是拖下去。

赫尔第某次曰："谈话乃系试探性质，并未进入正式外交谈判阶段。"试探无尽时，于是日本暂得避免当前难关，等待天赐机会（或者说是春天与希特勒所赐的机会，如蒋委员长所指出的）。

于是来栖野村面有喜色。

日议会中的风波　　一九四一年十一月二十一日

东条内阁这次召集特别议会，本来希望议员诸公百依百顺地接受政府方面所提的任何法案，故在开幕式中，即请出天皇陛下来作一番特别训示："朕命令国务大臣向议会提出补充预算法案及其他应付时局所必需之立法案，汝等应尽汝等之所能，依照朕之意旨处理此项事务。"各种法案既然是由天皇命令政府提出的，在日本的传统之下，自然没有反对的余地。

可是偏偏有宫泽其人者，不知道议会是只"会"而不"议"的，居然发表了一篇为我们所无法获知其内容的演说，致引起"议会同寅之纠纷"，宫泽乃自动撤回演说，"大政翼赞会"决议劝告众院纪律委员会授意宫泽辞职，"大政翼赞会"会员已有十九人"引咎"辞职，据说该会或将因此事而重行改组。宫泽不知谨闭乃口，引起如此严重的事象，真是"罪不容诛"！

合众社说"大政翼赞会"会员十九人的辞职，是对宫泽表示同情，这恐怕是外国人不明了日本情形的缘故。宫泽居然敢对天皇的谕旨发出异议，已经是大逆不道，倘再有人因为对他同情而破坏了"团结"，那不是造反了吗？

关于慰苏礼物代金　　一九四一年十一月二十一日

迄昨日为止，本报经收的耶诞慰劳苏联礼物代金，计共一千一百六十八元五角五分。现在离开耶诞差不多只有一个月了，一万元的目标还是相去甚远，但因途中辗转汇寄，需要相当时间，又不能不设法早日寄出。在十五日的小言中，我们曾提出一个办法，征求读者诸君的反应，这办法是："就目前业已收到的款项之外，不足之数由良心献金中提出补充，凑成万元足数，尽于本月底前汇寄重庆潘友新大使，请他代转苏联前方将士；同时我们仍将续代收该项礼金，至本月月底为止，并将今后收得之款，悉数拨还良心献金。"

自该项建议发表以后，我们收到十七封读者来信，其中十六封表示赞成，一封由吴先生发的表示反对。表示意见的虽然只有一小部分的读者，但我们认为并未表示意见的，即为同意我们所提议的办法。因此我们决定照此办理，暂时由良心献金补足一万元，即日正式交与本市苏联当局代转潘友新大使。一面继续代收，希望能够圆满达到原定的数额。

苏联不仅曾经给作战以来的中国极大的帮助，而且她现在的坚强抗战，间接也是在支持中国抗建的早日完成，因为英美之所以能在远东采取强硬的立场，太平洋反侵略阵线之所以能迅速完成，有赖于苏联在欧洲尽力牵制纳粹，削弱轴心势焰之功者不少。苏联对中国对世界的贡献如此伟大，上海许多中国人民，要是连这略表微意的万元之数也捐不满额，实在太说不过去，因此我们希望我们的热心读者，赶快踊跃捐助该项代金，使能凑足原定万元，还清所借于良心献金的款项。

英军发动北非攻势　　一九四一年十一月二十二日

史太林在十月革命节演说中，曾宣称第二战线不久即将实现，现在这句话是因英军在北非发动大举反攻而完全证明了。英军此次反攻，正当德军攻莫斯科被阻，一面积极进迫罗斯托夫，威胁高加索，同时维希复突将魏刚免职，显示德方对法属非洲图谋益亟的时候，此举的利益，第一当然是分散德方的心力，间接减轻苏联的负担；第二可以乘德军无法抽身之际，一举而扫除德义在非洲的残余势力，巩固英国在地中海的地位；第三可以替英苏在高加索的联防解除后顾之忧。

就是对于远东方面，此举也可以向东方的轴心伙伴一示民治国家的颜色，尤其配合着英国最近对远东局势所持的铮铮态度，分明可以看出实力坚强的反侵略阵线，应付两面作战确已绰有余力。可是英国在欧非两洲，已经担负着异常艰巨的任务，负有廓清太平洋局势的重责者，除了中国始终在作不断的努力外，不能[一]寄最大希望于美国。侵略者唯一能了解的言语为武力，让飞机大炮和军舰用粗鲁而率直的言语，代替外交家温文尔雅的辞令，在战场上举行谈判吧！"不要让侵略者度过这冬天！"中美英苏应该以此为共同口号，而齐一步伐，在东西两方同时前进。

【一】此漏一"不"字，应为"不能不"。

日本"让步"了　　一九四一年十一月二十二日

华盛顿所传的日方对美日谈判五点立场，说明了日本"让步"的程度。第一，关于美国援华，它的要求从"停止"而变成"减少"，同时它要求放松对日经济包围。美国如果同意此点，那就变成一面对中国的抵抗继续作有限度的支持，一面也同时支持着日本的侵略行为的两面政策。第二，它答应不和德国直接合作；当然间接合作的自由依然保留。第三，它答应停止对西伯利亚和荷印的军事威胁；据我们所知，"满洲"和越南的驻军，都是"自卫"上的必要，不能认为威胁。第四，它答应早日解决"中国事变"；这是无须说的，因为它正希望美国帮助它早日解决"中国事变"，问题只是中国不愿意照它所一厢情愿的方式来解决而已。

美国对于日本此种重大让步，似乎并未怦然心动，因为据同一来源所述，美国依然坚持着三点：退出轴心，撤尽在华军队，停止一切侵略。

"你有没有打过你的老婆？" 一九四一年十一月二十三日

对于"美日谈判前途是否乐观"这一个问题，罗斯福总统认为这正像询问"你有没有打过你的老婆"一样（合众社华盛顿电），意思说是难于作答。

打老婆与美日谈判有一个相同之点，前者的结果，也许可以使一个愚蠢放荡的女人接受管束，也许会引起一场离婚讼案；后者的结果也许是成立妥协，也许是终至决裂而兵戎相见。

可是打过老婆的人，虽然也许因为面子关系而不好意思承认，但打与不打，总是一个事实问题。而美日谈判之是否有成，则似乎尚在未定之天。

说"似乎"，也只是"似乎"而已。第一步：双方同意举行谈判（赫尔已承认并非由日本片面要求）；第二步：双方各提出立场；第三步：美国坚持不作任何退让，日本无意接受美国全部条件；第四步……

如果我们的逻辑并无错误，那么可能的结论只有一个。虽然也许那位丈夫之不肯回答是否打了老婆的问题，实际的原因是他给老婆打了，但美国总不是那样一个乾纲不振的国家吧？

退出轴心与撤军　　一九四一年十一月二十四日

美国在进行对日谈话同时，将谈话进展情形及美国所持立场，告知中英荷澳外交代表，这是非常值得赞美的举措。因为所谓美日谈话者，决不仅是美日两国间的事，而和太平洋一切国家都有切身的关系。也许太平洋各国不都赞成美国继续这一场必无结果的谈话，但他们都已视美国为他们的代言人，因此美国的立场，也必须是整个太平洋反侵略各国的立场。

整个太平洋反侵略各国的立场，就是日本必须停止侵略，而退出轴心与撤退在华在越军队，则为表示停止侵略所必须做到的两个起码条件。但症结就在这里，奉轴心盟约为"基本国策"的日本，据说可以把轴心盟约"视为具文"，但不能正式退出轴心，而民治国的要求重心，则不在于这实际价值本等于零的盟约本身，他们所重视的，正就是以这盟约为象征的日本"基本国策"。

关于撤军一事，据国际社说，"中国虽坚持欲恢复一九三一年"九一八"事变前原状，但美方意见则以为中国须恢复一九三七年七月以前之地位"。这一个说法是绝对不足凭信的，因为美国是不承认主义的首创者，而东北事变又是导成这次整个世界巨变的远因，不但美国为了保持她一贯的反侵略政策和根除乱源起见，绝对不会承认用武力造成的事实，而且就美国与中英荷澳各国取得充分了解一点，也可断言上述国际社之言，纯然是一种荒谬的臆测。

神经战下的泰国　　一九四一年十一月二十五日

越南境内日军向泰国边境的移动，日舰四艘的开抵西贡，日法飞机的侵入泰国领空，也许可以解释为日本对泰的神经战，也许用意在"恫吓"美国迅速接受日本条件，也许想分散及松驰中英美对滇缅路的戒备，但无论以上各种解释如何合理，都不能抹煞这一事件本身的严重性。在目前日本可能下手的目标中，泰国是最弱的一点，因为她是一个所谓中立国，而孤立无援的中立国，往往是侵略者最不费力的猎物。

泰国人民捍卫疆土的决心，素为我们所赞佩，在目前的不安局势中，泰国当局也已经尽可能地采取种种戒备措置，同时ABCD各国对于这一个爱好和平的独立国家，也都乐于给她一切可能的援助。唯一令人遗憾的，就是泰国因为怕开罪日本，至今想以不足恃的中立为护符，而不敢毅然加入民治国家的集团，以致在整个南太平洋防御线上形成最脆弱的一环。

我们诚心希望泰国不致遭战祸的波及，可是如果美日谈话决裂以后，日本不能不有所行动而在他处又找不到乘隙而入的机会时，泰国之成为不幸的牺牲是很有可能的。为泰国计，速下最大的决心，加入ABCD联防，才是喝令侵略者止步的最有效策略。

继续代收慰苏礼金 一九四一年十一月二十五日

耶诞慰劳苏联礼物代金一万元，已于昨日由本报正式交与本市苏联代表转寄前线苏联将士，同时邀请本市各协约国代表举行了一次欢宴，在热烈融洽的空气中，我们欣幸本报已经替读者作了一次有意义的国民外交工作。

可是我们仍须提醒读者，这一万元数目由良心献金中提出补足，是因时间局促而采取的权宜之计。慰苏礼金尚未征募足额，因此我们仍将继续代收，以所得之数归偿良心献金，希望未捐的诸位读者踊跃乐输，一方面所以表示中苏人民间的亲密的友情，一方面也可以免得良心献金中留着一笔未了之账。

柏林的反共大会 一九四一年十一月二十六日

乌鸦不自知其黑，日本《都新闻》批评华盛顿ABCD各国谈话，称为"盗贼讨论法律之集会"，便是一个例子，尤其当我们同时读到柏林方面正在举行一个乌七八糟的所谓反共公约签字国大集会的消息以后。

回忆日本加入反共公约之初，大有受宠若惊之感；其后德苏缔约，反共公约成为废纸，日本一时虽自觉"被卖"，但对其盟友仍一贯其"忠心"；可是刚在日本追随德国向苏"修好"以后，德苏又开战了，日本虽再度"被卖"，但其对轴心的忠诚仍始终不变，不仅它的政府口口声声奉轴心盟约为国策，而且正在华盛顿进行谈话之际，日本为了恐怕其盟友见疑起见，特地拉了它一手扶植的江宁组织也去参加柏林的"盛会"，给死灰复燃的反共公约"壮壮声势"。日本对柏林的恭顺如此，倘还有人疑心它会脱离轴心，岂非冤枉？

英军在欧洲试探登陆　　一九四一年十一月二十六日

英军一小队在法境诺门第港一度登陆的消息，不一定表示英国行将大举向欧陆反攻，但足以表示英国已在考虑此种可能。以英军的陆上实力而观，大规模在大陆上展开攻势，事实上颇不可能，但如利用海军的保护，用游击的方式向欧洲各重要港口施行奇袭，则颇足为德军后方之患而令其疲于奔命。能取得主动，即为制胜的枢纽，现在此种取得主动的机会，显然已经落在英国的手里了。

展开经济上的全面反攻　　一九四一年十一月二十七日

蒋委员长在国参会闭幕式中，宣称中国的经济力量足以支持无限期的作战，这句话出之于中国最高领袖的口中，应该是使每一个国民闻之鼓奋的。中国作战四年余以来，军事上被人击败的危险早已过去，这是众人所公认的事实；比较成为问题的，还是在经济方面。可是凭中国所有的无限物力，加上英美友邦的尽力合作，中国经济基础的不可动摇，也已经在四年余的斗争过程中有了良好的事实表现。

然而正像军事上危机的过去，并不表示可以从此松弛戒备，反之却应加紧充实自身的力量，以便开始作全面反攻一样，经济上的全面反攻，今后也有待更广大的展开。积极方面人人努力从事生产建设，消极方面有效取缔操纵市场危害金融的罪行，都是切要之图。而在政府法令所不及的上海的中国人民，尤其是资金的拥有者，更应激发天良，尽自己所有的一分力量，为国家添加一分元气。

日本在越南的"新秩序" 　　一九四一年十一月二十七日

西贡日军任意逮捕中国及越南的人民，在廿一廿二两日已有百人被捕，至廿五日"又发生同样事件"。越南当局已向日本政府提出严重抗议，中国政府则向越南及维希分提抗议。

日军根据法日《联防协定》进驻越南后，此类非法逮捕事件已非第一次。中国曾经因同样的事件向法越当局抗议过，法越当局也曾因同样事件而向中国表示歉意，然而以道歉答复抗议，事实上并不能保证日军之继续造成同样事件。

而且越南境内日人非法行动的对象，尚不仅华人与越人而已。上星期日晚河内美领事馆的炸弹事件，据同盟社说系"重庆特务人员"所为，越南当局对此说已正式否认。我们虽不愿效法同盟社的作风，随便指此为"东京恐怖分子"所为，然而从越南当局的否认上看，日方的嫌疑是洗刷不了的。

伦敦可靠方面传日本已向泰国要求代管全部防务了。为了阻止日本在越南所造成的"新秩序"的继续扩展，美国应该立即宣告美日谈话终止，以示民治国家对于日本行为的容忍已达最后的限度。

新闻记者的身价 　　一九四一年十一月二十八日

罗马军事当局前日宣布义军在里比亚"大获胜利"，在其所宣布的"战利品"中，计有美国军事观察家二人，及英美新闻记者若干名。昨日柏林军事发言人对于东线及里比亚局势拒作批评，惟声称他在听见美国新闻记者二人在里比亚被俘的消息后，"非常高兴"云云。

区区无拳无勇的新闻记者，竟劳轴心国家如此重视，他们在缧绁之中，恐怕也会受宠若惊吧。然而其实这也不足为奇，因为说诳造谣，原是轴心宣传家的最大武器，而惟新闻记者正确的事实报道，能予以最有力的击破。因此这年头儿做新闻记者固不易，却也未始不是值得自傲的事。

轴心同盟的"胜利行进"　　一九四一年十一月二十八日

里宾特洛浦最近宣布，"即使美国参战，也不能阻止轴心国家的最后胜利。欧洲准备从事三十年的战争"。据有人估计，德军五月来在苏联前线损失六百万人，倘依同比例推算，三十年就须损失四万三千二百万人（欧洲全人口为二万万人【一】）。

同样给自己壮壮胆子的"豪语"，有东条前天的演说，他驳斥外国人的批评，认为日本经济决不会崩溃。然而他在就任以后第一件事，就是企图松弛美国对日经济压力而遣派来栖赴美。现在美国已经忍耐到无可再忍耐而决心放弃谈判了，日本也无须再"浪费时间于对美交涉上"（东条语），"军人政治家"的东条如何施展其大手腕，以打破当前难关，达到"结束中国事变""建立东亚共荣圈"的目的，举世都在拭目以待之。

【一】此数字似不准。

不受欢迎的客人　　一九四一年十一月二十九日

日军云集越南，目的是否"即将进攻泰国"，这我们正如来栖所说的一样不得而知，可是攻不攻泰国，并非要点所在，日本的包藏祸心是显而易见的，而其有意借此种弄犬姿态恫吓美国修改其立场，却是它最大的用意，但结果除了加强美国制日决心外，对于谈判前途只有弄巧反拙。

来栖的留恋美京而不忍去，表明东京政府尚在作最后的希冀。然而无论东京能给它的使者们如何高明的训令，从秘鲁来的坂本龙起能给他的同僚们如何有益的帮助，在日本未以行动来表示其对于美国立场的尊重之前，来栖之在华盛顿，仍将始终是一个不受欢迎的客人。

远东反侵略的友军　　一九四一年十一月二十九日

重庆韩国临时政府电告华盛顿韩国协会，言中国政府已承认韩国国民军为中国之同盟军队。这是一个我们久所期待的消息。在欧洲，我们听见不甘为奴隶的各民族，以伦敦为集合的中心，如何在协力进行推翻轴心统治，恢复国家自由的艰苦工作。远东反侵略战已继续了四年多，还没有一个类似的集团出现，这是远东各民族的耻辱。

久尝亡国之苦的台湾琉球人，最近沦于日军控制下的越南人民，以至于日本国内厌倦军阀统治的正义人士，现在是应该集合在共同的旗帜下，以集体的武力来自求解放的时候了。

冬夜的春梦　　一九四一年十一月三十日

美参议员吉利特氏所谓"希特勒曾应允于明年二月间与日本以巨大军事援助"，这是不足为奇的。漫漫冬夜，正是做好梦的季节，希特勒与日本站在进退两难的泥淖上，都在梦想着春天所能给与他们的机会，希特勒的梦境里有日本的南侵北进，也正和日本的梦境里有莫斯科陷落一样。

蒋委员长早已警告过了，若不能于此三四月内击破轴心同盟之最弱一环，则将授德日二国于明春向民治国夹攻之机会。赶快喝醒轴心同伴的"春梦"，此其时矣。

贺屋的落日之谶　　一九四一年十一月三十日

日本藏相贺屋前天在东京发表了一篇对日本前途不胜恐惧的演说，说是日本倘在中国失败，后果将不堪设想；倘在此时犯一错误，则虽欲回复一九三七年前的状态而不可得,势将回复至一八九五年前的状态,而日本之旭日亦将成为落日矣。

日本根本的错误,铸成于一九三一年"九一八"事变当时,起步既错,步步皆错,今后任何行动,倘不一反故辙而行,虽欲不错而不可得。如果它能于此时毅然自动退回到一九三一年前的状态,民治国家或能不为己甚,予以自新之路,否则落日之谶,恐将成为事实,虽有大力者,亦莫能挥鲁阳之戈[一]了。

【一】挥鲁阳之戈;指力挽危局。传说周武王率领诸侯讨伐殷纣王,战斗非常激烈,眼看天色已晚,周武王的部下鲁阳公愈战愈勇,举起长戈向日挥舞,吼声如雷,太阳又倒退三舍,恢复了光明,终于全歼了敌军。

苏军克复罗斯托夫　　一九四一年十二月一日

在苏德战争中,有一个很可注意的现象,就是每当德军在某一方面获有相当进展时,苏军即在其他处所巩固阵地,发动反攻,予德军以有力的打击。例如在最近德军再度向莫斯科进攻之前,南路德军一面攻占罗斯托夫,一面攻占克尔区,声势汹汹,形成对高加索和苏联黑海舰队的重大威胁;可是在莫斯科区域,则苏军形势大见好转,并且恢复不少已失的阵地。

目前的战局似乎又证明了这一点,当纳粹再集重军向莫斯科猛扑时,却又给丁莫生柯将军一个从容却敌的机会。罗斯托夫的克复,据说是苏联作战以来最大的一次胜利,它不仅将侵略者驱出高加索的门户,保全了油管的完整,而且对于正在莫斯科周围苦战的友军士气上,也是一个极大的鼓励。这几天来使人担着几分心事的东线战局,至是又将俄然改观了。

日本愿意继续谈判　　一九四一年十二月二日

美国于上星期对日本提出牒文后,日方事实上的答复为东条前日所发指斥英美等"敌对国家"拟"开拓东亚",必须加以"扫荡"的宣言。以政府负责领袖的地位，而公然发表此等挑衅的言论，则虽欲使人不解释为美日谈话已告决裂而不可得。可是经过日阁特别会议之后，却仍然决定要求与美政府继续谈判，这在一般国际惯例上，是一椿咄咄怪事，然而在日本则是它一贯的作风，丝毫不足为奇，而且无宁是我们所早已预料到的。

所谓日本一贯作风者，即是胁诱并施，一方面用好战的言论和威胁性的行动来使对方神经备极紧张，一方面则用外交家的笑脸来济其威胁之穷，表示形势虽已严重如此，但只要贵方肯让步，则和平仍有希望。华盛顿或许有若干人闻知日本仍愿继续谈判的消息而如释重负，可是稍明事理之士，一定会感觉到这一种视人如童呆的手段，是对美国莫大的侮辱。

只有在日本接受美国全部条件的前提之下，谈判才有继续进行的可能。日本固不能希望美国从她的固定立场上后退一步，世人也不能希望日本现政府能毅然抛弃其"基本国策"。东条之流当然不会见不及此，然而居然还想继续谈判者，谁都可以看出来醉翁之意另有所在，而谈判不过是拖延时间的手段。

现在的问题不是日本愿不愿意继续谈判，而是美国愿不愿意让这场谈不出所以然来的谈判继续拖延下去，使日本从容等待更好的下手机会，有更充分的时间进行危害民治国的准备。

神经过敏的推测　　一九四一年十二月三日

昨天合众社华盛顿电中，述及蒋委员长曾于十一月初向罗邱二氏警告，谓"美英倘不派飞行员及飞机来华保卫滇缅路，则渠或将不得不考虑与日单独议和"云。证诸中政府发言人蒋廷黻氏前日所发表的正式宣告中"无论在任何情况之下，中国决不与日本单独媾和"之语，可见前述云云，实为美国记者神经过敏的推测。

中国依赖自力作战，外援的有无多寡，本来在所不计。美英如不能给中国充分有效的援助，诚然足以加重中国的困难，但决不能影响中国奋战到底的决心。这只要看去年英国封锁滇缅路时，中国绝未稍示动摇，便可了然。正如林语堂氏所说的，中国在过去四年余中，如果随时以对日媾和来作为对英美要挟的武器,那么她所能得到的英美援助一定远倍于今日,然而中国重视道义"远过于世上所有的飞行堡垒",因此这一种手段,正是她所不屑采取的。

继续闲谈两星期　　一九四一年十二月三日

东京传来"权威方面"的消息,谓日本希望华盛顿谈话"将继续至少两星期",可见日方继续此项"友谊性质的闲谈",目的完全不在获得任何具体结果,仅欲换取时间而已。因此赫尔牒文就有尽量延迟作答的必要,这理由很简单,日本不愿接受美国的条件,复文的提出,亦即谈话的终止,而日本并不希望谈话终止。

"报道失实"的演辞　　一九四一年十二月四日

来栖回护东条所发的演说,称为报道失实,现在我们且根据同盟社日文稿原文,看看外国通讯社对于这篇演说,究竟报道失实到如何地步。

路透社电文是这样的:"连英美在内之敌对国家,现拟开拓东亚,不顾东亚十万万人之利害,为人类尊荣起见,吾人必须从东亚将此种行为扫荡净尽。"

以下是来栖所更正的译文:"欧洲国家在东方利用一国以牵制他国之举动,必须加以消除。"

根据同盟社日文稿,我们发现原文是这样的:"环顾周围,尚有许多敌性国家继续蠢动,固执不悟,不惜运用种种手段,以妨害我确立大东亚共荣圈之大业,企图实现其多年来恣意榨取劫略之恶梦。彼等以我十亿大东亚诸民族为牺牲,使其私利私欲获得满足。……英美两国乘大东亚诸民族相食之机会,逞其制霸亚洲之野心,盖为其由来一贯之手段。我等为人类名誉及人类光荣起见,必须断然予以彻底的排击。"

显然,外国通讯社所用的语句,是比原来的文字远为温和的。

日本对越南的"保证" 一九四一年十二月五日

西贡无线电台广播，说是驻河内日本大使已向越督德古保证，日本将不再增兵越南，亦不拟以法国领土为攻击泰国或滇缅路的根据地。

可是在日本报纸所透露的消息及言论中，却全然不是这么一回事。据它们指出，这次日本驻越使馆总参赞栗山的返国，系欲与政府当局商讨下列各点：第一，越南对日态度的"缺少诚意"；第二，越南当局的无力维持秩序（所举的例子是美领馆被炸事件）；第三，越南因英国"即将侵泰"所感受的威胁。鉴于上述种种，故日本或将予越南以"更大之援助"，以代其"维持治安秩序"云云。

也许越南当局能够信任日方不再增兵的保证（如果是有那样保证的话），我们却不能不表示怀疑。

能战始能和 一九四一年十二月五日

全世界所关切的美日和战问题，演进到现在，好像和软战软的关键全系于日方，这是十二分错误的！今天的和战之权，全操在美国手中。兵法有云："不战而屈人之兵"，才是最高明的策略。美国当然也希望可以兵不血刃而得到全盘的胜利；但碰着正义公理不能伸张的时候，必须抱不辞一战的决心，始可使侵略者知所敛迹，而得到不折不扣的荣誉和平。这就是"能战始能和"的道理。

高瞻远瞩的大政治家如罗斯福总统者，对于这一层道理当然有透彻的了解，即从最近美国在远东种种"清除甲板"的工作看来，也可知道美国确有与侵略者周旋的准备。然而惟其如此，我们格外希望美国能迅速抓住时机，不要给日本任何利用拖延谈判的策略积极从事军事布置的机会。美国政府应要求日本限期圆满答复（意思说是全部接受）赫尔国务卿上月底所提的复文，否则即当联合中英荷各国采取实力制裁的行动。必如是始能使日本凛于民治国态度的坚决，知道行险侥幸之必无获逞希望，而终至屈服于正义的威力之下。

里比亚攻势停顿　　一九四一年十二月六日

英军里比亚攻势的暂时停顿，虽然目的在布置阵地，休养补充，准备再举进攻，但期望过奢者，或不免因英军未能一鼓作气，扫除轴心在北非的根据，而引为憾事。证诸德将罗美尔所部现仍负嵎顽抗，阻止前进英军与久困杜白鲁克的守军取得联络，足见英军的实力，尚未能对敌人取得压倒的优势。

对于英军的作战士气与战斗能力，我们绝对没有理由可以怀疑，人力的不足，也许是阻止它在任何对德大规模攻势中取得决定性胜利的重要原因；而人力不足的基本症结，则因需要防范的方面过多，以致虽有精锐的军队而无法征用。迄至目前为止，纳粹及其东方盟友虽尚未采取实际的联合行动，但日本对英美作战的可能性一日存在，则英美对远东的防务即一日不能松弛，这当然是给希特勒的莫大方便。要打倒希特勒必先击败日本，这是必然的定论；单单喝令日本不再继续侵略，不能减除英美所受的威胁，只有迅速解除日本的武装，才是击败希特勒的一个先决条件。

日本的"预防措置"　　一九四一年十二月七日

日本对美国质问遣军越南理由所提出的复文，显然把美国政府要人的智力估计得太低了，因为只有毫无常识及理解能力的人，才会接受这一派荒谬离奇的胡言。

日方所持的遣军"理由"（如果那也可以算是理由的话），是华军在滇越边境的调动"征象"，构成对越南的威胁，故日军不得不采取"预防措置"云。谁都知道中国目前需要大量的军力在各战场上发动反攻，如果不是因为日军在越南大量"驻防"，凭着滇越边境的天险，实无在该方面驻集重军的必要；如云华军会无缘无故攻击越南，更为不可想像的事。日本如果真是那么关心越南的安全，它就应该自己首先自越南完全撤退。

对于赫尔牒文中所提的四项原则，日本迄今未提答复，路透社云："日本内阁向未拟过此种重要外交公文。"这诚然是一句挖苦之词，但无论它怎样望煞苦心地考虑复文的措词，其决无接受美国条件的诚意，则不问可知。日本的真实态度已经在越南问题复文中充分表露，美国也大可不必再费时间去等候延期已久的其他答复了。

武士们的悲剧　　一九四一年十二月八日

德军向莫斯科再度进攻，为时已历三星期，当发动之初，前锋距莫斯科约六十哩，至最近为止，离莫斯科最近的地方仍有四五十哩。据他们自己解释进展迟缓的原因，是天气的严寒，这倒的确是事实，因为不惯于零下十七度那样气候的纳粹士兵，即使不死于炮火之下，也难免不冻僵而死，苏联的有力友军——俄罗斯大平原上的寒风冰雪，正在发挥不可抗的威力，予侵略者以打击。

可是在南路战线上，德军的速率却异常可惊，不过这速率却不是前进的速率，而是后退的速率，在不满十天的时间内，从罗斯托夫一直退到玛里奥波尔，计程也有百哩之遥。他们关于此事的解释甚为奇妙，据说第一是由于苏联人民的"蛮不讲理"，不肯做征服者的顺民，用他们的术语说，是"违反国际公法"；第二是苏军的"愚不可阶"，明明自己失败了还不肯认输，仍旧不顾牺牲地傻打下去。对于这样"无可救药"的民族，优秀的日耳曼武士自然只好避之惟恐不及了。

最失望的也许是大和武士吧，他满想他的伙伴能够完成一次重大的胜利，好让他也在这一边凑一下热闹，可是事实却不尽如人愿。固然为了迫不及待的缘故，他也许会在此时挺身而出，给他的伙伴打打气，可是多分在希特勒预先允许给他的二月中的援助还来不及践约之前，他早已给民治国打得遍体鳞伤，动弹不得了。

附　录

朱生豪的"小言"创作

范　泉

一

《莎士比亚全集》的译者朱生豪，从1936年开始译莎，当时他才24岁。1937年"八一三"事变爆发，他的七种莎翁喜剧译稿，被毁于侵略者的炮火。1939年9月，他进入《中美日报》社，投身于抗日洪流。在报社的两年多时间里，虽然还曾利用业余时间，补译那七种被毁的译稿，但是他的主要精力，却是在以"小言"为总题，写作了多达1081篇、40余万字的新闻随笔。这些短小精悍的新闻随笔，都是他阅读当天新闻后写下的即兴抒怀，思维敏锐，形式多样，笔锋犀利，讽刺与揶揄兼备，可以说是独树一帜的时政散文创作。

朱生豪把他写的这些随笔小品式的时政小评论，概括起来定名为"小言"，照他后来与我无拘束的谈话中随便解说，主要有两个原因：一是从文字数量着眼，说明它们有短、小、简、轻这些特色。虽然少数几篇的字数较多，那都是因为在特殊情况下有特殊的原因，一般则总是在三四百字左右，少数仅仅一句话，不过一百字，个别只有数十字，如1940年12月15日的《不胜惶恐之至》一篇，只有37字。二是从读者对象着眼，"小"是一种谦词，表示它仅供尊敬的读者们对某一特定事物在思维取向上的参照而已。

写作"小言"，他说并不自在，不像一般的文艺创作那样，可以任情推理虚构。它必须从实际出发，有所依据，才能结合客观形势相应发挥。这是纪实性的题材和当时当地社会环境的限制。其次是文体的限制。总编要求采用所谓

"正规"的"社论腔",板起面孔写。第三是立场的限制。"小言"不署名,就跟社论一样,因此一望而知它是代表报社的,成为社论的补充。如1941年1月8日的《美国准备应战》一篇,它的副标题《社论意有未尽,再论之》,明确说明它是社论的补充。社论是大块文章,大题大做;"小言"则是随笔小品,事无巨细,必须大题小做,或小题小做。因为"小言"作者的写作立场,必须站在报社的立场上,而当时的《中美日报》是公开抗日暗中反共的国民党蒋介石的立场,因此朱生豪在写作"小言"的两年多时间里,精神上并不舒畅,有时不得不被迫在文章中说一些违心的话,有时不得不在总编授意下写作,有时甚至在写了以后交总编审阅时,被涂改得面目全非。面对这些不幸的遭遇,平时总是自得其乐不声不响不善辞令的朱生豪,仅仅只是轻微地笑笑,概括起来说一声"不自在",算是向我吐露他内心的一丝苦涩味。

就我个人的印象,纵使受到这样那样的局限和束缚,朱生豪写作的"小言",还是深刻揭露了日伪以及德意法西斯的滔天罪行,热情鼓舞了"孤岛"乃至广大沦陷区人民的团结战斗。从艺术方法看,有相当一部分仍然反映了作者深厚的文学功底,调动了他艺术创造的积极性,流露出他高超的思想境界,在"社论腔"的缝隙中迸发出令人感奋的艺术闪光。具体表现在以下六方面:

一是标题生动活泼。如《这一片片空白》(1940-8-13)、《硬软穷的三部曲》(1940-10-14)、《捞不到鱼的混水》(1940-10-31)、《东勾西搭》(1940-11-13)、《失败三部曲》(1940-12-7)、《奇境中的爱丽思》(1941-3-27)、《追求·动摇·幻灭》(1941-3-31)、《寻找耳朵的眼睛》(1941-7-26)、《未完成的杰作》(1941-9-29),等等。这种文艺化的标题,令人看来耳目一新,富有吸引力。

二是表述形式的多样化。如1940年10月10日《太平洋上的插曲》用戏剧台词的形式写;1941年4月27日《雅典颂》用诗歌的形式写;1941年10月26日《与日本〈广知时报〉编者一席谈》用对话的形式写。他充分运用了为人们所喜爱的各种文学样式。

三是短小、简洁而有力。在写法上力求突破一点,不及其余。如1941年3月27日《令人感慨的对照》,仅仅只有两句话:

> 南斯拉夫人民反对加入轴心的悲愤,和阿比西尼亚军民的欢迎阿皇复国,是一个令人感慨系之的对照。
> 有的国家脱离了羁绊,有的国家钻进了圈套,然而对于"新秩序"的深恶痛绝,却是人同此心。

这里,头一句(段)是事实现象,第二句(段)是作者感想,从国外而引申到国内的日本侵略者推销的"新秩序",可以说是一针见血。

再如1941年1月6日《给鸵鸟主义者以教训》:

> 南爱尔兰苦心保持的中立美梦,终于被德国无情轰炸所惊破,这很可教训那班独善其身的鸵鸟主义者,使他们知道扯起一面中立旗子,并不能避免自身的被攻击。"人不犯我,我不犯人",固然是正确的态度,但"我不犯人,人不犯我"却是过于乐观的希冀。

全文总共两句,由事实而引发感想——说明一个真理,简洁明畅,犀利有力。

四是对日伪的嘲讽,淋漓尽致。如1941年1月12日的《人皆掩鼻而过之》一篇,说的是日本访问荷印经济代表团团长芳泽,哀叹荷属东印对于东京"不表欢迎",海军大将大角,甚至气愤地说:"吾人愈向南洋土人表示善意,此辈愈益惴惴不安。"文章接着说:

> 日本到处和人谈亲善,而到处被人嫌恶,这一件事实已使日人不能不十分伤心地承认。可是他们始终没有明白别人的"不表欢迎"与"惴惴不安",不是因为受第三者的煽动,也不是因为误解日本的"真正目的",而是因为对于日本的"真正目的",了解得太清楚了。

再如同年1月3日的《名人名言》,用德日法西斯头子自己的话来反击他们自己:

> 希特勒云:"此等穷兵黩武之国家,数十年来造成世界之大乱,屡陷人

民于战事惨祸中,必须加以毁灭。"

松冈云:"贪得无厌之国统制开拓,被压迫之国家,除武力反抗外,绝无生路。"

诚然是断章取义,却不失为"名人名言"。

这是以其人之道还治其人之身的嘲讽。这类"小言",作者往往总是在最后一句,画龙点睛地揭示出这篇文章的主旨,令人读来觉得豁然开朗,痛快淋漓,而且掩报静思,回味无穷。

五是措词运典,丰富贴切。作者善于在不同的事件和语言环境里,运用关键词语典故。如1941年2月16日《急惊风与慢郎中》一文,说日本急盼与苏联改善邦交,缔结边界协定,以便放手南进,但苏联却迟迟不谈判,可能还要等半年或一年。如果真是如此,则"我们深恐松冈之流将喟然长叹曰:'君其索吾于枯鱼之肆矣!'"。贴切的典故,使文章的主旨立刻凸显出来。再如1941年6月29日《工钱三万万圆》一文,说汪精卫去东京向主子汇报,实则是要钱。而主子"既物色不到比他更忠心更听话的囗(奴)才,也只好叫他继续干下去,于是一纸续订的卖身契约,便以皇皇然的二卫宣言的形式出现,而三万万日圆的巨额工钱,也欣欣然橐载而归"。这"欣欣然橐载而归"一句,把汪精卫向主子那里取得一大笔工钱后的那种受宠若惊的奴才相,刻画得微妙微肖。这类关键词语,如用别的文句表达,都不可能达到这样的艺术效果。其他一些词语如"告朔饩羊"(1939-12-12)、"日薄崦嵫"(1940-3-21)、"逐臭附膻"(1941-2-26)、"降尊纡贵"(1941-2-2)、"左辅右弼"(1941-6-29)、"申申而詈"(1941-7-18)等等,都可以说明在一定的语言环境里,运用个别文言词语或典故,能使表述净化,文字精练,形象凸显,收到事半功倍的效果。

六是把富有哲理色彩的题材编织在引人入胜的文学载体里。如1941年4月26日电:"英军昨晚十时退出雅典,人民夹道欢呼,谓'不久可与君等再会'"。作者根据这一电讯,用诗歌的形式热情歌颂了英勇的希腊人民不可侮的精神,歌颂他们即将为了保卫民主自由而流血斗争,决不臣服,直到"用热血洗净被践踏的祖国的耻辱"。全诗16行,分四段:

黑云堆压在雅典城上，
侵略者的炮火震撼大地；
悲愤的紧张充满着雅典人的心，
但他们有的是永不消灭的勇气。

爱自由的希腊永不会沉沦，
他们抵抗，他们失败，但决不臣服；
有一天，不远的一天，他们将用热血
洗净被践踏的祖国的耻辱。

——"再会吧，英国的友人！
到处都是保卫民主的广大战场；
我们不用哀泣，我们用欢笑
送你们在星月里赶上前方。"

也许在明天，也许在下一点钟，
这美好的古城将套上锁链；
但这是一个永不失去勇气的民族，
他们说，"同志，我们不久将再相见！"

　　歌颂希腊人民的决不屈服，实质上是在歌颂我们处身于"孤岛"的上海人民敢于与日伪斗争到底直到胜利的英雄气概。作者把异国的题材，完美地编织在四四组合二四押韵朗朗上口的"诗歌"这一文学载体里，令人读来既悲愤又感奋，既鼓舞了斗志，又树立起抗战必胜的信念。
　　以上六个方面，构成了朱生豪撰写"小言"的创作思想和艺术风格的特色。总起来说，从标题、取材、情绪舒展、措词运典、多种文学载体的熟练运用、内容和形式的完美结合，直到他那能够在任何复杂的语言环境里驾驭自如的洗练文笔，在在都足以证明他不仅有新文学的高超素养，而且还有古典文学的深厚造诣。特别是在处理一些特殊题材方面，他善于运用新文学的外壳和古典文学的表述。如 1940 年 12 月 7 日的《失败三部曲》：

  第一部：外交攻势
  附骥尾结欢德义　捋虎须触怒美英
  建川联苏难圆好梦　野村使美莫展良筹
  第二部：政治攻势
  诱和平难摇汉志　议调整承认家奴
  华盛顿重贷新借款　莫斯科不变旧方针
  第三部：军事攻势
  盘踞经年师退镇南隘　死伤累万血溅大洪山
  疾风吹落叶不知明日　枯鳖守敝瓮且看来年

  这种套在新颖的"三部曲"框子里的楹联式工整对仗，读来像在看章回小说的引题，令人趣味盎然，但仔细辨识，却完全取材于现实时政。作者从外交、政治和军事三个方面，数落日寇已至穷途末路，抗日战争的胜利指日可待。
  在与日伪的短兵相接中，朱生豪的辩驳和剖析能力十分犀利尖刻，有些讽刺的词语，往往使敌人看来哭笑不得，无法招架。比如 1941 年 7 月 9 日的《正义永垂宇宙》一篇，是驳斥日方《新申报》的一篇"妙文"的。如果正面指出这篇"妙文"的论点，那又未免太抬举了它的身份，因此作者用卑视的口吻，一开始就说："我们不知道究竟有多少人会提起兴致来翻阅日方的《新申报》，因此一定有不少天地间妙文被埋没了。而应该属于此种被埋没的妙文之列的，昨天该报及其日文版《大陆新报》关于本报的记载，无疑地亦为其中之一。"在引出敌人的论点予以批驳之前，这无异是首先给对方劈头盖脸地浇了一盆冷水。而对于这类"妙文"，作者还在文末说"在艰苦抗建期中的中国人民，固然绝无阅读此类报纸的心情，但抗建成功以后，大家松了一口气，如果需要一点消遣的话，那么他们一定会以欣赏戏台上白鼻子小花脸的心理，欣赏该《新申报》的种种妙文"。形象而尖刻的嘲讽，简直叫人拍案叫绝。
  应该指出：在日本侵略者不断升级的压迫下，租界当局对报刊文字的干预也日益严厉。"抗战"二字不能用，被迫改用"抗建"；"伪"字不能用，只得用"魏"字;"傀儡"不能用,就用"宝贝"来代替。1940年9月15日租界当局明令通知:不准在报上出现"伪"、"魏"、"宝贝"、"傀儡"等字样,于是不得不起用"僭"字,如把"汪伪"称为"僭方"、把"伪组织"称为"僭组织"。1940年8月起,租界当局还派员驻社检查。虽然在文字表述上越来越受到局限和束缚,但是运笔自如的朱生豪,却完全摆脱了这种干扰,把"小言"越写越活,越写越多越脍炙人口,写出了与众不同的鲜明特色和嫉恶如仇的精神风貌。

从1939年10月11日撰写第一篇"小言",到1941年12月7日日本发动太平洋战争,日军冲进租界,封闭报社为止,除了因几次勒令停刊中止撰写外,朱生豪总共写了"小言"706天,1081篇,40余万字。把这些"小言"顺序编刊,可以看出我国抗日战争前期的某些战役的战况、在中国人民视角下的当时国际形势,以及沦为"孤岛"的上海人民与日伪搏斗的英雄气概。朱生豪从一些侧面,为驰骋在敌后第一线抗日反汪的"孤岛"新闻工作者谱写了一曲壮丽的颂歌。

二

我和朱生豪是在1939年秋冬之交,同时进入中美日报社工作的。

1939年8月,《中美日报》的教育版发表了一篇《上海教育界总清算》的文章,把当时在"孤岛"内投敌的一批落水学校及其负责人名单,毫不隐晦地揭露出来。这使汪伪大为震惊,怒不可遏。他们通过日本侵略者,压迫租界当局,以"鼓励恐怖行为"为罪名,勒令该报停刊一星期,以儆效尤。中美日报社社长吴任沧便利用"停刊"这一喘息的时机,调整和充实编辑力量。他聘请了世界书局编译所所长詹文浒代替查修任总编辑;原为交通大学图书馆主任的查修,调离总编职务,改任《中美周刊》主编。另请复旦大学推荐几名新闻系应届毕业生,担任国内、国际和本市版的新闻编辑。我就是和另外两位同学,经复旦大学推荐,进入中美日报社工作的。为了麻痹敌人,保存自己,詹文浒把我的名字改为"徐文韦",把朱生豪的名字改为"朱文森"。朱生豪是在詹文浒上任时一起来到编辑部的。

《中美日报》是挂着洋商招牌的ＣＣ系(陈果夫、陈立夫)的报纸。1937年

11月，国军西撤，上海的公共租界和法租界沦为"孤岛"后，日本侵略者逐渐向租界渗透，强占了国民党中宣部设在租界的上海新闻检查所，并在12月13日发出通知，指令在租界出版的各报报社，从14日起，必须将稿件的铅排"小样"送审，否则不准刊载。当时，有30多家报刊相继停业，有4家通讯社自动关闭，接受新闻检查的仅《时报》、《新闻报》、《大晚报》等几家。

不久，为了抵制新闻检查，一批爱国报人想方设法，利用租界这个特殊环境，用高薪延聘英美等国外籍人员，担任发行人，领取开业执照，创办洋商报纸，以达到掩护抗日宣传的目的。于是《华美晨报》、《大美报》、《每日译报》、《文汇报》、《国际夜报》、《导报》、《通报》、《大英夜报》、《循环报》等相继问世。《新闻报》也改由英商发行，不再送审。《申报》挂了美商招牌，在1938年10月从汉口迁回上海出版。同年11月1日，聘请美籍商人施高德为发行人的《中美日报》，也在上海创刊。

《中美日报》的创办人吴任沧，是国民党陈果夫的亲信吴泽沧的胞弟。吴任沧早年出国留学，费用由国民党党部资助，就是因为凭借了这种关系，上海沦为"孤岛"时，吴任沧任江苏省农民银行上海分行经理。1939年夏，国民党中央派遣中组部副部长吴开先来上海，成立"统一委员会"，统一领导国民党在上海的地下工作，并设立"中宣部驻沪宣传专员"，由已经在上海创办了大型日报《中美日报》的吴任沧兼任。因此《中美日报》事实上是国民党宣传口在"孤岛"出版的一份直属报纸。当时正值国共合作时期，国民党蒋介石对中国共产党虽然表面联合，共同抗日，实际上却是用围堵挤压乃至暗中击灭的手段来对付。这使《中美日报》成为一张公开抗日、暗中反共的报纸。

我和朱生豪都是20多岁的青年（我23岁，他27岁），无党无派，思想单纯，不知道《中美日报》的背景，只知道抗日反汪，要为已经沦为"孤岛"的上海人民申张民族正气。在进入报社以后的具体工作中，才慢慢体会到国民党对共产党表面上说的是合作的一套，心底里却看作洪水猛兽一般。这在我主编副刊《堡垒》时，因为编发了几个中共地下党员的文章，而以"共党嫌疑"的罪名将我撤职一事上，看得特别清楚。当时朱生豪对我非常同情，说了很多安慰我的话，还说到他写"小言"时的遭遇——不得不写了很多违心的话。

朱生豪在中美日报社的职务，始终没有明确宣布。他在总编室门外的一张双人写字台上工作，经常接受总编詹文浒交给他审阅的文稿。只见他在文稿上埋头认真阅读，有时用红笔修改，然后送进总编室。出来时又带了第二篇文稿，继续埋头审阅，推敲修改。他不是社论委员，不写社论。我估计他是在帮助詹文浒审改社论一类的文章。后来又增加任务，安排他写"小言"。因为他沉默寡言，一直埋头工作，与编辑部其他同事虽共处一室，却很少交谈。从工作现象看，他似乎是詹文浒的秘书，做着总编助理一类的工作。过去，他的夫人宋清如在信中问我时，我回想到他经常向国内版编辑鲍维翰查看电讯稿的事，凭我个人推测，他的工作可能是国内新闻版编辑。此后我看到袁义勤写的一份史料，在《中美日报》编辑部名单中没有他的名字，又联系到他与詹文浒的特殊关系，这才使我肯定：他是实际上做了没有名义的詹文浒秘书或总编助理的工作。

朱生豪和詹文浒是世界书局的同事。二十世纪三十年代初，詹是嘉兴秀州中学英文教员，经杭州之江大学教务长黄式金的推荐，来到上海世界书局，担任一部具有求解、作文、文法、辨义四大功能的《英汉四用辞典》主编。1933年7月，由于胡山源的邀请，在之江大学刚刚毕业的朱生豪，也到世界书局任英文编辑，参加《英汉四用辞典》的编纂工作，并兼任《世界少年文库》的编译。在多年的合作共事中，詹非常赏识朱生豪的中英文造诣以及酷爱新旧诗歌的创作，因此在他升任书局编译所所长后，建议朱生豪翻译莎士比亚的全部剧本。1935年年初，朱生豪终于与世界书局签定了《莎士比亚戏剧全集》的出版合同，计件付酬。这就是朱生豪与詹文浒的特殊关系。

詹文浒的古典文学造诣不深，中文写作一般，在他接任《中美日报》总编职务时，当然会想到朱生豪这一支"笔"，可以作为他在主持报社舆论建设方面的得力助手。因此朱生豪在报社的职务，实际上是詹文浒的秘书。

我进中美日报社，初任本市新闻版编辑。从1940年2月起，改任《堡垒》副刊主编。这是因为詹文浒从他光华大学的同事姚璋教授那里知道，我在1937年曾经主编过《作品》半月刊，并且看了我发表在刊物上的文章后作出决定的。从那时候开始，随着我职务的改变，我工作的办公桌也改变了，我坐在朱生豪坐的一张双人写字台的对面，开始和朱生豪交谈了。

朱生豪非常平易近人，见面时总是笑笑，点点头，好像怕羞的女孩子，腼腆地埋头工作，很少说话。和他接触的时间久了，我才逐渐认识到他是我们编辑部里唯一的一个"老好人"，与世无争，自得其乐，绝不参与编辑同事们对热门话题的争论，更不会对某一具体问题表示一点点褒贬的意见。即使在半夜一起吃稀饭点心的时候，他还是对人天真地笑笑，算是跟大家打招呼，什么也不说。但是第二天，我读到报上他写的"小言"，却是爱憎分明，语言流畅而泼辣，很难相信这些文章都是出于他的手笔。

跟朱生豪正式交谈，由少而多，由一般而逐渐深入到某一专题，甚至后来我还和他一起出去逛书店看电影，那是从我住在报社过夜，第二天下午在报社编辑部从事日文翻译的时候开始的。我当时先后翻译的是日本川端康成的《文章》和小田岳夫的《鲁迅传》。朱生豪坐在我的对面，他正补译在"八一三"事变中被毁的那几个莎翁喜剧剧本。我们既然面对面工作，而且在空无一人的编辑部偌大的房间里，也就很自然地交谈起来。

我对朱生豪离开报社直到病逝前的译莎和生活情况，是在我看了他的夫人宋清如写的《朱生豪和莎士比亚》一文后才知道。这篇文章是在朱生豪1944年12月26日逝世后一周年时撰写，由当时在《新闻报》任总经理的詹文浒转给我。我怀着非常沉重的心情，读完了这篇情深意切的文章，立即只字不易地把它编在《文艺春秋》月刊1946年1月15日出版的第2卷第2期上发表。进入二十世纪八十年代以后，宋清如还曾和我通过几次信，并在1996年8月28日亲笔签赠我朱生豪的书信集《寄在信封里的灵魂》。她希望我写一些有关朱生豪与我相处时的回忆录。我表示同意，准备在看望她一次，交换一些当时情况以后再写。但是因为我忙于编纂《中国近代文学大系》，一直抽不出时间去嘉兴看望她。在接到她的哲嗣朱尚刚寄来的讣告，惊悉她不幸已于1997年6月27日病逝以后，我才不胜内疚，后悔我没有及时抓紧时机去看望她。

我赶紧搜集并研究有关朱生豪的资料。

身处抗日战争时期的沦陷区，物质条件极差，高度脑力劳动的朱生豪，得不到最起码的营养，以致英年早逝。在朱生豪短短32年的人生中，除了将37个莎士比亚剧本呕心沥血地翻译出31个半以外，只有他夫人宋清如把他写的书信编成一集出版，再没有其他重要的整部著作留下。我想到了和他共事时期他不署名写的大量时政随笔，应该汇集成书。发掘这些以"小言"为总题的散文创作，主要是因为这些作品不仅反映了作者的爱国思想和深厚的文学造诣，更重要的是他在不经意中创造了一种形式独特、爱憎分明、讽刺和幽默挥洒自如而战斗力又非常强劲的新闻文学文体。他冒着被暗杀和绑架的危险，为我国文学界和新闻界留下了一份永不褪色耐人学习的宝贵遗产。

我为有这样的战友能够创作出这样的精品而感到自豪！

三

朱生豪创作的"小言"的内容，概括起来可以归纳为四类：一是与日本侵略者及其傀儡汪精卫一伙的殊死搏斗；二是对日本的轴心盟国德意法西斯的刻骨嘲讽；三是向美英和苏联友邦提出建设性的意见或忠告；四是为一些属于人民内部矛盾的事件表态。

编选出版朱生豪在60年前上海沦为"孤岛"时期创作的"小言"，主要是为了让今天的读者能够看到他如何在敌后第一线曾经冒着生命的危险，与敌伪以及敌人的法西斯盟国展开搏斗；欣赏他如何运用讽刺和幽默挥洒自如而又强劲得像利刃一般的笔，瞄准敌人的要害，予以致命的一击，使凶残的敌人猝不及防，措手不及，难以招架的新闻文学文体。

欣赏朱生豪写于1939年冬到1941年12月8日的"小言"，从宏观看，可以看到贪得无厌的日本侵略者，如何因为结束不了"中国事件"而着急，而想方设法：利用汪伪组织、与德意结盟、签订苏日协定、去美国无休止地"和平"谈判，采取种种不可告人的措施，掩盖它偷偷南进，最终达到在1941年12月8日偷袭珍珠港，对美不宣而战的目的。而在欧洲，可以清楚地看到：希特勒的闪电战在炫耀一时以后，一旦转向苏联，就陷入了难以自拔的泥坑，显示出德意法西斯那种夕阳西照，即将没落的晚景。

欣赏朱生豪的"小言"，从微观看，则需要细心地揣摩和品味。以1939年11月3日的《日本与"中国新政权"》一文为例。作者在谈到日本对汪精卫政权的政策中所说的什么"尊重中国主权"啦、"避免干涉中国内政"啦，等等这一大套胡诌时，明确指出，"这种话的价值，不会高过于写着它们的纸"。作者用纸的重量来比喻说话的价值，多么实在而又绝妙的形象！再如那篇发表在1941

年10月13日的文章《狗咬人的新闻》，作者索性把傀儡政权"满洲国"说成是一只咬人的狗。文章先表白一个前提："狗咬人不是新闻，人咬狗才是新闻，然而有时却也不能一概而论"。紧接着摆出一个事实："例如轴心国承认僭组织不是新闻，'满洲国'不承认波兰政府才是新闻，然而那新闻却是应该归入狗咬人一类中去的"。仅仅用了两个"然而"，寥寥数语，却毫不费力地勾画出了一副仰人鼻息，与狗崽无异的奴才相，多么生动而又自然！类似这样的"小言"，需要我们细心揣摩和品味：作者是通过多么敏锐的视角，从当天接触到的新闻中撷取题材，用最最精练的文字，最最形象的比喻，迅捷运笔成文，在传递信息的同时，给人以奇妙而惊喜的艺术震撼！

这正是朱生豪"小言"的独特之处，这也是朱生豪创作的"小言"能够冲破时间的界限，长期存留在世的生命力所在。

1999年3月8日